KB236751

한국문학과 풍속 1

한국현대문학회

국학자료원

책을 내면서

2002년을 보내는 마당에 우리 학회는 '문학과 풍속'이라는 새로운 주제를 마련해 보았다. 근대문학은 대중적 감수성의 변화에 민감한 대응을 보이기 마련이다. 특히 1930년대 이후의 문학은 근대 식민지 경성의 소비문화가 확산되면서 다양하게 그러한 분위기를 반영하고 있다. 이러한 부분에 대한 연구는 도시의 소비공간, 대중매체, 패션 등 여러 가지 방향에서 이루어지고 있다. 이번 호에서는 다섯 분의 논문을 특집으로 실었다. 다음 호에서 이 주제로 또 한번 특집이 이어지게 될 것이다. 이 분야에 대한 여러 회원들의 관심이 촉발되어 문학연구의 지평을 넓히는 계기가 되기를 바란다.

이번 호에도 여러 분들이 좋은 논문들을 보내주셔서 더욱 알찬 학회지를 꾸미게 되었다. 우리 학회지의 역사에서 이번 호가 가장 두껍고 따라서 가장 풍부한 내용을 담게 되었다고 생각된다. 이 중요한 성과물들이 소중하게 이어지도록 많은 독자들의 일독을 권하고 싶다.

2002. 12.

편집위원회

차 례

특집

한국문학과 풍속 1

원초적 시장과 레스토랑의 시학
―야생의 식사를 향하여―

신범순*

목차

1. 배고픈 얼굴의 식욕과 성욕 ― 축제의 글쓰기를 위한 소묘

우리 근대문학의 주제는 초창기에 사랑 문제에 열을 올리다가 곧 빵의 문제로 이동했다. 생존의 문제가 절박한데 무슨 연애 이야긴가 라고 많은 사람들이 들고 일어났던 것이다. 빵의 생산과 분배에 얽힌 사회적 갈등에 대한 추적과 탐색은 한동안 문단을 주도했던 카프 작가들의 주된 주제가 되었다. 그러나 식민지의 가난은 그러한 사회주의 이념에 동조하지 않은 여러 작가들에게도 가장 절실한 주제 중의 하나였다. 1930년대 작가들, 예를 들어 이상이나 김기림에게도 이러한 빵의 빈곤은 그들 문학 속에서

---

* 서울대학교 교수

작동하는 상상력의 기본적 질료였다. 김기림은 <옥상정원>에서 승강기 안내양의 기계적인 안내말을 "팡(빵)을 낳는 시"라는 역설적인 어구로 표현했다. 이상 역시 자신의 시대적 자화상을 그린 <얼굴> 속에서 "배고픈얼굴을본다"라고 했다. 이렇게 식민지적인 '빵의 빈곤'은 당대 시인 자신의 존재론에서도 주도적인 특징이 된다. 그러나 이 빵의 문제가 언제나 사회적인 계급 갈등 즉 사회구조의 문제로만 추적되었던 것은 아니다. 오히려 1930년대의 새로운 문학적 경향은 다시금 사랑과 성의 문제를 이 빵의 문제 속으로 이끌고 들어옴으로써 마련되었다. 이상의 작품들 속에서는 언제나 가난한 존재의 배고픈 육체가 거리에 풍경처럼 걸려있다. 그 육체적 풍경 속에서 비참한 식욕과 성욕의 교착된 얼굴이 일그러진 모습으로 드러난다. 김기림은 식당, 레스토랑, 찻집에서의 식욕적 풍경 속에서 성욕적 쾌락의 두 얼굴, 즉 상품화된 유혹적 假裝과 반사회(반문명)적인 야생의 쾌락(에로티시즘)을 맛보았다. 이효석은 몇몇 작품에서 빵에 대한 계급 갈등의 문제에 뛰어든 사회주의적 주인공 옆에 그를 '빵의 관능'으로 전복시키는 여주인공을 배치했다. 그녀는 원초적인 사랑의 과일인 능금의 맛과 향기를 자신의 남자 애인 주위에 퍼뜨리는 것이다. 이러한 작품에서 새롭게 주목받은 것은 김문집이 말했던 '빵 이상의 빵'인 육체, 즉 음식으로 배를 채우는 것에 그치지 않고 다양한 감각적 쾌락에 대해 관심을 갖는 일이다. 그러한 감각에 예민한 '관능적 살'이 새로운 주체적 풍경으로 떠오른다. 김문집은 그것을 '나의 실체는 나의 관능'이라는 말로 요약했다. 주체의 문제는 빵의 생산과 분배 등과 관련된 사회적 결정구조 속에서 파악하는 것보다도 훨씬 더 미시적이고 복합적인 풍경이 되었다.[1] 이렇게 '관능적인 빵으로서의 육체(살)'라는 김문집의

---

1) 김문집, 「로당조각의 근대적 악마주의적 연구」, 『비평문학』, 청색지사, 1938. 229면 참조. 김문집은 여기서 생리적 육체의 감각적 총화로서 관능적 감각의 문제를 다루

개념은 문학적 상상력을 사회학적으로 단순화시키지 않고 더 풍부한 모습으로 포착하고 해석할 수 있게 하는 비평적 길잡이가 될 수 있다.

우리는 야콥의 『빵의 역사』 속에 소개된 '빵의 관능'이란 개념을 통해 위의 논의를 보완해볼 수 있을 것이다. 야콥은 어떤 소년이 꿈 속에서 본 빵의 환상적 이미지를 통해서 빵의 마술적이고 관능적인 힘을 보여준다. 밀러라는 루마니아 작가의 어린 시절의 꿈 속에서 빵은 껍질이 터지면서 빵집 주인의 아내인 이다가 되었다. 빵의 하얀 속살은 이다의 몸이 되고 껍질은 머리카락이 되었다. 그 강력한 여성의 향기 때문에 그 소년의 유모는 그만 정신을 잃고 말았다. 이 꿈 이후 소년은 빵을 먹을 때마다 자신은 이다를 먹고 있다고 상상한다.[2] 야콥은 빵을 구워내는 오븐을 어머니의 자궁이라고 하였다. 그는 대지와 풍요의 여신인 이슈타르를 이 오븐의 여신으로 생각했던 것 같다. 위의 꿈 속에서 이다는 빵집 오븐 속의 현대적인 이슈타르인 셈이다.

인간의 육체는 대지의 재료를 구워 만든 빵으로 만들어졌다. 소년의 식사에서 보듯이 그것은 향기로운 여인의 몸이며, 결국 소년의 몸은 그 여인의 향기로운 몸으로 이루어진 것이다. 야콥은 빵의 이러한 관능적인 힘은 프로이트가 알았다면 자신의 소망충족 이론의 상징으로 삼았을 것이라고 말했다.

이렇게 빵과 관능적인 육체를 통일적으로 이해함으로써 우리는 육체의 풍경을 대단히 미묘하고 복잡하며 다채로운 이야기가 가능한 장소로 바라볼 수 있다. 그것은 한마디로 말해서 多聲的인 장소이다. 거기에는 식욕과 성욕의 복합적인 풍경이 있다. 그리고 그것은 사회적인 규정성들

____

고 있다. 그에게 '빵'과 동시에 '빵 이상의 빵'에 대해 요구하는 것은 단지 육체적 생리 작용이다. 그러나 그에게 관능적 감각이야말로 예술적 기초였던 것이다.

2) 하인리히 E. 야콥, 『빵의 역사』, 우물이 있는 집, 2002. 573면.

이 강력하게 밀려들어와 그물구조로 자리잡거나 또는 반대로 해체되는 장소이기도 하다. 이러한 관점은 사회 계급 문제를 통해서가 아니라 육체적 자연과 사회구조의 역학 속에서 어떠한 삶의 양식을 만들 것인가에 대해 질문하는 문학을 만들었다. 사랑의 문제는 다시 돌아왔다. 그러나 그것은 1920년대 낭만주의적 경향 속에서 로망스적 연애가 추구했던 것 같은 영적인 차원이 아니었다. 이제 그것은 가난함에 찌들린 육체, 그 생존적이고 생식적인 풍경으로서의 육체 그리고 사회적 신분이란 옷에 갇힌 육체를 통해 빚어지는 밑바닥 사랑 이야기로 되돌아왔던 것이다.

우리는 이 글에서 바로 이 식민지 사회 구조 속에서 갇힌 채 억압된 육체의 저항과 꿈이 펼쳐내는 문학적 풍경들을 더듬어보고자 한다. 이 작은 이야기들은 그저 파편적인 에피소드처럼 보일지도 모른다. 그러나 그 안에 담고 있는 내면의 이야기들을 잘 풀어내어 본다면 그렇지 않다는 것을 알게 될 것이다. 예를 들자면 이상이나 김기림, 이효석 같은 작가들의 어떤 작품들에 등장하는 레스토랑이나 찻집, 카페 등은 당대 사회적 현실의 많은 부분들을 끌고 들어온 사상적 은유적 결집체이다. 그것은 그 자체로 총체적인 세계이다. 거기서 그저 사소하게 차나 식사를 하는 행위가 문학적 상상력과 결합될 때 그것은 그저 일상의 한 단편에 그치지 않는다. 그것은 위의 작가들에게는 당대적 현실의 '최저낙원'을 더듬는 것이거나 '야생의 낙원'을 꿈꾸는 것이 된다. 이 사소한 사건 속에 수많은 이야기들이 밀려들어와 있는 것이다. 우리는 이러한 이야기들 속에서 사회적 결정체 구조를 폭파시키는 꿈과 놀이를 발견할 수 있다. 이 놀이와 쾌락의 반리얼리즘적인 글쓰기는 이미 근대문학 초창기에 태동되었다. 김동인은 자신의 창작방법론으로 제시한 <자긔의 창조한 세계>[3]를

---

3) 김동인, <자긔의 창조한 세계>, 『창조』 7호, 1920. 7.

통해서 그러한 글쓰기에 대한 소박한 소묘를 그려 보인 바 있다. '자기가 사랑하는 세계'를 창조한다는 이 명제는 흔히 '인형조종술'이라는 말로 더 잘 알려져 있다. 실재 세계를 무시한 이 인형들의 조종놀이는 지금까지 여러 연구자들에게 잘못된 혹은 서투른 창작방법론이었다고 비판되었다. 그러나 김동인에게 중요했던 것은 객관적인 세계에 대한 인식 여부가 아니었던 것 같다. 객관 세계의 진리치에 접근하고 있는가를 엄밀한 심판관 앞에서 초조하게 측정당해야 하는 리얼리즘적 글쓰기는 여기서 문제되지 않는다. 그보다는 자신의 자유를 확증하는 놀이의 세계를 어떻게 창조해야 하는가 하는 것이 문제이다. 작가는 그 놀이 세계의 창조적 주인으로서 대두되고 있다. 작가는 놀이의 자유를 갖고 있으며 현실의 여러 요소들은 놀이의 소재가 된다.4) 김동인은 <배따라기>에서 우연하고도 사소한 사건 때문에 빚어진 아내의 죽음 그리고 그에 따른 허무한 방랑의 길에 운명적으로 얽매인 주인공을 그린다. 그 운명의 끈을 김동인은 자신의 창조적 손에 쥐었다. 이 '운명'은 사회적 구조가 결정한 법칙에서 벗어나 있다. 김동인은 <太平行>5)에서 이 우연의 카오스적 운명에 휘말리는 세계를 '나비의 여행'이라는 모티프 속에서 탐구하려 했다. 이 미완의 소설은 비록 시도로 끝났지만 시대를 뛰어넘는 선구적인 작품이었다. 이 소설은 자연계에서 일어난 사소한 일, 즉 나비 한 마리의 여행으

---

4) 무거운 현실의 압력 속에서 과연 어떠한 놀이가 가능한가라는 질문을 문학적 질문으로 바꾼 것은 이상이었다. 그의 수필 <권태>와 <이 아해들에게 장난감을 주라>를 보면 황무지같은 세계 속에서 놀이의 쾌락은 무엇인가 라는 질문을 하고 있다. <권태>는 시골 아이들의 '눈물겨운 놀이'에 대해 묘사한다. 황량한 시골에서 놀이의 재료를 찾아헤매는 이 아이들은 바로 식민지 작가들의 알레고리이다. 이상은 자신의 전 작품을 통해 바로 이것을 시도했다. 그는 식민지의 황무지적 사회를 훑으면서 가난한 아이들의 눈물겨운 놀이(작품)를 만들어냈던 것이다.

5) 김동인, <太平行>, 『문예공론』 2호, 1929. 6.

로 시작한다. 김동인은 그 여행을 "온전히 인간계의 그런 잡된 일을 초월한 듯이 한가히 나라다니는"6) 것으로 표현했다. 이 초월적인 '나비여행'의 모티프야말로 김동인의 창작방법이 지닌 의미를 압축해 보인 것이다. 그는 <눈을 겨우 뜰 때>에서도 평양 대동강의 불놀이 때 행해지는 뱃놀이를 '온갖 것을 초월한 삶의 문제'라고 했었다. 그러나 이 '나비의 여행'은 인간계 밖에서 일어난 '초월적인' 것이지만 인간사회에 깊숙이 개입한다. 그것은 매우 사소한 일에서부터 무수하게 파생되는 카오스적 쪽거리들을 사회 전체 속에 퍼뜨려 나간다. 그 날아가는 나비를 잡으려다 민가의 한 아이가 화로에 넘어져 죽는다. 열차 기관사인 그 아버지는 그만 충격을 받아 넋이 나간 채 기관차를 운행하다 사소한 실수로 열차를 전복시키게 된다. 작은 비극은 더 큰 비극을 낳는다. 그 열차 속에는 막 중요한 결정을 내려야 할 임무를 띤 많은 사람들이 있었다. 그들의 죽음과 사고 때문에 무수한 일들이 연이어 발생한다. 즉 日淸교섭의 임무를 띤 대관이 거기서 죽어 두 나라간 문제가 더 심각한 상황으로 발전한다. 그 사건으로 죽은 재계의 한 인물 때문에 일본 무역에 큰 영향이 생겼으며, 한 여인의 죽음으로 폐인이 된 젊은이가 있는가 하면, 인생무상을 느껴 산에 들어간 사람들 등 수많은 사건들이 연이어 발생했던 것이다. 나비 한 마리의 여행은 마치 카오스의 나비 날갯짓처럼 그 작은 파문이 쌓여 거대한 폭풍을 몰고 온다. 나비 한 마리의 날갯짓 때문에 인간세계는 엄청난 변모를 겪는다. 이러한 관점에서 보면 사회 경제적 결정구조란 현실에서 일어나는 수많은 사건들의 흐름 속에 듬성듬성 서있는 기둥들처럼 보일 뿐이다. 수많은 사건들은 이 혼돈적인 주사위 던지기의 운명이 펼치는 매우 복잡한 그물 속에서만 포착될 뿐이다. 여기서 작가는

---

6) 위의 책, 4면.

'신의 의지'를 갖고 있다기보다는 운명의 주사위가 품고 있는 '혼돈'을 즐기고 있는 것인지 모른다. 그는 여러 가지 가능성의 점들을 그 운명의 주사위 면들에 그려넣고 있을 것이다.

　우리는 이 글에서 식욕과 성욕의 풍경이 교차하는 육체를 통해서 그러한 혼돈이 어떻게 움직이고 있는지 살펴보고자 한다. 욕망의 기호인 '능금'이나 대양적 생명력으로서의 자연을 상징하는 '바다' 혹은 '산' 등은 바로 그러한 혼돈의 기호들이다. 식민지 사회에서 황폐하게 억압된 이 자연은, 빈약해진 육체, 자발성을 거부당한 육체가 자신을 억압하는 사회적 금기를 뚫고나가서 비로소 만나게 되는 유토피아적 이미지들로 살아남아 있다. 산행의 놀이나 해변의 축제 속에서 혹은 도시의 야시나 공설시장에서 당시의 작가들은 그 자연의 힘을 축제적으로 되살려내고 싶어했다. 자연의 혼돈적 힘은 야생적인 파동을 식민지 사회의 결정체 구조 속에서 마구 흔들어대고 있었던 것이다. 우리는 여기서 '근대' 라는 시장 속에서 그러한 자연의 축제적 생명력이 꿈틀거리는 장면들을 추적하고자 한다. '원초적 시장'이란 개념을 여기서 제시하는 것은 자본주의적 결정체 구조 속에 차갑고 냉정하게 자리잡은 근대적 시장과 구별하기 위한 것이다. 우리는 이 시장 개념을 위해 몇 가지 역사적 자료들을 뒤져볼 것이다. 백화점과 노점은 이 양쪽 시장의 대변자이다. 레스토랑은 근대적 공간이면서도 그것을 탈출하는 꿈의 공간으로 등장한다. 그것은 차가운 백화점과 뜨거운 노점 사이에 위치한다. 상품과 욕망의 복합적 공간인 이 문학적 레스토랑의 의미에 대해 살펴볼 것이다. 그것은 대화를 하며 사랑을 속삭이는 공간이다. 그곳에서는 상품의 차가움 속에서 뜨거운 원초적 풍경을 어떻게 펼쳐낼 수 있는가 하는 것에 대해 생각하게 된다. 이 전체를 우리는 '야생의 식사'라는 개념으로 정리하고자 한다. 그것은 미개한 원시적 식사가 아니다. 그것은 문명 사회 속에서 억압된 자연의 맛을 음미하는 식사이다. 미묘하게 개발된 현대 요리 예를 들면 애플파이 같은 것이 원시적 에덴의 풍요로운 맛을 어떻게 되살려낼 수 있는가 라는 주제가 거기에는 있다. 이효석과 김기림의 능금은 근대 문명 속에서 우리가 '야생의 맛'을 억압하지 않기 위해 무엇을 해야 하는가라고 물어본다. 문명화된 식사 즉 사회적 신분이나 권력의 외적 상징들이 작동하는 식사는 비판당해야 할 것이다. 그 대신 그러한 상징들을 잠재우고 자신의 즐거운 자발성의 맛을 만끽하는 식사가 찬양되어야 할 것이다. 요리의 궁극적인 목표는 생존의 문제도 아니고 자기 과시의 문제도 아니다. 자연의 미묘한 맛을 자신 속에 끌어들이는 요리의 연금술이 인위적인 사회구조(자연의 파괴이자 병인)가 아니라 자연에 합치하는 사회를 만드는데 어떻게 기여할 수 있는지, 그러한 자연과 사회의 일치라는 유토피아적 목표(이효석의 <蟆螺>에서 언급된)가 과연 어떻게 추구될 수 있는 것인지 알아보는 것이 근대 문학의 중요한 주제로 떠올랐다. 우리는 이러한 요리 개념을 통해 근대 문학이 추구해들어간 색다른 풍경을 추적해볼 수 있을 것이다.

2. 요리의 연금술—자아의 양생술과 정치술

인류의 역사는 요리의 역사라고 할 수도 있다. 자연에서 난 일차적 재료들을 먹던 원시적 존재로부터 인류는 좀더 복잡한 조리과정을 거쳐 요리된 음식을 먹는 문명적 존재로 진화했다. 일차 재료들을 가공하거나 혹은 뒤섞는 등 복잡한 요리 기술의 개발과 발전을 통해 음식문화는 꾸준히 개선되었다. 레비스트로스는 요리술의 기원과 관련된 많은 신화들을 분석했는데, 거기서 음식과 문화의 상관관계는 날것을 불로 요리하는가

아니면 썩히는가에 따라 구분되었다. 전자는 문화로의 이행이고 후자는
자연으로의 복귀이다.[7] 그의 요리 삼각형은 언어학적 구조를 따른 것인
데 날것, 익힌 것, 썩은 것이 그 구조를 이룬다. 이 '요리 삼각형'에 의하면
이러한 요리기술(예술)의 발전은 생존이란 일차적 목표를 넘어서서 '양
생술'적 차원을 향해 나아가는 것이다. 이러한 양생술은 단지 신체적
건강만을 염두에 둔 것이 아니다. 동양에서는 일찍이 그것이 정신적인
수양의 문제를 함께 고려하는 것임이 분명하게 제시되었다. 가령 동진
시대의 劉琨(유곤) 같은 사람은 감정을 다스릴 정도의 수준에 도달하는
차 맛을 추구했다. 그는 자신의 몸 안에서 성난 불길처럼 타오르는 번민
을 다스리기 위해 잘 요리된 차(眞茶)를 마신다고 하였다.[8] 원나라 인종
때 궁중의 食醫였던 물사혜는 자신의 책을 양생술적 요리법으로 시작했
다. 그는 음식의 맛을 지나치게 탐하는 것을 비판하고 보양의 길은 중용
을 지키는데 있다고 보았다. 그 섭생의 도는 조금씩 자주 먹는 것이다.
그는 매우 멋진 말로 요리의 변증법을 표현했는데 "배부름 속에 굶주림
이 있고 굶주림 속에 배부름이 있다(蓋飽中饑 饑中飽)"[9]고 한 것이 바로
그것이다. 그의 음식의 양생술은 바로 이 양극단 즉 배부름과 굶주림을
피해 그 중용의 맛을 지키는데 있다.

　박용숙은 이러한 양생의 문제를 한 개인만의 문제가 아니라 많은 사람
들이 함께 관련되는 정치철학으로 해석하기도 했다. 그는 중국과 동이족
의 불로장생술적 양생술을 요리의 연금술로 파악했다[10]. 그는 또 당나라
때 인물인 段成式의 『酉陽雜俎』에 나오는 한 대목을 인용하면서 요리술

---

7) Claude Levi-Strauss, *Anthrophology and Myth*, Basil Blackwell, 1987. p.40.

8) 김명배 편역, 『한국의 茶書』, 탐구당, 1988. 331면.

9) 조병채 편역, 『食經』, 자유문고, 1992. 29면.

10) 박용숙, 『한국미술사의 기원』, 예경, 1997. 238면.

과 글쓰기 양식의 상호관계를 파악했다. 즉 단성식에 의하면 요리의 이치는 동양학의 요체인 經, 史, 子의 글쓰기 양식과 일맥 상통한다는 것이다. 즉 『시경』, 『서경』의 비유법적 글쓰기는 재료를 물을 통해 간접적으로 데우고 익혀 요리하는 국(수프)의 이치와 같다 그리고 史의 글쓰기는 재료를 직접 불에 구워 익히는 불고기 요리의 이치와 같으며, 종교와 철학인 子의 글쓰기는 날 것인 원 재료를 서서히 삭히거나 절여서 그 본래의 맛이 우러나오게 하는 醬의 이치와 같다는 것이다. 이 단성식의 요리 삼각형은 레비스트로스의 요리삼각형에서 언급된 구성요소와 크게 다르지 않다. 레비스트로스 역시 날 것, 불로 구운 것(끓인 것), 썩힌 것의 삼분법을 택한다. 그러나 레비스트로스는 자연과 문화를 지나치게 단순한 이분법으로 분류했다. 그에게 자연은 날것과 썩힌 것이며 불에 굽거나 물을 끓여 익힌 것은 문화에 속한다. 썩힌 것을 자연으로의 복귀라고 본 것은 그것을 문화 범주에서 배제한 것으로 볼 수 있다. 그러나 단성식의 경우 잘 삭힌 장 요리는 최고의 문화인 종교와 철학적 글쓰기의 요체였다. 『식경』을 보면 최고의 양생술적 요리들은 거의 모두 이 삭힌 것과 관계된다. 술과 차, 된장, 김치, 포도주, 치즈 등은 모두 이 '삭힘'이라는 고도의 예술 속에서 나온다. 이렇게 보면 '자연으로의 복귀'의 여러 기술은 고도의 요리술을 낳았던 셈이다. 이러한 문화는 자연의 문화였던 것이다. 우리는 이렇게 요리의 이치와 기술 혹은 예술을 간파함으로써 레비스트로스의 형태론적 구분을 넘어설 수 있다. 단성식은 그러한 형태 속에 깃들인 창조적 기술과 자연을 배합하는 미묘한 이치에 주목했던 것이다. 문화와 자연을 기계론적 이분법으로 분리하지 않는 것이 중요하다. 오히려 발달된 요리술 속에서는 언제나 자연의 문화와 문화의 자연이 드러나고 있다. 레비스트로스는 불로 익히는 요리와 물을 데워 익히는 것 사이에 문명의 위계를 설정했다. 이 요리들에는 자연으로부터 발전된 문명의 두 단계가 설정되어 있다. 그러나 단성식의 경우 그 둘은 요리의 서로 다른 차원으로만 나타난다. 그것은 문명의 진보가 겪는 요리의 두 차원이라기보다는 자연의 힘과 재료를 다루는 요리의 두 가지 기술이다. 그 속에는 자연의 여러 물질과 힘을 그 상호간의 조화 속에서 파악하고, 그것을 인간에게 적합한 형태로 변형시키는 기술이 있다. 요리술은 궁극적으로는 인간이 자연을 가장 맛있게 먹을 수 있는 '빵'으로 변화시키는 기술이다. 인간 육체의 자연이 이 요리 속에서 자연과 하나로 어울린다. 자연에 대한 마구잡이식 개발은 참다운 문명이 아니다. 이러한 조화로운 어울림만이 즉 자연주의적 문명만이 참다운 문명인 것이다.

사마천의『사기』『은본기』를 읽어보면 상나라 탕왕 때 그를 도와 나라를 다스렸던 반계 이윤이란 요리사가 나온다. 그는 몰락하는 하나라를 떠나 떠오르는 해와 같은 湯王에게 가고자 유신씨의 滕臣(잉신)[11]이 되었다고 하였다. 그는 그 유신씨의 딸을 취한 탕왕에게 자신이 갖고 간 요리기구 鼎과 俎를 선보였다.[12]『여씨춘추』에는 이윤의 요리 솜씨와 그 요리를 통해 설파하는 자연철학이 매우 흥미있게 묘사되어 있다. 그는 요리를 단순히 식욕을 만족시키는 기술에 국한시키지 않았다. 그로부터 나아가 그것을 사물의 이치와 자연의 이법에 대한 깨우침을 획득하는 멋진 예술과 철학으로 승화시켰다. 요리가 만들어지는 그의 솥(鼎)은 인간의 그릇 속에서 우주 자연의 요리술이 파악되고 실현되는 장소이다. 그는 한낱 궁중 요리사에 불과한 것처럼 보였으나 그 요리 솜씨에 깃들어 있는 철학을 통해 탕왕을 감동시켰으며 결국 요직에 등용되어 훌륭한 정치를 폈다.[13] 그는 세상의 모든 일을 부엌에서 요리하듯이 다스렸던 것이다.

---

11) 귀족 집안의 여자가 시집 갈 때 데리고 가는 남자 奴僕을 말한다.

12) 정범진 외 역,『사기 본기』, 까치, 1994. 55면.

13)『呂氏春秋』에 보면 이윤이 탕왕에게 요리의 미묘한 이치를 설명하는 부분이 있다.

이윤은 요리의 연금술적인 맛을 터득한 자만이 세상을 다스릴 수 있는 것처럼 말했다. "천자가 되면 아주 좋은 맛을 갖추게 되는 것"이라고 했던 것이다. 그는 이어서 "자기를 완성하는 것은 남을 완성시키기 위해서"라고 말하기도 했다. 양생술적 자기 완성은 타인을 억압적으로 지배하는 것이 아니라 오히려 그들의 삶을 진정하게 완성시켜 주는 최고의 정치학으로 기능하게 된다. 이렇게 요리의 연금술은 자아의 양생술이며 동시에 한 국가를 다스리는 정치술 즉 '민중의 양생술'의 요체가 되기도 하였다.

  우리의 경우에도 차를 달이는 기술은 신라 화랑정신의 鼻祖로 알려진 전설적인 인물 永郞에서부터 일종의 신선술을 연마하는 비법이었다. 金蘭契의 도장으로 알려진 강릉에는 그 영랑이 차를 달이던 돌절구 유적으로 알려진 것이 남아있다. 신라 시대 이미 정치세력화한 불교의 입김 속에서도 화랑의 습속이 아직 남아있을 때 충담사는 앵통을 짊어지고 다니며 미륵불에 차를 달여 공양하며 수행했다. 그 차를 달이는 솜씨로 왕을 감동시킨 나머지 국사의 직책까지 제안받은 그는 그 벼슬을 사양하는 대신에 화랑들의 노래 형식으로 향가 <안민가>를 지어바쳤다. 우리는 여기서도 요리의 비술이 세상을 다스릴만한 지혜로 인정받고 있음을 확인할 수 있다. 조선 시대 우리나라에서 가장 본격적인 茶書를 지었던 草衣선사는 다산 정약용의 제자였다. 다산의 글에서도 요리의 이치는 사물의 이치, 자연의 이법을 터득하는 것과 같은 것임이 분명하게 제시된

여기서 이윤은 요리하는 솥 안에서 어떤 일이 벌어지고 있는가에 대해 말한다. 즉 솥 안에서의 변화는 정묘하고 미묘하고 섬세해서 말로써 설명할 수 없고 뜻으로도 무엇에 비유할 수 없다는 것이다. 이윤은 그것이 활쏘기와 말타기처럼 미묘하며, 음양의 변화와 사시의 운행과도 같은 것이라고 하였다 (정영호 편역, 『여씨춘추』, 자유문고, 1993. 63면.).

다. 그는 요리하는 솥을 五味를 조화시키는 보배로운 그릇[14]이라고 했던 것이다.

영랑의 유명한 '삼일포 놀이'는 금강산을 유람했던 많은 사람들이 거의 대부분 언급했던 것처럼 보인다. 조선 시대에 오면 몇몇 儒子들이 금강산에 자리잡은 불교식 이름에 대해 비판하는데 이 영랑에 대해서도 그 신선 운운하는 설화를 풍자적으로 언급했다. 그러나 궁중에서 신선적인 풍광을 배열하고 노는 산대놀음을 즐겼듯이 이들 역시 산 중에서 신선놀음을 즐길 여유를 찾는 것이 커다란 낙이었다. 조식의 <遊頭流錄>을 보면 그러한 신선놀음을 위해 술과 안주가 계속해서 제공되는 것을 볼 수 있다.[15] 남효온의 <금강산유기>에서는 영랑의 무리가 놀았던 삼일포 놀이에 대해 비교적 자세히 언급하고 있다. 그는 "永郎徒南石行"이란 암벽 위 글자를 나름대로 해독하기도 하고, 매향비를 보고 내려와 송도에서 술과 고기를 들며 즐거운 향연을 누린다. 봉래산 속의 이러한 신선놀음은 "먹고 마셔도 그 맛을 절제하며"[16]라는 유자적 금욕주의와는 어느 정도 거리가 있었던 것처럼 보인다. 그것은 술과 고기를 금지하는 불교적인 정신세계와도 거리가 있다.

사실 이 신선놀음은 차 맛을 음미하고 술기운에 취하는 두 가지 요리 속에서 전개되었을 것이다. 우리가 앞에서 보았듯이 문학적인 국의 이치와 종교 철학적인 醬의 이치가 그 놀이 속에 스며있다. 차는 건조, 발효과정을 통해 그 질이 결정되며 동시에 좋은 물로 끓이고 달이는 방법에 의해 그 맛의 승화를 일으킬 수 있다. 따라서 거기에는 국과 장의 이치가 둘 다 있다. 술은 발효시키는 것이니 장의 이치가 있다. 차와 술은 전통적

---

14) 김명배 편역, 『한국의 茶書』, 탐구당, 1988. 338면.

15) 조식, <유두류록>, ≪조선중기의 유산기 문학≫, 집문당, 1997. 357면 참조.

16) 정엽, <금강록>, ≪조선 중기의 유산기 문학≫, 261면.

으로 신에게 올리는 제사의 가장 중요한 음식이었다. 자연 속의 풍류적 놀이를 통해서 자연을 요리하는 국과 장의 이치가 음미되었던 것이고 그 안에서 취했던 것이다.

이러한 놀이의 먼 후대적 유물 중의 하나가 김동인의 <눈을 겨우 뜰 때>에 나오는 단오의 '어죽노리'이다. 닭과 야채, 고기를 솥에 넣고 끓이는 이 '어죽'은 국의 이치를 담고 있다. 이효석에 오면 그러한 놀이의 풍속은 근대적 레저 속에서 사라진다. 과거의 풍속적 축제는 사라지고 산과 바다로 여행하는 스포츠와 레저의 놀이가 시작되었다. 등산, 낚시, 해수욕 등 근대적 레저 놀이가 등장한 것이다. 그러나 이효석은 그의 단편 <山精>에서 자연 속의 놀이를 山行의 즐거운 '살림살이'라는 형태로 되살린다. 이러한 놀이들은 전통적인 정신에 대한 탐구 형태, 혹은 순례적인 분위기를 띠는 이광수나 최남선의 산악기행과는 다른 것이었다. 어떤 이념과도 상관없이 자유롭게 추구되는 '삶의 즐거움'이란 문제가 여기에 있었다. 그것은 매우 경쾌하고 가볍게 삶을 즐기는 작은 축제였다. 민족과 사회, 국가라는 무거운 것들이 가볍게 벌어졌다가 흔적도 없이 사라지는 이러한 놀이들을 뒤쫓지 못했다. 모든 무거운 것들을 털어버리고 그들은 순수한 이 놀이의 '축제적 장' 속으로 들어갔다. 김동인의 '자기가 사랑하는 세계'라는 것이 이 놀이세계의 전부였던 것이다. 이미 이념적으로 형식화 된 '민족', '국가', '사회' 등의 개념은 이 놀이 세계 속에서 해체되며 순수한 자발성 속에서 새롭게 그러한 것들을 사랑스런 모습으로 창조하려는 싹으로만 나타난다. 현실의 무거운 굴레 밖에서 벌어지는 이 놀이의 작은 축제는 도피라기보다 새로운, 즐거운 살림살이를 위한 놀이적 연습이 되었을 것이다.[17]

---

17) 이효석과 약간의 경쟁의식을 가지면서 이러한 놀이의 작은 축제를 금강산 부근의 동해안 섬인 松田에서 꾸며본 것이 김문집의 <수브니-르>이었다. 그는 "나는 국적

김동인은 초파일의 불놀이 행사 속에서 벌어진 뱃놀이에 대해 "여기는 온갖 것을 초월한 삶의 문제가 있다"[18]고 하였다. 조선시대의 기생들이 떠맡았던 이 신선놀이의 고고학적 유물이 김동인의 <눈을 겨우 뜰 때>에서 새롭게 발견된다. 이 '초월적인 삶'으로서의 놀이는 이 소설 속에서 단오의 '어죽노리'로 연결되는데 여기서는 일종의 '살림살이' 놀이가 된다. 이효석의 <산정>에서 자연의 풍요로운 생명력을 용솟음치게 했던 산행의 '살림살이 놀이'가 그 풍속적 원형으로 여기 이미 제시되어 있다. 살림이 놀이가 된다는 것에 대한 탐구가 여기 간략하게 소개되는 것이다. 김동인의 창조적 놀이, 운명의 주사위 놀이라는 창작방법은 여기서 우울한 사회구조 속에 삽화처럼 끼어 있는 '삶의 놀이' 혹은 '놀이적 삶'에 대해 말한다. 사실 이 놀이에는 기생 금패가 끼어있지만 더 이상 기생놀이가 아니다. 주요섭에 의하면 능라도를 오르내리는 기생의 놀이배는 부르조아지들의 돈 많이 드는 '노름노리'였으며, 어죽노리는 서민적인 놀이였다.

> 그러나 기생과 술과 노리배는 뿌르조아지들의 노름노리요. 돈 만
> 히 안들고 하로를 유쾌하게 보내는 노리가 있으니 유명한 어죽노리
> 이다. 어죽이라 했으니 고기어 字이면 생선 죽이어야 할 것이나 그
> 실인즉 닭고기죽이다. 二三人이 작반해서 매생이(조고마한 배) 한

이 없었다"라고 외치면서 "漢陽城壁을 탈출"하는 여행의 일환으로 이 송전에 온 것인데, 자그만 천막을 꾸며 찻집을 만들어 '수브니르'라고 命名하고 그 찻집을 꾸민 여러 사람들과 어울려 파티와 고기잡이, 운동회, 구락부, 가장회, 어적노리, 도박 등을 벌이는 것이다. 그가 "주판없는 장사"라고 말했듯이 이 찻집은 뜨거운 시장의 일부이다. 근대적 레저 형태들이 동원되지만 모두 이 '수브니르'의 축제적 공간 속에 녹아들어간다. 김문집은 이 즐거운 곳을 망명객이 노니는 나라 '松田國'이라 부른다. 수브니르는 그 수도이다.(김문집, 앞의 책, 321~326면 참조.)

18) 김동인, <눈을 겨우 뜰 때>, 『개벽』 37호, 1923. 7. 3면.

척을 어더타고 거기에 닭한마리 솟 한 개 나무 한단 쌀 한되 고치장 이러케만 실으면 넉넉하다. 매생이를 반월도에 대이거나 능라도 수양버들 아레 대이거나 또는 아주 상류로 올라가거나 해가지고 활작 벌거벗은 후 玉流에 때 씻처버리고서 한 사람은 닭틔고 한사람은 쌀일고 한사람은 불때고[19]

김동인의 소설 속에서도 거의 동일한 풍경으로 묘사되는 이 어죽노리는 그 소설 속에서는 매우 특별한 것이 되어있다. 왜냐하면 예술품처럼 화려하게 치장한 기생 금패 대신 서민 금패가 끼어있기 때문이다. 그녀는 신선놀이의 무대장치로서 존재하는 기생의 가면을 벗고 이 어죽노리에 참여한다. 웃음과 농담, 즐거움이 이 어죽노리 속에 참여한 금패의 분위기를 장식한다. 그녀의 놀이는 이제야 자신의 자발적인 삶이 된 것이다. 같이 참여한 여러 손님들 역시 즐겁게 자신들이 맡은 일을 한다. 그것은 노동이 아니라 놀이이다. 어죽 요리는 즐거운 요리였던 것이다. 금패는 자신의 미천한 신분을 잊고 이 어죽노리를 통해 즐거운 '살림사리'를 꿈꾸어본다. 그녀는 솥에서 끓고 있는 닭을 뒤로 하고, 흥겹게 담배피우고 노래하며 강가의 물결을 바라본다. 작은 물고기 새끼들이 뛰어노는 것을 그녀는 꿈꾸는 듯한 눈으로 바라보고 있는 것이다.

그는 꿈꾸는 듯한 눈으로 이것을 드려다보면서 머리로는 '살림사리'라는 것을 그려보앗다. 남편과 안해가 힘을 가치하여 온갖 일을 하며 틈이 잇슬때마다 가티 즐거히 웃고 날뛰며 ---아아 그것은 과연 아름다운 '살림사리'에 다름업섯다. '어죽노리' 그것은 살림살이의 한 단편의 축도에 다름업섯다. 만약 살림살이라는 것이 과연 '어죽노리'와 갓다 하량이면 그것은 니야기에 드른 '극락세계' 그것

---

19) 주요섭·주요한, <강서약수와 대동강 뱃노리>, 『신여성』, 1933. 7. 32면.

에 다름 업섯다.[20)]

　어죽노리같은 살림이 있다면 그것이야말로 '극락세계'라고 느끼는 이 감정은 기생 금패, 그러한 살림의 동반자인 남편을 구할 수 없는 처지인 이 금패 속에서 꿈꾸듯이 솟구친 것이다. 이 추락된 한 여인의 운명은 '어죽노리'의 즐거움 속에서 역설적으로 부각된다.

　결국 이러한 놀이는 현실로부터 초월되어 있지만 동시에 그 현실적 삶의 한 縮圖이기도 했다. 김동인은 그 양 측면을 간파하고 있었다. 이 어죽노리에서 보듯이 이러한 것은 기생이라든가 어떠한 사회적 신분과도 상관없는 '벌거벗은 존재들'의 자발적인 참여로 이루어진다. 여기에는 무겁게 우리를 짓누르는 사회조직이 없다. 모두 이 자연의 풍광 속에서 한 자연인으로 이 놀이 속에 들어온다. 요리 역시 어떠한 위계질서 없이 자발적인 즐거운 행위로서 공동적으로 이루어진다. 김동인이 '극락'이라고 느낀 것은 바로 이러한 부분이다. 사회적 천민인 기생 금패는 이 자연주의적 풍경 속에서 사회적 억압의 굴레에 갇힌 자신을 해방시키고 있다. 여기서 요리의 맛은 놀이의 맛이며, 그러한 놀이 가운데 축제적으로 해방된 존재의 맛인 것이다. 이 놀이를 통해서 우리는 억압적인 사회가 형성되기 이전의 원초적인 생활을 엿볼 수 있다. 이 '야생의 식사'는 사회이전의 자연적인 삶 속에서 요리된 음식을 제공한다. 그것은 억압적으로 구속하는 권력 이전의 삶, 이제 막 생성되는 삶의 맛을 제공하고 있다.

　이 어죽노리에 대해서는 이효석의 수필 <柳京食譜>[21)]에도 언급되어 있다. 각기 다른 시기의 여러 글에도 언급되는데 이러한 것들을 보면

---

20) 김동인, 앞의 책, 148면.

21) 이효석, <柳京食譜>, 『여성』 4권 6호, 36~37면 참조.

이 놀이는 일정한 '놀이양식'으로 굳어진 것이었던 셈이다. 그렇게 양식화되었다는 것은 그것의 역사가 제법 오래되었다는 표지일 것이다. 아무래도 그 연원은 상당히 멀리 거슬러 올라가는 것이 아닐까? 아마도 그것은 단오제의 성대한 축제가 소멸하면서 남겨놓은 작은 흔적 같은 것이 아니겠는가? 남녀가 어울리는 이 축제의 한 양식으로 그것은 존재했을 것이다. 이러한 것들을 아직 정확히 확인할 수는 없다. 그러나 우리는 이 놀이양식이 축제의 전체적인 양상 속에서 어떤 위상을 지니는지 점쳐볼 수는 있다. 축제의 신성한 중심인 제사와 그 배후에 전개되는 풍성한 잔치마당으로서의 시장 그리고 그 시장의 전단계인 '난장판'에서 그것은 어디에 위치시킬 수 있을 것인가? 이 어죽노리는 온갖 민속놀이가 벌어졌던 '난장판'과 시장 사이에서 그 존재의미를 찾아볼 수 있지 않을까. 아직 사회와 가정으로 귀환하지 않은 사람들의 축제적 즐거움이 이 옛날의 원초적인 시장에는 풍성한 형태로 존재했다. 우리는 이러한 축제적 시장의 원형을 남효온이 남긴 글에서 발견할 수 있다. 그는 영랑 무리의 그 유명한 '삼일포 놀이'(삼일간 놀았다는 의미를 지명으로 삼아 '삼일포'가 되었다)에 대해 소개한 이후 바로 고성포를 지나 강변에서 밥을 지어먹으며 바라본 고성의 민속제에 대해 이렇게 묘사했다.

> 영동의 민속이 매년 3.4.5월 중에 날을 가려 무당을 모셔다가 수륙의 별미를 극히 마련하여 산신에게 제사를 드리는데, 부자는 말바리로 실어오고, 가난한 자는 이고 지고 와서 신전에 차려놓고 피리를 불고 비파를 타고 연 삼일을 재미나게 놀고 취해 배부른 연후에야 비로소 집으로 내려와 사람과 사고 팔고 하며, 만약 제사를 아니 지내면 한 자치 베도 사람과 매매를 못한다. 고성의 민속제가 바로 이날인지라 가는 길 곳곳마다 남녀들이 몸단장을 하고, 줄대어 끊어지지 아니하며 왕왕 저자와 같이 많이 모인 데도 있었다.[22]

남효온의 이 글에서 확인되는 것은 고성의 축제가 제사와 놀이와 시장으로 이루어져 있다는 것이다. 이렇게 제사와 시장이 연계된다는 것은 다른 지역들에 대한 여러 기록들에서도 확인된다. 예를 들면 박제상이 지은 것으로 알려진 ≪부도지≫에는 '祭市'라는 단어가 나온다. "능히 여러 부족을 통솔하여 先世의 도를 행하며 祭市의 법을 부흥하고"23)라는 부분에 이어서 혁거세 왕은 대구 달성 지역에 朝市를 베풀고 율포 지역에 海市를 열었다고 하였다. 이 '조시'와 '해시'는 이 책의 앞 부분에도 나온 것인데 거기서 그것들은 朝鮮祭라는 제사와 연관되어 있다. 즉 그것은 육지의 짐승과 바다의 생선을 죽여 희생제물로 바치는 제사였다. 이러한 희생제는 그러한 것들을 길러낸 대지의 신들에게 희생제물의 피를 바치는 것이었다.24) 이러한 것들의 원형이 바로 단군신화에도 나오는 '神市'이다. ≪부도지≫에서는 박달나무 숲에 신시를 크게 열고 속죄의 희생물을 구워 제사를 올렸으며, "모여서 노래하며 天雄의 樂을 연주하였다"25)라고 하였다.

이렇게 볼 때 위에서 말하는 '祭市'라는 것은 제사와 시장의 복합형태임이 분명하다. 그런데 여기서 市라는 것은 오늘날 시장과는 다른 것으로서 일종의 축제적 형태에 포섭된 물자교환과 분배였던 것 같다. 위의 朝市에 대해 설명한 부분을 보면 일종의 추수감사제인 報賽를 지냈다고 하였다. 이때는 모두 모여서 잔치하여 모든 물자를 널리 퍼뜨리도록 통용하게 하는 의식을 행하였다고 하였다. 즉 市는 신에게 보답하는 제사의 뒷풀이였던 것이다. 축제는 이 자연의 풍성한 선물에 대해 감사로 보답하

---

22) 남효온, 앞의 책, 155면.

23) 박제상,≪符都誌≫, 한문화, 2002. 102면.

24) 위의 책, 63면 참조.

25) 위의 책, 59면.

고 그것을 먹고 마셔 즐기며 잔치하는 것이었다. 그러한 수확물은 어느 한 쪽에 치우쳐 보관되거나 소유되어서는 안되며 널리 서로 교통되어야 했다. 그러한 수확물의 유통이야말로 인간에 대한 '神의 贈與'를 완성시키는 일이었다. 그것은 결국 신에게 축복을 빌며 그 축복의 선물에 대해 감사드리는 제사의 의미를 완결시키는 일이기도 했다. 시장은 자연의 풍요로운 생산물을 널리 분배하는 일종의 증여 장소이자 그러한 목적을 달성하기 위한 교환장소였던 것이다. 교환은 축제적인 증여의 한 방식 속에서 즐겁고 흥성거리는 시장의 기능을 떠맡았던 것이다. 우리는 선물 증여와 물건 교환이 아직 분리되지 않은 지점을 보고 있는 것이다. 후에 그러한 증여적 개념이 삭제되고 이윤만을 냉정하게 계산하는 시장, 즉 차가운 교환가치가 지배하는 시장이 전개되면서 증여와 교환의 조화로운 합일 상태는 깨져버렸다. 근대 이후 자본주의 시장은 더욱 철저하게 모든 제사와 축제를 분쇄하면서 냉정한 교환행위만을 확립시켜 나갔다.26) 근대 이전의 시장에서 제사와 축제의 흔적이 남아있는 것은 세계 어디에서나 보편적인 현상이었던 것 같다. 정승모는 그리스의 델포이 시장에서 그 비슷한 것이 있었음을 확인시켜준다. 그에 의하면 그리스 중심성소인 델포이 제례기간 중 3일 째 시장이 열린다고 하였다. 그는 또 중세 봉건시대에는 성이나 교회 수도원을 배경으로 하여 도시가 발달했으며 그 도시에서는 축제일을 계기로 시장이 이루어졌다고 하였다.27)

---

26) 우리는 뒤에서 '차가운 시장'과 '뜨거운 시장'의 구분을 시도할 것이다. 여기서 먼저 '차가운' 것에 대해 간단히 언급하자면 그것은 그 시장의 논리를 지배하는 냉혹하고 냉정한 교환활동을 말한다. 슈벨부쉬는 차갑다는 이미지 대신에 건조함이란 이미지를 택했다. 그는 커피의 건조한 성격을 근대적인 원리를 드러내는 것으로 보았다. 그에 의하면 '건조한' 것은 남성적, 가부장적, 금욕적, 반감각적 원리로서 여성적 원리와 구별된다(슈벨부쉬, 『기호품의 역사』, 한마당, 2000. 68면).

27) 정승모, 『시장의 사회사』, 웅진출판, 1995. 39면.

남효온이 전해준 고성의 민속제는 우리 고대의 祭市가 고스란히 살아남아 있음을 보여준다. 거기서 주목되는 것은 만약 제사를 지내지 않으면 한 자치의 베도 매매할 수 없다고 말한 부분이다. 즉 시장의 매매행위는 제사없이는 이루어질 수 없음을 여기서 분명하게 확인할 수 있다. 그 제사는 우리가 위에서 보았듯이 시장의 기능에 축제적 증여라는 특성이 강력하게 자리잡도록 작용한다. 시장은 자연의 풍요를 마음껏 발산시키고 누리며 즐겨야 할 공간인 것이다. 우리는 뒤에서 이효석의 시장 개념을 분석하면서 그의 작품 특히 <주리야> 같은 것에서 그 원초적 축제의 분위기를 다시금 복원시키는 여성적 주인공을 다뤄볼 것이다. 이 원초적 시장은 탈신앙화한 근대적 자본 즉 자기 개인만을 믿는 이기적 개인의 이윤추구 밑에서 억압되고 사라져간다. 그것은 근대문학에서 새롭게 제기될 유토피아적 이미지로 다시 떠오르는 것이 된다.

김동인의 '어죽노리'는 이러한 축제적 시장의 불이 꺼진 시대에 희미하게 그 그림자적 형태로 남아있는 잔재물처럼 보인다. 그것은 '불노리'라는 거대한 축제의 불길이 사라진 곳에서 조용하게 그 남은 불티들을 끌어모은 것 같은 후일담으로 진행된다. 그러나 그것은 이효석의 <산정>에 이어지면서 다시금 얼어붙은 근대적 시장의 차가움 속에서 새로운 삶의 축제적 불길을 되살려내는 작은 놀이이다. 우리는 그들의 즐거운 요리놀이 속에 그저 개별적인 쾌락만이 아니라 새로운 사회를 엮어갈 유토피아적 꿈이 있는 것인지 질문해볼 필요가 있다. 자연 속에서의 놀이는 식민지의 왜곡된 근대국가가 행하는 압박을 벗어나려는 시도로 읽힐 수 있다. 그 놀이의 재료들은 차가운 근대 시장으로부터 자연의 깊은 품속으로 이동한다. 그것은 축제적 시장의 입구에 다가선 것처럼 보인다. 우리가 앞에서 잠깐 살펴본 김문집의 <수브니-르>에서 축제와 놀이와 시장이 서로 융합된 모습을 확인해볼 수 있다. 김문집은 이 글에서 하와 이에서 온 밴드그룹의 흥겨운 소리를 통해 일본의 억압적 분위기를 슬쩍 비난한다. 그의 찻집 '수브니-르'은 식민지 경성의 성벽을 탈출해서 무국적 망명객의 자격으로 들어선 곳에 만들어진 축제적 장소이다. 그것은 일종의 反國家인 '松田國'의 수도인 것이다.

시장의 생산물들을 상품으로 파악하기 이전에 이러한 자연의 증여물(신의 선물)이라고 볼 때 그러한 축제적 시장은 '자연국가'의 근본이 된다. '神市'는 일종의 원초적 자연국가였을 것이다. 자발성이 기초가 되는 이 축제적 시장으로서의 국가는 마치 유토피아의 원형처럼 보인다. 차가운 시장과 그러한 자발성을 억압하고 있는 사회구조와 정치권력의 결집 형태인 근대국가와 대비해볼 때 이 자연주의 국가는 일종의 反國家이다. 이러한 국가에 대해 가장 이상적인 자연철학을 펼친 사람은 아마도 노자일 것이다. 그의 정치술은 자연의 요리술을 기본으로 하고 있다.

구체적인 요리술을 언급하고 있지 않으면서도 양생술과 정치를 자연의 요리로 파악하는 것이 노자의 관점이다. 자연은 그 어떤 것도 구속, 통제하거나 잘라내지 않고 모두를 먹여살린다. 노자는 그러한 자연의 무위자연적 요리솜씨를 인식하고 있다. 그는 《도덕경》 60장에서 큰 나라를 다스릴 때에는 작은 생선을 삶는 것처럼 해야 한다고 충고하고 있다. 작은 생선이란 어떤 주석서를 참조하면 요리할 때 내장이나 비늘과 뼈를 빼내기 위해 그 살을 해체할 수 없을 정도의 작은 생선을 가리킨다고 하였다[28]. 가령 멸치나 은어 같은 것들을 그렇게 해체한다면 별로 먹을 것이 없을 것이다. 즉 정치란 작은 생선을 손상시키지 않고 온전한 상태로 요리하듯이 해야 한다는 것이다. 법의 칼날로 죄를 다스리고 민중의 육체를 고문하는 정치, 인위적인 제도를 통해 강력하게 통제하는 정치

---

28) 王國軒 편, 《노자 도덕경 河上公 章句》, 中華書局, 1993. 235면 참조.

를 비판한 것이다. 노자는 인위적으로 여러 가지 제약이나 법규를 만들어 나라를 다스리는 것의 폐해를 강조한다. 학문적인 지식조차도 비판의 대상이 된다. 《도덕경》 21장은 위 60장과 연결되어 읽히는데, 여기서는 학문적인 지식과 분별심에 대해 비판하고 있다. 그러한 것들 역시 구분짓고 분별하여 금기를 만들고 처벌하는 기준들로 작용할 여지가 있다고 판단한 것 같다. 탈속적인 고독한 존재의 우울한 심리를 노래한 듯한 이 구절은 그러한 제도와 지식으로 무장하며 잘난 척 하는 많은 무리들 속에서 홀로 갓난 아이처럼 자연의 벌판과 大洋 속에 남겨진 한 존재에 대해 말한다.

> 중인이 다 여유가 있는 것 같은데 나 홀로 모자라는 것 같다. 나는 어리석은 자의 마음처럼 멍하며 혼돈스럽다. ---고요하기 바다와 같고, 바람이 거칠게 부는 것처럼 그칠 데 없다. 중인은 모두 어딘가 쓰임이 있는데 나 홀로 외따로 버려져 있다. 나는 홀로 다른 사람들과 달리 食母를 귀히 여긴다.[29]

이 구절을 주석하면서 노재욱은 이 식모를 "만물을 키워주는 어머니로서 자연"을 일컫는다고 하였다. 노자는 마치 아이가 어머니의 젖가슴에 의지하듯이, 대자연의 품 속에서 먹고 마시는 존재로 남아있는 자기자신의 모습에 대해 노래했다. 여기에는 육체와 정신 모두를 키워주는 어머니 자연이 나타난다. 이 부분에서 자아의 양생술적 측면은 사회적 지식과 제도에 대립하며 자연으로 복귀하는 것을 가리킨다. 사람들은 가장 낮고 어리석고 어두운 것처럼 보이는 자연의 소박하고 순진함으로 회귀해야 한다는 것이다. 이렇게 인간을 자신의 젖으로 키우는 자연을 가리켜 노자

---

29) 노자, 노재욱 편역, 《도덕경》, 자유문고, 1994. 92면.

는 '食母'라고 했다. 그것은 다른 부분에서는 현묘한 암컷(玄牝)이라는 말로 표현되었다.

이와 같이 동양의 요리철학에서는 그것이 문학과 역사, 철학과 정치에 관련될 때조차도 그 가장 중요한 근본은 자연의 현묘한 理法 속에 갈무리되었던 것이다. 이러한 요리 철학은 자연의 재료를 자연스런 순리대로 적절히 처리하며 가공하고 숙성시킴으로써 인간에게 맛깔스런 음식을 제공한다. 그것은 나아가서 여타의 지식과 행동에서도 자연의 이법에 따라 움직이게 하는 근본 지침이 된다.

그러나 서양의 요리 이론은 이렇게 자아와 세계를 조화롭게 다스리는 '자연의 요리술'보다 개인의 식욕적 쾌락이나 그러한 쾌락들을 지배하는 권력의 문제에 관심이 있다. 성욕의 동물적 광포함과 육체적 쾌락들이 요리에 대한 욕구와 연관된다. 혹은 권력의 이해관계에 얽혀 어떤 음식들이 지배적인 음식이 되는가? 또 그러한 힘들 속에서 '자아'의 정체성과 욕망을 드러내기 위해 사람들은 어떤 요리를 찾는가 하는 것들이 관심 대상이 된다. 힐만은 프로이트의 성욕이론을 그의 필사본들을 정리하면서 식욕이론으로 재해석하는 독특한 시각을 보여주었다.[30] 구강은 무엇보다도 성욕과 식욕의 긴밀한 상관성을 입증하는 성기관처럼 여겨졌다. 음식을 즐긴다는 것은 구강이 요구하는 맛에 대한 욕망을 충족시키는 일에 연관되었다. 일종의 '맛에 대한 정신분석'이 시작되어야 할 것처럼 프로이트를 다시 읽기 시작한 이 책은 그러나 맛 자체에 얽힌 욕망의 미세한 풍경을 그렇게 정교하게 추적하고 있지는 않다. 다만 음식들은 여러 성욕적 풍경을 비유하는 기호들로 제시되고 있을 뿐이다. 그러나 그보다는 식욕 자체에 대한 정신분석을 해야 하는 것은 아닐까. 성욕을

---

30) 제임스 힐만·찰스 보어, 『프로이트는 요리사였다』, 황금가지, 2001.

육체적 쾌락(즐거움)의 가장 밑바닥에 위치시키고, 다른 여러 감각들, 시각이나 촉각, 미각, 청각 등을 통해 그것(성욕)이 스며 올라오는 것으로서만 파악해야 하는 것은 아닐까? 혹은 그 반대로 그 각각의 감각들이 추구하는 어떤 즐거움들을 하나의 육체적 통일성 속에서 파악하는 것으로서만 성욕적 쾌락을 다루어야 하는 것일까? 이러한 질문들은 필자가 전개해야 할 이 글의 논지를 넘어서서 계속적으로 탐색해야 할 즐거운 과제이기도 하다.

시드니 민츠는 음식의 정치적 측면과 상징적 의미에 대해서 주목했다. 그에 의하면 음식을 소비하는 것은 "자신의 정체성을 확인하고 커뮤니케이션하는 방식이 되는 것"이다. "행복이나 자유를 느끼기 위해 음식을 동원하는 경우는 널리 퍼져 있으며 사람들은 그것을 쉽게 이해한다"고 그는 말한다. 그에 의하면 음식은 생리적인 충족보다는 '상징적 의미'에 이용되는 경우가 많다는 것이다. 일종의 허위의식으로서 자신이 특별한 존재라는 느낌, 자유와 자신감의 느낌이 그러한 요리의 소비와 관련된다고 그는 보았다[31]. 그는 또 음식에 개입하는 권력의 문제를 다루기도 했으며, 흑인 노예들이 그러한 권력의 그물 속에서 어떻게 혼성적인 요리를 독창적으로 개발할 수 있었는지 말하기도 했다.

우리는 이들에게서 동양적인 관점과는 다른 시각을 만날 수 있다. 이들은 자연 일반이 아니라 한 개별적 인간에 국한된 특수한 육체적 욕망을 다룬다. 프로이트는 물론 '대양적 감정'이라는 표현으로 문명 일반과 대립하는 자연 일반으로서의 '충동'을 다루기는 한다. 그러나 그것은 인간적 이성에 의해서는 어디까지든지 이해하기 힘들고 규정할 수 없는 일반적인 '동물성'[32]으로서의 자연이었다. 자연의 현묘한 理法같은 것은 거

---

31) 시드니 민츠, 『음식의 맛, 자유의 맛』, 지호, 1992. 54면.

기 전제되지 않는다. 노자의 '혼돈'이나 '현빈' 같은 개념이 어떻게 보면 이러한 프로이트적 자연 개념과 비슷할지 모른다. 그러나 노자 역시 자연의 헤아릴 수 없는 지혜를 그러한 '동물적 차원'에 묶어놓은 것은 아니다. 동물성이 미처 알지 못하는 광막한 자연의 지혜[33]에 사회와 문명적 지식이 미치지 못함을 비판하고 있을 뿐이다.

아무튼 힐만과 민츠의 관점은 그러한 동물적 자연으로서의 충동을 바라보면서도 약간은 서로 다른 관점으로 그것을 포착하고 있다. 힐만이 자아보다는 이드의 영역에 해당하는 성욕의 상징들로 그러한 요리들을 보고 있다면, 민츠는 그것을 그와 달리 식욕과 관련된 자아의 이데올로기적 상징들로 보고 있다. 이것은 매우 중대한 차이점이다. 요리가 성욕의 상징적 풍경인가 아니면 자아의 식욕적 이데올로기인가 하는 것이 문제이다. 민츠에게 이 자아의 이데올로기적 상징성은 자아와 사회, 정치 권력의 교차점에서 생성되는 것처럼 보인다. 그는 이 문제를 구체적으로 제시한 적은 없지만 요리에 개입하는 권력의 문제들에 관심이 많은 것을 보면 그의 생각 속에는 분명 이러한 교차점이 존재할 수 있을 것이다. 그런데 자아의 성욕적 풍경이나 자아의 미시정치학적 풍경(자기의 이데올로기)[34]은 여기서 별로 문제되지 않는다.

---

32) 이 동물성은 자연성 전체와 같은 것이 아니라 그것이 어느 개별적인 부분에 갇혀있는 것이다. 그것은 예를 들면 어떤 개체의 공격본능 같은 것이 되는데 그것은 자연 전체의 질서에 대한 깨우침 이전에 스스로 속에 갇힌 어둠과도 같은 것이다. 프로이트에게 본능적인 동물성이이란 이렇게 쪼개어진 자연의 단편이다.

33) 이러한 자연의 지혜는 인간의 어떤 지식도 빠져나갈 수 없는 天網이란 개념 속에도 있다.

34) '자기'의 이데올로기는 사회구조나 정치적 이해관계라는 객관적인 층위를 그대로 옮겨온 것이 아니라 '자아' 자체의 구성적 역학에서 그러한 객관적 층위와 엮이는 자아의 주체적 풍경을 말하는 것이다.

3. 빵의 문학과 능금의 문학

우리 근대문학에서 빵(밥)과 예술 사이의 문제는 언제나 갈등의 문제였다. 김기림이 <식전의 말, 우리의 문학>[35]에서 다루었던 예수의 그 유명한 "사람이 팡(빵)으로만 사는 것이 아니다"라는 말도 그러한 갈등의 시각에서 해석된다. 1920년대 중반 이후 가난한 자의 편에 선 카프의 프로문학은 일종의 '빵의 문학'이었다고 할 수 있다. 그것은 빵을 위해 그것이 불평등하게 분배되고 있는 것을 지적하고 비판하며 그 불평등한 구조를 바꾸라고 외친 문학이었다. 김기림 역시 비슷하게 예수의 언행을 비판한다. 예수의 위의 말은 그가 아마도 식후에 했을 것이라는 것이다. 예수는 그 말을 식후에 한 것이며, 예언자로서가 아니라 생리학자로서 한 것이라고 그는 해석한다. 김기림은 예수의 그 말에 깃든 사상(상부구조적 이데올로기)을 생리학적 기초(빵을 먹은 신체) 위에 세워놓았다. 그리고 그는 식민지 상황에서 우리의 관념적 위축이 생산활동 즉 빵의 부족에 있다고 단언한다. 그의 결론은 이렇다.

> 우리들 문학--그 사회의 관념형태의 일부분--에 만혼 접촉을 가지려고 하는 문학 지원자들도 한거름 퇴각하야 '팡'에 대하여 더 진지한 관심을 가질 것"[36]

이기영은 자신의 글 <문예적 시감 수제>[37]에서 대다수의 시민이 기아선상에서 한 조각 빵을 얻기 위해 악전고투하는 마당에 이러한 현실과는 아무 상관없는 것 같은 환영적 소설들이 있다고 비판하기도 했다.

---

35) 『조선일보』, 1931.4. 7~4. 9.

36) 『조선일보』, 1931. 4. 9.

37) 『조선일보』, 1933. 10. 25.

이보다 앞서 이병기도 배고픈 사람들에게는 시보다 밥을 주어야 한다고
말했다[38]. 이렇게 빵에 대한 관심, 즉 생존을 위한 투쟁적 관심은 일종의
'빵의 사회학'과 '빵의 정치학'에 속하는 것이다. 사실 식민지라는 열악
한 상황에서 예술 역시 이러한 사회정치적 관심에 기울어져야 한다는
것은 어쩌면 당연한 사회적 추세였다. 그러나 그러한 관심에의 열도가
단지 그러한 주제에 대한 집착에 떨어짐으로써 실제로 문학 작품 속에서
실현된 빵의 사회정치학은 매우 빈약한 관념적 수준에 머무르게 된 것도
사실이다. 그것은 사회구조에 대한 정치경제학의 앙상한 골조에다 현실
의 에피소드적 가상들을 입혀놓았을 뿐인 영양실조적 작품들을 만들어
내는데 그쳤다. 이렇게 된 근본이유 중의 하나는 당대 문인들이 빵을
먹는 주체에 대해서는 지나치게 무관심했기 때문이다. 그들은 그것의
생산과 분배에 관련된 사회구조만을 문제삼았다. 따라서 인간의 풍경은
단지 사회구조의 가면으로만 나타났다. 우리가 위에서 언급한 김기림의
글 역시 그러한 무지를 드러낸다. 그는 예수의 생리학적 기초(빵을 먹은
신체)에 대한 인식으로부터 너무 재빨리 빵에 대한 생산활동으로 넘어갔
다. 주체의 욕망은 단지 사회 계급의 욕망으로만 환원되었다. 당시 문학
의 빈곤은 인간학적 자아의 풍경이 제거된 결과였다. 그러나 빵은 단순히
빈부의 추상적 기호가 아니라 자아의 식욕에 다가서는 다채로운 얼굴로
쪼개져야 했다. 노동, 자본 등의 사회적 요소는 이러한 자아의 얼굴을
통해 들이미는 자연의 힘, 즉 개별적인 육체적 충동이나 전체적인 자연의
혼돈적 理法과 자아의 미시정치학에 관련되는 일정한 부분들로서만 취
급되어야 한다.

　이렇게 보면 오히려 빵을 위한 문학에 발을 벗고 나섰던 프로작가들보

---

38) 이병기, 「조선어연구가 필요」, 『문예공론』 창간호, 1929. 5. 28면.

다 그들이 비판 대상으로 삼았던 李箱같은 작가의 작품 속에서 훨씬 깊이
있는 '빵의 진실'이 드러난다. 그의 <날개>를 비롯해서 <어리석은 석반>
이나 <哀夜> 같은 작품들은 각각 특이한 형태로 빈약한 빵과 고통스런
생존의 문제를 각기 독특한 상상력으로 파헤치고 있다. 그것은 사회학이
나 정치경제학 개설서가 묘사하는 사회현실의 구조적 풍경과는 전혀 다
르게 그러한 문제를 취급하고 문학적으로 해석해서 파고들어 감으로써
그가 이해한 세계를 보여준다. 이상의 문학에서 빵 문제는 언제나 그
가장 비참한 경지의 육체와 연관된다. 그 빵을 요구하는 육체는 스스로를
상품화하는 '매춘'의 형태로 드러난다. 이상에게 이 매춘부는 당대 사회
의 상징적 축약도와도 같다. 그의 많은 작품들 속에 매춘부가 나오며,
이 이미지는 사회 전체 속에 스며들고 심지어 연애 대상이 되는 여자들의
이미지 속에도 침투한다.

　<哀夜> 같은 작품에서 타락한 매춘부적 성은 전면화된다. 거기서 묘
사되는 것은 빵 문제 때문에 기괴하게 일그러진 성욕적 풍경이다. 자신의
식욕을 제대로 해결하지 못해서 거리에 나서고 자신의 성욕을 일그러뜨
리면서 타인의 성욕을 위한 수치스런 캔버스가 되는 그 육체가 거기 제시
되어 있다. 사회학적으로 혹은 정치경제학적으로 설명할 수 없는 삶의
복잡한 의미가 여기서 다양한 사물과 상황이 얽혀있는 복합적 이미지로
제시된다. 거기에는 그러한 기괴함에 대한 폭로 이상의 강력한 비판이
숨겨져 있다.

　이상의 다른 여러 작품들 속에서 우리는 음식에 대한 새디즘을 발견할
수 있다. 가령 <어리석은 석반>에서 주인공이 쾌적하게 즐긴다고 하는
음식들은 모두 간장에 조린 짜디 짠 것들 아니면 마늘처럼 매운 것들이
다. 그는 마을 사람들이 자신들의 생존을 위해 오랫동안 보존할 수 있는
형태로 만들어놓은 소금에 절인 것들을 즐겁게 먹는다. 물론 이 즐거움은

매우 역설적인 것이다. 자신을 괴롭히는 그러한 음식에 대한 마조히즘은 그의 특유한 '악의 충동'에 의한 새디즘39)에서 비롯된다. 새디즘의 충동적 채찍질에 의해서 싫어하는 음식에 대한 탐닉이 가학적으로 시도된다. 이상의 이러한 심리학 속에는 생존이 짓눌린 당대 민중적 존재들에 대한 연민과 동시에 지배권력의 채찍에 대한 증오가 동시에 작동한다. 이 심리학 속에는 사회의 정치경제학이 은유적으로 작동하고 있다. 그러나 그 은유는 단지 사회현실에 대한 지시적 차원으로 그치지 않는다. 그것은 사도-마조히즘의 교묘한 역설적 전도를 통해서 그러한 사회질서의 안정된 구조를 파고든다. 그것은 축제적 전복을 즐기는 가운데 파괴적인 심리적 에너지를 강력하게 투자하고 있는 것이다. 리얼리즘 문학이 밋밋한 사회학적 윤리교과서 정도에 머무르고 있다면, 이상의 이러한 축제적 심리학적 풍경은 사회학적으로 잘 포착되지 않는 심리 영역과 미시정치학적 영역이 복합된 지대에 들어서고 있다. 그것은 미묘한 파열적 힘을 그 미묘한 지대 속에서 선동한다. 그것은 자아의 내면적 드라마가 사회의 정치경제학 속에서 갈등을 일으키며 작동하는 그 긴장관계를 펼쳐 보여주면서 사회 속에서 자신의 길을 튼다. 그것은 현실 속에서 살아 움직이

---

39) 그는 <어리석은 석반>에 나오는 개를 통해서 야수적인 성욕을 표현했다. 신경질적으로 코를 씰룩이는 이 개의 성욕은 공격적인 탐욕을 발산할 수 없이 억제되어 있다. 그 억제된 악의 충동이 이상의 중요한 주제 중 하나이다. 이상의 새디즘은 '부엌의 새디즘'이라고 할 만한 것이었다. 그것은 수필 <조춘점묘> 중의 <斷脂한 처녀>에 보인다. 봉건적 가부장적 논리에 순응하는 양같이 얌전한 처녀가 손가락을 자른 것에 대해 이상은 여자의 부엌에서 일어나는 일상적인 살해와 연관시킨다. 부엌의 요리 풍경은 생선과 야채들을 자르는 칼질 속에서 강력한 새디즘적 풍경으로 해석된다. 이상은 그의 시 <銃口>에서 이 새디즘을 충동적 언어에 연결시켰다. 이 시에서 황홀한 성적 감각에 타오르는 공격적 육체가 총으로 비유되었다. 음식을 삼켰던 소화기관은 거꾸로 강력하게 무엇인가를 내뱉는다. 그의 말과 언어는 이렇게 공격적인 육체의 언어인 것이다.

는 자아의 미시정치학을 이룬다.

　당대 작가들 중에 이효석만이 자신의 여러 작품 속에서 빵의 문제를 전혀 다른 방식으로 이야기했다. 그 역시 카프 측 작가들에게 많은 비판을 받았었다. 그러나 식민지 시대를 통해서 그 만큼 사회 비판(정치경제학적 비판)적 지식(이성)에 육체적 충동을 노골적으로 대립시킨 작가는 없었다. 그는 <수탉>과 <오리온과 능금> <주리야> <10월에 피는 능금꽃> 등을 통해서 줄기차게 사회적 규율과 이성적 질서를 파괴하는 '능금'의 이미지를 제시해주었다. 그에 와서 빵의 사회학(정치경제학) 옆에 빵의 정신분석이 매우 또렷하게 자리를 잡았던 것이다. 즉 생존을 위한 음식에서 쾌락을 위한 음식이 자기 권리를 주장한 것이다. 생존할 음식도 마련되지 못했는데 무슨 쾌락인가 하는 것에 대해 이효석은 그렇지 않다고 단호하게 대답한다. <주리야>[40]에서 사회주의 이론의 실천가이자 이론가인 주화 옆에는 자신의 고향 마을인 성진의 바다 빛을 화려하게 발산하는 주리야가 있다. 그녀는 바다의 생동적인 이미지를 퍼뜨린다. "생활의 잔치마당"인 공설시장을 사랑하는 주리야는 "유물론의 철학은 공설시장의 철학에서 시작되고 **의 감격은 공설시장의 감격에서 시작되는줄 모르세요"라고 주화에게 따진다. 마리네 디트리히가 <모록코>에서 불렀다는 <능금의 노래>를 부르면서 이렇게 시장의 철학을 그녀는 편다. 그녀가 '신성한 풍경'이라고 부르는 이 시장은 수많은 산물들이 넘쳐나고 수많은 사람들이 뒤섞여서 활기차게 "복가치는 풍경"을 제공한다. 그녀는 대지의 풍요가 넘치는 시장의 축제적 풍경을 소묘한다. 그 시장은 자본주의적인 특징에서 벗어나 있으며 사회주의적 시각에서도 파악되지 않는 원초적 풍경으로 제시되어 있다. 그녀의 능금으로 대표

---

40) 『신여성』, 1933. 3.

되는 사물들은 교환가치적 질서에 갇혀 있지 않다. 빵과 커피, 아스파라가스, 샐러드 등은 자본주의적 상품의 물신성이란 표피를 넘쳐 흘러서 자연의 생명력으로 충만하다. 시장의 풍경은 냉정한 (건조한) 교환의 풍경이 아니라 들뜨고 시끌벅적하며 사물들이 퍼뜨리는 생기로 파도치고 있다. 그것은 우리가 앞에서 논의했던 뜨거운 축제적 시장에 속해있는 것이다.

그녀의 애인인 주화의 다음과 같은 말에서 그녀에 대한 이효석의 관점이 어떠한 것인가를 잘 알 수 있다. "그러면 야채를 배경으로하고 바구니를 들고섯는 주리야의 초상화가 예수를 안고선 마리아의 그림보다도 성스럽단 말이지". 주리야가 시장의 풍경을 '신성한 풍경'이라고 한 것에 대해 주화가 반문해본 말이다. 그의 반문 속에는 작가의 결론이 들어 있다. 이 매우 원초적인 풍경은 마르크스 정치경제학에서는 역사적 발전 과정에서 이미 몰락해서 사라져버린 고대적 풍경에 불과할 따름이다. 자본주의 시장과 그것을 폐지시킨 사회주의 계획경제라는 두 가지 그림만이 존재하는 사회주의자들의 시선 속에서 그것은 매우 퇴영적이며 복고적으로 보인다. 그러나 이효석은 바로 사회주의 이념을 갖고 투쟁의 전선에 뛰어든 주인공 주화를 전복시키기 위해서 이 주리야를 택했다. 이 순진무구한 처녀는 사회주의 투사들의 세계 속에서는 금단의 열매인 '사랑'의 능금을 통해 그 사회주의적 이성들을 휘저어 놓는다. 그들의 금욕주의적 이성은 이 능금의 마녀가 퍼뜨리는 사랑의 향기 때문에 혼란에 빠지고 파탄된다.

이효석은 빵을 위한 금욕주의적 이성의 투쟁은 문제가 있는 것이라고 말하는 것인 셈이다. 그 역시 빵의 결여를 문제 삼지만41) 그는 주리야를

---

41) 이효석은 <수탉>에서 '능금'을 필요한 식욕이라고 말한다.

통해서 자본주의적(정치적으로는 제국주의적인)인 이성이건 사회주의적인 이성이건 그것이 개인들의 욕망의 풍경을 이해하려는 시도가 없이는 어떤 유토피아도 가져오지 못할 것임을 경고하고 있다. 주리야의 시장은 노동과 자본의 시장이 아니라 자연의 원초적 생명력을 풍성하게 유통시키는 공간, 생존과 소비가 아니라 자연의 선물인 생산물들의 맛을 즐기는 축제의 장으로서의 시장이다.[42] 주리야는 생존적인 근검절약보다는 즐거운 소비를 택한다. 그녀는 시장의 수많은 상품들 속에서 가볍고 경쾌하게 춤추듯 거닐며 그것들의 맛에 취한다. 그녀는 돈(화폐)에 짓눌리지 않고 그 풍성한 채소와 과일, 고기들 속에서 대지적 풍요를 만끽한다. 그 시장 자체의 풍성함을 즐기고 찬양하는 그녀 앞에서 화폐단위란 지나치게 이성적이며 지나치게 현실적이다. 그녀는 시장의 고대적 영혼이며, 현대적 소비자이다. 그녀는 시장에서 생존이나 과시적 소비를 위한 상품들을 보는 것이 아니다. 오히려 거기에서 그녀는 자연의 생산물들을 광범위하게 교통시키고 그러한 것들을 자신의 자발적인 살림살이 속으로 들여와 그 삶의 작은 축제를 가능하게 만드는 것들을 발견할 뿐이다. 자본주의적 시장 풍경과 대립되는 원초적 시장의 수호자로서 주리야는 성스

---

42) 우리는 이미 앞 장에서 이러한 시장의 개념을 다룬 바 있다. 그것을 대략 '뜨거운 시장'(원초적 축제적 시장)과 '차가운 시장'(자본주의적 시장)으로 구분해볼 수 있을 것이다. 차가운 냉소적 이기주의를 바탕으로 철저하게 이윤을 추구하는 차가운 교환이 자본주의 시장의 특성이다. 신의 축복에 의해 증여받은 선물의 연장선 상에서 자신의 수확물들을 서로 타인들에게 제공하며 또한 제공받는 축제적 교환의 시장을 그것과 대립시킬 수 있다. 비자본주의적 시장에서 이러한 축제적 교환이 무너진 경우를 어떤 적대적 종족 끼리의 시장에서 볼 수 있는데 정승모는 그것을 '침묵교역'이란 형태로 소개했다. 이 두 적대적 종족들은 서로 말 한마디 없이 필요한 물건만을 교환하고 사라지는데 미리 정해진 교환율에 따라 상대방이 없는 틈에 물건을 들고 사라진다. 아마도 이러한 적대적 교환이 자본주의적으로 세련화된 것이 근대시장일 것이다. '침묵교역'에 대해서는 정승모, 앞의 책, 38면 참조.

러운 후광을 업은 신화적 존재로 이 자본주의적 식민지 사회 속에 들어와 있다.

이렇게 축제적인 '뜨거운 시장'의 분위기를 조용히 가라앉힌 형태로 은은한 추억처럼 회고하는 것이 백석의 시들이다. 그의 <오리>는 淸明節날 밤의 떠들썩한 오리떼를 대상으로 쓴 시이다. 이 시에서 오리들은 마을 사람들과 장터의 떠들썩하고 흥겨운 분위기를 환기시키는 매개체이다. 주인공은 오리의 울음소리들과 사람들의 즐거운 말소리들을 상응시킨다. 그러나 그러한 것들은 모두 따뜻하고 깊은 어둠 속에 묻혀있다. "옆에서 누가 뺨을 쳐도 모르게" 어두운 밤이라는 이미지는 모든 존재가 녹아들어 한데 섞여있는 것 같은 미묘한 분위기를 만들어냈다. 이 어둠은 모든 것을 하나로 만든다. 단지 그 속에서는 즐겁고 떠들썩한 이야기와 말소리들만이 가득할 뿐이다. 이 '축제적 어둠'이란 독특한 이미지를 백석은 만들어냈다. 그러나 여기서 주인공이 장터에서 사온 오리는 장에서 침을 놓는 홀아비 영감이 판 것이다. 짝이 없는 오리는 그 홀아비 영감과 옛날 자신의 사랑을 놓치고 홀로 남은 주인공을 대변한다. 따라서 주인공을 둘러싼 어둠은 저 먼 과거에 대한 그리움으로만 남은 주인공의 추억과도 같은 것이다. 장터에서 사오는 오리는 그 과거를 향한 그리움을 선명하게 해준다. 그것은 멀리 물러선 과거처럼 지워진, 그러나 그 속에 그 모든 것이 녹아있는, 어둠 속에서 마치 그 사랑에 대해 노래하듯이 시끄럽게 울어댄다. 주인공은 그 홀아비 영감에게서 추억을 사는 것이며 그 영감은 그것으로 술을 산다. 이 장터는 사랑과 도취의 아련한 향기만으로도 따뜻한 공간이 된다. 어둠의 두께에 감싸인다는 것은 여기서 고독을 위로하는 방식이 된다. 그 어둠은 마을과 장터의 훈훈한 삶을 가득 채워가지고 있기 때문이다.

우리는 주리야를 통해서 그녀의 '바다'와 '능금' 그리고 '시장'의 기호적 등가성을 확인할 수 있다. 그녀는 풍요의 신화적 기호인 뱀의 과일 즉 능금에 대한 식욕을 드러내는데 그것은 바로 '바다'의 원초적 생명력에 대한 향수인 것이다. 주리야가 거니는 시장 역시 자본과 노동을 얽어매는 교환가치에 오염되어 있다. 그러나 주리야는 그러한 사회적 가면들을 꿰뚫고 지나간다. 그녀는 그러한 가면들로 이루어진 사회 속에서 출렁이는 '바다'와 대지적 자연의 야생적 생명력을 힘껏 들여마시는 것이다. 거기에는 주리야의 사랑이 매개되어 있다. 시장의 풍요는 주리야의 사랑을 통해 자연의 풍성함을 드러낸 것이다.[43] 물론 이것은 리얼리즘적인 냉정한 시선에 의해 포착되는 것은 아니며, 대상의 한 특성을 다소 부풀어오르게 하는 낭만적 몽상 속에서 형상화된 것이다. 백석의 추억의 장터 역시 이루지 못한 사랑에 대한 그리움, 그 아련한 되새김 속에서 존재한다. 그것은 사라져가는 축제적 시장을 가리키고 있다. 백석은 추억이라는 애틋하고 서정적인 방식으로 그것을 간신히 부여잡고 있다.

4. 커피와 능금과 바다 ― 도피선 혹은 자연을 향한 길

이효석은 주리야를 통해서 당대 여인들의 서구적 취향을 어느 정도

---

43) 이러한 사랑이 상품화된 사랑으로 타락할 때 이상의 작품에서처럼 매춘부적 성이 출현한다. 이상의 작품들에서 연애대상이 되는 여자들은 흔히 매춘부처럼 여겨진다. 그녀들은 근대 자본주의적 이해타산에 깊이 물들어 있다. 사랑은 이해득실을 따지는 시장으로 끌려 들어간다. 이상이 황무지를 자주 그리는 것은 바로 자신 속에서 말라버린 사랑 때문인 것이다. 대지적 성욕을 그는 <권태>, <산촌여정>, <어리석은 석반> 등에서 그리워한다. 그것은 말라붙은 대지의 심연 속에서 올라오는 것이다.
이렇게 교환가치에 의해 오염된 사랑의 문제가 김기림의 글에서도 분명하게 나타난다. 그는 수필 <진달래 참회>에서 "애정과 선물은 초보적 산술법칙에 의해 교환"되는 행태가 백화점 선물코너에서 일어난다고 하였다.

반영했다. 아마 그 작품이 대중적 여성지에 발표된 것임을 생각한다면 그것은 어떤 면에서 여성 독자들의 취향을 염두에 둔 것이지 않을까? 새로운 근대적 문물에 대한 호기심과 결부된 패션이나 음식들은 모두 새로운 세계에 대한 꿈 혹은 이국적인 먼 나라에 대한 동경에 어느 정도 관련되어 있었다. 비록 그러한 것들이 식민지 지배 자본들의 상업주의와 관련된다고 해도 그러한 경제적 측면만으로 그러한 호기심과 취향의 모든 것을 설명할 수는 없다. 문학 작품들에서 새롭게 나타나는 사물들은 새로운 감각과 꿈에 연관되어 있다. 새로운 문학은 낡은 유토피아적 상징을 무너뜨리고 그러한 것들을 통해 새로운 유토피아적 세계를 그려낼 수 있었다. 김기림과 이효석에게서 능금이란 기호는 바로 그러한 것이었다. 김기림의 홍옥은 야생적 낙원의 과일이었으며, 이효석의 능금은 금단의 과일, 현실의 규제와 규율을 무너뜨리면서 갖게되는 작은 축제적 쾌락을 의미했다. 이효석에게 커피 역시 룸펜들의 꿈과 공상을 가능하게 해주는 기호품이다. 커피의 이러한 속성은 이병각의 <茶와 나>(『여성』2권2호), 이선희의 <茶黨女人> (『별건곤』 1934.1.)등의 수필에서도 엿보인다. 이러한 커피의 낭만적 속성, 구름의 수분을 품고 있는 몽상적 속성은 서구 근대 부르조아지의 건조한 커피와 매우 다른 것이었다. 슈벨부쉬는 건조한 근대적 원리를 커피의 속성에 부여하고 그것을 금욕적, 가부장적, 남성적인 커피하우스의 분위기를 드러낸 기호로 보았다. 이 부르조아적 카페는 정보의 백화점이었고 토론장이었지 몽상의 장소는 아니었다. 그러나 이효석의 <낙랑다방기>를 비롯해서 이병각과 이선희의 글들을 보면 카페와 다방에서 커피와 홍차 등은 거기서 흘러나오는 음악과 더불어 몽상적인 세계로 안내하는 기호품이었다.

이효석의 <空想俱樂部>에 나오는 인물들은 거리의 찻집을 순례하면서 커피를 마시고, 그 커피의 김 속에서 이상적인 나라를 꿈꾼다. 그러한 꿈은 이효석에게는 노동과 예술의 합치, 문명과 자연의 합치였다. 이러한 꿈들은 이효석의 작품에서는 언제든지 '바다'의 이미지 속에서 전개된다. <공상구락부>에서 커피를 마시며 꿈꾸는 나라도 역시 남양의 한 섬처럼 묘사된다. 그 '바다'는 생기발랄한 주리야의 생명력 뒤에 버티고 있는 배경이다. <독백>의 '바다'는 종묘장의 돼지우리 속에 펼쳐지는 원초적 풍경(생식적인)과 연관된다. 여주인공의 타오르는 몸이 이 '바다' 이미지와 겹쳐져 있다. 사루비아의 타는 듯한 붉은 빛은 그러한 육체적 생명력을 상징한다. 그녀의 마음 속에는 바다 소리가 들리는 조개껍질이 들어있으며, 마음의 붉은 꽃은 그 조개를 열고 광막하게 펼쳐진 남쪽 바다를 바라본다. 그 잠든 바다를 뒤덮은 하늘은 타오르고 있으며 그 하늘 속에는 익을대로 익은 '능금' 송이같은 새빨간 별들이 매달려 있다. 이효석의 이 시적인 소설인 <독백>에서 '바다'와 '능금'의 기호는 상상적으로 확장되면서 마치 꿈의 변신술적 이미지처럼 된다. 바다, 돼지, 여주인공의 육체, 사루비아 꽃, 마음 속의 조개, 능금, 별은 꿈의 풍경 속에서 서로 이질성을 뒤섞는다. 그것들은 서로를 마시고 호흡한다. 이러한 몽상의 축제는 하나의 '사랑의 세계'를 창조하면서 매우 아름다운 원초적 풍광을 펼쳐 보인다.

　이효석은 이 '바다'의 원초적 생명력을 구속적인 현실을 상징하는 '학교'와 대비시켰다. 그는 <수탉>과 <蝶螺>에서 그 대비법을 전개했다. <수탉>의 주인공 을손은 학교 농장의 능금을 따먹은 일이 들통나자 제재를 피해 어느 구석진 '괴상한 곳'(화장실) 속에 숨는다. 한 사람이 간신히 웅크리고 있을만한 좁은 공간은 여기서는 일종의 에덴동산을 암시하는 듯하다. 그곳에서 담배를 피우는 주인공은 마치 아담과 이브처럼 벌거벗은 모습으로 그려진 나체화를 마주하고 있다. 유치한 필치로 끄적거려진 낙서와 그 나체화가 그려진 이 공간은 위반의 자유가 허용된 곳이다. 담배를 피우는 즐거움과 낙서를 하는 즐거움은 모두 법규를 위반하는 즐거움인 것이다. "능금을 먹은우에 담배를 피우며 락서를 하며---'위반'을 거듭하는 동안에 을손은 문득 학교가 실혼 생각이 불현듯이 들었다"44). 학교 속의 이 에덴적 공간은 학교의 법규를 위반하는 즐거움으로 가득한 장소이다. 이 '괴상한 곳' 속에 이효석은 그 특유의 '바다' 이미지를 집어넣었다. 을손이 가장 마음 편하게 거할 수 있는 그 곳은 그에게 "마치 바닷물 속에 잠겨잇는 것과도 가티 몸이 것분한 까닭"이라고 표현된다. 이러한 위반의 낙원은 성경 창세기적 낙원 신화의 문법을 전복한 것이기도 하다. 왜냐하면 거기서는 금단의 과일인 능금을 따먹는 위법 행위는 바로 낙원의 상실을 의미했기 때문이다. 이효석은 이 현실의 학교라는 것이 신의 법에 의해 유지되는 그러한 야생의 동산과는 전혀 다르다는 것을 강조하고 있다. 왜냐하면 이 현실에서 능금이란 '사치한 욕망'이 아니라 '필요한 식욕'이었기 때문이다. 에덴동산은 그러한 식욕을 마음 껏 채울 수 있는 낙원이었다. 그러나 이 현실에서 학교의 규율에 지배되는 과수원은 배고픔마저 외면하고 있는 공간인 것이다. 한 인간으로서 기본적으로 요구해야 할 식욕이라는 것이 그것을 규제하는 모든 현실의 질서에 도전하며 금기를 깨뜨리면서 그 배고픈 육체의 쾌락을 가져온다. 이 가난한 육체가 추구하는 성욕적 쾌락의 음울한 풍경이 난해한 작가 李箱이 시도한 여러 작품들의 주제이기도 하다.

이 <수닭>의 이야기를 조금 더 상세하게 풀어쓴 것 같은 <영라>는 능금의 비유를 없애고 그 괴상한 공간인 화장실 속에 독서 행위를 집어넣었다. 책이 주인공의 정신을 키워주고 학교의 인색함과 비좁음을 깨우쳐 준다. 그것은 그에게는 '금단의 그물'이었다. 학교 공부에서는 제외된

---

44) 『삼천리』, 1935. 11.

책의 상상공간은 화장실 낙서행위의 연장선상에 있다. 담배와 낙서와 책읽기는 이 소설에서 위반의 逃避線을 이룬다. 이 소설에서는 〈수탉〉보다도 학교와 바다의 대비가 더욱 선명하고 자세하게 나타나 있다. 주인공 학수는 이 바다라는 넓고 자유로운 세계를 설명할 말이 없다. '위대한 바다'라고 그는 말하였다. 그는 하루 종일 바다를 즐기고 그 변화되는 풍경을 즐긴다. 학수의 다음과 같은 생각 속에 이효석이 '바다'에 대해 부여하고 싶었던 의미가 드러난다.

> 그 무슨 한없는 큰 신비가 그 속에 숨어있는 듯이 느껴졌다. 무엇이 있어, 바닷속에는 반드시 그 무슨 큰 것이 있어, 사람을 호리는 장한 그 무엇이 있어. 그러나 어떻게 하면 그것과 사람과를 조화시킬 수 있을까. 어떻게 그 위대한 자연과 사람을 일치시킬 수 있을까.[45]

이효석은 학수의 고독한 사유를 통해서 자연의 생명력을 상징하는 '바다'의 의미를 이끌어 나간다. 여기서 이효석 문학 전체의 명제가 요약되고 있다. 그것은 〈영라〉에서 언급한 '자연과 사람의 일치' 혹은 조화라는 것이다. 학수의 도피선은 바로 사람이 만든 문명의 축약도인 '학교'로부터 자연으로의 도피인 것이다. 그러나 이 도피가 단순히 고립무원의 세계로 도망하는 것만은 아니다. 그것은 학교와 사회, 국가 즉 문명적인 현실 세계의 모든 인위적인 구조물들 속에 자연의 생명수를 불어넣기 위해 젖줄을 대는 길을 트는 행위이기도 하다. 그 답답하게 밀폐된 칸막이들을 무너뜨리면서 주인공은 바다로 통하는 길을 내고 있다. 그의 도피선은 의미심장하게도 많은 사람들이 모여 즐기는 바닷가의 풀밭에 머문

---

45) 김동리 외 편, 『이효석』, 문원각, 134면.

다. 이 부분에서 그의 도피선을 이루는 것 중의 하나인 책들은 모두 팔려 축구공을 사는 것으로 된다. 도피선의 마지막은 책에서 축구공으로 마무리된다. 읍내의 많은 사람들이 축구장으로 변한 이 풀밭으로 모여든다. 이효석은 마치 주리야의 시장의 축제를 다른 형태로 여기 갖다놓은 것 같다. "보올 소리가 한 번 울리기 시작하면 풀밭은 금시에 왁자지껄해지며 유쾌한 장마당으로 변한다"고 그는 묘사했다.

결국 이효석에게 능금의 여주인공인 주리야를 통해 펼쳐진 '시장의 철학'은 위에서 보듯이 학수가 '위대한' 혹은 '큰 신비'라고 밖에 달리 표현하지 못했던 자연의 원초적인 생명력과 관련되는 것이다. 그는 그 생명력의 고향인 '바다'를 그러한 자연의 상징으로 삼았다. <영라>의 축구장은 일종의 '자연의 학교'이다. 그것은 인위적인 현실의 학교와 달리 광대한 세계로 열려 있으며 '자발성'을 기초로 하고 있다. 마음껏 어울려서 뛰노는 축제적 '장마당'이야말로 그 자연의 학교가 지닌 성격인 것이다. 백화점과 같이 자본주의적으로 잘 통제된 조직적인 시장이 아닌 주리야의 공설시장은 따라서 그러한 자발성 및 어울림의 축제적 성격을 동시에 지닌다. 주리야는 그러한 면에서 이러한 원초적인 시장의 자발성을 부정하는 자본주의적 백화점이나 사회주의적으로 계획되고 통제되는 국가적 배급경제를 부정한다. 그녀의 시장철학은 자신의 애인인 주화의 유물론 철학에 정면으로 위배된다. 그녀의 사랑은 애인의 엄격한 지성과 투쟁적 단호함을 바다의 드넓은 생명력으로 감싼다. 그녀는 앳된 처녀의 매력과 당대적인 신여성적 스타일로 채색되어 있으나 그 표면적인 근대적 패션 밑에 이 원초적 생명력을 감추고 있다. 아마도 그녀의 근대적인 패션과 생활양식은 당대 일반적인 여성들의 전형적 성격을 차용한 것일 것이다. 이 시장의 성스러운 여신으로서 나타난 주리야는 그러한 당시의 일반적인 여성성을 자신의 존재 속에 새겨 넣음으로써 그러한 근대적 스타일 속에 자연의 생명력을 어떻게 부어넣을 수 있을 것인가 라는 실험적 문제를 드러내고 있다. 이효석은 그러한 유행적 패션의 논리에 기계적으로 따라가는 신여성들 속에 깃들어 있을 원초적인 요소들을 끌어모아 주리야 속에서 타오르게 함으로써 그것을 축제적 풍경으로 확장시킬 수 있었다.

5. 레스토랑에서의 식사

김기림은 그의 수필 <林檎의 輓歌>에서 에덴의 신화를 현대풍으로 변화시켜 보았다.[46] 찻집이나 레스토랑이 새로운 아담과 이브가 등장하는 '능금이 있는 풍경'이 된다. "저 현대의 수많은 이브들이 실수의 첫걸음을 빛내드리는 것도 흔히는 茶店이나 레스토랑에서 젊은 뱀과 마주 앉아서 애플파이나 林檎조각을 삼지창에 찍어서 입술로 가져가는 순간일게다"라고 그는 말한다. 여기서 아담은 동시에 뱀(사탄)의 유혹자적 성격을 떠맡고 있다. 이 레스토랑에서의 식사 장면이 현대적인 성적 욕망의 풍경을 은유적으로 표현하고 있다. 힐만에 의하면 애플파이는 여성성기를 의미한다[47]. 물론 언제나 그런 것은 아니지만 여기서는 그 파이를

---

46) 현대풍의 에덴신화는 문명화된 사회 속에서 '야생의 낙원'을 침투시키기 위한 것이다. 그것은 한 사회가 지닌 문명적 구속의 틀을 파괴하면서 유토피아로 나아가게 하는 꿈이다. 본래 에덴의 풍요로운 낙원 속에서 아담과 이브는 행복했다. 그러나 그 자연 속에 여호와 하나님이 개입됨으로써 그 자연의 풍경은 종교적 율법의 풍경 속으로 추락한다. 자연에 대한 사회적 오염은, 즉 아담과 이브의 타락은 이미 율법적 여호와의 개입 자체이다. 생명의 과일은 지식의 과일로 바뀌면서 길고 긴 문명의 불행이 역사 시대와 함께 열린 것이다. 역사의 불행은 신화적 에덴이 파괴되면서 시작된 것이다.

47) 힐만, 앞의 책, 107면.

나눠먹는다는 의미에서 사랑의 행위에 대한 은유적 분위기를 내포하고 있는 것처럼 보인다. 김기림은 그 사과를 깨물어먹는 여성의 새디즘적 욕망을 드러내기도 했다. 아무튼 이제 사과는 현대적인 식당에서 제공되는 파이 요리가 되었다. 이 상당히 세련된 문명적 식사는 김기림의 <破船>과 비교해보면 매우 선명하게 드러난다. 그는 이 시에서 바다를 배경으로 매우 원초적인 식욕을 드러낸다. 여기서 능금은 그 강렬한 원시적 새디즘에 의해 파괴되어 시인의 입으로 들어간다. "차라리 노점에서 林檎을 사서/ 와락와락 껍질을 벗긴다." 마치 <능금의 만가>에서 현대적 이브의 이빨 틈에서 그 핏빛의 능금이 새디즘적으로 깨물리어 파괴되듯이 여기서도 그렇다. 바닷가에까지 와서도 "나는 도무지 시인의 흉내를 낼수도 없고" 갈매기처럼 슬퍼질 수도 없다는 고백처럼 이 시는 그 어떤 것도 될 수 없는 막막하고 답답한 열정의 파편을 노점의 능금을 향해 발산한다. 거대한 바다의 출렁거림을 보면서 그는 자신 속에서 출렁이는 그 생명의 충동을 능금에 대한 야생적인 식욕을 통해 표출하고 있다. 이렇게 강렬한 파괴적 이미지는 김기림 시에서 그렇게 흔하지 않다.[48]

<파선>에서 제공된 '야생적 식사'의 이미지와 비교해보면 <능금의 만가>에서 제시하고 있는 레스토랑 식사 장면은 분명히 문명화된 요리의 이미지를 갖고 있다. 여기서 애플파이나 디저트 용 사과조각은 아마도 향기있는 커피나 분위기 있는 클래식과 더불어 제공되어 있을 것이다. 이곳에서 만남의 작은 향연을 즐기는 연인은 이러한 맛과 분위기들을

---

48) 이와 상당히 비슷한 분위기를 드러낸 것으로 서정주의 <살구꽃 필 때>(『문장』폐간호, 1941.4)가 있다. 김치를 썰기 위해서 식도를 가는 장면을 묘사한 이 시는 식민지 말기의 가장 암울한 시기에 쓰인 것이다. 서정주는 이 식도를 가지고 격검을 하거나 하면서 아무 것도 할 수 없는 식민지 청년의 울분을 드러낸다. 이러한 억제된 새디즘적 이미지는 이상의 <얼마 안되는 변해>의 小刀이미지에서도 엿볼 수 있다.

즐기면서 서로의 감정을 고조시킨다. 그들은 서로간에 사랑의 마음을 주고받기 위한 커뮤니케이션의 수단으로서 이 요리를 택했을 것이다. 능금은 그들의 사랑을 암시하는 상징이다. 애플파이는 그 원시의 능금이 현대적으로 가공된 요리이다. 우리는 이 현대적 에덴의 기호를 김기림이 은밀하게 상품으로서의 사과(축이나 봉황란, 기타 여러 품종들)와 야생의 사과(홍옥) 사이에 위치시키고 있는 것은 아닌가 생각해볼 수 있다. 이 레스토랑은 요리와 분위기를 파는 상점이며, 사과의 원초적 상징은 그 상품 속에 각인되고 포장되어 있다. 사랑의 야생적 욕망은 그러한 상품의 현대적 형식 속에서 자신을 표출하려고 서성거린다. 그것은 결국 문명화된다. 김기림은 <건망증>이란 수필에서 인류의 고향을 '야생의 동산'이란 낙원 이미지로 표상했지만 이제 위의 레스토랑은 그 낙원의 너무나 희미한 그림자만을 남겨놓고 있다.

김기림은 이와는 다른 식당의 장면을 연출하기도 했다. 그의 시 <기차>[49]에 나오는 식당은 일종의 산책가의 작업실과도 같다. 그는 이 식당의 메뉴판을 뒤집어서 시를 쓴다. "나로 하여금 저 바다까에서 죽음과 납세와 초대장과 그 수없는 결혼식 청첩과 訃告들을 잊어버리고/ 저 섬들과 바위의 틈에 섞여서 물결의 사랑을 받게하여 주옵소서"라는 구절이 그 뒤집혀진 메뉴판에 씌어질 시이다. 물론 이러한 뒤집힌 메뉴판의 시는 시인의 상상 속에서 쓰여진 것이다. 뒤집힌 메뉴판은 즉 마음 속의 상상적 書板인 것이다. 김기림은 기차의 궤도처럼 냉정하고 엄밀하게 움직이는 상품의 논리적 서판을 뒤집고 있다. 그가 앉아 있는 식당과 거리의 백화점 그리고 이 근대적인 도시 전체는 이 시에서 '메뉴판'에 상징적으로 압축되어 있다. 상품의 종류와 가격은 그 도시 전체를 설계하고 짓고

---

49) 김기림, ≪태양의 풍속≫, 학예사, 1939. 21면.

경영하는 근대 자본주의적 논리의 압축판이다. 그 속에서 구속되어 있는
삶이란 납세용지와 초대장, 청첩장과 부고장 같은 것들에 의해 표상된다.
김기림은 한 인간을 이 근대사회 조직에 옭아넣는 이러한 서류들에 매우
민감해서 어떤 글에서는 그가 가장 인상적인 문학동료로 생각했던 이상
이 내용증명 우편이나 그러한 서류들에 붙잡혀 있는 장면을 포착하기도
했다. 그의 글들 속에서 이러한 서류들은 약간씩 변형되면서 자주 등장한
다. 그에게 시적 상상이란 바로 이러한 일상적인 차원 속에 스며있는
'죽음'의 권력으로부터 탈출하는 것이다. 이 <기차>에서 "파랑빛의 '로
맨티시즘'"이라고 지칭된 바다는 우리가 앞에서 다루었던 이효석의 바다
이미지와 동일한 것이다. 야생의 생명은 근대도시인 경성의 거리와 제국
주의적 자본의 논리가 물결치는 어디에서나 멀리 바라다 보이는 푸른
빛으로 빛난다. 김기림은 '바다의 파랑치마'라는 이미지로 그것을 표현
했다. 레스토랑에서 서빙하는 아가씨의 파랑치마는 언제나 바다빛깔을
띤다.50) 이 강렬한 야생에 대한 목마름이 식민지 도시 속의 레스토랑
속에서 빛나는 것이다. 그의 식당들은 거의 탈출적인 여행의 몽상과 함께
한다. <호텔>의 식당은 수많은 나라를 여행한 이야기들, 그것으로 짜여
진 '鄕愁의 비단폭' 테이블클로스를 갖고 있다. <식당>에서 그의 식욕
은 탈출적인 풍경을 마신다. "함경선 오백킬로의 살진 풍경을 마신다"라
고 그는 말했다. <봄의 전령> 같은 수필에서 여자들의 푸른 치마는 야생
의 에로티시즘을 환기시키는 기호이다. 그는 찻집의 소파에 앉아 인도양
을 건너가는 몽상에 잠긴다. 강렬한 코코아 냄새와 카나리아의 노래를

---

50) 김기림은 시 <파랑항구>에서 "바다의 치마자락"이란 표현을 썼고, <호텔>에서
　　는 "여자의 치마짜락에서/ 바다의 냄새가 납니다"라고 했다. 그의 수필 <바다의 환
　　상>에서 그는 서빙하는 소녀의 잉크빛 스커트에서 바다의 환상을 그린다. <여우
　　가 도망한 봄>에는 "바다빛 치마자락"이란 표현이 나온다.

들으며 행복에 잠기는 "나의 이니스프리"를 꿈꾸는 것이다. 김기림의 식당이나 찻집은 이렇게 모두 탈출과 야생에의 식욕을 드러내고 있다. 그곳은 김기림의 글쓰기가 모색되는 곳인데, <호텔>의 테이블클로스처럼 많은 외래적 이야기들이 짜여지는 多聲的 書板이 거기 존재한다. 그는 <女流文人片感寸評>[51]에서도 장덕조의 글쓰기를 그러한 자신의 관점으로 포착하고 있다. 그는 장덕조가 테이블에서 코코아 차를 다른 사람들과 함께 마셔가면서 글을 쓰지 않을까 상상해본다고 하면서, "씨의 才筆은 실로 '사라센'의 다채한 포장을 연상"시킨다고 말했다. 김기림에게 글쓰기란 이렇게 차와 멀리 떨어진 이국적 풍경이 엮어내는 이야기이다. 그것은 일종의 '테이블클로스'적 텍스트처럼 짜여진다. 그것은 테이블의 미묘한 양가성에서 독특한 미학을 만들어낸다. 즉 백화점의 옥상정원이나 레스토랑과 카페 등에 놓인 테이블은 일종의 '갇힌 물' 혹은 '갇힌 숲'의 이미지를 만들어낸다. <금붕어>에서 어항의 벽은 <옥상정원>에 나오는 백화점의 벽과 같은 것이다. 콘크리트 벽과 유리 벽은 카나리아나 물고기를 가두고 있는 근대 도시의 벽이다. 우리는 교환가치에 지배되는 상품의 벽 속에 갇혀있다. 카나리아와 금붕어는 근대 도시 속에서 억눌린 야생을 표현한다. 김기림은 상품을 소비하는 테이블을 꿈꾸는 테이블로 이끌어간다. 그의 글쓰기는 상품과 야생적 세계가 교차하는 테이블클로스의 천처럼 직조되는 것이다. 그의 식욕은 갇힌 곳에서 끊임없이 탈출하면서 만나는 풍경들과 관련된다. 먼 곳에서 흘러들어온 커피와 코코아, 바나나 등은 모두 그러한 이국적 풍경들에 대한 식욕을 나타내는 기호들이다. 우리는 이 테이블의 독특한 기호학에 대해 더 연구해볼 필요가 있다. 거기에는 차가운 시장의 공간과 꿈의 공간, 상품과 몽상에 얽힌

---

51) 김기림, ≪김기림전집6≫, 심설당, 1988. 124면 참조.

음료들, 식욕과 성욕의 다채로운 풍경으로 드러나는 육체의 욕망과 상징들이 뒤섞여 있다. 이러한 테이블 가운데 레스토랑의 공간 속에 놓인 것은 무언가 좀더 특별해보인다.

김기림의 레스토랑은 자본주의적인 차가운 시장인 백화점의 옥상정원(그의 시 <옥상정원> 참조)과 夜市 사이에 놓인다. 마치 '밤의 祝宴'이 펴진 것 같다고 했던 그 '야시'에 대해 그는 그의 수필 <바다의 유혹>[52]에서 묘사했다. 여러 계층과 종류의 사람들이 뒤섞여서 넘쳐 흐르는 이 흥분된 거리의 풍경을 그는 마치 보들레르가 그의 산문시 <군중>에서 묘사한 것처럼 그려냈다. 보들레르 역시 그 시에서 거리에 가득찬 군중의 무리를 보고 다양한 계층과 종류의 삶에 대한 축제적 상상을 펼쳐갔었다. 김기림은 마치 보들레르적 산책가처럼 '신경의 전율'을 그 속에서 파악한다. 의식과 육체의 모든 부분을 적시고 있는 이 '신경의 전율'을 상업적인 유혹에 이끌린 군중들의 감각으로만 처리할 수는 없다. 이 관능성은 상품이 유발한 것이지만 군중들 자체의 욕망에 의해 생겨난 것이기도 하다. 그들은 모여들며 서로를 즐긴다. 보들레르의 <지나간 여인에게>식으로 스쳐지나가는 현대적 사랑의 모티브가 여기에도 있다. 이 거리를 가득 적시는 신경의 관능적인 액체는 거리 상품이 발산하는 매혹적인 가상과 군중 속의 스쳐가는 시선들 속에서 작동하는 에로티시즘이 뒤섞인 것이다. 김기림은 다소간 이 거리의 축제가 갖는 열기를 숨쉬고 싶었다. 그는 그 거리의 찻집에 앉아 거리를 내려다보며 '바다의 광상곡'을 듣는다.[53] 그 찻집은 야시의 열기 속에 자리잡고 있다. 그 찻집은 백화점과 야시의 사이에 존재한다. 그의 수필 <결혼>에서는 오후에 거니는

---

52) ≪김기림 전집5≫, 324면 참조.

53) 위의 책, 325면.

여자들의 산보로가 나온다. 그것은 백화점과 레스토랑 사이에 놓여있다. "양식--오후의 산보로--백화점"이라고 그는 말하고 있다. 이러한 산보로는 <산보로의 나폴레옹>에 나오는 조선호텔 앞의 산보로와 같은 것이었다. 사치스럽게 치장한 개를 데리고 산보하는 불란서식 산보는 이국적인 것에 대한 허영적 과시적 소비욕망을 드러낸다. 이 여자들의 레스토랑 식사는 타락한 식사이다. 그것은 결국 백화점을 향해 뻗어있는 산보로의 한 통과지점일 뿐이다. 김기림은 이러한 허영의 백화점을 향한 산보에 경멸적인 시선을 보낸다.

　김기림은 <식당>이나 <자최> 같은 시에서 권력과 자본의 타락에 물든 식당을 그리고자 했다. 타락한 봉건적 권력의 연회 공간인 <자최>의 식당은 가식적인 축배가 희화적인 모습으로 그려진다. <식당>은 철도의 마크가 찍힌 찻잔이 놓인 기차 식당칸이 배경이다. 거기 놓인 알루미늄 주전자는 廢馬같이 덜그럭거린다. 여기서도 그의 시 <기차>에서처럼 기차라는 것은 냉정하고 기계적인 자본의 논리를 대변한다. 그의 소설 <철도연변>에서의 기차도 마찬가지이다. 그러나 이 함경선 여행은 탈출의 여행이 될 수도 있다. 김기림의 수필에서 기차는 도피자의 수단이 되기도 한다. 사실 그의 기차는 양가적이다. 이 <식당>에서 "살진 풍경을 마신다"라고 했을 때 이것은 멀리 달아나는 자의 목마름을 표현한 것이다. 야생에 대한 목마름은 여기에도 있다. 그에게는 장 꼭도의 주제 "인디안처럼 변신시켜줘"라는 것이 계속해서 울리고 있다. 김기림은 태양과도 같은 야생의 과일인 홍옥을 통해서 그렇게 먼 야생적 에덴을 꿈꿨다. 그의 시에서 빛나는 많은 태양의 이미지들 역시 그와 관련된다. <날개를 펴렴으나>[54]에서 그의 식욕은 이 태양을 향한다. '한 개의

---

54) 『조선일보』, 1934.1.1. 이 시는 후에 시집에 실으면서 <분수>라는 제목으로 바뀌었다. 이 개작된 시에서는 태양을 빵에 비유한 부분이 삭제된다.

빵인 태양'이라고 이 시는 말한다. 장 꼭도식의 이러한 이미지는 그의 레스토랑을 야생의 식당으로 변모시키는데 일조한다. 장 꼭도는 <정오의 고동소리>에서 "아담과 이브의 뱀인 태양아/---굴류에 식당같은 태양아"라고 노래했었다. 이 에덴의 과일같은 태양 이미지는 여기서 젊은이들이 뛰노는 식당으로 전환되어 있다. 바다의 꿈을 꾸는 김기림의 레스토랑 역시 그러한 태양의 식당이다. 그는 자신의 식당을, 가식적인 연회와 자본의 차가운 테이블에 덮여있는 것일지라도 그러한 꿈을 통해 전복시킨다. 이효석의 <공상구락부>에 나오는 찻집과 비슷하게 이 속에서 그는 야생적 섬의 낙원을 꿈꾸는 것이다.

김기림의 이 '식당의 시학'은 죽은 이상의 靈前에 바쳐진 추도시 <쥬피타 추방>에서 예술적인 상승을 이룩한다. 자신이 가장 존경했던 예술가이자 친구였던 이상의 죽음을 통해 그는 참담한 세계 속에서의 '시인의 죽음'에 대해 명상한다. 그는 진정한 시인이 먹고 마셔야 할 요리는 과연 무엇일까에 대해 생각한다. "쥬피타 술은 무엇을 드릴가요?---오늘밤 신선한 내 식탁에는 제발/ 구린 냄새는 피지 말어." 시인의 식탁은 '신선한 식탁'이 되어야 한다. 이상은 여러 글들을 통해서 그렇게 신선한 요리를 찬양해본 적이 없다. <어리석은 석반>에 나오는 짜디짠, 소금에 절인 음식들, <애야>에 나오는 국화과 식물과 우엉 등은 가장 비참한 음식들이었다. 그것은 생존을 위한 처참한 재료들, 두고두고 먹기 위해 절인 것들이거나 타락한 성과 범벅이 된 식품이었던 것이다. 그의 단편 <단발>에서 이렇게 싫어하는 음식을 먹어보는 '음식의 파라독스'[55]가 나온다.

---

55) 이 음식의 패러독스는 우리가 앞에서 잠깐 살펴본 '부엌의 새디즘'과 연관된다. 우리는 이상의 여러 작품들에서 혐오하는 음식을 즐겨먹어보는 음식의 사도-마조히즘을 발견하게 된다. 이러한 것 역시 그의 놀이적 글쓰기가 만들어낸 식사놀이의 일종이다. 이 식사놀이는 황무지같은 세계에서의 비참한 식사를 전복시키는 놀이

> 가량 자기가 제일 싫여하는 음식물을 상찌푸리지 않고 먹어보는
> 거 그래서 거기두 있는 '맛'인 '맛'을 찾어내구야마는거, 이게 말하
> 자면 '파라독스'지. 요컨댄 우리들은 숙망적으로 사상, 즉 중심이있
> 는 사상생활을 할 수가없도록 돼먹었거든, 지성--홍 지성의 힘으로
> 세상을 조롱할수야 얼마든지있지, 있지만 그게 그사람의 생활을 '리
> -드'할 수 있는 근본에 있을 힘이 되지않는걸 어떻거나?[56]

자기가 싫어하는 음식을 먹어본다는 이 파라독스는 <어리석은 석반>
의 매운 마늘과 짠 절임 음식들을 쾌적하게 먹는다는 행위에서 그대로
나타난다. 마치 죽음의 그늘 속에 파묻혀 있는 것 같은 이 성천 촌사람들
의 식탁을 그는 역설적으로 찬양한다. 그는 자기가 가장 즐기는 담배마저
끊은 상태로 이 촌에서의 생활을 담담하게 그리고 역설적인 어조로 묘사
한다. 대지의 깊은 심연을 그는 이 촌사람들의 삶 속에서 느끼고 그가
먹은 마늘의 향기를 그러한 대지적 심연의 향기로 파악하기도 한다. 그러
나 이상에게 식민지 어느 구석의 시골마을은 너무나 황량하다. 그것은
대지의 풍요로움이 아니라 대지의 가난한 생명력만을 노출하고 있는 황
무지적 풍경을 보여준다. 대지는 이 식민지 현실 속에서 가난하게 은폐되
어 있다. 대지의 깊은 구멍 속에서 나온 개는 비참한 상태의 성욕(시들어
버린 에로티시즘)[57]만을 보여줄 뿐이다. 그놈은 가난하고 비참한 모습으
로 방황한다. 따라서 그가 싫어하는 음식을 먹어본다는 행위는 지식이나

인 것이다. 이 놀이가 <권태>에 나오는 아이들의 똥누기 놀이와 연관된다는 것을
알 수 있다. 이상은 <이 아해들에게 장난감을 주라>에서 이 놀이를 '거세되지 않
기 위한 놀이'라고 말했다. 즉 성적 생식력, 대지적 생명력을 잃어버리지 않기 위해
몸부림치는 눈물겨운 놀이인 것이다. 비참한 음식물과 똥은 식사와 놀이를 위해 남
겨진 '최저낙원'의 재료이다.

56) 이상, <단발>, 『조선문학』 1939.4. 10면.
57) 이상의 <얼굴>이란 시 역시 같은 주제를 갖는다.

지성이 아니라 자신의 몸으로 그 비참한 가난을 받아들인다는 표시이다. 위에 인용된 부분은 식민지 시대 전체를 통해서 가장 깊이 있는 울림을 들려준다. 그는 비참한 음식의 맛보기 행위를 통해 당대 현실에 대한 통렬한 시학적 인식을 보여준다. 그것은 여타의 지식들, 즉 현실을 비판하고 개혁하려는 여러 사상과 철학들의 허무함, 그 관념적 유희를 이 생존적 음식에 대한 그의 역설적인 맛보기를 통해 전복시킨다. 식민지 현실에서 그러한 지식과 사상들은 '중심'의 자리에 설 수 없다. 그것들은 체제의 중심에 위치할 수 없는 것이다. 따라서 그런 것들은 이 황무지를 건져내기 위해 대지의 깊이 속으로 내려가보지도 못하고 헛된 구름들처럼 사라진다. 그것은 대지를 적시는 비가 되지도 못하는 것들이다. <어리석은 석반>에는 "단조롭고도 저능한" 구름이 나온다. 이 수필에서 이상은 밑바닥 심연의 "무신경한 둔감"에 대해 말하며, 동시에 권태로운 마을의 풍경에 이 무료한 구름을 덧붙인다. "이 세상의 어느 나라의 지도와도 닮지 않은 白雲"이라고 그는 말한다.[58]

그러나 이상은 같은 성천기행문 중에서 이와 대조적인 수필을 또 하나 남겼다. 아마도 우리나라 근대 이후 가장 아름다운 수필 중의 하나가 될 이 <산촌여정>에서 모든 글귀는 탄력있고 싱싱하다. 그 문체는 새로운 발견에 놀란 듯한 어조로 물들어 있고 자연의 리듬을 퍼뜨리는 아름다움으로 물결치고 있다. 이상 자신의 병든 육체, 그가 "폐허가 된 이 육신", "저절로 다 말라 없어지고 말 것"이라고 표현했던 그 황무지적 육체와 대조적으로 푸성귀 냄새가 밴 "하도롱 빛 피부"의 촌 처녀의 육체, 코코아 빛 입술을 간직한 풍염한 육체가 묘사된다. 그는 이 건강한 피부를 찬양하여 "무명같이 튼튼한 피부"라고 하였다. 이상은 이러한 육체적

---

58) 임종국 편, ≪이상전집≫, 문성사, 1968. 306~307면 참조.

풍경을 도회인의 교활한 시선이 감당하지 못하고 수풀 속으로 숨어버린다고 말한다. 그는 당대 최첨단 유행이었던 초유선형 모자와 핸드빽 등의 패션으로 감싼 도시의 모던 걸과 창백한 공장의 소녀들을 이들 촌 처녀와 대비시킨다. 도시여성의 연약한 피부는 바로 그 "무명같이 튼튼한 피부" 앞에서 빛을 잃는다. 이상은 도시여성들의 피부를 남성의 새디즘적 공략지대로 묘사한다. 그에게 흔히 나오는 여성 피부에 찍힌 '指紋'의 이미지는 이들 남성들에게 점령당해 순결함을 잃은 표시이다. 그것은 잘 보이지 않는 흔적이다. 남성의 육중한 지문에 대해 그는 말한다. 도시 여성의 피부는 그것이 매춘이든 근대적 연애이든 얼굴없는 남성적 존재에 의해 쉽게 짓밟히고 파괴되기 쉬운 연약함을 갖고 있다. 근대 도시에서 그로테스크하게 왜곡된 성욕이 그러한 비인간적인 새디즘/ 매저키즘적 풍경을 만들어낸다. 이상에게 <광녀의 고백>에서 보여준 것 같은 육체의 해부학적 미시적 풍경은 그렇게 파탄된 성욕의 새디즘/ 매저키즘적 시선과 상상력 속에서 만들어진 것이다.

이 <산촌여정>에서 압도적인 감각은 그러나 시각이 아니다. 위에서 보았듯이 도회인의 교활한 시선을 쫓아낸 이 시골풍경, 촌 처녀의 육체는 이 시골을 먹여살리는 야채와 과일, 음식물들을 통해서 묘사된다. 푸성귀 냄새나는 처녀들의 피부는 하도롱 빛으로 빛나고 그녀들의 입술은 머루와 다래로 젖어 있다. 그녀들의 눈 속에는 파란 창공이 통조림이 된 채 들어있다. 그녀들의 발은 자외선에 맛있게 끄실려 있다. 이상은 음식물들의 식욕을 통해서 처녀들의 육체를 표현한다. 신선한 식욕의 깊이 속에서 싱그러운 성욕적 풍경이 그려진다. 그는 <어리석은 석반>과는 대조적으로 비록 가난함에 물들어 있지만 그 촌에서 보고 맛볼 수 있는 것들 속에서 대지의 풍요로움을 건져내고 있다. 누에의 식사 장면을 묘사한 부분이야말로 이 글에서도 압권에 해당한다.

조이삭보다도 굵직한 누에가 삽시간에 뽕잎을 먹습니다. 이 건강한
미각은 왕후와 같이 지존스러우며 侈奢스럽습니다. 새악씨들은 뽕심
부름하는 것으로 몸의 마지막 光榮을 삼습니다. 그러나 뽕이 떨어졌습
니다. 온갖 幣帛이 동이 난 것과 같이 새악씨들의 정열은 허둥지둥하는
것입니다.

자연의 생산력을 찬양하는 이 장면에서 누에의 건강한 식욕은 가장
탐스러운 열매인 고치들을 만들어낸다. 이상은 여기서 그것을 '智慧의
果實'이라고 표현했다. 그가 '말캉말캉한 로맨스'라고 말한 이 누에와의
사랑은 '지혜의 과실'이라는 결실을 맺는다. 이상은 에덴의 과일을 따는
이브의 장면과 대조될 만한 다른 화폭을 여기서 준비했다.

황혼에만 사는 移民같은 異國草木에는 순백의 갸름한 열매가 무
수히 열렸습니다. 고치--歸化한 '마리아'들이 최신 지혜의 과일을
端麗한 맵시로 따고 있습니다. 그 아들의 불행한 최후를 슬퍼하며
'크리스마스츄리'를 헐어들어가는 '피에다' 화폭 全圖 입니다.

에덴의 생명나무에 열리는 '지혜의 과실'이 여기서 누에고치로 전환되
었다. 이브는 마리아가 되었다. 낙원상실의 신화가 다른 방식으로 개조되
면서 예수의 희생나무와 관련되어 묘사된다. 희생된 예수는 또 다른 생명
의 과일이라는 해석이 이 장면에 등장하는 것이다.[59] 물론 여기서 그러한

---

59) 예수가 처형된 나무는 생명나무의 이미지를 갖고 있다. 희생제물의 피는 대지에 되
돌려져 이 생명나무를 풍성하게 한다. 이상은 에덴의 신화를 떠올리며 그 나무를
'지혜의 나무'로 받아들였던 것 같다. 여기에는 오해가 빚어질 수 있는 여지가 있
다. 캠벨에 의하면 에덴의 생명나무는 동시에 지혜의 나무이다. 그러나 그것은 문
명의 발전과 분화를 담당하는 지식과 지혜의 측면과 그렇게 분화된 것들을 다시 통
합하는 생명의 측면을 이해함으로써 그 동일성이 파악되는 것이었다. 이상은 위의

기독교 신화는 비유적 차원에만 놓인다. 주도적인 것은 누에라는 자연의 생명력이며, 그것에 열심히 동참한 처녀들의 풍요로운 결실인 것이다. 그것은 성스러운 화폭으로 숭고하게 높여졌다. 크리스마스 트리를 둘러싼 축제적 분위기가 성스러움과 즐거움을 뒤섞고 있다. 예수의 처참한 죽음은 단지 누에의 창조적 변신을 뜻하는 작은 수사학일 뿐이다. 마치 그러한 변신을 강력하게 증거하듯이 위의 글 바로 다음에 이어지는 곳에서 이상은 "족보를 찢어버린 것과 같은 흰 나비 두어 마리"를 학교의 화단 위에서 날게 하였다. 자연의 생명력이 갖고 있는 이 변신술은 학교의 지식과 지혜를 뛰어넘는다. "생도들은 ---정직과 순박을 지혜와 교활로 환산하고 있습니다. 탄식할 利息算이 아니겠습니까."라고 그는 말한다. 이상은 이 글에서 신문과 족보를 찢은 것 같은 나비에 대해 말하고 있다[60]. 신문은 근대의 부르조아지들이 만든 대중적 학교이고 족보는 봉건적 가문의 학교인 셈이다. 나비는 그러한 것들을 찢어버리고 가볍게 상승하는 존재이다. 그것은 자연의 변신술적 생명력에 의해 그러한 것들을 가로질러 가볍게 날아오른다.

이상은 이 글에서 <어리석은 석반>이나 <권태> 같은 글들에서 보여준 시골의 황무지적 풍경을 전도시켰다. 물론 여기에도 그러한 황무지적 인식이 사라진 것은 아니다. "지상의 원한이 스며 흐르는 정맥--그 불길

나무를 생명나무라고 했어야 했다.

60) 족보와 신문을 찢은 것 같은 나비 이야기는 이상만의 독특한 이미지이다. 아마도 이러한 상상력은 우리 전통의 나비설화와 연관되지 않았을까? 옛날 소박맞은 여인의 옷을 세모꼴로 찢어 내쫓아 改嫁를 허락하는 표지로 삼았다고 이규태는 전해준다. 또 그는 이미 죽은 서방에게 시집가서 그 무덤 앞에서 계속 울며 지내다가 무덤 속으로 뛰어든 여인의 이야기를 소개했다. 그 여인을 붙드려고 하녀가 그 옷을 붙잡는 바람에 찢어진 그녀의 옷자락이 나비가 되었다(이규태, 『민속한국사2』, 현음사, 1991. 184면 참조).

하고 독한 물에 어떤 어족이 살고 있는지--시내는 대지의 신열을 뚫고 벌판 기울어진 방향으로 흐르고 있습니다" 같은 것에서 보듯이 그러한 인식은 근본적으로 밑바닥에 깔려 있다. 그러한 비참한 황무지적 현실에 대해 그는 역설적인 시각을 마련했다. 그는 오히려 싱싱하고도 풍요로운 문체들 속에 대지적 생명력의 미미한 흔적들을 끌어모으고, 그 야성적 빛을 강력하게 분출시키고자 했다. 이 글의 아름다움은 바로 이러한 현실과 문체의 역설적 대비법적 긴장 속에서 이루어진 것이다.

김기림은 <쥬피타 추방>에서 이 '나비'같은 시인의 죽음을 다룬다. 신문과 족보를 찢으며 자신의 시적 書板을 마련했던 이 시인이 죽었던 것이다. 그의 작품들은 그러한 것들을 찢으면서도 그 힘으로 가냘프게 날아오른 나비의 날개였던 것이 아니겠는가. 그것은 황폐한 대지의 심연 속에서 분출하는 이상 특유의 그 '악의 충동'에서 飛翔의 힘을 얻고 있다. 나비는 파괴적인 죽음 충동의 힘으로 날아오르고 있는 것이다. 그의 글쓰기는 사도-마조히즘적인 서판이다. 근대적 자본의 서판인 신문(정보의 백화점이기도 한)을 찢고, 봉건적 가부장적 족보의 서판을 찢으면서 그 찢는 힘으로 날아오른다. 나비 날개는 이상 특유의 시학적 서판인 것이다. 김기림은 이 나비-시인을 자신의 식당 속에 앉혔다. 메뉴판이란 상업적 서판을 뒤집는 축제적 글쓰기 공간으로서의 식당(레스토랑) 속에서 이상은 당대 시인의 희생양적 이미지를 드러내보인다. 그것은 어떤 분위기를 통해 축제적 장면이 되는 것일까. 김기림의 위 시에서 전쟁에 휘말리는 당대의 암울한 분위기를 흉흉한 소문에 들썩이는 몸짓들로 형상화했다. 이러한 소문들을 퍼뜨리는 신문과 방송의 학교 속에 주민들은 앉아 있다. 시인은 그러한 주민들과 뒤섞인 채 식당 속에 자리잡고 있다. '바다의 유혹'이 잠잠해진 이 황량한 공간 속에 음식과 술의 족보가 또한 자리잡는다.

　　쥬피타 술은 무엇을 드릴까요?
　　응 그 다락에 언저둔 등록한 사상을랑 그만둬.
　　빚은지 하도 오라서 김이 다 빠졌을걸. 오늘밤 신선한 내 식탁에는
　　제발 구린 냄새는 피지 말어.

　높은 다락 속에 얹혀있는 '등록한 사상'의 학교를 이 시인은 피한다. 중화민국은 바로 그러한 사상과 등가물이다. 김기림은 간다라 벽화를 흉내낸 잔에서 중화민국의 술을 들이키고 얼굴을 찡그리는 시인 이상을 그렸다. 중화민국 술잔에 그려진 그리스 풍의 불화, 그리스적 육체와 인도적 정신의 결합인 이 간다라 벽화는 흉내만 낸 잘못된 모사품으로 존재한다. 이 장면은 김기림이 그 전에 썼던 《기상도》중의 <시민행렬>을 연상시킨다. 거기서 "양복입는 법을 배워낸 송미령 여사"라는 구절이 나온다. 장개석 부인의 패션은 봉건적 정신 위에 뒤집어 씌워진 양복처럼 우스꽝스러운 모습이다. 중화민국 술잔에 새겨진 어설픈 간다라 풍 그림 역시 그러한 송미령의 패션과도 같은 것이다. 그러나 그리스에 대한 동양적 패러디의 희극 반대편에 이 시인의 정신은 존재한다. 이 시인을 쥬피타라고 한 것은 바로 그 때문이다. 룸펜 시인은 광대처럼 찢어지고 쭈그러진 파초 잎 같은 중절모를 쓰고 담배를 피운다. 그 파이프 연기가 이 시인을 감싸며 마치 예수의 후광같은 원을 그린다. 보헤미안적 퇴폐의 상징인 담배 연기를 신성한 후광으로 처리한 것은 단지 희극적 전도인 것만은 아니다. 김기림은 시인 스스로가 演技하고 있는 희극적 풍모의 영웅적 성격을 간파한 것이기 때문이다. 이 우스꽝스러운 풍모의 시인은 영웅적으로 이 세상의 희극과 맞서 싸웠음을 김기림은 이 역설적 이미지로 강조하고자 했다.
　사실 어떻게 보면 김기림 자신도 이 시인에게 간다라적인 풍모를 씌운

것이지만 여기서는 축제적 혼합, 웃음을 유발하는 기괴한 조합을 통해서이다. 그는 이 다채로운 가면무도회적 풍모 속에 깃든 예술가의 진실된 혼을 포착하려 한다. 쥬피타와 예수의 결합이 이 시 전체의 상상적 기초로 놓여 있다. <산촌여정>의 피에타 화폭 속에 있는, 희생제물이며 생명 과일인 예수상이 여기서 연상된다. 그것은 고고하면서도 희생적인 시인 상을 형상화하고 있다. 가장 밑바닥에 떨어진 룸펜 광대 지식인 시인은 그 자신의 고고하지만 참담한 정신적 탐구를 통해서, 그리고 그 밑바닥의 삶을 견디는 형벌을 통해서 성스러운 희생적 제물처럼 묘사된다. 이 도도한 시인의 정신은 독수리처럼 모든 것을 내려다보는 제우스적 존재이다. 그러나 그 신성한 정신은 이 근대적 공간 속에서는 우스꽝스러운 광대적 얼굴에 가려져 있다. 이 축제적 전도에 대한 김기림의 날카로운 파악이 이 시 전체 속에서 축제적 위반의 힘을 퍼뜨린다. 그 위반은 바로 이상의 시학에서 작동하는 족보와 신문찢기의 시학과 일맥상통한다. 그러나 여기서 강조되어야 할 것은 그러한 위반의 시학, 즉 나비로 상징되는 그 시학이 값싼 낭만주의와는 다른 것이라는 것이다. 김기림은 그것을 경계해서 이 '쥬피타'를 구름이나 장미, 별 들을 믿지 않는 존재로 그렸다. 이 천상적인 신 속에 그러한 낭만주의적 천상의 이미지들이 들어설 자리는 없다. 천사들 역시 그의 품 안에서 시체가 되어 있다. 이 차디찬 지상의 땅바닥에 무겁게 가라앉은 대지의 시인을 그는 묘사했다. 천상의 거짓말 들을 믿지 않고 지상의 바닥에서 자신의 육체를 채찍질하며 헤매이는 이 존재에게 그는 현대적인 제우스신격을 부여했다. 이러한 축제적 이미 지야말로 신화에 대한 가장 강력한 전도가 아니겠는가. 이 시인의 병들고 가난한 황무지적 육체 속에 깃든 이 시인의 영혼에 대한 이 강력한 찬양 이야말로 죽은 이상에 대한 진정한 헌정사이다. 김기림은 이 천상적 영혼 을 담은 시인, 강력하게 대지를 긍정한 니체적 시인, 이 놀이의 시인을

자신의 식당 속에 배치했다. 이 식당은 신문과 족보에 싸인 주민들의
공간이다. 그것은 이 사회의 축도이며 그들이 살아가는 방식의 상징도이
다. 이곳에서 진정한 식사란 어떤 요리를 먹는 것인가. 우리는 육체와
자연으로부터 어떤 요리를 창출해야 하는가? 그것은 이상이 추구했던
진정한 사상에 대한 물음과도 같은 것이다. 그의 술은 신의 음료이자
동시에 대지의 참다운 음료가 되어야 하는 것이다. 그것을 추구하는 시인
은 참혹한 사회 속에 자연의 생명력을 불어넣는 야생의 식사를 찾아 헤매
인다.

■ 참고문헌

▪ 기본자료

『개벽』,『문예공론』,『문장』,『비평문학』,『삼천리』,『신여성』,『여성』,『조선일보』,『조선문학』,『창조』

김기림,《김기림전집》, 심설당, 1988.

김기림,《태양의 풍속》, 학예사, 1939.

임종국 편,《이상전집》, 문성사, 1968.

▪ 단행본

김명배 편역,『한국의 茶書』, 탐구당, 1988.

노자, 노재욱 편역,『도덕경』, 자유문고, 1994.

박용숙,『한국미술사의 기원』, 예경, 1997.

박제상,『符都誌』, 한문화, 2002.

이규태,『민속한국사2』, 현음사, 1991

정범진 외 역,『사기 본기』, 까치, 1994.

정승모,『시장의 사회사』, 웅진출판, 1995.

정영호 편역,『여씨춘추』, 자유문고, 1993.

조병채 편역,『食經』, 자유문고, 1992.

조식 외,『조선중기의 유산기 문학』, 집문당, 1997.

Hillman, James. & Boer, Charles.,『프로이트는 요리사였다』, 황금가지, 2001.

Jacob, Heinrich E.,『빵의 역사』, 우물이 있는 집, 2002.

Levi-Strauss, Claude., *Anthrophology and Myth*, Basil Blackwell, 1987.

Mintz, Sidney.,『음식의 맛, 자유의 맛』, 지호, 1992.

Schivelbusch, Wolfgang.,『기호품의 역사』, 한마당, 2000.

王國軒 편,《노자 도덕경 河上公 章句》, (북경:) 中華書局, 1993.

■ 영문초록

Fundamental Market and the Poetics of Restaurant

Shin, Beom-sun

The main subject theme of Modern Korean Literature was, in the beginning, concentrated on the problems of love; then later moved on to the problems of bread. Especially to the KAPF writers who lead the Korean literary world for some time, the social conflict arising from the production and distribution of bread became the main subject of interest.

However, the problems of bread were not always seen in the light of class conflict; in other words, the problems of social structure. Rather, the new literary trend of the 1930s was to re-introduce the problems of love and sexuality where previously, problems of bread was the most pervasive theme.

In Lee-Sang's works, the hungry body of a poor soul is portrayed as (if it were a) part of the street scenery. The miserable appetite for food and for sex are mixed in this bodily scenery, and is revealed in all its twisted form.

Kim Kirim tasted in the restaurants, and in the tea houses, both the seduction of commodities and the wild, uncivilized eroticism which are the two faces of erotic pleasure.

Beside a socialist protagonist whose main concerns were the problems of bread and class conflict, Lee Hyoseok placed a female protagonist whose main role is to spread the taste and smell of 'Neung-Geum(apple)', the fruit of love.

Thus, this new literary trend was about the body as sensual flesh; a body that is sensitive to various sensual pleasures as well as having the basic appetite for food, as Kim Munjib pointed out. Kim's concept of 'the sensual flesh' is important in that it opens up the possibilities of capturing and interpreting literary imagination in all its richness without simplifying it into social facts.

■ 핵심어   뜨거운 시장, 차가운 시장, 능금, 자연, 레스토랑의 시학, 음식

■ keyword   hot market, cold market, apple, nature, poetics of restaurant, food

접수일자 : 2002. 10. 25

심사기간 : 2002. 11. 9~11. 27

게재결정 : 2002. 11. 28

유행, 대중적 감수성, 문학의 변모

강심호*

목차

1. 유행1)의 힘

『신여성』 26년 6월호에 보면 다음과 같은 기사가 나온다. "일반 여학생들의 눈가가 붓고, 맵시 있던 옷이 깃옷으로 변한 까닭은? 표면적으로는 국상에 대한 조의를 표하는 것이라 한다. 그런데 자세히 살펴보면 희안한 광경이 나타난다. 과장이겠지만 하여튼 자기 부모가 죽어도 울지 않던

---

* 광운대학교 강사

1) 이 글에서 '유행'이란 말은 '삶의 패턴' 혹은 그 패턴의 확산을 뜻한다. 그런데 그 삶의 패턴 역시도 크게 두 가지로 나누어 볼 수 있다. 우선, 어떤 본질적 대상이 가진 삶의 패턴을 모방하는 경우가 있고, 또 한 가지는 이미지가 만들어내는 삶의 패턴이 있다. 전자가 좋아하는 선생님의 말투나 글씨를 흉내내는 것처럼 대상의 본질에 대한 관심이 뒷받침되고 있는 것과는 달리 후자는 이미지의 조합이나 조작을 통해 만들어지는 패턴이라고 할 수 있다. 이 글에서는 후자에 중점이 놓여져 있다.

학생이 목을 놓고 운다. 그것도 사람 많은 길바닥에서. 또 어느 학생의 집에서는 남들은 모두 깃옷을 입었으니 자기도 해내라며 야단이 난다. 하는 수 없이 부모들이 이것저것 전당포에 맡기고 돈을 빌려 옷을 지어 입힌다. 게다가 깃옷이라 하는 것이 부모가 돌아가도 성복날이나 입는 것인데 조의만 표하면 되는 국상때 성복 전날부터 깃옷을 해 입는 것은 유사이래 처음이다. 이것은 또 여학생들뿐만이 아니다. 귀부인, 숙녀, 기생, 창부, 밀매음…. 할 것 없이 깃옷을 입고 있다. 어떤 여학생은 깃옷을 입고 오색 찬란한 파라솔을 들었으니… 말세다. 아마도 의복을 입는 것을 한 유행으로 아는 일부사람들은 상복도 남들이 입으니깐 그것도 유행인 줄 알고 유행에 떨어질까봐서 그랬던 것 같다."2)

1926년 5월 5일, 순종황제의 인산일을 즈음해서 여학생들은 서울뿐만 아니라 조선 각지에서 저마다 흰옷을 입고 검은 댕기를 드렸다. 장엄한 애도와 눈물이 넘쳐 흘렀다. 얼핏 보면 대단한 애국심이고 충절이다. 한일 합방된 지 16년이 지났다는 사실을 떠올린다면 실로 놀라운 일이 아닐 수 없다. 그러나 상황을 자세히 들여다보면, 꼭 그런 것만도 아닌 것 같다. 여학생들에게 저마다 깃옷을 입고 임금의 죽음을 애도하게 한 배경에는 충(忠)이라는 이데올로기적인 가치보다는 유행이라는 사회현상의 힘이 더욱 강하게 작용하고 있었던 것 같다.

한 가지 사례를 더 살펴보자. 앞의 기사보다 조금 먼저 신여성 26년 3월호에는 이런 대목을 찾아볼 수 있다. "신식녀자중에는 단발이 류행하는데 장래에 최신식녀자가 될 처녀학생 중에는 단발은커녕 도로혀 다리 꼭지드리는 것이 크게 류행한다."3) 여기서 다리꼭지란, 여자의 머리에

---

2) A.W.生, 「눈물과 깃옷」, 『신여성』, 1926. 6. 15~16면.
3) 觀相者, 「여성의 잡관잡평」, 『신여성』, 1926. 3. 51면.

드리는 다리를 맺은 꼭지를 말한다. 원래 '다리'라는 것이 여자의 머리숱이 많아 보이도록 덧넣었던 딴머리를 말하는 것으로 월자(月子)라고도 하는데, 이 다리꼭지는 옛날에는 남의 부인 이외에는 처녀로서는 절대로 드리지 않았던 것이다. 기생이나 광대와 같이 천하게 여겨지는 계층이 아니면 거들떠도 보지 않던 것인데 그게 여학생들 사이에서 유행하게 된 것이다. 요즘으로 치면 패션계에서 리노베이션에 해당하는 일이 이 당시에 벌어지고 있었던 것이다.

유행은 이처럼 어떤 이데올로기보다도 강하게 사람들을 추동하는 힘을 가지고 있다. 멀쩡한 청바지를 찢어서 입고, 마치 어린아이의 옷과 같이 자그마한 웃옷을 걸치게 만드는 묘한 유행의 힘이란 것은 비단 요즘 들어서의 일만은 아니었던 것이다. 여학생들로 하여금 세련된 모던 복장을 벗어 던지고 깃옷을 입고 애도의 물결 속으로 달려가게 한 것이 바로 이 유행이란 것이었고, 예전에는 기생이나 광대와 같은 천민들이나 부인 네들이 하는 다리꼭지를 다시 리노베이션해서 버젓이 머리에 드리고 다 니게 만든 것도 이 유행의 힘이다.

이런 유행의 힘은 당대 사람들에게도 놀라운 것이었던 모양이다. 신여성 31년 11월호에서 한 무명 논자는 다음과 같이 유행의 힘을 고백하고 있다. "유행이란 참말 이상한 힘을 가젓습니다. 사람으로 하여금 자발적 으로 금욕케하고 자율적으로 인고케하는 점에 잇서 고승이나 목사의 설 교 이상의 힘을 가젓스며 사회생활을 규제하고 관리하는 점에 잇서 여하 한 법률보다도 더 우세의 힘을 가젓습니다."[4]

유행은 알게 모르게 우리에게 다가와서 어느 틈엔가 욕망을 설득하여 거기에 추종하게 만든다. 논리적이거나 이성적인 방식으로 계몽하는 것

---

4) 無名草, 「생명을 좌우하는 유행의 마력」, 『신여성』, 1931. 11. 64면.

이 아니다. 이미지의 형태로 우리의 감각 속에 각인되는 방식으로 욕망을 설득한다. 그것은 상품의 형태로 우리에게 꿈과 함께 주입되며, 유토피아나 신분 상승, 달콤한 낭만 등의 환각을 불러일으키는 것이다. 그리고는 마침내 우리 모두를 일정한 삶의 패턴5)으로 포섭하게 된다.

한번 주위를 둘러보자. 사람마다 개인차는 있겠지만 우리 사회에 염색이 한때 화제가 되었던 적이 있다. 몇몇 선도적인 사람들이 금빛, 보랏빛 각양 각색의 머리색을 하고 거리로 나섰을 때 우리 중 상당수의 사람들은 신기해 하기도 하고 손가락질 하기도 했다. 하지만 지금은 어떤가. 너무도 자연스럽게 우리 주변에 보편화되어 있다. 유행은 그런 것이다. '시빗쪼로 한번 보고 우습다고 한번 보고 하는 사이에 호기심을 갖게 되고 흉허물업시 뵈이고 조화뵈이고 해서 결국은 시비하든 사람이나 흉보든 사람이나 다가튼 모양이 되어버리는'6) 과정인 것이다.

1920년대 말부터 불기 시작한 본격적인 유행의 물결은 30년대에 들어와서 더욱 거세어졌고, 많은 사람들이 그 유행에 따라 조금씩 조금씩 변해갔다. 유행은 가장 먼저 의복부터 시작해서 머리 모양, 음악, 취미 등 각 영역에서 사람들의 외양과 태도를 변모시켰다. 그것은 조선이 자본주의의 상품시장으로 서서히 자리잡아 가면서 자연스럽게 이루어진 것이었다. 자본은 공간적으로도 끝없이 시장을 창출해가지만, 삶의 미세한

---

5) 유행이란 일종의 스타일이다. 이 스타일은 하나의 생활방식이며, 그것도 한없이 풍요로운 부로 가득 찬 유토피아적 생활방식이다. 소비문화의 파노라마 속에서 일상적 삶의 모든 세부사항들(옷, 집, 일상적인 물건 및 활동들)은 스타일이라는 요술을 통해 변화될 수 있다. 결코 드러내놓고 확실하게 말하지는 않지만, 스타일의 매개체들은 시청자들을 일상 생활에서 끌어내어 저 위쪽 유토피아의 세계로 옮겨 줄 것을 보증한다.(스튜어트 유웬, 『이미지는 모든 것을 삼킨다』, 백지숙 역, 시각과언어, 1996. 30면 참조.)

6) 윤성상, 「유행에 나타난 현대여성」, 『여성』, 1937. 1.

영역 하나하나에서도 미시적으로 시장을 만들어낸다. 요즘 시장의 모습을 보면, 속옷이나 사소한 액세서리까지 유행의 영역으로 포괄되어 있는 마당인 것처럼 말이다.

그런데 중요한 것은 삶이 자본주의적인 형태로 편성되었다는 데 있지 않다. 유행은 사람의 외양만을 바꾼 것이 아니라, 사람들의 자아까지도 변모시킬 만큼 놀랍고도 무서운 힘을 발휘하는 것이기 때문이다. 유행은 당대 사람들에게 삶의 모델을 제시했고, 그 패턴에 따라 무섭게 사람들을 변모시켰다. 1930년대의 문학과 문화, 그리고 사람들의 내면을 이해하기 위해서는 이 유행에 대한 분석이 필수적인 것은 유행이 바로 당대 사람들의 주체를 변모시킨 가장 큰 동인이기 때문인 것이다.

2. 거리의 패션 리더, 여학생

우리나라에 최초의 양장 스타일이 나타난 것은 개항 후 해외에서 귀국한 몇몇 개화 여성들에 의해서였다. 1899년 김윤창의 딸이자 윤치호의 부인인 윤고려가 양장을 한 것이 그 효시가 된다.[7] 이때 그녀가 입고 들어온 옷은 당시 유럽에서 유행하고 있었던 S자 스타일 드레스였고, 비단 양말에 굽 낮은 펌프 슈즈를 신었다. 머리에는 리본과 새의 깃털 모양으로 된 장식이 있는 모자를 썼고 양산을 들었다. 이와 비슷비슷한 시기에 여의사 박에스터와 미국에서 정식 B.A. 학위를 받고 귀국한 하란사도 비슷한 복장을 하고 귀국했다.[8] 이들 여성들은 모두 영화에서나 볼 수 있는 화려한 양장 차림을 하고 있어서 사람들의 이목을 끌었지만, 이런 양장 스타일은 아직 유행이라

---

7) 유희경, 『한국복식사연구』, 이대출판부, 1975. 649면.
8) 유수경, 『한국여성양장변천사』, 일지사, 1990. 133면.

고 말할 수는 없는 아주 희귀한 옷차림이었다.

우리나라에서 최초의 유행 스타일은 대부분 여학생들에게서 비롯한 것이었다. 1900년대 한국 최초의 여성교육기관인 이화학당은 기숙학교였기 때문에 학생 한 명이 들어오면 침모가 새옷을 지어 입혀야 했다. 그런데 10명이 넘게 들어오자 러시아제 붉은 목면으로 치마 저고리를 똑같이 해 입히게 되었다. 그래서 사람들이 이화학당 소녀들을 '홍둥이'라고 불렀다. 한복은 원래 치마와 저고리를 다른 색으로 입는 것이 전통이었는데 이 학생들을 본따서 개화 여성들 사이에서는 상하동색의 한복을 입는 것이 널리 퍼졌다. 이런 현상도 일종의 유행이라고 파악할 수 있을 것이다.9) 하지만 이 당시의 의복 변화는 매우 점진적으로 이루어졌고, 그 변화도 여성들이 활동에 편리하도록 한복을 개량하는 정도였기 때문에 아주 미미했다.

이 당시에 가장 주목할 만한 유행의 형태는 여학생들의 머리 모양일 것이다. 서양 부인의 머리 모양새를 흉내내 1900년경 일본에서 유행했던 머리 모양으로 얼마 지나지 않아서 한국으로 건너온 팜프도어 헤어스타일이 바로 최초의 유행 형태이다. 팜프도어는 머리를 치켜올려 빗어 정수리에 틀어 얹고 리본을 매기도 했으며 이마 위에 모자의 챙같이 불룩 내밀게 빗어서 챙머리라고도 했다. 앞머리는 풍성하게 만들어 빗고 뒷머리는 틀어올린 이 헤어스타일은 히사시가미라고도 불리웠는데, 여학생을 상징하는 머리 모양이었다.10) 이광수의 《무정》에서 형식의 눈길을 끈 선형의 머리 모양이 바로 '처녀의 까만 머리와 쪽진 서양 머리에 꽂은 널따란 옥색 리본'으로 묘사된 히사시가미였다.11) 이와 함께 여학생들은

---

9) 유수경, 앞의 책, 134면 참조.

10) 금기숙 外, 『현대 패션 100년』, 교문사, 2002. 55면 참조.

11) 권보드래, 「기생과 여학생」, 『문학인』, 시공사, 2002. 여름. 253면 참조.

짧은 치마에 목이 높은 구두를 신고 양산을 구비함으로서 가장 세련된 유행의 아이콘으로 떠올랐던 것이다.

이런 여학생들의 스타일은 대중적으로 크게 주목받았고 기생들도 여학생 복장을 흉내내어서 사회적인 물의를 일으켰다. 『신여성』 창간호에서는 여학생의 교복과 교표를 지정해야 한다는 주장을 펴고 있는데 그 이유가 '여학생을 구별하는 경계선이 문허지게 된'[12] 이유라는 것이다. 기생들이 여학생을 흉내내어서 그 외양에서는 구별하기 어려운데,[13] 기생들을 벌주기는 어려우므로 교복을 입히고 교표를 달게 해서 구별하자는 주장인 것이다. ≪무정≫에서 선형을 가르치고 돌아온 형식에게 하숙집 주인 노파가 '머리는 여학생 모양으로 하였으나 아무리 보아도 기생 같'은 여자, 즉 영채가 다녀갔다는 말을 전하는데, 여기서도 기생인 영채가 여학생을 모방했다는 사실을 알 수 있다.[14] 이처럼 여학생들은 거리에서 유행의 중심으로 떠올랐던 것이다.

그러나 이때까지도 자아 각성의 형태로 몇몇 개화 여성들에 의해 촉발되었던 스타일의 변화는 선망의 대상이자 동경의 대상을 모방하려는 욕구에서 비롯한 유행 현상일 뿐이었다. 여학생들은 자아 각성, 신교육을 받은 당당한 여성의 표지였다. 기생들이 여학생의 스타일을 모방한 것은 그녀들 자신이 선망의 대상이었기 때문이다.

---

12) 「여학생제복과 교표문제」, 『신여성』, 1923. 10. 25면.

13) "이즈음 딱한 일이 잇습데다. 여염집부인도 내생가고 기생이나 추업부도 학생갓고 부랑한 탕자들은 녀학생을 보고도 추업부로 알고 의례 힐란을 합데다그려. 그래서 세상 사람의눈에는 트레머리 흰저고리 검은치마면 의례잡스런녀자인줄로 아는 모양이니...."(「조각보」, 『신여성』, 1923. 10. 45면) 같은 지면에는 어느 서울기생이 여학생흉내를 내서 시골청년을 꾀어 현금 십오원을 빼내려다가 경찰에 잡혔다는 이야기도 소개되어 있다. 이 시기 기생의 여학생 모방 현상이 상당했음을 보여준다.

14) 권보드래, 앞의 글, 253면 참조.

하지만 시간이 지나면서 점차 유행은 맹목적인 영역으로 넘어가게 되었다. 즉, 상품경제에서 비롯한 소비문화가 대중적으로 확산되면서 그 변화의 속도도 정신없이 빨라졌으며, 유행도 점차 사치스럽게 변해가게 되었다. 자연히 그 유행의 선두에 서 있었던 여학생의 복장들은 세인의 비난에 직면하게 되었을 뿐 아니라 여학생들과 다른 이들의 구별이 사실상 무의미해졌다.

1920년대 들어서 오페라 백이 여학생들 사이에 크게 유행했고 부채도 널리 퍼졌다. 그 외에도 시계, 금테 안경, 보석 박힌 금반지 등이 신여성들 사이에 유행해서 사치가 심해졌다는 비판을 받았다. 또 버선대신 양말을 신게 되었고 신발도 운동화, 하이힐, 중힐, 부츠, 흑백의 콤비구두가 유행하게 되었다.[15] 특히 여학생들 사이에서는 목도리, 그것도 자주빛 목도리가 크게 유행해서 '지금의 녀학생들은 문밧글 나갈때면 자주 목도리가 연상되야 녀학생=자주목도리라는 공식'까지 생겨나게 되었다.[16]

어떻든 간에 개화기 이래로 1930년대까지 여학생은 유행을 선도하면서 주변의 온갖 사람들에게 일정한 삶의 패턴을 전파하는 거리의 패션리더였다. 이들에 의해 도입되어 자리잡게 된 유행은 30년대 대중문화가 널리 퍼지면서 사회 각층으로 번져나가게 된다. 그들은 초기에는 자신이 신체에 대한 주체임을 자각하고 그것을 복장이나 외양으로 드러낸 선각자요 동경의 대상이었다. 하지만 시간이 지나 1930년대에 이르면 지식인 청년이 아닌 일반인들도 돈만 있으면 구매할 수 있는 사치품이나 장식품으로 인식되는 변화를 겪게 된다.

---

15) 김주리, 「근대적 패션의 성립과 1930년대 문학의 변모」, 『현대문학연구 7집』, 월인, 1999. 131~132면 참조.
16) 『신여성』, 1924. 4. 69면.

M의 눈에 빛외인 H는 홍미 백파센트의 레뷰보다 이상이엇다. 평생소원이든 여학생 고대로가 천사처럼 날어와서 없었다. 무릎이 보일듯한 짤븐 치마 밑에 대리석 조각형의 다리가 살빛같은 비단양말에 밝게 빛외여 청춘의 기름이 자르르홀러 뻗적이엇다. 핸드빽을 책보처럼끼고 고개를 갸웃이하고 별같은 눈을 깜박거리고 앉엇다. M은 그 다리를 홀터 내려가다가 그 밑에 깜안 고양이 두 마리가 앉은 것을 보앗다. 그것은 H의 칠피구두엿다. 구두굽이 칭암절벽처럼 깎여질렷는데 끝은 송곳끝보다 더 뾰족하엿다. 서울의 아스팔드를 험하게 주사침놓는 구두엿다. 활발한듯하면서도 얌전한 H-전기로 약간 지진 곱슬거리는 트레머리…17)

이 대목은 구여성이라고 소박을 놓은 전처가 여학생의 모습을 하고 나타난 상황이다. 주인공 M은 그 사실을 알아차리지 못하고 있다. 단지 그녀의 옷차림을 거의 만지는 것처럼 바라보고 있을 뿐이다. 이 시선에는 대상에 대한 존중이 없다. 여학생은 어느 틈엔가 구매가 가능한 일종의 상품처럼 다루어지게 되어 버린 것이다. 여학생이라는 대상의 본질적인 측면은 어딘가로 사라져버리고, 핸드빽과 칠피구두, 트레머리라는 이미지들이 도드라지게 드러날 뿐이다. 그런데 이와 같은 시선이 만들어지게 된 배경은 그리 단순하지 않다. 여기에는 사회의 전반적인 변화, 어떤 감수성의 변화가 작용하고 있었기 때문이다.

3. 대중적 감수성의 형성

1930년대에는 『매일신보』, 『조선중앙일보』, 『동아일보』 등의 신문이

---

17) 방인근, 「모뽀·모껄」, 『신동아』, 1932. 5. 110면.

다량 발간되었고, 『신동아』, 『조광』, 『신여성』 등의 잡지가 간행되어 말 그대로 신문 잡지의 전성시대가 펼쳐졌다. 그런데 이 시기에 이르면 신문과 잡지의 성격이 상업적으로 현저히 변질된다. 각 신문사들이 증면 경쟁을 벌인 이후 동경이나 대판 등지의 상품광고를 유치하기 위해 광고주들에게 선심공세를 펼치는 등 경영의 합리화를 내세우면서 상업주의로 나아갔다.[18] 황태욱은 이를 두고 "한손에 경전을 들고 한 손에 칼을 든 것이 회교라 하면, 한 손에 조선 민족을 들고 한 손에 동경, 대판의 상품을 들고 나가는 것이 동아일보 아니 조선의 제 신문이다."[19]라고 일갈했다. 즉, 신문을 팔기 위해서는 조선 민족을 팔아야 했고 광고 수입을 위해서는 상품을 팔아야 했기 때문이라는 것이다.

이 시기의 잡지 역시 1920년대의 동인지 형태를 벗어나 상품으로서의 가치를 인식하기 시작했다. 『신여성』이나 『여성』, 『별건곤』, 『삼천리』 등에는 여러 가지 생활정보를 빙자해서 화장품 고르는 법부터 우산 빼는 법, 옷입는 법, 다이어트 법 등이 총망라되어 있으며, 향수 광고 등의 광고가 여성들의 눈길을 유혹하고 있었다.

여기서 플로베르의 ≪보바리부인≫을 잠시 떠올려보자. 주인공 엠마는 앙데르빌리에 후작의 초대를 받고 상류층의 풍요로움에 눈을 뜨고 그 계층의 호사취미에 부분적으로나마 동참하려고 한다. 그러나 그녀가 새로 문을 여는 상점, 최신 유행, 그리고 유명한 양복점 주소, 오페라 극장의 초대일 등에 대해 소상하게 알게 된 것은 주로 『코르베이유』와 『살롱의 정』과 같은 부인잡지를 통해서였다. 이들 잡지가 끝없이 엠마의 욕망을 자극하고 그녀의 사치를 북돋웠던 것이다. 1930년대의 대중잡지

---

18) 이정옥, 『1930년대 한국 대중소설의 이해』, 국학자료원, 2000. 36~37면 참조.

19) 황태욱, 「조선민간신문계총평」, 『개벽』, 1935. 3. 이정옥, 앞의 책에서 재인용.

들도 마찬가지였다. 때때로 지나친 사치풍조를 경계하면서 비판적인 목소리가 실리기도 했지만 전체적인 포맷은 유행을 선도하고 창출하는 소비문화의 첨병 역할을 하기에 충분했다.

한편 영화에서 삶의 패턴을 모방하는 대중적 감수성이 본격화된 것도 바로 이 시기였다. 이 시기 사람들은 '사랑의 모든 수단과 양식은 단성사, 조선 극장의 스크린에서' 취했으며 '성에 눈 뜬 처녀들이 변사들의 달콤한 해설과 스크린에 빗기우는 사랑의 실연을 보고' 배웠다.[20] 텔레비전 드라마에서 유명 탤런트가 하고 나온 반지며 목걸이가 그 다음날로 서울 전역에 깔리는 것은 비단 오늘날만의 이야기가 아니었던 것이다. 정도는 다르지만 영화의 파급력은 오늘날의 텔레비전과 맞먹을 정도였다. 특히 서양 영화들은 삽시간에 로이드 안경, 히틀러수염(채플린수염), '께이리 쿠어퍼어'의 외투, '로오웰 새아만'의 모자, '로버트 몽고메리'의 넥타이, '윌리암 포웰'의 바지, '클라이브 쁘룩'의 구두를 사람들의 뇌리에 심어 놓았다.[21] 1930년대에 이르면 이처럼 유행을 설명할 때 서양배우의 모습을 예로 드는 경우가 많아졌다. 35년『예술』에 실린「어엽분 아가씨네들 양말 신는 법 연구」에는 '저 서양 영화에 나오는 '거리의 천사'의 듸-트리히를 보십시오... 검정 양말을 넙적다리까지 치켜올린 데는 무어라고 말할 수 없는 매력이 있지 않습니까?'라고 하면서 영화를 통해 유행을 조장하고 있기까지 하다.

이런 유행은 박태원의 소설에서도 그 영향을 찾아볼 수 있다. 이상의 연애를 소설화한 것으로 유명한 <애욕>의 3절에서 익명의 사람들을 묘사하는 방식은 이 당시의 유행을 정확히 반영하고 있다.

---

20) 이서구,「경성의 짜스」,『별건곤』, 1929. 9.

21) 김진송,『현대성의 경험-서울에 딴스홀을 허하라』, 현실문화연구, 1999. 174면 참조.

가장 자신있이 말하고, 반나마 남아 있는 포트랩을 한숨에 들이켠
자는, 레지놀드 데니같이 생겼다면, 응당 만족해할 게다....
　　양장은 신통치 않아도 그 둥글고 여유 있는 것이 어딘지 모르게
복스러워 보이는 얼굴은 이를테면 콘스탠스 베넷 비슷하다.....
　　옆얼굴이, 구태여 말하자면, 초즈 랩트 비슷하나....
　　담배만 태우고 있는 키 큰 자는, 이 키 큰 자는 그들 중에서는
그 중 풍채가 나아, 로버트 몽고메리를 제법 닮았는데....22)

<애욕>의 3절은 하웅(이상)에 대해서 익명의 몇몇 사람들이 대화를
나누는 장면을 구보가 보고 묘사한 내용이다. 여기서 잘 모르는 사람의
외양을 인식할 때 곧바로 영화배우의 이미지와 비교해서 묘사하는 대목
은 30년대 영화의 영향력을 드러냄과 동시에 당대의 유행을 고스란히
반영하고 있는 것이다.

이처럼 영화와 잡지가 유행을 전파하는 소비문화의 첨병이 될 수 있었
던 것은 바로 '이미지'를 살포하는 기능 때문이다. 이 시점에서 우리는
사진의 발달이라는 측면을 유행과 관련해서 점검해볼 필요가 있다. 사진
이전에는 사람이나 장소 또는 사물의 모습이 저마다 고유한 물질적 실체
에 꼼짝없이 매여 있었다. 그러나 사진에 의해 이미지가 사물 자체보다
중요해지고 사실상 사물을 폐기할 수 있게 되었다. 사진은 경험을 과장하
고 믿을만한 상상적 허구를 만들어내는 능력이 있었던 것이다. 표면이
객관적인 그 자체의 생명을 갖게 된 것이다. 그래서 형태는 물질과 분리
되었고 외관과 실체 사이의 연관성이 끊어지게 된 것이다.

이제 실체는 그다지 중요하지 않게 되었다. 도시적 삶 속의 무수한
익명의 군중들 사이에서 사람의 본질보다 스타일이 강조되는 것은 그리

---

22) 박태원, <애욕>, ≪성탄제 外≫, 한국소설문학대계, 동아출판사, 1995. 241~242면.

놀라운 일이 아니다. 이제 물체의 본질 자체보다는 표면이 주도권을 갖게 된 것이다. 그와 동시에 물질의 본질적인 부분인 '사용가치'도 끝장을 보게 된다. 교환 가치, 그리고 기호 가치를 뒷받침해 주는 허상으로 기능할 뿐이다. 요즘 우리 주변을 둘러보면 이 말뜻을 쉽게 알 수 있다. 값비싼 외제 브랜드를 구입하게 되는 동기를 떠올려보자. 일단 현란하고 감각적인 광고를 생각할 수 있다. 광고 속의 모델처럼 멋있어지는 듯한 느낌, 그리고 그 상품을 구입함으로써 선택되었다고 느껴지는 구별 의식, 이런 것들이 비싼 돈을 들이는 이유가 될 것이다. 그리고는 꼭 한마디씩 덧붙인다. '비싼 건 오래 써도 닳지 않고 싫증도 안나. 돈값을 하지.' 여기서 광고가 전해주는 이미지와 구별 의식은 기호 가치다. 이 기호 가치가 본질적인 것이며, 질기고 오래 쓴다는 사용 가치는 그 기호 가치를 뒷받침해주고 자기 자신에게 합리적으로 납득시키는 핑계에 불과한 것이다.

1930년대의 영화와 잡지는 사진에서 비롯한 이미지의 힘을 당시 대중들에게 전파하는 역할을 했다. 내적인 자아를 강조하던 전통은 따라서 더 이상 힘을 발휘할 수 없었다. 부단히 변화하는 표면의 세계가 주도권을 잡게 되고 외양이 본질을 지배하게 되는 시기의 도래를 가져온 것이 바로 영화와 잡지였던 것이다. 이 매체들은 사람들에게 이미지를 통한 삶의 패턴을 제시하면서 사람들의 내면을 바꾸어 놓았던 것이다.

4. 문학작품에 삼투한 대중적 감수성 — 이효석의 경우

유행과 대중 매체가 만들어 낸 새로운 감수성은 문학의 영역에도 많은 영향을 끼쳤던 것으로 보인다. 그 시금석으로 이효석의 소설들을 점검해 보는 것은 여러모로 흥미로운 일이다. 우선 1932년 3월 『삼천리』에 실린

<북국점경>이란 단편의 한 대목을 살펴보자.

　　'팔과 목덜미를 드러내 놓고 거리를 거니는 아라사 미인, 온천물
　에 철벅거리는 아라사 미인', 러시아 여인을 묘사해놓은 한 대목을
　보자. '찬 나라의 언 살을 녹이는 뜨거운 물, 그 속에 헤이는 미인의
　무리, 안개 깊은 바다이 인어의 무리같이 깊숙이 물에 잠겼다가 샘
　전에 나와 느릿한 허리를 척척 누이는 풍류, 옛적 양귀비의 그것보
　다도 훨씬 정취가 깊을 것 같다. 창으로 새어드는 햇빛에 비쳐 김
　오르는 살빛, 젖가슴, 허리, 배, 두 다리 할 것없이 백설같이 현란하
　다. 미끈미끈한 짐승의 무리, 하아얀 짐승의 무리.'[23]

　이효석이 보여주는 이와 같은 백계 러시아 여인에 대한 도취를 단지
작가의 이국 취향에서 비롯된 것이라고 볼 수 있을까. 러시아 여인에
대한 관능적인 묘사에서 특징적인 것은 '백설'과 '하아얀'의 강조다. 이
와 같이 여성을 하나의 대상으로 에로틱하게 묘사하는 방식은 1930년대
를 전후해서 신문이나 잡지의 광고나 서양 영화가 불어넣은 서구 이미지
의 주입으로 생겨났다고 보는 것이 더 적절할 것 같다. 그리고 이는 단순
히 이효석 개인의 특이한 이국 취향이나 서구 지향이 아니다. 이효석으로
하여금 서구를 미의 기준으로 추앙하게 했던 것은 당대 사회의 대중적인
감수성이었다.

　30년대를 전후해서 신문이나 잡지 광고에서 두드러진 변화는 등장하
는 사진이나 삽화에서 이전의 동양적인 여성이 서구적인 체형과 외모를
갖춘 여성들로 변화한다는 점이다. 1926년 『동아일보』에 실린 피부미용
치료제 '하루나'의 광고를 보면 '흑인이 변하여 미인이 된다'는 식으로
백인을 미녀의 표본으로 설정하는 하나의 경향을 살펴볼 수 있다. 또

____

23) 이효석, <북국점경>, ≪이효석전집1≫, 창미사, 1983. 246면.

젊은이들에게 서양 영화의 이미지는 놀라운 파급력을 가졌다. 그래서 '활동사진 배우의 얼골이 어느 젊은애 숙사치고 아니 부튼 집이 없을' 정도였고, 미남 미녀의 기준은 서양 영화배우 누구를 닮았느냐였다. 요즘은 많이 바뀌어서 '장동건'이 미남의 대명사로, '이영애처럼 생겼다'가 미녀임을 간접적으로 드러내게 되었지만 말이다.

이처럼 30년대의 대중 매체는 일본에서 그랬던 것처럼 서구적 이미지를 아름다움의 표본으로 제시했다. 서구 미인의 이미지는 온갖 상품이나 영화 주인공의 모습으로 우리의 심층 깊은 곳에서부터 미의 기준을 변화시켰던 것이다. 그것은 서구적 외양과 스타일이 본질과는 무관한 이미지의 형태로 각인되는 것이다.

앞의 <북국점경>에서 작가가, 우연히 목격한 한 여인에 관해서 다음과 같이 묘사하는 것은 그와 같은 이미지의 작동 방식을 은연중에 드러내고 있다. "그 가운데에 색달리 눈을 끄는 일점홍이 있다. 단발하고 양장한 현대적 미인, 한 의지의 표현인 반듯한 콧날, 자랑 높은 눈맵시, 꼭 다문 입, 범하기 어려운 엄숙한 얼굴 - 평범치 않은 교양있는 모던 거얼이다. 그 위에 눈을 끄는 새빨간 웃저고리, 단발 밑으로 가늘게 휘인 목덜미, 은초록색 스커어트 밑으로 밋밋한 다리, 현대 미인의 제일 조건인 고운 다리-향기 높은 회령 미인이다."[24]

여기서 작가는 '단발', '양장', '빨간 웃저고리', '은초록색 스커트', 그리고 잘빠진 다리 등을 미인의 구성 요건으로 제시하고 있으며, 다른 여타의 부가 정보 없이 이와 같은 '모던 거얼'의 복장을 '평범치 않은 교양'과 연결시키고 있다. 이런 시각적인 정보를 통해 본질을 재구성하는 것은 바로 이미지의 효과다. 본질과는 무관하게 분리된 표면들의 조합이

---

24) 이효석, 앞의 책, 252면.

다시 본질을 재구성해서 상상하게 만드는 것, 그래서 스타일이 '교양'있음을 연상시키는 것은 바로 상품이나 스타일이 만들어내는 상상영역과 밀접한 관련이 있는 것이다.

또 다른 작품인 <수난>(『중앙』14, 1934. 12)에서는 대중적인 감수성이 어떻게 美를 다루는지가 드러나 있다. 여기서 주인공은 백화점에서 넥타이를 골라준 '유라'의 미에 대한 예민한 감각과 세련된 안식을 칭찬한다. '검은 빛깔에 붉은 줄이 은은히 섞인 사치하면서도 결코 속되지 않은, 몸에 조화되고 취미에 맞는 넥타이'25)를 골라낼 수 있는 능력을 미에 대한 예민한 감각이라고 말했던 것인데, 이는 거칠게 말하면 '소비 능력'을 의미한다. 사회의 유행 코드를 감지하고 전체적인 삶의 스타일 변화를 파악할 능력을 이효석은 미에 대한 세련된 감각이라고 칭했던 것이다.

이렇게 놓고 보면, 이효석 후기 작품 중 이국적인 취향이나 서구적인 문물이 강조된 소설들의 원천이라고 할 수 있는 것은 1930년대의 대중적 감수성이라고 파악할 수 있다. '영화'가 주입한 서구적 이미지, 그리고 소비문화가 여러 매체를 통해 유포하는 미의 기준이 효석 자신도 자각하지 못하는 사이에 작품 전반에 투영되게 된 것이다.

이와 같은 현상을 두고 이효석 소설이 '통속화'의 길을 걸었다고 단번에 치부해 버리는 것은 생산적이지 못하다. 그보다는 그 통속화의 몇 가지 메커니즘을 살펴보는 것이 30년대를 살아갔던 사람들의 내면을 보다 잘 파악할 수 있는 통로가 된다. 그런 의미에서 이효석의 단편 중에서 통속성이 매우 두드러지는 단편 <장미 병들다>(『삼천리문학』1, 1938. 1)를 잠깐 살펴보도록 하자. 이 소설의 내용은 다음과 같다.

---

25) 이효석, <수난>, 앞의 책, 309면.

주인공 현보는 7년만에 남죽을 만난다. 남죽은 극단 ‘문화좌’의 배우로 지방의 도회에 내려왔다가 극단이 해체되는 바람에 이러지도 저러지도 못하는 상황에 놓인다. 교통비마저 없어서 현보에게 부탁하게 된 처지다. 그런 남죽은 7년전에는 진보적 서적을 통독한 지식 여성이었다. 현보는 그녀에게 연정을 품고, 그의 여비를 마련해 주기 위해 친구에게 돈을 융통하지만 여비에는 모자란다. 그 돈으로 이들은 영화를 보고, 차를 마시고, 보우트를 타고, 춤을 춘다. 현보는 결국 집안의 적금통장을 헐어서 여비를 마련해 남죽에게 가지만 남죽은 춤추며 만난 백만장자 난봉꾼에게 몸을 팔고 여비를 얻어 서울로 떠난 후다. 그녀가 떠난 후 현보에게 남겨진 것은 남죽이 남긴 성병뿐이다.

한때 진보적인 지식 여성의 타락이라는 지극히 통속적인 내용이지만 이 작품에는 몇 가지 흥미로운 점이 있다. 우선 타락녀 남죽이 영화를 수용하는 방식이 눈길을 끈다. 주인공 현보와 남죽은 영화 ‘목격자’를 보고 나오다가 식당의 요리사 간의 싸움을 목격하게 된다. 체격부터 현저하게 차이가 나는 싸움은 덩치 큰 쪽이 일방적으로 작은 쪽을 두들겨 쓰러트리는 것으로 끝난다. 이 모습을 보고 남죽은 ‘영화의 한 토막과도 같이 아름답지 않아요? 슬프지 않아요?’라며 눈물을 흘린다. 이에 대해 현보는 그 장면에서 슬프면서도 아름다운 어떤 느낌을 받는데 그것은 ‘방금 보고 나온 영화 때문’이었던 것 같다고 생각한다. 작품 속의 인물들은 영화를 통해 현실을 해석하고 느낀다. 작가는 영화가 현실에 던져주는 영향을 어렴풋이 자각하고 있었던 것 같다.

앞에서 얘기했던 대로 ‘영화’는 관객들에게 막연한 오락이나 흥미만을 제공하는 것이 아니라 삶의 패턴, 본받아야 할 모델을 제공한다. 30년대의 대중들은 영화를 통해 서구적인 미의식을 받아들이게 될 뿐 아니라 자신의 삶이 닮아야 할 전범을 그 안에서 본다. 이효석의 장편 ≪벽공무한≫(박문서관, 1941)에서는 그와 같이 영화와 현실이 혼동되고 영화가 현실로 고스란히 수용되는 장면이 나타난다. 주인공 미려는 서양 영화 '남방비행'을 보고 그녀는 영화 속의 젊은 여주인공이 늙은 남편을 버리고 소꿉동무를 만나 열애를 벌이는 장면을 보고 결국 파산한 남편을 버리고 가출하게 된다. 작가의 시각은 물론 비판적인 입장에 서 있었지만, 그의 <장미 병들다>와 <벽공무한>은 영화가 현실에 작용하는 메커니즘을 보여주고 있는 것이다.

한편 <장미 병들다>에서 남죽의 변화, 즉 진보적인 지식 여성에서 백만장자의 아들에게 몸을 파는 타락한 여성으로의 변모는 언뜻 잘 이해가 되지 않는다. 고향으로 돌아갈 차비를 벌기 위해서라는 설명은 어쩐지 설득력이 없다. 오히려 그 타락의 개연성은 짐짓 숨겨져 있다.

이 소설에서 주인공들이 시간을 보내는 찻집, 빠아, 영화관, 유원지에서 보트타기 등은 여가를 보내는 도시적 라이프 스타일을 고스란히 보여준다. 이 중 특히 유원지에서 보트를 타는 대목은 문화상품이 만들어내는 이미지의 효과가 잘 나타나 있다. 보트에서 한가로이 노를 저으면서 남죽은 현보에게 고향에 대해 이야기한다. 그런데 이때 남죽이 묘사하는 고향은 궁핍하고 가난에 찌들은 고향이 아니라 유토피아 그 자체다. '솔골서 시작해서 바다 있는 쪽으로 평야를 꿰뚫은 흰 방죽이 바로 마을 앞을 높게 내닫고 있어요.'라며 낭만적으로 시작한 고향에 대한 묘사는 현보가 듣기에 '전원교향악'으로 들릴 만큼 아름다운 것이었다. 자본의 힘은 이런 방식으로 부재하는 환각을 주입한다. 유원지에서 한가롭게 보우트를 젓는 것은 사람으로 하여금 영화나 시각 매체 속의 이미지를 떠올리게 한다. 그것이 현실과는 다른 조작된 이미지인 것은 우리 모두가 경험을 통해서 알 수 있는 것이다. 영화나 시각 매체, 그리고 카메라 앵글에 잡힌 고향, 전원의 풍경은 이미 현실이 아닌 이미지이며, 이것이 소설로 환원될 때는 2차적 이미지, 즉 환영에서 비롯된 하이퍼 리얼리티에 해당할 뿐인 것이다.

유원지에서 보트 타기라는 일종의 문화상품이 그것의 향유자를 어떤 환상 속으로 끌어들이는 것과 똑같은 매커니즘이 <幕>에도 등장한다. <막>에는 '호텔의 심리학'이라 명명할 만한 대목이 나온다. 다음 구절을 보자.

> 세운의 의견에 의하면 거리에서는 호텔같이 예절이 바르고 인사성이 깎듯한 데는 없다는 것이다. 들어갈 때나 나올 때나 방에 있을 때나 뽀이들의 시중은 가려운 곳에 손이 닿을 지경으로 조밀하고 친절하였다. 무례하기 짝없는 거리와는 딴 세상인 그속에 있을 때에만은 거리에서 받은 가지가지의 상처와, 잡지를 하다가 입은 여러 가지의 봉변을 잊어버릴 수 있었다. 그까짓 하찮은 문화인이 다 무어며 주제넘은 문학자들이 다 무엇에 쓰자는 것이냐--하고 호텔문을 나들 때 뽀이들이 뛰어 와서는 구두를 털어 주고 모자를 받아 주고 할 때마다 세운은 고개를 곧추 들고 속으로 한번씩은 외어 보았다.[26]

이는 백화점이 손님을 끄는 방식과 상통한다. 상품을 구매하라. 그리하면 세상에서 가장 고귀한 존재가 된 것처럼 대접해 주겠다. 마찬가지로 호텔에 투숙하라. 그러면 모든 번잡함을 잊고 귀족같은 생활을 하게 해 주겠다. 소비의 즐거움에는 이러한 측면이 잠복되어 있는 것이다. 호텔은 단순한 숙박업소가 아니다. 그곳에서 파는 것은 친절한 서비스와 일종의 환상이다. 세상에서 가장 고귀한 존재라고 느끼게 하는 환상. 그 환상은 세운 같이 세상의 번잡함에 시달리는 사람에게 심리적인 치료 효과도

---

26) 이효석, <幕>, 《이효석전집2》, 창미사, 1983. 205면.

가져온다. 마치 여자들이 스트레스를 받을 때 쇼핑을 하면 기분이 좋아지는 것과 동일한 이치다. 만인이 현금을 통해 귀족이 되는 세상, 귀족의 환상을 파는 것이 백화점이요, 호텔인 것이다.

보트를 타건, 호텔에 들어서건 그것은 모두 소비와 관련을 맺고 있다. 일종의 문화상품을 소비하는 일인 것이다. <장미 병들다>에서 남죽이 현보와 함께 시간을 보내는 일은 거의 전부가 상품이나 서비스의 '소비'로 채워지고 있다. 이때 상품이나 서비스가 발산하는 이미지는 사람들로 하여금 자신의 부보다 욕망이 훨씬 빨리 자라게 만든다. 남죽을 타락으로 이끈 것은 이와 같은 이미지의 유혹이라고 할 수 있다. 지식 여성이 삶의 태도를 바꾸고 창녀처럼 변모해간 모습은 실체(본질)가 허상(이미지)에 주도권을 넘겨주는 사회상의 산물이다. 1930년대의 대중적 감수성은 '외관에 대한 집착'과 '깨지기 쉬운 자아가 상품의 소비와 결합'되어 있는 형국이었다.

지금까지 이효석의 소설 세계는 이국성과 토속성으로 특징지워져 왔다.[27] 그리고 그의 서구 취향은 식민지 제국 대학 영문과 출신 작가의 개인적인 취향이나 기호 차원으로 파악되었다.[28] 다시 말해서 이효석은 자신의 전공인 영미권 문학을 탐독한 결과 서구 추종적인 미의식을 드러내게 되었다는 말이다.[29] 그러나 지금까지 살펴온 유행과 대중문화를 통해 이효석 문학을 들여다보았을 때, 그의 취향이나 인식에는 30년대 우리 사회의 어떤 대중적인 감수성이 작용하고 있었다는 몇 가지 단초를 발견할 수 있었다.

---

27) 가장 최근 나온 백지혜의 「이효석 소설에 나타난 '여행'의 의미 연구」(서울대 석사, 2002)의 2~5면에 있는 연구사 검토를 참조할 것.

28) 윤병로, 「이효석론-향수의 모더니스트」, 『현대작가론』, 이우출판사, 1978. 69면.

29) 김윤식, 「병적 미의식의 양상」, 『한국근대문학사상비판』, 일지사, 1978.

이효석의 작품들에서 우리가 확인할 수 있는 것은 문학에 스며든 대중적인 감수성이다. 그러나 그것은 통속성이라고 한마디로 처리해버릴 성질의 것은 아니다. 그 작품들은 표면들이 만들어내는 세계, 그리고 그것이 삶의 모델이 되는 세계가 시작되었다는 것을 알려주고 있다. 상품과 광고, 그리고 대중 매체가 만들어 내는 매끈한 표면의 이미지들은 유행의 형태로 30년대 사람들의 삶에 스며들어 내적인 측면을 침식시키고, 주체를 새롭게 변모시켰던 것이다.

■참고문헌

▪ 기본자료

『신여성』,『여성』,『신동아』,『별건곤』

▪ 단행본

금기숙 外,『현대 패션 100년』, 교문사, 2002.
김윤식,『한국근대문학사상비판』, 일지사, 1978.
김진송,『현대성의 경험-서울에 딴스홀을 허하라』, 현실문화연구, 1999.
박태원,《성탄제 外》, 한국소설문학대계, 동아출판사, 1995.
윤병로,『현대작가론』, 이우출판사, 1978.
이정옥,『1930년대 한국 대중소설의 이해』, 국학자료원, 2000.
이효석,《이효석전집》, 창미사, 1983.
유수경,『한국여성양장변천사』, 일지사, 1990.
유희경,『한국복식사연구』, 이대출판부, 1975.
Baudrillard, Jean.,『기호의 정치경제학 비판』, 이규현 역, 문학과지성사, 1995.
＿＿＿＿＿＿,『소비의 사회』, 전병석 역, 문예출판사, 1992.
＿＿＿＿＿＿,『시뮬라시옹』, 하태환 역, 민음사, 1997.
Ewen, Stuart.,『이미지는 모든 것을 삼킨다』, 백지숙 역, 시각과언어, 1996.

▪ 논문

권보드래,「기생과 여학생」,『문학인』, 2002, 여름 창간호, 시공사
김주리,「근대적 패션의 성립과 1930년대 문학의 변모」,『현대문학연구 7집』, 월인,
　　　　1999. 124∼150면.
백지혜,「이효석 소설에 나타난 '여행'의 의미 연구」, 서울대 석사, 2002.

■영문초록

Trend, Popular Sensibility and Transfiguration of Literature.

Kang, Sim-ho

Trends have the strongest power to move people than any kind of ideology. Trends, regardless of being noticed, go into any opening and persuades desire and makes man follow it. Trends are not edified by any logical, rational method, but, through shapes of images it persuades desires that are carved in our senses. Such trends have been affecting our lives from the 1920s and became greater in the 30s. Trends had provided for a model lifestyle to the people of the times, and transfigured people according to its pattern. To understand the literature, culture and the inner character of the people, understanding and analyzing such trends are essential because trends were the greatest motive that had transfigured the core of the people. Since the flowering times to the 1930s, the women students led the trends and they were the fashion leaders in the streets propagating such life styles. The trend that was set by these people had, when it became the mass culture of the 30s, spreads through all classes of society. By product advertisements in magazines, newspapers, and also by films, trends and patterns of life were carved through images, and as a result a new public sensibility was created. This public sensibility had much effect in the area of literature. Especially, the latter novels of Lee, Hyo Suk depict the transfiguration of the literature due to the public sensibility of the 1930s. Through his latter works we are able to examine the appearances of the transfiguration of the subjects in which the inner self was eroded through having trends enter in to the lives of the people of the 30s by images that were created by products, advertisements, and mass media.

■ **핵심어**   유행, 여학생, 대중문화, 이미지, 대중적 감수성.

■ **keyword**   Trend, the women students, the mass culture, image, the public sensibility.

접수일자 : 2002. 10. 27

심사기간 : 2002. 11. 9〜11. 27

게재결정 : 2002. 11. 28

1930년대 茶房과 '文士'의 자의식

손유경*

목차

1. 茶房과 카페의 분화

우리나라에서 처음 커피를 즐겨 마신 것으로 '기록'된 사람은 1895년 아관파천으로 러시아 공사관으로 피신했던 고종이다. 덕수궁 환궁 이후에도 커피 맛을 잊지 못한 고종은 계속 커피를 찾았는데 이때부터 커피는 숭늉을 대신하여 궁중 내 새로운 기호 식품으로 자리를 잡게 되었다. 그러나 김홍륙이 커피에 독극물을 넣어 고종을 독살하고자 했던 '고종 독극물 사건'의 여파로 커피에 대한 일반인들의 인상은 그다지 좋지 못했다고 한다. 얼마 후 한국 사교계에 침투한 독일 여인 손탁이 러시아 공사관 앞에 '정동구락부'를 열고 당구장 설비를 갖춘 다방을 경영했는데 이것이 한국 최초의 茶房으로 알려져 있다. 한일 합방 이후에는 명동에

---

* 덕성여자대학교 강사

생긴 몇 곳의 きっさてん(喫茶店)에 일부 고위층이 드나들었다.[1]

서구에서 커피는 예술, 특히 문학과 실로 깊은 인연을 맺어왔다. 18세기 유럽에서 커피는 지적인 능력과 감수성을 배가시키는 묘한 기호식품으로서 예술가들로부터 각광을 받았다. 몽테스키외는『페르시아에서 보내온 편지』에서 "파리에서 커피가 유행하게 된 것은 위대한 일이었다. 커피가 제공되는 가게에서, 주인들은 커피를 통해 손님들에게 지혜를 주고 있음을 알고 있다. 손님들은 커피를 마시고 적어도 네 배 이상은 총명해졌다고 생각하며 문을 나선다"라고 적고 있다.[2] 18세기의 파리에서, 각성 효과를 가져오는 커피는 지적, 정서적 민감성을 요구하는 문학의 새로운 동반자로 부상하고 있었다.

상류층의 출입에 국한되었던 茶房이 서구에서와 같이 우리나라 예술가들의 삶 속으로 파고든 것은 1930년을 전후한 시기에 영화감독, 배우, 작가 등의 예술가들이 경성에서 직접 茶房을 경영하면서부터이다. 한국인이 경영한 최초의 다방인 '카카듀'(1927)는 다방 문화에 의해 주도되다시피 한 1930년대 문인들의 풍속도를 이루는 첫 장면이라 할 만하다. 영화 감독 이경손이 "布哇에선가 온 妙齡女人과 더부러 경영"[3]한 '카카듀'는 김진섭이 이름을 붙이고 실내 장치와 조명을 정인섭이 맡았는데 방학을 이용해 동경에서 귀국한 해외문학파들이 아지트로 사용한 곳이다.[4] 이후에도 해외문학파는 단골을 정해 놓고 다방을 드나들면서[5] 뒤에

---

1) http://www.dongsuh.co.kr/culture/history.asp?/html=korea

2) 하인리히 E. 야콥,『커피의 역사』, 박은영 옮김, 우물이 있는 집, 2002. 237면.

3) 老茶客,『京城茶房盛衰記』,『청색지』제1호, 1938. 46면.

4) 김병익,『한국문단사』, 문학과지성사, 2001. 117면.

5) <樂浪>의 마담 김연실은 "함대훈, 이헌구, 김진섭씨 등 해외문학파 손님들도 각금"온다면서 은근히 자랑을 하는 반면 <비너스>의 마담 복혜숙은 "문사 손님 중 해외문학파 여러분은 한 번도 안"온다면서 은근히 불만을 나타낸다. 복혜숙 外, <

서 살펴볼 구인회와 함께 '다방취미'라는 새로운 취향을 퍼뜨리는 데 기여했다. 독특한 실내 장식으로 "한때 京城街頭에서 異彩를 發하던" '카카듀'는 경영난으로 몇 개월만에 문을 닫게 된다. '카카듀'가 문을 닫은 지 2년쯤 지나 "現代映畵俳優노릇을 하는 金寅圭와 沈影씨가 채려노핫든" '멕시코'가 생겼으나 역시 초기에는 "문사, 음악가, 배우, 신문기자들을 위시하야 문화인이 모혀드"는 곳이었으나 몇 년 후에는 술을 파는 '빠-'로 변하고 만다.6)

　경성 거리에서 이채를 띠던 '카카듀'나 '멕시코'가 문을 닫거나 업종 전환을 한 이후에도 경성의 다방은 꾸준히 증가하여 1940년대에 이르러 다방은 경성의 명물이기는커녕 싫증이 날 만큼 널린 흔한 장소가 된다. 『별건곤』1929년 신년호에서는 "유행! 신년 새 유행! - 희망하는 유행 · 예상하는 유행"이라는 특집을 마련했는데 여기서 "될 듯한 유행"란에는 이태준의 다음과 같은 글이 실려 있어 주목된다.

> 아모리 無神經한 商人들만 사는 鐘路라 하드라도 不遠하야 喫茶店골목이 생길것과 판백이 모더-ㄴ들은 勿論이려니와 一般的으로도 喫茶道樂이 流行되리라고 생각한다.7)

　1929년 벽두에 이미 이태준은 '喫茶'가 경성에서 크게 유행할 것을 점치고 있는 것이다. 그로부터 10여년 후, 어중이떠중이가 너무 많은 경성, 그 중에서도 특히 "다방이란 놈이 싫어"8) 못살겠다는 사람까지 나온

喫茶店 戀愛風景>, 『삼천리』, 1936. 12. 57~58면.

6) 老茶客, 앞의 글, 같은 면

7) 이태준, 「喫茶와 握手」, 『별건곤』, 1929. 1. 102면.

8) 최영수, 「증오의 생활」, 『조광』, 1940. 9. 201면.

것을 보면 이태준의 예언이 그대로 적중했음을 알 수 있다. 1940년, 경성의 다방은 이미 넘칠 만큼 많아져 있었다.

그러나 여기서 잠시 짚고 넘어가야 할 문제가 있다. 그것은, 술과 차를 함께 파는 서양의 카페café와는 달리, 1930년대 한국에서는 '茶'만을 파(는 것으로 되어 있)는 '茶房'이 술을 파는 '카페'와 차별화 되어 문인들의 삶과 의식에 지대한 영향을 미쳤다는 점이다. '茶房'이라는 언표9)를 분석하는 데 있어서는 그것이 무엇을 함축하고 있느냐 만큼 무엇을 배제하고 있느냐 역시 동등하게 중요한 문제이다.10) 우선 여기서 언표라는 푸코의 용어를 차용한 것은, '다방이라는 말'과 '다방이라는 물리적 실체'를 일대일로 대응시키는 것, 즉 문인들의 글 속에 드러나는 '다방'이 당시에 실재한 다방의 모습을 얼마나 리얼하게 반영하며 재구하고 있느냐 하는 것이 이 글의 관심사가 아니기 때문이다. 1930년대 문인들의 수필과 시, 소설 속에 집중적으로 등장하는 '茶房'은 물론 당시 우후죽순으로 생겨난 다방이라는 사물을 상관자(corrélat)로 가지기는 하지만 그것을 일대일 대응의 지시물이라고 단정해서는 안 된다. 다방이라는 대상의 출현은 이미 담론의 질서라는 망을 통과하는 것을 전제하기 때문이다. 이 망을 통과하는 데 있어 특히 문제가 되는 것은 한 대상의 여러 부분집합들을 '나누는 방식'인데, 푸코가 말하는 "특이화의 그물들"11)이란 바로 이같

---

9) 언표에 대한 푸코의 정의는 M. Foucault, 『지식의 고고학』, 이정우 옮김, 민음사, 1997. 117~129면 참고. ("언표란 어구, 명제, 또는 담화행위와 동일한 종류의 단위가 아니다. 언표는 그 자체로서는 결코 단위가 아니며, 구조들의 그리고 가능한 단위들의 영역을 가로지르는, 그들을 그 구체적 내용들과 함께 시간과 공간 속에 나타나게 하는 하나의 기능이다.")

10) 하나의 담론적 실천에서 중요한 것은 그것의 내면성 혹은 그것이 내포하고 있는 것이 아니라 그것의 특이한 존재와 '조건들' 즉 '경계선' 자체이다. M. Foucault, 위의 책, 112~113면.

은 ‘나눔의 특별한 방식’을 의미한다. 그렇다면 1930년대 경성의 카페 café는 왜 그 형성과 동시에 ‘茶房’과 ‘카페’로 분화되었을까. 잠시 19세기 파리에서 유행한 카페café의 생태를 엿볼 필요가 있다.

> “취할 시간입니다! 시간의 노예가 되지 않기 위해서라도 언제나
> 취해 있어야 합니다. 포도주, 시, 덕행, 그 어떤 것에라도 취하십시
> 오!”[12]

19세기 후반 파리의 예술계는 몽마르트 주변의 카페를 그들의 주된 무대로 삼았다. 카페 랑블랭Café Lemblin의 단골 손님이었던 보들레르 역시 새로운 감수성의 포로가 되어 예술적 영감을 얻기 위해 카페를 순례한다. 그들의 카페는 거의 항상 토론과 논쟁으로 달구어져 있었다. 그리고 앞의 인용문에서 드러난 바와 같이 프랑스 예술가들의 카페에는 무엇보다도 ‘술’이 있었다. 물론 차와 커피를 즐기기도 했지만 이들은 항상 알콜 중독이라는 위험 앞에 노출되어 있었다.[13]

1930년대 경성의 문인들 역시 파리의 몽마르트에 비견할 만한 예술가들만의 공간을 꿈꾼다. “예술가로서의 기분 감정에부터 주으린 우리들”에게 “글쓰는 사람끼리 만나면 그때의 반가움이란 또 될 수 있으면 문학적인 회화를 갖고 싶은 것이란 결코 적은 욕망이 아니었”[14]다는 ‘구인회’ 멤버 이태준의 고백은 이같은 사정을 잘 말해준다. 그런데 1930년대 문인

---

11) M. Foucault, 위의 책, 72면.

12) 샤를 보들레르, <인공낙원>: 크리스토프 르페뷔르, 『카페의 역사』, 강주헌 옮김, 효형출판, 2002. 137면에서 재인용.

13) 19세기 후반 카페café를 드나들던 파리 예술가들에게는 ‘술에 취하는 것’만이 유일한 신조였을 정도였다. 위의 책, 136~137면.

14) 이태준, <九人會에 대한 難解 其他>, ≪이태준 전집≫, 깊은샘, 1996. 241면.

들의 수필을 자세히 검토해보면 술을 파는 '카페'를 배제함으로써 '茶房'
의 존재 가치를 높이려는 이들의 전략이 은연중에 드러남을 알게 된다.
이들은 왕성한 문학적 토론이나 활기 넘치는 논쟁이 펼쳐지는, 술과 차가
어우러지는 프랑스의 예술 카페café를 그리는 대신 엄숙하리만큼 고상하
고 품위 있는, 조용한 공간을 꿈꿨다. 뒤에서 자세히 살펴보겠지만 다방
을 출입하는 문사들의 수필에는 세련된 문화인의 기호품인 홍차와 커피
를 마시는 행위에 대한 그들만의 독특한 감수성이 드러난다. 그러나 다방
에서 술에 취해 떠들거나 소란을 피우는 것은 용납하기 힘든 일이었다.

2. 喫茶와 문학의 만남

2.1. 새로운 감수성의 문턱 - 문화적인 쾌감

1930년대 문인들에게 차를 마신다는 것은 그 자체로 문화적 쾌감을
맛보는 행위였다. '푹신한 소파-따뜻한 홍차나 커피(시원한 소다수)-아름
다운 음악-하얀 담배연기'는 쉽게 피로를 느끼는 현대인들에게 더할 나
위 없는 안락함과 위안을 준다는 데 대해 문인들은 한목소리를 낸다.
채만식은 "활짝 단 가스煖爐 가까이 푸군한 쿠손에 걸어앉어, 잘 끓은
커피-한잔을 따근하게 마시면서 아무것이고 그때 마침 건 명곡 한곡조를
듣는 그 安逸과 그 맛이란 역시 도회인만이 누릴 수 있는 하나의 樂인것
이요, 그것을 모르고 도시에 살다니 그는 분명 촌민이며 가련한 前世紀
사람일 것"15)이라며 다방을 찬양한다. 자리가 편하겠다, 마시는 것이 홍
분제겠다, 음악이 아름답겠다, 마신 다음에는 담배라도 붙여 물고 유유히

---

15) 채만식, <茶房讚>, 『조광』 1939. 7. 110면.

앉아있을 수 있겠다, 이 모든 것이 다방을 다시없이 고마운 안식처로
기능하게 한다는 것이다.

한때 계급문학론의 선봉에 섰던 박영희 조차도 "푹신푹신한 '쿠숀'에
푹-나려앉으서 한숨을 한번 무의식적으로 내쉬고"[16]나서 마시는 아이스
티 한잔은 어둠침침한 마음을 밝게 해 준다면서 茶街 산보 취미를 자랑한
다. 문인들의 도회적 감수성을 자극한 커피, 홍차, 담배, 그리고 웬만한
다방이라면 모두 갖추어 놓은 南國植物은 경성의 도시 문화가 이미 상당
한 수준으로 국제화되었음을 드러내는 징후들로 평가되기도 했다.

> 우리를 둘러싸고 잇는 모든 것은 - 한쪼각의 '팡', 한個의 卷煙으
> 로부터 電氣, 電話, '라듸오'에 이르기가지 세계무역의 큰 ??를 늣기
> 게 하지 안는 아모것이 업고 우리의 想像力을 遠方에 달리게 하지
> 안는 아모것이 업다. 우리가 흔히 마시는 嘉排가 자바産이고 우리가
> 흔히 마시는 茶가 中國産임은 이제 넘우도 平凡한 事實이다. '부르
> 군드'産의 洋酒 '멕시코'産의 담배 亞米利加産의 '팡' 伊太利産의
> '오렌지'…[17]

한잔의 茶조차도 남의 것 아닌 것이 없다는 이러한 지적을 통해 정신문
명과 물질문명 가릴 것 없이 모든 문화는 인류에 의해 공유되는 '공동재
산'임을 김진섭은 강조하고 있다. 사정이 이러하므로 젓가락, 김치, 숭늉
이라는 한국적인 것은 포크, 케익, 커피라는 이국적인 다방 체험 속에서
일종의 혐오스러운 대상으로 전락하기도 한다. 자신을 "향락을 추구하는
아스팔트의 딸"이라 표현한 이선희의 수필을 보자. 다방에 앉아 "켁을
폭으로 꾹찔너 먹"으면 갑자기 자기 자신이 "몹시 올나가는 것갓"은 황

---

16) 박영희, <茶街散步>, 『신동아』 1934. 9. 200면.
17) 김진섭, <飜譯과 文化 1 - 生活의 國際性>, 『조선중앙일보』, 1935. 4. 17.

홀감까지 느껴지고, 이는 "김치를 젓가락으로 먹는 것보다 한층 더 문화적임에 쾌감을 늣긴"다는 이선희는 커피의 향을 감상하며 결국 이렇게 말한다. "그래 집에서 숭늉을 마시고 잇서-."[18]

각성 효과를 일으키는 커피, 그리고 특히 박태원의 소설에 자주 등장하는 홍차는 실로 문화인의 기호품으로 각광을 받으면서 예술가와 인텔리 계층의 삶 속으로 깊숙이 침투해 들어갔다.

> 그것(홍차-인용자)은 文化人으로서 없으면 아니 될 嗜好品의 하나입니다. … 그것이 文化人의 嗜好에 適合하는 까닭인 것은 물론이고 더구나 疲勞를 恢復하고 意識을 明瞭케 한다는 의학적 원인에 歸着하는 것입니다. 따라서 文化가 向上하면 할수록 점점더 紅茶가 必要하게 되는 것은 당연한 일이라고 안할 수 없습니다.[19]

> "물을 사먹고 도라단이는 것은 현대인의 자랑거리며 또한 羞恥"라는 박영희의 고백처럼 문인들에게 喫茶道樂, 茶房趣味, 茶房風流는 '금붕어족'[20]이라는 주위 사람들의 조롱을 상쇄할 만큼 떨치기 어려운 유혹 그 자체였다.

2.2. 고상한 '취미'로서의 문학

이국적인 문화 상품을 소비한다는 것은 지극히 매력적인 행위였음에

---

18) 이선희, <茶黨女人>, 『별건곤』 1934. 1. 34~35면.

19) <紅茶와 文化人>, 『조광』, 1938. 2. 331면.

20) 채만식의 <茶房讚>(앞의 글)과 李秉珏의 <茶와 나>(『여성』 1937. 2), 엄홍섭의 <茶房小感>(『조선문학』 1939. 6) 등을 통해, 다방을 드나들면 맹물을 홀짝거리는 사람들에게 '금붕어족'이라는 조롱섞인 별칭이 붙었음을 알 수 있다.

틀림없다. 그러나 1930년대 문인들이 저마다 다방의 이러한 향락적 가치에 매료되기만 했던 것은 아니다. 이 점을 염두에 두지 않고는 1930년대 문인들이 왜 다방보다 더 자극적이고 향락적인 카페에 드나들면서도 '다방취미'에 어울릴 만한 '카페취미' 같은 것을 만들지 않았는지 이해하기 힘들 것이다. 사실 문인들 중 누구도 '다방취미'나 '喫茶道樂'에 비견할 만한 '카페취미'라든가 '洋酒道樂' 같은 것에 대해 언급하지 않았다. 문인들의 도회적 감수성을 자극하는 카페, 백화점, 옥상 정원 등과 다방을 같은 차원에 놓고 산책자의 경험 영역으로 편입시키는 데[21] 그쳐서는 안 되는 이유는 무엇일까. 조금 길게 인용된 다음 글에서 우선 실마리를 찾아보자.

> 카페의 기원을 말하는 것은 아니나 영국에 잇서서 18세기의 문인들이 일정한 장소가 없이 그대로 커피하우스(지금에 다방)에 모혀 그들의 문예창작품을 낭독하고 서로 비판하얏다는 것을 영문학책에서 잠간 본 기억이나며 러시아에서는 대혁명이 발발하기전 사상의 전위부대인 외국유학생 즉 인테리겐챠아들이 독일의 헤-겔철학사상을 배워가지고 본국으로도라와 자국의침체한 정치와사상에대한 토의를 곤이 역시 이 커피하우스이엇다. 그래서 그들은 차와 담배로서 밤을새워가면서 그들의 사상을 교환하얏다. 이와갓치 문학창작의 대한 발표와 비평 사상에 대한 교환등을 그들은 카페에 모혀

---

21) 조영복은 백화점, 다방, 카페, 바, 술집 등을 모두 도시 산책자들의 감수성을 자극하는 도회적 문물로 보면서 다방이라는 공간은 "문학사적으로 산책자의 관찰적 대상으로서 존재하면서 거리 경험의 또 다른 국면을 형성하고 있다"고 지적했다(조영복, 『한국 모더니즘 문학의 근대성과 일상성』, 다운샘, 1997. 64~70면). 본고는 1930년대의 다방을 카페, 전차, 백화점 등과 다를 바 없이 모더니스트들의 도회적 감수성을 자극하는 신기한 문물로 평가하는 데서 한 걸음 나아가 문인들의 '예술가적 자의식' 형성과 관련시켜 살펴보고자 한다.

서 귀중하게 행하얏든 것이다. 이러한 견지로 카페를 관찰한다면 이
얼마나 카페의 사명이 컷고 귀하엿든가? (중략) 전기한바 러시아나
영국에서 카페의 존재가 그만큼 필요한 의의를 가젓든 그것과 한가
지로 우리도 그의 존재를 어듸만큼 유의하게 인정하야 필요하게
사용한다면 어떨가한다. 말하자면 카페를 가로의 휴게소로 사용햇
스면 하는 의견이다. (중략) 그래서 '카페의 茶店化'가 어듸만큼 현
대인의 명랑한 생활에 좋은 거림자를 던져주도록 하면 좋을 것이
다.22)

　

이 글에서 필자인 '木貝生'은 경성의 카페가 지나치게 퇴폐적 향락적으
로만 흘러가는 데 대해 지식인들이 먼저 나서서 이를 경계, 반성해야
하며, 경성의 카페는 진정한 카페, 즉 茶店으로 거듭나야 함을 강조한다.
"붉은 알콜! 灰色煙氣! 푸튼 우슴! 가락없는 노래!"로 특징지어지는 경성의
카페는 "죄악의 씨와 뿌리를 깊이박는 현대의 修羅場"일 뿐이라는 것이
다. 그러나 영국과 러시아의 커피하우스는 차와 담배를 곁들여 지식인,
문인들이 밤새 토론하며 논쟁을 하는 유익한 장소였으므로 경성의 카페
역시 술과 환락이 아닌 茶와 휴식을 제공하는 茶房으로 변모해야 한다는
것이다. 다음 인용문에서도 역시 카페나 빠-와 구별되는 다방만의 가치가
강조되어 있다. 요컨대 차를 마시는 것은 술을 마시는 것보다 훨씬 더
고상하고 건전한 취미라는 것이다.

　

　　茶를 속된 것으로 알고 있는 것은 범속한 도학자의 그릇된 견해다.
현대엔 이것을 속된 데카단스로만 집어치울 수 없을만큼 茶란 것
茶房이란 것의 뚜렷한 사실이 나타나있고 거리에 침몰하는 다수의
인간들이 있다. 이것은 카페나 빠-와 혼동하여서는 안된다. 여기에

---

22) 木貝生, <카페-의 縱橫과 學生群의 出沒>, 『동방평론』, 1932. 5. 48~49면.

> 드나드는 사람이면 다 알겠지마는 茶房이란 장소가 원래 데카단적
> 요소의 제일 결여된 곳이며 茶라는 것이 또한 淸楚한것으로서 아모
> 에게나 피해를 줄 화학적 반응을 가저오지 않는다.[23]

그런데 홍차와 커피를 마시며 사색에 빠지는 이러한 고매한 행위가 '문학'이라는 고상한 취미와 어울릴 때 문인들에게 있어 다방의 존재 가치는 한층 더 빛을 발한다. 다방을 드나드는 '고상한 취미'를 가진 자신들에 대한 문인들의 은근한 자부심은 당대 문인들의 예술가적 자의식 형성에 적지 않은 영향을 미쳤던 것이다. 다방취미는 문인들로 하여금 자신들을 그저 한 무리의 향락적 모더니스트가 아닌 '문단사람' 즉 고상한 '문사, 문인, 예술가'로 자각하게 만든 원인이자 그러한 자각의 결과이기도 했다.

다방을 소재로 한 문인들의 수필에서 가장 눈에 띄는 사실은, 그들이 염두에 두고 있는 이상적 다방은 茶만 파는 조용한 공동 집필실(서재)이라는 점에 주목할 필요가 있다.

> 적이나 서울에도 한곳쯤 원고 쓰는사람이 전문으로 이용할 수 있
> 게 風度가 센 茶房이 생겼으면 한다. 여니 茶房답게 茶房의 운치가
> 있으면서 그러나 閑人은 받지않기로, 또 새님네도 사절하기로하고
> 단지 독서와 집필을 하는 사람에게만 자리를 빌려주는, 그러니까
> 茶房이요 共同書齋겠지. 長谷川町에 某 茶房이 한때는 문단사람들
> 이 많이 모이고 구보씨는 거기서 원고도 쓰고 했던 모양인데 요짐
> 주인이 갈리고 나서는 그렇지는 않은상 부투다.[24]

---

23) 李秉珏, <茶의 肉體와 精神>, 『조광』 1937. 9. 193면.

24) 채만식, <茶房讚>, 앞의 글, 111면.

그러나 이 글뿐만이 아니라 앞에서 언급했던 老茶客이라는 필명의 필자가 쓴 글에도 드러나듯 1930년대 후반으로 갈수록 문인들이 애용할 만한 다방의 숫자는 점점 줄어드는 대신 양주와 양식을 곁들여 파는 카페의 기능까지 겸한 다방의 수효가 점점 늘어났던 것으로 보인다.

"가난한 예술가의 전용 구락부"인 다방 '방란장'이 만들어진 배경과 그곳을 중심으로 모여든 젊은 예술가들의 내면을 하나의 '장거리 문장'에 담고 있는 박태원의 단편 <방란장주인>(『시와 소설』1936. 3)은 장사에 어두운 예술가들이 다방을 경영한다는 것이 얼마나 어려운 일인지, 그리고 茶만 팔아서는 다방의 수지를 맞추기가 힘들다는 현실적 이유가 문인 동아리를 꿈꾸던 이들의 심리를 얼마나 위축시키고 있는지 자세히 다루고 있다. 평양으로 삶의 터전을 옮긴 이효석 역시 그의 짧은 수필 <樂浪茶房記>에서 "속히 이곳(평양)에도 서울만치 茶房이 자꾸자꾸 늘어서 좋은 음악 많이 들리고 좋은 茶 많이 먹이게 하"[25]였으면 좋겠다는 희망을 내보이면서 아직까지는 마음에 드는 다방을 찾지 못했다고 푸념을 한다. 경성의 다방도 크게 다르지는 않았던 것으로 보이는데 가고는 싶으나 갈 만한 다방이 없다는 한결같은 불만이 곳곳에서 발견되기 때문이다.

정작 흥미로운 점은, 갈만한 다방이 줄어들고, 몰락하여 빠나 카페로 업종을 전환하는 다방의 수효가 많아지는 것에도 아랑곳하지 않고 문인들의 수필에는 예술가 고유의 고독과 번민, 피로, 날카로운 신경을 달래줄 수 있는 이상적 장소로서의 다방에 대한 기대감과 찬미가 여전하다는 것이다. 그것은, 다방의 가치를 인정하는 쪽이나 부정하는 쪽 모두에게 문제가 되었던 것은 경성에 실재하는 다방이 아닌 문인들의 '다방취미'

---

25) 이효석, <樂浪茶房記>, 『박문』, 1938. 12. 19면.

라는 것 자체였기 때문이다. 문인들이 다방을 찬미했다면 그것은 다방이 아닌 자신들의 고상한 취미를 자찬하는 것에 다름 아니었다.

물론 문인들은 줄기차게 카페에 드나들었다. 박태원, 이상을 비롯하여, 이효석, 유진오, 채만식 등의 수많은 단편들을 보면 카페의 생리에 그들이 얼마나 정통했는지 쉽사리 수긍할 수 있다. 그러나 왜 '다방' 취미였을까. 조금 우회하여 말하자면 문인들의 '다방취미'는 경성에 우후죽순으로 생겨난 다방들의 '결과물'이 아니었다. 그렇다면 카페의 잦은 출입이 반드시 '카페취미'로 이어지리라는 가정은 자연스레 폐기될 것이다. 다방에 대한 담론들이 애초부터 카페를 경쟁적으로 배제하고 있었던 것은 결국 '다방취미'라는 고상한 취미와 '문학'이라는 또 하나의 고상한 취미가 결합된 채 당대 담론의 질서로 자리잡고 있었기 때문이다. 이에 대해서는 문인들의 독서 경험이나 동경 유학의 체험 등을 포함한 또다른 실증적 고찰을 필요로 할 것이다. 요컨대 다방에서 문학하기라는 고상한 취미에 대한 문인들의 자의식은 경성에 실재하는 물리적 사물인 다방의 盛衰와는 별 상관없이 지속된다.

이 시기에 발견된 '취미'의 문제는 이러한 맥락에서 재고되어야 할 것이다. 노동과 여가로 생활 세계가 이원화되면서 서구에서는 통속적 독서 문화와 스포츠가 개화했는데 1930년대 경성에도 유한계급을 중심으로 '취미'라는 것들이 생겨나기 시작했던 것이다. 특히 문학 작품을 읽는다는 것은 그 자체 매우 고상한 만족을 누리기 위한 수단으로 인정되면서 다양한 개인들의 '취미'로 부상했다. 이러한 고상한 취미를 다루는 일 자체를 직업으로 하는 작가와 평론가가 탄생한 것도 이 때이다.[26]

---

26) 천정환, 「한국근대소설 독자와 소설수용양상에 대한 연구」, 서울대박사, 2002. 95~97면.

3. 창작의 産室로서의 茶房

3.1. 구인회의 존립 방식 - 사교와 인맥

안석영의 「朝鮮文壇三十年側面史」라는 글에서 박태원은 "文壇人 中에 제일 感覺的인 분에 한 사람으로 또한 茶房趣味를 인테리들에게 먼저 傳染시킨 분"[27]으로 묘사된다. 박태원을 비롯하여 소위 '모더니즘' 계열로 분류되는 대부분의 작가들과 유진오, 채만식 등의 동반자 작가, 최정희, 노천명, 모윤숙 등의 여류 작가들, 그리고 한국인이 경영한 최초의 끽다점 '카카듀'를 아지트로 삼았던 해외문학파에 이르기까지 1930년대 문단은 다방 문화에 의해 주도되었다고 해도 과언이 아니다.

박태원이 다방 취미를 전파시킨 장본인, 즉 일종의 '취향 메이커'[28]로 경성 시내의 다방 '樂浪', '제비' 등에 드나들 무렵 문인들 사이에서 새롭게 떠오른 문제는 다방에 드나드는 문인들끼리 일종의 파벌이 형성되어 간다는 점이었다. 사실 당시 경성에 우후죽순처럼 생겨난 다방들은 문인 사회에 '끼리끼리' 풍조를 조장한 측면이 강했던 듯하다. 특히 단골을 정하고 드나드는 해외문학파[29]나 '樂浪'을 아지트로 삼은 구인회[30]에게 문단의 이목이 집중되었음을 알 수 있다.[31] 『조선문단』에서 주최한 1935년의 문예좌담회에서도 쟁점으로 떠오른 문제는 바로 "구인회라든가 해

---

27) 안석영, <朝鮮文壇三十年側面史>, 『조광』, 1939. 6. 198면.

28) P. 부르디외, 『예술의 규칙』, 하태환 옮김, 동문선, 1999. 85면.

29) 주 5 참고.

30) 이태준, <九人會에 대한 難解其他>, "茶房 이야기", ≪이태준 전집≫, 깊은샘, 243면.

31) "구인회를 말하는 기회에 문학상에 있어서 당파적 분할은 문학 그 자체로 보아 관대한 자기영역을 협애하게 하지나 않을가하는 바이다." 장계춘, 「월평 - 구인회와 『시와 소설』」, 『중앙조선일보』, 1936. 4. 7.

외문학파라든가를 보면 黨派的 行動을 하여 서로 알늑(알력)"[32]이 생긴
다는 점이었다. 여기서는 문인들이 다방을 드나드는 행위에 대한 직접적
비판은 없었으나 해외문학파와 구인회를 꼬집어 '당파적 행동'을 하는
'단체'로 지목한 대목은 눈여겨볼 필요가 있다. 사실 구인회는 친목이나
사교 외에는 아무 것도 표방하지 않은, 따라서 출발부터 그러한 '무사상
성' 때문에 비난을 받은 단체이다. 그러나 신문 학예면 담당자들(동아일
보의 이무영, 조선일보의 김기림, 조선중앙일보의 이태준)을 주축으로
한 구인회는 그들이 친목이나 사교'만'을 - 이를 특히 '인맥'으로 풀이할
수 있다면 - 앞세울수록 더욱 정치적인 문단 세력화에 앞장선 결과를
초래했다.[33] 결국 구인회는 그들의 '무사상성' 때문에 아이러니컬하게도
'당파적 행동'을 조장할 수 있는 요주의 세력으로 지목 당했던 것이다.
따라서 구인회의 위상을 부각시키기 위해 '구인회는 단지 사교 단체가
아니다'라고 굳이 주장[34]할 필요는 없다. 구인회의 저력은 사교와 인맥

---

32) 방인근, 정지용, 김진섭, 김환태, 김남천 外,「문예좌담회」,『조선문단』, 1935. 7. 143
면.

33) 김민정은 '구인회=반카프=모더니즘'이라는 사조 중심적 방법론에서 벗어나 1930
년대 문학적 場 속에서 구인회가 취한 차별화 전략을 밝힘으로써 구인회의 존립 방
식에 대한 새로운 시각을 보여주었다. 구인회는 의식적으로 카프에 대한 저항 의식
으로 출발한 단체가 아니며 설령 결과적으로 그들의 활동이 카프에 대한 저항의 맥
락으로 파악된다면 그것은 본질적으로 신문 학예면과 잡지의 문예란을 구인회가
독점했다는 사실과 관계된다는 것이다. 구인회와 부르조아 저널리즘의 연관성, 그
리고 그들의 문단 정치 세력화에 대한 논의는 김민정,「구인회의 존립양상과 미적
이데올로기의 상관성 연구」, 서울대 박사, 2000, 50~55면 참고. 노지승 역시 다방
을 드나들면서 친목과 사교를 표방한 구인회가 저널리즘이 갖는 권력에 얼마나 민
감했는가에 대해 밝힌 바 있다. 노지승,「1930년대 작가적 자기 인식과 그 문학적
생산력에 관한 고찰」,『한국현대문학연구 7집』, 월인, 2000. 164~169면.

34) 박헌호,「'구인회'를 어떻게 볼 것인가」,『근대문학과 구인회』, 깊은샘, 1996, 15면.
이명희,「『시와 소설』과 구인회의 의미」,『근대문학과 구인회』, 깊은샘, 1996, 169면.

자체에 기인하기 때문이다.

1930년대의 다방을 카페, 전차, 백화점과 다를 바 없이 모더니스트들의 도회적 감수성을 자극한 신기한 문물35)이나 산책자의 무관심과 방관자적 태도를 조장하는 순수한 유희 공간36)으로 평가하기 이전에, 1930년대 한국 문단의 재편성 과정이라는 좀 더 본질적인 부분과 관련시켜 살펴볼 필요가 있다. 이러한 관점에서 바라보면, 당시 문인들이 다방의 품격을 높여야 한다는 한결같은 바람을 보인 것은 '다방취미' 자체가 文士들의 예술가로서의 품위와 직결된 문제였을 뿐 아니라, 문단의 형성이라는 측면에서 茶房이라는 공공영역이 간과할 수 없는 역할을 담당했기 때문임을 알 수 있다. 공공성의 결여로 특징지어지는 1930년대 한국 사회37)에 거의 유일하게 존재하는 '공공 영역'38)으로서의 다방은 "文士들의 集會"나 "畵家들의 展示會" 그리고 "詩人들의 詩集出版紀念會"를 여는 중요한 장소였고 다방 마담들은 이러한 장소 제공을 자기 다방의 "자랑할

---

35) 서준섭, 「1930년대 한국 모더니즘 문학 연구」, 제 4장 '모더니즘 작품과 도시' (106163면), 서울대 박사, 1988 및 조영복, 앞의 책, 같은 면.

36) 최혜실, 『한국 모더니즘소설 연구』, 민지사, 1992. 232면.

37) 1930년대 한국 사회는 서구적 의미의 공적 규범을 사회적으로 확립시키지 못한 것으로 평가된다. 우리 사회에서 사적 개인들의 상호 작용의 장이라는 서구적 의미의 공공 영역이 제대로 발달할 수 없었던 것은 전통적으로 국가나 민족과 동일시되는 公이 절대적 가치를 띠고 있었기 때문이다. 그 결과 1930년대 한국 사회는 커뮤니케이션 구조가 사사화되고 사적 이익이 배타화하는 경향을 보이게 된다. 박진우, 「1930년대 전반기의 한국사회와 근대성의 형성」, 서울대 석사, 1998. 6670면.

38) 근대 사회의 '공공 영역'이란 중세적인 '과시적 공공성'(궁정-기사적 과시)과 초기 자본주의의 '공적 부문=관청, 국가기구'와는 다르다. 그것은 "공적으로 중요하게 된 사적 영역"을 뜻하는 개념으로 커피 하우스, 살롱, 만찬회 등의 제도화와 밀접한 관련을 지닌다. 19세기 이후의 '사적 개인들의 자율적 상호작용'은 이같은 제도들에 의해 가능하게 된다. 하버마스, 『공론장의 구조변동』, 한승완 옮김, 나남출판, 2001. 66~117면

역사"로 내세웠다.39) '樂浪'에는 '樂浪文庫'까지 비치되어 있었고 마담들은 "서울서 간행되는 조선 잡지와 신문"을 빠짐없이 섭렵하는 자신들의 교양을 과시한다.40) 경성의 다방은 술과 여자를 사고 파는 카페와는 달리 점차 복잡해지는 도시인들의 분망한 인간 관계를 매개해주는 '사교실'이자 文士를 비롯한 여러 예술가들의 훌륭한 '휴게실'이었던 것이다.

> 지방 양반들은 서울 사람들은 구차해서 조금만 먹고 물만 마시러 다닌다고 흉볼지는 모르나 그實은 外交에 紛忙하야 茶집이 客室代用이며 文士, 畫家 其他 文筆業者들의 午後의 休憩所라는 意味에서 그 存在理由가 相當하다.41)

그러나 앞에서도 언급했듯 1930년대 후반으로 갈수록 경성에 실재한 다방들이 문인들의 문화적 욕구를 충분히 채워주지는 못한 듯하다. 여기서 주목할 점은, 당시 다방을 경영하는 마담들이나 그곳에 드나드는 문인들이 염두에 둔 모델은 대체로 교양 있는 여주인이 회합을 주도하는 유럽식 살롱42)이었다는 사실이다.43) 말하자면 당시 문인들이나 마담의

---

39) 비너스 매담 복혜숙, 樂浪 매담 김연실, 모나리자 매담 강석연, <喫茶店 戀愛風景>, 『삼천리』, 1936. 12. 59면.

40) 끽다점 매담 복혜숙, 기생 김한숙, 여급 조은자 外, <女高出身인 인테리 妓生 女優 女給 座談會>, 『삼천리』, 1936. 4. 173면.

41) <茶房雜話>, 『개벽』, 1935. 1. 106면.

42) 살롱과 커피 하우스의 특색에 대해서는 루이스 A. 코저, 이광주 옮김, 『살롱 카페 아카데미』, 지평문화사, 1993, 33∼53면 참고.

43) 노지승은 1930년대 다방의 모습을 재구하는 데 있어 다방을 직접 경영한 교양 있는 마담들을 고려하지 않은 채, 여주인이 주도하는 유럽식 살롱문화와는 달리 교양 있는 일반 시민들에게 공개되는 18세기 영국의 커피 하우스를 경성의 다방과 비교하고 있다(노지승, 앞의 논문). 그러나 당시 마담들이나 문인들의 머릿 속에 자리잡은 모델은 커피 하우스가 아닌 유럽식 고급 살롱이었다.

입장에서 볼 때 다방은 덜 개방되어서 문제가 되었던 것이 아니라 충분히 고급스럽지 못해 불만스러웠던 것이다.

문인들의 다방 예찬이 물리적 사물인 다방의 盛衰와 별 상관없이 지속적으로 이루어졌던 것은, 앞장에서 지적했듯 문인들에게 문제가 된 것은 '다방' 자체가 아닌 '다방취미'였기 때문이었고 이 핵심에는 경성에 실재하는 다방이 아닌, 일종의 관념화된 모델로서의 유럽식 살롱이 놓여 있었기 때문이다. 즉 경성의 다방에 대한 가치평가에 앞서 문인들이 드나들 만한 '진정한 (살롱식)다방'이 있어야 한다는 공통된 인식이 형성돼 있었다는 것이다. "외국서는 '살농 文化'가 놀랍게 발달됐다는데 여기서도 작고 文化層의 발과 눈을 여기(다방) 모히는 노력을 해야"한다는 인식이 퍼져 있었고[44] 문학적 교양이 없는 손님들을 경멸[45]할 정도로 일부 마담들의 교양이 상당히 높았던 것이 사실이다. 유럽식 살롱 문화에 대한 지향은 문인들의 경우에도 뚜렷이 나타난다. "조용한 다방은 나의 '쌀론'"이지만 자기가 드나드는 다방들이 다 한결같고 별다른 개성이 없어 아쉽다거나[46] "적이나 서울에도 한곳쯤 원고 쓰는 사람이 專門으로 이용할 수 있는 다방" 즉 "공동집필실"이 생겼으면 한다거나[47] 다방의 여러 문제를 조목조목 짚으면서도 "茶房 그 自體에 대한 嫌惡는 아니"[48]라는 점을 이들은 분명히 밝히고 있다. 이처럼 많은 문인들이 관념 속의 다방 찬반론에 열을 올릴 때, 경성에 실재하는 다방의 생태 그 자체를 창작의 원동력으로 삼았던 것은 바로 '다방취미'를 처음 전파시켰던 박태원이다.

---

44) <喫茶店 戀愛風景>, 앞의 글, 59면.

45) <女高出身인 인테리 妓生 女優 女給 座談會>, 앞의 글, 170면.

46) 최정희, <茶房, 거리의 避難處>, 『조선일보』, 1933. 10. 6.

47) 채만식, <茶房讚>, 앞의 글, 111면.

48) 현민, <現代的 茶房이란?>, 『조광』, 1938. 6. 159면.

3.2. 토론과 사교의 場

그렇다면 박태원이 '살아있는' 다방의 면면들에 민감하게 반응할 수 있었던 것은 어떤 연유에서일까. 일본 법정대학을 중퇴하고 1931년경 다시 서울로 돌아온 박태원은 약 2년여의 공백기를 거친 후 1933년 '구인회'에 가입하면서부터 그야말로 문학적 전성기를 맞게 된다. 다방에서 벗들을 만나 차를 마시고 이야기를 나누는 것은 박태원에게 있어 창작의 피로를 쉬는 행위가 아니라 더할 나위 없는 창작의 원동력 그 자체였다. 구인회 멤버들, 특히 이상이나 김유정과 같은 '벗'들과의 교류는 그의 창작력과 직결되는 문제로서 이들의 이른 죽음은 그들 자신뿐만 아니라 작가 박태원 자신에게도 대단한 손실이자 불행이 아닐 수 없었다.

<적멸>(『동아일보』 1930. 2. 5 3. 1)은 박태원 고유의 창작기법인 고현학과 심리소설의 방법론이 결합하여 등장하는 최초의 작품이다. 소설가 주인공인 '나'는 매일같이 책상 앞에 앉아서 "터무니없는 창작욕을 만족시키기 위하여 애달픈 노력"을 쏟다가 결국은 "나에게 절대로 필요한 것은 좋은 자극"이라는 것을 깨닫고 종로 네거리로 발길을 향한다는 것으로 시작된다. 박태원 소설에 빈번히 등장하는 소설가 주인공의 원형이 이미 이 작품에서 발견되는데 이들은 거의 항상 소재를 찾아 헤매거나 바닥난 창작력 때문에 괴로워하는 모습으로 그려진다는 특징을 보인다. <적멸>, <피로>, <소설가 구보씨의 일일> 등 초기 문제작들에서 소설가 주인공들은 아이러니컬하게도 모두 소설이 써지지 않는 데서 비롯되는 피로와 초조를 토로하고 있다.

이처럼 안타깝게 소재를 찾아다니는 소설가형 인물들이 곧잘 찾는 다방은 늘 풍성한 '말'들로 넘쳐난다. 따라서 박태원의 대학노트는 관찰한 것들을 묘사하는 것 이상으로 들은 것들을 기록하는 데 유용한 물건이다.

다방(혹은 카페)을 찾은 주인공들의 호기심을 끄는 것은 어떤 인물에 대한 평판이나 소문, 혹은 옆좌석에 앉은 사람들의 대화와 토론 내용들이다. <적멸>의 주인공이 소재를 구하러 찾아 들어간 번잡한 카페는 온갖 토론과 소문과 추측이 난무하는 공간으로 그려지고 있다. 여급은, '나'와 긴 이야기를 나누게 될 레인코트 입은 사나이가 분명 미쳤다는 소문이 돌고 있음을 '나'에게 은근히 알려주고, 옆 테이블의 남자들은 '뿔조아 근성'에 대해 혀꼬부라진 소리로 한창 토론중이다. 액자소설 형식의 이 작품은 레인코트 입은 사나이로부터 들은 그의 내력을 '내'가 전달·기록하는 형태를 취하고 있음에 주의해야 한다. <피로>(『여명』1933. 3)에서도 소설가인 주인공이 찾은 다방 '樂浪'은 기염을 토하는 문학 청년들의 토론으로 열기에 가득 차 있다.

> 그들은 사실 웅변이었음에 틀림없었다. 그들의 입에서는 '춘원'이
> 나오고 '이기영'이 나오고 '백구'가 나오고 '노산 시조집'이 나왔다.
> 그들은 얼마나 조선 문단이 침체하여 있는가를 한탄하고, 아울러
> 온갖 몬인을 통매하였다. 그렇게 식견이 높은, 그들은, 혹은, 미미한
> '나'와는 비길 수도 없게끔 이름 높은 작가들이었을지도 모른다.[49]

<소설가 구보씨의 일일>도 예외는 아니어서 시인이자 신문사 사회부 기자인 구보의 '벗'은 다방에만 들어오면 조선 문학에 대한 자신의 열정을 쏟아놓는 데 여념이 없다. 구보는 그러한 '벗'의 말에 귀 기울이지 않을 수 없다. 이들의 내화는 구보와 벗 모두로 하여금 문학에 대한 그들의 사유를 더욱 자유롭고 민감하며 세련되게 만들고 있다.[50]

---

49) 박태원, <피로>, ≪성탄제≫, 동아출판사, 1996. 93면.
50) "사람들은 카페하우스에서 자선사업과 함께 문학적 사고를 자유롭고 세련된 스타
    일로 전개하는 방법을 배웠다. 회화라는 것은 깨어나려는 사상에 대해 수수께끼 같

박태원의 소설가 주인공들의 창작욕을 고취시킨 것은 바로 다방에서 이루어지는 개인들간의 자유로운 토론이다. 그들의 대화 내용은 곧장 주인공이 쓰는 작품의 소재로 취해지기도 하지만 궁극적으로는 그것이 주인공들로 하여금 끊임없이 읽고 토론하며 비판하는 독자들의 존재를 명확히 인식하게끔 하는 강렬한 자극이 되고 있다. 이들 소설가 주인공들로 하여금 문학 작품은 시장을 통해 중개되고 이것이 일종의 '정보'와 유사하게 기능하게 되며 작품은 지속적으로 사람들의 입에 오르내린다[51]는 사실을 목도하게 만드는 공간이 바로 다방이다. 다방에서 만난, 호기로운 성격의 중학 동창을 채용하여 "구보 독자 권유원"을 시키면 "자기도 응당 몇십 명의 또는 몇백 명의 독자를 획득할 수 있을지 모르겠다"는 상상을 하는 구보의 모습은 매우 의미심장하다.

박태원 소설에 두드러지게 나타나는 미학적 자기반영성은 모더니즘 소설 일반의 기법적 특성이기도 하지만 좀 더 근본적으로는 당시의 문학 場의 자율성[52] 문제와 밀접한 관련을 맺는 것으로 파악되어야 한다. 자기반영성은 場의 자율성을 나타내는 주요한 요소로서, 場의 내적인 이야기

은 엄청난 힘을 지니고 있다. 의견 교환으로 자신의 사고를 훈련시키는 자는 독서를 통해 이해하려는 자보다 유연성 있고 민감하다." 볼프강 융거, 『카페하우스의 문화사』, 채운정 옮김, 에디터, 2002. 66면.

51) 하버마스는 국가의 영역과 사적 영역 사이에 존재하는, 사적 개인들의 자율적 토론의 장으로서의 공론 영역의 탄생 과정을 커피하우스, 살롱, 만찬회 제도 등과 관련하여 분석한다. 18세기 이후 제도화된 공적 영역은 결국 지속적으로 '읽고 토론하는 공중'의 성장을 촉진시킨다. '토론'이야말로 예술 습득의 매체가 된다. 하버마스, 앞의 책, 100117면.

52) 김민정은 구인회의 존립 방식에 대한 연구에서 1930년대가 문학의 자율성에 대해 본격적으로 사유할 만큼 성숙한 시대였음을 밝힌다. 구인회가 추구한 문학적 장의 자율성 추구와 1930년대 문학 장의 재편성 과정에 대해서는 김민정, 앞의 논문 참고.

에 대한 언급, 이를테면 박태원의 소설에서 자주 거론되는 염상섭, 최독
견 등의 실명이나 실제 작품들은, 그러한 이야기를 소화할 수 있는 독자
들의 존재를 가정하지 않고는 이루어지기 힘들기[53] 때문이다. 박태원이
자신의 작품을 사서 읽는 독자들의 존재를 얼마나 의식하였는가 하는
사실을 알아차리기란 그다지 어렵지 않다. 초기작인 <수염>에서 이미
"…을 독자에게 알릴 용기도 욕심도 없다"는 구절이 발견되며 <적멸>
에서는 "이 구절을 자세히 이해하지 못하는 독자는 '염상섭' 씨의 ≪만세
전≫을 참조하시오"라는 대목이 나온다.

그러나 박태원 작품에 등장하는 소설가 주인공들의 바닥난 창작력을
다시 채워주는 공간인 다방, 그리고 그곳을 채우는 온갖 토론과 무성한
소문들이 1930년대 문인들에게 그다지 달가운 것만은 아니었던 듯하다.
다방(혹은 카페)에 대한 문인들의 불신은 그곳이 '풍문'과 '꼬십'의 온상
처럼 보였던 데 기인한다.

> 어떤 날 시골 친구가 서울에 왔다가 엄흥섭씨를 맞나서 카페, 엔젤
> 로 가자고 했으나 엄씨는 굳게 사양하였다. 문인이라고 하면 카페
> 잘가는 것이 常例인데 엄씨의 態度는 例外여서 그 친구는 그 理由
> 를 자꾸 물었더니 엄씨 曰 "카페에 가면 공연한 풍문이 많이 도니까
> 나는 카페에 안가기로 盟誓했오" 했다한다. 실상인즉, 方仁根, 李巴
> 村 몇 사람에 관한 惡風說이 떠돈일이 있으니까 엄씨가 카페를 꺼
> 리는 것은 當然한 일일 것이다.[54]

> 歐洲에는 일즉이 살롱이 盛하야 살롱文學을 産出한 때가 잇엇고
> 또 象徵派 詩人의 一群과 또 그 뒤에는 따따派가 카페를 本營으로

---

53) P. 부르디외, 앞의 책, 142~143면.

54) <엄흥섭과 카페>, 『조선문단』, 1935. 5. 110면.

하야 氣焰을 吐한 때가 잇엇다. 그러면 오늘날 ‘꼬십’의 交換所밖에 되지안는 이 茶房이란 存在도 장차 무슨 新藝術의 搖籃이 될 것인가.55)

소위 문학 청년들이 다방에 모여 작가의 이름을 들먹이고 그 작가의 작품들에 대해 갑론을박하는 상황(<피로>, <소설가 구보씨의 일일>)은, 고상한 문필가들의 ‘공동 집필실’ 내지는 ‘문학 싸롱’처럼 기능해야 하는 다방의 이상화된 모습과는 분명 거리가 있는 것이었다. 더구나 대화의 수준 자체가 토론이 아닌 ‘꼬십’의 형태로 전락하기도 한다. 극장에 가까운 어느 喫茶店 한구석에 앉아 대화를 나누는 젊은 남녀들의 모습을 묘사하고 있는 <애욕>(『조선일보』 1934. 10. 16 19)의 한 대목은 ‘꼬십’(소문)으로 전락한 정보 교환이 어떤 형태를 띠었는가를 보여준다. “교양 없는 네 명의 사나이와 허영만을 가진 두 명의 계집”은, 李箱을 모델로 한 인물이며 소설 속에서는 다방 ‘마로니에’의 주인으로 등장하는 하웅의 여성 편력에 대해 “천박한 수작”을 주고받는 것으로 그려진다.

> “너 왜 모르니? 마로니에 쥐인 말이다. 그 시어빠진 외지쪽 같은 얼굴에다 걸레쪽 같은 양복을 입구, 밑바닥은커녕 옆구리가 이렇게 미어진 구두를 신구…… 왜 그자 몰라?” “몰라. 어디 그집이 잘 가야지. 이름은 뭐이게?” “하웅이라나 보지, 아마?” “아웅?” “야-웅이란다.” 또들 경박하게 웃었다. (중략) 나무탁자 위에 백통전 떨어지는 소리가 나고 이제까지 저편에 혼자 앉아 영화잡지만 뒤적거리던 맨머릿바람의 사나이는 밖으로나간다. 그 뒷모양을 바라보며, “그게 웬 작자야?” “무어 소설 쓰는 사람이라지 아마. 구포라든가?” “홍, 그 양반두 예술가로군그래. 미술가. 소설가. 홍.”56)

---

55) 알파, <茶房과 藝術家>, 『동아일보』, 1935. 6. 6.

이처럼 이 작품에서는 <피로>나 <소설가 구보씨의 일일>에 등장하는 문학 청년들의 열정이나 진중함을 찾기 어렵고, 단지 작가나 소설가의 사생활에 대한 이야기를 홍밋거리로 주고받는 '천박한' 분위기가 연출되고 있다. 요컨대 지금까지 다룬 박태원 작품들의 주인공들은 조선 문학을 걱정하는 청년들의 열띤 토론이나 예술가의 사생활을 캐는 사소한 가십에 이르기까지의 소란스러운 목소리들을 경청하는 데 여념이 없는 인물들이다.

이효석이나 유진오 역시 개인들간의 토론이나 혹은 그에 못 미치는 수준의 온갖 잡담들을 매개하는 '사교의 장'으로의 다방의 생태를 포착했다. 이효석의 <천사와 산문시>(『사해공론』 1936. 4)에서는 도회의 수많은 찻집이 이미 한가한 젊은이들의 일상과 "뗄레야 뗄 수 없는 운명적 인연"을 가지게 되었다는 사실이 부각된다. 사람들 사이의 교섭의 출발점인 세련된 '회화'의 매력, 그리고 그러한 교류를 가능하게 하는 다방의 가치는 도회 생활에서 결코 무시할 수 없는 생활의 중요한 일부분을 차지하게 되었다는 것이다. 유진오의 대표작 <김강사와 T교수>(『신동아』 1935. 1)에서도 T교수가 김만필을 은근히 불러내어 김만필의 의중을 떠보는 이야기를 꺼내면서 그를 곤궁에 빠뜨리는 장소가 다방 '세르팡'임을 눈여겨 볼 필요가 있다.

요컨대 1930년대 경성의 다방은 이전의 폐쇄적인 소위 '사랑방 문화'를 대체할 수 있는 유일한 공공의 영역으로서 사적 개인들의 공적 만남을 매개하는 기능을 담당했던 것으로 보인다. 이는, 문인들이 머릿속에 그리고 있었던 품위 있는 공동집필실로서의 다방과 경성에 실재하는 대다수의 번잡한 다방간의 괴리를 말해주는 것이기도 하다.

---

56) 박태원, <애욕>, 《성탄제》, 앞의 책, 242~243면.

4. 관찰하는 자인가 관찰당하는 자인가

폐결핵으로 31세의 나이에 요절한 시인 李秉珏(191141)이 茶를 소재로 하여 남긴 두 편의 수필은 섬세한 독해를 요구한다. 우선 그는, 차를 마신다는 것은 고상한 취미이며 문학과 같이 '고매한' 정신을 요구하는 행위임을 강조한다.

> 술먹는 사람으로 볼때는 술만이 먹을만한근거도잇고 멋도 잇는것 갓지만 차먹는 금붕어의종족으로볼때는 이또한 차만이 고상한 취미잇듯십다.[57]

> 茶는 문학과 같이 高邁한 정신을 요구한다. 그리고 건전하고 무듸인 사고를 輕蔑한다. 도·퀸씨-의 「阿片溺愛者의 告白」이나 뽀-드레르의 「인공낙원」을 이해할 수 있는 纖細한 감각을 요구한다.[58]

이병각은 "기름끼를 없새는 작용을 하는 茶"에 중독된 것은 육체적·정신적으로 해롭다고들 하나 진정한 茶黨의 견지에서 보자면 속이 비면 빌수록 茶의 진정한 맛과 기분을 느낄 수 있다고 한다. 그러나 그의 수필에서 정작 주목되는 것은 그가 茶黨의 섬세한 감수성을 묘사하는 방식이 바로 '창백한 안색'이라는 점이다. 민감하고 예민한 茶黨들은 "기름한점 없이 얼골이 새햐얀" 것이 특징일 뿐 아니라 찻집 여자 또한 "석고상처럼 창백하고 표정이 없서야한다"는 것이다.

여기서 잠시 정지용의 수필 <茶房 '고마도리' 안에 연지찍은 색시들>의 한 구절을 인용할 필요가 있다. 원래 아동복과 여성복 전문인 양복집

---

57) 李秉珏, <茶와 나>, 『여성』, 1937. 2. 64면.

58) 李秉珏, <茶의 肉體와 精神>, 앞의 책, 192면.

이었던 '고마도리'가 날로 번창하더니 마침내 주인이 '고마도리'라는 다방까지 개점하게 되었는데 "서재를 갖지못한 이들은 넉넉히 글을 쓸수도 있었고 동인끼리 모히어서 산뜻한 잡지를 꾸밀 의론"까지 할 수 있는 널찍한 다방이 그렇게도 마음에 든다는 것이 이 수필의 요지이다. 그런데 무엇보다도 정지용의 마음을 사로잡은 것은 여기서 차를 나르는, 양 볼에 연지를 찍은 어린 색시들이다. 그녀들의 단정함에 감탄하여 정지용은 아래와 같이 쓰고 있다.

> 그아이들은 연꽃봉오리처럼 복스런 볼에 경첩히 우슴을 흘리지 아니하였으니 그럴수박긔 없었든 것이 아모리 어리고 귀엽고한 색시들일지라도 여자는 마침내 여자에 지나지 않고보니 우슴이라도 조심없이 흩어놓고 보량이면 못나게 구는 손이 없아할지라도 그만한 일로 다방의 질서를 일케 되는 것이 아니었든가. 하여간 그집에 으젓치 못한것이란 하나도 없었으니 (후략)[59]

'의젓하지 못한 것이 하나도 없는' 다방 '고마도리'의 어린 색시들에게 이끌리는 정지용의 심리는, 찻집의 여자는 석고상처럼 창백하고 표정이 없어야 제 맛이라는 이병각의 감수성과 크게 다르지 않다.

역시 다방을 드나드는 문인을 '창백한 얼굴'을 한 인물로 묘사한 유진오의 시각은 이와 좀 다르다. 차를 파는 다방과 차를 마시는 기분을 파는 다방을 구별하면서 예술가들이 드나드는 다방은 후자에 속한다고 본 유진오는 "안색이 창백하신 예술가"들이 하루종일 다방에 앉아 끼니도 거른 채 점점 더 창백해져가는 모습을 "없어도 있는체 정신적 고민이 없으면서도 있는체 교양이 없으면서도 있는체"하는 것이라 혹평한다. 엄흥섭

---

59) 정지용, <다방 '고마도리'안에 연지찍은 색시들>, 『삼천리』, 1938. 5. 245면.

역시 다방 천장을 우두커니 바라보며 담배 연기를 내뿜고 앉아 있는 이들을 "체病患者"[60]라며 꼬집는다. 특히 그는 "다방에 와서 문학을 논하고 작가를 비평하고 영화를 아는 체 하고 음악에 소양이 있는 체 하는" 얼간이들을 비난한다. "담배연기로 자욱하고 흐린 공기가 제법 毒스러운 그 방안"에서 열대식물이 시들어 가는 것을 보는 것만으로도 피곤한 일인데 "자못 풍류객인 양 안즌 채 자리를 뜰줄모르며 권태를 잊어버린 친구는 또 저대로 좋은 운치가 있는지도 모르나 나는 알아들을 수 없는 일"[61]이라는 노천명도 다방을 드나드는 인물들의 '-체'하는 모습을 비난하고 있다.

그렇다면 다방을 출입하는 문인들이 보이는, 겉보기에 크게 다르지 않은 외양과 행동들이 왜 이처럼 대조적으로 받아들여진 것일까. 우선 두 가지 정도를 지적해 볼 수 있다. 하나는 이병각의 수필에 두드러지게 나타나는 바와 같이 다방에서 차를 마시는 것이 고상한 취미를 넘어 일종의 '신성한' 행위로까지 격상되는 현상이 존재했다는 것이다. 다른 하나는, 다방취미에 대한 문인들의 자찬 속에서 이미 또 다른 자의식, 즉 '-체' 하는 자들에 대한 비난의 시선이 싹트고 있었다는 점이다.

먼저 다방을 신성한 장소로 보존해야 한다고 생각하는 문인들의 경우, 이들은 진정으로 차를 즐길 줄 아는 茶黨이라면 다방의 신성을 더럽히는 비행을 삼가야 한다(채만식)고 말하거나 여자를 끼고 다니는 멋부리는 얼치기를 보면 "성지를 더럽히는 원수"같이 느낄(이병각) 정도이다. 다방 취미가 '고상함'을 넘어 신성한 것으로 탈바꿈되면서 다방을 드나드는 인물들의 섬세한 감각도 이와 함께 극단적으로 미화된다. 특히 이병각의

---

60) 엄흥섭, <茶房小感>, 『조선문학』, 1939. 6. 92면.

61) 노천명, <椰子樹 그늘과 靑春의 休憩>, 『삼천리』, 1938. 5. 240면.

수필 속에서는 다방과 결핵과 문학이 등가에 놓이는 현상까지 빚어진다. '결핵 환자'의 모습을 강하게 환기하는 '창백한 얼굴'은, 마치 메타포로서의 결핵62)과 마찬가지로 그의 수필 속에서 다방을 극단적으로 미화하면서 인물의 품위와 섬세한 감수성을 부각시키는 지표로 기능하고 있다.

다른 한편, 다방에서 차를 마시며 문학을 한다는 것이 사실은 고상한 취미가 아니라 젠체하는 것에 지나지 않는다는 비난은 다방취미에 대한 문인들의 자찬 속에 이미 배태되어 있었다. 고상함은 소란스러운 곳에서 눈에 잘 띄게 마련이다. 그들은 타인에 의해 목격'되고' 관찰'당하기' 위해 다방을 출입했던 측면이 강하다. 박태원 소설의 주인공들처럼, 다방을 출입하는 문인들의 자의식 속에는 (군중을)목격하는 자의 시선과 (군중에 의해)목격 당하는 자의 시선이 교묘하게 엇갈리고 있었던 것이다. "자아 밖에 머물면서도 온몸으로 세상을 느껴보는 것, 세상의 중심에 머물며 세상을 관조하면서도 세상에 숨어지내는 것"63)이라는 표현이 함축적으로 드러내듯, 1930년대 문인들은 세상 한복판(다방과 카페)에서 몸을 숨기고자 했던 역설적 존재가 아니었을까. 이러한 맥락에서 1930년대 문인들의 다방 출입은, 관찰하기보다는 관찰당하기 위한 것, 자신을 숨기기보다는 자신을 드러내기 위한 방편은 아니었는지 질문해 보아야 한다. 이는 당시의 '文士'들이 영화 배우와 다를 바 없는 일종의 '스타'로 대접받았던 현상64)과도 깊은 관련을 맺을 것이다. 이에 대한 논의는 차후의 과제로 남긴다.

---

62) 가라타니 고진, 『일본근대문학의 기원』, 134~135면.
63) 크리스토프 르페뷔르, 앞의 책, 149면.
64) 천정환, 앞의 논문, 174면.

■ 참고문헌

▪ 기본자료

『개벽』, 『동방평론』, 『동아일보』, 『박문』, 『별건곤』, 『삼천리』, 『신동아』, 『여성』, 『조광』, 『조선문단』, 『조선문학』, 『조선일보』, 『청색지』

▪ 단행본

조영복, 『한국 모더니즘 문학의 근대성과 일상성』, 다운샘, 1997.
최혜실, 『한국 모더니즘 소설 연구』, 민지사, 1992.
『근대문학과 구인회』, 깊은샘, 1996.

Bourdieu, P., 『예술의 규칙』, 하태환 역, 동문선, 1999.
Coser., L., 『살롱, 카페, 아카데미』, 이광주 역, 지평문화사, 1993.
Foucault, M., 『지식의 고고학』, 이정우 역, 민음사, 1997.
Habermas, W., 『공론장의 구조변동』, 한승완 역, 나남출판, 2001.
Jünger, W., 『카페하우스의 문화사』, 채운정 역, 에디터, 2002.
Lefébure, C., 『카페의 역사』, 강주헌 역, 효형출판, 2002.

▪ 논문

김민정, 「구인회의 존립양상과 미적 이데올로기의 상관성 연구」, 서울대 박사, 2000.
노지승, 「1930년대 작가적 자기인식과 그 문학적 생산력에 관한 고찰」, 『한국현대문학연구7』, 월인, 2000. 151~183면.
박진우, 「1930년대 전반기의 한국사회와 근대성의 형성」, 서울대 석사, 1998.
서준섭, 「1930년대 한국 모더니즘 문학 연구」, 서울대 박사, 1988.
천정환, 「한국근대소설 독자와 소설수용양상에 대한 연구」, 서울대 박사, 2002.

■ 영문초록 ─────────────────────────────

Cafes in 1930's and Self-Consciousness of 'Literary Men'

Son, You-kyung

Korean cafes in 1930's were formed with the differentiation from bars. Among Korean artists including writers and poets, 'cafe-taste' was in fashion in 1930's. Far from the addiction to alcohol, drinking coffee or tea signified elegance and refinement for most artists. Both coffee and tea had a great effect on awakening the artists' consciousness and sensibility. There were increased discourses on 'cafe-taste' regardless of rise and fall of real cafes existing in Kyungsung, since what interested Korean writers was not the real cafe but the 'cafe-taste' itself . What the writers imagine was ideal type of cafe characterized by nobleness, elegance, and refinement. However, there was a gap between the cafes imagined by them and the cafes in reality. Cafes in Kyungsung was almost only public place which made it possible for many artists to discuss literature and also to have social gathering. The extreme pros and cons on the meaning of cafes reflect the writers self-critical view on 'cafe-taste'.

■ **핵심어**   다방, 카페, 취미, 구인회, 문사(文士)

■ **keyword**   Cafe, Café, Taste, Koo-in-hwae, Literary Men

접수일자 : 2002. 10. 26
심사기간 : 2002. 11. 9〜11. 27
게재결정 : 2002. 11. 28

1930년대 대중소설과 소비문화의 관계양상 연구

김성환*

목차

1. 서론

근대사회로 이행해 가면서 근대성의 발현 양상은 문화라는 이름으로 치환되어 나타나는 경우를 볼 수 있다. 이는 특히 비서구 사회에서 두드러지는 양상인데, 문화라는 개념의 모호성에도 불구하고 문화는 이전 시대의 이데올로기를 대체할 수 있는 가장 경험적인 인식범주로 자리매김 한다. 이 문화라는 새로운 인식체계는 크게 두 가지 관점으로 정의 내릴 수 있을 것이다. 미학적 관점과 인류학적인 관점이 그것이다. 이 때 미학적 관점과는 달리, 좀 더 포괄적인 개념으로 문화를 정의하는 인류학적 관점에서, 문화라는 용어는 삶의 전체적 양식, 혹은 실존의 조건으로 파악된다.[1] 인류학적 시각에서 볼 때 문화는 대중문화(common

---

* 서울대학교 박사과정

culture)의 성격을 내포한다. 이 대중성이란 통속성을 말하는 것이 아니라 정치적, 경제적인 사항에 대한 폭넓은 관심을 가리키는 말이며, 따라서 대중문화는 다원주의적이거나 복합주의와는 달리 그 대중성으로 인해 오히려 문화의 정치학(the politics of culture)이 문제시 될 수 있다.[2]

근대문화의 대표적인 한 양상으로서의 소설은 이런 맥락 속에서 이해 가능할 것이다. 소설이 정치성과 밀접한 관련을 맺고 있는 것은 '문화'의 매개를 통해서 가능하다. 따라서 소설이 시대의 반영이라는 소설의 한 독법은 문화연구의 한 맥락으로 접근해 갈 수 있는 근거를 마련해주기도 한다. 문화의 입장에서 문학작품을 바라보고 이해하는 것은 사상적, 이념적 접근 방법과는 다른 하나라고 할 수 있다. 문학이 어떠한 방식으로 세계를 표현한다고 했을 때, 문학은 지극히 능동적인 창조자의 위치에 서있게 되며 작가의 위치 또한 작품에 못지 않은 초월적 지위를 누려온 것이 사실이다. 그러나 문학을 문화현상의 하나로 문학을 바라보게 되면 문학은 하나의 자그마한 영역에 지나지 않는다. 그것도 20세기 들어 하나의 재화(財貨)로서 생산되고 소비되는 작은 물건으로 치부될 수 있는 것이다. 이것이 문학의 고유한 존립근거를 해하는 것으로 이해하지 않고, 문학의 외연의 확장과 담론적 가치를 찾는 새로운 시각으로 볼 수 있다면, 문학연구의 새로운 가치로서의 의의를 지닐 수 있다.

문화라는 말은 근대사회에만 지칭될 수 있는 것이 아니다. 따라서 근대의 대중문화에 접근하기 위해서는 근대의 문화가 가지는 특성을 우선 고려하지 않으면 안 된다. 문화라는 말은 여러 가지 정의에도 불구하고

---

1) T. Eagleton, *The Idea of Culture*, blackwell, 2000. p. 34.

2) 대중문화의 진보적 성격을 강조한 R. Williams의 이 견해에 따르면, 대중 문화는 대중의 적극적인 참여로 인해 혁명적인 성격을 띨 수 있다. 따라서 대중문화가 아니라, 대중의 문화(culture in common)이다. 위의 책, 5장 참조.

근대사회에 들어서서는 사회구성체적 특징이 부각되어 나타난다. 그 결과 문화는 정치적 진보 세력을 말하기도 하고 엘리트주의적 생활방식을 말하기도 하는 비규정적인 성격으로 변모한다. 종래의 상식과 교양의 문화 개념이 오히려 더 착종되어 고유한 근거를 잃어버린 사실에서 문화라는 개념이 모호해 졌다고 볼 수도 있겠지만, 사실 문화라는 용어가 이미 사회 전반에 용해되어 있어 어느 것 하나 문화가 아닌 것이 없게 되었다고 말하는 것이 더 나을 것이다. 이는 문화의 기존개념이 근대의 핵심적 코드인 자본제적 생산양식과 결합되어 있기 때문이다. 정치적, 산업적 근대화가 결핍되어 있는 전근대사회에서 근대성을 확인할 수 있는 범주는 문화로 한정되어 버린다. 그리고 그 문화는 급속히 전통적 요소와 결별하면서 시장에 편입되어 일종의 가상의 근대성(modernity as a mask)을 형성해 가는 과정을 보여주고 있다.[3]

그 결과 '문화자본'이라는 개념어에서 알 수 있듯이 문화는 그 자체로 근대적 성격을 체현하고 있는 이념적 속성을 보유하게 되는 현실에 직면하는 것이다. 따라서 자본주의의 사회 전반적인 도입의 결과, 문화와 상업경제의 결합은 당연한 일로 여겨진다. 재화의 소비로 이루어지는 소비문화의 개념이 탄생하게 되는 것이다. 소비문화는 하나의 결과론적인 파생물이 아니다. 소비문화는 모더니티의 지적, 산업적 노동이 성취된 후에 뒤따랐던 문화적 모더니티의 근대산업화 과정의 연쇄적인 결과가 아니라, 오히려 근대세계의 형성요소로 보는 것이 타당하다.[4] 근대 자본주의 사회에서 살아가려면 누구나 돈을 벌어 재화를 구입해야 한다는 평범한 사실은 우리의 삶이 소비로 형성되어 있음을 보여주고 있다. 즉

---

3) N.G. Canclini, translated by C.L. Chiappari & S.L. lopez, *Hybrid Culture*, University of Minnesota Press, 1998. p. 7 및 서장 참조.

4) 돈 슐레이터, 정숙경 역, 『소비문화와 현대성』, 문예출판사, 2000. 17면.

소비 행위는 이 근대 사회를 문화적으로 재구성하며 나아가 사회적인 행위와 생산적인 활동의 좌표축을 결정하면서, 그 둘로부터 파생되는 행동 및 사물을 특정화한다.[5]

소비 문화는 이처럼 단순한 매매 행위가 아니라 당시 사회의 근대성를 규명하는 중요한 키워드로 이해할 수 있다. 소비 문화라는 말이 사실은 모순 형용에 지나지 않을 수도 있다. 협의의 개념으로 정신적인 고상함을 지칭하는 '문화'는 말과 물질적 낭비행위와 근사한 소비라는 개념이 양립하기는 어려운 일이다. 그러나 이 말이 성립 가능한 이유는 소비의 개념이 모더니티의 의미망을 내포하고 있기 때문이다. 거칠게 말해 모더니티의 반 정통적 요소는 소비문화의 탈전통의 성격과 일치하고 있기 때문이다. 이를 좀더 설명하자면 문화의 개념과 그로 인해 형성되는 사회 계층의 문제에 대해 따져 보아야 할 것이다.[6]

20세기 들어 식민지 조선을 포함하여 세계적으로 근대 경제 체제를 형성해 나아갔고 각 사회집단들은 그에 걸맞는 새로운 문화현상들을 경

---

5) 그랜트 매크래켄, 이상률 역, 『문화와 소비』, 문예출판사, 1998. 164면. 이런 맥락에서 소비행위의 소비재들, 예컨대 의복 따위는 언어적으로 구성되어있다고 볼 수 있다. 즉 언어로서의 의복이다.

6) 모더니티가 식민지 사회에 적용되어 가는 과정을 보여주는 양상으로 잡종문화 (hybrid culture)의 성격과 그로 인해 형성되는 에스닉(ethnic)그룹이 있다. 비서구 식민지 사회, 특히 그중에서 중남미의 겨울 사회 및 문화의 잡종성은 서구의 모더니즘 문화와 원주민의 전통문화의 혼융으로 이루어 진다. 이 과정에서 전통 문화는 되살아나 있지만 모더니티의 주류에서는 밀려나 버린다. 주류에서 멀어지되, 자본제 하에서 재생산되는 문화는 잡종문화의 특성을 안고 있다. 식민지사회에서 생산되는 대중 문화는 본질적으로 잡종문화의 특성을 피할 수 없다. 그리고 사회의 계층화와 관련하여 여러 문화적 경제적 지위에 따라 여러 에스닉 그룹이 형성되기도 한다. 이는본고에서 살펴볼 경성의 특수한 소비 문화, 소비 계층이 지니고 있는 본질적인 특성과도 연결될 성질의 것이다. N.G. Canclini, *op. cit.*, 1.5장 참조. Steve Fenton, *Ethnicity*, macmillan, 1999. 서장, 1장 참조.

험하게 된다. 이 세계의 정체를 흔히 모더니티라고 부를 수 있을 것인데, 이 모더니티는 그 질량과 밀도에서 균일한 것이 아니었다. 조선의 경우 식민지 모국의 모더니티와도 식민지 조선의 모더니티는 정확하게 일치하지 않고 있다. 곧 조선의 모더니티는 일정 부분 일본, 나아가 서구의 모더니티와 대응관계를 유지하면서 식민지적 특성을 쌓아 나갔다고 말할 수 있다. 이 대응관계에서 일본이라는 함수에 따라 조선의 모더니티는 편차를 보이게 되는데, 이 편차를 본고는 문화, 그 중에서 소비문화의 양상을 통해 점검하려고 한다.

2. 30년대 경성의 문화와 근대성

30년대 경성은 중일전쟁이후 급격히 도시화가 이루어지는 상황이었다. 30년대 중반이후 경성인구는 급격한 양적 팽창을 이루어 냈고 그만큼 여러 형태의 근대적 양상들을 보여주었다. 인구의 증가로 인해 주택난이 생겨났고 그 결과 택지 정리 및 빈민굴의 형성, 계층화가 이루어졌다.[7] 그리고 군사기지화 된 조선, 그 중에서도 경성은 30년대라는 특수시기를 생산 없이 수입품으로 소비하는, 기형적이긴 하나 근대 소비 문화를 이룰 수 있는 기틀을 다지게 된다.

경성의 사치적인 혹은 서구추수적인 소비 문화는 경성의 근대성의 특수성을 보여주는 매체이다. 소비를 통해 각 주체들은 단순한 상행위를

---

7) 경성의 인구는 30년대 초에만 해도 30만 정도이던 것이 30년대 말에 들어 급격히 늘어 35년에는 60만을 상회했고, 39년에는 93만여명으로 100만에 육박하게 되었다. 이로 인해 빈민과 범죄의 문제가 심각하게 대두 되었다. 손정목, 『일제강점기 도시 사회상 연구』, 일지사, 1996. IV장 참조.

넘어서 직접 근대성을 체현할 기회를 가지게 된다. 즉 소비문화는 서구 모더니티를 정의하는 가치와 관행, 제도들과 결합되어 있다.[8] 소비문화는 근대세계의 형성요소이기 때문이다. 소비를 통해 개인은 자본제적 시장 체계에 편입하게 되며 자의적·임의적 쇼핑을 통해 근대적 개인주의를 바탕으로 근대적 주체로 재형성되기도 한다. 뿐만 아니라 소비를 통해 개인은 욕망의 구조 속에 편입되어 문화적 근대화와 결합되기도 한다.[9]

경성의 조선인들도 이와 과정을 겪었다. 도시화가 급격히 이루어지면서 도시의 기능과 역할이 세분화되고, 그에 따라 많은 직장과 직업이 생겨나는 것은 당연한 일이다. 비록 빈부의 차가 심해 근대 문물을 제대로 소비할 사람이 다수는 아니었겠지만 그 중 직장인과 자영업자들을 중심으로 근대 도시 경성이 내어 놓는 근대 문물의 유쾌한 소비를 통해 '모던보이', '모던걸'로서의 자부심과 행복감을 맛보지 않았을까. 이들은 전통적인 것에 대한 관심은 저급의 것으로 취급하며, 대신 서구적이며 모던한 것에 대해서는 '문화화(cultured)'되었다고 생각한다. 단순한 소비가 아니라 서구적, 근대적인 것의 문화화된 소비를 꿈꾼 것이다. 그와 함께 항상 그러한 중류이상의 삶을 꿈꾸던 이들의 욕망 또한 소비의 개념으로 치환되는 과정을 상정할 수 있다.

단순한 빈부격차에 대한 분노와 투쟁에 대한 낭만적인 기대는 30년대 들어 다른 양상으로 변화되고 있다. 적빈한 삶에서 기아선상에서 허덕이는 사람의 눈에 백만장자의 재산은 당장 주린 배를 채우는 것 이외에 어떤 현실적으로 지각할 수 있는 수준의 것이 아니다. 그렇지만 알뜰히

---

8) 돈 슐레이터, 같은 책, 15면.
9) 위의 책, 38~49면 참조.

돈을 모아 백화점에서 에나멜 구두를 사는 여공의 눈에 비친 상류계층의 사람의 모습은 좀 더 현실적인 수준으로 체감될 것이다. 백화점에서 수천 원 짜리 피아노를 덥석 사는 부호의 모습은 상대적 박탈감으로 느껴지며 그만큼 현실적인 빈곤으로 다가 올 것이다. 물론 이 상대적 박탈감이 적용되지 않을 정도로 조선의 경제는 피폐해 있었지만, 적어도 경성의 한복판 혼마치, 황금정, 종로를 무대로 한 사대문 안의 서울 사람들에게서 소비수준에서 비롯되는 빈부격차 문제는 일차적 생계의 문제에서 어느 정도 멀어져 있던 것도 사실이다.

소설을 소비문화로 연관짓는 일은 두 가지의 갈래를 둘 수 있다. 소설 그 자체를 문화현상으로 파악하고 그것이 생산 소비되는 현장을 실증적으로 검토하는 것과, 둘째로 소설 속에 나타난 여러 소비 문화현상의 담론으로 형성되는 과정을 점검하고 의미를 파악하는 것이다. 전자의 경우 그것은 사회과학으로서의 정밀성을 요하는 작업이다. 그리고 문학적인 혹은 문화적인 의미의 연결망을 찾는다는 최종적인 목적을 위한 하나의 방편으로서의 의미를 지닌다고 볼 수 있다. 따라서 문학연구의 범위 내에서의 문화연구란 후자의 방법에 기댈 수밖에 없다. 문화라는 개념이 하나의 동떨어진 장에서 생산되는 담론의 체계가 아니라 문학적인, 사회사적인 의미와 함께 한다는 점을 염두에 둔다면 더욱 그러하다. 따라서 문학 연구로서의 문화 연구는 근대 사회가 만들어 낸 문화 현상들을 소설 속에 찾고, 문학 속에 나타나 있는 의미망과 어떻게 연결되는지를 따져보아야 할 것이다. 즉 소설의 서사와 문화의 상동관계를 눈여겨보아야 한다는 점이다.

근대적 '문화'와 함께 대중의 개념이 형성되는 조선의 현실을 보여주는 것은 이른바 대중소설이라고 하는 '저급'의 문화현상에서이다. 순수문학의 이데아와는 달리 대중소설 혹은 통속소설이라고 하는 것은 이른바

‘상식의 저하’10)이거나 ‘상업성과의 타협’11)이라고 비판받아 마땅한 대중소설은, 오히려 그 저급성으로 인해 조선의 대중문화의 현실을 직접적으로 드러내고 있다는 점을 간과해서는 안될 것이다.

대중성의 문제를 논함에 있어 문단데뷔부터 통속성을 드러내놓고 나온 방인근, 최독견, 김말봉 등의 전형적 대중소설보다는 순수작가, 예술적 작가로 불려온 작가들의 작품을 보는 것은 좀 더 흥미로운 작업이 될 것이다. 이태준의 ≪제2의 운명≫(1934)과 김남천의 ≪사랑의 수족관≫(1940), 그리고 유진오의 ≪화상보≫(1939) 등을 문제적 작품으로 상정할 수 있다.12) 문화화된 의식을 소유하고 있던 작가이었으며, 대중소설 틈틈이 이념적 의식을 굳이 거부하지 않고 드러내고 있음으로 해서 작가만의 다양한 편차를 확인 할 수 있기 때문이다. 또한 대중적 흥미거리, 이를테면 연애와 풍속의 문제를 그려내어 당시의 많은 찬사와 인기를 얻었던 작품이기 때문이다. 그리고 신문연재소설이라는 공통점을 가진다. 이들의 장편소설들은 이전의 경향파 소설들이 다루었던 심각한 가난의 문제는 회피하고 있다. 이들 소설 속에는 기본적인 의식주의 문제를 해결하지 못하는 빈민층은 어디에도 없다. 소설의 주인공은 경성부 내에 살고 있는 사람들이다. 대개 고정적인 급료를 받을 수 있는 직장에 다니고 있으며, 직장이 없는 경우도 그에 준하는 직장을 위해 취직 운동을 하고 있다. 그렇지 않은 사람은 취미 삼아, 재미 삼아 직장에 다니고 싶어 하는 ≪화상보≫의 이영옥 같은 철없는 유한계층이다. 그들에게 있어 생계의 문제가 어느 정도 해결되었을 때, 이들 주인공은 어떤 식으로

---

10) 안회남, 「통속소설의 이론적 검토」, 『문장』, 1940. 11.

11) 임화, 「통속소설론」, 『문학의 논리』, 학예사, 1940.

12) 대상 텍스트는 ≪제2의 운명≫(서음출판사, 1988), ≪화상보≫(삼성출판사, 1972), ≪사랑의 수족관≫(인문사, 1940)으로 삼았다.

성격화되는지를 살펴보는 방법으로 그들의 소비문화 양상을 살펴보도록 하겠다.

3. 새로운 소비 문화들

3.1 철도를 넘어서 자동차로

최남선과 이광수의 <경부철도가>와 ≪무정≫에서 보여준 철도/기차의 의미는 이미 널리 알려져 있다. 근대화 그 자체를 상징하는 기차는 상징적 의미를 넘어 근대가 실현되는 거대한 가치를 지니고 있다. 이 속에는 사제 관계로 대표되는 계몽주의가 형성되고 있다. ≪무정≫에서처럼 개인간의 갈등을 초월하며 하나의 이데올로기로 통합되는 과정을 철도/기차가 뒷받침하고 있으며, 경우에 따라서는 이러한 일자적 통합과정에 대한 막연한 불안감과 동경이 철도/기차를 통해 드러내고 있다는 것을 보아왔다.[13] 그러나 그로부터 20여년이 지난 이후 철도의 의미는 전과 같지 않다. 철도가 이미 내재화되어 있기 때문이기도 하겠지만, 무

---

13) 안회남의 <기차>(『조광』, 1938. 10)은 내면화된 철도/기차의 의미를 극명하게 보여준다. "기차를 타면 참 상쾌하여진다. 아니 그것이 다라나고 있는 것을 그냥 바라보기만 해도 그러하다."로 시작하여 "말할 수 없이 용감하고 씩씩한 사나회이다. 무서운 호통을 치며 어데든지 돌진한다. 그렇다 이 대륙을 정복하는 기차처럼 어떻한 고난이 엄습하드라도 나아가 끝끝내 뜻을 일우리라고 재수는 결심한다"로 끝을 맺는 이 단편 소설은 주인공 재수의 개인적인 고난과 갈등을 일거에 날려버리는 초월적인 힘을 기차가 지니고 있음을 보여준다. 나아가 재수의 욕망이란 기차로 매개된 허상에 지나지 않음을 간과할 수 없다. 재수의 욕망은 기차가 실어다 준 것이다. 이처럼 기차는 이미 기계문물에서 비롯되어 근대인의 무의식의 구조에 뿌리박힌 거대한 의미망이다.

엇보다 자동차가 그 위치를 조금씩 대체해 나가고 있기 때문일 것이다.

철도는 대량 운송수단으로, 그곳에서 벌어지는 일들은 집단적 성격에서 벗어날 수 없다. 이데올로기를 체현한다는 것도 그것이 민족단위 혹은 국가단위의 담론 내에서 가능했다. 일정한 궤도 위를 달리는 커다란 동력 앞에서 한 개인의 삶을 변별적으로 드러내기는 어려웠을 것이다. 그러나 자동차는 이와 달리 지극히 개인적인 공간이다. 개인의 의지에 따라 운전할 수 있으며 같은 자동차를 타고 있는 극히 소수의 사람들만이 그 속에서 자신들만의 이야기를 만들어 나갈 수 있다. 즉 자동차는 사적인 공간이라는 가치를 지니게 되며 개인의 성격을 만들 수 있는 의미 있는 배경으로 설정되어 있다.

근대의 팽창하는 도시 경성은 자동차로 축복 받은 도시이다. 도시의 규모가 커지면서 가장 먼저 눈에 띄는 점이 자동차이며 이 자동차의 증가는 경성의 자랑스런 면모이면서 동시에 도시의 산업을 이끌고 있는 도시의 동력이다.[14]

> 정차장 앞! 기차가 와다을 시간이 되면 자동차와 인력거의 대진열을 볼 수 잇다. 이것이야말로 도시행진곡의 위대한 서곡이다. 교통기관이란 곳 도시생활의 맥박이기 때문이다.
>
> 그러나 인력거시대는 임이 그 자최를 감추려한다. 스피-드를 찾는 도시는 인력거보다도 택씨를 더욱요구하게된다. 미관으로나 편리하기로나 마음편안하기로나 어느점으로 보던지 자동차는 차츰 차츰 인력거의 등을 미러낸다. 사람의 다리와 깨솔린의 경쟁! 거기에는 오직 한가지 결과만이 기다리고 있는 것이다. 보라 기계는 지금

---

14) 총독부에서 마지막으로 조사한 조선의 자동차 총대수는 4800여대였다. 정확한 통계수치는 없지만 35~40년 사이에는 그 수가 급격히 늘어 8000~10000여대로 증가하였음을 알 수 있다. 손정목, 같은 책, V장 참조.

전세계를 정복하고 잇지 아니한가? 사람의 영혼까지를! 아! 스피-드
를 찾는 도회여!15)

　자동차의 가치는 첫째로, 기차가 끝나는 곳에서 주체와 재접속되어
있다. 자동차의 미덕이란, 기차가 끝나는 지점, 즉 거대한 이데올로기
담론과 정치성의 문제가 아니라 미적·정서적 부분을 담당하고 있는
것이다. 보기에 아름다우며, 개인적으로 사용할 수 있으므로 편리하며,
그러므로 한 개인의 마음을 편안하게 만들어 주는 것이 자동차이다. 이
자동차는 기차를 대체하여 사람의 내면까지 형성할 수 있는 힘을 지니고
있다. 이는 외연기관으로서의 증기기관과 내연기관으로서의 가솔린기관
과의 차이이다. 외부로부터 유입되는 동력으로 움직이는 증기기관이 ‘외
삽된 근대’를 강요하고 있는 것과는 달리 기관 내부에서 연소를 통해
움직이는 내연기관인 자동차는 개인의 사생활과 내면세계의 형성을 가
능하게 하는 조건으로 작용하고 있다. 연애와 유흥은 그 내면의 대표적인
모습이다.

　또한 인구의 증가에 따른 자동차의 양적 팽창은 도시의 운송사업의
변화를 일으키기도 해서 버스나 택시 운송사업은 당시 수익성 높은 사업
으로 각광을 받게 되고 전시 체제 하에서도 도시 교통 문제는 선결사업으
로 지목, 남대문 지하도로를 놓는 등 비중 있게 다루어지고 있다. 바야흐
로 경성은 자동차의 도시로 조금씩 변모하고 있으며 이 도시의 자동차는
도시인의 상징으로 여겨진다.

　이러한 자동차의 특징을 잘 보여주는 것은 ≪사랑의 수족관≫이다.
≪사랑의 수족관≫의 앞 부분에서 광호와 경희와의 진지한 애정은 자동
차 안에서 자연스럽게 시작된다. 철도가 닿지 않는 길을 자동차로 달려가

---

15) 「자동차와 인력거」, 『신동아』, 1932. 6. 66면.

는 도중에 그들은 비포장 도로의 자연스런 흔들림에 몸을 맡긴 채 서로의 육체를 부딪히며 연애의 감정을 싹틔우고 있다. 철도의 맹점에 자동차가 존재하는 것이다. 뿐만 아니라 자동차는 운전 그 자체만으로 경쾌하고 즐거운 유희이다. 소설 속에서 뭇 남녀가 유쾌한 드라이버를 즐기며 연애를 즐기고 있음을 자주 볼 수 있다. 그들에게서 자동차는 연애에 빼놓을 수 없는 도구이자 공간이다. 드라이브를 즐긴다는 것은 자신의 삶의 풍족함을 한껏 즐기는 것이며 그 삶에 어울리는 여자와 재력을 과시하는 것이다.

그리고 자동차는 신분을 드러내는 가장 효과적인 표지이다. 가난한 자에겐 버스나 전철이 교통수단이겠지만 여기서 한 단계 넘어가면 주인공의 신분에 따라 선택하게 되는 사회계층적 표지로 등장한다. 조금 여유가 있는 자는 택시를 탈 것이며, 그보다 더 부유할 경우는 자가용 승용차를 운전한다. 광호가 소설의 첫 장면 광산 사무소에서 대기업의 영양(令嬢)과 함께 타고 다닌 차는 '뷰익'이다. 이는 20년대 생산품인 구형 모델이다. 그러나 대기업의 총수와 간부는 또 다른 차종을 선택할 수 있다. 30년대 대유행이었던, 이른바 유선형의 멋진 몸매를 한 '클라이슬러'와 '하드손' 같은 고급 승용차가 그것이다. 이들 차종은 직위에 따라 달라진다. 총수는 '클라이슬러', 중역은 '하드손'이다.

> 자동차고에 커다란 「클라이스라-」가 앞부리를 쑥 내밀고 드러 앉은 것을 보고 광호는 이신국씨기 집에 있는 것을 직감하였다.[16]

> 「하드손」은 이 회사의 중역들이 타는 전용차이다. 이신국씨의 「클라이스라-」가 아직 차고 안에 들어있는 것으로 미루어 사장은

---

16) ≪사랑의 수족관≫, 118면.

> 퇴출하지 않은 모양이다. 그러나 이때에 회사의 현관에는「에레베
> 타」에 실려서 내려온 사원들이 대회사의 사원다운 명랑한 낯으로
> 하루의 피곤을 웃음으로 털어버리면서 몰려나왔다. 네시가 넘으면
> 사원은 퇴출해도 무방하다.[17]

위의 문장에서 보듯이 재벌 총수는 그의 자동차로 환치되어 나타난다.
이때 자동차는 존재를 드러내는 환유적 기호이다. 총수뿐만 아니라 회사
의 중역 또한 이런 기호로 재현되고 있다. 소설 속에서 이들 세 종의
자동차-뷰익, 크라이슬러, 하드손이 구체적인 상표명과 함께 외관과 기능
이 상세하게 묘사된 것은 단순히 문장론의 수준에서 탄생한 것이 아님을
알 수 있다.

주체와 자동차의 관계는 다른 소설에서도 흔히 나타나고 있다. ≪제2
의 운명≫에서 부잣집 도련님 순구의 아내가 된 천숙은 언제나 자동차로
이동하며 필재를 만날 때마다 자동차를 길 가에 세워둔 채 간단히 용건만
말하고 사라진다. 천숙의 계층적 지위가 자동차로 대변되어 드러나는
순간이다.

소설 속에서 기차가 완전히 사라진 것은 아니다. 그러나 기차는 이전의
민족 전체단위의 그것이 아니다. 기차는 계층과 신분, 성별을 뛰어 넘어
≪무정≫식의 민족적 감동을 자아내지 못하고 있다. 기차는 이미 계층별
로 세분화되어 있고 이 세분화된 경계를 넘나들 때 주인공은 이곳이 기차
임을 실감한다. ≪화상보≫에서 장시영은 '동양의 꾀꼬리 리리코 소프라
노' 김경아를 찾으러 1등칸으로 들어설 때 낯선 경비원의 저지를 받는다.
그가 얼핏 본 1등칸의 어색함이란 다름 아닌 경아와 자신간의 신분적,

---

17) 위의 책, 202면.

경제적 거리감이었음을 곧 알아차리게 되며 이는 소설의 주요한 갈등관계로 작용한다. 화해의 장이었던 가차가 이제는 갈등의 단초를 제공하고 있는 것이다. 새롭게 기차가 담당하는 갈등의 유지·전개의 기능은 ≪제2의 운명≫에서도 뚜렷이 나타나 있다. 가난한 고학생 필재로부터 떼어놓고 부잣집 도련님 순구와의 결혼을 성사시키기 위해 용언이 동생 천숙을 끌고 동경에서 서울로 돌아오는 길에 겪는 사건은 기차가 성격이 얼마나 변해가고 있는지를 보여준다. 경제적 지위에 따른 삶의 안락함과 그 배타적 지위가 기차에서부터 실현되고 있다. 그리고 이로 인해 필연적으로 필재와 멀어지게 될 수밖에 없음이 암시되는 공간 또한 기차이다.

> "참 돈이 좋긴하다!"
> 이내 나려 누르는 피곤과 조름 속에서도 천숙의 머리 속엔 이런 돈의 예찬 한마디가 휘 날러갔다.
> 이것이엇다. 용언이가 애초에부터 이등차를 타지 않고 식당차에도 가지 않고 천숙을 괴롭힐대로 괴롭혀 가지고서야 이등침대에 갔다 누이는 것은 천숙에게 황금의 가치를 실험적으로 인식시키자는 계획이었다.[18]

기차가 단순한 교통수단이 아니라면 이처럼 부의 차이에 따른 계층화를 위한 공간으로서의 의미가 남아 있을 것이다. 최초의 기차가 우리에게 부여해 준 거대한 중압감은 이때에 와서는 이미 상실되고 있음을 목격할 수 있다. 이미 기차는 자동차의 모습을 닮아 있게 된다.

---

18) ≪제2의 운명≫, 98면.

3.2. 소비-유행의 독자성

주로 남성들이 자동차를 통해 자신의 지위를 드러낸다면 소설 속의 여성들은 대개 패션과 화장품 혹은 기호식품 같은 유행을 통해 자신의 정체성을 드러낸다. 소설가의 부지런한 서술을 통해 부각되듯이, 잠시 외출할 때마저도 빼놓을 수 없는 모자와 핸드백은 이미 상식적인 수준의 치장이다. 너무 상식적이어서 유행을 말할 정도의 개인간의 변별력이 없는 장신구들이다. 이것을 넘어서는 변별 기호들은 복장과 음식과 같은 소비품에서 찾을 수 있다. 소설의 서술은 이들 소비품을 단순히 '화려한', '아름다운' 식의 추상적인 묘사를 거부하고 있다. 마치 대중잡지의 그것처럼 정확한 이름과 종류 디자인의 차이를 묘사하는 데에 서술은 주저하지 않고 있다.

"골프행장으로 차린 레이디"[19], "장미색 이브닝쭈레스에 진주목거리에 머리도 미용원에 가 빗은 듯이 얼른 보아도 세련된 솜씨의 화장"[20] 등의 상식적인 수준의 묘사에서 시작하여 구체적인 상표와 함께 자세한 외양을 묘사한 구절이 전면에 드러난다. "주인 「매담」이 온양온천에 가서 아직도 돌아오지 않았고 「데쟈이나-」의 한분은 새로 도착한 기지의 견본을 가지고 주문을 나갔다. 현순이는 아직 더위가 몰려들기 전 맑은 오전의 한가로운 한시각을 「스타일·뿍」을 뒤적어리며 유리로 창을 장식한 가게에서 두서 없는 생각에 잠겨 있었다. 「의쟁」과 「도안」이 참신한 것으로 「스·파」가 섞이지 않은 순수한 「우-르」 이 없어서 기지의 품성을 고려하지 않고는 몸에 어울리는 「스타일」을 생각할 수가 없이 되었다. 청의 양장점 처럼 의장의 유행을 「리-드」하고자 생각하는 처지

---

19) 위의 책, 79면.
20) 위의 책, 167면.

에서는 항상 이러한 세밀한 것을 고려할 필요가 있었다.”21), “부인의 얼굴을 처음보는 광호는 그가 젊고 어여뿐데 놀랐다.「베르벳드·조셋드」의 남빛 치마에 흰 적삼을 입고 느리게「웨이브」를 쳐서 비슨 까만 머리는 낭자를 틀어 흰비녀를 꽂았다.”22) 등의 묘사에서는 김남천의 패션에 대한 남다른 식견을 볼 수 있을 정도이다. 뿐만 아니라 ≪화상보≫에서는 좀 더 적극적인 소개로 이어진다. ‘예술가의 집’에서 벌어지는 ‘음행’을 묘사하면서 빠지지 않는 것은 그들의 기호소비품이다. “새몬 핑크”색 화려한 오버, ‘토오크’형 모자, 모르타르를 바른 벽과 하얀 화강석 기둥을 가진 문화주택, 피아노와 장식으로 만든 ‘맨틀 피이스’, ‘센또루이스·부루우스’와 ‘파이낱, 벤다아, 룸바’등의 춤과 음식, 그리고 ‘막스팩터’ 클렌싱 크림과 립스틱 등은 주제와 상관없이 자세하게 나열되고 있다.

이들 소설가가 자신의 유행감각을 자랑하기 위해서 나열한 것이 아니라면 이런 묘사는 어떤 의의를 찾을 수 있을까. 재화의 소비를 아주 상세하고도 구체적으로 보여줌으로써 인물의 외연만이 아니라 인물들이 점하고 있는 사회 경제적 지위를 드러내는 것이 초점될 수 있을 것이다. ‘그들은 값비싼 물건을 소유하고 있다’가 아니라 ‘그들은 생산품을 능동적으로 소비함으로써 최상의 지위에 오를 수 있다’는 것을 보여주는 단초를 이 묘사에서 찾을 수 있을 것이다.

따라서 이들 패션은 그들이 유행 따라 소비하고 즐기는 삶의 행복을 보여주며 그들의 정체성과 연결되어 있다. 저 멀리서 누군가가 시야에 들어올 때 그 사람을 알아보는 것은 다름 아닌 이들의 의복-유행이다. 한 사람의 존재는 자신의 소비물을 통해 검증받게 된다.

---

21) ≪사랑의 수족관≫, 83~84면.

22) 위의 책, 119면.

광호는 경희의 뒷모양을 물끄럼이 내려다 본다. 개갑게 올려 놓은 모자, 그 밑에 까만 머리까락, 그리고는 「에메랄드」의 눈부시는 색채가 어깨의 곡선을 그리며 잔등으로 팡파짐하게 흘러내렸다. 그것이 한번 허리에서 끊어 졌다가 구능러첨 퍼저 오르면서 궁둥이께를 지나 두다리가 매츳하게 「하이힐」을 밟은 중턱에 구김살도 없이 쪽 내려 드리었다 남빛 구두는 「아스팔트」 우에서 아직더 저 편을 향한채 서 있었다.[23]

광호는 「뿔래크 · 뿔류-」의 양복, 경히는 「에메랄드」의 복색, 꺼먼 구두와 푸른 구두-녹색 풀판을 걷는 두 사람의 남녀는 짙은 색으로 그려 놓은 유화처럼 아름다웠다.[24]

경희가 소개한다고 데리고 들어오는 그의 동무는 누구인가? 하고 생각을 가다듬어 보았다. 그러나 이러한 생각을 오랫동안 가지고 있을 것도 없이 경히의 「하이힐」과 연달아서 사나이의 「소프트」가 보였다.[25]

위의 진술에서 보듯이 서술자 등장인물 모두 시선을 의복-유행에 두고 있다. 실체와는 상관없이 인격과 개성은 자신이 걸치고 있는 것에 의존할 수밖에 없는 상황이다. 의복에 집중된 소설의 서술에서 보듯이 인물의 정체성은 그들의 모던한 의복에서 찾을 수 있다. 바야흐로 옷이 날개인 시대가 도래한 것이다. 이 옷을 입고 경성시내를 걸어다니며 카페와 호텔을 돌아다니며 연애를 하는 저들 주인공은 경성의 즐거운 산책자, 순례자들이다. 그들에게는 누구와 만나서 어떤 이야기를 하는가보다 어떤 레스

---

23) 위의 책, 159면.

24) 위의 책, 167면.

25) 위의 책, 348면.

토랑에서 어떤 맛의 음식을 먹는가가 더 중요한 사건이다.

　서술은 의복뿐만 아니라 음식, 화장품, 침구류에도 머문다. 소다수와 아이스크림은 단순한 음식물이 아니다. 이는 일정한 절차와 격식을 거쳐 완성되는 의식과 같은 소비의 대상이다. 주문할 때, '뽀이'가 와서 "아지와?(맛은 어떤 것으로?)" 라는 질문을 가해야만 비로소 완성되는 음식-유행이다. 음식이 가지는 일차적인 의미와는 이미 동떨어져 있다. 이 때 유행으로서의 음식은 단순히 주린 배를 채우는 양식이 아니라, 유행을 따라 선택할 수 있는 소비품이며 이를 통해 욕구의 충족이 아니라 욕망의 충족, 즉 삶의 행복을 이룰 수 있을 것이란 환상에 빠진다.

> 　아츰에 김치를 해당고 영이와 레코드를 드럿다. … 세계적 테너-나의 꿈은 그 애의 장래를 그 고혼 별빗아래 고이 고이 매고 십펏다. … 아츰먹고 나는 남편이 조아하는 칼피스수(水)를 만들어보앗다. 실패한 셈이다. … 여름의 별미! 새로당근 외김치와 호박전을 먹으며 녀름은 서늘하다고 생각하엿다. 오전은 새로 끈어온 보에루 치마를 하였다. 곱게 곱게 달려서 입어 보앗더니 남편이 곱다고 놀렷다. … 저녁때 친정아버지가 단여가섯다. 두 살된 철이가 레코-트판을 두 개나 깨치고 엄마에게 매를 마젓다. … 나는 나의 직업인 화장품 제조업! 이것을 나는 전경성에 선전하기 위하여 오늘도 하로동안 경성의 여러가정을 방문하였다. … 이 자유스러운 직업에 만흔 푸라이드를 늣겻다. 저녁에 백장미 두송이를 사왔다. 남편인 빗갈이 매우 곱다고 하며 화장에 꼬잣다.26)

　이 젊은 주부의 행복이란 무엇일까. 아이와 남편이 무사하고 경제적으로 곤궁하지 않기 때문만은 아닐 것이다. 그의 행복은 레코드 판과 백장

---

26) 이준숙, 「김치와 레코드」, 『신동아』, 1932. 8. 124~127면.

미, 보에루 치마 그리고 별미로 먹는 김치에 있다. '여름은 서늘하다고 생각하였다'라고 할 만치 새롭게 만들어 먹는 오이김치는 생계와는 상관 없는 즐거운 소비 행위이다. 김치가 그러할진대, 아이스크림, 커피, 쥬스 등의 기호식품, 그리고 호텔에서 '뽀이'의 '써비쓰'를 받아가며 포크와 나이프로 먹는 코스요리는 그 위상이 한층 더 높아져 있다. 호텔 식당은 이런 면에서 최고의 경지에 달한 공간이다. 연애 혹은 사업 구상을 위해 모인 인물들에 대한 소설의 시선은 정작 '클락'에 모자를 맡기고 '납킨' 을 펼쳐서 수프를 먹으며 포크와 나이프로 스테이크를 먹고 후식으로 아이스크림 인디안푸링을 먹는 절차에 더 관심을 집중시킨다. 이들의 음식-유행의 소비 행위는 연애의 종속된 절차가 아니라 연애와 동등한 가치를 지닌 하나의 모던한 의례이다.

> 「하하아 참 그러쿤요, 경희씬 수신에 갑이군요」
> 이때에『수프』가 와서 그들은 웃음을 걷우며 그릇에 손을 대었다.
> 그것을 먹고 다음 그릇을 기다리며,
> 「참 전번…
> (중략)
> 그들은 새 그릇에『나이프』를 댄다. 그러나 이야기는 계속 되었다.
> (중략)
> 피, 하고 경희는 삐쭉해 보인다. 그래서 광호도 만족히 웃음을 보였다. 이렇게 해서 즐거운 식사가 끝났다.[27]

이러한 서술은 식사와 정담이 한 데 섞여 혼란스럽기까지 하다. 만족한 웃음을 지으며 마무리하는 것은 정담이 아니라 즐거운 식사였다. 연애의 정담을 전하는 것인지 양식 먹는 절차를 설명한 것인지가 구분이 안될

---

27) ≪사랑의 수족관≫, 162~166면.

정도로 연애와 식사 과정은 등가적으로 배치되어 서술되고 있다. 즉 소설의 서술은 주제와 상관없이 모던한 문화현상에 대해 지대한 관심을 드러내놓고 있는 형국이라 말할 수 있을 것이다.

이점은 30년대말이라는 상황에서 취할 수 있는 세 가지의 각기 다른 주제 의식를 보이는 세 소설에서 분명해 진다. ≪사랑의 수족관≫, ≪화상보≫, ≪제2의 운명≫은 30년대 말의 위기 상황에 대해 대처방법이 조금씩 편차를 보이고 있다. ≪사랑의 수족관≫의 경우 직업윤리라는 무정치성의 공간을 상정함으로써 위기를 넘어서려 하고 있다면, ≪화상보≫는 객관적 과학세계에의 몰두라는 점에서 다소 도피적인 태도를 보인다. 이점은 김남천과 유진오의 정치적 행적과 감각의 차이라고 볼 수 있다. 그에 비해 ≪제2의 운명≫은 다소 동떨어진 낭만적 계몽세계로 이루어진 공간을 그리고 있다는 점이 차이점이다.

그러나 이런 주제의식의 차이에도 불구하고 묘사 수준의 서술에서는 그 주제의식을 발견하기는 어렵다. <창랑정기>에서 보여준 고풍적 세계에 대한 향수는 ≪화상보≫에서도 그대로 이어진다. '짐승껍질 오우버'라는 부정적 표현을 통해 모던 마담/근대 여성을 조선의 전통적 여인상과 대비시켜 노골적으로 비판하는 구절에서 작가의 사상적 태도를 알 수 있다. 그러나 군데 군데 드러나는 상품을 묘사하는 부분에서는 혼란을 초래한다. 문화주택에 거처를 마련하고 호화로운 생활을 하고 있는 경아의 모습은 오히려 공단나이트가운, 털요 등으로 화려하게 그려지고 있다. "「막스펙터」의 클렌싱크림을 얼굴에 지지하게 바르다가 어멈이 들어오자 … 물수건을 받아 한참 얼굴에 씌웠다가 떼고 발랐던 크림을 마른 수건으로 말갛게 닦아내니까 피부는 갑자기 공단결같이 윤태가 나며 생생하게 생기가 돈다. 몇 달 전보다 훨씬 탐스럽게 피어오른 두 볼."28) 등의 묘사는 경아의 아름다움과 화장품의 상표명이 혼재되어 있으므로 해서 이제껏 보여준 모던 마담들의 음란성과는 동떨어져 있다. 맨얼굴의 조선처녀의 아름다움이 소비품의 후광을 얻고 있는 것이다. ≪사랑의 수족관≫의 경우도 마찬가지이다. '침대'와 '벳드'라는 표현의 원칙이 허물어져 버리고 있는 경우를 볼 수 있다. 소설의 전반부에서는 대기업 총수의 영양 경희의 경우는 '벳드', 그렇지 않은 경우에는 '침대'로 구분되는 표현이 소설이 진행됨에 따라 혼용되고 있는 것이다.

단순한 기술상의 문제로 볼 수 있는 이런 문제점들은 소설이 가진 소비품에 대한 관심이 주제와 얼마나 멀리 떨어진 부분에 존재하는지를 보여주는 증거라 하겠다. 즉 주제의식과는 다른 층위에 존재하는 소비-유행에 대한 서술은 이미 의식과는 무관한 의미망을 구축하고 있는 소비문화의 체계를 보여주는 것이다. 30년대말의 객관적 정세의 악화와 이로 인한 소설의 위기는 이런 사소한 지점에서 이전과는 다른 담론의 체계를 만들어 내고 있는 것이 아닌가 하는 짐작이 가능하다.

3.3 소비의 전략

신분과 계층을 드러낼 수 있는 소비행위는 무차별적인 낭비행위로 보인다. 생산 없이 소비만 이루어지는 기형적 도시 경성의 소비수준에서는 당연한 모습일지도 모른다. 구조적으로 조직화되어 있지 않은 소비 행위는 무의미할 수밖에 없다. 그러나 이런 조건 속에서도 소비의 문제는 일정 부분 전략적인 양태로 나타난다. 그것은 직업과 함수관계를 가진다. 직업을 가지고 일정한 수입이 없는 자는 의미 있는 소비행위를 할 수 없다는 것이다.

---

28) ≪화상보≫, 350면.

≪사랑의 수족관≫의 토목기사 광호는 자신의 행위에 유일한 모랄은 직업에 충실하다는 것이다. 자신이 감리하는 철도가 앞으로 어떤 일을 하든지 상관이 있을까. 단지 자신의 직업윤리에 충실하는 것이 제대로 된 일이며, 그 샐러리맨의 삶이 가장 가치 있고 즐거운 일이다. 그것은 연애로 나타나며 혹은 자동차로, 의복으로, 레스토랑의 양식으로 나타난다. ≪제2의 운명≫의 한량 손형진의 낭비의 일탈은 백수의 탕진이 아니다. 비록 가산을 털어먹을지언정 '신문화사'의 사장이라는 번듯한 직함을 가지고 문화사업의 일환으로 요릿집을 전전하는 것이다. 직함이나 직업 없이 돈을 써대는 것은 당시의 사회체제 내에서 아무런 의미가 없다는 것을 형진은 이미 알고 있는 것이다. 의미 있고 가치 있는 소비는 직업의 범위 내에서 이루어짐으로써 소비문화의 근대 경제체제내의 의미를 획득하게 된다. 숙박비와 생활비를 초라하게 계산하고 먹고살 궁리를 하는 필재는 그 반대편에 있는, 돈을 잘 쓸 수 없는 하나의 직업인이며 형진과는 일정한 좌표를 형성할 것이다.

직업과 그에 따른 급여는 철저히 조직화된 경제 구조 내에서만 발생할 수 있다. 그리고 경제 구조 속에 일어나는 일련의 생산/소비 행위는 자본주의의 제원칙 하에서 조직적으로 움직일 수 있다. 백화점과 소매점의 매출 경쟁, 백화점 써비쓰의 강화[29] 등 현실의 경성에서 벌어지는 모든 생산/소비 행위는 이를 뒷받침하고 있음은 물론이다. 소규모 자영업자마저도 근대의 좌표에 두어서 일상적 소비행위를 경제적으로 의미화하려는 전략이다.

호텔과 함께 근대적 주거양식의 총아로 떠받들어진 '문화주택'의 경우 그것이 왜 '문화'인지는 그 건설과정에서부터 자명하다.[30] 『삼천리』에서

---

29) 「백화점 대항책-수난시대의 소매상」, 『신동아』, 1932. 7 ; 한승인, 「상품과 써-비쓰」, 『조광』, 1937. 2.

말하는 문화주택의 비법이란, 현찰을 지급하고 당장에 지을 수도 있지만, 이는 드물며 대부분은, 직장인들이 돈 한푼 없이 대출을 통해 지어질 수밖에 없다고 말한다. 그리고 친절하게 낮은 금리로 대출받는 비법과 화재보험을 잊어서는 안 된다는 설명을 잊지 않는다.[31] 문화가 문화일 수 있는 그 저변에는 반드시 경제적 행위가 수반되고 있음을 간과할 수 없다.

그 유명한 "딴스홀을 허하라"는 탄원도 허락해야 하는 이유가 경제적 이득에 있다고 강변한다. 요리집의 경우 적게 써도 4-5십원의 돈을 쓰지만 딴스홀에 가면 한스텝에 5전, 10전하는 티켓값만 내면 되는 것이니 오히려 경제적이라고 말한다. 소수의 유흥문화에서 대중의 문화로 발전시키자는 것이다.

　　　　"이 얼마나 경제적이고 문화적이오리까"[32]

문화와 경제는 동전의 양면처럼 이미 상보적인 기능을 담당하며 조선 사회의 근대성의 한 축이 되어가고 있는 것이다. 30년대말이라는 특수한 상황 하에서 향락 소비 문화는 일면 상호 배타적인 성격일지도 모른다. 그러나 당시의 군국파시즘과 이로 인한 전쟁이 경제적인 여건을 전혀 무시한 '신체제'는 아니다. 오히려 철저히 자본주의의 발달과정에 있는 경제구조로서의 하나가 파시즘이다. 자본주의의 발달과정으로 볼 때

---

30) ≪화상보≫에서의 문화주택인 '예술가의 집'은 '음남 음녀의 악행의 소굴'로 묘사되고 있다. 그러나 그것이 악행인 이유는 이복희와 한상원의 악행에서 비롯된 것이지, 그곳에서 벌어지는 여러 '문화행위'의 속성이 음란해서임은 아니다.

31) 「문화주택 월부건설 비법」, 『삼천리』, 1936. 6.

32) 「서울에 딴스 홀을 허하라-경무국장게 보내는 아등(我等)의 서(書)」, 『삼천리』, 1937. 1.

파시즘 국가는 본질적으로 자본주의 국가이며 일차적으로는 자본 '일반'
의 요구에 대응하여 나타나는 국가체제이다.[33] 이때 파시즘은 국가 권력
을 장악한 중산층의 독재구조로 나타나며 반민주혁명의 성격을 띠게된
다. 그리고 이 독재는 공개적인 성격을 표방한다는 특징을 지니기도 한
다. 따라서 파시즘은 '자본주의 체계와 자본 일반의 (객관적) 요구에 대응
하여 출현하는 공개적 독재체제'[34]로 정의 될 수 있다. 그리고 파시즘은
국가 독점자본주의의 발전단계에 들어서서 나타난다는 공통점을 지니기
도 한다.

　일본의 경우 국가 독점자본주의 체제는 32년 준비기를 거쳐 36년 준전
시체제로 이행하는 것을 기점으로 본격적으로 성립된다. 37년 중일전쟁
발발 이후 40년, 41년에 거쳐 전시 국가 독점자본주의로 이행하는 역사적
경과로 이어진다.[35] 이때의 특징은 '계급동맹'이라고도 불리는 군부와
재계의 타협을 통해, 동북아 경제권의 자급자족화-블럭화를 형성시켰다
는 점이다.[36] 이로써 볼 때 당시의 자본주의는, 신체제론이 구미 자본주
의의 폐해를 극복한다는 정치적 담론과는 상관 없이, 파시즘과 동질성을
유지하고 있었음을 알 수 있다. 2차대전은 자본주의와 그와 배척되는
파시즘간의 전쟁이 아니라, 자본주의 내부에서의 전쟁인 것은 이 때문이
다.

　30년대 말 일본의 심각한 물자부족은 조선에 사치 금지령을 내릴 정도

---

33) 김세균, 「자본주의국가 일반과 파시즘」, 김세균 편역, 『자본주의 위기와 파시즘』,
　　동녘, 1987. 80면.

34) 위의 책, 81면.

35) 後藤靖 편, 이계황 역, 『일본 자본주의 발달사』, 청아, 1985. 4장 2절 참조.

36) 小林英夫, 「총력전체제와 식민지」, 최원규 편, 『파시즘과 자본주의』, 청아, 1988. 7～
　　9면.

로 악화되어 있었다.37) 이런 사치금지와 물자절약 캠페인 속에서 향락과 오락은 대중 문화라는 이름을 전략화되고 있다. 경제구조와 상동성을 띤 일상적 삶으로서의 소비 문화는 전쟁이라는 위기 상황은 문제시되지 않고 있다. 오히려 전쟁이라는 상황은 새로운 문화를 위한 가능성으로 비쳐지기도 하면서 동시에 일상적인 삶의 배경, 혹은 구경거리로 보일 뿐이다.

연일 이어지는 유럽의 전쟁소식을 접하며 밤에는 등화관제 훈련 속에서도, "이리로 들어오세요. 지금 혼자서 공습하는 구경을 하던 중이여요."38), "공습 하에서도 생업은 계속해야돼!"39)라고 말하는 은주처럼, 근대의 형성요소로서의 소비문화는 전쟁도, 혹은 다른 위기도 막을 수 없는 삶의 한 방식으로서 자립적 가치를 지닐 것이다. 신문에서는 "왈쇼가 사지(死地)로 화했다"라는 자극적이고 선정적인 기사를 호외로 내보내고 있었지만, 이에 충격을 받는 이는 많지 않다. 광호 정도가 우려스런 걱정을 잠시 보낼 뿐, 은주에게는 하나의 유희로서의 구경거리 정도이다. 그들의 생업, 즉 '은행적악당(銀行的惡黨)'40)(혹은 일상인)의 일상은 전쟁과는 아무 상관없이 이루어진다는 점을 보여주는 이 장면은 자본주의와 파시즘의 상동성을 암시하는 장면이다. 이런 암시뿐만 아니라 이신국이

---

37) 「사치품 등 제조판매제한규칙」이 공포된 것은 1940년 7월 24일이다. 전시동원체제를 구축하기 위한 조치의 일환이었는데, 이로 인해 거의 모든 생산품에 대한 가격 통제와 생필품 배급제가 실시되었고, 또한 경제경찰제를 도입하여 직접적인 통제와 감시를 일상화하였다. 그러나 이미 30년대 후반부터 물자 부족인 심각한 수준이어서 38년에는 휘발류, 고부, 피혁 등의 제품은 배급제로 전환되거나 제조가 금지되어 품귀현상이 일어났다. 손영목, 같은 책, 212~217면 참조.

38) 《사랑의 수족관》, 124면.

39) 위의 책, 138면.

40) 김남천, 「발자크 연구노트」(2), 『인문평론』, 1939. 12.

기자와의 간담에서 "시국이 시국이니까 재계에서도 모두 국책에 따라 그것을 실천하기에 전력을 다해야 겠지요."[41]라고 말하는 것도, 재계의 희생, 잠식이 아니라 군부와의 합작에 의해 부의 축적이라는 목적을 달성하는 국가 독점 자본주의의 면모를 드러내는 것이라 하겠다.

4. 결론

30년대 말은 대중성의 위기로 불릴 수 있다. 전시체제라는 특수성 때문이며 동시에 근대의 초극이라는 문제가 내포하고 있는 근대적 주체에 대한 문제의식이 불거져 나온 시기이기 때문이다. 그러나 이 시기가 이름 그대로 위기의 시대만일 수는 없다. 이는 근대 자본제의 사회구성이 이미 공고해져 있기 때문이다. 다른 점이 있다면 그것이 어떤 형태로 발현되는가 하는 점이다. 30년대 말에 이르러서는 거대한 이데올로기에 의해서 소설이 유지되기는 힘들었다. 그러나 그 빈틈에서 문화의 이름으로 소설은 변신하게 된다. 그리고 그 중에서도 소비문화의 화려하고 다양한 체계를 선택하여 소설의 한 축을 유지시켜 나아갔음을 볼 수 있었다. 자동차와 패션, 음식 등의 유행체계는 그 대표적인 양상이었다.

대중소설은 대중성이라는 폄하된 수식어만의 의미만을 담고 있는 것이 아니라 대중적 기호의 생산과 소비를 통해 근대산업사회의 구조를 보여주는 키워드를 함축하고 있음을 놓치지 않아야 한다. 따라서 대중소설은 사회의 세밀한 부분까지 반영하고 있는, 지극히 문학적인 장르로 인식되어야 할 것이다.

---

41) 《사랑의 수족관》, 413~414면.

■참고문헌 ─────────────────────────────────

• 기본자료

『문장』, 『조광』, 『신동아』, 『삼천리』, 『인문평론』
김남천, ≪사랑의 수족관≫, 인문사, 1940.
유진오, ≪화상보≫, 삼성출판사 1972.
이태준, ≪제2의 운명≫, 서음출판사, 1988.

• 단행본

김세균 편역, 『자본주의 위기와 파시즘』, 동녘, 1987.
손정목, 『일제강점기 도시사회상 연구』, 일지사, 1996.
임 화, 『문학의 논리』, 학예사, 1940.
최원규 편, 『파시즘과 자본주의』, 청아, 1988.
McCracken, Grant David., 이상률 역, 『문화와 소비』, 문예출판사, 1998.
Slater, Don., 정숙경 역, 『소비문화와 현대성』, 문예출판사, 2000.
後藤靖 편, 이계황 역, 『일본 자본주의 발달사』, 청아, 1985.

Canclini, N.G., translated by C.L. Chiappari & S.L. Lopez, *Hybrid Culture*, University
        of Minnnesota Press, 1998.
Eagleton, T., *The Idea of Culture*, blackwell, 2000.
Fenton, Steve., *Ethnicity*, macmillan, 1999.

■영문초록————————————————————————————

A Study on Relation between Popular Novels and Consumption Culture

Kim, Sung-hwan

In modernization, all society has changed. and when a period of ebb of some ideology, the culture has substituted it. As a necessity, culture is reflects the structure of society. modern culture is a mediation of modern society. In capitalistic production mode, the culture reflects the capitalistic property, It is natural that consumption culture is happening by consumption of goods.

In 1930' Kyeongseong(Seoul) has underwent same process. Though colonial, Kyeongseong has been urbanizing whit the sudden increase in population, and it is possible to read s symptom of modernization. We may see the symptom in popular novel which had published serially in a daily newspaper. That is Kim Namcheon's ≪Aquarium of love≫(사랑의 수족관), Yu Jinoh's ≪Hwasngbo≫(화상보) and Lee Taejun's ≪The second fortune≫(제2의 운명)

In these novels, the first symptom is the cars. Car is used in private usage in contrast with trains. Car symbolizes the one's social position and represents individualistic and emotional the inner, that is a point of difference to trains forcing the great ideological discourse.

The second is the fashion. consumption of foods, clothes, cosmetics, etc has established in fashion. It is consumed in luxurious desire, not in basic need. And this consumption also is linked to personal identities and shows the social position. It worthy of note that novels has described that in the affirmative despite the different theme. that fact show that the system of fashion has established independently to the ideology.

These consumption is not a mere life of luxury but a strategic behavior because it is regarded as economically proper behavior. In fact, fashionable consumption is impossible but in capitalistic production mode. In other words, it is a most proper for capitalistic society. Therefore this fashionable consumption behavior was not forbidden in wars or confusion of fascism.

It is worth of popular novels that it reaches the truth by researching varied details.

■ 핵심어   소비문화, 패션, 자동차, 유행으로서의 소비, 소비의 전략

■ keyword   consumption culture, fashion, car, fashionable consumption, strategic consumption

접수일자 : 2002. 10. 29

심사기간 : 2002. 11. 9～11. 27

게재결정 : 2002. 11. 28

1930년대 신문 학예면과 문인기자 집단

조영복*

목차

1. 1930년대 저널리즘과 학예면

1930년대 민간지의 중요 구성원들은 '문인 기자들'이다. 이는 저널리즘 집단의 변모와 밀접한 관련을 맺는다. 1920년대 언론인 집단은 많은 경우 사회주의자들로 이루어졌다. 그들은 1925년 조선공산당 사건과 1928년 신간회 결성의 여파로 망명길에 오르거나 퇴사함으로써 언론계에서 점차 사라진다. 이후 언론사 내에서의 기자들의 정치적 활동은 사실상 금지된다. 이 과정에서 언론의 민족 정론지로서의 역할이나 지사적 전통의 기자상은 많은 부분 소멸되는 것으로 평가된다.[1] 1935년 카프

---

* 광운대학교 교수

해산은 계급주의 문학의 위축을 가져오게 된다. 이것과 맞물려 언론기관에 많은 문인들이 몸을 담게 되고 이들이 일군의 '문인 기자 집단'을 형성하게 되는 것이다.

물론 1930년대 이전부터 문인으로서 기자생활을 했던 경우가 없던 것은 아니다. 그러나 그들이 하나의 문단 세력권을 형성하고 있었다고 보기는 어렵다. '신문 초창기에는 언론인이 부차적으로 문인의 역할을 했다'는 평가는 당시 신문의 문예물 게재가 신문 제작의 한 방편으로 이용된 것임을 보여준다. 이인직의 신소설 연재는 문학 그것의 독자적 영역을 인식한 데서 기인했다기보다는 신문 면수를 채우는 기능적인 것이었다. 이인직 자신도 전문적 문인으로서의 자기 정체성을 가지고 있지 않았던 것 같다. 민태원, 최찬식, 조중한 등도 번안소설과 창작 소설을 싣기도 했지만 그것은 아직 정통 문예물로 인식되기는 어려웠다. 본격적인 신문 연재소설로 알려진 ≪무정≫은 춘원이 매일신보 기자 노릇을 하면서 동지에 연재해 유례없는 인기를 얻었던 것인데, 그것은 당시 경영이 어렵던 언론 상황에서 원고료를 아낄 방편으로 문인들을 활용했던 결과였다.

그러나 1930년대에 들어서면 언론 주변 상황의 변화가 감지된다. 하나는 앞에서 말한 정치적인 상황, 두 번째는 저널리즘이 개화할 수 있는 상업 자본주의의 성장, 세 번째는 카프 해소로 인한 문단 내적인 변화이다. 문인 언론인 집단은 이 과정에서 저널리즘의 전면에 등장한다.

일제의 문화 정치 혜택의 산물이기도 한 민간지는 실제로는 검열과 억압이 여전히 존재하는 상태에서 출발했다. 민간지들은 식민지 기간 내내 수 없이 많은 정간과 휴간을 겪을 정도로 그 부침이 심했다. 특히 일제말기로 갈수록 신문지법, 정간물법 등이 더욱 강력하게 실시되어

---

1) 박용규, 「일제하 민간지 기자 집단의 사회적 특성의 변화 과정에 관한 연구」, 서울대 대학원, 1994. 196~197면.

잡지, 신문의 발간과 유지는 상당한 어려움을 겪는다. 이 과정에서 비판적인 기사는 점차 소멸하고 사설의 정론성도 상당히 약화될 수밖에 없었다. 대신 홍미 위주의 사실 보도 기사가 게재된다. 한편으로는 문화, 예술, 가정, 생활면의 확충이 이루어지는데, 그것은 각 민간지들이 독자수를 증가시키고 광고 수입을 더 많이 올리기 위한 전략이었다. 1930년대 들어서 각 민간지가 지면을 화려하게 장식하고 증면을 꾀하는 등의 노력이 집중적으로 가해지는 것은 이 때문이다. 여기서 학예면의 기능이나 역할이 중시되는데 문인 기자들은 그 역할을 충실히 떠 맡으면서 1930년대 신문 제작의 선두에 나서게 된다. 학예면이 문예물 중심이 되고 중요한 문학 담론들이 폭넓게 논의되는 것도 이 시기이다.

‘문화와 가정, 학술면’을 동시에 의미하는 ‘학예면’은 처음 민간신문이 창간될 때부터 존재했던 것은 아니었다. 1920년대 민간지들은 대체로 전체 4면을 발행하고 있었는데, 문화 관련 기사는 3면의 사회면에 게재되었다.2) 1926년부터 지면이 6면으로 늘어나면서 부인란(여성란), 소년란과 함께 문예면이 마련되는데 이것이 독립된 학예면의 출발이었다. 바야흐로 신문화운동과 예술 대중화 운동에 고무돼 여성 계몽 사업 등을 통해 여성 독자들의 시선을 끌 수 있다는 것이 장점으로 인식된 결과였다. 바자회, 음악회, 체육 관련 기사가 보도돼 화제가 되기도 했다. 여성, 생활, 가정란과 분리되어 문학, 예술, 학술 부분을 담당하는 지면인 문예면이 따로 독립되어 제작된 것은 1930년대 들어서인데, 1933년 실시된 조, 석간제의 부활에 따른 증면 발행이 주요 원인이었다. 문예면의 독립은, 정치, 경제 기사와는 다른 ‘유연한 기사’에 대한 선호도가 커졌고, 따라서 문예관련 기사가 증가하면서 독립된 공간을 확보해 시각적으로

---

2) 이준우, 「한국 신문의 문화적 기능 변천에 관한 연구」, 연세대 대학원, 1987. 79면.

도 타 분야기사와 구분할 필요성이 생긴 때문이다.[3] 동아일보는 1932년 11월 조석간 4면을 발행하면서 조간 4면 전체를 문예란으로 하였고, 1933년 9월 조간 4면 석간 4면으로 증면할 때는 조간 3면에 연재소설, 석간 5면에 문예란을 두었다. 조선일보는 1927년 8월 9일자로 조석간제를 폐지하고 석간만 6면을 제작했다가 1930년에는 8면으로[4], 1933년 4월 조석간 4면제로 증면하면서 석간 4면에 연예소식을 싣거나 소설 등을 연재하였다. 1933년 새로 발행된 타블로이드 판 4면 특간호는 학예기사로만 채웠다.[5] 학예면 기사 중에는 문예물 관련 기사의 게재율이 가장 높았다. 발행 지면이 10면이던 1935년과 8면, 12면이던 1938년 1940년에는 문화면 혹은 문예관련 기사가 폭발적으로 증가해 1970년대의 그것보다 게재건수가 높을 정도였다. 이 같이 문화 관련 기사의 비중이 높았던 것이 다른 정치, 사회적 상황 자체가 타분야에서 민족적 정신활동을 불가능하게 함에 따라 발산된 것이었다는 평가와 저널리즘이 상업화하면서 흥미 오락 중심의 지면 제작 태도를 반영한 것이다는 상반된 평가가 있다.

학예면은 1930년대를 거치면서 거의 독점적인 우위를 차지하게 된다. 일제시대 문화면 관련 기사는 학술, 예술 부분과 가정 생활, 여성 부분으로 나눌 수 있는데, 여기서 학술 예술 분야의 학예 관련 기사는 매우 중요한 가치를 띤다. 특히 학예면 기사 중 가장 비중이 높았던 것이 문학 관련 기사였던 점[6]을 생각하면, 학예면 분석에서 중점적으로 다루어져야 할 부분 역시 문학관련 기사나 글일 수밖에 없다. 연재 소설은 그나마

---

3) 『조선일보 80년사』(상), 조선일보사, 2000. 281면.

4) 김기림, 「신문기자로서의 최초 인상」, 《김기림 전집》, 심설당, 1988. 94면.

5) 박용규, 앞의 논문, 111면.

6) 이준우, 앞의 논문, 82면.

다수 독자를 대상으로 한 것으로 생각되지만, 문예 관련 논문이나 글은 대체로 학술적인 것과 고급 독자층을 상대로 한 것이 많았다. 게재된 글 대부분은 지금 보아서도 상당한 수준을 보여준다. 독자 대중에 대한 계몽적 효과를 위한 글이나 단순한 현장 비평 성격의 글 못지 않게 당대의 문학 담론을 선도해 가는 학술적인 글들이 많았다. 일본과 거의 같은 시간 대에서 서양의 문학 동향을 읽고 그것을 학예면에 소개했던 것이다. 학예면을 담당했던 문인 출신 기자들이 대부분 당대의 뛰어난 문인이었고, 그들 대부분이 일본에 유학을 한 탓에 일본어로 읽은 해외 문단 동향이나 이론을 소개하는 것은 손쉬운 일이었을 것이다. 학예면의 독자층 또한 대체로 식자층이었던 관계로 문예면 수준이 전반적으로 높다는 것은 별 문제가 되지 않았던 것으로 보인다. 여러 문학 관련 논쟁이나 중요 담론들이 학예면을 중심에 두고 벌어졌다는 것은 이 같은 배경 속에서 가능했다.

　1930년대는 잡지가 다양하게 발행되어 잡지 발간이 홍수를 이루기도 하였지만, 창간호가 곧 종간호가 되어버리는 경우가 허다해 발표 지면의 제약은 여전히 계속되었다. 금광광, 미두광, 만주광 등과 함께 잡지광이 '조선의 4대광'으로 지목돼 이들에 대한 비판적이고 냉소적인 담론이 유행하기도 했다.[7] 발표지면이 여전히 부족했던 당시의 신문 학예면은 수준높은 문학 담론을 실었을 뿐 아니라 학술면의 역할까지 담당했던 것이다.

---

7) 隅石, 「현대 조선의 4대광」, 『제 1선』, 1932. 9.

2. 학예면의 정론성과 문단의 지배

1930년대 중반을 넘어 서면 '민족 언론이자 민족적 표현 기관'으로 자처하던 민간지들은 그 역기능으로 인해 비판의 대상이 된다. 검열 문제로 정 휴간이 반복되어 신문 발간이 지속적으로 이루어지지 못했을 뿐 아니라 경영난과 내분에 휩싸이기도 했다. 특히 민간지들의 상업성이 문제가 되었는데, 자본 축적으로 보다 상업적 성격을 갖추게 되면서 민간지들은 저마다 증면 확장 경쟁을 벌이게 된다. 이에 따라 '지도적 계몽적' 태도를 접고 상업적인 태도를 견지함으로써 '조선언론의 특수성'을 몰각하고 말았다는 비판이 제기된다. 민간지의 상업적인 측면이 일견 당연한 것임에도 불구하고 그것이 비판의 골자가 될 수밖에 없는 연유에는 이 '조선 언론의 역사적 특수성'이 놓여있다. 국권 상실과 함께 시작된 근대적 언론 활동은 그것 자체가 일종의 호국적 도덕적 성격을 띨 수밖에 없었다. 그런데 1930년대 오면 자본의 축적으로 민간지들 간에 치열한 경쟁이 벌어지게 되는 것이다. 각 민간지들은 광고를 대기 위해 대광고주가 몰려 있던 대판에서 광고주들을 불러 뇌물을 주거나 기생 접대를 하는 등의 출혈 경쟁을 마다하지 않았다. 김동인은 이를 '조선민중을 파는 매족적 행위'라고 비판하기도 한다.[8]

민중들의 얄팍한 호기심을 자극하는 흥미 위주의 보도문을 싣는 데 치중하는 것도 문제가 되었다.[9] 30년대 민간지들은 주장이나 대립 의식의 표현, 진실 보도, 비판보다는 영리 위주의 편집과 상품 생산에 치중하면서 언론의 사회 반영적 기능을 점차 망각하게 되었다는 것이다. 관보나 기관지와는 달리 상업적이고 세속적인 성격을 띨 수밖에 없는 민간지의

---

8) 금동, 「상구독고 현 민간신문」, 『개벽』, 1935. 3.
9) 김경재, 「조선 신문의 대중적 비판」, 『개벽』, 1935. 3. 22~27면.

본질상 '상업성'과 '상품생산'의 기능을 무시할 수 없음에도 불구하고 그것이 비판의 주된 논점이 되었다는 것은 당시 민간지가 대중의 기대지평을 내재하고 있었기 때문이다. 이들 민간지의 '조선적 특수성'이 '민족지/ 상업성, 상품성'의 의미를 대립적으로 놓을 수밖에 없게 했던 것이다. 이는 역설적으로 민간지들이 한편으로는 저널리즘적 성숙기를 맞고 있었다는 점을 반증하는 것이다. 언론이 자본주의의 제도적 장치의 하나라면 그것은 가치론적인 의미를 띠는 것이 아니라 '제도적 성격'의 것이기에 '민족지', '민족의 표현기관'과 같은 수식어는 일종의 부가적 수사가 될 수밖에 없다. 오히려 언론의 성격을 이 같은 '특수성'에 둔 탓에 해방 후 언론인들은 스스로를 지사로서, 민족적 정론지의 대변인으로서 포장하는 경향도 없지 않았다. 조선 저널리즘의 이 같은 출발과 성숙이 1930년대의 상업적인 측면과 맞물리면서 각 잡지의 특집란은 '신문' 저널리즘에 대한 비판의 화살을 날리게 되는 것이다.

　흥미와 호기심 위주의 보도 기사의 문제점이 지적된 1930년대 저널리즘의 평가와는 달리 학예면에 대한 비판은 조금 다른 양상을 보인다. 신문 제작의 한 방편으로 신소설을 썼던 이인직이 활동하던 1910년대나 사회주의 사상가들이 주로 기자 생활을 했던 1920년대와는 달리 1930년대는 전문적 문인들이 대거 언론사에 취직을 하게 된다. 학예면 비중이 커진 것은, 일제의 탄압으로 정치나 경제면의 역할이 축소되고 사설의 정론적 성격이나 비판적 성격이 약화된 것이 주요 원인이었음을 앞에서 밝혔다. 이 때, 일제시대 문화(운동)의 역할에 대한 가치 판단은 1930년대 학예면의 성격을 규정하는 데 중요한 바탕이 된다. 즉 일제시대 문화 활동을 정치, 경제적인 측면의 하부로 둘 것인가, 아니면 문화 운동의 내재적 가치를 그 자체로 인정할 것인가 하는 문제가 우선 고려될 수 있다. 문화(운동) 차원에서의 저널리즘의 역할을 부정할 수 없다면 학예면의 역할은 중요한 의미를 띤다고 생각되기 때문이다. 당시 민간신문에 대한 다양한 비판에도 불구하고 '우리 민족에 의한 우리말 신문'의 가치[10]에 대한 인식이 대체로 일치했다는 점은 학예면이 갖는 문화적 의의를 보여준 것이라 하겠다.

특히 문인들의 신문 저널리즘이나 학예면에 대한 인식에는 문예비평의 역할과 조선어 문제를 보는 시각이 깔려 있어 주목된다.

김남천은 저널리즘과 아카데미즘을 이분법으로 놓고 그것의 양 속성을 일상성과 시사성, 그리고 전문성에 대입시킨다. 문학은 그 본질상 발표와 인정에 대한 욕망을 가진 것이어서 저널리즘적 속성을 띠지 않을 수 없음을 인정한다. 즉 표현현상인 문하 행위는 보도현상과 전달이라는 저널리즘의 속성을 동시에 공유할 수 밖에 없다는 것이다. 김남천은 특히 새로운 문학의 형성이 저널리즘의 형성과 거의 동시기에 있었고 비교적 질서 있는 문단의 분위기가 형성된 것이 민간신문의 영향 때문이었음을 강조하고 있다. 그는 저널리즘의 양 축을 잡지와 신문에 두면서 그것의 형성이 '상업'과 '계몽'의 동기에서 비롯되었음을 밝힌다. 그는 잡지보다는 신문의 역할을 강조하고 있는데, 이른바 '조선적 특수성'과 '계몽'의 역할이 강조되었던 시대 분위기에서 상업적인 성격이 짙은 잡지보다는 신문의 가치가 강조될 수밖에 없었던 것이다. 따라서 신문 저널리즘은 문학의 생장에 있어서나 문단적 질서와 전통의 양성 있어 절대적인 영향력을 가졌을 뿐 아니라 문학 작품의 근본 성격을 이루어 놓은 기반이 되었다고 평가한다. 그가 학예면의 글 중 가치를 부여하고 있는 장르는 바로 장편소설(신문연재소설)과 문예비평이다.

---

10) 一箮生, 「의연부진한 언론계」, 『혜성』 1~9, 1931. 12. ; 霞汀, 「조선신문발달사」, 「사상변천을 중심으로」, 『신동아』 4~5, 1934. 5. ; 야전, 「조선민간신문공죄론」, 『혜성』 1~5, 1931. 8.

> 비평은 주로 신문 학예면을 통하여 성장되었고 사설이나 기타 모
> 든 논설이 저널리즘의 기본성격인 크리티시즘의 희박하게 하고 있
> 을 때 비평의 영역을 직히랴 애쓴 것은 문학적인 비평뿐이었다. 조
> 선에 있어서의 문학 비평의 운명은 그의 출생에 있어 태반 결정된
> 것이었다. 사회적인 정치적인 비평까지를 문예비평이 대행하였다
> 는 것 이것은 간과치 못할 성질의 하나였다.[11]

1930년대로 오면서 정치적인 정론성의 사설이나 기사를 작성하기가 어려워지자 그 역할을 대신한 것은 문예비평이었다. 그것은 학예면이 갖는 비정치적 성격때문에 가능했는데, 김남천은 바로 그 비정치적 지면의 성격을 정치적으로 이용할 수 있었던 것을 문예비평의 역할이었다고 본다. 정치, 경제, 사회면이 맡아야 할 많은 비판적 기능을 문학이 하고 있고, 문예비평의 지나친 정론성도 바로 이 점에 기인한다는 것이다. 1930년대 신문 학예면 지상에서 벌어진 안막, 한설야, 안함광, 임화, 김남천 등의 비평 논쟁이나 기고 평론들은 이 점을 잘 보여준다.

조선일보, 동아일보가 폐간된 1940년은 민간지 탄생 20주년이 되는 해였지만, 그 해 8월 10일 두 민간 신문이 자취를 감추게 된다. 민간지 20년을 기념하는 특집은 신문 지상이 아닌 『조광』지 특집에서 행해지게 된다.

임화는 이 특집호에서 민간신문이 지방과 중앙의 문화적 교섭, 민중적 문화의 창달, 교육 기관 설립의 계몽, 사회 활동의 보도 및 선양 등에 있어 의미있는 역할을 해 왔고 특히 의견의 발견과 교환의 장을 마련함으로써 민중에게 하나의 방향성을 제시했다고 주장하고 있다. 특히 학예면 기능에 대해 적극적인 평가를 하고 있는 점을 지적할 수 있는데, 그는

---

11) 김남천, 「신문과 문단」, 『조광』, 1940. 9.

비평과 이론, 장편소설의 성생과 발전 및 보급에 끼친 공헌은 무엇보다
적극적으로 평가할 일임을 명시하고 있다.

> 소설을 순조선문으로 용어를 고정시킨 것이 소설의 독자를 부인
> 에게 한정하고 생각한 신문의 공적이 아닌가 하는데 우리 문학에
> 있어 그것은 귀중한 선물의 하나이었다. --조선문의 보급 그것의
> 문장상 지위의 확립에 있어 조선신문이 끼친 공헌은 문학에 끼친
> 그것에 결코 못하지 아니할 것이다.[12]

문자보급 운동은 조선일보가 거시적인 차원에서 전개한 것으로 실제
로 문자 보급, 문맹타파 등의 효과가 컸다. 임화의 견해는 문자 보급이
지면에 의한 간접적 성격의 것보다 문맹타파운동과 같은 직접적 계기로
이루어졌음을 지적한 것이다. 그는 문인답게 신문이 순조선문의 소설
용어와 조선문장의 지위를 확립하는데 적지 않은 영향을 끼쳤음을 지적
함으로써 문자(언어)의 내재적 속성을 간파하고 있다.[13]

학예면이 정론성의 보고로서, 조선어 보급의 매체로서 역사적 의의가
인정되기도 했지만 동시에 그 비판도 만만치 않았다.

신문 학예면을 '최고 수준을 보이느라 쓰레기 통을 거꾸로 덮어 쓰고
나오는 光景'으로 표현한 김문집의 비판에서 보듯 당대 민간지 학예면은
인맥 만들기나 외국 문예, 문화 담론의 무분별한 수입, 표절 문제 등에서
자유롭지 못했다. '학예면은 일본이나 서양의 문학 신문이 아니고는 이해
하기 어렵다. 조선 동아 학예면이 조선평단의 최고 수준이라는 평가와는

---

12) 임화, 「신문화와 신문」, 『조광』, 1940. 9. 76~79면.

13) 1930년대 조선어 말살과 민족성의 소멸에 대한 문인들의 위기감은 긴박했던 것으
  로 보인다. 이양하, 「조선어의 수련과 조선 문학의 장래」, 『조선일보』, 1935. 7. 6.
  ; 김기림, 「민족과 언어」, 『조선일보』, 1936. 8. 26.

달리 난해한 용어와 해독되지 않는 문장을 사용하면서 최고의 수준을 포장하고 있'다고 비판하고 차라리 평단을 파괴하자고 주장한다.14) 김문집은 학예면이 몇 몇 엘리트 집단들에 의해 주도되면서 외국 문예이론의 수입경연장처럼 비쳐진 것뿐 아니라 저널리즘이 문학 집단의 권력적 행위의 토대가 된다는 점을 비판한 것이다.

학예면 비판의 주된 골자는, 문단의 권력화와 파벌주의의 확산뿐 아니라 표절행위와 같은 비양심적 문자행위를 양산한다는 데 있다. 저널리즘 폐해의 주체로 지목된 것은 신문이나 잡지 다 마찬가지인데, 그 비판은 결국 지면 관리자 혹은 편집자의 권력적 측면과 관계가 있다. 조선문단, 조선시단과 같은 잡지에서 추천제를 남발하여 많은 문사를 생산해내고, 신문 학예면은 이기적 파벌주의를 조장하는 폐품을 점차 확산시킨다는 것이다. 또한 어린 문사 지원자들은 표절을 통해 출세할 수 있는 길을 잡지 추천 응모나 학예면 기고를 통해 모색하고자 한다는 것이다.15) 이처럼 문단 권력적 구도가 학예면을 통해 이루어졌다는 지적은 일견 일리가 있다. 많은 문인들이 학예부를 비롯한 사회부, 정치부 기자 생활을 했고 문인 언론인들을 중심으로 문학 단체가 조직된 바도 있다. '구인회 동인'들이 신문 학예면을 중심으로 구성되었다든가, 이들이 프로 문학의 이념적 대항 집단이 되었다든가 하는 지적은 이 같은 점을 반영한 것이다.

실제 중앙 문단을 지배한 것은 이들 문인 기자 집단의 권력적 상관관계였던 것도 확인된다. 서정주는 '그 때나 이 때나 문단은 서울의 신문사, 잡지사 가운데서 주로 운영되고 있어서 이 시골의 선비에게 자세한 눈을

---

14) 김문집, 「평단파괴의 긴급성-3대 신문 학예면을 중심으로」, 『조광』, 1936. 5.

15) 김기림, 「표절행위에 대한 저널리즘의 책임」, ≪김기림 전집 6≫, 심설당, 1988. 96~100면.

보낼 겨를이 없었다’고 말하고, 김영랑의 평가가 부진한 이유를 들어 서울 중심 문단의 비평적 경향을 비판했다.[16] 신문 학예면이 활성화 되고 문인 기자 집단이 본격적으로 등장하는 1930년대 문인 기자들의 학예면 장악은 더욱 눈에 띈다. 김기림, 이원조, 이태준 등의 신문 제작 참여 또한 순문학적 경향과 모더니즘 경향의 문단 활성화에 크게 이바지 한 것으로 판단된다. 따라서 강진을 떠나지 않고 중앙 문단 활동을 거의 하지 않았던 김영랑의 평가가 해방 전에 부진했던 이유가 문단과 신문 매체의 결합 관계에서 비롯된 것이라는 지적은 일면 타당하다. 프로 문단 이나 모더니즘 문단이 활성화 된 것은 이들 문인들의 신문 지면의 참가와 밀접히게 관련되었던 것으로 보인다. 그러나 먼저 프로 문단, 해외문학 파, 모더니즘 문단 등의 ‘문단 권력 구조’가 신문 저널리즘의 내 외적 상황과 긴밀하게 연결되고 있다는 점은 전제되어야 한다. 이 점을 놓친 상태에서 ‘권력 운운’은 문학적 권력이 마치 절대적인 힘을 발휘하고 있었던 것처럼 비쳐지는 모순을 안게 되는 것이다. 1930년대 문인 기자 집단은 저널리즘이 처한 시대적 상황에서 배태된 것이며 그들의 상호 관계 및 활동은 이 같은 정치적 제약 하에서 이루어지고 있는 것이다.

3. 1930년대 문인 기자 집단

그렇다면, 1930년대 문인 기자들의 분포와 그들의 실질적 위치 및 관계 는 어떠했을까. 1920년대까지 사회주의자와 민족주의자들로 이루어진 지사형 언론인들이 정세적 불안과 상황적 억압으로 인해 점차 사라지고 대신 그 자리를 채운 것은 전문적 문인들이었다는 점은 앞에서 지적했다.

---

16) 서정주, 「영랑의 일」, 『현대문학』, 1962. 12.

한국 언론사에서 문인 기자들의 존재는 뚜렷한 계보를 형성하고 있다. 황성신문이나 초기 매일신보의 경우 기자와 문인의 구분은 분명하지 않았고 문사 언론인의 성격이 강했다. 비교적 문인의 정체성을 가진 채 기자가 되었던 사람은 춘원 이광수였다. 1920년대 많은 문인 언론인들이 언론사를 거쳐가지만 집단적인 성격을 가지고 하나의 세력을 형성했다고는 보기 힘들다. 뚜렷한 의식집단으로서의 문인 언론인의 출현은 잘 알려진 대로 1930년대 구인회 동인이나 해외문학파들에서 찾아진다. 구인회 동인들에 대해서는 지금까지 다양한 논의들과 성격 구명이 있어 왔다. 그들의 순문학적 경향도 지적되었고 카프 해산 이후 사상적 경향이 와해되는 시점을 틈타 문단을 재편했다는 평가도 있어왔다.17) 중요한 것은 그들의 순문학적 경향이나 집단적 성격을 가능하게 한 것은 많은 경우 신문 학예면의 성격에서 기인한다는 것이다. 즉 당시 신문 저널리즘의 시대적 성격에 크게 기인한다고 보아야 한다. 보도에서의 흥미성, 상업적 성격을 질적으로 보완하는 역할을 학예면이 했다는 것, 정치, 사회면에서 점차 의식적 주장적 성격을 흐리게 되는 것과는 달리 학예면은 정론성을 유지하면서 양적, 질적인 성장을 보인다는 점을 이해해야 한다. 즉 정치, 경제, 사회 부면에서 주의, 주장을 적극적으로 펼 수 없는 것과는 반대로 문화적인 측면에서의 지면 확보가 쉬웠고 그것이 1930년대 신문 학예면의 융성과 질적인 담론의 성장과 확충을 가능하게 했던 것이다. 이 한 가운데 문인 기자들의 중요한 역할이 숨어 있었다고 판단된다.

1930년대 언론에 종사했던 문인으로는 동아일보의 현진건, 이익상, 주요섭, 윤백남, 이무영, 홍효민, 주요한, 이은상, 변영로, 심훈 등이 있었다. 조선일보에는 염상섭, 현진건, 김동인, 김기림, 채만식, 홍기문, 함대훈,

---

17) 김윤식, 『이상연구』, 문학사상사, 1987. 156~157면.

이원조가 있었고 출판부에는 이은상, 윤석중, 노자영, 노천명, 김래성, 계용묵 등이 있었다. 백철, 조용만, 최학송, 정비석, 이봉구, 조풍연, 이서구, 김소운 등도 1930년대 학예부 기자였다. 이태준은 1935년 무렵에 조선중앙일보 학예부장을 맡기도 하였다.

1930년대 많은 문인들이 신문사에 몸을 담고 있었는데 정작 그들이 고민했던 것은 무엇인가. 그것이 그들의 집단적 성격과 문학 권력의 움직임과 관련될 수 있을까?

언론계에 문인들이 대거 진출하던 1930년대 문인들의 상황은 몇 가지 차원에서 압축되는데 하나는 생계 문제이고 다른 하나는 문인으로서의 글쓰기의 양심과 관련된 문제였다. 1930년대 들어서면 대체로 신문 기자라는 직업이 전대에 비해 비교적 안정된 생활을 누릴 수 있는 방편으로 인식되었고 실제 많은 기자들이 문인 기자로서 창작생활을 겸하게 된다. 그러나 그 '안정성'은 상대적인 것이어서 문인기자들의 대부분은 생활의 궁핍감에서 벗어나지 못했던 것으로 보인다.[18] 그들에게 보다 본질적인 문제는 문인으로서의 양심, 더 좁혀 말하면, 기자로서의 글쓰기와 문인으로서의 글쓰기의 차이를 어떻게 내재적으로 극복하는가 하는 문제였다. 이 문제는 오랫동안 언론인 생활을 했던 염상섭의 글에 비교적 내밀하게 나타난다.

> 예술가에 있어서 기자생활함으로 말미암아 예술적 양심을 잃거나 속화하며 예술적으로 타락한다고 생각히여서는 아니될 일이다. 기자 생활이란 사무요 속무가 아님이 아니지만 그렇다고 극무, 속무에 종사하는 사람은 모두 속화하고 악화하고 사람으로서나 예술인으로서의 양심이 마비되는 것은 아니다. 하물며 다른 직업과 달라서

---

18) 조용만, 『울밑에 핀 봉선화야』, 범양사 출판부, 1985. 141~173면.

> 소위 사회의 목탁이니 무관제왕이니 하는 기자생활에서랴... 그가
> 만일 문학가인 경우면야 더욱이 자기반성이나 내적 고민이 예민하
> 니만치 조신과 열심에 청고를 자기하는 노력이 많을지니....[19]

'장엄한 자로서의 문인'이라는 작가의 존재론적 태도는 생활인으로서의 기자라는 조건과 충돌을 겪을 수 밖에 없었다. 이원조 또한 문인 역시 기껏 직공 내지 기술자에 불과한데도 '고귀하고 존경받는 존재'로 이해되고 있는 것[20]에 대한 항변을 금치 않았다. 문인 기자들 스스로는 이 같은 일반의 인식을 무척 당황스럽게 생각했던 듯하다. 문인 기자들의 존재가 작가적 상처와 생계적 방편 사이에서 흔들리고 있었다는 증거이다. 이는 1930년대까지도 저널리즘의 성격을 지사적이고 계몽적인 것으로 규정하고자 했던 때문으로 생각된다. 1950년대 문인 기자들의 전통이 사라지는 것은 '글쓰기'의 성격이 대립된 데도 그 원인이 있겠지만, 문인으로서의 자기 정체성이 언론 기자라는 직업과 사회적으로, 존재론적으로 크게 대립된 것에 그 원인이 있을 것이다. 문인 기자들이 중심이 되었던 1930년대와, 문인기자의 전통이 사라지는 1950년대 이후[21] 문학 담당층의 변모를 언론 매체의 상황 변화와 관련지어 생각해 보는 것은 추후 연구의 한 과제가 될 것이다. 이 문제는 보다 심층적인 접근이 필요할 것으로 생각된다.

문인 기자 집단들은 당시 프로문학의 퇴조에 발을 걸고 그것에 대항해 순문학적 경향과 부르조아지적 특성을 살려가면서 문단 권력을 행사하는 것으로 이해해 왔다. 하지만 그 권력은 상대적인 것이었고 허약했다.

---

19) 염상섭, 「기자생활의 문예가」, 『철필』, 2권 1호. 1931. 1.

20) 「순수文學과 대중 文學 문제」, 『朝鮮日報』, 1933. 3. 13~20.

21) 정진석, 『인물로 본 한국언론 100년-문인 언론인들-해방 이후』, 신문과 방송, 1992. 6.

프로 문학의 퇴조와 더불어 문인 기자들의 권력 또한 공고한 것이 아니었다. 분명한 것은 저널리즘의 대사회적 가치 변화와 속성이 그들 문인 집단들의 존재론적 사회적 조건을 결정지었던 것이 아닌가 하는 점이다. 외부적인 상황의 열세는 저널리즘의 속성을 변화시키고 그에 따라 문학 담론의 중요한 생산지인 학예면 또한 순문학과 탈이념의 문화적 담론들을 요구하게 되었다. 그 과정에서 이들 문인들의 집합과 이산이 이루어졌던 것이다.

4. 김기림의 경우

신문 학예면의 활성화가 문인 기자들을 중심으로 이루어졌다는 것은 김기림의 조선일보 입사가 단적으로 보여준다. 신문 학예면이 문학 담론의 중요 생산장이 됨으로써 1930년대 문단과 문학 경향의 중요한 변화가 야기된다.

1930년에 들어서면서 저널리즘 사회에 몇 가지 제도적인 장치가 실험되는데, 그 중 하나가 공채제도이다.[22] 그전까지 기자 선발은 '가내수공업적' 인사 채용의 성격이 짙었다. 경영진의 친 인척이나 지연, 학연이 있는 사람들이 기자가 되었던 것이다. 1920년대에도 기자들의 학력 수준은 상당히 높았지만 민간지 경쟁이 치열해진 1930년대에 오면 저널리즘에도 직업적 전문성이 요구되어 많은 유학생 출신 문인들이 기자가 되었다. 문인 기자들이 모두 학예면을 담당했던 것은 아니었다. 현진건, 김기림처럼 처음 사회부에 소속되어 기자 생활을 한 경우도 있었다. 그러나

---

22) 이후 공채제도가 지속적으로 이루어지지는 않았고 그것이 제도적으로 정착된 것은 해방 이후이다.

이들 문인 기자들은 학예면 구성이나 학예면에 실리는 글에 영향을 끼쳤을 가능성은 높아 보인다. 예컨대 김기림의 많은 글이 학예면에 실렸고, 학예면 기고자들은 그와 교유관계에 있던 문인들이다.[23]

김기림은 1930년 4월 처음으로 실시한 조선일보 공채 시험에 합격해 사회부 기자로서 기자 사회에 첫 발을 내 디뎠고 후일 학예부장이 된다. 김기림은 신동아, 동아일보, 삼천리, 동광 등에 글을 발표하고 있는데, 시, 수필, 시론, 문예비시평 등 많은 글을 신문 학예면에 실렸다. 김기림의 주요 저작인『詩論』등을 포함 중요한 글들은 1934,5년경의 조선일보 지상에 실린 것들이다.[24]

김기림은 기자와 문인으로 동시에 활동하면서 외국 문예이론이나 지식을 습득하고 그것을 자기의 시각으로 소화해 낸 비평들을 썼다.[25] 기자였기에 작품 발표의 제약에서 비교적 손쉬었던 이유도 무시할 수 없었을 것이다. 특히 시론(詩論)은 계몽적이고 대중적인 성격을 가지기 보다는 한 편의 수준 높은 논문 형태의 성격을 띤 것이다. 현대시 이론의 중요한 토대가 된「오전의 시론」- 기초편(1935.4.20-5-2/ 속편:6.4～26))과 기술편(9.17～10.4)이 몇 달의 간격을 두고 조선일보에 연속적으로 실렸다.「현대시의 발전」(1934.7.12～22),「시에 있어서의 기술주의」(1935.2.10～14) 등의 중요 논문들은 그가 기자가 된 1930년대 이후 집중적으로 실린다.

1930년대 학예면의 특징은 기고자의 면면이나 글들의 성격에서도 나타난다. 김기림이 기자 생활을 하던『조선일보』의 경우 이 점은 뚜렷해 보인다. 우선 필진의 변화가 눈에 띈다. 안자산, 정노풍, 김팔봉, 김안서

---

23) 이원조, 안회남 등 조선일보 학예부 기자들을 하나의 집단적 실체로 간주한 예도 있다. 조용만, 앞의 책, 137면.

24) 김학동,『김기림 평전』, 새문사, 2001. 42면.

25) 졸고, 앞의 논문 참조.

등의 구세대 문인들로부터 점차 김기림, 홍기문, 김환태, 이헌구, 함대훈, 이원조 등 문인 기자들로 그 중심이 옮겨지는 것을 볼 수 있고, 박태원, 정인택, 이하윤, 최재서, 안함광, 안회남 등이 지속적으로 글을 싣고 있다. 중기에서 후기로 갈수록 이태준, 정지용, 김남천, 임화 등의 기고자가 눈에 띈다. 앞의 박태원, 최재서, 이하윤 등은 모더니즘 이론가로서, 해외 문학 이론이나 소개에 크게 영향을 끼친 인물들이다. 이들은 한편으로는 학예면을 통해 모더니즘 운동의 토대를 마련하고 확산시키고 다른 한편 으로는 구인회, 해외문학파, 시문학파 등의 활동을 하면서 문단의 중심을 형성해 나갔던 것이다. 김남천, 임화, 한설야 등의 활약은 카프 문학 해산 기의 정론성 논쟁이나 비평 논쟁의 중요 인물이었다는 점에서 이해된다. 조선일보 1931년~1935년 사이에 실린 글들을 비교해 보면 분명한 특징 이 발견된다. 1931년 10월 21일부터 실린 안함광의 '농민문학론' 등의 글들은 이 시기 학예면이 담당했던 역할을 비교적 분명하게 보여준다. 1930년대 이후 문학 비평의 정론성을 통해 정치 비평의 한계를 극복하려 던 당대의 분위기를 보여주고 있다.

 1934,5년 경의 조선학, 조선어에 대한 기고문과 학예 기사들의 가치는 평가할 필요가 있다. 여기에는 기자였던 홍기문과 그의 주변에 있던 김윤 경, 권덕규, 이병기 등 조선학 관련 학자들의 역할이 컸다. 이들은 카프가 해산되고 카프 문인들이 검거되던 1934,5년의 신문 학예면의 중요 필자 가 된다. 신문 학예면의 정론성 또한 카프 해산 이후 점차 떨어져서 한편 으로 조선학, 조선주의 운동의 중요한 장을 마련하지만 다른 한편으로는 문학 담론의 치열성이 거세되고 대신 수필이나 기타 가벼운 읽을거리의 문학 담론을 만들어 내는 공간으로 점차 변화를 겪는다. 우리말 어감과 정서를 살린 많은 수필들이 이 때 나오게 된다. 여행기나 기행 수필이 유행하는 것도 이 때로 짐작된다. 정론적인 비평 대신에 경미한 수필류가

학예면을 채우면서 학예면이 담당했던 신문의 '정론적' '계몽적' 역할은 사라지게 된다. 그럼에도 우리말 수필이 언어 미감은 수용 미학적 측면에서 간과할 수는 없다고 판단된다.

'묘사, 풍속, 낭만, 태도, 운명'등의 개념적 어휘가 등장하는 1939년 7월 조선일보 학예면의 실상은 폐간을 앞둔 신문의 위기감을 드러내고 있다. 이미 '신질서, 신념, 신세대, 씨스템, 생산(문학)' 등의 언어들이 등장함으로써 신질서와 사실 수리를 기정사실化 하고 그것을 수용하지 않을 수 없는 현실을 분명하게 드러내고 있기 때문이다. 그 와중에도 임화의 『개설신문학사』 등이 연재된 것은 의미있는 일이다. 일제말기 폐간호가 되어 버린 조선일보 1940년 8월 9,10일자 학예면 글들은 저널리즘의 몰락 뿐 아니라 학예면의 몰락을 의미한다고 할 수 있다.

다음의 목차에서 이를 확인할 수 있다.

1940년 8월 9일자 학예면

1 1940.08.09 朝(4) <동시 동요>허수애비 학예 김재귀

2 1940.08.09 朝(4) 文學精神. 학예 崔載瑞

3 1940.08.09 朝(2) 暴雨中에 冒險登山 雪嶽頂上을 征服. 本社 雪嶽山探險團 去七日 襄陽邑에 無事下 山//團員一部 昨夜 歸還(寫)경성역에 귀환한 단원일부 학예

1940년 8월 10일자 학예면

1 1940.08.10 朝(4) <수필 잡문>旅裝:바다에 부침 학예 趙敬姬

2 1940.08.10 朝(4) <수필 잡문>중얼記(隨筆) 학예 朴致祐

3 1940.08.10 朝(4) 詩의 將來. 학예 金起林

4 1940.08.10 朝(4) 李基烈氏 詩集「落書」出版 학예

5 1940.08.10 朝(4) 金晩炯氏 個人展. 來二十四日부터(寫)金氏 와 그의 그림「海祭」학예

6 1940.08.10 朝(4) 鑛業時代(七月號) 학예26)

　폐간을 앞두고 학예면 기사는 다른 지면과 마찬가지로 생명력을 잃게 된다. 정론적 비평은 물론, 수준 높은 해외 문학의 이론과 작가 소개도 점차 자취를 감추게 된다. 최재서, 김기림 등의 문예이론가들이 지면을 맡고 있기는 하나 그 수준은 전대에 비해 낮은 편이다. 잡문으로서의 수필, 시집 출판 소식이 실린, 한갓 일단 기사거리 정도의 정보지로 변한 형국이다. 그것은 신문 저널리즘의 몰락 뿐 아닌 지성의 몰락을 예견한다. 신문 학예면을 통해 해외 문단과 문예 시조의 흐름을 적극적으로 수용하고 이를 우리의 시각으로 문학화, 문예담론화 하고자 했던 그들의 노력은 결국 일제 말기의 친일이라는 암초에 걸리게 된다. 신문이 폐간되자 일부는 친일적 성향으로 기우는 인문평론, 조광, 문장, 삼천리 등에 참여해 '친일문인'의 함정에서 스스로 벗어나지 못하게 된다. 학예면을 통해 주지주의 이론을 소개하고 지성론의 문예비평적 주장을 펼친 최재서나 백철이 '사실수리론'을 받아 들이게 되는 과정이나 서인식 등의 역사철학자들이 빠진 친일의 함정은 그 일단의 예에 불과하다. 마지막 호에서 「시의 장래」를 통해 '투명한 지성'의 위험과 시인의 위기감을 긴박하게 전하고 있는 김기림의 경우는, 신문 매체를 떠나 고향 경성에 칩거했기에 그 위험으로부터 다소 벗어날 수 있지 않았나 한다.

5. 학예면의 심미적 구성과 문인, 화가의 역할

　학예면의 기능에서 흥미로운 것 하나는 문인과 미술가들의 동거체제

---

26) 조선일보사 기사 데이터베이스 검색

이다. 학예면이 '세련된 상품'으로서의 가치를 가지게 된 것은 삽화가들의 노력이 컸던 것으로 보인다. 학예면에 실린 글 중 가장 널리 읽힌 글은 연재소설이다.[27] 동아, 조선, 조선중앙일보 등 3대 민간지들은 인기 소설가의 장편을 싣기 위해 서로 대립하고 치열하게 경쟁했다. 문인 출신 학예면 담당 기자들이 인기 소설가와의 친분을 이용해 소설가들을 섭외했고 이 과정에서 경쟁사 문인 기자들과도 갈등이 많았다. 순문학적 소설가의 입장에서도 당시 신문소설을 단순히 흥미위주의 것으로 파악하지 않았다는 사실은 확인된다.

그런데 신문 연재소설이 볼거리로서의 기능을 다 할 수 있었던 것에는 삽화의 영향력도 무시할 수 없다. 신문 삽화는 대부분 당대 화가들이 그리게 된다. 노수현, 이승만, 김규택, 정현웅, 안석영 등이 삽화가로서 이름을 날렸다. 이들은 대부분은 전문적으로 그림 공부를 했던 화가였다. 안석영은 삽화뿐 아니라 동아일보 조선일보 등에 입사해 당시 사회와 현실을 꼬집은 많은 만문만화(漫文漫畵)[28]를 그리기도 했다. 안석영이 학예부장을 했던 1930년에는 만문만화가 신춘문예의 한 부문으로 설정될 만큼 큰 인기를 누렸고[29] 그 이전까지 시사만화가 보여주던 사회 비판 의식을 계승할 수 있었다. '선전화가'였던 정현웅은 선전에 십여차례 입선한 경력을 가진 전문 화가였는데, 그는 후일 신문사에 취직해 삽화가로서 성공을 거둔다. 그는 삽화에 대한 하나의 철학적 입장을 견지했던

---

27) 졸고, 앞의 논문.

28) 만화에 짧은 줄글이 결합된 형태로 일본의 '만화만문'에 기원을 두고 있다. 1930년 대 도시풍경을 배경으로 사화와 현실을 비판했다. 안석영을 비롯, 최영수, 김규택 등의 화가가 활약했다. 신명직,『모던뽀이 경성을 거닐다』, 현실문화연구, 2003. 6~ 11면.

29)「신춘현상문예 사고」,『조선일보』, 1930. 12. 7.

삽화가이자 장정가였다. 당시 신문 연재소설에 그려진 삽화들의 수준은
당시로서도 상당한 위치에 올라 있었고 그 평가는 지금도 마찬가지다.
이태준은 조선일보에 ≪화관≫(花冠)을 쓰면서 새롭게 눈에 끌렸던 것이
지면과 삽화라고 고백한 바 있다.

> ≪화관≫ 때 기분이 좀 새로웠던 것은 지면과 插畵다. 그전 小說
> 들은 插畵가 나빴다는 것이 아니라 ≪불멸의 운명≫, ≪불멸의 喊
> 聲≫, ≪성모≫ 줄곳 心汕 한분 것뿐이다가 딴 그림과 섞여 오는
> 맛이 좋았고, 新聞지면도 활자, 잉크, 편집, 더 朝鮮日報가 월등히
> 나 있었다.30)

윗 글은 이태준 등 당시 인기소설가들은 마음만 먹으면 자신의 소설을
연재할 신문을 선택할 수 있었다는 것을 확인해 주고 있다. 인기 소설가
의 경우는 신문사에 장편소설을 싣는 것이 큰 문제가 아니었던 것이다.
많은 유명 소설가들의 장편들이 신문 연재소설로 발표된 이유의 하나가
확인된 셈이다. 또한 인기 소설가들이 신문에 연재소설을 실은 것이 단순
히 학예면 기자들의과의 친분이나 원고료 수준에 따른 것만이 아니고
삽화를 그리는 화가의 역량과 활자, 잉크 등 신문 지면을 구성하는 심미
적 측면에도 좌우되었다는 사실도 확인된다.

　여기서 중요하게 지적되어야 하는 것은 삽화이다. 이는 신문이 하나의
상품으로서, 독자들의 시선을 끄는 요인이 신문 제작에 반영되고 있었음
을 말해주기도 하지만 소설가의 입장에서는 그것이 소설의 심미적 요인
과 관계가 있다고 보았던 것이다. ‘문인들과 화가가 이루어낸 일제말기
심미적 표현의 한 진경’으로 『문장』지를 평가하지만 그 기원은 이미

---

30) 이태준, 「청춘무성과 화관」, 『무서록』, 서음출판사, 1988. 135면.

1930년대 신문 학예면에서 찾을 수 있다.

이태준이 ≪화관≫을 연재하던 시기 동아일보에는 심산 노수현[31]이 입사해 삽화를 그리고 있었는데, 심산의 삽화도 당시로서는 새롭고 수준이 있어 소설가들이 선호했다. 그런데 더욱 이태준의 마음을 끈 것은 조선일보 삽화였다. 조선일보는 1937년경에는 김규택[32]이, 1938,9년경에는 정현웅이 삽화를 그리게 된다. 동아일보에서 이무영의 ≪먼 동이 틀 때≫의 삽화를 그리면서 삽화에 관심을 가졌던 정현웅은, 일장기 말살 사건으로 동아일보가 정간되자 조선일보로 옮겨와 많은 삽화를 그렸다. 1938,9년경에 조선일보에 연재된 신문소설의 삽화는 대체로 정현웅이 그린 것이다. 단지 글의 부속품쯤으로 여겼던 삽화가 출판 미술의 중요한 부분이 되고 특히 출판이 하나의 예술로 인식되는 계기는 대체로 정현웅이 삽화가 장정가로 활동하던 이 시기부터였다.[33]

삽화를 '쓰레기 속의 예술'이라 불렀던 정현웅은 삽화가로서의 철학을 스스로 견지했다. 그는 삽화가 소설의 부속품으로서 소설의 내용을 단순히 설명하거나 전달하는 데서 끝나는 것이 아니라 독자적인 조형의 세계로 끌어올려져야 한다고 생각했다. 소설가와 삽화의 단계를 중간적인 단계에서 잡고, 삽화에 대한 소설가의 지나친 관심은 삽화가의 상상력에 제한을 주고, 불관언하면 그림 그릴 만한 장면을 생각할 수 없어 삽화가가 좋은 그림을 그릴 수 없다는 것이었다.[34]   이태준의 윗 글에서 보듯,

---

31) 안중식 門下에서 그림을 배워 동양화가로 출발했으나 만화나 新聞 插畵를 많이 그렸다.

32) 김규택은 『개벽』에서 발행하는 『부인』 등의 잡지에서 만화를 그리다가 1932년 朝鮮日報사에 입사해 '웅초(熊超)'라는 필명으로 연재만화, 插畵, 만화 등을 그렸고 유머 小說도 썼다. 정진석, 『인물로 본 한국언론 100년-12. 文人 언론인들-해방이후』, 신문과 방송, 한국언론연구원, 36면.

33) 졸고, 『월북 예술가 오래 잊혀진 그들』, 돌베개, 2002. 113면.

정현웅의 삽화가로서의 독자적인 철학과 이태준의 탐미적이고 유려한 소설가의 입장이 마주친 곳에 신문소설의 심미적 경지가 탐색되었던 것이 아닌가 한다. 이는 신문소설의 통속적 대중적 성격을 판단하는 문제와는 다른 차원이다. 이태준의 《청춘무성》을 비롯해 채만식의 《탁류》, 김동인의 《정열은 병인가》, 이기영의 《어머니》, 한용운의 《박명》, 최명익의 《폐어인》, 현덕의 《녹성좌》, 김남천의 《바다로 간다》, 《사랑의 수족관》 등의 삽화는 정현웅이 그린 것이다.

1930년대 학예면은 신문 저널리즘 자체가 친일의 국면으로 가기 전까지 문학 담론의 생산과 전파에 중요한 몫을 담당했다. 신문 학예면은 대중적인 성격을 가지기보다는 질 높은 문화 담론이 펼쳐지는 공간이었고 문예의 선진적 이론들이 수용되고 소개되는 장이었다. 대중적인 것은 오히려 여성면(부인란)이나 생활면 혹은 광고에 반영되어 있었다. 1930년대 저널리즘에서 대중취향이나 상업성이 지적되지만 학예면 독자층의 수준이나 게재된 글의 성격으로 보면 의미있는 지적이라 보기 어렵다. 신문 저널리즘이 오늘날 인식되는 것과 유사한 의미의 '상업성'을 띠기 시작하는 것은 60년대 이후부터인 것이다.[35]

1930년대 신문 매체가 여타 잡지들에 비해 더 상업성을 띠었다거나 대중 취향의 흥미성을 강조했다고는 보기 어렵다. 오히려 대중 종합잡지를 표방하고 나온 삼천리나 별건곤, 제 일선 등이 대중적인 측면이 강했고 여성, 신여성 등은 여성 독자를 주요 타깃으로 세웠다. 신문 학예면은 이들 잡지들의 수준을 대체로 넘어서고 있다. 길이가 길 수밖에 없는 비평이나 논문 성격의 글이 많았고 이들이 몇 일 혹은 몇 주, 몇 달에 걸쳐서

---

34) 정현웅, 「삽화기」, 『인문평론』, 1940. 3. 93면.
35) 이준우, 앞의 논문, 34면.

연재물의 형태로 게재되는 것은 일반적인 현상이었다. 그다지 길지 않은 글인데도 글의 중간 중간에 장편소설처럼 작은 제목이나 번호가 붙어있는 것은 이 같은 이유 때문이다. 따라서 1930년대 신문 학예면을 상업적 측면이나 대중 취향성의 부정적 측면으로 바라보기 보다는 다양한 각도에서 객관적인 시각으로 이해하는 것이 필요한 것으로 판단된다.

6. 맺음말

본고에서 확인한 것은 다음과 같다. 1930년대 신문 학예면이 활성화된 것에는 문인 기자들의 역할이 컸다는 것, 이는 1920년대 사회주의자들이 정치적인 사건으로 물러남으로써 비롯되었다는 것을 밝혔다. 일제 말기 정세가 점점 어려워지면서 정치, 사회적 비평을 문예비평이 대신함으로써 신문이 갖는 정론성의 역할을 대신했다는 것, 조선어 위기의 상황에서 조선어 문장의 보급과 수련 효과를 갖게 됨으로써 조선어의 가치를 내재화시켰다는 것도 지적했다. 학예면에 실린 비평적 담론이나 논쟁의 가치와 의의에 대해서도 언급했다. 또한 학예면의 권력적 측면이 갖는 문단적 폐해도 결국은 문학 내적 문제가 아닌 저널리즘의 전반적 상황에서 이해되어야 함을 지적했다. 학예면에 실린 글들의 성격을 문인 기자 집단과 그들의 교유 관계를 통해 고찰하고자 한 것이다. 또한 문인, 화가들의 역할을 심미적인 측면에서 이해할 필요도 있음을 밝혔다.

지금까지 문학 연구는 대체로 문학 내적인 환경과 그 테두리 내에서 이루어진 경향이 있다. 이제 문학과 매체의 상관관계에 대한 연구가 필요한 시점임을 본고는 강조하고자 한다.

■ 참고문헌 ────────────────────────────────

▪ 기본자료

『조선일보』, 『동아일보』, 『조선중앙일보』 등 신문
『개벽』, 『인문평론』, 『문장』, 『조광』, 『혜성』, 『제 일선』, 『철필』, 『여성』 등 잡지

▪ 단행본

김기림, 《김기림 전집》, 심설당, 1988.
김윤식, 『이상연구』, 문학사상사, 1987.
김학동, 『김기림 평전』, 새문사, 2001.
신명직, 『모던뽀이, 경성을 거닐다』, 현실문화연구, 2003.
『조선일보 80년사(상, 하)』, 조선일보사, 2000.
조영복, 『월북 예술가 오래 잊혀진 그들』, 돌베개, 2002.
조용만, 『울밑에 선 봉선화야』, 범양사 출판부, 1985.

▪ 논문

박용규, 「일제하 민간지 기자 집단의 사회적 특성의 변화 과정에 관한 연구」, 서울대
        대학원, 1994.
서정주, 『영랑의 일」, 『현대문학』, 1962.12.
염상섭, 『기자 생활의 문예가」, 『철필』, 2권 1호, 1931.1.
이원조, 『영랑 시집」, 『조선일보』, 1936.5.14.
이준우, 『한국 신문의 문화적 기능 변천에 관한 연구」, 연세대 대학원, 1987.
정진석, 『인물로 본 한국 언론 100년-문인 언론인들-해방 이후』, 신문과 방송, 1992.6.

■영문초록 ─────────────────────────────────

Cultural Pages(Feuilletons) of Newspaper and the Group of Writer-journalists in 1930's

Cho, Young-bok

This thesis deals with the relation between the literary pages of newspaper in 1930's and those who were in charge of them as writer and concurrently journalist.

Literary criticism played a major role in just argument instead of editorials and articles which became weaker under rigid press censorship of Japanese authorities at that time.

In the literary aspect, literary critiques contributed to develop and establish unique Korean novel wording and style. But from the critical point of view they were criticized in regard of plagiarism and factionalism.

Among many writer-jounalists in those days the activity of Kim Ki-rim was distinctive, who entered the Chosun-Ilbo through the company's first open entrance examination and played an important role to build up discourses in literary pages of newspaper in company with Lee Won-jo, Ahn Hoe-nam and Hong Ki-mun etc.

Approaching the end of the Japanese imperialistic rule, many essays which had good sense of Korean language appeared in literary pages. But unfortunately they tended gradually to pro-Japan and after all brought to ruin of literary pages.

■ 핵심어   1930년대, 학예면, 문인 기자, 정론성, 저널리즘

■ keyword   1930's, cultural pages of newspaper, writer-journalist, authenticity, jounalism

접수일자 : 2002. 10. 25

심사기간 : 2002. 11. 9～11. 27

게재결정 : 2002. 11. 28

이광수 논설에서 개인과 공동체의 의미

정영훈*

목차

1. 서론

이광수 문학에 관한 논의는 빈번하게 이루어졌고, 그 성과 또한 만만치 않지만 그가 쓴 논설에 대한 논의는 그렇게 많지 않다. 이광수의 문학 작품이 그가 쓴 일련의 논설과 긴밀한 관계에 놓여있는 것이 사실이라면 이러한 연구 방향은 그리 올바른 것 같지는 않다. 이 글에서는 이광수의 논설을 구체적으로 검토할 것이다. 이러한 작업은 우선적으로는 이광수의 사상을 그 자체로 검토한다는 점에서 의미를 가지겠지만, 그의 문학 작품이 토대를 두고 있는 사상 체계(인식 구조)를 살피는 작업이라는 점에서도 의미 있는 시도가 될 것이다.

---

* 서울대학교 강사

이광수의 사상은 흔히 개화·계몽주의적 성격과 민족주의적 성격으로
대별된다.1) 이 경우 개화·계몽주의적 성격을 지적할 때는 초기 논설에
서 드러나는 개성·개인의식에 대한 강조를 언급하고, 민족주의적 성격
을 지적할 때는 금욕주의 윤리에 대한 강조를 언급하는 것이 통상적인
해석 방법인데, 이렇게 설명하고 나면 필연적으로 이광수의 사상이 지닌
모순이 지적될 수밖에 없다. 그것은 개성·개인의식과 민족이라는 공동
체 단위가 서로 간에 상충되는 요소를 지니는 개념쌍이기 때문이다. 말하
자면 이광수는 이들이 지니는 모순을 크게 인식하지 못한 가운데 그의
사상을 전개시킨 것인데, 이로 인해 이광수의 사상을 논하는 거의 대부분
의 논의들은 이러한 모순에 대한 지적과 이러한 모순을 인식하지 못한
이광수의 사상적 한계를 지적하는 데 바쳐지고 있다. 그러나 이러한 사실
에도 불구하고 이제까지의 논의가 이러한 모순이 갖는 의미를 명확하게
밝혀주고 있지는 않은 것 같다. 대부분의 논의가 이광수의 사상 내부에
존재하는 모순을 그 자체로 설명하기보다는 이를 반제·반봉건이라는
모순된 과제를 동시에 진행할 수밖에 없었던 조선적 특수상황에서 기인
한 것이라고 설명하는 환원주의적 태도를 취하고 있기 때문이다.

---

1) 이광수의 사상에 대한 논의로는 다음과 같은 글들이 있다.

조연현, 「이광수 문학과 불교사상」, 『불교사상』 12호, 1962.

김붕구, 「신문학 초기의 계몽사상과 근대적 자아」, 『한국인과 문학사상』, 일조각, 1964.

송 욱, 「한국지식인과 역사적 현실」, 『사상계』, 1965.

안병욱, 「이광수의 민족개조론」, 『사상계』, 1967.1.

정명환, 「이광수의 계몽사상」, 『성곡논총』 1, 1970.

구인환, 「이광수 사상 연구 시론」, 『한국국어교육연구회 논문집』 19집, 1981.

한규선, 「反유학론을 중심으로 본 이광수의 정치사상」, 서울대학교 석사논문, 1986.

정희모, 「이광수의 초기사상과 문학론」, 『문학과의식』, 1995.

서영채, 「이광수의 사상에 대한 한 고찰」, 문학사와 비평 연구회 편, 『한국근대문학
연구의 반성과 새로운 모색』, 새미, 1997.

이러한 인식 하에 이 글은 이광수가 개인과 공동체 사이의 관계를 어떻게 인식했으며, 그러한 인식의 근저에는 어떠한 인식이 자리 잡고 있는가 하는 것을 이광수 사상의 전개과정을 살펴 가는 가운데 해명해 보고자 한다. 이광수에게 있어 '공동체'란 거의 대부분 민족 단위와 일치하지만[2] 이 글에서 특별히 민족이라는 용어 대신 '공동체'라는 용어를 주로 사용하는 것은 그의 사상을 개인과 공동체 사이의 관계에 관한 정치사상사적인 과제로 확장시켜 파악하고자 하는 의도 때문이다. 개인과 공동체는 서로 모순·길항 관계에 있는 개념으로서 이들을 어떻게 조화롭게 만들 것인가 하는 것은 정치철학의 주요한 과제가 되어 온 문제이거니와,[3] 이 글은 바로 이러한 맥락에서 이광수가 이러한 모순을 어떻게 인식했고, 그것을 어떻게 해결하고자 했는지, 또 그 수준은 어느 정도인지 하는 것을 살펴보고자 하는 것이다.

2. 주자학적 사유와 낙관주의의 근거

이광수의 초기 논설에서 두드러지게 드러나는 것은 '개성', 혹은 '개인의식'의 자각이다. 이것은 흔히 근대적인 인간의 특징으로 지적되는 '주

---

2) 포플린은 공동체라는 용어가 사회학자들 사이에서 매우 미묘한 의미의 차이를 지니기 때문에 과학적인 정밀성을 지니기는 어렵다는 사실을 전제한 후 공동체의 의미를 크게 ①감옥이나 종교적 조직체들, 소수 집단들, 동일 직종의 구성원들의 동의어, ②심성적 혹은 정신적인 현상을 가리키는 말, ③마을이나 읍, 도시 등의 사회적이며 지역적인 조직체 단위 등으로 파악한다(D.E.Poplin, 김경일 옮김, 「공동체의 개념」, 신용하 편, 『공동체 이론』, 문학과지성사, 1985. 18~19면). 이러한 분류에 따라면 이광수의 공동체 개념은 공동체의 두 번째 의미에 가깝다고 할 수 있다.

3) K.Löwith, 강학철 옮김, 『헤겔에서 니체에로』, 민음사, 1985. 275면.

관성의 원리'를 표명한 것으로 보인다.

第八은 個性의 自覺, 又는 個人意識의 自覺이외다.

原來 耶蘇敎는 個人的이외다. 儒敎는 聖人의 禮法을 지어 庶民으로 하여금 無意識的으로 服從케 하는 것이니, 「可使由之不可使知之」라 함이 此를 이름이외다. 그러므로 儒敎道德은 個人意識을 沒却케 합니다. 이 個人意識의 沒却이 思想의 發達을 沮害함이 多大하외다.

그러나 耶蘇敎는 各個人의 祈禱와 思索으로 하나님을 보고, 하나님을 찾으므로 各個人의 永生을 얻을 수 있다 합니다. 그러므로 各個人의 標準은 各個人의 靈魂이외다. 各人은 各各 個性을 具備한 靈魂을 가진다함이 실로 個人意識의 根底외다. 新倫理의 中心인 「個性」이라는 思想과 新政治思想의 中心인 民本主義라는 思想은 實로 耶蘇敎理와 自然科學의 兩源에서 發한 一流외다.4)

이 글에서 이광수가 강조하고 있는 '개성의 자각', 혹은 '개인의식의 자각'이라는 말이 갖는 의미는 분명하다. 이광수는 유교가 "무의식적으로 복종케" 하는 도덕이며, "따르게는 하나 알게 할 수는 없는"(可使由之不可使知之) 도덕이라고 비판한다. 즉 유교 도덕은 개인의 의사와는 상관없이 강제적으로 그것을 따르게 만드는 타율적 규범이며, 그 규범을 따르는 개인은 철저하게 자발성을 결여하고 있다는 것이다.

이러한 비판은 명분론에 기초한 주자학적 세계관의 본질을 겨냥한 것처럼 보인다. 주자학적 질서 내에서는 공동체 내의 인륜적 관계 속에서 지켜야 하는 덕목인 '分의 윤리', 곧 가족관계로 유비되는 제반 사회적 관계 속에서의 '직분의 윤리', '신분의 윤리'가 요구된다.5) 分이라는 것이

---

4) 「耶蘇敎의 朝鮮에 준 恩惠」, 『청춘』, 1917.7, ≪이광수 전집 10≫, 삼중당, 1971. 19면.

5) 서영채, 앞의 글, 43면.

자기 자신이 스스로 취할 수 있는 것이 아니고 보면, 이러한 원리는 따라야 할 행동원리가 날 때부터 이미 정해져 있음을 뜻할 것이다. 따라서 이광수가 유교 도덕을 가리켜 타율적인 규범이라고 비판하는 것은 타당한 것으로 보인다. "'安分'이란 말이 君子의 美德같이 通用됩니다. 그렇다하면 '安賤', '安愚', '安弱', '安辱' 等은 따라 나오는 系며 이 總公式은 '安分'이외다."라고 하거나 "儒敎의 宗旨 全體가 進化를 否認하는 生活固定論"6)이라거나 라고 하는 대목 역시 마찬가지일 것이다.

이광수가 유교 도덕을 타율적인 규범으로 비판하면서 새롭게 제시하는 것은 개성·개인의식이다. 그것은 무엇보다도 각 개인이 따라야 할 행위 규칙, '표준'이며, 자율적이고 주체적인 윤리를 문제 삼기 위한 가장 원초적인 단위이다. 그가 '情育'과 '自修自養'7)의 필요성을 주장하고 "標準으로 할 것은 다른 아무 것도 아니요, 오직 生"8)이라고 주장하는 것 역시 마찬가지이다. 이것은 모두 각 개인의 주체적인 내면에서부터 시작되는 새로운 윤리를 정초하고자 하는 시도의 일환인 것이다.

개성·개인의식에 대한 강조는 다음과 같이 과격한 형태로 전개되기도 한다.

> 然而 人類도 生物인 則 人類 萬般活動은 則 生存競爭이요, 此 活動의 原動力은 則 生하려는 慾望 又는 意志라. 如斯하여 仁이 人性之本이라든가 愛가 人性之本이라든가 善이 人性之本이라든가 하던 古代倫理學의 根柢가 破壞되고 現今에는 生하려는 慾望 又는 意志로써 人性之本을 삼으니, 於是乎 古來의 精神世界, 倫理, 道德世界가 破壞되고 生하려는 慾望 中心의 倫理와 哲學이 生하

---

6) 「新生活論」, 『매일신보』, 1918, ≪전집 10≫, 341면.

7) 「今日 我韓 靑年과 情育」, 『대한흥학보』 10, 1910. 2, ≪전집 1≫, 526면.

8) 「朝鮮사람인 靑年에게」, 『소년』, 1910. 6, ≪전집 1≫, 534면.

도다.9)

이 글에서 개성이나 개인의식을 대신하는 말은 "生하려는 욕망 또는 의지"이다. 이러한 욕망을 관철하기 위해 생존경쟁은 불가피한 것으로 간주된다. 오직 개인의 욕망만이 가장 최선의 것으로 인정되는 것이다.

그런데 개인의 욕망을 윤리의 시초로 삼을 경우 문제가 되는 것은 개인의 욕망이 또 다른 개인인 타인의 욕망과 부딪칠 때 이를 어떻게 해결할 것인가 하는 것이다. 그러나 이광수의 경우는 이러한 문제에 대해 별로 고민하지 않은 것처럼 보인다. 다음 글이 이를 잘 보여준다.

> 男女兩性의 結合은 生物界에 最大한 必然的 約束이지요. 그리고 此結合의 究竟的·原始的 目的은 毋論 生殖일 것이외다. 그러나 生殖을 目的으로 함은 造物主의 일이요 生物의 일은 아니지요. 造物主는 自己의 目的을 達하기 爲하여 生物에게 幸福이라는 代償을 주는 것이니까 生物에게는 이 幸福이 自己네의 目的일 것이외다. 그러므로 男女兩性의 結合도 造物主側으로서 보면 生殖이 目的이로되, 生物側으로서 보면 幸福이 目的일 것이외다. 鳥獸魚鼈의 兩性이 結合함이 어찌 生殖이라는 義務를 다하기 위하여 한다는 意識이 있겠어요. 그네는 오직 自己의 幸福을 求하여서 그러함이요, 이에 따라서 造物主의 目的인 生殖도 自然히 達하게 되는 것이지요. 이것이 神秘한 宇宙의 調和가 아닐까요.10)

이 글에서 남녀양성의 결합이라는 하나의 행위는 생물과 조물주에게 각각 상이한 의미를 지닌다. 즉 남녀양성의 결합은 생물에게는 욕망에 따른 행위, 곧 행복 추구를 목적으로 한 행위가 되지만 조물주에게는

---

9) 「敎育家 諸氏에게」, 『매일신보』, 1916.11.26~12.13, ≪전집 10≫, 55면.
10) 「婚姻에 對한 管見」, 『학지광』, 1917. 4, ≪전집 10≫, 41면.

자연계를 유지시켜 나가는 수단이 되는 행위, 곧 생식을 목적으로 하는 행위가 된다. 여기서 흥미로운 것은 생물과 조물주가 추구하는 목적이 다름에도 불구하고 각자는 상충됨 없이 자연스럽게 서로가 목적한 바를 달하게 된다고 하는 점이다. 이광수의 생각에 따르면 생물은 주어진 욕망을 따라 행복을 추구하더라도 그것은 자연스럽게 조물주가 목적한 바인 생식을 달하게 된다. 따라서 생물로서는 생식에 신경을 쓸 필요 없이 그저 자신에게 주어진 욕망을 따라 행동하기만 하면 이로써 충분하다. 생식과 관련된 부분은 '신비한 우주의 조화'에 의해 자연스럽게 해결될 것이기 때문이다.

　이러한 생각이 인간과 사회에 적용될 경우 그것은 각 개인이 주어진 욕망을 따라 행복을 추구하더라도 문제될 것은 아무 것도 없다는 생각에 이르게 된다. '신비한 우주의 조화'에 의해 자연계가 유지되어 가는 것처럼 인간 사회 역시 설명할 수 없는 신비에 의해 각 개인의 욕망이 상충되지 않고 조화롭게 변모할 것이기 때문이다. 이는 인간이 이기심에 의해 이끌릴 때 사실상 그는 "그의 의도와는 무관한 목적을 이루려는 보이지 않는 손에 의해 인도되고 있다"[11]고 믿었던 아담 스미스의 생각과도 유사하다. 아담 스미스는 자연의 조화를 가능하게 만드는 힘과 유사한, 예정된 사회적 조화의 힘, 이기심의 갈등을 상부상조의 거대한 도식으로 전환시키는 요소로서 보이지 않는 손을 상정했는데, 니버에 따르면 이러한 생각은 인간의 이기심의 위력을 과소평가하는 '빛의 자식들'의 어리석은 생각일 뿐이다.[12] 이광수의 생각 역시 이와 마찬가지로 평가될 수 있다. 그에게는 개인이 마련한 윤리의 표준이 서로 간에 상충됨 없이

---

11) A.Smith, 『국부론』 4권 7장, R.Neibuhr, 이한우 옮김, 『세속적 인간과 비세속적 인간』, 문예출판사, 1993. 36면에서 재인용.

12) 위의 책, 24면.

공동체 전체의 표준으로 자연스럽게 변모되는 것으로 생각된다. 그리고 이를 보증해 주는 것은 '신비'이다. 이 경우 이광수 자신이 '신비'라고 지칭한 요소를 굳이 종교적인 의미로 해석할 필요는 없다. 이것은 현저하게 세속적인 의미를 지닐 수 있으며, 무엇보다도 이광수의 초기 사상에서 빈번하게 강조되는 진화론, 곧 서구의 과학주의와 그 내포적 의미가 같은 것으로 해석할 수 있다. 이는 다음과 같은 대목에서 구체적으로 확인할 수 있다.

> 自己 一個의 生命을 保存하더라도 自己가 屬한 社會의 生命을 保存치 못하면 此는 完全히 生命을 保存치 못함이니, 故로 社會生活을 營하는 動物은 二個의 生命을 保存할 義務가 有하며 更히 發達한 社會에 在하여 社會의 生命을 離하여 個人의 生命을 想像치 못할 만하므로, 或 社會의 生命을 爲하여 個人의 生命을 犧牲하는 수도 有하니, 대개 此는 社會의 恩惠에 對한 報答的 義務와 自己의 子孫과 幸福을 爲하는 慾望으로 然함이니라. 故로 各人에게는 社會에 對한 義務라는 것이 生하나니, 然則 敎育이 造하려는 人은 個體와 種族을 圓滿히 保存·發展하는 能力 以外에 公益이라든가, 慈善이라든가, 社會公同의 發展·幸福을 爲하여 心力과 體力과 財産과 幸福의 一部를 貢獻할 만한 能力이 有하여야 할지라.13)

위의 인용에서 주목해서 볼 부분은 "각인에게 사회에 대한 의무라는 것이 생"한다는 구절이다. 각인에게 사회에 대한 의무가 생겨나는 것은 자연스러운 현상이다. 그것은 만들어서 생기는 것이 아니라 자연스럽게 '생'하는 것이기 때문이다. 이것이 진리임을 보증해 주는 것은 생물학,

---

13) 「敎育家 諸氏에게」, 『매일신보』, 1916, ≪전집 10≫, 58~59면.

곧 이광수 자신이 한치의 의심도 없이 받아들이고 있는 서구의 과학이다. 많은 논자들이 이광수의 초기 사상에 나타나는 진화론적 세계관에 대해 지적하거니와, 진화론은 이러한 맥락에서 이해될 필요가 있다. 즉 그것은 개인과 공동체 사이를 자연스럽게 이어주는 '신비'한 힘의 원천으로서, 설명하기는 힘들지만 눈에 보이는 결과물이 증거하는 바, 곧 과학적 원리이다. 그것은, "生物學이 가르치는 바와 같이 人類의 目的이 個體의 保存과 種族의 保全에 있다 하면"[14]이라는 표현에서처럼 한 치의 의심도 용납하지 않는 절대 진리로 작용하면서, 개체와 종족을 하나로 연결시켜준다. 바로 이 과학적 원리에 대한 흔들리지 않는 확신으로부터 각 개인이 따르는 윤리의 표준은 서로간에 상충됨 없이 자연스럽게 공동체 전체의 표준으로 변모된다고 하는 생각이 산출되는 것이다.

기존의 논자들은 개체성의 우위와 공동체에 대한 강조 사이의 모순을 부각시키고, 이를 통해 이광수의 사상적 한계를 지적하기도 한다. 그러나 중요하게 다루어야 할 것은 개성의 자각과 금욕주의, 혹은 개체성의 우위와 공동체에 대한 강조가 상치됨에도 불구하고 이광수가 이러한 모순적 관계를 명확하게 인식하지 못했다거나 윤리적 표준으로서의 개성이 지나치게 주관적인 개념이라거나[15] 하는 사실이 아니라 이광수로 하여금 이러한 인식에 이르게 만든 요인이 무엇이었는가 하는 데 있다. 이 글에서 가설적으로 지적하고자 하는 것은 주자학적 세계관의 영향이다.

개인과 공동체의 관계에 대한 이광수의 인식은 주자학적 세계관을 받아들이는 사람들의 입장에서 본다면 극히 자연스러운 태도일 수 있다. 주자학적 세계관에서는 우주론, 인생론, 실천윤리가 모두 무매개적으로

---

14) 「子女中心論」, 『청춘』 15, 1918, 앞의 책, 39면.

15) 김붕구, 『작가와 사회』, 일조각, 1973, 서영채, 위의 글에서 이런 비판을 찾아볼 수 있다.

연속되어 있어서 한 개인이 주어진 명분에 따라 행동하는 것은 자연스럽게 국가규범은 물론 천리와 연결이 된다.[16] 이것은 일종의 낙관주의에 해당한다. 마루야마 마사오가 지적한 것처럼 이러한 인식은 존재와 당위를 같은 것으로 인식하는 낙관주의 없이는 성립할 수 없는 것이다.[17]

　이런 점에서 개인과 공동체를 무매개적으로 연결짓는 이광수의 사유는 주자학적 사유와 아주 유사하다. 그는 유교를 비판하면서 개인 윤리를 강조했고, 각 개인의 고유한 개성으로부터 새로운 윤리의 근원을 찾으려 했지만, 이를 공동체의 윤리로 확장시켜 가기 위한 매개항을 찾는 데는 아무런 관심도 없었다. 그는 단지 주자학에서의 천리에 해당하는 요소를 서구의 과학주의로 바꾸어 놓는 것으로 모든 문제가 해결되는 것으로 보았던 것이다.[18]

　이러한 사실은 이광수의 사상적 취약성을 드러내주는 대목이겠지만 이광수 개인의 한계라고 보기는 어려울 것 같다. 오히려 이것은 담론의 이동과 결부되는 문제가 아닌가 생각된다. 주자학적 세계관은 하나의 거대한 담론 체계로서 개성이나 개인의식 같은 몇 가지 개념으로 부정될 수 있는 것이 아니다. 개성이나 개인의식이 진정한 의미를 부여받기 위해서는 이것이 발생한 토대가 되는 새로운 담론 체계 자체가 도입되어야

---

16) 守本順一郎, 김수길 옮김,『동양정치사상사연구』, 동녘, 1985. 29면.

17) 주자학적 사유가 갖는 낙관주의적 성격에 대해서는 丸山眞男, 김석근 옮김,『일본정치사상사연구』, 통나무, 1995. 1장 2절 「주자학적 사유양식과 그 해체」 참조.

18) 이광수의 초기 논설에서는 "子女는 決코 父母의 所有物이 아니요, 子女自身의 것이며 種族의 것이니"(「子女中心論」, ≪전집 10≫, 36면)라거나 "吾人은 個人인 同時에 國家의 民이요, 社會의 員이니까"(「婚姻에 對한 管見」, ≪전집 10≫, 44면)라는 표현에서처럼 개인과 종족은 둘 사이를 이어주는 매개항 없이, 한 문장 내에서 병렬적으로 사용되는 경우를 허다하게 발견할 수 있거니와, 이 역시 개인과 공동체에 대한 연속적인 사유를 증거해 주는 부분이 될 것이다.

할 것이다. 이광수는 자신이 두 개의 담론 사이에 끼어 있다는 사실을 인식하지 못하고 표피적인 몇 가지 개념만을 주장할 수 있을 뿐이었고, 그 결과 개성이나 개인의식을 주장함으로써 발생할 수 있는 문제들에 대해서는 제대로 인식할 수가 없었던 것이다.

이렇게 본다면 이광수가 개성이나 개인의식을 그토록 강조할 수 있었던 이유와 1920년대 이후 1910년대와는 정반대로 개성이나 개인의식을 타기해야 할 요소로 주장하게 되는 이유를 이제까지와는 다른 방식으로 이야기할 수도 있을 것이다. 이광수는 각 개인에게서부터 윤리의 표준을 찾더라도 그것이 이기적인 형태로 발산되지 않고, 자연스럽게 공동체 전체의 윤리적 표준과 일치할 수 있으리라고 생각했던 것 같다. 말하자면 주관성의 원리에 내포되어 있는 이기적인 성격, 힘의 원리를 볼 수가 없었던 것이다. 이러한 낙관주의가 붕괴될 때 주관성의 원리는 더 이상 강하게 표출될 수가 없다. 이광수에게는 바로 1920년대 이후가 이때에 해당한다.

3. 매개항으로서의 동우회

1920년대에 이르러 이광수는 개인의 표준이 곧 집단의 표준으로 자연스럽게 변모될 수 있으리라는 생각이 그릇되었다는 인식에 이르게 된다. 이것은 이광수가 개인과 공동체 사이의 무매개적 사유에서 후퇴하고 있다는 사실을 뜻하는데, 이와 더불어 이광수는 개인주의 윤리를 비판적으로 바라보기 시작한다.

長成된 社會, 그中에도 佛國革命의 精神을 받아 民權이 發達한

> 社會에는 中心人物인 個人보다 中樞階級인 一階級이 그 社會의
> 形成과 維持의 核이 되고 力點이 되는 것이외다.[19]

이광수가 초기에 개인의 개성을 강조하고, 여기서부터 주체적이고 자발적인 윤리를 전개해 가고자 했다면, 1920년대 들어 그가 강조하는 것은 한 개인이 아니라 계급 단위를 강조하기 시작한다. 그는 사회의 형성과 발생, 그리고 유지 발전에는 세포의 핵에 비유될 만한 핵심 인물이 필요하지만 장성된 사회에는 개인보다는 중심 계급인 일 계급이 핵이 되고 역점이 되며, 현대의 문명한 여러 국가 역시 그러하다고 말한다. 그것은 중심인물 개인의 출생이 우연적이고 천운에 의존하는 데 반해 중심 계급은 교육에 의해 "人力으로 成할 수도 있고 變할 수도 있는 것"[20]이기 때문이다.

그가 한 개인을 문제 삼는 대신 집단을 문제 삼고 있다는 것은 1910년대와는 다른 변모를 보여주는 부분이다. 그는 영웅이라는 일개인의 출현을 기대하는 것이 지극히 시대착오적이라는 사실을 지적하기도 하는데, 이러한 사실들은 모두 1920년대의 논설에서 개인주의 윤리가 더 이상 강조되지 않는 것과 짝을 이루는 부분이 될 것이다. 그렇다면 이광수가 이러한 중추 계급이 필요한 이유로 제기하는 것은 무엇인가? 그것은 다음과 같다.

> 大關節 中心人物이나 中樞階級의 必要가 왜 있습니가. 將次 理
> 想的 天國이 臨하면이여니와 그렇지 아니한 동안 一社會(그것이
> 國家여나, 宗敎社會여나, 其他 무슨 社會여나)의 全員이 다 그 社

---

19) 「中樞階級과 社會」, 『개벽』, 1921.7, ≪전집 10≫, 105면.
20) 위의 글, 106면.

會의 理想을 理解하고 그 機關의 運轉에 參與할 만한 人格을 求하
기는 바라지 못할 것이외다. 그러고 본즉 그 社會의 全員을 代表하
여, 又는 統率하고 指導하여 나아갈 자의 一團이 必要할 것이외
다.21)

그가 중추 계급이 필요하다고 생각하는 이유는 "전원이 다 그 사회의
이상을 이해하고 그 기관의 운전에 참여할 만한 인격을 구하"는 것이
지극히 어려운 일이라는 인식 때문이다. 그의 표현을 따르자면 이러한
일이란 천국이 임한다면 가능할까 그렇지 않고서는 일어날 수 없는 일인
것이다. 이러한 인식은 분명히 1910년대에 그가 가지고 있던 개인과 공동
체 사이의 무매개적 사유와는 거리가 있는 것이다. 개인과 공동체를 연속
적으로 사유하던 상황에서 개인의 변화는 그 자체로 공동체의 변화를
의미했고, 당연하게도 공동체에 속해 있는 각 개인이 특정한 개인이 보이
는 변화와 실제적으로 관련이 있을 것인가 하는 것은 고려의 대상이 되지
못했기 때문이다.

1910년대 논설에서 개인과 공동체에 대한 무매개적 사유 속에서 개인
의 변화는 곧 공동체 전체의 변화이며, 따라서 논의의 대상이 되었던
것은 각 개인의 변화 여부일 뿐이었다. 그러나 이제 이러한 연속에 대한
생각은 현저하게 후퇴하게 된다. 개인의 변화는 집단 전체의 변화로 이어
지지 않을 수도 있고, 이 때문에 일개인이 아닌 집단이 문제되어야만
한다는 생각을 보여주기 때문이다. 다음의 대목 역시 이러한 무매개적
사유의 후퇴를 간접적으로 확인할 수 있게 해 주는 부분이다.

個人보다 全體를, 즉 私보다 公을 重히 여겨 社會에 對한 奉仕를

____

21) 위의 글, 같은 면.

生命으로 알게 하자 함이외다. 이것이 利己心의 反對되는 것은 明瞭하거니와 家族이나, 私黨이나, 親友 같은 것도 또한 私외다. 그런데, 朝鮮人은 아직 社會生活의 訓練이 없어 그 愛護의 情이 미치는 範圍가 家族 朋黨을 超越하지 못합니다. 그러므로 自己一身이나 一家의 利害를 爲하여 社會의 利害를 不願하는 수가 많습니다. 이래서는 안되니 적더라도 그 愛護의 範圍를 民族까지에 擴大할 것은 甚히 緊要합니다.[22]

여기서 주목되는 것은 개인의 이익을 추구하는 것이 사회 전체의 이익을 추구하는 것과 상충되는 경우가 많다고 하는 대목이다. 이제 이광수는 개인의 욕망이 공동체 전체의 욕망과 자연스럽게 연결되지는 않으며, 오히려 한 개인은 자신의 이익을 위해 사회의 이익을 저해하는 행위를 하기까지 한다고 생각하게 된다. 즉 그는 둘 사이에는 일정한 격차가 있는 것으로 인식하고 있는데, 이러한 인식은 당연하게도 주어진 욕망을 따라 자유롭게 행동해도 좋다는 생각을 불가능하게 만든 것으로 보인다. 이러한 인식에 따르면 개인의 욕망은 공동체 전체의 욕망과 상치될 수 있으며, 개인에게 주어진 자유는 방종으로 치달을 수 있기 때문이다. 그는 장편 ≪재생≫에서 개인주의 윤리를 따르는 인간들에 대한 조소와 비판을 그리고 있는데, 이 역시 바로 이러한 인식의 결과라고 할 것이다.

한편 1920년대의 논설들에서 이광수가 동우회, 결사 등에 대해 그토록 강조한 이유 역시 이러한 맥락에서 해명할 수 있다. 동우회, 결사 등에 대한 논의는 「中樞階級과 社會」, 「民族改造論」, 「少年에게」, 「相爭의 世界에서 相愛의 世界에」, 「民族的 徑輪」, 「젊은 朝鮮人의 소원」 등 이 시기에 씌어진 거의 모든 논설에서 찾아볼 수 있을 만큼 이 시기의 핵심

---

22) 「民族改造論」, 『개벽』, 1922.5, ≪전집 10≫, 141면.

적인 사상을 이루고 있는데, 동우회, 결사 등은 바로 개인주의 윤리에 대한 강조가 후퇴한 자리에서 민족 단위를 문제삼기 위한 새로운 출발점, 혹은 개인과 공동체를 이어주는 매개항으로서 채택된 항목인 것이다. 그는 우리 나라에 중추 계급이라 할 만한 것이 없는 상황, 특히 식민지하라는 '비상시'의 국면에 처해 있는 상황에서 중추 계급을 형성하기 위한 방법론으로 수양 동맹, 수학 동맹의 체결을 들고 있거니와, 사실 이 글들에서 핵심적으로 제기되는 것은 민족의 '개조'보다는 오히려 동맹과 결사의 필요성에 대한 주장이라고 할 수 있을 것이다. 즉 중요한 것은 이광수가 민족의 '개조'를 문제 삼았다고 하는 데 있지 않고, 개인과 공동체의 불연속을 인식하고 이를 이어주기 위한 매개항으로서 동우회를 인식하게 되었다는 데 있다는 것이다.[23]

이러한 인식은 확실히 1910년대의 사유방식과 비교하면 훨씬 더 근대적인 것이라 할 수 있다. 근대사회에서 사회 질서는 자연발생적으로 생겨나는 것이 아니라 일정한 목적을 위해 만들어진 질서로 이해되며, 따라서 개인의 행동은 그 자체로 공동체와 연결되는 것이 아니라 제도가 보장하는 합리성에 의해 공동체 전체에 영향을 끼치는 방식으로 구현되거니와,[24] 개인과 공동체의 불연속에 대한 이광수의 인식은 이러한 근대적 인식과 일정 부분 맞닿아 있기 때문이다.

그러나 이광수의 인식은 온전한 의미에서 근대적이라고 할 만한 수준

---

23) 김윤식 교수 역시 이러한 사실에 대해 지적하고 있다. "다만 「신생활론」이나 「농촌계발」이나 「대구에서」와 「민족개조론」의 차이를 찾는다면, 개조의 '방식'에 관한 점뿐이다. 개조의 방식이 두 번째 단계(1920년대 이전까지를 지칭 - 인용자 주)에서는 퍽 막연했으나 「민족개조론」에 와서는 '동맹'을 조직해야 된다는 구체성이 제시되어 있다는 점이다." 김윤식, 『이광수와 그의 시대』, 한길사, 1986. 741면.

24) 이에 대해서는 丸山眞男, 앞의 책 중 제2장 「근세 일본정치사상에 있어서의 "자연(自然)"과 "작위(作爲)"」 참조.

에까지 이르지는 못한다. 비록 결사라는 조직체에 대해 강조하고, 이를 유지하기 위해 필요한 장치로서의 규범에 대해 이야기하고 있기는 하지만 그가 여전히 보다 중요한 것으로 취급하는 것은 제도나 이 제도에 토대를 둔 합리성이 아니라 결사의 중심을 이루는 일개인에게 있기 때문이다. 예를 들어 그는 "社會의 生命은 法에 있을지나 法의 生命은 또한 人에 있고, 그中에도 人格과 識見이 함께 그 法의 體現이 되어 萬民의, 儀表를 作할 만한 中心人物에 있다 할 것이외다."[25]라고 하여 제도적 합리성의 구현이 되는 법 자체보다는 개인의 인격과 식견에서 사회의 생명을 찾고 있는 것이다.

또한 그는 1910년대에 보여주던 개인과 공동체 사이의 무매개적 사고와 이에서부터 비롯되는 낙관론을 완전히 불식하고 있지 못하다는 점에서도 일정한 한계를 드러낸다. 이는 다음과 같은 대목을 통해 확인할 수 있다.

> (가) 이리하여 一人, 二人으로 百人, 千人, 二千人의 同盟員을 얻어 그 數가 一萬에만 達하는 날이면 우리 사회는 사는 社會가 된 것이외다. 이 날이 없다 하면 우리 社會는 살 날이 없을 것이외다.
> 　修養同盟, 修學同盟을 다시 말하면 民族改造運動이라 할 수 있으니, 各各 自己부터 改造하여 改造된 個人의 鞏固한 一團을 지어 그 一團으로 하여금 全民族의 中心階級이 되게 하여 써 漸次로 全民族을 改造하여 無力하던 民族으로 하여금 有力한 民族을 이루게 하는 運動이외다.[26]

> (나) 第一人의 自覺이 생기므로부터 第三人을 얻어 團體를 成하

---

25) 「中樞階級과 社會」, 앞의 글, 108면.
26) 위의 글, 같은 면.

> 기까지가 가장 困難한 時代요, 또 期間에 一定한 限界가 없는 時代
> 외다. 그러나 한 번 團體를 成하여 計劃이 確立하기만 하면, 이에
> 改造事業의 基礎는 成하는 것이니, 이로부터 一種有機的 生長의
> 經路를 밟아 長成하는 것이외다.[27]

그는 결사의 필요성을 지적하면서 결사를 만들기까지 얼마나 많은 어려움이 있는지에 대해 지적한다. 예를 들어 그는 독립협회의 실패 원인을 분석하면서 "이러한 團體를 만드는 데는 한 사람씩 한 사람씩 오래 두고 意見을 交換하여 그가 同志인 것을 確認한 뒤에야 加入케 하는 것이 必要"하다고 언급하는 한편 "會員 되기 어려운 것은 오직 아는 者라야 압니다. 會의 目的과 計劃을 잘 理解하여 그 規則을 잘 服從하여 會費를 꼭꼭 내고, 集會에 꼭꼭 出席하고, 會를 사랑하고 爲하는 會員 되기는 如干한 訓練을 받은 사람이 아니고는 어려운 일이외다."[28]라고 지적한다. 이는 지극히 현실적인 인식이라고 할 수 있다. 그러나 위의 인용에서는 이와는 다른 비현실적이고 낙관적인 태도를 발견하게 된다. 이광수는 개인들을 모아 결사를 만들기까지에는 수많은 어려움이 있지만 일단 결사가 조직되고 나면 그때부터는 모든 일들이 일사천리로 진행이 되고, 따라서 민족 전체의 변화에 이를 수 있을 것처럼 생각한다. 이것은 결사의 도입으로 인해 개인과 공동체 사이의 무매개적 사유는 일단 어느 정도 해소되었지만 개인과 결사 사이에는 초기 사상에서 본 것과 같은 무매개적 사유와 낙관론이 여전히 존재하고 있음을 보여주는 부분이 된다. 1930년대에 접어들면서 이광수는 급격하게 공동체주의로 치닫게 되거니와, 이것은 개인과 공동체를 매개해 주는 매개항에 대한 인식의 결여가 낳은

---

27) 「民族改造論」, 앞의 글, 134면.
28) 위의 글, 122면.

결과라 할 것이다.

4. 연속적 사유의 부활과 공동체 중심주의

1930년대를 지나면서 이광수의 사상은 일부분에 있어서는 1910년대로 회귀하고, 일부분에 있어서는 1910년대와는 정반대 되는 주장을 드러내며, 또 일부분에 있어서는 1920년대의 것을 이어받으면서 이전 시기와는 다른 독특한 면모를 보여준다. 우선 이광수는 개인주의 윤리에 대한 비판을 지속적으로 보여준다는 점에서 1920년대와 공통된 면모를 보여준다. 그러나 이에 대한 비판의 강도는 훨씬 더 강렬해지며, 특히 서구에 대한 인식이 1910년대의 그것과는 완전히 상반된 면모를 보이고 있다는 점에서는 1920년대와도 다르다. 우선 다음의 글을 보기로 하자.

> 今日의 道德의 主潮는 個人主義다. 혼자 主義, 나 主義, 저만 아는 主義다. 文藝復興以來의 個性解放主義는 너무 極度에 나가고 말았다. 그것이 個性으로 固定된 모든 思想과 制度에서 解放하는 일에는 有力하였지마는 그것이 度를 지나쳐서 「저는 저를 爲하여」라는 極度의 個人主義로 化함에 이르러서는 이것은 人類文化에 致命的 病因이 되고 만다.
>
> 우리 朝鮮에도 英美式 個人主義, 自由主義라는 것이 輸入되어, 사람들은 많이 저와 제 幸福, 기껏 範圍를 넓힌대야 제 家庭의 幸福, 幸福이라기보다도 享樂을 爲主하게 되고 남이나 제가 屬한 集團全體를 爲하여, 즉 우리 또는 저들을 爲하여 저를 犧牲하여 奉仕하자는 精神이 深히 薄弱하여졌다. 이것은 眞實로 慨歎할 일이다.[29]

---

29) 「옛 朝鮮人의 根本道德」, ≪전집 10≫, 210면.

이광수의 초기 사상에서 서양식 개인주의는 고창되어야 할 새로운 사상으로 받아들여졌으나 이 시기에 이르러 그것은 완전히 부정되어야 할 사상으로 변모된다. 그리고 서구 역시 이러한 개인주의 사상을 전파했다는 점에서 비판되고 있는데, 이는 영국을 예로 들어 "英人은 國家로 하여금 自己 個人의 自由를 干涉케 아니할이만큼 徹底한 個人自由主義者외다. 그렇지마는 그네는 國家生活의 必要를 알아 奉仕의 情神이 旺盛하므로"30)라고 평가하던 것과는 사뭇 다르다고 할 수 있겠다. 한편 위의 인용과 같은 글에는 '白善行 女史, 崔松雪堂, 王할마니, 金性洙 一門 등의 社會奉仕者들'을 예로 들면서 "그들의 갸륵한 行爲가 西洋式 個人主義에서 나온 것이 아니요, 도리어 傳說的 朝鮮精神에서 나온 것임을 기뻐한다. 그것은 무엇으로 보나 白善行, 崔松雪堂, 王할마니, 金祺中, 金曍中 같은 이들은 일찍 西洋式 學校에 다니거나 ABCD를 배운 사람들이 아닌 것으로 보아서 알 수 있다."31)고 하는 대목도 있는데, 이는 이미 논리의 수준을 넘어서서 서양의 개인주의와 서양에 대한 비판이 거의 감정적인 수준에서 제기되고 있다고 하겠다. 이러한 식의 비판은 1910년대 논설들에서 개성과 개인의식을 고취시켰다는 점에서 높게 평가하였던 예수교에 대해 "예수教에서 個人의 天堂福樂을 바란다는 말은 朝鮮人의 良心에는 一種의 反感을 주는 것은 누구나 아는 바이다"32)라고 함으로써 그때와는 완전히 반대되는 평가를 하고 있는 대목에서도 찾아볼 수 있다.

개인주의의 윤리를 배척한 자리에 새롭게 제기되는 것은 전통적 민족공동체에 대한 강조이다. 그리고 이에 대한 강조는 다음과 같이 강렬한 형태로, 그러나 현저하게 심정적인 방식으로 제기된다.

---

30) 「民族改造論」, 앞의 글, 125면.

31) 위의 글, 212면.

32) 위의 글, 211면.

> 民族은 運命이다. 아무도 民族의 範圍에서 超脫할 能力을 가지
> 지 못한다. 朝鮮人으로 태어난 사람은 어디를 가든지 아무리 朝鮮
> 人이 되기가 싫어서 異民族의 言語를 쓰고 衣服을 입고, 風俗 習慣
> 을 따르더라도 그는 內心에 스스로 朝鮮人인 것을 잊을 수 없고
> 남도 그가 朝鮮人이 아니라고 하면 할수록 남은 더욱 더욱 그가
> 朝鮮人임을 力說할 것이다.[33]

1920년대 논설에서 이광수는 개인과 공동체 사이를 이어주는 매개항
으로 결사를 들고, 이를 통해 민족 전체의 개조에 이르겠다는 생각을
강하게 드러내었다. 그러나 1930년대에 이르면 결사에 대한 강조는 거의
찾아보기 힘들고 내신 운명으로서의 민족 공동체에 대한 집착만이 느러
나게 된다. 그는 심지어 "民族은 運命이다. 아무도 民族의 範圍에서 超脫
할 能力을 가지지 못한다."[34]라고 함으로써 민족적인 것을 개인보다 이
전에 존재하는 선험적인 요소라고 주장하는데, 이러한 주장들은 모두가
개인과 공동체를 새롭게 연결시키기 위한 대안이라 할 수 있을 것이다.
즉, 그것은 동우회, 결사 등이 개인과 공동체를 이어줄 효과적인 매개항
이 될 수 없음에 대한 인식 이후에 이들을 연결하기 위해 내세운 새로운
개념이라는 것이다. 그러나 이러한 주장과 더불어 이광수의 생각은 1910
년대의 생각과는 전혀 상반되는 결과물을 낳게 된다. 그것은 운명이나
팔자에 대한 생각이 이전과 완전히 반대로 되었다는 점이다.

1910년대에 운명이나 팔자는 타기되어야 할 요소로 다루어졌다. 그리
고 자신의 주체적인 능력을 발휘함으로써 자신의 운명을 스스로 개척해
나가야 한다는 생각이 강력하게 피력되었다. 그러나 민족 개념을 선험적
이고 운명적인 것으로 다루면서 운명이나 팔자는 거부할 수 없는 원초적

---

33) 「朝鮮民族論」, 『동광총서』, 1933, ≪전집 10≫, 215면.

34) 위의 글, 같은 면.

인 것으로 생각되어, "아무리 改善하더라도 닭은 닭이요, 오리는 오리다. 여기 個人이나 民族이나의 性格的 運命이 있는 것이다. 八字다, 運命이라 하는 것은 結局 그 個人의 肉體의 構造와 情意의 動向을 가리킨 말이다."[35] 라고 하는 데까지 이르게 된다. 그리고 이러한 생각과 더불어 민족은 개조될 수 있거나 변혁시킬 수 있는 대상이 아니라는 인식에 이르게 된다. 민족적인 것이 운명적인 것이고 선험적인 것이라면 여기에는 개조나 변화라는 것이 있을 수 없기 때문이다. 1930년대 들어 민족의 개조에 대한 논의를 거의 찾아볼 수 없는 이유가 바로 여기에 있다고 하겠다.

한편 이러한 변화와 더불어 민족 고유의 전통과 농민 계층이 새롭게 주목되고 있다는 사실을 지적할 필요가 있다. 민족 고유의 전통이 새롭게 주목되는 것은 이 속에 내재해 있는 공동체주의 때문이다. 이러한 생각은 「옛 朝鮮人의 根本道德」, 「朝鮮民族論」, 「民族에 關한 몇 가지 생각」 등에서 공통적으로 나타나는데, 이광수는 이들 논설에서 옛 조선의 집단 생활, 공동체주의, 구실주의 등에 대해 고평하고 있다. 이 가운데 구실주의라고 하는 것은 "아들 구실, 아비 구실, 아내 구실, 남편 구실 통틀어 사람 구실이 人生이 一生에 할 일"[36]이라고 생각하는 주의로, 이는 곧 그 자신이 1910년대에 비판했던 명분론에 바탕을 둔 주자학적 질서에 해당하는 것이다. 말하자면 그는 이전에 자신이 비판적으로 생각했던 것들을 완전히 복권시키고 있는 것이다. 농민 계급이 새롭게 주목되고 있는 것 역시 이러한 생각의 변화와 관련이 된다. 1920년대의 사상에서 중요하게 다루어졌던 것은 지식인 계급이었다. 그것은 1920년대의 강조점이 민족의 개조이고, 이를 위한 동맹의 결사에 있었기 때문이다. 즉

---

35) 위의 글, 216면.

36) 「옛 朝鮮人의 根本道德」, 앞의 글, 212면.

민족을 개조하고 동맹을 결사하기 위한 주체로 상정된 것이 지식인 계급이었던 것이다. 그러나 1930년대 접어들면서 민족 고유의 공동체주의가 복원되는 자리에서 강조되는 것은 농민 계급이다. 그것은 농민 계급이 공동체적 생활 방식을 그대로 보여주기 때문이다.

이처럼 운명공동체로서의 민족에 대한 인식은 1910년대는 물론 1920년대의 사상과도 구별되는 새로운 사상적 면모를 보여준다. 그러나 이는 다른 한편으로는 개인과 공동체 사이의 무매개적 결합을 낳으면서 1910년대의 사유로 회귀하게 하는 결과를 낳는데, 이는 "진실로 어떤 程度의 靑春享樂은 靑年의 특권이라고도 할 만한 것이다. 그렇지마는 人生에게는 享樂의 本能的 懇求가 있는 同時에 社會에 對한 義務感도 또한 本能的으로 存在한다."[37]라고 하여, 개인이 향락을 추구하는 것이 본능적인 욕구인 것과 마찬가지로 사회에 대한 의무감 역시 본능적인 욕구로 존재한다고 생각하는 데서 구체적으로 확인할 수 있다. 이것은 1910년대에 보여주던 개인과 공동체 사이의 연속적 사유와 전혀 다르지 않은 사유 방식이다. 그러나 1910년대에는 이러한 연속적 사유가 개인주의 윤리에 대한 자신감 넘치는 주장을 낳았다면 1930년대의 그것은 단지 공동체를 강조하면서 이를 강조하기 위한 원리적 기초로 이를 활용하고 있다는 점에서 차이가 있다.

이상에서 살펴 본 것처럼 공동체를 강조하는 자리에서 이전의 생각들이 전면적으로 부정된다거나 연속적 사유가 새롭게 부활되고 있음을 알 수 있다. 이러한 사실은 결국 이광수에게 있어 개인과 공동체를 이어줄 수 있는 수난이 되는 매개항에 대한 생각이 거의 희박함을 드러내 주는 부분이 될 것이다. 말하자면 이러한 매개항에 대한 생각이 결여되어 있음

---

37) 「靑年에게 아뢰노라」, 『신동아』, 1932.2, 《전집 10》, 206면.

으로 인해 개인주의적 윤리가 그토록 강렬하게 제기될 수도 있었고, 이와 반대로 공동체적 윤리가 또 그토록 강렬하게 제기될 수도 있었다는 것이다. 바로 이러한 사실이야말로 이광수의 사상이 갖는 내적 한계, 혹은 전근대성을 드러내 주는 부분이 될 것이다. 한편 이러한 사유 방식은 그가 친일의 길로 들어선 이후에도 계속적으로 남아서 그 자신과 국체 사이를 이어주는 방식으로 작용하기도 하는데, 이런 맥락에서 공동체를 중심으로 한 개인과 공동체 사이의 무매개적 사유가 내선일체론으로 나아가게 만든 주요한 이유였던 것은 아닐까 생각해 볼 수도 있다.[38]

5. 결론

이상에서 이광수의 논설에서 개인과 공동체가 어떠한 의미를 지니고 있는가 하는 것을 살펴보았다. 이를 간략하게 정리하면 다음과 같다.

---

[38] 예를 들어 다음과 같은 대목을 생각해 볼 수 있다. "食事가 끚나매 우리는 各自의 職場으로 나갈 것이다. 이것도 在來의 생각 모양으로 自己의 私慾을 채우려 함이 아니라, 新體制에 잇서서의 職域奉公이란 것이다. 國民 各自가 제 職域에 잇서서 제 職分을 다 함으로 國家에 奉公한다는 것이다. 從來로 말하면 軍人이나 官吏의 職分만을 奉公이라고 하엿지마는 新體制에 잇서서는 모든 職業이 다 奉公이다. 私利私慾을 爲하여서 하던 職業은 다 消滅되고 마는 것이다. 商工業도 新體制에 잇서서는 全部 個人의 利得을 爲한 營業이 아니다. 모도가 國家 目的을 爲하여서 하는 經濟活動의 分擔에 不外하는 것이다."(「心的 新體制와 朝鮮文化의 進路」,『매일신보』, 1940, 이경훈 편역, ≪춘원 이광수 친일문학전집Ⅱ≫, 평민사, 1995. 100면) 개인이 하는 일이 그 자체로 공동체 전체의 목적과 자연스럽게 부합된다거나 무엇을 하든 공동체 전체의 일로 생각하면서 하라고 말하는 것은 모두가 연속적 사유의 전형적인 방식들이다. 이는 한 개인이 자신에게 주어진 욕망을 따라 행동하는 것은 결과적으로 공동체 전체의 욕망 추구와 자연스럽게 연결된다고 생각한 1910년대의 사유방식과 거의 유사하다.

1910년대 논설들은 개인과 공동체에 대한 무매개적이고 낙관적인 인식으로 인해 개성과 개인의식의 자유로운 발산을 강조하는 것으로 특징지어진다. 즉 이광수가 그토록 자신감 있게 주어진 욕망을 따라 행동하라고 이야기할 수 있었던 것은, 개인의 욕망 추구가 공동체 전체의 욕망 추구와 자연스럽게 일치할 것이라는 기대가 작용했던 때문이라는 것이다.

개인과 공동체의 연속적 자유가 후퇴한 자리에서 이광수가 새롭게 인식하게 되는 것은 동우회, 결사 등의 개념으로, 이것이 강조되는 것은 1920년대 들어서이다. 동우회, 결사 등은 개인과 공동체 사이를 이어주는 일종의 매개항이다. 개인과 공동체 사이의 매개항에 대한 인식은 개인과 공동체 사이의 관계에 대한 근대적인 인식의 토대가 될 수도 있었으나, 이광수의 경우 여기까지는 이르지 못하고 있다. 1930년대에 이르러 이광수가 공동체주의로 완전히 함몰해 들어가는 근거 역시 여기에 있을 것이다.

이상의 논의를 통해 다음과 같은 결론을 얻을 수 있다. 첫째, 이광수의 사상 전개 과정에는 연속성과 불연속성이 동시에 존재한다. 개인과 공동체에 대한 인식이 각 시기에 따라 각각 다른 양상으로 나타난다는 점에서 볼 때 이광수의 사상은 불연속성을 지니지만, 이러한 흐름 속에 공동체에 관한 관심이 지속적으로 나타난다는 점에서 이광수의 사상은 연속성을 지닌다. 이것은 이광수 사상의 핵심적인 요소가 개성·개인의식에 있기보다는 공동체에 있다는 이야기이기도 하다. 비록 이광수가 1910년대에 개성·개인의식을 강조하기는 했지만 그것은 어디까지나 공동체에 대한 논의의 연장신상에서, 공동체를 변화시키는 하나의 방법론으로 제시된 것일 뿐 그 자체로는 크게 의미가 없다는 것이다.

둘째, 이광수는 개인과 공동체를 연속적으로 사유한 전근대적 사유 방식을 극복하지 못하고 있다. 비록 두 번째 시기에 이르러 이광수가 둘 사이의 불연속을 인식하고 이를 매개하기 위한 개념으로서 동우회를 상정하기는 하였지만, 그 인식이 그렇게 철저하지 못했고, 또한 동우회의 존재를 통해 개인과 공동체를 매개해주는 제도적 합리성을 모색하는 데까지는 나아가지 못했음을 확인할 수 있었다. 1930년대에 그가 그토록 쉽게 운명으로서의 민족 공동체 개념으로 나아갈 수 있었던 것 역시 개인과 공동체의 불연속에 대한 이와 같은 인식의 불철저함 때문인 것으로 보인다.

이상의 논의는 우선적으로는 이광수의 사상 자체를 그가 쓴 논설을 통해 검토해 보았다는 데 의의가 있다. 그러나 이는 이광수의 문학을 검토하기 위한 전 단계로서의 사상 구조 해명으로서의 의의를 지니기도 한다. 이것은 이상에서의 논의를 바탕으로 이광수의 문학을 구체적으로 검토하는 자리에서 분명하게 드러날 것이다. 또한 이상의 논의는 개인과 공동체 사이의 관계에 관한 근대문학 초기의 인식 수준을 문제삼기 위한 예비 작업으로서의 의미를 지니기도 한다. 예를 들어 김동인이나 염상섭, 카프 작가들은 개인과 공동체 사이의 관계를 어떻게 인식했고, 이를 어떻게 매개하고자 했는가 하는 것을 이광수의 경우와 비교하여 검토하고 나면 이광수의 위치가 더 분명해질 것은 물론 당대의 인식 수준을 검토하는 데까지 논의를 확장시킬 수 있을 것이다. 이는 차후의 과제로 남기고자 한다.

■ 참고문헌 ──────────────────────────────────

▪ 기본 자료

≪이광수 전집≫, 삼중당, 1971.
이경훈 편역, ≪춘원 이광수 친일문학전집Ⅱ≫, 평민사, 1995.

▪ 단행본

김붕구, 『한국인과 문학사상』, 일조각, 1964.
김붕구, 『작가와 사회』, 일조각, 1973.
김윤식, 『이광수와 그의 시대』, 한길사, 1986.
신용하 편, 『공동체 이론』, 문학과지성사, 1985.
守本順一郎, 김수길 옮김, 『동양정치사상사연구』, 동녘, 1985.
丸山眞男, 김석근 옮김, 『일본정치사상사연구』, 통나무, 1995.
Löwith, Karl., 강학철 옮김, 『헤겔에서 니체에로』, 민음사, 1985.
Neibuhr, Reinhold., 이한우 옮김, 『세속적 인간과 비세속적 인간』, 문예출판사, 1993.

▪ 논문

구인환, 「이광수 사상 연구 시론」, 『한국국어교육연구회 논문집』 19집, 1981.
서영채, 「이광수의 사상에 대한 한 고찰」, 문학사와 비평 연구회 편, 『한국근대문학 연
        구의 반성과 새로운 모색』, 새미, 1997. 29~62면.
송 욱, 「한국지식인과 역사적 현실」, 『사상계』, 1965.
안병욱, 「이광수의 민족개조론」, 『사상계』, 1967.1.
정명환, 「이광수의 계몽사상」, 『성곡논총』 1, 1970.
정희모, 「이광수의 초기사상과 문학론」, 『문학과의식』, 1995. 231~264면.
조연현, 「이광수 문학과 불교사상」, 『불교사상』 12호, 1962.
한규선, 「反유학론을 중심으로 본 이광수의 정치사상」, 서울대학교 석사논문, 1986.

■ 영문초록 ─────────────────────────────

The meaning of individual and community in Lee Gwang-su's editorials

Jeong, Young-hoon

Lee Gwangsu's ideology can be generally classified into the two groups of enlightenment thought and nationalism. Emphasizing the individuality and the individualism when pointing out his enlightenment thought, and emphasizing his stoicism when pointing out his nationalism is the common way of interpretation. This kind of interpretation inevitably reveals the inconsistency of Lee Gwangsu's ideology because individualism and nationalism are contradictory concepts. Previous discussions go only as far as pointing out Lee Gwangsu's ideological limitations and his inability to recognize the inconsistency within his own ideology. The meaning of such inconsistency or its cause have not yet been addressed in these previous discussions of Lee Gwangsu and his works.

This paper aims at revealing the fundamental cause of such inconsistency by examining Lee Gwangsu's understanding of the individual and the community, and its change over time. This paper will make a point of showing that Lee Gwangsu's main interest lies not in the individual but in the community. The individualistic remarks that Lee Gwangsu makes in the editorials of the 1910s are closely connected to his understanding of the relationship between the individual and his/her community. The reason Lee Gwangsu was able to emphasize individuality and liberal manifestation of it during this time was only because he naively believed that the pursuit of individual desires would naturally coincide with the desires of the community as a whole.

Coming into the 1920s, Lee Gwangsu starts to emphasize such concepts as fellowship(Donguhoe) and fraternity(Gyeolsa). This is the result of his understanding that the desires of the individual and that of the community can be separate and distinct. Lee Gwangsu could not sustain his optimistic view on the relationship between the individual and his/her community. Thus, he needed to develop a mediating concept to connect the two - which was the concept of fellowship and fraternity. The development of such concepts could have led to a modern understanding of the relationship between the individual and his/her community and also of the rationality of the institution that mediates the two. However, Lee Gwangsu's venture fails, when in the 1930s he becomes drawn into community. This can be viewed as Lee Gwangsu's own limitations, but it would be more accurate to say that it was the absence of historical conditions to support such ideology that led to his failure.

■ **핵심어**   이광수, 논설, 사상, 개인, 공동체

■ **keyword**   Lee Gwang-su, editorial, ideology, individual, community

접수일자 : 2002. 10. 29

심사기간 : 2002. 11. 9~11. 27

게재결정 : 2002. 11. 28

〈萬歲前〉의 탈식민주의적 읽기

서재길*

목차

1. 머리말

우리 근대 소설사의 전개과정을 '관념성'과 '현실성'의 갈등과 긴장, 그리고 이를 통한 '동시성'의 획득 과정이라는 관점에서 바라볼 때,[1] 문제성이 제기되는 대표적인 작가로 김동인과 염상섭을 들 수 있다. 1920년 대 초기 소설의 형성과정에 대한 연구와 더불어 이 두 작가의 초기 소설에 대한 연구에 최근 관심이 모아지고 있는 것은 '근대'를 바라보는 새로운 시각의 대두와 여기에 근거한 문학사의 재구성에 있어 이들의 중요성

---

* 가톨릭대학교 강사

[1] 김윤식, 「소설사적 과제로서의 관념성과 동시성」, 『한국현대문학비평사론』, 서울대 출판부, 2000. 참조.

이 새삼 부각되었기 때문일 것이다. 특히 본고가 대상으로 삼은 염상섭의 <萬歲前> 역시 이러한 맥락에서 최근에 지속적인 주목의 대상이 되고 있는데,[2] 이는 이 작품이 다양한 차원에서의 접근과 해석을 견뎌낸다는 의미에서의 정전(正典, canon)의 반열에 속하고 있음을 시사하는 것이라 하겠다. 고백체 소설에서 리얼리즘 소설로 변모하는 염상섭의 소설 세계의 변모 과정에서 경계에 서 있다는 점이 <만세전>이 지닌 작가론적 측면에서의 중요성이라면, 몇 번의 개작을 통해 근대 소설 텍스트의 확립 과정을 여실히 보여 준다는 점은 이 소설이 근대소설사 나아가 근대문학사에 있어서 지니는 중요성이라 할 것이다.

그런데 근대소설의 실험성으로서의 '관념성'과 '동시성'온 '인공어'를 '민족어'로 구현해야 한다는 문체론적 층위에서뿐만 아니라 소설 텍스트의 이데올로기적·서사적 층위에 있어서도 문제시될 수 있다. 예를 들어 <만세전>에서는 서술자가 개입한다든지 하여 시점의 혼란이 드러나는

---

2) <만세전>에 대한 근년의 대표적인 연구로 다음을 들 수 있다. 한기, 「한국 근대소설의 진정한 출발, 그 근대성의 기념비적 성격」, 정호웅 외,『장편소설로 보는 새로운 민족문학사』, 열음사, 1993 ; 이선영, 「시각상의 진보성과 회고성」,『리얼리즘을 넘어서』, 민음사, 1995 ; 박상준, 「지속과 변화의 변증법 : <만세전> 연구」,『관악어문연구』 22, 1997 ; 장수익, 「식민주의를 벗어나는 고뇌의 여로―<만세전> 읽기」,『현대시사상』, 1998. 봄 ; 박종홍, 「염상섭의 초기 소설, 개성의 자각과 생활의 발견」, 문학사와비평연구회 편,『염상섭문학의 재조명』, 새미, 1998 ; 하정일, 「보편주의의 극복과 복수의 근대」, 문학과사상연구회 편,『염상섭 문학의 재인식』, 깊은샘, 1998 ; 김종균, 「민족 현실 대응의 두 양상―<만세전>과 <두 출발>」, 김종균 편, 『염상섭 소설 연구』, 국학자료원, 1999 ; 김종욱, 「<만세전>의 시간―공간 구조 연구」,『한국현대문학연구』 7집, 한국현대문학회, 1999 ; 최태원, 「'묘지'와 '만세전' 사이의 거리」,『한국학보』 103, 2001 여름 ; 손정수, 「초월적 자아와 현실적 자아―<만세전> 주인공의 자기정체성」,『한국근대문학연구』 5집, 한국근대문학회, 2002 ; 이찬, 「일상적 삶을 구획하는 규범 체계와 식민지 지배권력의 해부―염상섭의 <만세전>론」,『한국근대문학연구』 5집, 한국근대문학회, 2002.

부분이 여러 군데 있는데, 이는 화자의 주체 분열이 주인공의 의식과 소설 텍스트 구성에 개입하여 텍스트의 서사적 특성을 변모시키는 '동시성'의 사례가 될 수 있다. 이런 까닭에 주인공의 내면을 통해 드러난 소설 속 주체의 구성 양상을 고찰하는 것은 중요한 작업이 될 수 있다. 특히 그 주체가 통합적인 일관성을 보여주기보다 텍스트를 구성하는 내적·외적인 모순들에 의한 분열적 양상을 드러낸다면 더더욱 그러하다.

 <만세전>에 관한 논의는 식민지 현실의 재현이라는 측면을 강조한 연구에서 시작하여 소설 텍스트의 근대성을 논하는 것으로 이어졌으며, 최근에는 텍스트를 구성하는 다양한 요소들의 혼재 및 분열상에 대해 실증적으로 논구하는 작업이 이루어진 바 있다. 본고는 기존 연구의 성과를 이어받으면서, 특히 주인공 이인화의 주체 분열의 양상에 초점을 맞추어 논의를 진행했다. 그리고 이인화의 내면을 형성하고 있는 계몽주의 담론이 일본의 식민주의적 민족성 담론에 기인한 바가 크다는 것을 실증적으로 고찰하고 탈식민주의적 관점에서 해명하려 했다. 이를 통해 궁극적으로 '식민지 지식인의 발견 여행' 혹은 '원점 회귀형 여로'라는 기존의 연구를 새로운 시각에서 해석할 수 있을 것으로 본다.

2. 冊床島令任, 식민지 지식인의 존재론적 분열

 <만세전>에서 주인공 '나'(이인화)는 동경 W대학의 문과대학에 재학 중인 유학생으로 그려지고 있다. 그런데 이 '유학생'이란 특수한 신분은 주인공으로 하여금 존재론적 모순성을 부여하고 있다. 이인화는 근대 교육을 받은 계몽적 지식인이면서 동시에 식민지 피지배 민족의 일원이기도 하다. 말하자면 이인화는 추상적 근대인이라는 하나의 신분과 식민

지 지배민족의 일원이라는 신분의 모순적 결합 속에 놓여 있다.[3] 그리고 이런 이중성의 한 측면이 강조되거나 부각되면서 진행되는 서사 속에서 식민지 지식인이 지닌 존재론적 모순성이 노정된다.

민족적 모순을 그리 첨예하게 느끼지 않아도 되는 동경에서 '대학생' 이인화는 문과대학 학생 고유의 내면적 고뇌를 지니고 있다. 그는 "그릇된道德的觀念으로부터 解放되는거기에 眞正한生活이잇"다고 생각하면서 "生命의 內容인 戀愛"를 추구한다. 또한 "정말自由는 空虛와 孤獨에 잇"고 이를 위해서는 "世俗的으로는 落伍者에 自適하겟다는 覺悟"를 갖지 않으면 안 된다는 생각을 지니고 있다. 그는 조혼한 아내에 대해서는 티끌만큼의 애정도 지니고 있지 않으며, 술집 여급이나 또래의 유학생만이 대화를 나눌 수 있는 유일한 상대이다. 그러하기에 그는 조혼한 아내가 위독하다는 전보를 받고서도 바로 귀국을 하지 않고 서점, 상점에 들러 쇼핑을 하고, 카페에서 여급과 술을 마시면서 유희를 한다. 그런데 이인화가 지니고 있는 계몽적 지식인으로서의 내면적 고민이란 관념적인 성격이 짙다. 그가 추구하는 "진정한 생활"이란 생활과의 교섭을 통해 나온 것이라기보다는 식민지 제국의 대학을 통해 얻어진 추상적 차원의 것이며, 그의 욕망은 다이쇼오기 일본 문학의 텍스트를 간접화함으로서 형성된 '매개된 욕망'인 것이다.[4] 문제는 이인화의 욕망을 중개한 매개자인 다이쇼오기 일본문학을 낳은 토대로서의 일본 근대사상은 궁극적으로는 제국주의의 논리에 맞닿아 있다는 점에 있다. 이광수의 주인공들이

---

3) 이인화의 신분적 모순성에 대해서는 이미 징수익이 지적한 바 있다 (장수익, 앞의 논문 참조). 그리고 이러한 신분적 모순성은 서사의 진행 과정에 있어서는 '관찰하는 나'와 '관찰당하는 나'의 두 가지 모습으로 나타나고 있다.

4) 르네 지라르가 『낭만적 거짓과 소설적 진실』에서 분석한 소설 주인공의 욕망에 대한 논의를 염두에 두고 논의를 전개하였음을 밝혀 둔다.

그러하였듯 이인화 역시 '제국주의 / 식민지'라는 근원적 모순에 대한 고민과 반성이 사라진 추상적·관념적 차원에서 근대를 바라보고 있는 것이다. 그러하기에 그의 현실 비판의 시각은 관념적 주체로서의 추상적 근대인의 그것이며, 여기에는 민족 개념이 개입되어 있지 않다.

여기에서 소설 <만세전>이 아내의 위독을 알리는 김천 형님의 '急電'에서 시작한다는 것에 주목해 보자. 이인화가 간접화한 욕망으로서의 근대적 주체의 내면은 실제의 현실, 이른바 '活事實'(김동인의 용어)이라는 타자와 마주칠 때 끊임 없이 반성의 대상이 되지 않을 수 없다. 이 반성을 통해 이인화는 자신의 욕망이 매개된 것이라는 것, 그리고 그것은 관념성·추상성의 차원에 머물러 있다는 것을 어렴풋이 깨닫기도 한다. 사랑하지도 않는 아내의 위독을 핑계로 귀국하려는 자신의 모습을 "虛僞의 짓"이라 생각하며 "萬一에엇에까지든지 캐어무를것가트면 自己自身의 明答을 어덧슬" 것이라고 깨닫고 있으면서도 그는 "니ㅅ몸(齒根)이 근질근질하는것가타야서 다시 건드리지도 안코 自己마음을 살짝덥허두"며, 自己는 굿세고놉게살니겟다하면서, 可憐한一個女性을弄絡하랴"는 자신의 태도를 "精神的娼婦"라 생각하면서도 "사랑이니무어니 머리쌀압흐다"는 핑계를 대는 것이다.

이와 같이 동경의 이인화에게 있어 그의 내면이 지닌 추상성·관념성이 때로 반성적 의식의 대상이 되기는 하지만, 그의 생각은 이러한 머뭇거림에 그치며 반성적 사유는 더 진전되지 않는다. 그러하기에 관념적 주체가 지닌 추상적 근대성에 대한 반성은 이인화의 내부에서부터 자연스럽게 형성되기 힘들고 외부적인 개입에 의해 이루어질 수밖에 없다. 동경에서 고베, 시모노세키를 거쳐 부산, 김천, 경성에 이르는 여로에서 이인화는 다양한 인물 군상을 만나면서 동경이었더라면 겪지 않았을 색다른 체험을 하게 되는데, 식민지 조선에서 날아온 한 통의 전보는 바로 이 여행을 가능케 하고 있는 것이다. 그런 점에서 '전보'는 이 작품에서 서사를 진행하는 최초의 '사건'으로서 기능하고 있다.[5]

이제 이인화는 귀국 여행을 통해서 몇 가지 중요한 체험을 하게 되는데, 연락선 목욕탕 속에서 듣게 된 일인들의 대화, 일본인 형사들에 의한 검문과 가방 수색으로 인한 수치의 경험, 그리고 새벽에 도착한 부산항 주변의 풍경과 혼혈아인 여급과의 대화, 공동묘지를 둘러 싼 형님과의 논쟁, 기차 속에서 벌어지는 공동묘지 제도를 둘러싼 대화들이 그것이다.

우선, <만세전>을 식민지 지식인의 민족적 자기 발견이라는 관점으로 파악하고 리얼리즘적 성취를 이룬 것으로 평가하게 한 목욕탕 장면을 살펴 보자. 부관 연락선의 삼등칸 목욕탕에서 일인들 사이에 이루어지는 대화를 통해서 이인화는 조선인 노동자 착취 사건의 진상을 듣게 된다. 이 장면은 당시『동아일보』지면에서 사회 문제가 되었던 일본인에 의한 조선인 노동자 강제 송출이라는 시사적 사건을 개입시킨 것으로[6], 여기에서 이인화는 지금까지 자신이 계몽적 근대 지식인으로서 추구해 오던 가치가 지닌 '관념성'을 어렴풋하게나마 인식하고 자신이 "冊床島令任"에 불과하다는 생각을 갖게 된다.

---

5) '전보'에 의한 서사의 전개, 혹은 반전은 김승옥의 <무진기행>에서도 드러나고 있다는 점에서 두 작품의 비교는 무척 흥미롭다. <만세전>에서 '동경'에서 '경성'으로 주체를 호명하는 것이 전보의 역할이라면, <무진기행>에서 하인숙의 '편지'와 대립되는 것으로서의 아내의 '전보'는 주인공을 '무진'에서 '서울'로 호출하는 기능을 하고 있다. 각각의 전보가 호출하는 세계는 상반되지만 그 역할은 동일하다고 볼 수 있다. 결론에서 간단히 살펴보게 되겠지만 <만세전>의 경우 결말 부분에서 서사를 종결하기 위해 '편지'를 이용하고 있다는 점에서 <무진기행>과 비교할 때 '전보'나 '편지'의 서사적 기능이 훨씬 더 크다고 볼 수 있다.

6) 최태원, 앞의 논문 참조.

나는 좀더드르랴고, 일부러 머뭇머뭇하여 안젓스랴니까, 乘客이
다―올너탓는지, 瞥眼間에 浴湯의한쎄가 듸미러드러오기에, 今時
初聞의그무서운이야기를, 곰々생각하며 몸을홈치기始作하얏다. 스
물두셋씀된 册床島令任인 그쌔의ㅅ나로서는, 이러한이야기를듯고
놀라지안을수업섯다. 人生이 엇더하니 人間性이 엇더하니 社會가
엇더하니하여야, 다만심々파적으로하는 卓上의空論에 不過할것은
勿論이다. 아버지나, 그러치안으면 코ㅅ백이도보지못한 祖上의陰
澤으로, 工夫字나하얏거나, 小說卷이나 들처보앗다고, 人生이니
自然이니 詩니 小說이니한다야 結局은배가불너서, 飽滿의悲哀를
呼訴함일다름이요, 實人生 實社會의裏面의裏面 眞相의眞相과는
아모關係도 連絡도 업슬것이다. 그러고보면 내가 只今하는것, 일로
부터하랴는일이 結局무엇인가하는 疑心과不安을 늑기지안을수가
업섯다「一年열두달 죽도록 애를쓰고도, 半年짝슨 시레기로 목슴
을 니어나가지안으면안되겟스니까……」하는말을들을際, 그것이
果然事實일까하는疑心,이날만치, 나는 귀가번쩍하얏다. (중략) 이러
한意味로 올봄에 散文詩를 쓰든, 自己의 空想과淺慮가 돌이어북그
럽엇다.7)

지금까지 민족적 자의식이 배제된 추상적 근대성의 차원에서 자신의
존재를 규정하고 있던 '보편적 근대인'으로서의 이인화는 일본인에 의한
조선인 노동자 송출 사건을 접하면서 지금까지 자신을 이데올로기적으
로 호명해 왔던 추상적 관념성의 체계에 대한 반성에 이르게 된다. 이는
근대 지식인으로서 자신이 하려던 문학이란 것이 "심々파적으로하는 卓
上의空論에 不過"하다는 생각에 이르게 하고, "工夫字나하얏거나, 小說
卷이나 들처보앗다고, 人生이니 自然이니 詩니 小說이니한다야 結局은
배가불너서, 飽滿의悲哀를呼訴함"에 지나지 않는다는 근본적인 반성으

---

7) 염상섭, <萬歲前>, 고려공사, 1924. 61~62면. 이하 인용은 특별한 언급이 없는 한
   고려공사본 텍스트의 면수만을 표시하며, 강조는 인용자의 것임을 밝혀 둔다.

로 이끈다. 이를 통해 이인화는 관념성의 체계에 불과했던 추상적 근대성을 탈피해 "實人生 實社會의裏面의裏面 眞相의眞相"에 대한 관심을 표명하기에 이른다. "내가 只今하는것, 일로부터하랴는일이 結局무엇인가 하는 疑心과不安"이라는 표현에서 나타나듯 문학인으로서의 근본적인 자의식과 더불어 '實人生 實社會'에 대한 관심이 제기되기 시작하는 것이다.

3. 喜劇을 演作하는 鸚鵡새: 수치 경험과 주체 형성

목욕탕에서 일인들의 대화를 듣는 순간 갖게 된 이인화의 민족적 자기인식은 그러나 상념의 차원에서 제기되는 것일 뿐 내면화된 자기의식에 이르지는 못한다. 이인화가 스스로 "亡國民族의一分子"임을 자각하고 있으면서도 뚜렷한 민족적 자의식을 보여주지 않으며[8] 심지어 짐짓 일본인 행세를 하기도 하는 것은 이인화의 내면에 있어 근본적인 모순항이 '식민제국 일본 / 피식민지 조선'이라는 민족적 대립이 아니기 때문이다. 오히려 그에게는 '근대인 / 전근대인'의 대립 혹은 '우월적 존재로서의 지식인 / 열등하고 우매한 민중'이라는 계급적 모순이 지배적인 것처럼 보인다. (이는 연락선에서 강제로 내려져 가방 수색을 당하고 들어와 식민지 백성으로서의 울분을 느끼면서도 다음 날 아침 식당에서 앞다투어 밥을 먹는 사람들의 무리를 보며 우월한 위치에서 조소를 한다든지, 부산

---

8) "事實말이지, 나는 所謂憂國의志士는아니다. 自己가 亡國民族의一分子이라는事實은 自己도 間或은 明瞭히 意識하는 바요, 짜라서 苦痛을 感하는째가 업는것은아니나, 이째것一亡國民族의一分子가된지, 벌서七年동안이나되는 오늘날까지는, 事實 無關心으로지냇고,쏘四圍가그러하게, 나에게는 寬大하게 내버려두엇섯다." (52~53면)

항에 도착해서 연락선에서 내리는 장면에서 "될수 있으면 日本사람으로 보아달나는 요구인지 기원인지를 머리ㅅ속에 쉴새업이 뇌이"고 있는 것에서도 잘 드러나고 있다. 말하자면 이인화는 민족적 차별이 사상(捨象)된 추상적 근대성이라는 가치에 전면적으로 노출되어 있어 조선인 노동자들을 '조선인'으로보다는 '노동자'로서 바라보기 때문에 목욕탕 사건을 통해서 떠오른 상념들은 자신과 그들 사이의 민족적 자기정체성의 문제로 확대되지 않는다.

이인화가 "실인생 실사회의 이면의 이면 진상의 진상"에까지 이르게 되는 것은 목욕탕 속에서 들은 일인들 사이의 대화를 통해서가 아니라, 목욕탕에서 나오다 자신을 부르는 '임바네쓰'를 통해 일본인으로 가장해 왔던 자신의 존재가 타자의 시선 속에 노출되는 것에 의해서이다.[9] 지금까지 민족적 자기정체성이 결여된 추상적 존재였던 관찰하는 주체로서 우월성을 담지해 오던 나의 존재는 '임바네쓰'의 등장에 의해 조선인으로 호명되며, 지금까지 우월한 위치에서 사람들을 '관찰하는 나'는 순식간에 관찰하던 대상에 의해 '관찰당하는 나'의 처지로 바뀐다. 이러한 역전 과정은 '수치'라는 정서적 체험을 수반한다.

> 나의姓名과 그사람의語調를듯고, 우리가 朝鮮사람인것을 斟酌한 여러日人의視線은, 나에게서 그者에게, 그者에게서, 나에게로 올지갈지하는 모양이엇다. 말하자면 우리두사람은, 日本사람압헤서 喜劇을演作하는 鸚鵡새의格이엇다. (중략) 여러 사람들의 輕蔑하는듯한 視線은, 如前히 내얼골에 거미줄느리듯이 어리우는것을 깨다랏다. 아짜 이야기하든세사람은, 횔근횔근 겻눈질을하는것이

---

9) 이인화의 반성적 의식에 타자의 시선이 관여하고 있다는 사실은 손정수, 「한국 근대 초기 소설 텍스트의 자율화과정 연구」(서울대 박사논문, 2001)에서도 지적되고 있다.

分明하얏스나, 나는 돌이어 그 視線을 避하얏다. 不快한생각이 목
구멍밋까지 치미러오는것갓틀뿐아니라, 어쩐지 긔운이줄고 억개가
처지는것가타얏다. (중략) 船室內의數百의눈은, 모다나에게로 모혀
드럿다. 여기저기서 수군거리는소리도 들리엇다. 나는 얼골이 확근
확근하야 더섯슬수가업섯다. (63～65면)

지금껏 관찰하는 주체로서 우월성을 지니고 있던 나는 '임바네쓰'의
호출에 의해 "船室內의 數百의 눈"의 "겻눈질"에 노출된다. 지금까지
관찰자로 있던 자신의 주체 형성에 전혀 관여하고 있지 못하던 타자의
'시선(눈초리, regard)'이 순간 자신을 "경멸하는 듯" "거미줄느리듯이 어
리우"고, "不快한생각이 목구멍밋까지 치미러오는것갓틀뿐아니라, 어쩐
지 긔운이줄고 억개가처지는것가타얏다"고 느끼는 순간, 우월적인 위치
에서 타자를 사물화하면서 관찰하던 주체였던 이인화는 이제 관찰당하
는 객체, 주체성을 박탈당한 사물적 존재로 격하된다. 이러한 사물적 존
재는 "喜劇을演作하는 鸚鵡새"라는 수사적 표현을 얻거니와, 이는 '수치'
를 통해 인격적 주체가 만들어진다는 사르트르의 '수치의 삼각형' 도식
을 떠올리게 한다. 사르트르의 "'나'는 '타자' 앞에서 '나'에 대해 수치를
느낀다"10)라는 수치의 삼각형 도식은 <만세전>에서 " '보편적 근대인'
이었던 '나'는 '(일본 사람들의) 시선과 (수군거리는)소리'라는 '타자' 앞

---

10) 사르트르가 그의 이른바 현상학적 존재론에서 말하는 '수치의 삼각형' 도식은 그의
『존재와 무』의 3부 「대타존재」에서 해명되는데 "'나'는, '타자' 앞에서, '나'에 대해
수치를 느낀다"(J. P. Sartre, 손우성 역, 『존재와 무 I 』, 삼성출판사, 1991. 477면.)라
는 말로 집약된다. 수치는 타자의 시선의 존재에 의해서 내가 대상화됨으로써 나타
난다. 즉, 타자는 내 대상성의 필요조건이고 수치란 "타자 앞에서의 수치"이다. 앞
의 인용에서 앞의 '나'가 지향적·전반성적 의식으로서 비인격적·익명적 존재의
의미를 지님에 비해, 뒤의 '나'는 반성적 의식을 통해 형성된 인격적 주체에 보다
가까운 개념이라고 할 수 있다.

에서 '조선인'으로서의 '나'에 대해 수치를 느낀다"로 변용된다. 타자의 시선이 개입하기 이전 추상적·비인격적 존재였던 나는 이제 '조선인'이라는 표지가 덧붙여진 하나의 사물적 존재로 전락해 버린다. 사물적 존재로 격하되는 순간 이제 '시선'이 사라진 상태에서도 '소리'만으로도 나의 주체성은 타자의 개입을 막을 수 없으며, 궁극적으로는 인격적 존재로서의 일본인이라는 타자가 사라진 시공간에서도 나는 타자의 시선을 의식하지 않을 수 없다. "타자는 지옥이다"라는 표현처럼 타자를 인식하지 않으면 안되는 인간 존재의 숙명, 사르트르가 "우주의 내적 출혈"이라고 칭한 인간 존재의 근원적 실존이 이인화에게 체험되고 있는 것이다.

이러한 수치의 체험을 통해 이인화는 조선인으로서의 자기정체성에 대한 질문에 맞부딪치거니와,『신생활』연재의 <묘지>가 <만세전>이란 제목으로 재탄생하면서 새롭게 추가되는 제3장의 첫 장면이 "자기의 지위나 처지"에 대한 상념에 대한 서술에서 시작되고 있음은 자못 음미할 만하다.

> 사람이란 自己보다 優越하거나 劣等한사람에게 對할째가티, 自己의 地位나 處地라는것을 明瞭히意識할째가업다. 同位同格者끼리는 境遇가갓기째문에 서로共鳴하는點도만코 서로同情할수도잇슬쑨안이라, 누가 잘난톄를하고 누가 굽힐餘地가업다. 그러치만 優劣이 相隔하면 共鳴이나 同情이라하는것보다는 먼저 自己의地位나 處地에對한意識이 압흘서서 한편에서는 거드름을 쌔이면, 한편에서는 고개가 숙으러지고, 저편이 등을 두들이는酬酌을하면, 이편은 마음이여린사람일지경가트면, 惶悚無地해서 긴한톄를하야보기도하고, 自尊心이굿세인者면 屈辱을늣기어서 反感을품을것이요, 쏘저편이 威壓을 하랴는態度로 나오면 이편은 꿈찔하야 납천쟁이가 되거나 그러치안흐면 反抗的態度로 나오는것이다. 社會組織이라든지, 敎育이라든지, 한層더드러가서 사람의心理가 根本的으로

잘되어 그러튼지 못되어그러튼지 何如間 사람이란 그리하야 보고
십흔것이다. (73면)

위의 인용은『신생활』연재의 <묘지>가 미완으로 끝난 뒤[11] 2년 후인
1924년 <만세전>으로 제목이 바뀌어『시대일보』에 다시 연재되기 시
작하면서 새롭게 집필된 부분 중 맨 첫 부분이다. 이 장면은『신생활』
연재 3회분에서 '임바네쓰'에 의해 배에서 내려져 수색을 당한 뒤 다시
배로 올라온 이인화가 갑판 위에서 눈물을 흘리는, 작품 전체를 통틀어
이인화의 감상적인 모습이 가장 두드러지게 표현되고 있는 장면에 이어
지는 것으로, 이인화가 수치 체험을 통해 "自己의 處地와 地位에 對한
意識"으로 이끌려졌음을 보여주고 있다. '임바네쓰'의 호명을 통해 수치
감을 느끼고 그 감정의 정체를 밝히는 작업이 "자신의 처지와 지위에
대한 의식"을 낳게 하였으며, 그것은 수치감의 연원에 대한 의식으로
이어진다. 그것은 결국 자신에게 주어진 "흰옷입은百姓"이라는 표지, 즉
조선인으로서의 자화상에 대한 사유로 나아가게 됨을 뜻한다.

이인화는 자신이 수치를 느낄 수밖에 없는 것이, 지금까지 애써 자각하
지 않으려 했던 자신이 조선인이라는 사실에 있다는 것을 깨닫는다. 또한
지금까지 자신을 일본인과의 차별성이 무화된 추상적인 '계몽적 지식인'

---

11) 잘 알려져 있듯 <만세전>은 단행본으로 출간되기 이전에 <묘지>라는 제목으로
『신생활』1922년 7월호부터 연재되었다. 이 중 3회분은 9월호에 연재될 예정이었으
나 당시 총독부 측의 검열에 의해 전문 삭제된 것으로 알려져 있다. 현재 쉽게 도서
관에서 볼 수 있는 영인본(현대사 간)의 경우 3회분이 실려 있는데 9월호의 원본을
확인하지 못해 확언할 수 없지만, 이 자료는 총독부 검열본을 영인한 것이 아닌가
짐작된다. 서지 사항에 대해서는 이재선, 「일제의 검열과 <만세전>의 개작」, 권영
민 편, 『염상섭 문학연구 (염상섭 전집 별권)』, 민음사, 1987. 283면(『문학사상』84
호, 1979. 11에 재수록) 및 김윤식, 『염상섭 연구』, 서울대출판부, 1987. 224면. 참조).

으로서 여기게 함으로써 그렇지 못한 인간들 (하층 계급의 조선인과 일본인)을 얕보게 하던 우월감이 이제 유지될 수 없음을 느낀다. 지금까지 자신을 규정하던 '보편적 근대인'이라는 자기 규정이 '조선인'이라는 표지에 의해 송두리째 무너져 내림으로써 이인화는 계몽적 근대인으로서의 자기 인식이 '관념성'에 불과하였음을 깨닫게 된다. 경성으로의 여행은 동경에 있었더라면 애써 떠올릴 필요가 없었을 조선인이라는 신분적 자각을 가능하게 한 것이다.

4. 불상한 흰옷입은 民族의 運命: 식민 담론의 내면화

위에서 살핀 것처럼 '수치'의 경험을 통해서 이인화는 비인칭적 추상적 근대인으로서의 '관념적 주체'의 위치에서 벗어나 현실적이고 인격적인 주체로서 자신을 인식하게 된다. 관념적인 것으로만 존재했던 추상적 주체가 식민지라는 구체적 현실과 만나면서 지금까지 투명인간과도 같이 세계 내에 존재하지 않았던 '나'는 수치를 통해 하나의 인격적 존재로서 탄생하게 되고, 그 존재는 자신의 수치심의 근원에 대한 물음을 갖게 된다. 조선 땅에 발을 내디딘 이인화는 이제 일련의 체험을 통해서 "그불상한 흰옷입은民族의運命"과 자신에게 덧붙여진 조선인으로서의 자화상에 대해 단편적인 감상들을 표백하게 된다.

> 苟且한놈이 물에빠지면 먼저 뜰것은, 모러보지안어도 주머니쑌이다. 運이조아야 한달三十日에 二十九日을 제처노코, 마즈막날 하로만은三代주린놈이 밥한술쓰니만큼 부푸는것이 苟且한놈의주머니다. (중략) 그도 그럴것이 원악이 苟且한놈이 감을에 콩나기로, 돈圓이나 돈 十圓 어더걸린대야, 어듸다가 어쩌케 별러써야할지모

르는데다가, 뒤주밋히 글키면 밥맛이 더잇다는세음으로 업는놈이
돈푼만저보면 祖上代부터 걸려보지못하든것이나 어든듯이, 前後
不覺하고 쓸데안이쓸데 함부로써버려야지, 한푼이라도 싸불리지를
못하고 몸에진여두면 病이되는것이 苟且한놈의常例이다. 苟且하
기째문에 이러한 얌전한버릇이잇는것인지, 이싸위로 버릇이 얌전
하야 苟且한것인지는 別問題로치고라도, 어쩌튼 自己스스로도모
르는中에 흐지부지 싸불리고나서 안탁가워하는것이 苟且한놈의 갸
룩한八字라는것이다. 그러나 이러한八字가조코그른것은 第二問題
로하고 何如間朝鮮사람의八字를 아모리비싸게 싸저본다야, 이보
다 더나흘것도업고 더神奇할것도업다. (중략) 거룩한釜山! 朝鮮을
질머진釜山! 釜山의八字가朝鮮의八字요, 朝鮮의八字가釜山의八
字이엇다. (83~85면)

위의 인용은 이인화가 부산항에 도착하여 배에서 내린 바로 다음 장면
으로 오랜만에 조선땅을 밟는 그의 소회(所懷)를 드러내는 부분이다. 위
의 인용에 이어 일본 강점에 의해 국적 불명의 도시가 된 부산거리를
배회하는 장면이 이어지는데, 문제가 되는 것은 일본을 떠나 연락선을
내리면서 오랜만에 조선을 마주치는 주인공의 조선에 대한 첫감상이 "구
차한 놈의 주머니"라는 수사로 표현되고 있다는 점이다. 이 표현은 조선
민중의 비참한 생활("구차한 놈의 갸룩한 팔자")이 그들의 근면절약하는
정신의 부족함("구차한 놈의 상례")에서 기인하는 것이라는 생각을 담고
있다. 그리고 부산에 대한 첫인상에서 시작되는 이러한 습성론은 조선
민중의 기질, 나아가 조선 민족 전체의 민족성에 대한 일반화에로 이어지
게 된다.

예를 들어 이른 아침의 거리에 조선인의 자취가 보이지 않는 것을 보고
이인화는 "아마백알盞이나퍼부어가며 쏭쌍거리고 밤을새이다가, 낫을
밤으로알고 잡바젓는게로군"이라고 생각하는데, 이는 아침 거리에 조선

인의 자취가 보이지 않는 것을 곧바로 조선 민족의 게으른 속성에 기인하는 것으로 단정하는 것이다. 그 자신도 조선인임에도 불구하고 조선인을 이렇게 비하하는 이인화의 발상법은 우리를 당혹스럽게 하는데, 이는 '그들'과 '나'는 다르다는 하층 민중들을 경멸하는 엘리트 의식에서 비롯된 것으로 보인다. 즉 조선 민족을 바라보는 그의 내면 속에는 이렇듯 게으르고 무능한 조선 민중과 엘리트 지식인인 자신은 전혀 다른 종류의 인간임에도 불구하고 단지 '조선인'이라는 이유만으로 엘리트 지식인인 '내'가 그 '구차한 놈'들과 동일한 취급을 당해서 불쾌하다는 생각이 숨어 있는 것이다.

이에 비해 부산 거리를 돌아다니며 조선인의 가옥이 하나둘씩 사라지고 이층 양옥이 늘고 있는 것을 보며 "누구의 二層이요 누구를爲한衛生이냐"라고 반문하는 장면에서는 식민지 근대화에 대한 이인화의 비판적 직관을 느낄 수 있다. 그러나 곧이어 이러한 현실을 "어쩌한 勢力에게 밀리기째문이거나 或은 自己가 堅實치못하거나, 自制力과 忍耐力이업서서 쌉살리고만것"으로 진단하는 데에서 이인화의 의식에 일어나는 모순과 분열을 볼 수 있다. 이 구절은 식민지 근대성을 바라보는 이인화의 모순되고 중층적인 시각을 가장 잘 드러내고 있다. 조선 민중의 비참한 삶이 외세(일제)에 의한 식민지 수탈("어쩌한 勢力에게 밀리기째문")에 그 원인이 있지만, 이와 더불어 견실치 못한 조선 민족성("自己가 堅實치 못하거나, 自制力과 忍耐力이업서서 쌉살리고만 것")에도 잘못이 있다는 것이다. "누구의 二層이요 누구를爲한衛生이냐"라고 하는 식민지 근대화에 대한 비판적 문제 제기가 식민지 근대성의 본질에 대한 천착과 탐색으로 이어지지 못하고 몰역사적인 민족성의 문제로 환치되어 버리는 것이다.[12)]

그러하기에 현해탄을 건너온 후 부산에서 김천, 대전을 거쳐 경성으로

이어지는 이인화의 여로는 식민지 현실에 대한 새로운 발견의 여로가 되기
보다는, 내면화된 식민주의적 인식을 연역적으로 확인해 가는 과정이 되어
버린다. 이렇듯 식민지 근대성의 문제를 조선 민족의 민족성의 문제로 파악
하고 있는 이인화의 생각은 여로 속에 나타나는 상념들을 통해서 반복되어
나타나는데, 다음에서 대표적인 몇 장면을 살펴 보기로 한다.

(가) 여긔서諸君이생각할것은 어찌하야 一年二年五年十年……
해가 갈스록 그들의 輕侮하는생각이 더욱더욱늘어가고, 짜라서 十
倍 百倍나 傲慢無禮하도록 만드럿느냐는것이다. / 여긔에는 여러가
지理由가잇슬것이다. 그러나 이것만은事實이다 ─ 朝鮮사람은 外
國人에게對하야 아모것도 보여주지안엇으나, 다만 날만세이면, 자
리ㅅ속에서부터 담배를피어문다는것, 아츰부터 술집이 奔走하다
는것, 父母를처들거나 내가 네애비니, 네가 내孫子니하며 弄지거리
로 歲月을 보낸다는것, 겨오입을쩨어놓는 어린애가 엇먹는말부터
배운다는것, 주먹업는 입씨름에 밤을새이고 이튼날에는 대낮에야
니러난다는 것……, 그대신에 科學的知識이라고는 소당쑥경이 묵
어워야 밥이 잘무른다는것도 모른다는것을, 外國사람에게 實物로
敎育을하얏다는것이다. 하기째문에 그들이 朝鮮에 오래잇다는것은
그들이 우리를 輕蔑할수잇다는 理由와原因을 만히蒐集하얏다는
意味밧게안이되는것이다. (93～94면)

(나) 賤待를 바다두 맛는것보다는 낫다! 그두그럴것이다. 미친톄
하고 썩목판에 업드러진다는格으로 미친톄하고 어리광비젓한醜酌
을하거나, 스라손이 行勢를하야 어쩌튼지 저便의 好感을사고 저便

---

12) 이런 점에서 주인공의 의식의 층위에서 몇몇 구절에 나타나는 이인화의 직감적이
고 즉흥적인 판단을 논거로 삼아 <만세전>의 리얼리즘적 성취를 강조하는 이전의
논의는 문제가 있다고 본다. 최근의 연구가 식민지 현실의 인식이라고 하는 한 측
면을 강조하는 목적론적 독법에 기울기보다는 오히려 식민지 근대성의 양가성과
이인화의 내면적 분열상에 주목하는 것은 이런 점에서 의미가 있다고 하겠다.

을 웃기기만하면 目前에닥처오는 윽박은 면할것이다. 속으로는 요 놈하면서라도 얼굴에만 웃는빗을쩨이면 當場의 急한 辱은 免할것 이다. 姑息, 彌縫, 假飾, 屈服, 卑怯, …… 이러한모든것에 滿足하 는것이 朝鮮사람의 가장 有利한 生活方途요, 賢明한處世術이다. ……朝鮮사람에게 陰險한 性質이잇다하면 그것은 아모의罪도안 일것이다. 在來의 政治의 罪이다. 詐欺取材가 朝鮮사람에게 第一 만흔 犯罪라고 日本사람이 흉을보지만 그것도亦是 出發點은 同一 한 것이다. (136면)

(다) 朝鮮와서보아야 술이나먹고 흐지부지하는것밧게는 할일이 라고는 업는것갓기도하지만, 생각하면, 朝鮮사람이란 무엇에써먹 을人種인지모를것갓다. 아츰에도 한盞, 낫에도 한盞, 저녁에도 한 盞, 잇는놈은 잇서한盞, 업는놈은 업서한盞이다. 그들이 刹那的現 實에서 벗어나는것은 그들에게는무엇보다도 價値잇는노력이요, 그 러하자면 술盞以外에 다른方途와 手段이업다. 그들은 사는것이안 이라 산다는事實에 끌리는것이다. (To live)가 안이라 (To compel to live)이다. 能動이안이라 被動이다. 그들에게 過去에 人生觀이업 고 理想이업섯든것과가티 現在에도 쏘한그러하다. 그들은 自己의 生命이 神의無節制한 浪費라고 생각한다. 朝鮮사람에게서 술盞을 쌔앗어?―그것은그들에게 自殺의길을 敎唆하는 것이다. (168〜 169면)

(가)는 부산거리의 국숫집에 들어가 '담바고타령'을 부르는 기생들과 수작하는 장면에 나타난 이인화의 내면 묘사이다. 처음에 조선에 대해 다소 신비감까지 가지고 있었던 외국인(특히 일본인)들이 한 해 두 해 지나면서 조선 민족을 무시하게 되는 것은 위에서 표현된 것과 같은 조선 민족의 게으름과 비과학적인 몽매함에 그 이유가 있다는 것이다. '그들' 과 '나'는 다르다는 엘리트적 우월의식이 가로막고 있기 때문에 이인화

는 이러한 일본인의 멸시적 조선관을 아무런 저항 없이 수긍해 버리는 것이다. (나)는 경부선 기차 속에서 갓장수 늙은이를 보며 느낀 감상을 서술한 것이고 (다)는 경성에 도착한 후 며칠 동안의 경성 생활의 단상을 적은 것인데, 여기에서도 조선인은 싸움이나 언쟁을 즐기면서 술과 담배로 허송세월하는 게으른 민족으로 간주되고 있다. 나아가 조선 민족의 특징을 드러내기 위해 "姑息, 彌縫, 假飾, 屈服, 卑怯"과 같은 어휘들이 사용되고 있다. 이러한 민족적 자기 비하에 대해서는 우선 그 사실성 여부에 대한 실증적인 고찰이 먼저 이루어져야 하겠지만, 이를 접어둔다손 치더라도 한 개인의 기질에 그칠 수도 있는 문제를 조선 민족 전체의 민족성의 문제로 환원하는 사고 방식의 연원에 대해서는 의문을 가지지 않을 수 없다.

뿐만 아니라 술과 담배를 좋아하고 논쟁하기를 즐겨한다는 것, 심지어 흰옷을 입는다는 것 등 문화적 풍토성에서 유래한 '차이'에 불과한 것을 수치로 여기는 이인화의 인식 구조를 통해 비역사적인 민족성 담론이 식민주의 담론(colonial discourse)으로 전화하는 것을 알 수 있다. 이렇게 이인화에게 나타나는 바 식민지 지식인의 자기 분열은 식민지 제국 일본에 의해 내면화된 조선과 조선인의 이미지에 그 연원을 두고 있다. 즉, 이인화의 우월감과 열등감의 혼재와 그로 인한 분열적 의식의 근저에는 메이지 후기에서 다이쇼오 기에 이르는 시기에 있어서의 일본에 의한 조선인상(像)의 창출이라는 문제가 가로놓여 있는 것이다.

5. 전도된 오리엔탈리즘으로서의 민족성 담론

여기서 <묘지> 1회 연재분이 『신생활』에 발표(1922. 7) 되기 바로

직전에 이광수의 「민족개조론」(1922. 7)이 발표되었다는 점, <묘지> 1
회분이 연재된 『신생활』 7월호에 「춘원의 민족개조론 비판」이라는 논문
이 맨 첫머리에 실려 있다는 점을 기억할 필요가 있다. 「민족개조론」과
<묘지>가 동시대적 텍스트라는 사실은 <만세전>을 이해함에 있어서
중요하게 고려되어야 할 사항으로 보이는데, 이는 이인화가 조선 현실을
진단하는 데 있어 사용하는 "姑息, 彌縫, 假飾, 屈服, 卑怯" 따위의 어휘가
「민족개조론」에서 조선의 봉건성을 비판하면서 사용되는 어휘들과 그다
지 다르지 않기 때문이다. 이광수와 염상섭이 일본 유학생으로서 식민지
제국 일본의 시선으로 근대를 배웠다는 사실에서 출발할 때 우리는 텍스
트가 공통으로 지니고 있는 식민지 현실에 대한 진단이 일본이라는 타자
를 통해서 가능해졌다는 것을 추측할 수 있다. 앞질러 말하자면 이들
식민지 지식인들에게 조선의 현실을 판단하는 눈을 제공한 것은 '전도된
오리엔탈리즘'으로서의 근대 일본의 조선 민족성 담론이었던 것이다.
　근대 일본의 조선관은 메이지 시기의 대표적인 사상가 후쿠자와 유키
치(福澤諭吉)의 조선에 관한 논의들을 필두로 해서 전개되는데, 그가 주
재한 『時事新報』 등에 실린 조선 관련 기사와 논설에서 조선은 '완고하
고 고루함(頑冥固陋)' '고루하고 편협함(固陋不明)', '의심많음(狐擬)',
'완고·고루(頑陋)', '구태의연(舊套)', '겁 많고 게으름(怯懦)', '잔혹하고
염치 없음(殘刻不廉恥)', '거만(傲然)', '비굴', '참혹', '잔인' 등과 같은
비역사적인 개념으로 서술되어 있다.[13] 조선에 대한 이러한 부정적 인식

---

13) 姜尙中, 『오리엔탈리즘을 넘어서』, 이경덕·임성모 옮김, 이산, 1997. 89면. 후쿠자
　　와의 이러한 조선관은 중국관과 더불어 이후의 지식인들의 동양관에 지대한 영향
　　을 미친 것으로 알려져 있다. 후쿠자와의 조선관의 통시적 변모 과정에 대해서는
　　高城幸一, 「福澤諭吉의 <朝鮮論>에 관한 연구」(서울대 석사논문, 1998)를 참조할
　　수 있다.

은 역사적으로 볼 때 이 시기에 국한되어 나타난 것은 아니었다. 메이지 이전 시기 일본인들이 지니고 있던 조선에 대한 상대적 우월감과 조선인에 대한 멸시는 예부터 조선이 일본의 속국이었다고 하는 일본 건국 신화나 전설에 근거한 비합리적 믿음과 왜곡된 역사 이해에 기인한 바가 컸다.14) 이해 비해 후쿠자와 이후의 부정적 조선관은 내적 필요성에 의해 적극적으로 산출된 면이 강하다. 에도[江戶] 시대의 일부 국학자들에게서 보였던 조선에 대한 비하와 조선인에 대한 멸시는 19세기 말에 이르러서는 저널리즘을 통해 유포·재생산되면서 자연스럽게 대중 속에 자리잡게 된다. 지나칠 정도로 조장되었던 조선에 대한 저널리즘적 관심의 확산 속에는 서구 열강의 침략 앞에 놓인 근대 일본의 '식민지적 무의식'과 '식민주의적 의식' 사이의 변증법적이고 역동적인 심리적 과정15)이 작용하고 있었다. 단순화시켜 말하자면, 후쿠자와 이후 일본 지식인과 저널리즘의 조선에 대한 담론 속에서 나타나는 부정적 조선관은 서구 열강의 제국주의적 침략으로부터 스스로를 보호하기 위한 일본의 정략적 필요에 의해 '창출'되고 재생산되었던 것이다.

이 당시 후쿠자와를 비롯 일본 지식인들이 가장 두려워한 것은 서구 열강의 오리엔탈리즘적 시선에 의해 일본이 '지나'나 '조선'과 동등하게 '야만'이나 '미개'로 취급됨으로써 식민지로 전락하는 것이었다. 이러한 '식민지적 무의식'은 후쿠자와에게서는 '문명'의 타자로서의 '야만', '미개'와 대비되는 '반개(半開)'라고 하는 중간항적인 타자를 설정하는 것으로 나타난다. '문명'의 반열에 속할 수 없었던 일본이 식민지 제국의 침략

---

14) 일본의 조선 인식의 변모양상에 대해서는 旗田巍, 이기동 역, 『일본인의 한국관』, 일조각, 1983. 제 1장 및 三宅英利, 하우봉 역, 『역사적으로 본 일본인의 한국관』, 풀빛, 1990. 참조.

15) 이에 대해서는 小森陽一, 『ポストコロニアル』, (東京:) 岩波書店, 2001. 1장 참조.

논리였던 '만국공법'의 틀 속에서 '미개', '야만'으로 떨어져 서구 열강의
노예로 전락하지 않기 위해서는 다른 한쪽의 타자로서의 거울인 '미개'
내지는 '야만'을 새롭게 만들어내거나 날조하여 이들에 비해 자신이 충
분히 '문명'에 속한다는 것을 거듭 확인해야 했던 것이다. 1880년 즈음
신문을 비롯한 일본 저널리즘의 아시아 국가에 대한 과도한 멸시의 이면
에는 '식민지적 무의식'이 빚어낸 '식민주의적 의식'이 작용하고 있었다.

홋카이도 '개척' (1869), 타이완 출병 (1874), 류큐 처분 (1879) 등과
같은 일련의 역사적 사건을 통해서 '미개'의 주민들을 '국민화'한 이후,
식민주의적 의식에 의해 이전 시기 동아시아의 동등한 조공(朝貢) 문화권
에 속했던 조선이 새로운 타자로서 부상하게 된다. 이러한 요구에 부응하
여 저널리즘의 차원에서 조선에 대한 기행, 수필 등을 통해서 멸시적
조선론이 유포되고 확산된다. 당시『太陽』,『朝鮮』등의 잡지에는 조선
에 대한 글들이 에세이, 여행기, 논문 등의 여러 형식을 통해 거의 호를
거르지 않고 발표된다. 여기에서 조선인은 '懶怠, 卑屈', '不潔', '無氣力,
無感覺', '怠惰', '遊逸', '秘計陰謀', '頑冥不靈', '虛言', '權勢慾', '凶暴',
'亂暴', '陰險', '狡猾' 등의 어휘를 통해 특징지어지고 있었다. 또한 조선
에 대해서는 '文弱', '空理空論', '惡政', '세계 제일의 懶怠國이자 제일의
喫煙國', '저축 없는 나라', '조혼의 폐습', '상상 이상으로 타락한 인민'
등이 부각되면서 자력으로는 근대문명을 이룩할 수 없다는 점이 강조되
었다. 이러한 저널리즘 차원의 부정적 조선관은 나아가 학술적인 논의의
외장을 취하면서 확대재생산되기까지 하였다.16) "동양이란 것이 실체적

16) 근대 일본에서의 조선인상 형성에 대해서는 南富鎭,「近代日本の朝鮮人像の形成 —
    総合雑誌<太陽>と<朝鮮>を軸にして」, 筑波大学近代文学研究会編,『明治期雑誌メ
    ディアにみる<文学>』(2000. 6) 및「近代日本の朝鮮人像の形成 — <朝鮮民族性>の
    由来について」,『文学研究論集』, 18 (2000. 6) 등 일련의 논문을 참조하였다. 한편 타

인 무언가가 아니라 몇 세대에 걸쳐 지식인, 학자, 정치가, 평론가, 작가 등의 오리엔탈리즘에 사로잡힌 사람들이 반복 재생한 표상 = 대리 표출에 의해 구성된 현상에 지나지 않는 것"[17]이었듯, 근대 일본에 있어서 '조선' 역시 당대의 지식인들과 저널리즘이 반복 재생한 표상과 대리 표출을 통해 '구성된' 타자였던 것이다.

'동양'과 '서양'이라고 하는 것 사이에서 만들어지는 존재론적이자 인식론적인 구별에 근거한 사고 방식[18]을 지칭해 오리엔탈리즘이라 한다면, 근대 일본의 조선 민족성 담론은 서구 오리엔탈리즘의 아시아적·일본적 전도(顚倒)와 변용이라 할 수 있을 것이다. "일본의 문화가 일종의 대리자이고 '은폐된 자기'이기조차 한 아시아로부터 스스로를 소외시키면서 힘과 정체성을 획득하고 '타자'인 서양과 대등하게 대화"[19]하기 위해서 조선이 '미개'나 '야만'의 타자로서 요구되었고, 이 과정에서 근대 일본의 조선(인)관이 구축되었던 것이다. 그리고 이렇게 만들어진 조선에 대한 식민주의적 담론은 청일전쟁 및 러일전쟁을 거치면서 일목요연한 체계를 갖추면서 확산되고, 자율적 재생산을 가능하게 하는 메커

자의 시선에 비추어진 조선의 모습이라는 측면에서 흥미로운 사실은 서양이 아닌 동양이라는 타자로서의 근대 일본의 시선에 의해 '온돌', '벌거숭이산', '흰 옷'과 같은 것들이 '차이'의 표지로서 주목되었다는 점이다. 풍토성에서 비롯한 단순한 문화적 차이라 할 만한 것들이 식민주의적 조선 담론 속에서는 조선의 후진성 및 열등성의 징표로서 간주되고 있었는데, 이 세 가지 특징은 <만세전>에서도 등장 인물들의 대화나 이인화의 내면 묘사를 통해 조선적인 이미지와 더불어 소설적 소재로 제시되고 있다.

17) 小森陽一, 앞의 책, iv면.

18) E. W. Said, 박홍규 역, 『오리엔탈리즘』, 교보문고, 1993. 14면.

19) 姜尚中, 앞의 책, 119면. 이 표현은 "유럽 문화가 일종의 대리물이자 은폐된 자신이기도 한 동양으로부터 스스로를 소외시킴으로써 스스로의 힘과 정체성을 획득했다"라고 하는 사이드의 오리엔탈리즘에 대한 해석을 변용한 것이다.

니즘에 이르게 된다. 특히 러시아와의 전쟁에서 승리함으로써 일본은 서구 열강에 뒤지지 않는다는 자신감으로 충만하게 되고, 이러한 자신감은 저널리즘을 통해서 '서구'를 패퇴한 일본 민족의 우수성에 대한 담론을 양산하게 된다.[20] 가히 '붐'을 이루었다고 할 만한 러일전쟁 직후의 일본 민족성 담론은, 대타 개념으로서의 조선민족성 담론을 수반하게 마련이었다. 일본 민족성론의 범람 속에서 특히 국민성을 몇 가지로 항목화하는 '國民性十論'과 같은 형식이 민족성 담론의 패턴의 하나로서 등장하게 되는데,[21] 여기서 제시되는 일본 민족성의 열 가지 우수성은 뒤집으면 바로 조선인의 열 가지 악덕이 될 정도로 상동적인 구조를 취하고 있었다.

1910년 이전 조선 민족의 열등성에 대한 비하와 모멸 일변도였던 조선 민족성 담론은 그러나 '합방' 이후에는 조선 민족의 우수성을 새롭게 발견하는 것으로 변모하게 된다. '흉포', '난폭', '음험' '교활' 등의 수사는 일반 국민이 아닌 일부 지배자와 양반에 한정된 속성으로 여겨지고, 오히려 백성들은 오히려 온순하고 순종적이며 인내력이 강한 것으로 묘사되기까지 한다. 일본화된 오리엔탈리즘으로서의 조선상(像)의 이러한 급작스런 변화는 물론 식민 제국과 총독부의 정치적인 필요에 의해 이루어진 것이었다. 즉 '반도에로의 식민'을 유도하기 위해서는 '내지(內地)' 인이 종래에 가졌던 조선에 대한 막연한 두려움과 불안을 잠재울 필요가 있었던 것이다. 아울러 식민 지배의 이데올로기적 근거로서 '일선동조론

---

20) 이에 대해서는 南博, 이관기 옮김, 『일본인론 (상)』, 소화, 1999. 70~84면 참조.

21) 대표적인 것으로 芳賀矢一, 『國民性十論』(富山房, 1908)을 들 수 있다. 여기에서 일본인의 미덕은 ① 충군애국 ② 선조를 숭상하고 가문의 명예를 중시 ③ 현세적·실제적 ④ 초목을 사랑하고 자연을 즐김 ⑤ 樂天洒落 ⑥ 淡白瀟洒 ⑦ 綺麗纖巧 ⑧ 淸淨潔白 ⑨ 禮節作法 ⑩ 溫和寬恕의 열 가지로 제시되어 있는데, 이 모든 항목은 그 이전의 조선의 부정적 인식을 거울로 해서 만들어지고 있다고 해도 과언이 아니다.

(日鮮同祖論)'을 뒷받침하기 위해서는 민족성 담론의 의식적 전환이 요구되었다. 원래 조선 민족은 야마토[大和, 일본] 민족과 마찬가지로 우수했지만 오백 년 동안 조선을 지배해온 '이씨 왕조'와 양반들에 의해 그 우수성이 왜곡·훼손되었다는 새로운 논리의 창출이 필요했던 것이다. 이 시기 일본 저널리즘이 특히 '유교'와 '양반' 비판에 중심을 두면서, 양반 유학자들의 '문약'과 '공리공론'을 비판하고, 이들 사이의 '당쟁'에서 빚어진 '학정(虐政)'을 새삼 강조했던 것에는 이러한 저간의 사정이 있었다.[22]

이상에서 대략적으로 살펴 본 근대 일본에서의 조선인상의 형성 및 변모는 나양한 매개와 계기들을 통해서 근대 조선의 자기 인식에 작용하게 된다. 특히 이광수와 염상섭을 비롯한 이 시기 조선 유학생들은 식민주의적 민족성 담론을 재생산하던 일본 저널리즘에 무비판적으로 노출되어 있었고, 계몽적 주체를 자부한 이들에게 조선의 현실을 진단하고 그 봉건성을 비판하는 눈을 제공한 것은 바로 이렇게 내면화된 식민주의적 자화상이었다. 이러한 근대 일본의 조선관을 내면화한 가장 대표적인 논설이 프랑스의 심리학자 르봉의 민족심리학을 도입한 이광수의 저 유명한 「민족개조론」이라 한다면, <만세전>은 '역전된 오리엔탈리즘'으로서의 근대 일본의 조선 민족성 담론이 식민지 지식인에게 어떻게 내면화되어 있는가를 소설 텍스트를 통해 보여준 것이라 할 것이다.[23] 역사적

---

22) 조선 민족성 담론의 정략적 변개(變改)라고 하는 관점에서 바라 볼 때, 4장에서 인용한 바 있는 "朝鮮사람에게 陰險한 性質이잇다하면 그것은 아모의罪도안일것이다. 在來의 政治의 罪이다."라는 구절에 대한 정확한 이해가 가능할 것이다. 조선 민족성의 한 특질로서 '음험한 성질'을 꼽고 그것을 "재래의 정치의 죄"라고 쉽게 단정해 버리는 이인화의 사고 속에는 '합방' 이후 '일선동조론'적 시각에 의해 재구성된 조선관이 투영되어 있는 것이다.

23) 본고의 논의가 좀더 생산적인 것이 되기 위해서는 몇 가지 미흡한 부분에 대한 정

현실 인식의 문제를 비역사적인 '민족성'에 대한 관심으로부터 출발하는 발상법 자체는 근원적으로 전도된 오리엔탈리즘으로서의 민족성 담론에 의한 근대 일본에 의한 조선인상의 창출에 기인한 것이기 때문이다.

6. 맺음말: 〈萬歲前〉에 나타난 여로의 의미

여러 논자들에 의해 지적된 바 있듯 <만세전>에서 '여로'는 소설의 서사 진행을 가능하게 하는 중요한 역할을 하고 있다. 필자는 이 여로의 의미를 '식민지 지식인의 발견 여행'이라는 점에서 동의하지만, 그러나 그것은 구체적 현실의 발견이라는 점보다는 식민지 지식인의 존재론적 이중성의 확인이라는 점에 있어서이다. 동경에서 부산을 거쳐 김천, 경성에 이르는 이인화의 여로는 어떤 의미에서는 리얼리즘적인 현실 인식과는 무관하며, 오히려 전도된 오리엔탈리즘 시선에 의한 식민지 지식인의 존재론적 분열상의 노정과 그 수습 과정을 뜻한다. '보편적 근대인 / 식민지 백성'의 신분적 모순 속에서 시모노세키에서 수치를 통해 우월적 존재에서 열등한 존재로 전락하는 체험을 통해 이인화는 극심한 주체 분열을 경험하게 된다. 부산에 도착한 후 이인화는 조선의 현실을 구체적으로 접하게 되지만, 내면화되어 있었던 식민주의적 민족성 담론을 확인하는

치한 논의가 필요할 것이다. 우선 일본적 오리엔탈리즘이 당시 지식인들의 주체 형성에 어떻게 개입하고 있었는가에 대한 실증적인 탐구가 필요할 것이다. 특히 조선 유학생 사회의 인식적·이데올로기적 '장'이 어떻게 구성되고 재생산되었는가 하는 지식사회학적 접근과 더불어, 일본적 오리엔탈리즘에 침윤된 지식인들의 내면 풍경에 대한 정신분석학적인 연구가 필요할 것이다. 아울러 각각의 지식인들이 내면화한 식민 담론의 성격과 밀도의 차이 등이 심도 있게 논의되어야 할 것이다. 이에 대한 연구는 차후의 과제로 남기기로 한다.

것에 머무를 뿐이었다. 따라서 민중과의 거리가 유지되고 주체의 우월성이 보장되는 경부선 열차에 오르면서 조선의 현실에 대한 천착은 더 이상 발전되지 못한다.

이 소설이 극적인 갈등의 해결이나 주인공의 성격의 변화에 의해서가 아니라 몇 가지 서사적인 장치를 통해 끝맺어지고 있다는 점은 중요하다. 그 서사적 장치란 제목을 연상시키는 "무덤"이라는 메타포와 "구심적 생활"이라는 수사를 사용하는 것과 에피소드적 구성의 처리 방식으로 '편지'를 이용하는 것이다. 우선 '무덤'이라는 메타포는 식민지 근대성이 지닌 모순성과 중층성에 대해 날카로운 직관을 보여 주었던 부산에서의 "누구의 二層이요 누구를 爲한 衛生이냐"라는 질문에 대응하는 한층 더 진전된 인식이라 보기 어렵다는 점을 들 수 있다. 그러하기에 결말에서 이인화가 새로운 삶의 지향성으로 제시한 "구심적 생활"이란 것 역시 추상적이고 무매개적인 것이 되어 버린다. 오히려 "무덤"이라는 메타포나 "구심적 생활"이라는 수사는 자신의 존재론적 모순성을 새삼스럽게 확인시키며 주체성에 개입해 오는 식민지 현실의 역동성을 용해시켜 버리는 수사학적 '늪'이 될 수도 있는 것이다.

또한 소설의 마지막 장에서 시즈코[靜子]에게 보낸 편지를 통해 나타난 이인화의 '신생에의 의지'가 텍스트의 서사적 필연성에 의해 자연스럽게 이루어진 것인지도 의문스럽다. 그것은 중요한 서사적 갈등이 없이 에피소드적 구성으로 일관된 서사 진행을 종결시키기 위해 자율적 텍스트의 외부에서 삽입된 듯한 인상이 강하기 때문이다.24) 앞에서 언급했듯 <만

---

24) 따라서 '편지'를 통해 표백되고 있는 이인화의 '결의'를 중요시하여 <만세전>을 "식민주의적 담론에서 벗어나는 것"으로 보는 독법(장수익, 「식민주의를 벗어나는 고뇌의 여로」, 앞의 논문, 181면)이나 "'책상도령'의 <추상적 지식>이 <구체적 현실 인식>으로 탈바꿈"했다고 보는 시각(이찬, 「일상적 삶을 구획하는 규범 체계와

세전>의 서사가 경성에서 날아온 '전보'에 의해 시작되었다고 할 때 이 서사를 끝맺기 위한 새로운 서사적 장치로서 동경에 보내는 '편지'가 고안된 것으로 볼 수 있을 것이다.

이런 점에서 볼 때 이인화가 여행을 통해서 발견하거나 확인한 것은 제국주의 일본에 의한 식민지 조선의 수탈상이었다기보다는 식민지 지식인의 신분적 모순과 분열이었다고 할 수 있다. <만세전>을 '원점회귀형 서사구조'로 바라본다는 것은 따라서 식민지 지식인의 존재론적 자기 분열의 확인과 그 수습 과정이라는 의미로 이해해도 무방할 것이다. 그리고 그 분열된 의식의 밑바탕에는 오리엔탈리즘의 일본적 전도와 역전에 의해 만들어진 식민주의적 조선 민족성 담론의 내면화가 있었던 것이다.

식민지 지배권력의 해부—염상섭의 <만세전>론」, 앞의 논문, 131면)은 일면적임을 면키 어렵다. 마찬가지로, 이인화의 결의를 "식민지성의 극복을 위한 실천"으로 평가하고 이후의 작품에서 이러한 인식이 급속히 약화한다고 보는 모순된 해석(하정일, 「보편주의의 극복과 복수의 근대」, 앞의 논문, 68~69면)이 지닌 문제점 역시 여기에서 비롯된다. 오히려 "<만세전>에서의 '나'는 '우리'는 목격하고 인식했으되 '나'의 일과 몫에 대해서는 미자각 상태로 복귀하고 만 것"(조남현, 「염상섭 소설 시론」, 『한국 현대소설 연구, 민음사, 1987, 226면)이라는 평가가 여전히 설득력을 가지는 것으로 보인다.

■참고문헌

▪기본자료

『신생활』,『시대일보』등
염상섭, <萬歲前>, 고려공사, 1924.
염상섭, <萬歲前>, 수선사, 1948.

▪단행본

권영민 편,『염상섭 문학연구』, 민음사, 1987.
김윤식,『염상섭 연구』, 서울대출판부, 1987.
김윤식,『한국현대문학비평사론』, 서울대출판부, 2000.
김종균 편,『염상섭 소설 연구』, 국학자료원, 1999.
문학과사상연구회 편,『염상섭 문학의 재인식』, 깊은샘, 1998.
문학사와비평연구회 편,『염상섭 문학의 재조명』, 새미, 1998.
이선영,『리얼리즘을 넘어서』, 민음사, 1995.
정호웅 외,『장편소설로 보는 새로운 민족문학사』, 열음사, 1993.
조남현,『한국 현대소설 연구』, 민음사, 1987.
姜尙中,『오리엔탈리즘을 넘어서』, 이경덕·임성모 옮김, 이산, 1997.
旗田巍, 이기동 역,『일본인의 한국관』, 일조각, 1983.
南博, 이관기 옮김,『일본인론 (상)』, 소화. 1999.
三宅英利, 하우봉 역,『역사적으로 본 일본인의 한국관』, 풀빛, 1990.
芳賀矢一,『國民性十論』, (東京:) 富山房, 1908.
小森陽一,『ポストコロニアル』, (東京:) 岩波書店, 2001.
Girard, René., 김치수·송의경 역, 『낭만적 거짓와 소설적 진실』, 한길사, 2001.
Said, E. W., 박홍규 역,『오리엔탈리즘』, 교보문고, 1993.
Sartre, J. P., 손우성 역,『존재와 무 I』, 삼성출판사, 1991.

▪ 논문

김종욱, 「<만세전>의 시간—공간 구조 연구」, 『한국현대문학연구』7집, 한국현대문
　　　학회, 1999. 25~47면.
박상준, 「지속과 변화의 변증법 : <만세전> 연구」, 『관악어문연구』22, 1997. 351~
　　　383면.
손정수, 「초월적 자아와 현실적 자아—<만세전> 주인공의 자기정체성」, 『한국근대문
　　　학연구』5집, 한국근대문학회, 2002. 84~113면.
손정수, 「한국 근대 초기 소설 텍스트의 자율화과정 연구」, 서울대 박사논문, 2001.
이찬, 「일상적 삶을 구획하는 규범 체계와 식민지 지배권력의 해부—염상섭의 <만세
　　　전>론」, 『한국근대문학연구』5집, 한국근대문학회, 2002. 114~137면.
장수익, 「식민주의를 벗어나는 고뇌의 여로—<만세전> 읽기」, 『현대시사상』, 1998
　　　봄. 173~185면.
최태원, 「'묘지'와 '만세전' 사이의 거리」, 『한국학보』103, 2001 여름. 107~130면.
高城幸一, 「福澤諭吉의 <朝鮮論>에 관한 연구」, 서울대 석사논문, 1998.
南富鎭, 「近代日本の朝鮮人像の形成 ― <朝鮮民族性>の由來について」, 『文學硏究論
　　　集』, 18, 2000.
南富鎭, 「近代日本の朝鮮人像の形成 ― 總合雜誌<太陽>と<朝鮮>を軸にして」, 筑波大
　　　學近代文學硏究會編, 『明治期雜誌メディアにみる<文學>』, 2000. 6.

■ 영문초록

Postcolonial Reading of Mansejeon

Seo, Jae-kil

Mansejeon(『萬歲前』) has been highly evaluated in terms of its substantial representation of colonial period. Now it is regarded as one of the canons in Korean literature. This thesis attempts to analyse *Mansejeion* from the postcolonial point of view instead of previous realistic viewpoint.

Lee In-hwa, a student studying abroad in Tokyo, is a paradoxical being because he is an intellectual in colony as well as an enlightened person who has a modern education. Lee In-hwa leaves for Korea, after receiving a telegram telling him of his wife's critical condition. On his way to Korea, he suffers from extreme split personality because he is treated discriminatingly from Japan. However, he is the very person who considers Korean people hypocritical, cowardly, insidious, and addicted to alcohol and smoking. He also describes Korean as uncivilized people.

Lee In-hwa's intricate psychology shows the fact that how the negative image of Korean created by modern Japan has great effect on Korean intellectuals. Japanese intellectuals must invent another primitives or barbarians in Asia in order to escape from westerner's relegating Japan to uncivilized nation.

'The colonial consciousness' resulting from 'the colonized unconsciousness' spreads through journalism, which made it possible to create 'Choseon-ness'. The inverted Orientalism internalized in Korean intellectuals offers them critical viewpoint on deep-rooted Korean feudalism.

■ 핵심어   식민 담론, 식민주의적 의식, 식민지적 무의식, 조선적인 것, 전도된
오리엔탈리즘

■ keyword   colonial discourse, colonial consciousness, colonized unconsciousness,
Choseon-ness, inverted Orientalism

접수일자 : 2002. 10. 30

심사기간 : 2002. 11. 9∼11. 27

게재결정 : 2002. 11. 28

지용의 자연시와 성정(性情)의 탐구

오세영*

목차

1. 지용시의 몇가지 경향

한 시인의 문학 세계를 언급한다는 것은 어차피 통시적인 관점에서 가능하다. 대개의 경우 시인의 시 세계란 시대에 따라 변모하기 마련이어서 이 변모의 과정을 살펴보지 않고 전체를 이야기할 수는 없기 때문이다. 그러므로 우리가 한 시인의 전체 시 세계에 대하여 말하고자 한다면 일차적으로 그 시인의 문학전개가 시대에 따라 어떻게 변모하였으며 이차적으로 그 변모를 일으킨 내적 요인 혹은 일관된 원칙이 무엇인지를 밝혀내는 일로부터 시작해야 할 것이다. 여기서 시인의 문학적 생애를 시기별로 분절해 살펴보는 일이 필요하다.

정지용의 문학 생애에 대한 시대구분 역시 논자들에 따라 다양하게

* 서울대학교 교수

시도되었다. 예컨대 김용직은 그의 문학입문에서 1933년까지를 제 1기로, 1933년에서 1939년까지를 제 2기로, 1939년 이후를 제 3기 나누었고[1] 이숭원은 문학입문(1922, 휘문고 재학시절)부터 일본 유학을 마치고 귀국 직전(1928)까지를 제 1기로, 귀국(1929)에서부터 ≪정지용시집≫이 간행된 때(1935)까지를 제 2기로, 그 이후를 제 3기로 나누었다.[2] 한편 김학동은----분명히 선을 그어 이야기하지 않았지만 문학입문에서부터 대략 1926년까지의 '근원회귀와 실향자의 비애'를 노래한 시기, 그 이후부터 1938년까지의 '바다의 신비와 성신(聖神)의 세계'를 노래한 시기, 그 이후부터 1945년까지 '산과 허정무위(虛靜無爲)의 세계'를 노래한 시기, 그리고 김용직과 이숭원이 무시해버린[3] 정지용의 해방 이후 활동을 '삶의 좌절감과 자아성찰'을 노래한 시기 등으로 나누어 고찰하였다.[4]

그러나 이 세 논자의 견해에는 몇 가지 미흡한 점이 있다. 예컨대 김용직은 정지용의 잡지 참여에[5], 이숭원은 생의 전환점이 된 사건에 초점을 맞춤으로써 문학 내적인 측면에서는 시세계의 변화를 적절히 짚어내지 못했다는 느낌이다. 이에 대해 김학동의 경우는 문학 내적인 특징으로 접근하려 했다는 점에서 바람직해 보인다. 그러나 그 역시 시기 구분이

---

1) 김용직, 『한국현대시사 1』, 한국문연, 1996. 224~231면.

2) 이숭원, 『정지용시의 심층적 탐구』, 태학사, 1999. 63~64면.

3) 해방 이후의 작품을 따로 구분하지 않은 것은 작품의 편수도 적을 뿐 아니라 정지용다운 개성이 담긴 작품이 없기 때문이다. 김학동, 『정지용연구』, 민음사, 1987. 63면.

4) 위의 책, 11~81면.

5) 1933년에는 정지용이 문예란의 자문역을 맡고 그를 통해 그가 신앙시를 발표했던 『카톨릭청년』이 발간된 해이고, 1939년은 그가 선고위원으로 활동했던 『문장』지가 발간되던 해이다.

정확하지 못하다. 가령 그가 '산과 허정 무위의 세계'로 불렀던 시기는 1938년이 아니라 1936년 이후로 보아야 하며 '바다와 성신의 세계'로 불렀던 시기는 1933년 이후로 보아야 한다. '산의 시'라고 볼 수 있는 <폭포>나 <옥류동>이 이미 1936년에, 최초의 카톨릭 신앙시라 할 수 있는 <임종> 등이 1933년에 발표되었기 때문이다.

그러나 그 무엇보다도 문제가 되는 것은 이 세 논자들이 정지용의 민요시 혹은 민요풍의 시에 주목하지 않고 있다는 점이다. 그리하여 그들은 이 민요풍의 시들이 쓰인 시기가 따로 있음에도 불구하고 그것을 모더니즘 풍의 시들이 쓰여진 시기에 묶어버리는 오류를 범하였다. 그러나 다 아는 바와 같이 이 양자는 문학적 성격이 상반하므로 한데 묶여질 수 없는 것들이다. 민요는 전통적, 청각 지향적임에 반해 모더니즘은 외래(서구)적, 시각 지향적인 까닭이다.

다 아는 바와 같이 정지용은 『학조(學潮)』 창간호(1926년 6월)에 <카페 프랑스> 등과 같은 모더니즘 시와 <산엣 색시, 들녁 사내>와 같은 민요풍의 시들을 발표하면서 문단에 데뷔하였다. 그런데 그의 민요풍의 시들은 그 이듬해 즉 1927년까지는 발표되었으나 28년 이후부터는 거의 찾아 볼 수 없다.[6] 따라서 공식적으로는 그가 28년 이후부터 민요풍의 시창작과 손을 끊은 것처럼 보인다. 그러나 실제로는 그렇지 않다. 지용 자신이 밝힌 바와 같이 이 모든 민요풍의 작품들은 1925년 이전의 소작들이기 때문이다.(발표된 대부분의 민요풍의 시들은 그 제작 연대가 부기되

---

6) 1930년에 발표된 작품 가운데 <청개구리 먼 내일>, <배추벌레> 두 편이 제목으로 보아 민요풍에 가까울 것 같은 느낌이 드나 그 내용은 알 길이 없다. 설령 이들이 민요풍으로 씌어졌다 하더라도 실제 창작은 훨씬 이전이었을 것으로 추측된다. 그것은 이 해에 발표된 총 20편의 작품 중에서 이 두 작품을 제외한 대부분이 모두 모더니즘 풍의 시들이어서 예외적이라는 느낌이 강하기 때문이다.

어 있다.) 즉 그의 민요시 창작은 1925년을 전후하여 끝났다고 볼 수 있다. 이제 그의 민요풍의 시들을 발표 연도에 따라 열거하면서 그 창작 연도를 밝히면 다음과 같다.[7]

1926년: 총 11편 중(시조 9수를 제외하고)

<딸리아>(1924), <홍춘>(1924), <산엣 색시 들녘 사내>(1924), <서쪽 하늘>, <띄>, <감나무>, <하늘 혼자 보고>, <딸레와 아주머니>[8]

1927년: 30편 중에서

<무어래요>(1924), <숨기 내기>(1924), <비들기>(1924), <할아버지>, <산넘어 저쪽>(1925), <산에서 온 새>, <해바라기 씨>(1925) <옛이야기 구절>(1925), <새빨간 기관차>(1925), <내 맘에 맞는 이>(1924), <석류>(1924), <향수>(1923), <풍랑몽>(1922)

물론 이중에는 <옛 이야기 구절>이나 <새빨간 기관차>와 같이 민요시와 다소 거리가 먼 작품들도 없지는 않다. 그러나 그 소재의 토속성이나 동요적 성격, 정서의 전통성, 재래 율격에 가까운 음악성 등은 민요가

---

7) 정지용과 함께 같은 시기에 학교를 다니면서 고등학생 동인지 『요람(搖籃)』을 함께 펴낸 박팔양의 회고에 의하면 지용의 민요풍의 시들은 대부분 그가 휘문의숙에 다니던 시절에 쓰여진 것으로 『요람』지에 수록된 것들이라고 한다. 『요람』동인은 휘문의숙(徽文義塾)의 정지용, 박제찬(朴濟瓚), 전승연(全承泳), 중앙고보(中央高普)의 김용준(金瑢俊), 일고(一高)의 김화산(金華山), 박팔양(朴八陽) 등이었다. 박팔양, <요람시대의 추억>, 『중앙』, 32호, 1936. 7.

8) 창작 연도를 밝히지 않은 이들 동시 역시 같은 경향의 작품들이 쓰인 창작 연도를 고려할 때 25년 이전의 작품이 아닌가 생각된다. 이러한 가능성은 박팔양의 증언이나 김학동의 추정에서도 엿볼 수 있다. 박팔양, 위의 글, 김학동, 앞의 책, 119면.

지닌 특성에 가깝다. 필자가 이들을 굳이 '민요시'라고 하지 않고 '민요풍의 시'라 부른 이유가 여기에 있다. 설령 이들 작품이 민요시가 아니라고 해도 큰 문제는 없다. 최소한 그 지향하는 세계가 모더니즘과 상반한다는 점에서는 공통되기 때문이다. 따라서 비록 정지용은 1926년에 처녀작을 발표하여 문단데뷔를 했다고 하나 그의 문학생애에는 1925년까지의 민요풍의 시를 창작하던 시기가 있었고 26년부터는 본격적으로 모더니즘 풍의 시들을 썼다고 말할 수 있다. 물론 정지용의 민요풍 시들은 1930년에도 두 편이 발표된 바 있고 또 창작 연도가 부기되어 있지 않으므로 길게 잡을 경우 1930년까지 씌어 졌다고 말할 수는 있다. 그러나 앞의 주에서 살펴본 것과 같이 이들 작품의 실제 창작은 훨씬 이전이었던 것으로 추측된다. 설령 그렇지 않다 하더라도 이것이 정지용의 작품 창작에서 민요시풍의 시가 모더니즘의 시와 같은 시기에 쓰여졌다는 논거가 될 수는 없다. 그의 모더니즘 시들은 민요풍의 시들이 종적을 감춘 1930년 후에도 왕성하게 쓰여져서 한 시기를 이루고 있기 때문이다. 따라서 1930년까지 민요풍의 시들이 쓰여졌다는 사실을 인정할 경우 정지용의 문학 생애에 있어서 민요풍의 시와 모더니즘 시의 관계는 먼저 민요풍의 시들이 쓰여졌고 다음 모더니즘과 민요풍의 시들이 공동으로 쓰여진 시기를 거쳐 모더니즘의 시기로 전환했다고 말하는 것이 정확할 것이다.

한편 정지용이 모더니즘 풍의 시를 쓰기 시작한 것은 그의 문단 데뷔연도인 1926년 전후부터였다고 생각된다. 그것은 그의 문단 데뷔작에 <카페 프랑스>와 같은 모더니즘시가 포함되어 있는데 같은 해(1926)에 발표된 민요풍의 시들과 달리 이들 작품에는 창작 연도가 밝혀져 있지 않기 때문이다.9) 그가 굳이 다른 작품들에게는 밝혔던 창작 연도를 밝히지

---

9) 물론 이 지면에 발표된 모더니즘계열의 작품들 중에는 그 창작연도가 1925년으로 되어 있는 <바다>, <황마차> 등 두 편이 있다. 그러나 그 작품 양으로 볼 때 본

않았다는 것은 이들 작품의 창작 연도가 발표연도와 다르지 않음을 암시하는 것이다. 그리고 이후부터 카톨릭 신앙시를 쓰기 시작할 무렵까지 그는 전적으로 모더니즘풍의 시들을 썼다. 따라서 정지용이 모더니즘풍의 시들을 쓴 기간은 1926년에서 1933년까지라고 말할 수 있을 것이다. 물론 데뷔해인 1926년과 그 이듬해인 1927년에는 이와 더불어 민요풍의 시들도 발표했으나 이 대부분이 1925년 이전의 소작이라는 것은 앞서 밝힌 바와 같다. 참고로 1926, 27년에 발표된 모더니즘 풍의 시들을 열거해본다.

1926년 : <카페 프랑스>, <슬픈 인상화>, <파충류 동물>
1927년 : <갑판 우>, <바다>(1925), <호면(湖面)>, <엽서에 쓴 글>, <슬픈 기차>, <발열(發熱)>, <황마차>(1925), <선취(船醉)> 외 2편[10], <바다1>, <바다2>, <5월 소식>, <발열>, <태극선>, <말1>, <말 2>, <이른 봄아침>, <뺏나무 열매>, <엽서에 쓴 글>, <슬픈 기차>

1933년에 이르러 정지용은 카톨릭 신앙시를 쓰기 시작한다. 그 대부분은 한국 카톨릭 교구에서 이 해 6월 창간한 잡지『카톨닉 청년』에 발표되었는데 그것은 그가 카톨릭 신자로서 이 잡지의 편집에 참여한 것과 무관하지 않을 것이다. 그의 카톨릭 신앙시에 대한 몰두는 1935년까지

격적인 모더니즘 시의 창작은 26년부터라고 보아야할 듯하다.

10) 이 작품은『학조』2호에 실려 있으나 아식 소상자를 찾시 못해 그 구체직인 내용은 모른다. 그러나 동명의 모더니즘 계열의 작품이『시문학』창간호에 실린 것으로 보아 모더니즘 계열의 작품인 것만은 분명하다. 만일 같은 작품이라면 말할 것이 없고 동명의 다른 작품이라 하더라도 그 소재나 시기나 방법론이 유사할 것으로 믿어지기 때문이다.

이어진다. 그리고 1936년부터 그는 이제 또 다른 경향의 시 즉 자연시를 창작하게 된다. 그러므로 그의 카톨릭 신앙시의 창작은 1933~35년까지의 짧은 기간이라고 말할 수 있다. 이 시기에는 물론 <홍역>, <바다>, <지도> 같은 모더니즘 풍의 작품들도 쓰여졌다. 그러나 이들은 양적으로 위축되고 37년 이후에는 전혀 쓰이지 않는 것으로 보아 이 시기의 주류로 보기는 힘들다. 그러한 의미에서 지용의 카톨릭 신앙시 창작은 그가 모더니즘 풍에서 자연시 창작으로 전환하는 과도기에 쓰여진 것 아닌가 한다.

   지용의 자연시 창작은 <폭포>가 발표된 1936년에 시작된다고 보는 옳다. 물론 1933년에 <비로봉 1>이 발표되지만 이 작품으로 효시를 삼는다는 것은 아무래도 무리다.

　　　백화수풀 앙당한 속에
　　　계절이 쪼그리고 있다.

　　　이 곳은 육체 없는 적요한 향연장
　　　이마에 시며드는 향료로운 자양!

　　　해발 오천척 피이트 권운층(卷雲層)에
　　　그 싯는 성냥불!

　　　동해는 푸른 삽화처럼 움직 않고
　　　누뤼 알이 참벌처럼 옮겨간다.

　　　연정(戀情)은 그림자 마자 벗쟈
　　　산드랗게 얼어라! 귀뜨람이처럼

　　　　　　　　　　　　　　— <비로봉 1>

인용에서 보듯 이 시는 비록 산을 소재로 하고 있기는 하나 그가 말기에 쓴 자연시들과는 여러 관점에서 다르다. 첫째 산만을 대상으로 하지 않고 바다와 연관되어 있다는 점("동해는 푸른 삽화처럼 옴직 않고/누뤼알이 참벌처럼 옴겨간다."), 둘째 순수한 자연의 의미를 탐구하기 보다는 인생의 의미가 반영되어 있다는 점("연정은 그림자마자 벗쟈 산드랗게 얼어라!"), 셋째 모더니즘 계열에서 흔히 접하는 문명 이미저리가 구사된다는 점('삽화처럼 옴지 않고', '권운층', '성냥불') 등 때문이다. 그러나 무엇보다도 이 시기는 카톨릭 신앙시가 주류를 이루고 있어 양적인 면에서 이 한편의 시를 두고 자연시 창작이 시작되었다고 말하기는 힘들다. 그러므로 정지용의 자연시는 대체로 1936년부디 쓰이기 시작히여 일제 암흑기가 시작되는 1941년까지 지속된 것으로 보인다.

1942년 이후부터 해방기를 거쳐 한국 전쟁시 납북될 때까지 그는 별다른 문학적 활동을 보여주지 않았다. 굳이 거론하자면 몇 편의 시들이 없는 것은 아니나 문학적으로 의미 있는 작업이라 생각되지 않는다. 우선 양적으로 적고 공통된 한 가지 경향으로 묶일 수 없으며 작품의 수준에서 절대적으로 미흡하기 때문이다. 42년에 쓴 두 편의 시 즉 <창>과 <이토>는 각각 암흑기의 의식과 친일적인 내용을 담았고 46년에 쓴 두 편의 시 <애국의 노래>, <그대들은 돌아오다>는 문자 그대로 애국을 노래했으며 50년에 발표한 정형시(4 · 4조 율격에 맞추어서 쓴 시) 5편과 <곡마단>은 서정적인 정조를 주관적으로 읊거나 도시 변두리 풍경을 삽화적으로 묘사한 것들인데 이 중 <창>을 제외할 경우 작품다운 것은 없다고 하겠다. 따라서 정지용의 문학에 있어서 42년 이후는 단순한 혼란기라면 모를까 문학적으로 특별한 한 시기로 설정하기는 어렵다.

따라서 우리는 정지용의 시를 그 문학세계의 변화에 맞추어 ①습작에서부터 1925년까지의 민요풍 시, ②1926에서 1932년까지의 모더니즘 계열 시, ③1933년에서 1935년까지의 카톨릭 신앙시, ④1936에서 1945년까지의 자연(산)시, ⑤1945년 이후부터 1950년까지의 문학적 혼란기 등의 시기로 나눌 수 있을 것이다. 물론 20 여년 남짓한 그의 짧은 문학 생애를 이처럼 다섯 시기로 엄격히 나누는 것이 과연 바람직한가 하는 의문이 있을 수도 있다. 그러나 그것은 적어도 그의 시의 변모과정을 살피는데는 중요한 의미를 지니지 않나 생각한다.

2. 지용시의 변모과정

정지용의 민요풍의 시들은 대체로 세가지 경향으로 나뉘인다.

① 하늘 우에 사는 사람
　머리에다 띠를 띠고

　이 땅 우에 사는 사람
　허리에다 띠를 띠고

　땅 속나라 사는 사람
　발 목에다 띠를 띠네

—<띠>

② 부헝이 울든 밤
　누나의 이야기---

　파란병을 깨치면

금시 파랑바다.

빨강 병을 깨치면
금시 빨강 바다.
　……중략……

—<병>

③ 넓은 벌 동쪽 끝으로
옛 이야기 지즐대는 실개천이 휘돌아 나가고
얼룩백이 황소가
해설피 금빛 게으른 울음을 우는 곳

—그 곳이 참하 꿈엔들 잊힐리야

질화로에 재가 식어지면
뷔인 밭에 밤람소리 말을 달리고
엷은 조름에 겨운 늙으신 아버지가
짚벼개를 돋아 고이시는 곳

—그 곳이 참아 꿈엔들　잊힐리야
　……중략……

—<향수>

①의 계열은 동요 혹은 동시들이다. <서쪽 하늘> <띄> , <감나무>, <하늘 혼자 보고>, <딸레와 아주머니>, <할아버지>, <산넘어 저쪽>, <산에서 온 새>, <해바라기씨> 등이 여기에 속한다. ②의 계열은 민요시들이다. <무어래요>, <숨기내기>, <비들기> , <산엣 색시 들녁 사내>, <따알리아> 등이 여기에 속한다. ③은 민속적인 소재를 노래

조로 쓴 시들이다. 다만 그 노래가 민요 율격과 일치되지 않는다는 점에서 민요시라 부를 수는 없다. <옛 이야기 구절>, <향수>, <풍랑몽> 등이 여기에 속한다. 어떻든 지용이 초기에 쓴 이들 민요풍의 시들은 전통적 정서를 민속적인 소재를 통해 민요적 율격에 가까운 리듬으로 형상화했다는 점에서 공통점을 지니고 있으며 이들은 모두 전통지향적 세계를 보여준다. 그것은 비록 민요풍의 시는 아니라 하더라도 그가 이 시기에 발표한 9편의 시조11)의 경우에도 마찬가지이다.

그런데 이 ③의 계열에서 특별히 주목되는 작품은 <석류>나 <새빨간 기관차> 등이다. 이들 작품은 민요풍의 성격 즉 민속적 소재와 전통적 정서에 토대하여 쓰여졌음에도 불구하고 한편으로는 모더니즘적 요소도 많이 가미되어 있어 정지용의 시가 민요풍의 시에서 다음 단계라 할 모더니즘 계열의 시로 변모해 가는 과정을 증시해 보여주기 때문이다.

장미꽃처럼 곱게 피여가는 화로에 숯불,
입춘 때 밤은 마른 풀 사르는 냄새가 난다.

한 겨울 지난 석류열매를 쪼기여
홍보석같은 알을 한알 두알 맛 보노니

투명한 옛생각 새론 시름의 무지개여
금붕어처럼 어린 녀릿 녀릿한 느낌이여

이 열매는 지난해 시월 상달 우리둘의
조그마한 이야기가 비롯될 때 익은 것이어니
…………

—<석류>

---

11) <마음의 일기>라는 제하의 9편 시조. 『학조』 창간호, 1926. 6.

인용에서 보듯 이들 작품이 지닌 모더니즘적 성격은 다음과 같다. 첫째 이 계열의 일반적인 작품들과 달리 외형율을 거의 배제하고 내재율로 쓰여졌다. 둘째 대체로 묘사체로 되어 있다. 셋째 '장미꽃처럼 피어나는 숯불', '시름의 무지개', '금붕어처럼 녀릿녀릿한 느낌', '홍보석같은 석류열매', ''열매처럼 익은 이야기' 등 시각적 이미지의 활용이 적극적이고 참신하다. 물론 <향수>와 같은 작품의 경우에도 '옛이야기 지즐대는 실개천', '금빛 게으른 울음', '밤바람 소리 말을 달리고'와 같은 감각적 이미저리는 훌륭하게 구사되어 있다. 그러나 전반적으로 이 시는 가사체에 준하는 외형률에 의존하고 주관의 표출이 강하다는 점에서 <석류> 등과 구별된다. 따라서 같은 민요풍의 작품들이라도 <석류>나 <새빨간 기관차>는 지용의 시가 민요풍의 시에서 모더니즘의 시로 전환하는 정지용의 정신사적 과정을 잘 드러내 보여준 작품이라고 말할 수 있을 것이다.

정지용의 문학적 생애에 있어서 모더니즘 계열의 작품은 1926년부터 자연시가 등장한 이후인 1937년까지 비교적 장시간에 걸쳐 양적으로 많이 쓰여졌다. 그를 두고 모더니스트라 부르는 이유도 여기에 있다. 그러나 엄밀히 말하면 그의 모더니즘이란 영미의 이미지즘과 네오클래식에 가까운 것으로 구라파 아방가르드나 그 영향 아래 쓰인 30년대 이상 그리고 '34문학' 동인들의 작품과는 완연히 다른 것이다. 그의 모더니즘----이미지즘 계열의 작품들은 그 특징상 다음과 같이 분류될 수 있다.

① 이미지즘에 준하는 시: <비다> 리는 제목의 총 9편의 시, <호면>, <겨울>, <호수> 2, <밤>, <홍역> 등

② 지적이면서 시각적 묘사에 의존하는 시: <카페 프란스>, <슬픈 인상화>, <엽서에 쓴 글>, <발열>, <유리창> 1, <아츰>, <비로봉>1

③ 네오클래씩에 가까운 시: <파충류동물>, <황마차>, <유선 애상> 등

원래 이미지즘은 대상의 순간적 인식을 객관적으로 제시하는데 그 본질을 두고 있다. 따라서 그 형상화라는 측면에선 대상의 확립, 이미지에 의한 감각적 묘사, 짧고 함축된 언어 표현, 조각과 같이 확연하고 눈에 명백히 보이는 것으로서 구체적인 제시, 산만하지 않고 집중된 이미지의 조형 등은 그 본질적인 측면이다. 이와 같은 제 특징을 가장 확실하고 효과적으로 표현할 수 있는 방법이 휠라이트(P. Wheelwright)에 의해서 디아포(diaphor)라고 명명된 소위 병치 은유(parellism metaphor)이다[12]. 이미지즘의 전형으로 일컬어지고 있는 에즈라 파운드(Ezra Pound)의 <지하철 역에서In a Station of the Metro>은 이러한 특징을 잘 보여주고 있다.

> 환영(幻影)과도 같은, 군중 속의 이 얼굴들
> 젖은, 검은 가지 위의 꽃잎들
> —<지하철 정거장에서>

인용시는 우선 '지하철 역'이라는 대상이 전제되어 있으며 그 지하철 역의 하루의 한 순간 달리 말해 퇴근길에 승객들이 쏟아져나오는 한 순간을 포착하고 있으며 그 한순간의 돌연한 지각 혹은 인상을 '비에 젖은 꽃잎'이라는 선명한 시각적 이미지를 제시하고 있으며 그것을 짧은 시행의 함축적인 표현에 압축하고 있다. 그리고 무엇보다도 이와 같은 제 특징들은 디아포에 의하여 집중적으로 형상화된다. 인용시는 단 두행으로 구성되어 있는데 이 두 시행은 각각 독립된 문장들이지만 이 문장들

---

12) Philip Wheelwright, *Metaphor and Reality*, (Bloomington:) Indiana Univ. Press., 1968. PP.78
~85.

이 상호 대응되면서 터너(tenor)와 비히클(vehecle)의 관계를 구성하고 있기 때문이다[13]. 즉 (지하철 출구에서 쏟아져 나오는) '환영같은 군중 속의 얼굴들'이라는 앞의 시행은 '젖은, 검은 가지 위의 꽃잎들'이라는 뒤의 시행으로 은유화되어 있다.

이와 같은 이미지즘의 특징은 ①의 계열의 시에도 대체로 드러난다. 그 대표적인 예가 다음과 같은 작품이다.

> 빗방울 나리다 뉘뤼알로 구을러
> 한 밤중 잉크빛 바다를 건늬다.
>
> —<겨을>

이 작품의 이미지즘적 특징은 <지하절 역에서>과의 비교를 통해 이미 장경렬이 지적한 바[14]있지만 그렇지 않더라도 웬만한 독자라면 두 작품의 유사성을 금방 이해할 수 있을 것이다. <겨을> 역시 '겨울'이라는 대상을 전제하고 겨울밤의 한 순간을 '뉘뤼알[15]'이 구을르는 잉크빛 바다'라는 시각적 이미지로 선명히 제시하고 있기 때문이다. 뿐만 아니라 이 시 역시 짧고 함축적이며 이미지가 집중되어 있고 '우박이 구르는 유리창'을 '우박이 쏟아지는 한밤 잉크빛 바다의 수면'으로 병치시켰다는 점에서도 더욱 그러하다. 모더니즘계열의 모든 시가 이렇게 분명한 이미지즘적 특징을 보여주는 것은 아니지만 적어도 ①의 계열의 시들은 이와 유사하다는 것이 필자의 생각이다.

---

13) Ibid., P. 80.

14) 장경렬, 「이미지즘의 원리와 '시화일여'의 시론」, 『작가세계』, 1999. 겨울.

15) 이 '뉘리알'에 대하여 혹자는 '유리알'로 혹자는 '우박'으로 해석하고 있으나 이는 황현산의 지적대로 '우박'임이 분명하다. 황현산, 「정지용의 '누뤼'와 '연미복 신사'」, 『작가세계』, 1999. 겨울.

한편 다음과 같은 작품은 이미지즘시라고 말할 수는 없으나 그 기법상 대상의 전제, 시각적인 이미지의 사용, 감정의 객관화를 추구했다는 점에서 넓은 의미의 모더니즘 풍의 시라 규정해도 무리는 없을 듯하다. ②의 계열의 시가 대체로 그러하다.

> 유리에 차고 슬픈 것이 어린거린다.
> 열 없이 붙어서서 입김을 흐리우니
> 길들은 양 언 날개를 파다거린다.
> 지우고 보고 지우고 보아도
> 새카만 밤이 밀려나가고 밀여와 부디치고
> 물 먹은 별이, 반짝 보석처럼 백힌다.
> 밤에 홀로 유리를 닥는 것은
> 외로운 황홀한 심사이어니
> 고흔 폐혈관이 찢어진 채로
> 아아, 늬는 산ㅅ새처럼 날러갔구나.
>
> ―<유리창 1>

그러나 인용시 계열은 비록 시각적 이미지로 대상을 묘사하고 감정을 객관화시키려 노력하였음에도 불구하고 이미지즘시라 단정지워 말할 수는 없다. 응축력이 약하고 주관의 절제가 미흡하기 때문이다. 가령 ‘아아! 늬는 산ㅅ새처럼 날러갔구나’라는 감탄사의 차용의 문장이 그렇고 ‘외롭고 황홀한 심사’라는 주관의 표출이 그러하다. 그러나 이 역시 크게 보아 전통 서정시라기보다 모더니즘 풍의 시에 해당한다는 것은 부인하기 힘들다.

③의 계열은 네오클래식의 특징을 보여주는 것으로 지용의 시 가운데 극히 예외적이다. 서너 편 정도가 이 부류에 속할 듯하다.

식거먼 연기와 불을 배트며
소리지르며 달어나는
괴상하고 거--창한 파충류동물

그 녀에게
내 동정의 결혼반지를 차지러갓더니만
그 큰 궁둥이로 떼 밀어

            ……털크 덕……털크 덕……

나는 슬퍼서 슬퍼서
심장이 되구요

여페 안진 소로서아 눈알푸른 시약시
  '당신은 지금 어드메로 가십나'

            ……털크 덕 ……털크 덕……

그는 슬퍼서 슬퍼서
담낭이 되구요

저 기--드란 쨍골라는 대장(大腸)
뒤처젓는 왜놈은 소장(小腸)

                              ―＜파충류동물＞

　인용시는 기차를 통해 당대의 삶을 문명시적으로 비판하고 있다. 여기
서 기차는 현대인의 삶을 삼켜 먹는 한 거대한 괴물 즉 파충류로 은유된
다. 그럼에도 불구하고 현대인들은 다른 한편으로 자신을 잡아 먹는 이
파충류의 한 장기가 되어 스스로 그를 돕는다는데 딜레마가 있다. 그리하

여 화자는 이 파충류의 심장이 되고, 소로서아 여인은 담랑이 되며, 중국
인과 일본인은 각각 대장과 소장이 되는 시의 논리가 성립한다. 즉 현대
인들은 각각 잡아먹는 존재이면서 동시에 잡아 먹히는 삶을 살아가고
있다. 이는 물화된 현대사회를 풍자적으로 비판한 것이다. 이 시에서 보
여주는 이와 같은 문명사 비판 의식, 지적인 형상화 기법, 객관적인 태도,
실험적이며 돌발적인 표현, 기계 문명의 이미지 제시 등은 네오클래식의
시들이 지닌 특징과 유사한 것이라고 말할 수 있다.16)

정지용의 문학적 생애에 있어서 이 모더니즘 계열의 시 창작이 끝나갈
무렵에 등장한 것이 그의 카톨릭 신앙시들이다. 시기적으로는 대체로
1933년에서 35년까지 약 3년이 이에 해당한다. 대표적인 카톨릭 신앙시
한편을 인용해 보겠다.

> 얼골이 바로 푸른 한울을 울어렀기에
> 발이 항시 검은 흙을 향하기 욕되지 않도다.
>
> 곡식알이 거꾸로 떨어져도 싹은 반듯이 우로!
> 어느 모양으로 심기여졌더뇨? 이상스런 나무 나의 몸이여!
>
> 오오 알맞는 위치! 좋은 우 아래!
> 아담의 슬픈 유산도 그대로 받았노라.
>
> 나의 적은 연륜으로 이스라엘의 이천년을 헤였노라.
> 나의 존재는 우주의 한낱 초조한 오점이었도다.
>
> 목마른 사슴이 샘을 찾어 입을 잠그듯이

---

16) 이미지즘과 네오클래씩에 관해서는 오세영, 『20세기 한국시 연구』, 새문사, 1989.
142~151면 참조.

이제 그리스도의 못박힌신 발의 성혈(聖血)에 이마를 적시며---

오오! 신약(新約)의 태양을 한아름 안다.

―<나무>

인용시는 굳이 설명할 것 없이 그리스도에 대한 신앙 고백이 절절이 진술되어 있다. 그 신앙은 마치 한 그루의 나무가 태양을 받아 안아 하늘로 하늘로 키를 키우는 행위로 비유된다. 따라서 하늘은 여호아 하나님이며 나무는 시인 자신이며 태양은 신의 은총이며 수분과 자양은 그리스도의 피라 할 수 있다. 이와 같은 대비는 기계적, 획일적이고 시 자체도 의도된 주제를 전달할 목적으로 쓰여진 까닭에 문학적으로 성공했다고 말할 수는 없다. 다만 프로레타리아시가 정치적 목적으로 쓰여지는 것처럼 기독교 신앙을 전파 혹은 확인하기 위할 목적으로 쓰여졌을 뿐이다. 즉 이들 시의 창작 동기 자체가 예술시에 있기보다는 목적시에 있었음으로 그것은 당연한 결과라 할 수 있다.

그러나 이와 같은 그의 카톨릭 신앙시 창작에서 우리는 두 가지 점을 유의해 보아야 한다. 첫째는 아직도 그가 여전히 영미 모더니즘의 중요한 기법의 하나라 할 '선명한 시각적 이미지'의 제시와 묘사적 기법을 버리지 않고 있다는 점이요 둘째는 자신의 주관을 드러내 특정한 이념이나 메시지를 형상화하였다는 점이다. 물론 여기서 그 특정한 이념이 '카톨릭시즘'인 것은 두말할 필요가 없다. 어떻든 카톨릭 신앙시의 이와 같은 두 가지 상반하는 특징은 그가 시 창작에서 오랫동안 집착해 왔던 모더니즘을 포기하고 새로운 세계로의 변신을 꾀하는 첫걸음이라고 해석된다. 왜냐하면 '특정한 주관의 표출 혹은 이념의 형상화'는 객관성과 묘사가 중심이 된 영미 모더니즘―이미지즘에 반하는 성격이기 때문이다.

정지용은 이제 —보편적인 것으로서든 순간적인 것으로서든—대상을 단순히 객관적으로 묘사하거나 시각적 이미지로 환치해 보여주는 시가 아니라 자신의 철학이나 세계관 혹은 이념을 제시하는 시 창작을 경험하면서 그와 같은 방향으로 나아가야 할 필요성을 자각하게 된 것처럼 보인다. 그것은 모더니즘 시의 한계성에 대한 인식과 이의 극복을 위한 새로운 시세계의 개안을 의미한다. 그리하여 마침내 도달한 곳에 그의 자연시 창작이 있었던 것이다.

필자는 앞장에서 우리가 편의상 '모더니즘 계열'이라 규정한 정지용의 시들이 사실은 이미지즘에 준하는 시, 네오 클래식에 가까운 시 그리고 지적이면서도 시각적인 묘사에 의존하는 시 등으로 설명한 바 있다. 그런데 이들은 한결같이 다음과 같은 특징을 지니고 있다. 첫째 대상을 가능한 객관적으로 묘사하는 태도에서 씌어졌다. 둘째 시각적인 이미저리로 제시되어 있다. 셋째 미학적 형상화에 목적을 두고 있다. 넷째 메시지가 없는, 단순한 미학적 묘사로 끝나거나 설령 메시지가 있다 하더라도 인사(人事)----생활적인 것이든 인생론적인 것이든---에 연유된 감정 이상의 것이 아니다. 그것은 간단히 그의 모더니즘 계열의 시에 어떤 정신의 깊이나 철학이 없다는 것으로 요약된다.

> 바다는 뿔뿔이
> 달어 날랴고 했다.
>
> 푸른 도마뱀떼 같이
> 재재발렀다.
> …………
> 이 앨쓴 해도(海圖)에 손을
> 씻고 떼었다.

　　　찰찰 넘치도록
　　　돌돌 굴르도록

　　　회동그란히 바쳐들었다!
　　　지구는 연잎인양 옴으라들고……펴고……

―<바다 9>

　　　치마 끝에 서린 연기 따러
　　　포도순이 기여가는 밤, 소리 없이
　　　가물음 땅에 시며든 더운 김이
　　　등에 서리나니 훈훈히
　　　아아, 이 애 몸이 또 달어 오르노나
　　　가쁜 숨결을 드내 쉬노니 박나비처럼
　　　가녀린 머리, 주사 찍은 자리에 입술을 붙이고
　　　나는 중얼거리다. 나는 중얼거리다.
　　　아아, 이 애가 애자지게 보채노나!
　　　불도 약도 달도 없는 밤,
　　　아득한 하늘에는
　　　별들이 참벌 날으듯 하여라.

― <발열(發熱)>

　　대표적인 모더니즘계열의 시들이라 할, 먼저 인용한 <겨울>이나 <유
리창 1>도 마찬가지이지만 지금 인용한 두 편의 시도 역시 지금 지적한
특징들이 잘 나타나 있다. 다만 전자가 메시지가 거의 없는 단순환 회화
의 제시로 만족했다면 후자는 메시지가 있기는 하되 생활감정의 토로에
머물었다는 것이 다르다면 다를 뿐이다. 이처럼 지용의 모더니즘 계열의
시는 대상을 객관적인 태도로 바라보면서 그 대상이 지닌 한 순간의 인상
을 시각적으로 묘사하는 수준에서 머무르고 만다. 그 결과 그것은 비록

미학적으로 완결된 형상미를 조형하는데는 성공을 거두기는 했지만 시인의 내밀한 정신의 깊이나 철학을 제시할 수는 없었다. 즉 단순한 감정의 표출 혹은 전달의 차원을 벗어나 세계나 삶을 철학적으로 담아내지는 못하였다. 그리하여 이를 자각한 후기에 이르러 지용은 과감히 모더니즘적인 시 창작방법을 떨쳐버리고 자연시 탐구에 몰두하게 되었던 것이다. 간단히 말해 그의 자연시들은 모더니즘 극복이자 시에 이념을 형상화시키려는 노력의 소산이라고 말할 수 있다.

물론 '자연시'라고 하지만 지용이 자연을 시적 대상으로 해서 쓴 시들은 모더니즘 계열의 시들에게도 없는 것은 아니다. 그러나 이들 시는 자연을 그 자체로서나 자연 스스로의 내밀한 질서로 바라보지 않고 항상 인위적, 인간적인 의미로 굴절시켜 표현한다는 점에서 후기의 자연시들과 구분된다. 즉 모더니즘 계열의 자연 소재시들은 자연을 순수하게 바라보고 그 내면에 구현된 의미를 파악하려 하기 보다는 그 감각적 인상을 참신하게 묘사하려 하는 데 초점을 맞추고 있다. 따라서 그것은 자연과 인간 혹은 자연과 문명의 관계 속에서 파악된 자연이다. 그러나 후기의 자연시들은 비록 자연을 묘사체로 형상화시키기는 했지만 그 감각적 인상이나 인간에 의하여 굴절된 의미를 제시하려 하기 보다는 자연의 본질상 ----뒤에서 언급될 터이나--- 즉 성(性)이나 정(情)을 그려 보여주고자 했다. 앞의 인용시에서도 바다는 언 듯 보기에 순수객체로 인식된 듯 하나 사실은 자연의 외양 혹은 감각성을 순간적인 텃치로 묘사하거나 ("푸른 도마뱀떼 같이/재재발렀다". "찰찰 넘치도록/돌돌 굴르도록"), 문명에 굴절된 의미("이 엘쓴 해도에 손을/ 씻고 떼었다", "지구는 연잎인양 옴으라들고……펴고……") 로 제시하고 있다.

정지용의 자연시들은 1936년부터 42년까지 쓰여지는데 그것은 크게 세가지 특징을 지닌다. 첫째 여전히 묘사적 기법을 구사하고 있다는 점이

요, 둘째 대상을 단순히 객관적으로 묘사하려 하기보다는 거기에 어떤
정신 혹은 이념을 담으려 한다는 점이요, 셋째 산과 산에 관련된 소재들
을 시로 쓰고 있다는 점이다.

> 풀도 떨지 않는 돌산이요 돌도 한덩이로 열두골을 고비고비 돌았
> 세라 찬 하눌이 골마다 따로 씨우었고 어름이 굳이 얼어 드딈돌이
> 믿음즉 하이 꿩이 긔고 곰이 밟은 자옥에 나의 발도 노히노니 물소
> 리 귀또리처럼 경경(卿卿)하놋다. 피락마락하는 해ㅅ살에 눈우에
> 눈이 가리어 앉다. 흰 시울 알에 흰 시울이 눌리워 숨쉬는다 온 산
> 중 나려 앉는 휙진 시울들이 다치지 안히! 나도 내 더져 앉다. 일즉이
> 진달래 꽃그림자에 붉었던 절벽 보이한 자리 우에!

―<장수산(長壽山)>2

첫째 인용시는 '장수산'[17]이라는 한 특정한 대상을 느낌 그대로 묘사해
보여주고 있다. 마치 선명한 한 폭의 동양화를 보는 듯 하다. 물론 이와
같은 형상화 기법은 그의 모더니즘계열의 시 창작과 방법상으로부터 크
게 벗어나 보이지 않는다. 모더니즘 시의 경우도 사물의 한 순간을 본
대로 묘사해 보여주었기 때문이다. 그러나 자연시의 그것은 모더니즘계
열의 시와는 몇 가지 다른 점이 있다. 그 중요한 것 가운데 하나가 두
번째 특징이라 할 자연을 통해서 어떤 보편적인 이념을 찾고자 한다는
것인데 이는 다음 장에서 언급될 것이다. 셋째 지용의 자연시가 모두
산이나 산과 관련된 사물을 대상으로 하고 있다는 점이다.

지용의 자연시들은 그 소재가 언듯 산과 관련이 없어 보이는 것도 시의
내용을 검토해보면 궁극적으로는 산에 귀착된다. 예컨대 <춘설>은 눈

---

17) 황해도(黃海道) 재령군(載寧郡)에 있는 산, 해발 747미터로 멸악산맥에 위치해 있음.

내린 아침 산을 바라본 감회를, <조찬>은 산속에서 맞는 아침 식사를, <비> 역시 산에 내리는 비를, <도굴>은 산 속의 한 상황을, <나비>는 산장에서 보낸 밤 풍경을, <붉은 손>은 산골 처녀를 묘사한 것이다. 위시에서도 시인은 겨울산의 순수하고도 적막한 풍경을 묘사하면서 자연이 지닌 내밀한 의미를 조화와 상응의 질서로 해석해내고 있다. 특히 겨울산의 물흐르는 소리를 귀또리의 경경으로 묘사한 부분이 그렇다. '경경'이란 부분 간에 화답하는 소리이기 때문이다.

정지용이 그의 자연시에서 오로지 산을 대상으로만 했다는 것은 같은 자연이라 하더라도 그 이전에 쓴 모더니즘계열의 시에서는 주로 바다만을 대상으로 했다는 것과 대조해 주목할 만 한 일이다. 그 이유는 세 가지로 해석될 수 있을 것이다. 첫째는 대체로 우리 문학의 근대의식에 있어서 '바다'가 서구적인 이미지로 등장하는 것과 무관치 않다는 점이다.[18] 예컨대 신문학의 효시라 일컬어지는 <해에게서 소년에게>에 등장하는 바다가 그렇고 김기림, 김광균, 이상 등 대부분 모더니스트의 바다가 그러하다. 우리 신문학 상의 바다란 서양의 근대 물질문명이 유입되는 통로서의 바다, 여객선과 마도로스와 화물과 항구가 연상되는 도시 이미지로서의 바다인 것이다. 그러므로 자연시를 의도했던 지용으로서는 바다보다 산에 더 친밀감을 느꼈을 것이다.

둘째는 자연 속에서 형이상적 이념을 추구하고자 할 경우라면 더욱 '산'이 적합한 소재가 될 수 있으리라는 점이다. 동양적 전통에서 볼 때 대체로 자연은 산으로 대표되었다. 그것은 일반적으로 바다가 '고해(苦海)'라는 인식에서 크게 벗어나지 못하였기 때문이다. 공자는 "군자는 평탄에 처하여 명(命)을 기다리고 소인은 위험에 처하여 행(幸)을 바란

---

18) 오세영, 「한국문학과 바다」, 『현대시와 실천비평』, 이우출판사, 1983.

다"19)고 했다. 유한(幽閑)과 적막무위(寂寞無爲)의 경지를 추구했던 유교나 도교의 세계관에서 볼 때 거칠고 험난한 바다는 결코 그 이상이 될 수 없는 것이다. 대체로 동양문학에서 무릉도원과 같은 곳이 모두 산에 있고 동양화에서도 일찍이 산수화(山水畵)는 있으되 바다에 관한 장르가 성립되지 않은 것도 이 때문이 아닐까 한다. 불교에서도 바다는 사악한 세계로 회피의 대상이 된다.

> 아, 그들 중생은 정욕과 무지의 흐름 속으로 떨어지고 윤회의 물결
> 에 표류하며 갈망의 기슭에 도달한다.20)

셋째는 지용의 자연시가 동양화의 화법 그 중에서 산수화의 경지를 추구하였다는 점이다. 지용의 자연시는 산 그 자체나 산에 은거하는 은일주의(隱逸主義) 혹은 적막무위자(寂寞無爲者)의 삶을 그리고 있다. 김종태(金鍾太)는 산수화가 중국의 위진(魏晋) 시대의 현학(玄學)에 영향을 받아 이루어진 시화일체사상(詩畵一體思想)의해서 발달되었다고 하였는데 이는 바꾸어 현학의 시가 산수화와 일체됨을 의미하는 것이라고 말할 수 있다. 현학이란 '인간이 자연 속에 숨어 살며 자연과 융합하여 생겨난 은일정신의 시문학이기 때문이다.'21) 그리하여 최동호는 지용의 자연시를 한마디로 동양화의 산수화와 대응하여 '산수시(山水詩)'로 규정한 바 있다.22)

이렇듯 정지용은 초기에 민요풍의 시를 쓰다가 순차적으로 모더니즘

---

19) 「도론(道論)」, 『중용(中庸)』, 子曰 君子居易以俟命, 小人行險以徼幸.

20) 『화엄경(華嚴經)』, 22장 십지품(十地品).

21) 김종태(金鍾太), 「산수화론(山水畵論)」, 『東洋畵論』, 일지사, 1978. 112~113면. :최동호, 「정지용의 산수시와 은일의 정신」, 『민족문화연구』, 제 19호, 1986에서 재인용.

22) 최동호, 「정지용의 산수시와 은일의 정신」, 『민족문화연구』, 제 19호, 1986.

계열의 시, 카톨릭 신앙시, 자연시 등의 창작으로 전환해갔다. 우리는 그의 이와 같은 변신을 아마도 다음과 같이 설명할 수 있을 것이다. 초기 민요풍의 시의 창작은 어린 시절의 습작기에 쓰여졌다는 점에서 시골에서 자란 생래적 시인의 소박한 시심의 발로였다. 즉 문학수업에서 특정한 영향을 받지 않은 시인이 그의 성장환경이나 유년의 경험을 그의 시심과 어울려 자연스럽게 표출한 결과인 것이다. 김학동의 다음과 같은 진단은 충분히 삼고 삼을 필요가 있다.

> 동시나 민요풍의 시편들의 일부가 그의 요람시대에 씌어진 것들이 아닐까 하는 추정을 해볼 수 있을 것 같다. 왜냐하면 요람시대의 작풍은 <향수> 등과 같이 토속성의 민요나 동요시편들에 나타나 있는 바 거의 그가 태어난 고향 즉 옥천 주변에 흩어진 전설이나 민간 전승 및 자연풍경을 소재로 하고 있기 때문이다.[23]

한편 그의 민요풍 시의 창작이 모더니즘 계열의 시창작으로 쉽게 전환될 수 있었던 것은 아마도 두 가지 이유 때문이 아닌가 한다. 그 하나는 정지용이 천성적으로 언어의 감각적 표현에 재능을 지니고 있었다는 점이요 다른 하나는 그가 일본 체험에서 입을 수 있는 영향이다. 그가 이미 습작기에서부터 언어의 감각적 표현에 탁월한 재능을 보여주었다는 것은 그의 민요풍 시들을 보면 알 수 있고[24] 동지사 대학에서의 영문학 전공은 그로 하여금 필연적으로 당대 영미의 모더니즘과의 접촉을 불가피하게 했을 것이기 때문이다. 그러한 관점에서 그가 모더니즘류의 작품을 쓰기 시작한 해가 1925년이었다는 것은 우연이 아닌 것으로 보인

---

23) 김학동, 『정지용연구』, 민음사, 1987. 119면.
24) 가령 <다알리아>, <향수> <예이야기구절> 등의 시편을 보면 민요풍 율격의 자연스러운 차용과 더불어 감각적---특히 시각적 이미지의 구사가 매우 활발하다.

다.(<새빨간 기관차>, <바다>, <황마차> 등). 그의 일본유학이 1924년 4월에 있었기 때문이다.

정지용이 모더니즘 계열의 시 창작으로부터 자연시 창작으로 그 태도를 전환했던 것은 앞서 살펴보았듯이 모더니즘 시의 한계성에 대한 자각에서 기인했을 것이라고 생각된다. 즉 사물이나 상황에 대한 객관적, 시각적인 묘사의 시를 극복하여 이념 혹은 철학이 반영된 시의 창작으로 진입하고자 한 결과이다. 그리고 그 중간 단계에서 이를 매개했던 것이 카톨릭 신앙시였다. 그의 카톨릭 신앙시는 모더니즘적인 시의 특성과 이념시의 특성을 양면으로 구유하고 있기 때문이다.

3. 성정(性情)으로서의 시

전 문학적 생애를 두고 볼 때 지용의 시는 민요풍의 시에서, 모더니즘 계열의 시로, 모더니즘 계열의 시에서 카톨릭 신앙시로, 카톨릭 신앙시에서 자연시로 변모를 거듭하였다. 그러나 이 중 민요풍의 시가 소박한 습작기 시심의 표현이며 카톨릭 신앙시가 모더니즘계열의 시에서 자연시로의 매개자 역할을 한 것이라면 중요한 것은 모더니즘계열의 시로부터 자연시로의 전환이라고 말할 수 있을 것이다. 우리는 앞에서 그것을 간단히 모더니즘 계열의 시가 지닌 한계성을 극복하고 시에서 어떤 이념----고고한 정신주의를 추구하고자 한 결과였을 것으로 해석한 바 있다. 그것은 다른 말로 표현하여 미학주의에서 정신주의로, 감각주의에서 이념주의로, 생활 감정에서 형이상적 세계로의 변화라 할 수 있을 것이다. 즉 미학과 감정의 시가 철학과 이념의 시로 초월된 것을 의미한다. 그렇다면 정지용의 자연시는 어떻게 이러한 세계를 구현할 수 있을까. 이의 해답을 얻기 위해 우리는 그의 시론을 살펴볼 필요가 있다.

그 이전에도 산문을 더러 발표하지 않는 것은 아니었지만 모두가 수필에 국한하였던 지용이 본격적으로 독자들에게 자신의 시론을 제시하기 시작한 것은 1938년 이후[25]---특히 1939년이었다.[26] 그러므로 지용의 시론은 이 시기의 시 의식 즉 그가 왜 모더니즘 계열의 시로부터 자연시 창작으로 전환하였는가, 그의 자연시 창작이 의도하는 바는 무엇인가를 해명함에 있어 중요한 논거가 될 것임에 틀림 없다. 우선 그는 시의 가장 본질적인 문제를 언어의 미적 형상화에서 찾고 있다.

색채가 회화의 소재라고 하면 언어는 시의 소재 이상 거진 유일한 방법이랄 수 밖에 없다. 언어를 떠나서 시는 제작되지 않는다. ---언어구성에 백련(百鍊)하지 못하고서 '시인'을 허여 하기에는 곤란한 문제다.[27]

시의 신비는 언어의 신비이다. 시는 언어와 incarnation적 일치다. 그러므로 시의 정신적 심도는 필연으로 언어의 정령을 잡지 않고서는 표현제작에 오를 수 없다. ……시신이 거하는 궁전이 언어요 이를 다시 방축(放逐)하는 것도 언어다.[28]

---

25) 최초의 것이 1938년 1월 『조선일보』에 발표한 <시문학에 대하여>이다.

26) 이 한해에 그의 대표적인 시론 대부분이 발표되었다. <시의 옹호>, 『문장』, 1권 5호 1939. 6. ; <시와 발표>, 『문장』, 1권 9호, 1939. 10. ; <시의 위의>, 『문장』, 1권 10호, 1939. 11. ; <시와 언어>,『문장』, 1권 11호, 1939. 12 등.

27) 정지용, 「시와 언어」, 『문장』, 1권 11호, 1939. 12.

28) 위의 글. 그 외에도 시의 본질 언어의 창조적인 운용에 있다는 그의 인식은 곳곳에서 언급된다.

"문학이 다 그렇지마는 특히 시에 있어서는 말과 떼어서 생각할 수 없는 것이니까 길게 말할 필요도 없지요 그저 시인이란 말을 캐내야 한다는 것 밖에…… 이 경우

인용에서 보듯 지용은 이렇듯 시의 본질을 '언어의 백련'에서 찾았다. 즉 언어의 창조적인 운용을 통해 그 신비스런 정령을 파악해 내지 않고는 시를 창작할 수 없다는 것이다. 그리하여 지용은 시란 바로 언어 그 자체라고 까지 말한다. 그것은 그가 시와 회화를 비교하여 같은 예술적 매재라 하더라도 회화의 경우 색채는 단지 소재의 영역에 머물고 있으나 시는 그 이상의 어떤 것이며 나아가 언어의 육화('incarnation적 일치') 그 자체라고 주장한데서도 잘 표현되어 있다. 그렇다면 시에 있어서 '언어의 백련' 혹은 '신비스런 정령의 파악'은 구체적으로 어떻게 실천되는가.

> 그러므로 시인이란 언어를 언원학자처럼 많이 취급하는 사람이라든지 달변가처럼 잘하는 사람이 아니라 언어 개개의 세포적 기능을 추구하는 자는 다시 언어미술의 구성조직에 생리적 Lift giver가 될지언정 언어 사체(死體)의 해부집도자인 문법가로 그치는 것도 아닌 것이다. 그러므로 언어는 시인을 만나서 비로소 혈행과 호흡과 체온을 얻어서 생활한다.[29]

시의 언어란 이렇듯 언어학자나 문법학자가 언어를 분석 혹은 종합하여 정확하게 혹은 유창하게 구사하는 것이 아니라 '언어 개개의 세포적

에는 이 말 한마디 밖에는 다시 없다는 정도까지 가야 할 겁니다." 「시가 멸망을 하다니 그게 누구의 말이요」, 김학동 편, 『정지용 전집』, 민음사, 1988. "문자와 언어에 혈육적인 애를 느끼지 않고서 시를 사랑할 수 없다. ……상식에서 정연한 설화 그것은 산문에서 찾으라. 예지에서 참신한 영해(嬰孩)의 눌어(訥語) 그것을 차라리 시에 가깝다. 어린아이는 새 말 밖에 배우지 않는다. 어리아이의 말은 즐겁고 참신하다. 으레 쓰는 말일지라도 그것이 시에 오르면 번번히 새로 탄생한 혈색에 붉고 따듯한 체중을 얻는다." 「시의 옹호」, 『문장』, 1권 5호, 1939. 6.

29) 정지용, 「시와 언어」, 앞의 책.

기능을 추구'하고 '체온과 호흡과 혈행을' 부여하여 살아 있는 언어를 만드는 것을 가리킨다. 그런데 우리는 다음 차례로 그가 그것을 다른 말로 '언어 미술의 구성조직' 이라고 한 것에 주목하지 않으면 안 된다. 언어를 미술의 구성조직과 같이 활용한다는 것은 곧 감각적----시각적 이미저리에 의한 묘사를 의미하기 때문이다. 즉 그가 의도했던 시의 언어는 미술이 지향하는 바와 같은 아름다움의 형상화에 있으며 그것은 시각적 이미저리에 의한 회화적 제시의 언어였던 것이다. 우리는 여기서 지용이 그의 다른 글에서도 언어 운용의 미학적 아름다움에 대하여 언급한 것을 참고할 필요가 있다. 이와 같은 언어의식의 시는 미학적인 시이자 동시에 영미 모더니즘 특히 이미지즘에 가까운 시라고 말할 수 있다.

많지 않은 지용의 산문 가운데는 미술과 연관된 글들이 적지 않다. 가령 그림과 함께 14회나 연재한 「화문행각(畵文行脚)」이라든가, 「원단 화문점철(元旦畵文點綴」, 「회화교육의 신의도(新意圖)」 등이다. 그런데 이보다 더 우리의 관심을 끄는 것은 그가 시를 이야기하면서 가끔--- 다른 어떤 예술보다---회화를 예로 들고 있다는 사실이다. 앞의 인용문이 그러한 경우인데 이는 그가 그만큼 시에 있어서 회화적 요소를 중시한 때문일 것이다. 어떻든 우리는 위의 인용문을 통해서 지용 시의 중요한 특성이라 할 언어에 의한 회화적 묘사가 자각된 시론의 구체적 실천이었음을 알 수 있다. 즉 그의 시론에서 보여준 이와 같은 언어 의식이 영미 모더니즘 특히 이미지즘의 영향을 입어 독특한 그의 회화체 묘사시의 기법을 확립했던 것이다.

정지용이 그의 모더니즘 계열의 시나 카톨릭 신앙시나 자연시, 심지어는 초기의 민요풍의 시에서조차 이렇듯 시각적 이미지에 의한 회화적 묘사를 기초로 하여 시를 썼다는 사실은 새삼 지적할 필요가 없다. 그런데 문제는 지용이 후기에 들어 이와 같은 회화적인 언어의 시 다시 말하

여 시각적 이미지로 묘사한 시에 회의를 표명하면서 새로운 시세계를
제창했다는 점이다.

> 화가는 입문 당초부터 미의 모방이었고 미의 연습이었고 미의 추
> 구요 제작인 것이 원인일 것이니 따라서 생활이 불행히 미 중심에
> 서 어그러질지라도 미에 가까워지려는 초조한 행자이었던 것이요
> 순수한 제작에 손이 익은 것이다. 화에 문을 겸한다는 것은 심히
> 자연스런 여력이 아닐 수 없다.
> 　시니 소설이니 평론이니 하는 그대들의 '현실'과 '역사적 필연'의
> 사업에 애초부터 '미술'이 결핍되었던 것이니 온갖 문학적 기구를
> 짊어지고도 오즉 한 개의 '미술'을 은혜받지 못한 불행한 처지에서
> 문학은 그대들이 까마케 치어다 볼 상급의 것이 아닐 수 없다. 문학
> 은 '미술'을 발등상으로 밟고도 그 위에 다시 우월한 까닭에 ……30)

> 　언어의 다채 다각 미묘 곡절 이러한 것이야말로 청춘시인의 미질
> (美質)의 산화(散火)가 아닐 수 없습니다. 청년 조군(趙君)의 시의
> 장식적인 일면에 향하여 얼마나 찬란한 타개를 감행한 것일지! 그러
> 나 시의 미적(美的) 근로(勤勞)는 구극에 생활과 정신에 경도할 것으
> 로 압니다.31)

인용문은 문학이란 화(畵---회화)에 문(文---언어)을 겸하는 것인 바
'화'는 '아름다움'에 본질이 있음으로 최소한 문학은 미술이 갖는 아름다
움 위에 다른 어떤 것("문학은 미술을 발등상으로 밟고도 그 위에 다시
우월한 까닭에---")을 추구해야 됨에도 불구하고 당대의 문인이라는 자들
이 회화의 아름다움에조차 도달하지 못함을 한탄하고 있다. 그러므로

---

30) 정지용, 「시선후」, 『문장』, 제 1권 10호, 1939. 11.
31) 정지용, 「시선후」, 『문장』, 제 2권 제 1호, 1940. 1.

위의 진술에 함축된 내용은 두 가지 사실을 지적해 보여준다. 문학이란 ---앞서 논의한 바와 같이 언어의 회화적 제시에서 오는 아름다움이 토대를 이루나 단지 여기서 끝나지 않고 여기에 미술이 지니지 않은 다른 '어떤 것'이 추가되어야 한다는 사실이다.

이는 지용이 지금까지 강조했던 시에 있어서 언어의 아름다움 내지는 시각적 이미지에 의한 회화적 제시에 회의를 갖고 그것을 뛰어 넘은 어떤 세계에 대해 언급한 것으로 해석된다. 그렇다면 그 '어떤 것'이란 무엇일까. 그 자신의 표현을 빌 때 그것은 '정신' 혹은 '사상'의 세계이다. 즉 시란 단지 언어의 아름다움 혹은 감각적 이미저리에 의한 회화적 제시에 만족할 수 없고 여기에 어떤 정신 혹은 사상을 내면화시켜야 한다는 것이다. 그것은 한마디로 언어 미학의 시를 지양하여 도달한 어떤 철학적 경지의 시, 모더니즘을 극복한 고답적 정신주의 시라 할 수 있다. 이 같은 인식은 어떤 잡지의 다음과 같은 인터뷰에서도 암시적으로 드러나 있다. 왜냐하면 자신이 발굴한 시인이자 동시에 한국을 대표하는 모더니스트라는 점에서 이상에 대한 평가는 곧 모더니즘 대한 그 자신의 생각을 보여주는 것이라고 말할 수 있기 때문이다.

> 질문자: 이상(李箱)씨를 처음 떠메고 나오신 것이 정선생이죠?
> 정지용: 그랬죠
> 질문자: 동기는
> 정지용: 그저 진기했으니까 그랬죠
> 질문자: 시로서는?
> 정지용: 글쎄32)

---

32) 정지용, 「시가 멸망을 하다니 그게 누구의 말이요」, ≪정지용전집 2≫, 민음사, 1988.

한마디로 모더니즘(이상(李箱))이란 진기한 것일 뿐 문학적으로는 별 볼일 없다는 평가이다. 이 역시 모더니즘(이상의 시)에는 어떤 사상적, 철학적 깊이가 내면화되어 있지 않다는 불만을 토로한 것이 아니었을까. 어떻든 지용은 이제 언어 미학의 시 혹은 모더니즘 계열을 시를 거부하고 정신 혹은 사상의 시로 나아가게 된다. 지용은 이렇게 단언한다.

> 시인의 구극에서 언어문자가 그다지 대수롭지 않다. 시는 언어의 구성이기보다 더 정신적인 것의 열렬한 정황 혹은 왕일(旺溢)한 상태 혹은 황홀한 사기(詞氣)임으로 시인은 항상 정신적인 것에서 정신적인 것을 조준한다.
>
> 언어와 종정(宗匠)은 정신적인 것까지의 일보 뒤에서 세심할 뿐이다. 표현의 기술적인 것은 차라리 시인의 타고난 재간 혹은 평생 숙련한 완법(腕法)의 부지중의 소득이다. 시인은 정신적인 것에 신적 광인처럼 일생을 두고 가엾이도 열열하였다.[33]

> 화가도 글을 쓸 줄 알며 문(文) 이상의 미술적인 것을 문으로 표현하는 수가 있다. 문인보다는 격과 멋을 잃지 않는다. 따라서 문학인이 추구할 바는 정신미와 사상성에 있는 배니 복장이나 외형미로 논란(論難)하기란 예(禮)답지 못한 노릇이라고 하라.[34]

그렇다면 지용이 모더니즘을 지양하여 추구한 정신의 시에서 그 '정신'이란 무엇일까. 그는 구체적인 설명을 피한 채 다만 하나의 원리만을 제시하였으나 그것은 한마디로 성(性)과 정(情)이 표현된 시라고 할 것이다.

---

33) 정지용, 「시의 옹호」, 『문장』, 1권 5호, 1939. 6.
34) 정지용, 「시선후」, 『문장』 1권 10호, 1939. 11.

　　시인의 운율과 희열의 제작은 그 동기적인 점에서 그의 비결을
공개치 아니 하나니 시작이란 언어 문자의 구성이라기 보담도 먼저
성정(性情)의 참담한 연금술이오 생명의 치열한 조각법인 까닭이다.
………… 거윽히 시의 Point d'appui(책원지(策源地)---책략의 근원
지 필자 주)를 고도의 정신주의에 두는 시인이야말로 시적 상지(上
智)에 속하는 것이다.35)

　이렇게 지용은 '시적 상지(上智)'에 놓이는 시는 '정신주의'를 탐구한
시이며 그 정신주의란 곧 '성정(性情)'의 탐구를 뜻하는 것으로 이야기하
고 있다. 그런데 그에게 있어서 정신주의의 시 즉 '성정탐구의 시'란 곧
'사무사(思無邪)'의 시를 뜻한다. 그가 또한 다음과 같이 언급하고 있기
때문이다.

　　시는 마침내 선현(先賢)이 밝히신 바를 그대로 좇아 오인(吾人---
우리 인류, 필자 주)의 성정(性情)에 돌릴 수 밖에 없다. 성정이란
본시 타고난 것이니 시를 갖을 수 있는 혹은 시를 읽어 맛 드릴
수 있는 은혜가 도시 성정의 타고 낳은 복으로 칠 수 밖에 없다.
시를 향처럼 사용하야 장식하랴거든 성정을 가다듬어 꾸미되 모름
즉이 자자근근(孜孜勤勤)히 할 일이다. 그러나 정이 수성과 같아서
돌과 같이 믿을 수는 없는 노릇이니 담기는 그릇을 딸어 모양을
달리하며 물감대로 빛깔이 변하는 바가 온전히 성정이 물을 닮었다
고 할 것이다.………중략………목불식정(目不識丁)의 농부가 되
였던덜 시(詩)하다가 성정을 상(傷)우지 않았을 것이니 누구는 이르
기를 시를 짓는 이 보담 밭을 갈라고 하였고 공자----가라사대 시삼
백(詩三百)에 일언이폐지왈사무사(一言以蔽之曰思無邪)라고 하시
었다.36)

---

35) 정지용, 「영랑과 그의 시」, 김학동 편, 《정지용전집 2》, 민음사, 1988.

36) 정지용, 「시선후」, 『문장』, 1권 5호, 1939. 6.

이에 이르러 우리는 지용이 추구했던 이 정신주의가 동양사상 특히 유가(儒家)의 형이상적 세계에 맞닿아 있음을 알게 된다. 왜냐하면 '성(性)'이나 '정(情)'은 유학의 근본 사상을 구성하고는 개념이며 '사무사(思無邪)'라는 것 역시 유학을 대변하는 문학관이기 때문이다. 원래 유학에서는 이 우주의 근본을 도(道), 이(理), 기(氣) 등의 개념으로 설명하고 있다. 그 체계를 처음 세운 정이천(程伊川)에 따르면 기(氣)는 만물을 형성하는 근원적인 힘이자 운동의 원천이며 이(理)는 그 기에 내재하는 원리라고 한다. 한편 기는 음양(陰陽)과 오행(五行)으로 운동하며 이 모든 것의 원인이 되는 것이 도이다. 주자는 존재를 무라는 잠재적인 상태(무극(無極))와 유라는 드리닌……현재적(顯在的)인 상태(태극(太極))로 분류하여 이들이 서로 동시적으로 일치한다는 이원론(二元論)을 제창하였는데 여기서 무극이란 기(氣를), 태극이란 이(理를) 가리키는 말이라 할 수 있다. 이는 헤겔에 있어서 각각 질료와matter)와 form(형상)에 해당하는 개념이다.37)

이에 대하여 성(性)과 정(情)이란 각각 이(理)와 기(氣)에 대응한다. 우주의 원리로서 역(易)이 이(理)와 기(氣)를 포괄하고 있는 것과 같이 인간에게 있어서는 미음이 성(性)과 정(情)을 통섭하고 있는 것이다.38) 즉 나음의 내면에 갖추고 있는 이(理)는 성(性)이요, 마음이 기(氣)속에 발현한 것이 정(情)이다. 따라서 성(性) 천리(天理)가 인간에게 부여된 것이라 하지만 마음을 떠나서 성(性)이 따로 존재하는 것이 아니며 마음에 있어서 이(理) 즉 본체적 측면을 성(性)이라하고 기(氣) 즉 작용적인 측면을

---

37) 加地伸行, 『유교란 무엇인가』, 김태준 역, 지영사, 1996. 172~173, 175면.
38) 금장태, 『유학사상의 이해』, 집문당, 1996. 108면. 心, 統性情者也.

정(情)이라 지칭하는 것이다.[39]

지용은 이와 같은 성정(性情)을 흐르는 물로 비유하여 설명하고 있다. 그것은 마치 노자가 도를 물에 비유한 것을 연상시킨다. 일찍이 노자(老子)는

> 최고의 선은 물과 같다. 물은 만물에 혜택을 주지만 남과 지위를 다투는 일이 없어서 모두가 싫어하는 낮은 지대에 고여 있다. 그러므로 도(道)에 가깝다.………대저 물처럼 겸허해서 남과 다투지 않을 때 비로소 허물이 없을 수 있는 것이다.[40]

즉 지용이 성정(性情)이란 흐르는 물과 같아서 돌처럼 굳어 있지 않고 그릇에 따라 아무 곳이든 담길 수 있으며 동시에 그 색 또한 상황에 적응하여 바뀐다고 하는 것은 노자가 물의 덕을 찬양하여 "남과 다투지 않고 항상 낮은 지대에 고인다(水善利萬物而不爭)"고 한 말과 일치하는 것이다. 물론 도가와 유가는 다르다. 그러나 고대 중국에서 도가와 유가는 그 시원을 공유함으로 이 양자의 최고 원인이라 할 '도(道)'가 그 근본적인 뜻에서 다를 이 없다. 가령 공자(孔子)는 요(堯)나 순(舜)이 펴는 도(道)의 정치를 천지(天地) 자연(自然)의 조화(調和)에 상응한다고 보아 그것을 무위(無爲)라 칭했는데[41] 여기서 무위란 도가(道家)의 도(道)와 같은 용어이다. 그러한 관점에서 지용의 성정(性情)이란 넓은 의미에서 도(道)라 불러도 무리가 없을 듯하다. 그것은 첫째 앞에서 살펴보았듯이 성정(性

---

39) 『중용장귀(中庸章句)』주자(朱子) 주(註).　性卽理也　天以陰陽五行　化生萬物　氣以成形而理亦賦焉 ……於是人物之生　因各得其所賦之理　以爲健順五常之德　所謂性.

40) 『도덕경(道德經』,「上善若水章」제 8.　上善若水　水善利萬物而不爭　處衆人之所惡　故幾于道………夫唯不爭　故無尤.

41) 『논어(論語)』,「衛靈公」. 無爲而治者　其舜也與.

情)이 도(道)에서 비롯된다는 점에서 그러하고 또한 도가(道家)나 유가(儒家)나 도(道)의 궁극적인 의미는 같다 점에서 그러하다.

그런데 유가에서는 도(道)를 흔히 천(天)과 동일시한다.

> 천(天-하늘)은 공간적 및 시간적 제한성을 넘어서는 보편성을 지니며 우주의 운행법칙이요 영속적 진실성을 내포한다. 이러한 의미에서 하늘은 태극(太極) 이(理--천리(天理)) 도(道--천도(天道))로 일컬어지고 있다. 도(道--천(天))은 하늘의 전개방법과 원리이면서 동시에 인간에게 현실의 행위에 대한 당위성의 근거가 된다.[42]

인용문은 성정(性情)의 우주적 개념인 이(理)나 도(道)가 천(天)과 같은 뜻임을 지적하고 있다. 그리고 이 천(天)의 실제적 실현이 바로 자연(自然)이다.

> 주역(周易) 설괘전(說掛傳)에서는 "하늘의 도(道)를 세워 음(陰)과 양(陽)이라 한다"라 하여 자연의 법칙으로 천도(天道)를 제시하고 있다.[43]

『주역』「계사하(繫辭下)」에서도 "천지의 큰 덕(德)을 생산이라고 한다"(天地之大德曰生)하여 천(天)은 만물을 생성하는 조화의 능력을 지니고 있음을 밝히고 공자도 "하늘이 무엇을 말하겠는가 사시(四時)의 계절이 훈행하고 만물이 생장하고 있는데 하늘이 무슨 말을 하겠는가"(天下言哉 四時行焉 百物生焉 天下言哉) 라고 하였는데 『주역』에서 말하는 바 '천지의 생산'이나 공자가 말하는 바 계절의 훈행과 만물의 성장이

---

42) 금장태, 『유학사상의 이해』, 집문당, 1996. 67면.

43) 위의 글.

곧 자연이라는 것은 설명이 필요치 않다. 자연의 법칙이 천도(天道)라면 자연의 내면은 천(天)이요 그 외면이 감각적인 자연인 것이다. 즉 눈에 보이지 않은 자연이란 도(道)나 이(理)이며 그것의 실제적 표현이 감각적 자연이다. 그리하여『근사록(近思錄)』에서는 '이(理)에 따라 무한히 생겨나며 자연(自然)은 결코 쉬지 않는다'(生生之理 自然不息)고 하였다.44)

이상의 논의를 정리하면 다음과 같다. 성정(性情)이란 우주적 개념인 이(理), 기(氣)의 인간적 반영이다. 그런데 이(理), 기(氣)의 원인이 되는 도(道)는 천(天)과 같고 천(天)은 또한 자연으로 나타나는 까닭에 자연은 이(理), 기(氣)와 그것의 상응이라 할 성정(性情)이 실현하는 장(場)이 된다. 따라서 자연을 단지 감각적으로 묘사하지 않고 형이상학적으로 꿰뚫을 경우 곧 이(理) 기(氣), 성(性) 정(情)의 추구라 할 수 있다. 지용이 다음과 같이 자연을 예찬하고, 자연스런 시창작을 강조하며, 나아가 자연의 의미를 탐색코자 하는 이유도 여기에 있을 것이다.

> 시가 시로서 온전히 제자리가 돌아빠지는 것은 차라리 꽃이 봉오리를 머금듯 꾀고리 목청이 제 절에 트이듯 아기가 열달을 채서 태반을 돌아 탄생하듯 하는 것이니 시를 또 한가지 다른 자연현상으로 돌리는 것은 시인의 회피도 아니요 무책임한 죄로 다스릴 법도 없다.45)

무엇보다 돌연한 변이를 꾀하지 말라. 자연을 속이는 변이는 참신할 수 없다. 기벽스런 변이에 다소 교활한 매력은 갖출 수는 있으나 교양인은 이것을 피한다. 귀면경인(鬼面驚人)이라는 것은 유약한 자의 슬픈 괘

---

44) 금장태,『유학사상의 이해』, 집문당, 1996. 68~69면.
45) 정지용, 「시와 발표」,『문장』, 1권 9호, 1939. 10.

사에 지나지 않는다. 시인은 완전히 자연스런 자세에서 다시 비약할 뿐이다. 우수한 전통이야말로 비약의 발 디딘 곳이 아닐 수 없다.[46)

> 가장 타당한 시작이란 구족(具足)된 조건 혹은 난숙한 상태에서 불가피의 시적 회임 내지 출산인 것이니……그 보다 더 좋은 것을 얻을 수 있는 것은 바다와 구름의 동태를 살핀다든지 절정에 올라 고산식물이 어떠한 몸짓과 호흡을 가지는 것을 본다든지 들에내려가 일초일엽(一草一葉)이 벌레 울음과 물소리가 진실히도 시적 운율에서 떠는 것을 나도 따라 같이 떨 수 있는 시간을 가질 수 있음이다.[47)

우리는 여기서 지용의 자연시 창작과 만나게 된다. 그것은 그가 언어미학에 토대를 둔 모더니즘 풍의 시를 지양하고 앞서 살핀 바와 같이 성정(性情)의 탐구라는 정신주의에 몰두하면서 자연예찬과 자연시 창작에 심혈을 기울였기 때문이다.[48) 그러므로 지용의 자연시 창작이 30년대 말 40년대 초의 정치적 상황 속에서 현실도피의 은일주의에서 비롯된다는 견해(최동호)는--- 일리 없는 바는 아니나---전적으로 옳다고 말할 수 없다. 그의 자연시에서 보여주는 은일주의는 그보다 상자연(賞自然)을 통해서 우주적인 의미---성정(性情)을 탐구하려는데서 쓰여졌다고 보는 것이 보다 합리적이라고 생각되기 때문이다. 그것은 지용이 그 이전부터 문학의 현실참여나 정치참여를 부정하는 문학관을 가지고 있었다는 사실에서 설명된다.

---

46) 정지용, 「시의 옹호」, 『문장』, 1권 5호, 1939. 6.

47) 정지용, 「시와 발표」, 『문장』, 1권 9호, 1939. 10.

48) 성정 탐구라는 정신주의 시론을 발표한 때 그가 한참 자연시 창작에 몰두하였다는 것이 그 증거이다.

경제 사상이나 정치열에 치구하는 영웅적 시인을 상탄한다. 그러
나 그들의 시가 음악과 회화의 상태 혹은 운율의 파동, 미의 원천에
서 탄생한 기적의 아(兒)가 아니고 보면 그들은 사회의 명목으로
시의 압제자에 가담하고 만다. 소위 종교가도 무모히 시에 착수할
것이 아니니 그들의 조잡한 파아나티즘이 시에서 즉시 들어나는
까닭이다. 종교인에게도 시는 선발된 은혜에 속하는 까닭이다.

시학과 시론에 자주 관심할 것이다. 시의 자매 일반예술론에서
더욱이 동양화론(東洋畵論), 서론(書論)에서 시의 향방을 찾는 이는
비뚫은 길에 들지 않는다.

경서(經書) 성전(聖典) 유(類)를 심독하야 시의 원천에 침윤하는
시인은 불멸한다.[49]

1

절정에 가까울수록 뻐국채 꽃키가 점점 소모된다. 한마루 오르면
허리가 슬어지고 다시 한마루 우에서 모가지가 없고 나종에는 얼골
만 갸웃 내다 본다. 화문(花紋)처럼 판박인다. 바람에 차기가 함경도
(咸鏡道)끝과 맞서는 데서 뻐국채 키는 아조 없어지고도 8월한철엔
흩어진 성신(星辰)처럼 난만하다. 산 그림자 어둑어둑하면 그러지
않아도 뻑국채 꽃밭에서 별들이 켜든다. 제 자리에서 별이 옮긴다.

---

49) 정지용, 「시의 옹호」, 『문장』 1권 5호, 1939. 6. 이와 같은 입장은 다른 언급들을 통
해서도 발견된다.

"일찍이 시의 문제를 당로(當路)한 정당(政黨)의 토의에 위탁한 시인
이 있었던 것을 듣지 못하였으니 시와 시인을 다소 정략적 지반운동
으로 음모하는 무리가 없지도 않으니 원인까지의 거리가 없지 않다.
그들은 본시 시의 문외에 출산한 문필인이요 그들의 시적 견해는 애
초부터 왜곡되었던 것이다." 위의 글.   "질문자: 만일 문학이 어떤
일부문 일례를 들어 정치같은 데 종속적인 의미로서만 존재를? 정지
용: 그것은 물론 배격해야지요" 인터뷰, 「시가 멸망을 하다니 그게
누구의 말이요」, ≪정지용전집≫, 민음사, 1988.

2

암고란(巖古蘭), 환약(丸藥)같이 어여쁜 열매로 목을 축이고 살어
일어섰다.

3

백화(白樺) 옆에서 백화가 촉루(髑髏)가 되기까지 산다. 내가 죽어
백화처럼 흴 것이 숭없지 않다.

4

귀신도 쓸쓸하여 살지 않는 한 모롱이, 도체비꽃이 낮에도 혼자
무서워 파랗게 질린다.

5

바야흐로 해발 6천척 우에서 마소가 사람을 대수롭게 아니녀기고
산다. 말이 말끼리, 소가 소끼리, 망아지가 어미소를, 송아지가 어미
말을 따르다가 이내 헤어진다.

6

첫새끼를 낳노라고 암소가 혼이 났다. 얼결에 산길 백리를 돌아
서귀포(西歸浦)로 달어났다. 물도 마르기 전에 어미를 여힌 송아지
는 움매---움매---울었다. 말을 보고도 등산객을 보고도 매여달렸다.
우리 새끼들도 모색(毛色)이 다른 어미한틔 맡길 것을 나는 울었다.

7

풍란(風蘭)이 풍기는 향기, 꾀꼬리 서로 부르는 소리, 제주(濟州)
회파람새 회파람 부는 소리, 돌에 물이 따로 굴으는 소리, 먼데서
바다가 구길 때 쏴---쏴--- 솔소리, 물푸레 동백 떡갈나무 속에서
나는 길을 잘못 들었다가 다시 측넌출 긔여간 흰돌바기 고부랑길로
나섰다. 문득 마조친 아롱점말이 피하지 않는다.

8

고비, 고사리, 더덕순, 도라지꽃, 취, 삭갓나물, 대풀, 석용(石茸--
석이(石耳?) 별과 같은 방울을 달은 고산식물(高山植物)을 색이며
취하며 자며 한다. 백록담(白鹿潭) 조찰한 물을 그리여 산맥우에서
짓는 행렬이 구름보다 장엄하다. 소나기 놋낫 맞으며 무지개 말리우
며 궁둥이에 꽃물 익여 붙인 채로 살이 붓는다.

9

가재도 긔지 않는 백록담(白鹿潭) 푸른 물에 하눌이 돈다. 불구(不
具)에 가깝도록 고단한 나의 다리를 돌아 소가 갔다. 좇겨온 실구름
일말(一抹)에도 백록담(白鹿潭)은 흐리운다. 나의 얼골에 한자잘 포
긴 백록담(白鹿潭)은 쓸쓸하다. 나는 깨다 졸다 기도조차 잊었더니
라.

─<백록담>

인용시는 정지용의 자연시를 대표하는 작품이다. 우리는 이 시에서
우선 첫째 그의 다른 계열----모더니즘계열의 자연시들과 달리 시인이
자연과 함께 자연으로 살아가려는 삶의 태도를 엿볼 수 있다. 시인이
제 2연에서 "백화(白樺) 옆에서 백화가 촉루(髑髏)가 되기까지 산다. 내가
죽어 백화처럼 흴 것이 숭 없지 않다"든가 제 6연에서 어미를 잃은 송아
지가 말이나 등산객을 보고 달려드는 모습을 대하고 "우리 새끼들도 모
색(毛色)이 다른 어미한틔 맡길 것을 나는 울었다"고 말하는 것 등이
그것이다.

그리하여 마침내 그는 자연과 일체화되는 경지에 든다. 8연에서 고백
하고 있는 바와 같이 그가 "고비, 고사리, 더덕순, 도라지꽃, 취, 삭갓나물,
대풀, 석용(石茸) 별과 같은 방울을 달은 고산식물(高山植物)을 색이며
취하며 자며" 하기 때문이다. 그는 이제 그 자신 자연의 일부가 되어

마치 고산식물이 그렇듯이 "소나기 놋낫 맞으며 무지개 말리우며 궁둥이에 꽃물 익여 붙인 채로 살이 붓는"존재가 됨을 느낀다. 이와 같은 시인의 삶의 태도는 자연 즉 천도(天道)에 합일한 삶, 이기와 성정이 일치된 삶의 경지를 노래한 것이라고 말할 수 있다. 그것은 시인이 함께 색이고(사귀고?) 취하고 자는 자연의 사물이 특히 '고산식물'이기에 더욱 그러하다. 고산식물이란 문자 그대로 세속의 땅을 멀리하고 하늘(天)을 우러러 하늘 가까이 사는 혹은 하늘의 식물인 까닭이다. 이로서 우리는 시인이 자연의 시로 도달하고자 하는 정신의 높이를 가늠해 볼 수 있게 된다.

둘째 이 시는 무위자연의 삶을 그리고 있다. 그것은 이 시의 결말부분이라 할 제 9연에서 시인이 하늘과 땅이 일치하는 상황을 통해 천도(天道)와 지도(地道)의 화합을 노래하면서 ("가재도 긔지 않는 백록담 푸른 물에 하눌이 돈다.") 그 안의 존재라 할 자신이 이에 심취하여 "깨다 졸다 기도조차 잊었다"고 고백한데서 드러난다. 기도란 절대자 혹은 절대적인 것에 대한 동경을 이름하는 것임으로 시인이 그것까지도 잊어버릴 만큼 무아의 경지에 들어 있다면 이 곧 자연의 이법(理法)에 동화된 삶 즉 나와 너 혹은 주객(主客)이 일여(一如)된 무위의 삶이라고 말할 수밖에 없을 것이기 때문이다

셋째 공자가 말한 바 "하늘이 무슨 말을 하겠는기 시시(四時)의 계절이 훈행하고 만물이 생장하고 있는 데 하늘이 무슨 말을 하겠는가" 하는 경지 즉 자연의 운행과 생성을 통해 드러내는 우주의 천도(天道) 혹은 이법(理法)을 이 시가 탐구하고 있다는 점이다. 전체 내용도 마찬가지이지만 특히 7연이 묘사해주는 바가 그러하나. 풍란은 제 스스로 향기를 풍기며 꾀꼬리는 서로 화답을 한다. 회파람새는 회파람을 불고 바다가 구길 때는 쏴하고 파도소리를, 바람에 흔들리는 솔은 솔소리를 낸다. 언듯 보기엔 당연한 이야기를 하는 것 같지만---당연하기 때문에 자연의

질서 아닌가---- 자연의 무애자재한 현현(顯現)이 있는 그 자체로 묘사되어 있다. 자연을 구성하는 개개의 사물 혹은 존재들이 음양오행의 운행에 따라 상동(相同) 상응(相應)하는 모습 그대로이다.

이렇듯 지용의 후기 자연시들은 모더니즘 풍의 언어미학적인 시의 한계를 극복하여 우주적 정신의 깊이를 탐색하기 위하여 쓰여졌다. 한마디로 그것은 상자연(賞自然)을 통해서 성정(性情) 혹은 이기(理氣)의 이법(理法)을 탐색한, 고고한 정신주의(精神主義) 시라고 말할 수 있다.

■ 참고문헌

▪ 기본자료

『학조』, 『중앙』, 『시문학』, 『문장』, 『조선일보』
김학동 편, ≪정지용 전집 1≫, 민음사, 1988.
________, ≪정지용 전집 2≫, 민음사, 1988.

▪ 단행본

금장내, 『유학사상의 이해』, 집문당, 1996.
김용직, 『한국현대시사 1』, 한국문연, 1996.
김종태(金鍾太), 「산수화론(山水畵論)」, 『東洋畵論』, 일지사, 1978.
김학동, 『정지용연구』, 민음사, 1987.
오세영, 『20세기 한국시 연구』, 새문사, 1989.
이숭원, 『정지용시의 심층적 탐구』, 태학사, 1999.

加地伸行, 『유교란 무엇인가』, 김태준 역, 지영사, 1996.
Wheelwright, Philip., *Metaphor and Reality*, (Bloomington:) Indiana Univ. Press., 1968.

▪ 논문

박팔양, 「요람시대의 추억」, 『중앙』, 32호, 1936. 7.
오세영, 「한국문학과 바다」, 『현대시와 실천비평』, 이우출판사, 1983.
장경렬, 「이미지즘의 원리와 '시화일여'의 시론」, 『작가세계』, 1999. 겨울.
최동호, 「정지용의 산수시와 은일의 정신」, 『민족문화연구』, 제 19호, 1986. 78-112면.
황현산, 「정지용의 '누뤼'와 '연미복 신사'」, 『작가세계』, 1999. 겨울.

■영문초록

A study on Nature Poetry of Ji-yong

Oh, Se-young

Jung Ji-yong is one of the main poets in Korea who was active in 1920's and 1930's. He wrote various styles of poetry such as folk poetry, modernism poems, religious poems in catholicism, and nature poem. Looking at his career as a literary figure, one can see that these various styles of poetry were written in successive order. Jung first wrote folk poetry in his early years, then modernism poems, and finally, nature poems in his later years. He wrote religious poems temporarily in a transition period from when he was writing modernism poems to when he started writing nature poems.

In a sense, Jung's early works of ballads were manifestation of his poetic instinct nourished in the early childhood experience of living in a rural district. For he was not particularly influenced by literature education, such poetic style resulted from his poetic instinct expressing his environment or childhood experience.

There are two reasons why Jung was able to move from folk poetry to modernism poetry with ease. First, he had an innate talent with language expression and second, he was influenced by his stay in Japan.

When Jung felt the limitation of modernism poetry, he moved on to nature poetry. By overcoming poetry which describes objects or situations in objective and visual perspective, he strove to create poetry that reflects ideology and philosophy. And religious poems in catholicism acted as a mediator in this transition period because religious poems in catholicism had characteristics of both modernism poetry and ideology poetry.

If folk poetry were the expression of his unaffected poetic instinct and religious poems in catholicism were the mediator of modernism poetry and nature poetry, then what becomes important is the transition period. It also indicates his shift from aesthetics to idealism, from sensationalism to ideology, from feeling at real life to metaphysics. In short, this transition period signifies poetry of aesthetics and philosophy transcending to that of ideology.

Jung's nature poetry was written as he searched for the depth of universe's spirit. In short, it was a poetry of proud idealism, investigating orders of nature or predisposition of nature(理氣) through the life of nature(賞自然).

■ 핵심어　　민요풍의 시, 모더니즘 계열의 시, 이미지즘, 자연, 정신주의, 언어, 도(道), 이기(埋氣), 성정(性情), 카톨릭 신앙시

■ keyword　　folk poetry, modernism poetry, imagism, nature, idealism, language, Tao(道), li-gi(理氣), seong-jeong(性情), religious poems in catholicism

접수일자 : 2002. 10. 26
심사기간 : 2002. 11. 9～11. 27
게재결정 : 2002. 11. 28

정지용 시에서 '시계'의 의미와 '감각'

이수정*

목차

1. 부정적 근대성의 시계

1930년대 경성의 도시적 감수성의 세례를 받은 '도회의 아들'[1]들의 시에 시계의 이미지가 등장하기 시작한다. 신기한 도시풍경을 온몸으로 받아들이고 있었던 김기림의 시에서 시계는 범속한 이미지에 지나지 않았지만, 정지용의 '무서운 시계'[2]나 李箱의 '별안간 13을 치'[3]는 시계와

---

*서울대학교 박사과정

1) 김기림, 「모더니즘의 역사적 위치」, 《김기림 전집2》, 심설당, 1988. 앞으로 김기림의 글은 심설당에서 나온 《김기림 전집》에서 인용한다.

2) 정지용, <무서운 時計>, 《정지용전집1》, 민음사, 1988. 89면. 정지용의 시들은 민음사판과 건설출판사판 《정지용시집》(1946)과 백양당판 《백록담》(1946)을 비교하여 사용하되 인용면은 민음사 판으로 기재한다.

3) 이상, <一九三一年(作品第一番)>, 이승훈 엮음, 《이상문학전집1》, 문학사상사,

같은 강렬한 시계 이미지가 나타나는 것은 주목할만하다. 그렇다면 시계가 이들의 시에 등장하게된 배경은 무엇이며, 시계에 대한 상이한 이미지들은 어떤 의미를 가질 수 있을까?

서양에서 처음 태엽이라는 탈진기(脫進機)를 이용한 기계시계를 만든 것은 14세기 후반의 일이었다.[4] 기계시계는 16세기경부터 널리 보급되며 상업과 교역상 시계가 필요했던 도시에서 중요하게 사용되었고, 18세기에는 사치품이나 귀한 물건이 아닌 '필수품'으로 일반가정에 보급되었다. 시계의 보급은 시간에 대한 관념을 크게 변화시켰다. 모든 시간은 동질적이며 분할할 수 있는 시계적(기계적) 시간이라는 근대적 시간개념이 생겨난 것이다.[5]

우리 나라의 경우에도 서양의 기계식 시계의 도입이 이와 같은 변화를 가져왔을까? 우리 나라에 자명종, 즉 서양식 금속제 기계시계가 들어온 것에 대한 첫 기록은 인조9년(1631) 7월 명나라에 사신으로 갔던 정두원이 자명종을 가지고 왔다는 「인조실록」의 기록이다. 자명종은 명나라에서 활동하고 있던 예수회선교사들이 퍼뜨린 서양 과학기술 문물중의 하나였다. 자명종은 첨단과학기술의 산물로 조선학자들에게 큰 충격을 주었지만, 정시법(定時法)과 부정시법(不定時法)을 함께 쓰고 있던 조선의 시간제도[6]에 적용하는 방법을 몰라 그지 신기함의 내상일 뿐이었다.[7]

1989. 238면. 앞으로 이상의 글은 문학사상사에서 나온 ≪이상문학전집≫에서 인용한다.

4) 앙리 드 윅(Anri de Wiek)이 샤를 5세를 위해 기계시계를 만든 이후 1390년 무렵에는 영국, 프랑스, 독일 등에 시계가 만들어져 대성당의 탑에 설치되었다(전상운, 『시간과 시계 그리고 역사』, 월간시계사, 1994. 37~38면).

5) 이진경, 「근대 과학의 시간·공간 개념」, 『근대적 시·공간의 탄생』, 푸른숲, 1997. 101면.

6) 조선시대까지 사용된 시간의 개념은 현재 우리가 사용하는 시간과는 다른 원리로

1669년 현종10년 10월 14일자「현종실록」에 천문학 교수 송이영이 처음으로 서양의 자명종을 모방하여 자명종을 만들었다는 기록이 있지만,[8] 19세기말까지도 기계식 시계는 조선에서 필요성을 인정받지 못했다.[9] 전등이 없었던 시대에는 해가 뜨고 지는 것에 맞추어 시간을 정함으로써 삶의 리듬을 자연의 리듬에 맞추는 것이 자연스럽고 편리한 것이었기 때문에, 계절에 따른 낮밤 길이의 변화를 무시하는 기계식 시계는 불필요한 것으로 인식되었던 것이다.

1886년 2월 22일자 한성주보 제 4호 17쪽에서 18쪽에는 최초로 시계광

작동하는 것이었다. 지금 우리가 쓰는 시간이 계절과 상관없이 하루를 24등분하고 1시간을 60분으로 등분하고 있는 것과는 달리, 조선시대까지 사용된 시간은 계절마다 시간의 길이가 달랐다. 하루를 '자축인묘진사오미신유술해'의 12시로 나누고 그것을 다시 100각으로 나눈 정시법(定時法)을 사용했지만, 밤이 되면 물시계를 이용한 부정시법을 사용함으로써 정시법과 부정시법을 병행하여 사용하였다. 해가 지는 때를 언제나 초경(初更)이라고 해서 인경을 울리고, 해가 뜰 때를 오경(五更)이라 하여 바라의 종을 쳤다. 한밤중은 언제나 자시(子時)이고 한낮은 언제나 오시(午時)였다. 길건 짧건 하루 밤을 5등분해서 1경으로 했기 때문에 여름밤의 1경은 겨울밤의 1경보다 짧았다. 이 때 사용된 물시계는 물 흘러내리는 속도가 계절에 따라 다르지 않았으므로 24계절에 따라 24개의 다른 눈금이 새겨진 다른 잣대를 사용했다.(전상운, 앞의 책. 28~30면)

7) 김육,「잠곡필담(潛谷筆談)」, 전상운, 위의 책에서 재인용. 95~96면.

8) 전상운, 위의 책, 108면.

9) 조선시대 말 철종 때의 과학자 남병철은 의기집설이라는 자신의 저서에서 프랑스의 시계 만드는 이가 2천명이 넘고 각종 기계시계의 연 생산량이 일만 이천개에 달하고 있음과 중국과 일본의 시계사에 대해서 논하는 등 서양과 동양의 활발한 시계 제작에 대한 절을 마련하고 있다. 그는 특히 중국이 서유럽의 부품을 가져다가 중국식 디자인으로 장식하여 자체브랜드로 유럽에 역수출을 하고 있었던 사정과 중국과 일본에서 시계를 만드는 장인인 시계사(時計師)라는 전문 직업인이 나타나 대접을 받았던 것을 논하면서 중국이나 일본과 달리 조선에서 시계는 일반화되지 못하였음을 간접적으로 시사하고 있다.(남병철,「의기집설(儀器輯說)」, 전상운 위의 책에서 재인용, 147~148면)

고가 게재되었다. 독일 무역상인 세창양행의 '덕상 세창양행 고백(德商世昌洋行 告白)'이라는 24줄 짜리 광고에 '쇠가죽, 말가죽, 개가죽 등을 사들이고, 자명종 시계, 호박, 유리 등'을 외국에서 들여다가 판다는 내용이 들어있었다.[10] 수입에 의존하여 시계가 팔리기도 하였으나 이런 극소량의 보급은 여전히 '신기한 문물'과 '귀한 물건'이라는 인식 속에서 이루어졌다. 시계가 일반인들의 삶 속으로 들어온 것은 근대화의 과정에서 근대적 제도에 내재화된 형식을 통해서였다.

정지용 시에 나오는 것과 같은 '나를 높다란데서 굽어보는' '벽돌집 탑'의 '거만한' 시계[11]가 처음 등장한 것은 명동성당과 기차역이 생기면서부터였다. 1898년에 완공된 명농성당에는 시계실이 있는 종탑이 세워졌는데 그 높이가 46.7m나 되었다.[12] 경사지 구릉의 정상부에서 당시 수평적으로 낮게 형성되어 있었던 시가지를 내려다보도록 배치된 46.7m 높이의 명동성당의 종탑은 상당히 위압감을 주는 것이었으며 당대인들에게 큰 충격이었다.[13] 또한 1925년 국제규모의 역을 만들고자 하는 노력으로 재건축된 경성역에는 지름이 1.6m나 되는 대형시계가 설치되었다.[14] 근대의 상징인 기차는 '기차-시간'에 맞추어 각 역에 도착하고 출발

---

10) 신인섭 · 서범석, 『한국광고사』, 나남, 1998. 28~29면에서 재인용.

11) 정지용, <幌馬車>, 《정지용전집》, 앞의 책.

12) 임정의 편, 「명동성당의 건축관련 기록들」, 『명동성당 100년』, 코리언북스, 1998. 26~34면.

13) 임정의, 위의 책, 135~139면.

14) 우리 나라 최초의 기차역은 1900년 7월 8일 한강철교 준공과 함께 경인선이 완전 개통되면서 만들어진 남대문역이었다. 현재 서울역의 전신인 남대문역은 시골 간이역 정도의 초라한 건물이었지만 1905년 경부선과 1906년 경의선이 개통되면서 점차 승객이 늘어났다. 1915년 역사를 크게 개축하면서 이름도 경성역으로 바뀌었으며 1920년대에 들어서자 이른바 모던 경성의 인구는 30만 명을 넘어서고 있었다. 이에 경성역의 소유주였던 남만주 철도주식회사는 역을 국제규모화 하기로 한다.

하였으며 1886년에 지어진 배재학당이나 1900년에 지어진 이화학당과 같은 신학문의 전당에서는 '시간표'에 의해 수업이 이루어졌다.[15] 일제가 식민지 침략을 시작한 이후 식민체제를 정당화하고 통치를 쉽게 하기 위해 본격적으로 도입한 각종 근대제도들은 기계적 시간인 시간표를 통해 운영되고 있었다. 기차(-시간), 학교(-시간), 공장(-시간), 병원(-시간)뿐만 아니라 백화점(-시간), 영화(-시간), 라디오(-시간) 등 모든 근대화와 도시화의 기표에 '기계적 시간─시간표'라는 말은 괄호 쳐져 있었다. 근대적 시간의 개념이 근대적 제도에 내재화된 채로 일제에 의해 보급됨으로써, 우리에게 근대적 시간은 '잠복된 근대성'이라는 의미와 '잠복된 식민체제의 규율권력'이라는 두 가지 의미로 다가오게 되었다.[16]

1930년대 경성의 신기한 도시풍경을 민감한 시선으로 포착했던 김기림의 시에서 시계가 평범한 이미지로 묻혀있는 것은 이런 맥락에서 설명될 수 있다.[17] 당시에 시계는 신기한 도시풍경의 구성물이 아니었으며

1925년 9월 30일 경성역은 현재의 위치에 웅장한 모습을 드러내는데 194만원의 거금을 들여 3년 공사 끝에 지은 경성역은 당시 일본 동경역사와 함께 동양 2대 건축물로 손꼽혔다. 서울역사의 중심에는 지름이 1.6m인 대형시계가 설치돼 지금까지도 꾸준히 시각을 알려오고 있다(임성태 외, 「서울驛」, 『서울서울서울-서울六百年-어제·오늘·내일』, 한국일보, 1994. 102~103면).

15) 김진송, 『현대성의 형성~서울에 딴스홀을 許하라』, 현실문화연구, 1999. 244~255면 참조.

16) 김진균·정근식 편저, 『근대주체와 식민지 규율권력』, 문화과학사, 2000. 참조.

17) 김기림의 시와 수필에 시계의 언급이 없는 것이 아니다. 수필 <초침>에서는 우연히 바라본 전기시계의 초침이 자신의 관찰벽(觀察癖)과 어울려 자꾸 떠오른다는 얘기를, <질투>에서는 친구가 결혼하고 나서 괄목상대하게 집을 잘 차려놓았다는 것을 표현하기 위해 여러 종류의 여러 시계로 장식했더라고 쓰고 있다. 이외에도 시와 수필에서 시계, 기둥시계, 벽시계 등이 곧잘 나타나지만 이들은 의미화된 이미지가 아니라, 그가 누리고 있는 도시생활의 풍경에 녹아 들어가 있는 대상으로 언급될 뿐이다.

도시의 이면에서 도시전체와 사람들을 움직이는 보이지 않는 힘으로 내재화되어 있었던 것이다. 김기림의 시선에 포착되는 근대적 시간은 '시계'같은 평범한 것이 아니라 '러시아워'[18]나 '서머타임'[19]같은 낯선 단어가 빚어내는 도시의 풍경이었으며, 속도[20]와 동시성의 감각을 상징하는 기차이미지였다.[21]

그렇다면 정지용과 李箱의 시에서 발견되는 강렬한 시계의 이미지가 당시에 외부적 충격으로 다가온 대상에 대한 반응으로 나타난 것이 아님을 알 수 있다. 그것은 일상에 녹아들어 보이지 않지만 은밀히 존재하면서 개인을 조작하고 있는 '근대성'과 '식민지 규율권력' 그리고 그것들의 '폭력성'을 감각하는 자가 찾아낸 부정적 근대성의 은유였던 것이다.[22] Ziolkowski는 독일과 영미의 현대소설들을 분석하면서 불협화 하는 시계 (discordant clock)를 하나의 특징적인 요소로 추출하고 현대소설을 '시계의 폭동(riot of clock)'이라고 규정하였다.[23] 李箱의 '별안간 13을 치'는

---

18) 김기림, <도시풍경1·2>, ≪김기림 전집5≫, 심설당, 1988.

19) 김기림, <나의 서울 設計圖>, 위의 책.

20) 우리가 「스케트」를 좋아하는 것은 속력의 쾌감을 향락하려는 것이 목적이다. 속력은 실로 현대 그것의 상징이다. 그래서 「스케트」는 사람이 기계의 힘을 빌렸다는 의식이 없이 속력의 극한을 그 몸으로써 경험할 수 있는 최고의 「스포츠」다(김기림, <「스케트」哲學>, 위의 책).

21) 신범순, 「신문매체와 백화점의 시학-1930년대 김기림을 중심으로」, 『시와 사상』, 2002. 겨울.

22) Ziolkowski는 독일과 영미의 문학작품과 살바도르 달리와 샤갈의 그림에 등장하는 시계를 지적하면서 public time에 대항하여 자신만의 private time을 갖고 싶어하는 개인의 주관적 의식에 의해 현대예술에서 시계는 부정적 상징이 된다고 주장하고 있다. The clock is summoned forth as a negative symbol by the subjective consciousness of an individual who wishes to assert his own private time against the claims of public time.(Theodore Ziolkowski, Discordant Clock, *Dimensions of the novel*, Princeton University Press, 1969. p. 188.).

시계 또는 '서기는했으나時間은맞는'시계[24] 등은 근대제도의 기계적 시
간(public time)에 대항하여 자신의 내면의 시간으로(his own inner time)[25]
들어가는 시적 주체의 의식을 보여주는 것이다. 李箱은 일상에 잠복된
'근대성'과 '식민지 규율권력'의 상징인 '기계적 시간'을 망가뜨리거나
무의미한 것으로 만들어버리고 자기 자신의 시간 속으로 들어간다.[26]
그러나 정지용 시에서 시계는 불협화하지 않으며 정확히 작동하고 있다.
정지용의 시에서 '시계'가 어떻게 이미지화되고 있으며 그것이 어떤 의
미를 가질 수 있을 지 살펴보자.

2. 시계에 갇힌 자아와 '유리'의 경계적 상상력

정지용의 시는 그가 활동하던 당대부터 지금까지 감각적이라고 평가

---

23) 그는 특정한 사건이 일어난 시간에 멈춰진 시계(조이스의 ≪젊은 예술가의 초상≫
  에서 Leopold Bloom의 시계), 카프카의 작품에 나오는 빠르거나 느린 시계, 포크너의
  바늘이 하나뿐이고 느린 시계와 바늘이 없는 시계(≪음향과 분노≫), 버지니아 울프
  의 올란도의 시계에 대한 집착(≪올란도≫) 등을 지적한다(Theodore Ziolkowski, 위의
  책, pp. 183~187.).
24) 이상, <運動>, ≪이상문학전집1≫, 앞의 책.
25) 죽음(death)에 직면한 개인은 public time이 아닌 그 자신의 시간으로 들어간
  다.(Ziolkowski, 위의 책, p.183, 서문 ⅷ.) .
26) 이재선은 李箱문학 전반에 나타나는 시계에 대한 집착을 지적하면서 Ziolkowski의
  견해를 가져온다. 이상의 시계가 public time에 비해 '반란하는 시계'이거나 '박제된
  시계'라고 지적하면서 public time을 공적시간이라는 말로 번역하고 그것이 공준성
  (公準性)을 내포하고 있다고 하였다. '공준성'이라는 용어는 본고의 시각에 근본적
  인 출발점이 되었지만 1930년대 경성의 시대적 상황과 감각을 좀더 첨예히 드러내
  기 위해 public time을 '기계적 시간'으로 번역하고, 그것이 내포하는 의미도 '일상에
  잠복된 근대성'과 '일상에 잠복된 식민지 규율권력'으로 바꾸어 사용하고자 한다.
  (이재선, 「이상문학의 시간의식」, 『한국문학의 원근법』, 민음사, 1996. 참조.)

받고 있다.27) 김기림은 정지용을 감상적 낭만주의를 극복하고 '청신하고 원시적인 시각적 「이미지」를 발견'한 '최초의 모더니스트'28)이며, 우리의 시 속에 「현대의 호흡과 맥박」을 불어넣은 최초의 시인29)이라고 고평하였다. 그러나 이런 평가는 정지용의 시를 시각적 이미지즘-모더니즘으로 옭아매는 단초가 되었다. 임화가 정지용의 감각을 인간의 진실한 내면적 감정을 배제함으로써 깊이 있는 사상을 형상화하지 못하는 '기교주의'로 흘렀다고 비판한 것도 김기림의 평가에 뿌리를 둔 것30)이었다. 이후의 논의들은 이 두 가지 평가에 대한 평가를 거듭하면서 정지용 시의 감각을 모더니즘-리얼리즘의 틀로 점점 더 견고히 가두어 나간 감이 있다.

다행히 오세영은 정지용을 비롯한 김기림 김광균 등 한국의 모더니즘 시인들이 '엄밀한 의미에서' '서구의 개념상으로 이미지스트인가'라는 문제제기를 통해 정지용 시를 가둬온 견고한 틀의 허구성을 지적하였다. 그는 여기서 정지용이 받아들일 수 있는 수사학적 모더니즘과 받아들일 수 없는 서구 이념 사이에서의 모순이라는 경계에 갇힌 자의 비극을 가지고 있었다고 지적한다.31) 이는 정지용 시의 감각을 모더니즘-리얼리즘의 시각으로 평가하는데 집중된 기존연구의 근거를 흔들어 새로운 탐색을

---

27) 김신정은 정지용의 시가 감각적이라는 평가를 받고 있지만 시각적 감각에 대한 평가에 집중되어 있음을 지적한다. 정지용 시의 감각은 시각적이고 청각적인 것도 만져지는 것처럼 묘사하는 촉각적 감각, 즉 '닿음'의 감각임을 강조하고 이를 닿음의 세계를 지향하는 시적 사유로 연결하고 있다(김신정, 『정지용 문학의 현대성』, 소명출판, 2000. 참조).

28) 김기림, <「모더니즘」의 역사적 위치>, ≪김기림전집2≫.

29) 김기림, <1933년 시단의 회고>, 위의 책.

30) 임화, 「曇天下의 시단일년」, 『문학의 논리』, 학예사, 1940. 628면.

31) 오세영, 「모더니스트, 비극적 상황의 주인공들」, 『문학사상』, 1975. 1. 337면.

가능하게 한 것이지만 서구모더니즘을 기준으로 접근하고 있어서 오히려 정지용 시가 진정한 서구모더니즘에 미달된 것이라는 오해를 살 여지가 있다. 이후 김우창은 정지용 시의 감각과 언어가 '금욕주의적 엄격함'으로 정신을 단련해 나가는 과정이며, 일종의 정신적인 훈련의 의미를 지닌다고 평가함으로써 정지용의 시의 감각을 정신적 태도와 연결시키는 진전을 보여준다.[32] 신범순은 정지용의 텍스트에서 추출한 '헤매이는 주체'의 문제로 정지용 시의 '감각'과 시의 변모를 탐구함으로써, 정지용의 시적 사유와 시양식 변모의 문제까지 설명해 내었다.[33] 또한 최근의 다른 글[34]에서 지적한 정지용의 언어에 대한 높은 자각과 '언어탐구를 통한 자기탐구'의 문제는 정지용이 시쓰기를 자기성숙이나 정신적 성숙의 문제로 받아들이고 있었음을 드러내었다. 이 글에서는 정지용 시에 나타나는 부정적 근대성의 은유로서의 시계 이미지에 주목하여 정지용 시의 큰 성과로 평가되고 있는 '감각'의 문제를 살펴보고자 한다.

> 이따금 지나가는 늦인 電車가 끼이익 돌아나가는 소리에 내 조고만魂이 놀란듯이 파다거리나이다. 가고싶어 따듯한 화로갛를 찾어 가고싶어. 좋아하는 코-란經을 읽으면서 南京콩이나 까먹고 싶어, 그러나 나는 찾어 돌아갈데가 있을나구요?//네거리 모통이에 씩 씩 뽑아 올라간 붉은 벽돌집 塔에서는 거만스런 XⅡ時가 避雷針에게 위엄있는 손까락을 치여 들었소. 이제야 내 모가지가 쭐 뻣 떨어질 듯도 하구료. 솔닢새 같은 모양새를 하고 걸어가는 나를 높다란데서

---

32) 김우창, 「모더니즘과 근대세계」, 『현대 한국문학 100년』, 민음사, 1999. 참조.

33) 신범순, 「정지용 시에서 병적인 헤매임과 그 극복의 문제」, 『한국현대시의 퇴폐와 작은주체』, 신구문화사, 1998.

34) 신범순, 「정지용 시에서 '詩人'의 초상과 언어의 특성」, 『한국현대문학연구』, 제6집, 1999. 참조.

굽어 보는 것은 아주 재미 있을게지요. 마음 놓고 술 술 소변이라도
볼까요. 헬멜 쓴 夜警巡査가 피일림처럼 쫓아오겠지요!(<幌馬車>
부분)

　　한밤에 壁時計는 不吉한 啄木鳥!/나의 腦髓를 미신바늘처럼 쫓
다.//일어나 쫑알거리는 <時間」을 비틀어 죽이다./殘忍한 손아귀에
감기는 간열핀 목아지여!//오늘은 열시간 일하였노라./疲勞한 理智
는 그대로 齒車를 돌리다.//나의 生活은 일절 憤怒를 잊었노라./琉
璃안에 설레는 검은 곰 인양 하품하다.//꿈과 같은 이야기는 꿈에도
아니 하란다./必要하다면 눈물도 製造할뿐!//어쨋던 定刻에 꼭 睡眠
하는것이/高尙한 無表情이오 한趣味로 하노라!//明日!(日字가 아니
어도 좋은 永遠한 婚禮!)/소리없이 옴겨가는 나의 白金체펠린의 悠
悠한 夜間航路여!(<時計를 죽임>전문)

　　<幌馬車>에서 벽돌집 탑의 시계는 도시의 꼭대기에서 도시를 내려다
보며 감시하는 위압적인 대상으로 형상화되어 있다. 화자가 12시를 가리
키는 시계바늘을 피뢰침에게 손가락을 치켜든 거만하고 위압적인 모습
으로 그리고 있는 것은 시계의 감시하고 통제하는 규율 권력적 성격을
간파하고 있기 때문이다. 12시를 가리키는 수직의 시계바늘은 숨을 죽이
라는 의미의 손가락 동작이며, 그것이 피뢰침을 가리키고 있다는 깃은
규율의 위반이 번개를 맞을 수 있는 것이라는 암시를 준다. 때문에 시계
의 위압적인 모습과는 대조적으로 화자는 '모가지가 쭐 삣 떨어질 듯'도
하여 '솔닢새 같은 모양새를 하고 걸어'간다고 한 것이다. 그가 시계로
상징되는 규율권력에 반항하는 마음을 가지고 있음은 '마음 놓고 술 술
소변이라도 볼까요'에서 엿볼 수 있다. '야경순사'가 필림처럼 쫓아올
거라는 데서 알 수 있지만 일제가 식민정책을 위해 근대적 제도를 들여오
면서 가장 강력하게 강조했던 규율은 시간과 위생에 대한 것이었다.35)

<幌馬車>의 시계가 도시의 가장 높은 곳에서 개인을 감시하고 통제하고 억압하고 있다면 <時計를 죽임>의 벽시계는 좀더 일상에 녹아들어 있으며 좀더 화자를 구체적이고 집요하게 괴롭히고 있다. 벽시계는 예민해진 신경을 극도로 자극하는 불길한 소리를 낸다. 조용한 밤에 정확히 움직이는 시계 소리는 탁목조(啄木鳥)의 소리같이 크게 들린다. 딱따구리의 비유는 시계 소리가 신경을 쪼는 듯한 두통을 불러일으키고 있음을 환기시키는데, 극대화되고 첨예화된 신경의 통증으로 인해 화자는 시계소리를 딱따구리에서 다시 미싱바늘로 변주한다. '나의 뇌수를 미신바늘(미싱바늘)처럼 쫓는다'는 것은 시계소리가 화자를 괴롭히면서 구속하기 위해 긴박하게 쫓아오고 있다는 위기의식의 표현이다. 시간은 화자를 찌르기 위해 쫓아오는 바늘인 것이다. 그는 마침내 일어나 '시간'을 비틀어 죽인다.

그는 '열 시간의 노동'이나 '정각에 수면하는 것'과 같이 일상에 스며든 근대적 시간의 규율권력을 꿰뚫어보고 있다. 이런 것을 꿰뚫어 보고 있는 화자의 '理智'는 그러나 일상을 벗어나지 못하고 그대로 '齒車(톱니)'를 돌릴 뿐이다. 기계적 시간이 상징하는 근대적 제도들과 식민지의 규율 안에서 인간다운 생활을 할 수 없기에, 그는 '분노'를 일절 잊었으며 '눈물도 필요하면 제조'할 수 있다고 진술한다. 자신이 삶을 이끌어 가는 것이 아니라 조작되고 제조된 삶과 현실 안에 갇혀 있다는 인식은 '유리 안에 설레는 검은 곰'의 비유로 나타난다. 여기 '유리 안에 갇힌 존재'의

---

35) 이경훈은 李箱의 문학을 논하면서 이상, 이광수, 이효석 등의 작품에 나타난 당시의 위생관념과 위생규율 그리고 위생경찰제도 등에 대해 언급하고 있다(이경훈, 「아스피린과 아달린」, ≪이상문학전집5≫, 앞의 책, 165~172면).
조형근, 「식민지체제와 의료적 규율화」, 김진균·정근식 편저, 『근대주체와 식민지 규율권력』, 문화과학사, 2000. 202~204면.

이미지가 등장하는 것이다. 정지용 시에서 시계는 시적 주체를 무섭게 하고('옵바가 가시고 나신 방안에 時計소리 서마서마 무서워'(<무서운 時計>)) 억압하고 감시하며(<幌馬車>) 견딜 수 없을 만큼 신경이 날카로워 지도록 그를 괴롭히고 쫓아다닌다. 시적 주체는 시계로 은유되는 근대 규율권력 안에 '갇혀'있으며 이런 갇힘의 상상력은 정지용에게 '유리'의 이미지로 나타난다.[36]

> 내어다 보니/아조 캄캄한 밤,/어험스런 뜰앞 잣나무가 자꼬 커올라간다./돌아서서 자리로 갔다./나는 목이 마르다./또, 가까이 가/유리를 입으로 쫓다./아아, 항안에 든 金붕어처럼 갑갑하다./별도 없다, 물도 없다, 쉬파람 부는 밤./小蒸氣船처럼 흔들리는 窓./透明한 보라ㅅ빛 누뤼알 아,/이 알몸을 끄집어내라, 때려라, 부릇내라./나는 熱이 오른다./쌤은 차라리 戀情스레히 유리에 부빈다, 차디찬 입마춤을 마신다./쓰라리, 알연히, 그싯는 音響-/머언 꽃!/都會에는 고혼 火災가 오른다.(<琉璃窓2>전문)

<유리창2>에서 화자는 답답함과 갈증 때문에 차갑고 투명한 유리창

---

36) 이 글에서 본격적으로 다루지는 못하지만 여러 시인들에게 나타나는 갇힘의 상상력이 비슷하면서도 다른 이미지로 나타나는 것을 살펴보는 작업도 재미있는 일이 될 것이다. 1930년대 근대도시 경성의 감수성을 세례받은 김기림과 이상과 정지용에게 공통적으로 囚人의 테마가 나타나는데 이들이 보여주는 갇힘의 상상력은 서로 상이한 방향으로 변주된다. 김기림에게 그것은 인공낙원으로서의 소비도시의 이미지인 옥상정원과 어항의 이미지로 나타나는데 비해 이상에게 그것은 놀이와 유희로서의 공간인 거울로 나타난다. 정지용에게 그것은 가로막고 구속하면서도 저 너머의 것을 보여주는 유리의 이미지이다. 특히 근대성에 '갇힘'이라는 주제와 그것에 대한 대응방식의 차이로써 거울과 유리를 비교하는 것은 근대에 노출되어 근대인이 된 두 시인의 시적 사유와 시세계를 비교하는 근본적인 열쇠가 될 것이다.

에 다가선다. 그러나 답답함과 갈증 때문에 유리창으로 다가간 화자는 오히려 '항안에 든 금붕어처럼 갑갑하다'고 하는데 이는 의미심장하다. 항안에 든 금붕어는 밖으로 나올 수 없기 때문이다. 유리로 된 어항은 화자가 자신을 근대제도와 규율권력이라는 근대성의 자장 안에 갇힌 존재로 여기고 있으며, 거기서 나올 수 없지만 그런 자신의 상황을 '갑갑하게' 여기고 있음을 드러내는 것이기 때문이다. 그러나 '뺨은 차라리 연정스레히 유리에 부빈다'에서 보듯 정지용 시의 시적 주체는 유리에 대해서 양가감정을 가지고 있음을 알 수 있다. 이는 유리가 자신을 가두고 답답하게 하는 것이지만 동시에 그에게 '어른거리고 파다거리는(<琉璃窓 1>)' 저 너머의 것을 보여주는 '경계적 속성'을 가지고 있기 때문이다.

지금까지 정지용 시에서 '시계'는 시적 주체를 무섭게 하고 괴롭히며 통제하고 억압하는 대상으로 형상화되고 있음을 살펴보았다. 이런 '시계'가 가지는 구속과 감금의 상상력은 '유리'의 이미지로의 변주를 통해 일방적인 억압과 구속이 아니라 저 너머의 것을 보여주기도 한다는 이중적 의미를 획득하고 있다. 이제 일상에 잠복된 규율권력이라는 근대성의 시계에 포개진 유리의 이미지가 정지용의 시에서 어떤 의미를 가질 수 있을 지 살펴보자.

3. 근대성을 '앓는 자아'의 미분적 시간의 감각

정지용의 시계시(時計詩)들에서 시적 주체는 앓는 사람의 예민한 감각을 보여주는데 사실 그의 시의 화자는 자주 발열과 현기증을 호소한다. <유리창2>에서도 화자는 자신이 있는 실내를 '어항'에서 '소증기선'으로 변주하는데 이 역시 발열과 갈증의 상상목록에서 나온 것이다. 정지용

시의 시적 주체는 '앓고' 있으며 그것은 현기증과 발열이라는 자각증상
으로 그의 시에 빈번히 나타난다.

> 처마 끝에 서린 연기 따러/葡萄순이 기여 나가는 밤, 소리없이,/가
> 믈음 땅에 시며든 더운 김이/등에 서리나니, 훈훈히,/아아, 이 애 몸이
> 또 달어 오르노나./가쁜 숨결을 드내 쉬노니, 박나비처럼,/가녀린 머
> 리, 주사 찍은 자리에, 입술을 붙이고/나는 중얼거리다, 나는 중얼거
> 리다,/부끄러운줄도 모르는 多神敎徒와도 같이./아아, 이 애가 애자
> 지게 보채노나!/불도 약도 달도 없는 밤,/아득한 하늘에는 별들이
> 참벌 날으듯 하여라.(<發熱>전문)

<발열>의 화자는 열이 오르는 아이를 안타까이 달래고 있다. 열이
오르는 아이를 박나비(부나비-흰색의 나방의 일종)같다고 한 것은 불을
보고 달려드는 박나비를 보는 것같이 고열을 앓고 있는 아이를 보는 것이
안타깝기 때문이다. '불도 약도 달도 없'이 앓고 있는 아이를 위해 아무
것도 해줄 수 없는 막막함은 화자에게도 발열과 현기증을 유발시키고
있다. '아득한 하늘에는 별들이 참벌 날으듯 하여라'는 것은 그런 막막함
아래 놓인 화자의 현기증을 나타낸 것이다. 그의 앓는 신경은 극도로
예민해져서 포도순이 자라는 것까지 느낀다는 듯이 '포도순이 기여 나'
간다고 쓰고 있다. 이외에도 태양을 '白金팽이(바다7)'라고 하거나 '白金
도가니처럼 끓는 (갈메기)'다고 표현하는 것처럼 정지용의 시에서 현기
증과 발열의 흔적을 찾는 것은 어려운 일이 아니다.

> 시계가 운다. 울곤 씨그르르……울곤 씨그르르……텁텁한 소리가
> 따르는 것은 저건 무슨 고장일까 짜증이 난다.(중략)
> 군데군데가 덥다. 먼저 이마, 그리고 겨드랑이, 손이 마자 발열하

고보니 손이란 월래 簡易한 診察에나 쓰는 것 밖에 아니된다.

　비ㅅ낮이 듣는가 했더니 제법 떨어진다. 아연판 같이 무거운 하늘에서 떨어지는 비는 아연판을 치는 소리가 난다.

　뿌리는 비, 날리는 비, 부으 뜬 비, 붓는 비, 쏟는 비, 뛰는 비, 그저 오는 비, 허둥지둥하는 비, 촉촉 줏는 비, 쫑알거리는 비, 지나가는 비, 그러나 十一月 비는 건늬어 가는 비다. 二拍子 폴카춤 스텝을 밟으며 그리하여 11월 비는 흔히 가외ㅅ것이 많다.

　　※

　벌서 유리창에 날벌레떼처럼 매달리고 미끄러지고 엉키고 또그르 궁글고 홈이 지고 한다. 매우 簡易한 風景이다. 그러나 비ㅅ방울은 觀察을 細密히 하게 하는 것이 아닐까. 내가 오늘 悠悠히 나를 고늘 수 없으니 滿幅의 風景을 앞에 펼칠수 없는 탓이기도 하다.

　비ㅅ방울을 시름없이 드려다보는 겨를에 나의 體重이 희한히 가비야웁고 슬퍼지는것이다.설영 누가 나의 쭉지를 핀으로 창살에 꼭 꽂아 둘지라도 그대로 견딜것이리라.

　나의 人生도 그 많은 恒河沙와 같다는 별 중의 하나로 비길배가 아니요, 한점 비ㅅ방울로 떨고 매달린 것이 아니런가.

　이것은 약간의 渴症으로 인하야 이다지 細心하여지는것이나 아닐가. 그렇지도 아니한 것이, 뛰어나가 水道를 탁 터치어놓을 수 있을 것이겠으나 별로 그리할 맛도 없고 구타여 물을 마시어야 할 것도 아니고 보니 나의 渴症이란 咽喉나 胃腸에 따른 것이라기 보다는 純粹히 神經的이거나 혹은 輕微한 정도로 精神的인것일른지도 모른다. (<비>부분)

　수필 <비>에서 화자는 열이 나고 갈증이 나는 증상을 보인다. 즉 그는 앓고 있는데 앓고 있는 화자의 신경은 아주 예민해 진다. 그의 예민해진 신경은 비가 내리는 모습을 18가지로 묘사하고 있다. 내리는 비에 대한 이런 묘사는 그 이전에 누구도 붙잡아 내지 못한 세밀한 시선이다.[37] 그러나 그는 자신의 이런 '세밀한 관찰'에 대해서 자부심을 가지고 있지 않으며, 오히려 '세밀한 관찰'을 열과 갈증 또는 스스로를 유유히 가다듬을 수 없기에 나타나는 어떤 '증상'으로 여기고 있다. 그는 자신이 세심해진 이유를 결국 자신의 갈증이라고 지목하지만 이내 자신의 갈증이 '인후나 위장에 따른 것'이 아니라 '신경적이거나 경미한 정도로 정신적'인 갈증이라고 함으로써 그에게 '세심한 관찰'이라는 '증상'을 일으키게 하는 것이 물리적인 질병이 아님을 밝히고 있다. 인용한 글을 정리하면 자신이 ①세밀한 관찰을 하고 있음과 ②'세밀한 관찰'을 어떤 원인에 의해 자신이 앓고 있는 '증상'이라고 여기고 있음, ③그리고 그 원인은 '추상적인 것'임의 세 가지로 요약될 수 있다.

그렇다면 세밀한 관찰을 하게 하는 원인, 그 이전에 누구도 잡아내지 못했던 것들을 붙잡아내는 감각을 가능하게 하는 '신경적이거나 경미한 정도로 정신적이라 할 수 있을지 모'를 그 앓음의 원인은 무엇일까?

비가 내리는 모습에 대한 그의 세밀한 관찰은 '미분적 시간의 감각'을 내포하고 있다. 이를테면 다른 시편들에서 나타나는 '포도순이 기여 나가는 밤'(<발열>)이나, '薔薇꽃 처럼 곱게 피여 가는 화로의 숯불'(<석류>), '말님의 앞발이 뒤ㅅ발이오 뒤ㅅ발이 앞발이라....말님의 발이 여덜이오 열여섯이라.'(<말2>)이라고 표현하는 것이나 '불현 듯, 소사나 듯,/ 불리울 듯, 맞어드릴 듯,'이라고 붑을 묘사하는 것(<별1>) 등등 정지용 특유의 미세하고 역동적인 감각은 무수히 나누어지는 '미분적 시간의 관점'을 가진 사람의 눈이 잡아내는 감각이다. 시간을 미세한 부분으로

---

37) 신범순은 이를 두고 정지용의 데카당스적 우울과 신경증이 지금까지 그 누구도 붙잡아내지 못하는 사물의 미묘한 측면들을 포착하는 능력으로 변모한다고 하였다. 이는 가장 표현하기 어려운 사고 및 모호하고 형태의 윤곽선을 찾기 어려운 것을 표현하려고 노력하는 데카당스적 특징을 보여주는 것이라고 한다. 정지용의 세밀한 관찰은 근대적 시선이며 그의 삶을 확장하는 것이라는 탁월한 관점을 보여준다.(신범순, 「정지용 시에서 병적인 헤매임과 그 극복의 문제」, 앞의 책.)

분할하는 것이 가능하다는 것은 근대적 시계적 시간관념에 의해서야 가능한 것이다.[38]

정지용 시의 섬세한 감각은 근대적 시간의 개념을 전제로 한 '미분적 시간의 감각'이다. 정지용 시의 시적 주체를 통제하고 억압하며 무섭게 하고 집요하게 괴롭히는 '근대성의 시계'가 그의 '섬세한 감각'을 가능하게 하는 것이다. 근대성의 시계에 '유리'이미지가 포개지고 시적 주체가 유리에 양가적 감정을 가지고 있는 것은 이런 맥락에서 설명될 수 있다. 그를 가두는 유리가 저 너머의 것을 보여주듯이, 그를 구속하고 통제하는 '부정적 근대성의 시계'가 그로 하여금 '미분적 시간의 감각'을 눈뜨게 하였기 때문이다.

'앓는 사람'과 '병든 사람'의 의미는 사전적으로 구별되어 있지 않다. 하지만 우리가 그 단어들을 사용하는 맥락에서 보면 앓는다는 것과 병들었다는 것 사이에는 미묘한 의미의 차이가 있다. '병들었다'는 것은 질병에 걸렸거나 건강하다는 것의 반대말로 사용된다. 이에 비해 '앓는다'는 말은 특정한 질병으로 진단되기 전의 자각증상의 상태 또는 질병에 걸리기 전에 몸에 침투한 이종단백질에 대해 신체가 저항하고 있는 상태를 표현하기 위해 사용되는 것이다. 본고는 이런 말의 용법들에 기대어 '앓는다'는 말을 '침투한 병균에 신체가 저항하고 있는 상태'라는 좀더 적극적인 의미를 부여하고자 한다.[39]

---

38) 이진경, 「사회적 시간의 역사 이론을 위하여」, 『근대성의 경계를 찾아서』, 새길, 1997. 62면.

39) 정지용은 수필 <비>에서 '몸이 의실의실 한데도 물이 찾아지는 것은 떳떳한 갈증이 아닌 것을 알 수 있다. 입시울이 메마르기에 거풀이 까실까실 이른 줄도 알았다. 아픈데가 어디냐고 하면 아픈데는 없다고 할 수 밖에 없다'고 쓰고 있다. 그는 아픈 곳은 없지만 열이 난다고 하면서 아픈 것(병든 것)과 열이 나는 것을 구별하고 있다.

정지용은 근대성과 식민지 규율권력이라는 시계 안에 갇혀있는 사람이었다. 그것은 김기림과 이상 등 동시대 경성을 체험하고 있는 시인들에게 공통적으로 나타나는 갇힘의 상상력과 囚人의 테마로 미루어 보아 당대의 보편적인 상상력이라고 할 수 있다. 그러나 그 안에서 '앓고 있었던 자아'는 정지용의 특수한 시적 사유와 감각을 가능하게 하였다. '유리'의 경계적 상상력은 근대성과 규율권력이 조작하는 현실에 갇혀 '앓고' 있는 자아의 의식을 명징히 보여준다. 그 '앓음'의 증상이 '미분적 시간의 감각'이며 그것이 유리가 보여주는 '저 너머'이다. 일분 일초를 감시하는 근대제도와 식민지 규율권력의 틀에 갇혀 앓고 있었지만, 그 결과 예민해진 신경의 미세하고 역동적인 '감각'-근대적 시간관념에 의해 가능한 근대성의 감각을 얻었다는 것은 그 이전에는 누구도 성취하지 못한 정지용 시 특유의 성과인 것이다.

자신을 가두고 규율하는 것으로부터 떠나고 싶어하는 욕망은 그로 하여금 <바다>와 <말>시 연작들과 수필에서 나타나는 여행의 모티프를 탐구하게 하였으며, '앓는 신경의 피로함'을 벗어나고 싶다는 욕망은 후기의 산수시편들에서 나타나듯 '悠悠'함의 공간을 찾아가게 하였다.[40]

시기지 않온 일이 서둘리 하고싶기에 曖爐에 싱싱한 물푸레 갈어
지피고   燈皮 호 호 닦어 끼우어 심지 튀기니 불꽃이 새록 돋다
미리 떼고 걸고보니 칼렌다 이튿날 날자가 미리 붉다   이제 차츰
밟고 넘을 다람쥐 등솔기 같이 구브레 벋어나갈 連峰 山脈길 우에
아슬한 가을 하늘이여   秒針 소리 유달리 뚝닥 거리는 落葉 벗은
山莊 밤   窓유리까지에 구름이 드뉘니 후 두 두 두 落水 짓는 소리
크기 손바닥만한 어인 나븨가 따악 붙어 드려다 본다   가엽서라

---

40) 신범순은 <유선애상> 분석을 통해 이 시를 계기로 정지용이 신경증적이고 병적인 헤매임을 마감하고 후기시로 나아가고 있다고 본다(신범순, 위의 글).

열리지 않는 窓   주먹쥐어 징징 치니 날을 氣息도 없이 네 壁이
도로혀 날개와 편다 해발 五千呎 우에 떠도는 한조각 비맞은 幻想
　呼吸하노라 서툴리 붙어있는 이 自在畵 한 幅은 활 활 불피여 담기
여 있는 이상스런 季節이 몹시 부러웁다   날개가 찢여진채   검은
눈을 잔나비처럼 뜨지나 않을가 무섭어라   구름이 다시 유리에
바위처럼 부서지며   별도 휩쓸려 나려가 山아래 어늰 마을 우에
총총하뇨 白樺숲 회부옇게 어정거리는 絶頂   부유스름하기 黃昏같
은 밤.(＜나븨＞전문)

＜나븨＞의 화자는 해발 오천피이트의 고립된 산장 안에 있다. 난로에
마른 장작이 아닌 성성한 물푸레나무를 갈아 불을 지핌으로써 난로의
불에 물의 성성함과 생명력이라는 상상력이 포개지고 있다. 또한 등에
불을 켠다는 것은 어둠에 맞서는 공간을 확보하는 일이다. 화자는 외부공
간의 추위에 맞서는 난로와 어둠에 맞서는 등을 켜고 자신의 아늑한 공간
을 확보하고 있다. 그러나 이렇게 화자가 확보한 편안하고 아늑한 휴식의
공간은 秒針소리에 의해 침입을 받는다.

'뚝닥'거리는 초침소리는 그의 신경을 쪼던 딱따구리나 그의 뇌수를
쫓는 미싱바늘보다는 한결 둔탁해져 있지만 여전히 불길하고 더욱 깊어
진 불안의 기운을 그의 공간으로 이끌고 들어온다. 그 불안은 커다란
나븨가 유리창에 붙어서 자신을 들여다보고 있는 것으로 나타난다. 유리
를 '징징' 친다는 것은 안으로 들어오려는 나비의 행동이면서 불안의
엄습으로 인해 갇혀있다는 답답함을 느낀 화자의 행동이다. 그런데 유리
를 치는 '징징'이라는 소리에서 다시 '앓는' 감각이 신경을 건드리는 어
떤 상황에 도달해 있음을 알 수 있다.

유리를 치니 오히려 네 벽이 운다는 것은 유리가 창보다는 벽으로서
기능하게 되었으며, 벽보다도 더 강한 벽으로 기능하고 있음을 뜻한다.

아늑한 비호성의 공간은 이제 감금의 공간이 된다. '잔나비 같은 눈을 뜨지나 않을까 무섭'다는 것은 불길한 외부공간에 침투당한 산장 안에 있는 화자의 내면 역시 불안에 침투 당했음을 보여준다. 도시에 살던 사람이 시골에 간다고 해서 시골사람이 되지 않듯이 근대적 도시를 체험한 '앓는' 자아가 산으로 간다고 해서 그곳이 곧 치유의 공간이 되지는 않았던 것이다.

4. 결론

본고는 1930년대 경성의 도시적 감수성을 가진 시인들인 김기림, 이상, 그리고 정지용의 시에 공통적으로 나타나는 시계 이미지에 주목하여 정지용 시의 보편성과 특수성을 찾고자 하였다. 그 첫 걸음으로 우리에게 근대적 시간관념과 시계가 도입되어 일반인들의 삶에 파고든 과정이 서양의 경우와 달리 특수한 과정을 거쳤음을 살펴보았다. 이를 통해 이들 시에 나타난 시계이미지가 일상에 녹아들어 보이지 않지만 은밀히 존재하면서 개인을 조작하는 '근대성'과 '식민지 규율권력', 그리고 그것들의 '폭력성'을 감각하는 자가 찾아낸 '부정적 근대성의 은유'라는 점을 부각시켰다. 이런 작업을 통해 1930년대 당시 한국문학의 모더니즘의 수준에서 '시계'이미지가 차지하는 위치와 정지용 시의 보편성을 자리 매김하려하였지만 더 많은 시인들의 텍스트를 통해 정교히 검증되어야 할 것이다.

그리고 정지용 시에서 시계가 어떻게 이미지화되고 있는가를 분석하는 과정에서 '시계'이미지가 '유리'이미지, 그리고 현기증과 발열로 나타나는 '앓는 자아'의 이미지와 포개지고 있음을 밝혔다. 이를 통해 정지용의 특수한 성과로 평가되는 '감각'을 근대성을 '앓는 자아'의 시적 사유로 연결하여 설명할 수 있는 고리를 찾을 수 있었다. 정지용은 일분 일초를 감시하고 제재하는 근대제도와 규율권력 안에 갇혀서 '앓고' 있지만, 그 결과 예민해진 신경의 감각-무한히 분할되는 근대의 시계적 시간관념에 의해 가능한 미세하고 역동적인 '미분적 시간의 감각'을 얻었다는 것이 그것이다. 하지만 근대적 시간의 개념이 전제된 '미분적 시간의 감각'이 그의 시에서 어떤 형식으로 나타나는지 더 상세한 추적이 필요할 것이다.

마지막으로 정지용과 비견될 만한 김기림과 이상의 시에서 근대성의 시계와 갇힘의 상상력, 그리고 근대성에 대응하는 태도의 차이로서의 '여행'과 '놀이'의 테마, 같은 맥락에서 정지용의 '유리'와 이상의 '거울' 이미지를 살펴봄으로써 이들 시인들의 특수성과 그 의미를 밝히는 일은 차후의 과제로 남겨둔다.

■ 참고문헌────────────────────────────────

▪ 기본자료

김기림, 《김기림전집1~5》, 심설당, 1988.
이상, 《이상문학전집》, 문학사상사, 1989.
임화, 《문학의 논리》, 학예사, 1940.
정지용, 《정지용전집1~2》, 민음사, 1988.
______, 《정지용시집》, 건설출판사, 1946.
______, 《백록담》, 백양당, 1946.

▪ 단행본

고미숙,『한국의 근대성, 그 기원을 찾아서-민족·섹슈얼리티·병리학』, 책세상, 2001.
김신정,『정지용 문학의 현대성』, 소명출판, 2000.
김진균·정근식 편,『근대주체와 식민지 규율권력』, 문화과학사, 2000.
김진송,『현대성의 형성-서울에 딴스홀을 許하라』, 현실문화연구, 1999.
나병철,『근대서사와 탈식민주의』, 문예출판사, 2001.
신범순,『한국현대시의 퇴폐와 작은주체』, 신구문화사, 1998.
신인섭·서범석,『한국광고사』, 나남, 1998.
오세영,『20세기 한국시연구』, 새문사, 1989.
이재선,『한국문학의 원근법』, 민음사, 1996.
이진경,『근대성의 경계를 찾아서』, 샛길, 1997.
______,『근대적 시·공간의 탄생』, 푸른숲, 1997.
임성태,『서울서울서울-서울六百年』, 한국일보사, 1994.
임정의 편,『명동성당 100년』, 코리언북스, 1998.
전상운,『시간과 시계 그리고 역사』, 월간시계사, 1991.
조영복,『한국 모더니즘 문학의 근대성과 일상성』, 다운샘, 1997.

Calinescu, M., 이영욱 외 역,『모더니티의 다섯 얼굴 : 모더니티, 아방가르드, 데카당스,
        키치, 포스트모더니즘』, 시각과 언어, 1994.

Foucault, M., 오생근 역,『감시와 처벌』, 나남출판사, 2000.

______, 박정자 역,『비정상인들』, 동문선, 2001.

Lefebvre, H., 박정자 역,『현대세계의 일상성』, 主流·一念, 1995.

Meyerhoff, H., 이종철 역,『문학과 시간의 만남』, 자유사상사, 1994.

Savage, M. & Warde, A., 김왕배, 박세훈 역,『자본주의 도시와 근대성』, 한울, 1996.

Ziolkowski, Theodore., "Discordant Clock", *Dimensions of the Novel*, Princeton University Press, 1969.

▪ 논문

권정우,「정지용시 연구」, 서울대학교 석사학위논문, 1993.

김우창,「모더니즘과 근대세계」,『현대 한국문학 100년』, 민음사, 1999.

박현수,「이상 시의 수사학적 연구」, 서울대학교 박사학위논문, 2002.

소래섭,「정지용의 시에 나타난 자연인식 연구」, 서울대학교 석사학위논문, 2001.

신범순,「정지용 시에서 '詩人'의 초상과 언어의 특성」,『한국현대문학연구』제6집, 1999. 131~158면.

______,「신문매체와 백화점의 시학-1930년대 김기림을 중심으로」,『시와 사상』, 2002. 겨울. 29~45면.

오세영,「모더니스트, 비극적 상황의 주인공들」,『문학사상』, 1975. 1.

■ 영문초록

Meaning and senses of Jung Ji-Yong's 'Clock'

Lee, Soo-jong

In the 1930's, 'clocks' began to appear as an image in the prose by the army of poets who were blessed with the urban sensibility of, the then modern city, Kyungsung (now Seoul). By examining the historical and cultural background to the introduction of the 'clock' in Korea, this paper shows how the process of introducing the modern concept of time was somewhat different from the Western experience. Before its popularization in Korea, 'modern time' was imposed on Koreans by the Japanese for colonialist purposes. Here, Koreans were forced and disciplined to conform with time as an inherent characteristic of the various modern institutions which colonialism required. This is why the 'clock' came to signify the violence of 'modern institutions' and 'colonialist authority' which manipulates the person although covertly blended into daily life.

This paper examines how the image of the 'clock' Jung portrays overlaps with the 'image of glass' and of the 'ailing self'. This is the link which allows us to explain the delicate 'sensibility' of Jung's work in connection with 'the poetic thought of the self afflicted by modernity'. The awareness that the person is bound by the 'clock', symbolizing modern institutions and colonialist rule, stirs up a sense of confinement and imprisonment and appears as the 'image of glass'. The dual characteristic of glass physically confines the person while simultaneously revealing to the eyes what it blocks from them. This glass image symbolizes how he suffers under the imprisonment of modernity and colonial rule and how he developed the detailed, yet dynamic, sensibility peculiar to him as a consequence of his suffering. This is because Jung's particular, delicate yet dynamic image of the senses is only possible with the presupposition that time can be divided infinitely, i. e. a 'differential concept of time', which is also the modern and mechanical (clock-like) concept of time. What makes Jung so distinct is the fact that he attained this 'differential concept of time' through understanding modern, mechanical clock-time, despite the negative recognition that he is trapped in the modernity and colonial rule which the 'clock' represents.

■ 핵심어   근대성, 식민지 규율권력, 앓는 자아, 미분적 시간관념, 감각

■ keyword   mordernity, colonialist authority, ailing-self, differential concept of time, sense

---

접수일자 : 2002. 10. 31
심사기간 : 2002. 11. 9~11. 27
게재결정 : 2002. 11. 28

이상(李箱) 시에 나타난 '시선(視線)'의 정치학과 '거울'의 주체론 연구

신형철*

목차

1. 서론 : 오감(烏瞰)하는 시선, 탈-건축적 상상력

이상(李箱)은 조선총독부 재직 시절 잡지『朝鮮と建築 (조선과건축)』에 일어로 씌어진 시 28편을 1931～1932년 동안 발표하면서 시작 활동을 시작한다. 그러나 이 작품들은 '만필(漫筆)'이라는 항목으로 분류되어 발표되었거니와, 말 그대로 '어지럽게 쓴 글들'이고, 일종의 스케치 혹은 아포리즘들이며 심지어는 공식 그 자체이다. 이 시기 이상이 이 글들을 '시'를 쓴다는 자의식을 가지고 쓴 것인지에 대해서는 의문의 여지가 있다. 아무래도 정식으로 문단에 데뷔한 시점은 정지용이 주재한『카톨

릭청년』지에 <꽃나무>, <이런 시>, <거울> 등을 발표한 1933년경으로 봐야 할 것인데, 이때까지만 해도 동시대인들의 평가는 그다지 호의적이지 않았던 것으로 보인다.[1]

소박하게 출발한 이상은, 1년 후 『조선중앙일보』에 발표된 <오감도>(1934) 연작이 일으킨 스캔들로 인해 단숨에 당대 문단의 화제의 중심부에 진입한다. 이 스캔들의 내용은 여기서 다시 거론할 필요가 없을 만큼 널리 알려져 있거니와, 그렇다 하더라도 화제의 중심부가 반드시 평가의 중심부는 아닌 것이어서, 여전히 이상의 시에 대한 진지한 접근은 거의 이루어지지 않았다. 다만 김기림만이 '이상은 지금까지 얼마 알려지지 않은 시인'이지만 '사실 우리들 중에서 누구보다도 가장 뛰어난 쉬르리얼리즘의 이해자'[2]라고 칭찬한 바 있는데, 이는 이론가 김기림의 눈밝음을 증명하는 예라고 할 것이다.

이상이 <날개>(1936)를 발표한 이후에는 사정이 급격히 달라진다. 일본 신심리주의의 아류 운운한 김문집을 특별한 예외로 하자면, <날개>에 대한 문단의 평가는 파벌에 관계없이 대체로 긍정적이었다. 당대의 대표적 모더니즘 이론가인 최재서의 호의적인 평가는 그렇다 치더라도, 임화조차 "어떤 이는 이상을 보들레르와 같이, 자기 분열의 향락이라든가 자기 무능의 실현이라 생각하나 그것은 표면의 이유이다. 그들두 역시 제 무력, 제 상극을 이길 어떤 길을 찾으려고 수색하고 고통한 사람들이다"[3]고 하면서 이상 문학의 진정성을 인정하고 있는 모습은 기억될만한

---

1) 간접적인 증언이긴 하지만, 정작 이 시들을 잡지에 수록한 정지용만 해도 이상의 시가 쓸만하냐는 질문에 "쓸만하긴, 그저 그렇지. 요새 유행하는 일본 젊은 시인늘의 흉내를 내는 것 같은데, 우리나라에도 그런 시가 한두 편 있는 게 괜찮아요. 그 정도로 알면 돼요"라고 했다고 한다. 조용만, <이상 시대 - 젊은 예술가들의 초상>, 『문학사상』, 1987. 4. 103면.

2) 김기림, 「현대시의 발전(1934)」, 『김기림 문학 전집 3』, 심설당, 1988. 328~329면.

대목이다. 모더니즘과 경향 문학 양자에 공히 비판적이었던 서정주 역시 이상의 내면 깊은 곳까지 기꺼이 내려가서 그의 문학을 이해하려는 노력을 마다하지 않았거니와, 그가 이상의 문학에서, 식민지 지식인이자 폐병 3기의 환자인 이상이 누른 절망적인 'SOS의 초인종'[4] 소리를 듣는 장면 또한 인상적인 대목이 아닐 수 없다. 인간 김해경은 쓸쓸하게 생을 마감했지만, 이상 문학은 당대에서부터 이미 외롭지 않았다.

다소 길게 당대의 분위기를 정리한 이유는 다른 것이 아니다. 당대 이후부터 현재까지, 수많은 이상 연구들이 발표되어 왔다. '이상학(學)'이라는 명칭이 어색하지 않다. 그러나 그 와중에서, 우리는 '30년대의 이상'으로부터 너무 많이 멀어져 버린 것은 아닌가. 당대의 실감에 다시 주목해야 될 때가 아닌가. 이상의 동시대인들이 이상으로부터 받은 충격의 '첫장면'으로 되돌아 갈 때, 이상 시학의 새로운 일면이 드러날 수 있지 않을까. 이런 점에서 최재서와 서정주의 다음 지적은 다시 음미될 필요가 있다.

> 문제는 재료에 있는 것이 아니라 보는 눈[5]에 있다. (…) 박씨[박태원-인용자]가 혼잡한 도회의 일각을 저만큼 선명하게 묘사한 데 대해서도 존경하지만 이씨[이상-인용자]가 분쇄된 개성의 파편을 질서 있게 카메라 안에 잡아넣은 것에 대하여선 경복지 않을 수 없다.
> ─최재서, 「리얼리즘의 확대와 심화」

> 이상의 시의 특질을 말하려면, 첫째 서정의 심화를 들 수 있을 것이다. 그보다 앞섰던 대개의 시들은 사물의 윤곽성(輪廓性)의

---

3) 임화, 「세태소설론(1938.4)」, 『문학의 논리』, 서음출판사, 1989. 208~209면.

4) 서정주, 《서정주 문학 전집 5》, 일지사, 1972. 92면.

5) 이하 모든 대목에서 짙은 글씨 강조는 모두 인용자의 것이다.

> 표현에 지나지 않았던 것이다. (…) 그런데, 이것이 이상에 오면,
> 이런 것들이 윤곽적인 것들에 멈추는 것이 아니라 내면으로 흘러
> 들어가 그 자세한 내심을 구체적으로 나타냈던 것이다. —서정주,
> 「이상과 그의 시」

두 사람은 각각 '시선'의 문제와 '깊이'의 문제를 거론하고 있다. 전자는 '내면'을 바라보는 시선을 문제삼고, 그것을 '리얼리즘의 심화'라 했다. 후자는 윤곽을 뚫고 들어가는 이상 시의 특질을 문제삼고, 그것을 '서정의 심화'라고 했다. 양자 모두에게서 간취할 수 있는 논점은 이상의 시선과 그 시선의 깊이라는 문제다. 즉 그들에게 이상은 무엇보다도 '깊이 들여다보는 시선'의 소유자인 것이다. 적어도 당대의 독자들에게 이상이 던진 충격은, 이상 문학이 가져 온 '대상을 보는 시선'의 근본적인 혁신에 기인했던 것으로 보인다. 이상의 이러한 면은 그동안 충분히 해명되었던 것일까.

이상의 이러한 특질은 오랫동안 모더니즘 문학이 공유하는 일반화된 특질로 환원되어 설명되어 왔다. 그러다 그 이후의 연구들이 이와 같은 문예 사조적 분류 작업의 단순함에서 벗어나게 된 데에는 벤야민(Wenjamin)의 '산책가' 개념에 힘입은 바 크며, 그 연구들이 '경성 모더니즘'의 특질을 해명하는 데 기여한 바는 적지 않다.[6] 그러나 이 관섬을 이상에게 적용할 경우 문제는 복잡해진다. 산책가가 탄생할 수 있는 존재

---

6) 각각 서준섭, 「모더니즘과 1930년대의 서울」, 『한국학보 45』, 1986. 겨울. ; 최혜실, 「'소설가 구보씨의 일일'에 나타나는 산책사 연구」, 『관악어문 13』, 1988.12. ; 신범순, 「1930년대 모더니즘에서 산책가의 꿈과 재현의 붕괴」, 『한국 현대시사의 매듭과 혼』, 민지사, 1992. ; 조영복, 『한국 모더니즘 문학의 근대성과 일상성』, 다운샘, 1997. ; 조영복, 「근대성의 폭풍과 도시의 산책자」, 『한국 현대시와 언어의 풍경』, 태학사, 1999.

조건이 도시와 군중에 대한 '매혹과 반발'의 기묘한 변증법이라면, 이상에게서 그러한 면을 발견하기란 쉽지 않기 때문이다. 그의 시선은 매혹된 자의 시선이라고 하기엔 서늘하게 가라앉아 있고, 반발하는 자의 시선이라고 하기엔 너무 깊숙이 들어가 있다. 이를테면 그의 시선은 경성의 자본주의와 도시 문화를 역사적·문명적 필연으로 인지하면서도 그 이면을 꿰뚫어 보는 냉정한 시선이다. 산책가가 '시각의 한 양상'[7]이라면, 산책가의 계보학은 이 시각의 계보학과 다르지 않을 것이다. 그 계보에서 이상은 독특한 자리를 차지한다. 다음 지적들은 시사적이다.

> 요컨대 현실을 X선으로 투과함에서 이상 문학은 출발되었다. X선으로 바라본 현실, 거기에는 두개골 같은 뼈다귀만 앙상히 드러난다. 회색이다 못해 푸른색까지 풍기는 귀기서린 세계라고나 할까.[8]

> 그가 병든 육체를 통하여 펼쳐든 문학적 공간 속에서 그의 도시는 (…) 그것이 어디서 시작해서 어디로 가는지 알 수 없는 미로의 길들로 존재하며 (…) 그의 미로는 병든 육체를 가두고 있는 가족의 집과 어렴풋하게 멀어져 마치 카프카의 성처럼 안개에 싸여 있는 탑들의 도시에 둘러싸여 있다. 그의 골목은 그러한 가족과 도시의 외디푸스적 권력들로 막혀 있다.[9]

위의 예문들은 이상의 시선이 X선과 같다는 것, 그 시선으로 포착된 골목은 미로와 같은 것, 그리고 오이디푸스적 권력에 의해 장악 당한

---

7) 신범순, 「1930년대 모더니즘에서 산책가의 꿈과 재현의 붕괴」, 『한국 현대시사의 매듭과 혼』, 민지사, 1992. 150면.

8) 김윤식, 「영어권 속의 이상 문학」, 『이상 문학 텍스트 연구』, 서울대출판부, 1988. 47~48면.

9) 신범순, 「글쓰기의 최저낙원」, 『글쓰기의 최저낙원』, 문학과지성사, 1991.

곳으로 나타난다는 것 등을 지적하고 있다. 이 지적들을 종합해 보면, 이상 시학의 근본 원리 하나가 드러날 수 있지 않을까. 일단, 'X선', '미로', '오이디푸스' 등이 이 시학의 키워드가 될 것이라는 점만 지적해 두자.

그런데, 이상의 시선이 여타 산책가들의 시선과 이질적인 이유는 무엇일까. 이상은 경성고등공업학교에서 건축을 배웠다(1927~1929). 건축을 배운다는 것은 무엇을 뜻하는가. 수학을 배우고 작도를 배운다는 것이며, 그 정교한 숫자와 선의 세계를 기반으로 설계도를 그리고, 조감도를 그리고, 청사진을 찍는 걸 배운다는 것이다. 그는 도시의 산책가이기 이전에 도시의 설계자다. 직접 건축물을 설계하고 도시를 계획하는 자의 시선은 자기 앞에 던져진 도시의 외관 앞에서 매혹과 반발을 동시에 경험하는 자의 시선과는 다를 수밖에 없다. 그 시선은 화려한 외관 이면에 숨겨진 철골 구조물을 투시하는 시선이며, 그 철골 구조물을 떠받치고 있는 수학 공식과 기하학까지를 투시하는 시선일 터이다. 마치 X-ray선이 투과된 인체의 사진, 즉 인체의 '설계도'를 보는 것처럼, 대상을 흑백의 설계도로 환원해서 보는 시선은 외관의 그럴듯함에 매혹될 것도 없고 거기에 반발할 이유도 없는 게 아닐까? 매혹과 반발은 자신이 알지 못하는 잉여의 부분이 있을 때에만 생길 수 있는 것이라면 말이다. 다 알고 있(디고 스스로 믿고 있)는 자의 시선 앞에서는 모든 것이 우습거나, 반대로 공포스러울 터이다.

그렇다면 이 시선을 무엇이라고 불러야 할 것인가. 그 자신이 천명한 내로 '오감(烏瞰)'하는 시선, 즉 까마귀의 시선이라 부를 수 있을 것이다. '조감도'는 완성되지 않은 건축물의 완성된 외관을 예상하여 실물보다 더 그럴듯하게 그린 총천연색 그림이며, 새가 비스듬히 내려다보는 각도에서 그려지므로 돌기 부분 뒤쪽은 그림에 나타나지 않는 그림이다. 그러나 이상은 이러한 조감도를 거부하고, '흑백의 시선'10)으로 대상의 안쪽(혹은 안쪽의 안쪽)을 투시하려고 한다. 그 시선은 대상의 내부를 투시하기 때문에, 풍경들은 익숙한 외관과는 달리 낯설게 보이고, 그것이 낯설기 때문에 또한 난해하게 보이며, 낯설고 난해한 풍경이기 때문에, 즉 어떤 잉여 때문에 매혹적인 것으로 보인다. 이것이 이상 시학의 근본 원리이며 그것이 '오감도'의 본래 뜻이다.11) 이상 연구의 역사는 바로 이 매혹과 반발의 역사이다.

이상은 이러한 시선을 통해 건축된 것들을 탈-건축화시키는데, 여기에 이상 시의 비판적 잠재력이 있다. 그 시선은 외관에 속지 않고 심층을 투시한다. '건축된 것'들이라는 것은 일종의 비유이다. 그 원관념의 폭은 넓다. 건축물은 도시일 수도 있고, 가족 제도일 수도 있으며, 자신의 신체일 수도 있고, 인간 관계(이상의 경우 특히 연애)일 수도 있고, 문학이라는 텍스트일 수도 있다. 그 건축물들(제도들)을 해체함으로써 일상적인 통념 혹은 인식을 해체하기 때문에 그것은 급진적인 미학이다.

---

10) 김윤식은 이렇게 쓰고 있다. "'조감도'가 아무리 높은 곳에서 내려다보는 시선이라도 그것이 총천연색의 세계라면, 이를 추상화한 방법이 '오감도'였다. 일시에 흑백의 세계로 돌변하고 있었던 것."『이상 문학 텍스트 연구』, 서울대 출판부, 1998. 34면. 그는 '흑백지도의 발견', '회색세계로의 진입'이라는 표현을 쓰고 있다. 이상 문학이 관념과 자의식의 세계를 본격적으로 탐구했다는 점에 주목한 결과이다. 필자는 만일 이상 문학을 '흑백'의 문학으로 부를 수 있다면, 그것은 관념과 자의식의 세계가 흑백이기 때문이라는 '내용' 차원의 설명보다는, 차라리, 대상의 외관이 아니라 설계를 투시하여 그 화려한 외관 이면의 뼈대를 드러내는 방법론적 의도에 기반한 것이기 때문이라는 '기법' 차원의 설명을 제시하고 싶다.

11) 이상은 그가 그토록 바라던 중앙 일간지 연재 기회를 얻었을 때, 그의 연재할 연작 시들을 총칭하여 '오감도'라 했다. 그에게 있어 '오감도'란 그가 그토록 펼치기를 원했던 총체적 기획의 다른 이름이었던 것이다. 이를 '오감도 기획'이라 불러도 좋겠다.

이 글은 이상의 '오감하는 시선'과 '탈-건축적 상상력'이 대상들을 어떻게 포착·해체하고 있는지, 그 시선이 갖는 비판적 잠재력은 어떤 결과물을 생산해 냈는지를 탐색하는 작업으로부터 출발한다.

2. 거리 시편과 시선(視線)의 정치학

2.1. 설계도로서의 시와 '카프카적인(Kafkaesque) 것'

이상이 중앙문단을 향해 내민 출사표에 해당하는 오감도 <詩第1號>는 이상 연구의 입구이자 출구이다. 여기에는 이상의 상처와 이상의 전략이 동시에 드러나 있다. 이상의 주요한 테마들 역시 집약되어 있는데, 예컨대 숫자 '13', '아해', '질주', '뚫린 골목과 막다른 골목' '공포' 등은 어느 하나 가볍게 다루어져선 안 될 이상의 열쇠어들이다.

> 十三人의兒孩가道路로疾走하오.
> (길은막달은골목이適當하오.)
>
> 第一의兒孩가무섭다고그리오.
> 第二의兒孩도무섭다고그리오.
> 第三의兒孩도무섭다고그리오.
> 第四의兒孩도무섭다고그리오.
> 第五의兒孩도무섭다고그리오.
> 第六의兒孩도무십다고그리오.
> 第七의兒孩도무섭다고그리오.
> 第八의兒孩도무섭다고그리오.
> 第九의兒孩도무섭다고그리오.

第十의兒孩도무섭다고그리오.

第十一의兒孩가무섭다고그리오.
第十二의兒孩도무섭다고그리오.
第十三의兒孩도무섭다고그리오.
十三人의兒孩는무서운兒孩와무서워하는兒孩와그러케뿐이모혓소.
(다른事情은없는것이차라리나앗소)

그中에一人의兒孩가무서운兒孩라도좃소.
그中에二人의兒孩가무서운兒孩라도좃소.
그中에二人의兒孩가무서워하는兒孩라도좃소.
그中에一人의兒孩가무서워하는兒孩라도좃소.

(길은뚤닌골목이라도適當하오.)
十三人의兒孩가道路로疾走하지아니하야도좃소.

—烏瞰圖<詩第1號>[12] 전문

이 시가 전달하는 정보 내용들은 세 문장으로 정리된다.

①13명의 아해가 그 도로로[를] 질주하며, 길은 막다른 골목이 적당하다
②13인의 아해는 '무서운 아해'와 '무서워하는 아해'로 구성되어 있다

---

12) 『조선중앙일보』, 1934.7.24. 앞으로 시의 인용은 처음 발표된 지면을 토대로 한다. 이상 자신이 직접 한글로 써서 발표한 시의 경우 원래의 표기를 철저하게 따르고, 원문이 일어인 작품을 이상이 아닌 다른 사람이 번역한 작품의 경우엔 초기 번역자의 번역을 따르거나 일어 원문을 토대로 다시 옮기기로 한다. 이승훈 편, 『이상문학전집 1』(문학사상사,1989)은 정본 텍스트로서의 가치가 거의 없다고 해도 좋을 만큼 수많은 오식과 오류로 가득한 텍스트이다. 이를 하나하나 지적하기 위해선 별도의 논문을 한 편 써야 한다.

③길은 뚫린 골목이라도 적당하며, 13인의 아해가 도로를 질주하지
   않아도 좋다

이를 차례로 검토해 보자. ①13명의 아이가 그 도로로[를] 질주하며,
길은 막다른 골목이 적당하다 : 이 문장에는 서사 구성의 3요소인 인물(13
인의 아해), 사건(질주), 배경(도로)이 모두 제시되어 있다. 희곡의 지시문
처럼 괄호 안에 설명이 제시되어 있는데, 길은 막다른 골목이 적당하다는
것이다. 여기서 '적당하다'는 표현에 주목해야 하는데, 괄호 안의 이 문장
은 길이 막다른 골목이라는 '사실'의 전달이 아니라, 일단 '막다른 골목'
이라고 생각하고 이어지는 질주의 서사를 지켜보라는 '주문'의 전달이기
때문이다. 이러한 언급은 시의 끝에 가서 화자가 이 골목이 뚫린 골목이
어도 상관없다고 진술을 뒤집게 되는 사태를 미리 예비하는 것이기도
하다. 일단 막힌 골목이라고 가정하라는 요구는, 이 시가 겨냥하는 것이
정보의 해독이 아니라 어떤 정서의 전달이라는 것, 막힌 골목이라고 가정
하고 읽는 것이 독자가 그 정서를 전달받는 데에 더 요긴할 것이라는
제안인 것이다.

이상이 전달하고자 한 정서는 '공포'다. 이어지는 시행들이 그 공포를
진빌한다. 그 공포는 '무섭다'고 히는 '아해'들의 말(내용)과 그 말이 열
세 번에 걸친 반복(형식)이라는 이중적 장치를 통해 전달된다. 즉 독자는
'무섭다'라고 하는 단말마의 외침을 13번이나 반복해서 듣게(읽게) 된다.
1부터 13까지 빠짐없이 차례로 하나하나 호명하듯 이루어지는 이 외
침·반복은 강박적이고 공포스럽다. 중요한 것은 무섭다라는 말의 반복
이 주는 공포감 그 자체이다.

이렇게 13번의 반복이 끝난 후에 새로운 정보 내용이 추가된다. ②13
인의 아해는 '무서운 아해'와 '무서워하는 아해'로 구성되어 있다 : 여기서

도 괄호가 따라 붙는데, 다른 사정은 차라리 없는 것이 낫다는 내용이다. 이 구절 역시 하나의 주문인데, 다른 사정은 부차적인 것이며, 중요한 것은 13인의 아해들이 서로가 서로에게 공포를 느낀다는 사실 자체이니, 거기에만 주목하라는 것이다(이 주문은 이 시의 상징 내용에 대한 억측을 예방하기 위한 이상 자신의 충고이기도 하다). 서로가 서로에게 공포를 느끼는 상황은 공포의 근원을 알지 못할 때 발생하는 상황이다. 그렇다면 배경이 되는 도로는 공포의 근원이 은폐되어 있는, 그래서 거꾸로 어느 곳에나 공포가 있는 장소인 셈이다. 이어지는 네 행은 이 사실의 부연이다. 누가 무서운 아해인지, 무서워하는 아해인지 상관없다는 것, 어떤 식으로 생각해도 '좋소'인 것이다.

　이어서 세 번째 정보 내용이 추가된다. ③길은 뚫린 골목이라도 적당하며, 13인의 아해가 도로를 질주하지 않아도 좋다 : 시의 말미에서 시의 초반부 진술을 모두 철회해버리는 것은, 독자가 13번에 걸쳐 반복되는 단말마로부터 어떤 공포감을 느꼈다면, 그리고 그 공포의 근원이 은폐되어 있기 때문에 아해들이 서로가 서로에게 공포의 대상이 되고 있는 상황을 추체험했다면, 그걸로 됐다는 의미를 담고 있는 셈이다. 무서운 이야기를 한 다음 '믿거나 말거나'라고 한다거나, 서사의 끝에 '그는 순간 잠에서 깨어났다, 모든 것은 꿈이었다'라고 하면서 오히려 여운을 남기는 이야기꾼의 수법을 차용한 것이라고 하겠는데, 진위의 판단을 독자에게 맡겨 버리는 이런 방식은 오히려 이야기가 전달한 어떤 정서를 견고하게 보존하는 방법이다. 애초의 전제를 논리적으로 끌고 간 뒤 완결을 지음으로써 어떤 정서의 파동을 이야기 안에서 완전히 해소해 버리는 것이 아니라, 애초의 전제를 무화(無化)시켜 끝과 처음을 다시 연결시켜 버리는 이러한 수법은, 이야기와 현실 사이의 경계 자체를 교란시켜서 감정의 파동을 더 오래 끌고 가는 수법이다.

요컨대, 이 시는 이상이 독자들에게 풀어보라고 던진 수수께끼가 아니다. 차라리 독자의 공포체험을 유도하는 (괄호 안의 지시문들이 암시하듯) 희곡적인 시에 가깝다. 공포를 체험했다면 '다른 사정은 차라리 없는 것이 낫다'[13]. 그러나 이것으로 충분한 것은 아니다. 이 시는, 이상이 의도했든 또는 그렇지 않든 간에, 당대 현실과 공명하는 몇 가지 상징성을 함축하고 있다. 이상이 은폐해 놓은 공포의 근원은 무엇인가, 왜 어른이 아니라 아이들인가, 왜 도로가 배경인가 등이 그것이다. 이 물음들을 해명할 수 있는 단서는 바로 본고에서 제시한 이상의 시선이 갖는 특수성이다. 이상은 까마귀의 시선으로 도로의 아수라장을 내려다보고 있다. 이 시선은 조감하는 시선이 아니라 오감하는 시선이다. 설계도의 차원으로 투시해 들어가는 시선이거니와, 이 시는 다름 아니라 경성 거리의 설계도에 해당하는 것이다. 이상이 그려놓은 경성 거리의 설계도를 살펴보자.

아해들이 서로가 서로에게 그 근원과 이유를 알 수 없는 공포를 느끼고 있는 이 시의 상황은 소위 '카프카에스끄(Kafkaesque)', 즉 카프카적 상황이다. 밀란 쿤데라(Milan Kundera)는 그의 카프카론에서 카프카적인 상황을 몇 가지로 요약한 바 있는데, 벌을 받는 자가 자기가 왜 벌을 받는지 그 이유를 알지 못하는 상황에 처해서, 스스로 열렬히 자기의 죄를 찾아 헤매다 마침내 벌이 잘못을 '만드는' 지경에까지 이르게 되는 상황은 그 중 전형적인 한 예다.[14] 오감도 <詩第1號>에서 아해들의 공포가 여기에

---

13) 발표 당시 원문에는 '나앗소'라고 표기되어 있었으나 임종국은 ≪이상전집≫에서 이를 '나았소'로 교열하여 과거형으로 만들어 버렸다. 그러나 이상은 '졸다'를 '조올다'로, '알다'를 '아알다'로 표기하여 장음 표시에 주의를 기울였다. 이 '나앗소' 역시 장음으로 표기된 '낫소'일 뿐, 과거형이 아니다. 황현산, 「오감도 주석」, 『포에지』, 2002. 봄. 67~68면 참조.

14) Milan Kundera, 「저 뒤쪽 어디에」, 『소설의 기술』, 책세상, 1990. 119면.

정확히 대응한다. 밤이면 네온사인이 켜지고 야시장이 열리는 불야성의 경성 거리가 실상 허구일 수 있다는 것, 그 거리를 걷는 조선인들은 그 불야성의 들러리에 지나지 않는 소외된 존재일 수 있다는 것, 더 심하게 는, 그 거리는 언제라도 조선인들이 체포될 수 있는 거리이며 그 거리에 서 죄가 있고 없음은 실상 중요하지 않다는 것.[15] '오감도'의 거리는 체포 이후에 비로소 죄가 '만들어지는' 전형적인 카프카적 거리, 혹은 죄의식 의 거리이다.

이 시를 읽을 때 우리는 이 시의 배경이 되는 도로가 경성의 도로이며, 경성의 근대는 식민지 수탈 정책의 일환으로 이루어진 '식민지 근대화' 의 산물이라는 너무나 당연한 사실을 되새기지 않으면 안 된다. 이 당연 한 사실을 되새기는 것만으로도 이 시에 대한 허무한 수수께끼 놀음은 얼마간 설득력을 잃게 될지 모른다. 조선인은 주체가 아니라 객체이며, 오직 짜여진 각본에 따라 움직이는 어린 아이('아해') 같은 존재들에 지나 지 않는다. 희곡을 연상시키는 서술 양식은 경성 거리 배후에 숨어있는 '짜여진 각본'을 암시한다. 아해들이 '13'명이라는 설정 역시 그 무슨 스핑크스의 수수께끼가 아니다. '13'이라는 숫자가 떠올리는 일차적인 느낌에 충실해야 한다. 그것은 '타자성' 그 자체의 숫자화(化)일 뿐이다. 불길한, 그래서 배제되는 숫자. '13'은 아해들이 식민지 근대의 타자로

---

15) 조용만의 에세이에는 다음과 같은 대화가 나온다. 이상이 동경행을 결행하기 전에 동료들과 나눈 대화의 일절이다. "「그건 가 보아야 알겠지만, 무어 오래 있을 수야 있소. 바람이나 쐬고 오는 거지. 여기서는 정말 답답해서 못 살겠어. 무엇이 잔뜩 머리를 짓누르고 있는 것 같은 느낌이란 말야. 저의 놈들의 전쟁준비를 하느라고 애꿎은 우리만 들볶으니 어디 견딜 수가 있어야지.」「인제 점점 더 할 거요. 신사 참 배를 안 한다고 학교를 폐쇄하고, 수양동우회(修養同友會) 사건으로 2백 명을 검거 하고 참, 날마다 무시무시한 사건이 일어나고 있지 않소. 당신 잘 도피해 가는 거 요.」" 조용만, <이상 시대 - 젊은 예술가들의 초상>, 『문학사상』, 1987. 6. 316면.

배제되고 있다는 사실을 가장 단순한 방식으로 지시하는 기호에 지나지 않는다.[16]

요약하자. 오감도 <詩第1號>는 경성의 거리를 '오감하는 시선'으로, 즉 설계도의 층위에서 보고 있다. 대상을 단순하게, 동시에 적나라하게 드러내는 시선이다. 그랬을 때 그 거리 풍경은, 거리에 던져진 근대화의 타자들(13인의 아해)이 카프카적 죄의식 속에서 공포스러워하며 편집증적 질주를 반복하는 살풍경, 그 이상도 이하도 아니다. 이 진술이 그에 걸맞은 '반복강박'적인 형식의 옷을 입고 있는 것이 <詩第1號>다.

그러나 아직 남아 있는 문제가 있다. 이 시에는 두 가지 테마가 또한 잠복해 있다. '미로'의 모티프와 '아해'의 모티프가 그것이다.

2.2. '미로'의 모티프와 '군용장화'의 의미

막다른 골목이 뚫린 골목이며, 그 반대도 마찬가지라는 정보 내용이 갖고 있는 상징 내용을 앞에서 충분히 해명하지 못했다. 이는 앞서 말한 것처럼, 이야기 안의 전제를 스스로 허물어뜨림으로써, 이야기와 현실의 경계를 느슨하게 만들어 전달된 정서의 파동을 오래 끌고 가려는 수법에 해당하는 것이지만, 왜 하필 그것이 '막힌 골목과 뚫린 골목'이라는 형식

---

16) 시계는 근대의 표상인 바(이마무라 히토시, 『근대성의 구조』, 민음사), 시계에는 12까지의 숫자만이 등장한다. 즉, 12는 시계의 숫자이며 근대성의 숫자화(化)라고 할 것이다. 이상의 다른 시에서도 숫자 '13'은 시계와 관련되어 나타난다. "나의 방의 시계 별안간 13을 치다. 그때, 호외(號外)의 방울소리 들리다. 나의 탈옥의 기사."(<一九三一年(作品第一番)>) '13'은 근대의 타자이면서 동시에(아니 그렇기 때문에) 식민지 근대 바깥으로 나아가는 탈주('탈옥')의 기호를 표상하기도 한다. 본문의 시에서는 전자로서의 의미가 강하다. 후자로서의 의미에 대해서는 뒤에서 다시 논의할 것이다.

으로 나타나고 있느냐 하는 문제는 논의의 여지가 있다. 막힌 골목이 뚫린 골목이요 그 역도 참이라는 명제는 이상 특유의 모티프인데, 이는 이상의 다른 작품에서 다음처럼 변주된다.

活胡同是死胡洞　死胡洞是活胡同 [살아 있는 골목은 죽은 골목이요, 죽은 골목은 산 골목이다]

—<지도의 암실>중에서

안전을 헐값에 파는 가게 모퉁이를 돌아가야 최저낙원의 부랑(浮浪)한 막다른 골목이요 기실 뚫린 골목이요 기실은 막다른 골목이로소이다.

—<최저낙원>중에서

이를 '미로의 모티프'라 불러도 무방할 것이다. 미로는 뚫려 있다. 하나의 입구가 있고 하나의 출구가 있다. 입구에서 출구까지는 연결되어 있다. 그러므로 뚫린 골목이다. 그러나, 미로를 헤쳐나갈 방법을 몰라 출구를 찾지 못하고 헤매게 될 경우, 어떤 길도 결국은 막다른 골목에 지나지 않는다. 즉, 뚫린 골목이자 막다른 골목이라는 역설은 미로의 역설이다. 경성 거리의 도로 설비에 상관없이, '출구 없는' 식민지 시대 폐병 3기 지식인에게 그 길은 뚫린 골목이자 곧 막힌 골목, 즉 미로일 것이다.[17]

─────────────

17) 이상이 미로 건축에 깊은 흥미를 갖고 있었다는 풍문 역시 단지 흥밋거리로만 넘겨 버릴 일은 아닌 것 같다. "이상은 미술과 문학 이외에도 건축에 조예가 깊었다고 한다. 특히 미로와 같은 건물에 대해서 애착을 보였다. 이상이 설계하고 만든 건물로, 예전에 서울역 앞에 있었던 세브란스 병원과 전매청 건물이 있다. 특히 미로 건축을 재미있어 했던 이상이 이화여대 사회관을 설계했다는 설이 있다. 이 건물은 2층으로 올라가면 3층이 나오고 3층을 걷다보면 자기도 모르는 사이에 2층에 와 있는 등, 미로 형태의 건물로 설계되었다고 한다." 장태동, 『서울 문학 기행』, 미래 M&B, 2001. 241면.

미로의 모티프가 갖는 의미는 여기에 한정되지 않는다. 근대 이후 미로
는, 투명하고 분명한 직선을 추구하는 근대의 '건축에의 의지'(가라타니
고진 柄谷行人)에 의해 억압된다.[18] 미로는 '억압된 것'들이며, 그 억압
자체의 '부조리'를 증거하는 상징물이다. 좀 더 적극적으로 말하자면,
미로는, '건축에의 의지' 자체를 내파(內破)하는 하나의 방법론이고 건축
의 탈-건축화(해체)를 불러오는 주술이다. 이상에 의해 미로의 모티프는
건축된 것들을 해체하는 시적 방법론이자 주술이 된다.

사각형의내부의사각형의내부의사각형의내부의사각형의내부의
사각형.
사각의원운동의사각의원운동의사각의원.
비누가통과하는혈관의비누냄새를투시하는사람.
지구를모형으로만들어진지구의(地球儀)를모형으로만들어진지구.
거세된양말(그여인의이름은'워어즈'였다)
빈혈면포(貧血綿布),당신의얼굴빛깔도참새다리같습니다.
평행사변형대각선방향을추진하는막대한중량.
'마르세이유'의봄을해람(解纜)한'코티'의향수(香水)를맞이한동
양의가을.
쾌청(快晴)의공중에붕유(鵬遊)하는Z백호(伯號).회충양약(蛔蟲良
藥)이라고씌어져있다
옥상정원.원후(猿猴)를흉내내고있는'마드모아젤'.
만곡(彎曲)된직선을직선으로질주하는낙체(落體)공식.
문자반XII에내리워진두개의젖은황혼.
도어의내부의도어의내부의조롱(鳥籠)의내부의'카나리아'의내부
의감살분호(減殺門戶)의내부의인사.
식당입구까지온자웅(雌雄)과같은붕우(朋友)가헤어진다.
까만잉크가엎질러진각설탕이삼륜차에적하(積荷)된다.

---

18) 미로에 대해선 Jacques Attali, 『미로-지혜에 이르는 길』(영림카디널, 1997)이 상세하다.

　　명함을짓밟는군용장화.가구(街衢)를질구(疾驅)하는　조화금련(造
花金蓮).

　　위에서내려오고밑에서올라가고위에서내려오고밑에서올라간사
람은

　　밑에서올라가지아니한위에서내려오지아니한밑에서올라가지아
니한위에서내려오지아니한사람.

　　저여자의하반신은저남자의상반신과비슷하다.　(나는슬픈해후(邂
逅)에슬퍼하는나)

　　사각이난케이스가걸어가기시작한다. (소름끼치는일이다)

　　'라디에이터'의근방에서승천하는사요나라

　　바깥은우중(雨中). 발광어류의군집이동

　　　　　—<AU MAGASIN DE NOUVEAUTES>[19]
　　　　　　　(신기한 물건들의 백화점에서) 전문

---

19) 『조선과건축』(1932.7)에 실려있는 원문을 토대로, '문학사상사'판 전집의 번역을 수
　　정했다. 이 시는 임종국에 의해 처음 번역(1956)된 이래로 이승훈 편 '문학사상사'
　　판 전집에 이르기까지 계속 채택되고 있으나, 명백한 실수가 고쳐지지 않은 채로
　　의심 없이 텍스트로 사용되어 왔다. 예컨대, 제목의 'NOUVEAUTES'는 복수형이므
　　로, '신기성'이라는 뜻보다는 '신기한 물건', '유행품' 정도의 뜻이 자연스러우며,
　　'참새다리 같습니다'를 '참새다리 같습네다'로 옮긴 것은 사소한 문제지만 잘 납득
　　이 되지 않는 선택이다. '일 개의 침수된 황혼'은 '두 개의 젖은 황혼'으로, '파랑
　　잉크가 엎질러진'은 '까만 잉크가 엎질러진'으로, '조화분련(造花分蓮)'은 '조화금련
　　(造花金蓮)'으로 각각 고쳐져야 한다. 아울러, '문학사상사'판 전집에서는 이상이 가
　　타카나로 표기한 단어 및 문장들을 모두 방점 처리해서 표시를 하고 있는데(이 방
　　점 역시 정확하게 찍혀 있지 않다), 이상은 흔히 가타카나로 표기하는 외래어들 외
　　에 다른 문장들에도 의도적으로 가타카나를 쓰고 있는 바, 외래어들의 경우 가타카
　　나를 쓰는 건 관습적인 것일 뿐 강조의 뜻이 없으므로 한국어로 옮길 때 굳이 방점
　　처리를 할 필요가 없으며, 이상이 특별히 관례를 깨고 가타카나로 표기하고 있는
　　부분만 강조 처리를 해 주면 될 것이다. 본문에서는 외래어들의 경우 별도의 표시
　　를 하지 않았고, 이상의 의도적인 표현들에 대해서는 글자를 기울여 표시했다(' *당
　　신의다리도참새다리같습니다*'와 ' *소름끼치는일이다* '가 그것이다).

“백화점의 미로를 초현실주의적 수법으로 재현해 놓은”[20] 작품으로 주석 되고 있는 이 시가 과연 초현실주의적인 시라고 말할 수 있는가의 여부는 이 글의 관심사가 아니다. 하지만, 이 시가 백화점이라는 대상을 통해 촉발된 무의식의 자유로운 연상 작용을 작품화한 것이기보다는, 지극히 ‘현실’적인 내용들을 ‘의식’적인 시선으로 포착하여 서술하고 있는 시라는 점은 지적해 두기로 하자. 백화점이라는 대상 자체가 초현실적인 인공의 세계이기 때문에 그 대상을 눈에 보이는 그대로 표현하는 것이 거꾸로 낯설게 하기의 효과를 거두고 있는 예라 보아도 좋다.

예컨대 “위에서내려오고밑에서올라가고위에서내려오고밑에서올라간사람은밑에서올라가지아니한위에서내려오지아니한밑에서올라가지아니한위에서내려오지아니한사람.”이라는 구절이 그러하다. 이 문장은 a/b/a/b/-b/-a/-b/-a의 구조로 되어 있다. 따라서 반복을 없애고 기본 모형만 남기면 a/b/-b/-a 구조로 축소될 수 있고, 이를 대응 구절들끼리 연결시키면 a/-b, b/-a로 정리된다. 즉, ‘위에서 내려온 사람은(a) 밑에서 올라간 사람이 아니며(-b), 밑에서 올라간 사람은(b) 위에서 내려온 사람이 아니(-a)라는 이야기다.

얼핏 말이 안 되는 진술처럼 보이고, 무언가 초현실적인 풍경을 노래한 것처럼 보이지만, 이는 백화점 엘리베이터 앞에서, 그 문이 열고 닫히면서 타고 내리는 사람들의 물결을 가만히 보고 있으면 누구나 보게 되는 상황이다. 위에서 내려온 사람은 그 사람이 밑에서 올라가는 것을 내가 보지 못한 사람이니 밑에서 올라간 사람이 아니다. 반대로 밑에서 올라간 사람은 내가 그 사람이 다시 위에서 내려오는 모습을 볼 수 있다는 보장이 없으므로 위에서 내려온 사람이 아니다(라고 아직은 말할 수밖에 없

---

20) 조영복, 앞의 글, 72면.

다). 올라가면 내려오고 내려오면 올라가야 할 것인데, 내려오는 사람들은 모두 언제 올라갔는지 전혀 알 수가 없는 사람들의 물결이며, 올라가는 사람들은 계속 올라가는데 그 사람들이 언제 내려오는지 나는 알 수가 없는 것이다.

이상이 여기서 a, b, -a, -b를 반복 교차시켜 보여주고 있는 것은 말장난이 아니라, 엄밀한 의미에서 시각적인 이미지일 뿐이다. 끊임없이 밀려드는 사람들과 끊임없이 오르내리는 엘리베이터의 모습의 재현, 그걸 바라보는 화자에게 전해져 오는 어지러움 그 자체의 재현이다. 대상에 대한 설명과 수식을 일체 배제하고 그 동작의 현상을 극도로 단순화해서 보여줄 때 발생하는 낯섦의 효과를 노린 표현이다. 이상에게서 '미로'가 하나의 시적 방법론이 되고 있다는 것은 이런 표현 기법을 염두에 둔 것이다. 대상을 미로화(化)하는, 미로 같은 문장.[21]

이는 일례일 뿐이다. 이 시의 대부분의 구절은 그 지시 대상들이 돌발적으로 병치되어 있을 뿐이지, 화자의 시선에 잡히지 않는 어떤 초현실적인 풍경을 그려내고 있는 것은 아니다. 오히려 그 시선 자체의 어떤 특징 때문에 이러한 진술이 탄생하는 것이며, 초현실적인 인상을 주는 것이다. 여기서 다시 우리는 이상의 시선의 문제로 되돌아온다. 대상을 설계도의 차원으로 되돌려 놓는 것, 그래서 그 대상-기계의 작동을 극도로 단순화시켜 적나라하게 보여주는 것, 이를 통해 대상의 외관이 지닌 화려함과 견고함을 해체해 버리는 시선이 여기서도 작동하고 있는 것이다. <詩第1號>에서 경성 거리를 아이, 공포, 질주, 미로(막힌 골목이기도 하고 뚫린 골목이기도 한) 등으로 구성된 설계도로 제시했듯이, 이 시에서도 백화점이라는 공간은, 겉으로 보이는 화려한 외관과는 달리 설계도의 차원으로

---

21) 오감도 <詩第2號>나 <運動>같은 작품 역시 이런 발상과 표현을 답습하고 있다.

되돌려보면 미로에 지나지 않는 부조리한 공간처럼 보인다. 시 도입부는 백화점-미로의 설계도를 곧장 제시하는 것으로 시작되며, 미로의 모티프는 보다 더 전면적이다. 이 백화점-미로에서 벌어지고 있는 일들은 무엇인가. 화자의 미로 산책 과정을 더듬어 보자.[22]

화자는 백화점 5층(?)에서 통로를 통해 아래쪽 층들을 내려다보고 있다. 4층, 3층, 2층, 1층이 사각형 내부에 또 다른 사각형이 계속 들어가 있는 모습으로 화자의 시선에 잡힌다. 따라서 '사각형의내부의…'로 이어지는 진술 역시 눈에 보이는 그대로의 진술이라 할 것이다. 그 어질머리의 순간에 사각형은 빙글빙글 돌아서 일종의 원운동('사각의 원운동')처럼 보일 밖엔 없다. '비누가 통과하는 혈관의 비누냄새를 투시하는 사람'은 화자(이상) 자신을 가리키는 것이고, 이는 그가 어디선가 비누 냄새를 맡고, 비누 냄새를 풍기는 사람의 피부 안, 심지어는 혈관 안까지를 투시하듯 들여다보는 행위를 하고 있다는 의미이다.[23]

이 투시하는 시선 앞에서 펼쳐지는 것은 인공과 자연의 혼란이다. 지구의(地球儀)를 보는 화자는 지구와 지구의 중 어느 것이 다른 것을 본 딴 것인가 질문하며, '거세된 양말' 즉, 스타킹을 보면서(아마 그 스타킹의 광고판 어디에 '워어즈'라는 이름 혹은 상표가 부착되어 있었으리라) '빈혈면포'라는 이름을 붙여 주고, 그 스타킹에서 참새 다리를 연상한다.

---

22) (앞에서 엘리베이터 운운한 대목들을 포함하여) 이하의 해석 속에는 명확한 근거가 없는, 단순한 추측에 불과한 것으로 보이는 대목들도 상당수 있을 것이다. 아직까지 필자는 이 작품을 놓고 세밀하게 그 의미를 따지고 들어가 납득할 만한 해석을 제공하는 데 성공한 연구를 접하지 못했다. 필자는 아래의 해석이 이 작품의 보다 정밀한 해석을 위한 하나의 제언으로 읽혀지길 바란다.

23) 이 부분에서 비눗물은 '소오다'를 비유한 것이라 볼 수도 있다. 다음 구절을 보라. "소오다의 맛은 가을이 섞여서 정맥주사처럼 차고" <산책의 가을>, 김윤식 편, 《이상문학전집 3-수필》, 문학사상사, 29면. 이하에서는 '(3:29)'와 같이 표기한다.

'코티' 향수 코너를 지난 뒤 이어 화자는 옥상정원으로 올라간다. 거기서 공중의 비행기가 뿌린 삐라와 같은 전단지에서 '회충양약' 광고를 보며24), 한 여성을 보고는 원숭이를 떠올린다.

화자는 문득 아래쪽을 내려다보면서 '낙체공식'을 떠올리는데, 이는 투신 자살을 암시하면서, 분위기를 반전시킨다. 여기서부터 화자의 태도는 어둡게 변한다. 화자의 시선대로라면 12시임에도 불구하고('문자반 12에 내려진 두 개의 젖은 황혼'이란 시계의 시침과 분침이 12에서 멈춘 시간, 즉 12시를 가리키거니와) 그는 '황혼'의 시간이라고 느낀다. 카나리아의 울음소리를 듣고는 카나리아의 내부까지 투시하여, 카나리아 몸속에 또 다른 문이 있고 그 문에서 울음소리가 나오는 것이라고 생각한다(이는 어떤 절망의 '깊이'를 전달한다). 누군가 헤어지는 모습을 지켜보며, '잉크가 엎질러진 각설탕', '거리를 질주하는 가짜 연꽃'과 같이 훼손되고 위조된 것들을 본다. 화자는 다시 엘리베이터를 타고 1층으로 내려오고, 자동차가 움직이는 모습에서 소름끼치는 기분을 느끼며, 누군가 출발하는 차를 향해 '사요나라'를 외치는 모습('라디에이터의 근방에서 승천하는 사요나라')을 본다. 비 내리는 거리를 차들이 하나둘씩 밀려나가기 시작한다. 여기서 화자의 산책은 일단 끝이 난다.

물론 이와 같은 산책 과정의 복원은 추리의 수준을 크게 넘지 못하는 것일 터이다. 이 시에서 화자의 동선은 불명확하며, 그가 본 것의 실체가

---

24) 이 부분은 다음 구절과 관련이 있다. "청계천 헤벌어진 수채 속으로 비행기에서 광고 삐라. 향국(鄕國)의 동해(童孩)는 거진 삐라같이 삐라를 주우려고 떼지었다 헤어졌다 지저분하게 흩날린다. '마꾸닝'[상표이름-인용자] 회충구제(蛔蟲驅除) 그러나 한 동해도 그것을 읽을 줄 모른다. 향국의 동해는 죄다 회충이다. 그래서 겨우 수채구멍에서 노느라고 배아픈 것을 잊어버린다. 동해의 양친은 쓰레기라서 너의 동해를 내다버렸는지 모르지만 빼빼마른 송사리처럼 통제없이 왱왱거리면서 잘도 논다."(<산책의 가을>(3:30))

흐릿한 대목들도 적지 않기 때문이다. 그러나 백화점-미로에서 벌어지는 일이 '아해들의 질주' 만큼 공포스러운 일은 아니더라도, 화자가 대상을 바라보는 시선이 지극히 냉정한 흑백의 시선이라는 점에서는 <詩第1號>의 분위기와 다르지 않다. 지구와 지구의의 혼란, '원후'와 '마드무아젤'의 혼란, 사람과 기계의 혼란('사각의 케이스가 걸어가기 시작한다, 소름끼치는 일이다'), 올라가는 사람과 내려오는 사람의 혼란 등에 대한 냉연한 묘사는 미로에 갇힌 자의 암담함을 잔영(殘影)처럼 거느린다.

이상이 '비누가 통과하는 혈관의 비누냄새를 투시하는' 눈을 갖고 있었기 때문에 이 모든 것들이 가능해 질 수 있었다. '오감(烏瞰)'하는 자의 시선에는 모든 것이 우스꽝스럽거나 혹은 공포스러울 것이라고 앞에서 말했다. 이 시에서 유독 이상이 가타카나로 강조해 두고 있는 부분-'당신의 빛깔도 참새다리 같습니다'와 '소름끼치는 일이다'가 각각 조롱과 공포의 감정에 물들어 있음은 우연이 아니다. 이렇게 해서, 식민지 소비자본주의의 메카인 백화점이라는 건축물은 이상에 의해서 낱낱이 파편화된 것으로 해체되고, 혼돈과 미로의 공간으로 '투시'된다.

그런데 한 가지 빠뜨린 것이 있다. 이 미로와 혼란의 한 가운데에 돌연히 등장하는 '명함을 짓밟는 군용 장화'가 그것이다. 이 '군용장화'는 다른 곳에서도 등장한다.

> 의족을 한 군용장화가 내 꿈의 백지를 더럽혀 놓았다
>
> —烏瞰圖 <詩第15號>중에서

> 오전 한 시 신숙역(新宿驛) 폼에서 비칠거리는 이상의 옷깃에 백국(白菊)은 간 데 없다. 어느 장화가 짓밟았을까
>
> —<失花>중에서

'(군용)장화'는 백지를 더럽히고 백국(白菊)을 짓밟는다. '더럽히고 짓밟는' 주체의 환유(換喩)인 군용장화가 권력의 형상임은 분명하다. 당겨 말하자면, 이것은 경성 거리를 장악하고 있는 파시즘적·카프카적 권력과 오이디푸스적 권력을 동시에 함축하는 미묘한 상징이다. 전자에 대해서는 이미 살펴 본 바 있다. 후자에 대해서 이야기하기 위해서는 다소 우회해야 한다. '아해'의 의미에 대해 먼저 질문해 보자.

2.3. 아해(兒孩)의 의미와 '무기체 되기'의 전략

앞에서 烏瞰圖 <詩第1號>를 읽으면서 이 시의 몇 가지 상징 내용을 검토할 때, 그 함의를 제대로 읽고 넘어가지 못한 것 중의 하나가 '아해'의 의미였다. 이 '兒孩'라는 시어는 다른 곳에서 '동해(童骸)'로 변주되기도 하는데, 주지하다시피 이는 '해골'의 잔상(殘像)을 뒤에 남긴다. 이상에게 '해(孩)'와 '해(骸)'는 의미상으로 대립되지 않고 호환(互換)된다. 어째서 아이는 해골의 이미지를 동반하는가? "그[이상-인용자]의 골목은 가족과 도시의 오이디푸스적 권력들로 막혀 있다"[25]는 지적이 시사적이다. 이 통찰에 기반해 '아해', 즉 '아이와 해골'이라는 이 기묘한 짝패의 의미를 이해하기 위해서는 우선 다음과 질문에 대답하지 않으면 안 된다. 도대체 '오이디푸스적 권력'이란 무엇인가.

그 권력은, 본래부터 아버지와 어머니를 모르며 그 누구(무엇)도 개의치 않고 흘러 넘치는 욕망을 아버지-어머니-나로 연결되어 있는 삼각형의 울타리 안에 가두고, 꿈꾸지도 않은 반란을 모의했다고 가정하고 처벌을 도모하는 권력이다. 본질적으로 '고아인 무의식'을 체포하여 '네가

---

25) 신범순, 앞의 글, 같은 곳.

아버지를 죽였지, 넌 원래부터 아버지를 죽이려고 했었어, 그렇지?' 라고 심문하는 권력이라 해도 좋다.[26] 체포가 먼저이고 죄를 찾는 것은 나중이다. 여기서 이 오이디푸스적 권력은 앞서 논의한 카프카적 권력과 만난다. 죄가 사후적으로 구성된다는 점에서, 오이디푸스적 권력의 메커니즘은 식민지 거리의 '감시와 처벌' 메커니즘, 즉 카프카적인 권력의 메커니즘과 동일하다.

그러나 '죄'가 사후적으로 구성된다는 차원이라면 굳이 카프카적 권력이 아닌 오이디푸스적 권력을 말해야 할 이유는 없다. 왜 거리를 질주하는 것이 '아해'인지도 여기서는 설명되지 않는다. 왜 여기서 오이디푸스적 권력을 거론해야 하는가. 그것은 식민통치 자체가 오이푸스적 권력을 요구하기 때문이다.

> 피식민자들(the colonized)의 환경은 그들이 인간다운 삶을 영위할 수 있는 삶의 영역을 축소시킬 수 있다. 거기서 추구되는 해결책은 개인적 차원이나 제한된 가족적 차원의 해결책으로 그치게 된다. 그 결과 집단의 차원에서는 극단적인 무정부상태나 무질서가 생겨난다. 그 무정부 상태의 희생자는 언제나 개인이다. 여기서 제외되는 것은 그러한 시스템에서 열쇠를 쥐고 있는 사람들, 즉 식민자들(the colonizers)인데, 그들은 피식민지들이 삶의 영역을 축소 당하는 바로 그 시기에, 그들의 영역을 확대한다.[27]

---

26) "법률은 우리에게 말한다 : 너는 네 어머니와 결혼해서는 안되며, 네 아버지를 죽여서도 안된다라고. 그래서 우리들, 온순한 신민(臣民)인 우리들은 생각한다 : 그래 그것이 내가 원했던 그거야!"(강조-원저자) Gilles Deleuze · Félix Guattari, *Anti-Oedipus*, University of Minnesota, 1983. p.114.

27) Robert Jaulin, *La Paix blanche*, Paris : Edition du Seuil, 1970, p.309(Gilles Deleuze · Félix Guattari, 위의 책, p.169에서 재인용).

식민통치의 문제점을 개인적 차원이나 가족적 차원으로 축소시키는 것, 모든 것은 네 가족의 문제일 뿐이라고 말하는 것, 그것이 바로 오이디푸스적 권력이다.[28] 식민통치자들은 이 오이디푸스적인 권력을 교묘하게 이용하며, 오이디푸스는 예속 집단들 속에서 개화한다.[29] 구체적으로는 '호주제'를 실시하는 등의 방법으로, 흘러 넘치는 욕망을 가족 질서 안으로 영토화(territorialization)시키고, 봉건적 가족 구조를 잔존시키고 극대화시켜서 식민 통치로 인해 발생하는 욕망의 좌절에 대한 책임을 가족에 전가하는 '가국체제(家國體制)'[30]를 건축하는 것이다. 이상의 다음 시는 정확히 이런 맥락에 놓여 있는 작품이다.

나의아버지가나의겨테서조을적에나는나의아버지가되고또나는
나의아버지의아버지가되고그런데도나의아버지는나의아버지대로
나의아버지인데어쩌자고나는작고[자꾸-인용자]나의아버지의아버
지의……아버지가되니나는웨아버지를껑충뛰어넘어야하
는지나는웨드디어나와나의아버지와나의아버지의아버지와나의아
버지의아버지의아버지노릇을한꺼번에하면서살아야하는것이냐

— 烏瞰圖＜詩第2號＞전문

피식민지인에게, 인간다운 삶을 영위할 수 있는 영역이 축소된다는

---

28) "식민자들(the colonizers)은 말한다 : 네 아버지는 네 아버지일 뿐, 다른 그 누구도 아니다. 네 외조부도 마찬가지이다. 그들을 우두머리와 착각하지 마라. (……) 네 가족은 네 가족일 뿐, 다른 그 무엇이 아니다. 비록 우리가 곧, 새로운 재생산 체계에 속박될 인재를 공급하기 위해서 네 가족을 필요로 하게 되더라도, 사회적 재생산은 이제 더 이상 네 집을 통과하지 않는다." Gilles Deleuze · Félix Guattari, 위의 책, pp.168~169.

29) Gilles Deleuze · Félix Guattari, 위의 책, p.103.

30) 이득재, 『가족주의는 야만이다』, 소나무, 2001.

문제는, '나'의 문제 혹은 '나의 가족'의 문제로 제한되어 버린다. 그래서 인간다운 삶을 위해서 '나'는 '나의 아버지'의 역할까지를 감당해야 한다. 내가 나의 아버지가 되면, 나는 조부의 아들이 되고, 나는 다시 '아버지의 아버지가 되는' 과정을 반복하여, 조부가 된다. 이 과정은 끝이 없고('……'), 나는 '아버지를 껑충 뛰어넘어' 먼 선대의 조상들과 하나가 된다. '아이'가 결국 '해골'일 수밖에 없는 이유가 여기에 있다. 아이와 해골의 짝패는 카프카적 권력과 오이디푸스적 권력이라는 짝패로부터, 즉 '군용장화'에서 기원한다. 그것이 오이디푸스적 권력에 연관되어 있기 때문에, 무서워하는 것은 '어른'이 아니라 '아해'들이며, '아해'들이야말로 '무섭다'.

이 공포의 악무한 속에서 어떻게 벗어날 것인가. 이에 대한 이상의 소극적 전략 중의 하나가 다음과 같은 반문이다. 아해들은 반드시 어른이 되어야 하는가? 어른이 되기를 포기하는 것은 어떨까? 노동력을 소유한 정상적인 주체로 호명되기를 거부하는 길. 그것은 '무기체-되기'의 전략이다. 이상의 '오감하는 시선'은 그 자신의 신체 역시 설계도의 모습으로 혹은 해체된 부품들의 상태로 드러낸다. 해부학적 상상력이라고나 해야 할 구절들이 이상 시 곳곳에서 출몰한다. 대표적인 경우를 보자.

> 내팔이면도칼을든재로끈어지떨어것다.자세히보면무엇에몹시威
> 脅당하는것처럼새팔앗타.이럿케하야일허버린내두개팔을나는燭臺
> 세음[31]으로내방안에裝飾하야노앗다. 팔은죽어서도오히려나에게
> 怯을내이는것만갓다.나는이런얇다란禮儀를花草盆보다도사랑스
> 레녁인다. ─烏瞰圖 <詩第13號>전문

---

31) 발표 당시 원문에는 '세음'으로 되어 있으나 이승훈 편 전집에는 '세움'으로 바뀌어 있다. 이 표현은 촛대처럼 '세운다'는 의미가 아니라, 촛대인 '셈 치겠다'는 의미이다. 조해옥, 「자의식 해명의 구체화-이상 연구사 및 최근 동향」, 『포에지』, 2002. 봄. 16~17면 참조.

화자는 끊어진 자신의 팔을 촛대('燭臺')처럼 방에 장식하는 의식을 치르고 있으며, 그런 의식(儀式)이 자신에게는 사랑스럽다고 고백하고 있다. 그는 신체 기관들을 해체·파편화 시킨다. 유기적으로 조직된 신체라는 관념을 간단하게 무시하고 탈-유기화를 향해 나아간다.[32]

이상 시에 나타나는 이와 같은 유기체의 해체는 편집증적 자살 충동이라기보다는, 신체를 분열증적으로 개방(開放)하는 것이다. 유기체화된 신체에서 각각의 기관은 하나의 에너지 장(場)으로서 존재하는 '기관 없는 신체' 위에서 축적·응고·퇴적된 것에 지나지 않는다고 생각해 볼 수 있다. 기관은 신체로부터 사회적으로 유용한 노동을 추출해내기 위해서 가해진 일종의 속박이라고 말이다.[33] 이럴 경우, '팔'이라는 기관을 '燭臺'로 용도 변경하고 있는 장면은 기관화된 신체로부터 '기관 없는 신체'로의 이행이며, 가장 중요한 노동의 도구인 팔을 '방안에 장식하여 놓는'다는 설정은 사회적 유용 노동에 대한 거부의 의지를 강하게 환기한다. 그것은 하나의 의지이기 때문에, 위에서 '떨어진' 팔은 이상이 스스로 끊어 '떨어뜨린' 팔이다.

> 양팔을 자르고 나의 직무를 회피한다
> 이제는 나에게 일을 하라는 자는 없다
> 내가 무서워하는 지배는 어디서도 찾아볼 수 없다
>
> —<회한(悔恨)의 장>[34]부분

---

32) 이러한 시가 이상의 결핵 병력(病歷)과 무관하지 않음은 물론이다. 그러나 이러한 시를 그의 병력으로 환원시켜서, 자살충동으로부터 비롯된 환상 등으로 설명하는 것은 이 시의 작동(作動)을 중지시키는 일이다. 그 순간, 시는 어떤 병 체험의 산물일 뿐, 그 이상도 그 이하도 아닌 게 되어 버린다.

33) Gilles Deleuze·Félix Guattari, *A Thousand Plateaus*, University of Minnesota Press, 1987. p.159.

'사회적 재생산'(노동)에 대한 이러한 거부는 '가족적 재생산' 즉, 생식에 대한 거부, 가족 만들기에 대한 거부로 이어진다. 이상 특유의 '리비도 없는 에로스'가 중요한 의미를 획득하는 것은 이와 같은 맥락에서이다. 예컨대 <날개>에는 노동력과 생식능력이 결여되어 있는 남자 주인공과 리비도적 생명력을 잃은 매춘부 아내가 등장하거니와, 이를 "자본주의에 의해 점차 '영토화'되어 가는 성과 노동의 형식들에 대한 비판에 관계하고 있다."[35]고 읽는 독법은 설득력이 있다. 이상은 끝내 아이를 낳지 않았고, 오직 함께 죽기 위해서(이상의 표현으로는 '찬란한 정사(情死)')라는 전제 하에서만 결혼을 고려했다.

요약하자. 이상의 '아해'는 식민통치와 공모하고 있는 오이디푸스적 권력의 사생아들이다. 혹은 그 권력의 날카로운 반영이다. 그리고 이에 대한 이상의 전략은 사회적·가족적 재생산을 담당하는 어른이 되기를 포기하는 것이다. 노동하지 않고, 섹스하지 않는 주체, 즉 '무기체 되기'.

그러나 이상의 보다 적극적인 전략은 유기체에서 무기체로의 전신(轉身)에 있는 것이 아니다. 이상의 가장 독창적인, 그리고 가장 문학적인 전략은 다름 아니라 이상의 '발명', 자연인 김해경에서 문학인 이상으로의 탈출이다. 이는 단지 김해경이 '李箱'이라는 필명을 사용했다는 차원의 이야기가 아니다. 이상은 '李箱'이라는 이름으로 완전히 다른 삶을 도모했었다. 텍스트에서 '이상'이라는 이름을 노출시키면서 그가 겨냥했던 것은, 그 조각조각 나뉘어진 텍스트(text)들을 모아서 말 그대로 하나의 직물(texture)을 짜는 것이었다. 그것은 '이상'이라는 '텍스트'를 만들어, '이상'이라는 '삶'을 구성하는 작업이다. '이상'이라는 텍스트가 완성

---

34) 이승훈 편, 앞의 책, 244면. 『현대문학』(1966.7)에 발표된 유고시로 원문은 일어이며 본문의 번역은 임종국의 것이다.

35) 신범순, 「이상 문학에 있어서 분열증적 욕망과 우화」, 『국어국문학』, 103호, 175면.

되는 그 순간, 김해경으로부터 이상으로의 탈주는 완성될 것이었다. 바로
이것이 그가 그의 죽음이 지적에 와 있음을 모르고 있을 때에, 미리 <終
生記>를 쓰고자 했던 까닭이다. 이와 같이 ‘문학으로서의 삶’[36]을 구축
하려는 시도는 이상 이전에는 그 유례를 찾기 힘든 것이다. 이를 ‘가면의
주체론’이라고 부르기로 하자.

이 주제와 관련해서 중요하게 다루어져야 할 것들이 바로 이상의 ‘거울
시편’들이다. 이상은 거울을 소재로 한 시를 다섯 편 발표했다. <거울>
(『가톨릭청년』, 1933.7), <詩第4號>, <詩第8號>, <詩第15號>(이상,
『조선중앙일보』,1934.7.24～8.8),<明鏡>(『여성』,1936.5)이 그 작품들이
다.[37] 아래에서는 이상의 거울 시편들을 발표 순서대로 따라 읽으면서
이상 시의 주체론의 의미와 한계를 살펴보기로 한다.

3. 거울 시편과 가면(仮面)의 주체론

3.1. ’이상’의 탄생과 그 의미

이상의 초기 시작(詩作) 경력은 앞에서 언급한 바 있지만, 이번에는
발표 당시 필자명에 주의를 기울이며 다시 살펴보기로 한다. 김해경이라
는 본명으로, 이상은 <이상한 가역반응> 외에 21편의 일어시를 『조선과
건축』에 1931년 한 해 동안(7,8,10월호) 발표한다. 9개월 동안을 침묵한
뒤 그는 1932년 7월, 같은 잡지에 ‘건축무한육면각체’라는 타이틀로 7편

---

36) 본고의 이와 같은 착안은 Alexander Nehamas, 『니체-문학으로서의 삶』(책세상, 1994)
으로부터 암시 받은 것이다.

37) 이 중 <詩第8號>와 <明鏡>은 이상의 여타 거울 시편들에서 공통적으로 나타나는
테마를 공유하고 있지 않으므로, 논의 대상에서 제외하기로 한다.

의 시를 다시 발표하는데, 이 때 필자란에 씌어져 있는 이름은 이제 김해경이 아니라 이상이 된다. 1931년에서 1932년으로 넘어가는 동안 김해경은 이상으로 변신한다.

김해경이 이상으로 변모한 뒤 다시 1년이 지난 1933년에, 그는 정지용의 호의로『가톨릭청년』(1933.7)에 세 편의 한글시를 발표하면서 문단에 공식적으로 데뷔한다. 한글시로서는 최초로 발표된 그의 처녀작은 <꽃나무>, <이런 시>, <一九三三, 六, 一> 등 세 편이다. 주목해야 할 작품은 <一九三三, 六, 一>이다. 이 시가 흥미로운 이유는, 발표 시기적으로나 내용적으로나, 이후의 시에서 중요한 시적 상징으로 등장하는 이상의 '거울'이 탄생하게 된 기원을 엿볼 수 있게 하기 때문이다.

> 天枰우에서 三十年동안이나 살아온사람 (엇던科學者) 三十萬個
> 나넘는 별을 다헤여놋코만 사람 (亦是) 人間七十 아니二十四年동
> 안이나 쩐쩐히사라온 사람(나)
> 　나는 그날 나의自敍傳에 自筆의訃告를 揷入하엿다 以後나의肉
> 身은 그런故鄕에는잇지안앗다 나는 自身나의詩가 差押당하는꼴을
> 目睹하기는 참아 어려웟기째문에.
>
> 　　　　　　　　　　　　　　　—<一九三三, 六, 一>전문38)

두 부분으로 나눠져 있는 이 시에서, 전반부에는 세 사람이 등장한다. 천평(저울) 위에서 30년 동안이나 살아온 사람, 30만개가 넘는 별을 다 헤아린 사람, '인간 70 아니 24년'을 뻔히 살아온 사람이 그들이다. 그러나 이 시는 이 세 사람이 모두 한 사람, 즉 이상 자신일 뿐이라는 사실을 강하게 환기한다(괄호 안에 있는 말을 연결하면 '어떤 과학자 역시 나'가

---

38)『가톨릭청년』, 1933. 7. 53면.

된다는 점도 흥미롭다). 저울에 물건의 무게를 달면서 30년을 허비한 사람이나, 30만개가 넘는 별을 다 헤아린 사람이나, 생을 허비했다는 점에서는 동일하다. '나'가 이렇게 생을 허비하면서 살아온 시간은 고작 24년 밖에 안되지만, '나'에게 그것은 마치 70평생을 산 것처럼 피곤하게 느껴진다. 그래서 '나'는 그간의 삶에 종지부를 찍고 새로운 삶을 시작하고 싶다는 열망을 강하게 토로한다. "나는 그 날 나의 자서전에 자필의 부고를 삽입하였다"라는 표현이 뜻하는 바가 바로 그것인데, 그럴 수밖에 없었던 이유를 화자인 '나'는 "나의 詩가 차압당하는 꼴을 목도하기는 차마 어려웠기 때문에"라고 밝히고 있다. 그는 문학을 위해서 이전의 삶을 포기한다. 1년여 전에, 김해경이 이상으로 변모했던 사건을 떠올린다면, 이 시에서 이전의 삶이란 김해경으로서의 삶일 것이며, 새로운 삶은 이상으로서의 삶일 것이다. 김해경 '혹은' 이상은 이제, 김해경 '그리고' 이상으로 분리되고 있는 것이다.

그렇다면 김해경으로부터의 이상의 분화(1932.7), 이상에 의한 김해경의 사망(1933.6)이라는 일련의 사건이 일어나게 된 계기를 물어야 할 것이다. 김해경이라는 이름을 마지막으로 사용했던 1931년 10월과 이상이라는 필명을 처음으로 사용한 1932년 7월 사이엔 어떤 일이 있었을까. <一九三一年(作品第一番)>이라는 시가 시사적이다.

> 나의 방의 시계 별안간 십삼(十三)을 치다. 그때, 호외의 방울 소리 들리다. 나의 탈옥의 기사(記事). 불면증과 수면증으로 시달림을 받고 있는 나는 항상 좌우의 기로에 섰다. 나의 내부로 향해서 도덕의 기념비가 무너지면서 쓰러져 버렸다. 중상(重傷). 세상은 착오(錯誤)를 전한다. 13+1=12 이튿날(즉 그때)부터 나의 시계의 침은 삼개(三個)였다.
>
> — <一九三一年(作品第一番)>[39] 부분

<一九三一年(作品第一番)>은 총 12항으로 되어 있으며, 인용된 대목은 제 10항이다. 제목은 '1931년'으로 되어 있지만 씌어진 시기가 1931년인 것은 아니다. "一九三二年五月七日(父親의死日)"이라는 구절이 3항에 등장하는데, 이는 1932년 5월 7일 이상의 백부였던 김연필이 뇌일혈로 사망한 바로 그 날짜를 가리키고 있기 때문이다. 위에서 인용된 대목은 바로 그 '1932년 5월 7일'의 사건과 관련하여 의미심장하게 읽힌다. 시계가 13을 쳤다는 것, 시계 바늘이 하나 늘어나서 세 개가 되었다는 것은, 시계 바늘이 두 개 있고 숫자판이 '12'까지 밖에 없는 이전의 시계(시간, 삶)와는 다른 새로운 시간(삶)의 차원이 열렸다는 의미일 것이다. 그와 함께 "도덕의 기념비가 무너지면서 쓰러"진다. 이전의 삶(시간), 이전의 삶을 규율했던 도덕이 붕괴되면서 이상은 새로운 삶의 차원으로 나아가고 있다. 이를 이상은 "탈옥"이라는 말로 표현하고 있는데, 이 탈옥은 물론 '김해경'이라는 감옥으로부터 '이상'으로의 탈옥이다. 즉, 위의 인용문은 1932년 7월에 '이상'이라는 필명 혹은 존재가 처음으로 등장하게 된 것은 1932년 5월에 있었던 백부 김연필의 사망과 관련이 있다는 사실, 그리고 이상은 그 때의 일들을 일종의 '탈옥'으로 받아들이고 있었다는 사실을 보여준다. '오이디푸스'라는 감옥으로부터의 탈출 이후에, 김해경은 이상이 되어 새로운 삶을 도모할 수 있게 된다(물론 이 탈출이 안전한 것이었는지, 혹은 그런 완전한 탈출이라는 것이 과연 가능하기나 한 것인지에 대해서는 뒤에 다시 언급하기로 한다).

그러나 '이상'이라는 존재는 김해경의 분신 정도로 단순하게 취급되어

---

39) 이 작품은 1960년 11월 『현대문학』에 발표된 유고시이며 원문은 일어로 되어 있다. 김수영(金洙暎)의 번역을 따르되, 한자 표기를 한글로 고쳤다. 『현대문학』에 발표될 당시에는 "13+1=12"로 되어 있었던 부분이 '문학사상사'판 전집에서는 '12+1=13'으로 바뀌어 있으나 이는 오류이다.

서는 안된다. 김해경이 창안한 ‘이상’이라는 주체의 특징은 그 주체가 문학의 주체라는 점, 다시 말해 쓰는 주체이면서 동시에 씌어지는 주체라는 점이다. 김해경은 이상이 되어 이상의 이야기를 쓴다. 이상은 하나의 가면이기를 넘어서 하나의 텍스트가 되고 있는 것이다. 김해경이야 어떻든지 간에, 이상은 고도의 의식적 조작, 예컨대 “위트와 패러독스를 바둑 포석처럼 늘어놓”(<날개>)는 기교를 통해 만들어 낸 텍스트로 당대에 아직 남아 있었던 봉건적 이데올로기를 조롱하고, 아직 충분히 근대적이지 못했던 당대 문단과 독자를 조롱하고, 심지어는 근대마저 조롱하면서 탈근대적인 지평을 엿보기도 한다.[40] 이상은 김해경과 별개의 존재이기 때문에, 김해경이 죽기 전에, 이상은 ‘종생기(終生記)’를 쓰고 먼저 죽을 수도 있는 것이다.

새로운 주체를 창조해 내고 그 주체를 텍스트로 혹은 예술작품으로 만드는 이 주체론은 보들레르의 ‘모더니티’론의 핵심을 이루는 주체론과 흡사한 것이다. 모더니티를 역사상의 한 ‘시대’로 고려하기보다는 일종의 ‘태도’로 봐야한다고 주장하면서 푸코(Foucault)는 보들레르의 주체론에 대해서 다음과 같이 말하고 있다.

> 현대적이 된다는 것은 스스로를 스쳐 지나가는 순간들의 흐름 속에 있는 것처럼 받아들이는 것이 아닙니다. 그것은 스스로를 복합적으로 공을 많이 들여서 세련되게 만들어야 할 대상으로 여기는 것입니다. (…) 그의 실존을 예술 작품처럼 만드는 댄디의 금욕주의……. 보들레르에 따르면 현대인은 그 자신, 그의 비밀, 그의 숨은 진실 따위를 **발견**하려고 하는 사람은 아닙니다. 현대인은 그 자신을 **발명**하려고 애쓰는 사람입니다.[41]

---

40) 이상 시가 갖고 있는 근대적 성격과 탈근대적 성격에 대해서는 박현수, 「이상 시의 수사학적 연구」(서울대 박사학위 논문, 2002)를 참고.

그의 실존을 예술 작품처럼 만드는 사람 혹은 그 자신을 '발명'하려는 사람이야말로 진정한 현대인이다. '숨은 진실 따위'는 없다. 이상이 "나는 근래의 내 심경을 정직하게 말하려 하지 않는다. 말할 수 없다. 만신창이의 나이언만 약간의 귀족취미가 남아 있기 때문이다."(2:190)라고 말할 때, 그는 현대성의 에토스를 체현하고 있다. 이상이 되어 이상의 이야기를 쓰는 일은 이상의 '귀족취미'의 소산이며 새로운 주체-텍스트를 생산하고자 하는 욕망의 소산이다. 비록 김해경의 삶이 '만신창이'일지라도, 이상이 되어 이상을 쓰는 일은 고통스럽고 괴로운 일이 아니라, 즐거운 유희에 속하는 일이다.[42]

이상의 탄생에 대해 더 적극적으로 의미 부여를 한다면, 그것은 주체화에 대한 거부이자, 다른 그 무엇으로 자신을 생성시켜 나가는 '되기(devenir)'의 실천철학이다. 이상의 텍스트는 김해경의 삶을 복사하는 사본이 아니라, 이상이라는 영토의 생성을 종용하는 지도 만들기(carto-graphie)의 작업이다.[43] 이상의 대다수의 시들을 암울하고 비극적이며 정신병적인 텍스트로 만든 것은 후대의 주석가들일 뿐이다.[44] 그러나 이상이

---

41) Michel Foucault, 「계몽이란 무엇인가」, 김성기 편, 『모더니티란 무엇인가』, 민음사, 1994. 354~355면.

42) 위조와 꾸밈에 대한 이상의 관심은 다음과 같은 구절에서 잘 나타난다. "그대 自身을 僞造하는 것도 할 만한 일이오."(<날개>(2:318)) ; "이렇게 세상을 속이고 일부러 자기를 속임으로 하여 本然의 자기를 얼른 보기에 高貴하게 꾸미자는 것이다."(<斷髮>(2:246))

43) 사본과 지도의 구분에 대해서는 Gilles Deleuze · Félix Guattari, 『천 개의 고원』, 김재인 역, 새물결, 2001. 29면 이하를 참조.

44) 유사한 맥락에서, 이승훈 편, ≪이상문학전집1-시≫(문학사상사)의 주석에 대한 주석이 필요할 것 같다. 이 전집의 주석이 갖고 기본 원칙이 있다면, '철저한 성기 중심적 속류 프로이트주의를 고수한다'가 아닐까 싶을 정도이다. "정신분석은 각각의 욕망과 언표를 발생축이나 초코드화하는 구조에 맞춰 재단해내고, 축 위의 각 단계

라는 새로운 주체는 김해경으로부터 완전하게 '탈옥'하지는 못한다. 이상과 김해경의 끈질긴 인연으로부터 '거울'의 드라마가 펼쳐지게 된다.

3.2. '거울'의 발견 : 김해경과 이상

거울속에는소리가업소
저럿케까지조용한세상은참업슬것이오

거울속에도 내게 귀가잇소
내말을못아라듯는짝한귀가두개나잇소

거울속의나는왼손잡이오
내握手를바들줄몰으는 -- 握手를몰으는왼손잡이오

들과 구조 속의 구성인자들을 무한히 단조로운 사본으로 만든다."(Gilles Deleuze · Félix Guattari, 위의 책, 30면) 예를 하나 들겠다. 烏瞰圖 <詩第九號-銃口>의 본문은 다음과 같다.

毎日가치熱風이불드니드듸어내허리에큼직한손이와닷는다. 恍惚한指紋골작이로내땀내가숨여드자마자쏘아라. 쏘으리로다. 나는내消化器管에묵직한銃身을늣기고내담으른입에맥근맥근한銃口를늣긴다.   그리드니나는銃쏘으듯키눈을감이며한방銃彈대신에나는참나의입으로무엇을내여배앗헛드냐.

전집은 이렇게 주석하고 있다. "이 시는 총구를 남성 성기에 비유하면서 남성의 자위행위를 노래하고 있다. 시의 화자 '나'는 성기를 뜻한다는 점에 유의할 필요가 있다."(40면) 이 주석은 어이가 없는 주석이다. 위의 시는 자살충동을 노래한 것에 불과하다. 자살을 시도하려는 찰나 각혈을 하여 피를 뱉고 마는 상황을 적당히 환상적인 이미지로 표현한 작품으로 읽힌다. 이런 식의 '사본 만들기'는 시 <沈歿>을 두고 "'칼'은 남성, '절벽속' 곧 동굴은 여성을 상징'한다면서 <沈歿>을 '이상, 혹은 화자의 성불능 상태를 노래한다'고 주석하고 있는 데서도 철저하게 관철된다. 이승훈, 위의 책, 78~79면.

◇
거울째문에나는거울속의나를만저보지를못하는구료만은
거울아니엿든들내가엇지거울속의나를맛나보기만이라도햇겟소
◇
나는至今거울을안가젓소만은거울속에는늘거울속의내가잇소
잘은모르지만외로된事業에골몰할쩨요
◇
거울속의나는참나와는反對요만은
쏘쫴닮앗소
나는거울속의나를근심하고診察할수업스니퍽섭섭하오

—<거울>전문45)

이 시에 대한 일반화된 주석 중의 하나는 이 시가 '자아의 분열'을 노래하
고 있다는 식의 설명이다. "'거울 밖의 나'와 '거울 속의 나'는 두 개로 분열
된 자아, 곧 일상적 자아와 이상적 자아에 각각 대응한다"46)는 식의 해석이
대표적인데, 두 자아를 '비본래적 자아/본래적 자아'로 읽는 독법47)도 별로
다르지 않다. 과연 '거울 속의 나'는 이상적이고 본래적이 나일까. 이런 관점
들이 갖고 있는 문제는 '거울'이라는 상징이 갖고 있는 통념적인 의미를

---

45) 『가톨릭청년』, 1933. 10. 52면. '문학사상사'판에는 빠져 있는 연 구분 기호(◇)를 살
렸고, 원문의 표기를 따랐다.

46) 이승훈, 『이상 시 연구』, 고려원, 1987. 28면. 물론 이승훈은 다음과 같이 제 3의 자
아('통일된 자아')를 설정하고 있기는 하지만, '이상적 자아/일상적 자아'라는 기본
도식의 문제점이 해소되는 것은 아니다. "이상 시에 드러나는 두 자아의 분열은 분
열 자체로 끝나지 않는다. 거기에는 분열된 자신을 냉정한 시선으로 바라보는 통일
된 자아, 곧 시인으로서의 이상 자신이 존재한다. 그러니까 분열된 두 자아의 내적
관계와 그러한 관계를 바라보는 통일된 자아로서의 시인의 시선이 동시에 고찰되
어야 할 것이다."(같은 책, 21면)

47) 이어령, ≪이상시 전작집 교주≫, 문학사상사 자료연구실 편, 갑인출판사, 1977.

의심 없이 이상의 시에 적용한다는 데에 있다. 거울은 일종의 호수이고, 나르시스가 호수에서 이상화된 자기 자신을 바라보듯이, 거울을 보는 시인은 그 안에서 이상적 자아를 본다는 바슐라르(Bachelard)식의 관점[48]이 이상의 '거울'을 읽을 때에도 자동화된 반응을 불러오고 있는 것이다.[49]

그러나 정작 위의 시에서 '거울 밖의 나'가 '거울 속의 나'를 바라보는 시선은 '이상적 자아' 혹은 '본래적 자아'를 바라보는 시선과는 거리가

---

48) Gaston Bachelard, 『물과 꿈』, 이가림 역, 문예출판사, 1980. 1장 참조.

49) 게다가 '자아의 분열'을 유난히 강조하는 관점에는 은연중 자아의 통합, 혹은 통합된 자아를 특권화하려는 시각이 깔려 있기도 하다. 이러한 관점의 상투성은 90년대 중후반에 활발하게 발표되기 시작한, 라캉(Lacan)의 정신분석학을 원용한 연구들에 의해 다소 극복되는 듯이 보이기도 하는데, 김승희, 『이상시 연구』(보고사, 1998)는 그 대표적인 사례가 된다. 그러나 이 연구에서도 이상의 거울 시편들은 설득력 있는 해명을 얻고 있지 못하다.

김승희는 라캉의 거울 단계(mirror-stage) 이론을 이상의 거울 시편들에 곧장 대입하고 있고, 거울 단계 이론의 내적 논리에 의해 이상의 시를 끌고 가고 있는 것처럼 보인다. 이상의 <거울>을 두고 "이 시 역시 거울을 소재로 쓴 시라는 점에서 '거울단계'에서의 주체의 형성과정을 보여주는 중요한 시이다"(김승희, 71면)라고 주장하는 식의 발상이 갖는 일차적인 문제점은, '거울'이라는 소재와 '거울 단계'를 곧장 연결하는 단순함은 차치하고라도, 라캉이 거울 단계 이론을 통해 설명하고자 하는 것은 '자아(moi)'의 형성이지 '주체(sujet)'의 형성이 아니라는 점을 간과하고 있다는 데에 있다(거울 단계 이론을 제시할 당시에는 라캉이 이 용어들을 구분하지 않았다 하더라도 말이다). '주체'는 한 개체가 언어를 사용하면서 한 사회의 상징 질서 속으로 진입할 때 (분열되면서) 필연적으로 발생한다(빗금친 S). 이상이 거울을 소재로 쓴 시에서 이런 주체 형성의 드라마를 찾겠다는 것은 어불성설이다.

그렇다면 '자아'의 경우는 어떤가. 마치 거울을 보듯, 통일된 '나'의 모습을 상상적으로 구성하는 것, 그 '나'가 일종의 착각이고 오인이라는 것을 인식하지 못한 채, 나르시즘적 자기 동일시에 빠지는 것, 인간이 늘 빠지는 이러한 착각과 오인의 소산이 바로 라캉적 의미의 '자아'인데, 이상이 거울 앞에서 나르시즘적 자기 동일시에 빠진다고 보긴 힘들다. 이상의 거울이 나르시스의 거울이 아니라는 것은 본문에서 차차 밝혀질 것이다.

멀다. 1연에서 3연까지가 거울의 발견 혹은 거울 속 나의 발견이라는 사건을 진술하고 있다면, 4연에서 6연까지는 거울 속의 나와 거울 밖의 나의 관계에 대한 진술이다. ‘거울 속의 나’는 “내 말을 못 알아 듣는 딱한 귀”를 갖고 있으며 “악수를 모르는 왼손잡이”로 묘사되고 있는데, 이 진술들이 주는 느낌은 오히려 애상적인 느낌에 가깝다. ‘딱한’ 나이며 ‘모르는’ 나가 이상적인 나일 수는 없다. ‘외로된 사업’에 골몰하고 있는 그 ‘속의 나’를 바라보는 ‘밖의 나’의 시선은 안타까움이 섞여 있는 동정이다. 그 ‘속의 나’를 ‘밖의 나’는 만져보려 하고 위로하려 하지만 거울 때문에 불가능하다. 즉 ‘거울 속의 나’는 이미 내가 떠나온(“참 나와는 반대요마는”), 그러나 내가 지워버릴 수는 없는 또 다른 ‘나’(“또 꽤 닮았소”)의 모습이다. 그래서 ‘밖의 나’는 말한다. “거울 속의 나를 근심하고 진찰할 수 없으니 퍽 섭섭하오.” 거울 속의 나는 ‘근심’의 대상이고 ‘진찰’의 대상이다. 거울 속의 나는 환자인 것이다.

시인 이상이 문득 거울 속에서 만나게 되는 초췌한 얼굴은 생활인 김해경의 얼굴이다. “젖 떨어져서 나갔다가 이십삼년 만에 돌아와 보았더니 여전히 가난하게들 사십디다. 어머니는 내 다님과 허리띠를 접어 주셨습니다. 아버지는 내 모자와 양복저고리를 걸기 위한 못을 박으셨습니다. 동생두 다 자랐구 막내누이도 새악시꼴이 단단히 배였습니다. 그렇건만 나는 돈을 벌 줄 모릅니다. 어떻게 하면 돈을 버나요 못 법니다. 못 법니다.”(3:63~64)라고 말하는 김해경을 이상은 물끄러미 거울을 통해 쳐다보고 있는 것이다. 물론 위의 시는 상당히 추상화되고 일반화된 층위에서 진술이 이루어지고 있다. 그래서 위의 시는, 위의 시에 나타나는 거울의 드라마에서 근대인의 자기 분열을 읽어내는 독법들을 충분히 견뎌낸다. 그러나 시 <거울>은 보다 더 내밀한 개인사의 층위에서 읽을 때에 그 실감이 온전히 전달될 것이다. ‘거울 속의 나’가 골몰하고 있는 ‘외로된 사업’

을 잘못된 사업(김열규), 주체적 자아에 대한 음모(문덕수), 홀로 하는 혼자
만의 사업(김승희) 등으로 읽어 내는 작업도 의미가 있겠지만, 그 사업을
있는 그대로의 사업(事業)으로, 돈을 벌어 가족을 부양해야 하는 생활인 김
해경의 고뇌로 읽는 일 역시 필요한 일이다. 근대인의 자기 분열이라는
테마라면, 오히려 다음 시가 더 근접해 있는 것으로 보인다.

或る患者の容態に關する問題.

```
1 2 3 4 5 6 7 8 9 0 ·
1 2 3 4 5 6 7 8 9 · 0
1 2 3 4 5 6 7 8 · 9 0
1 2 3 4 5 6 7 · 8 9 0
1 2 3 4 5 6 · 7 8 9 0
1 2 3 4 5 · 6 7 8 9 0
1 2 3 4 · 5 6 7 8 9 0
1 2 3 · 4 5 6 7 8 9 0
1 2 · 3 4 5 6 7 8 9 0
1 · 2 3 4 5 6 7 8 9 0
· 1 2 3 4 5 6 7 8 9 0
```

診斷 0 : 1

26 · 10 · 1931

以上 責任醫師 李箱

『조선과건축』(1932.7)발표 당시 <診斷 0:1>

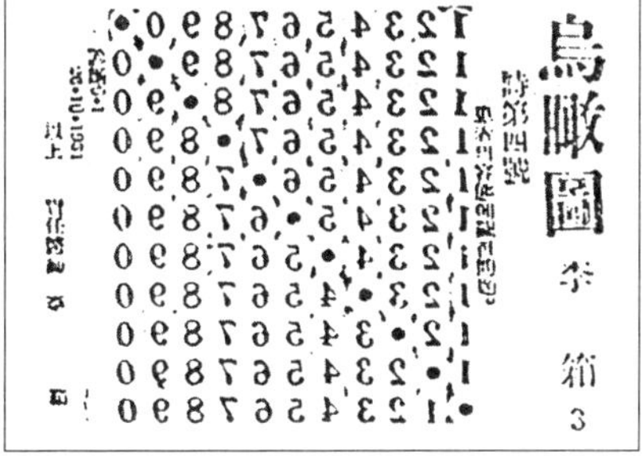

『조선중앙일보』(1934.7.28)에 발표된 <詩第4號>

이 시는 제목 그대로 '진단서'의 형태를 띠고 있다.50) "환자의 용태에
관한 문제"가 진단서의 제목 역할을 하고 있으며, 그 아래의 숫자판은
환자의 상태(용태)를 시각화해 놓은 것이고, 그 아래에 기입되어 있는
것은 진단의 결과·일시·진단의사의 이름 등이다. 기존의 해석들은 뒤
집어진 숫자판이 뜻하는 바를 다양하게 해석해왔다.51) 그러나 숫자판의
좌우가 뒤집어져 있다는 사실은 이것이 거울에 비친 상이라는 사실을
뜻할 뿐이다. 책임의사가 이상이라는 사실은, 이상이 거울에 비친 자기
자신의 모습을 스스로 진단하고 있다는 의미이다. 자기 자신의 모습이기
는 하되, 거울에 비친 자기이다. 결국 그렇다면 여기에서도 역시 '거울
밖의 나'와 '거울 속의 나'가 분리되고 있는 셈이다. 거울 밖의 나인 책임
의사 이상은 거울 속의 나를 진찰한다. <거울>에서 이상은 '거울 속의
나'를 근심하고 진찰할 수 없어 섭섭하다고 말하고 있는데, 위의 시 <詩
第四號>에서 이상은 스스로를 진찰하는 단계에 이르렀다. 그렇다면 위
의 시는 앞서 살펴본 <거울>을 기호화해 놓은 것에 지나지 않는다고
할 것이다.52)

---

50) 황현산, 「烏瞰圖 주석」, 『포에지』, 2002. 봄. 73면.

51) 가치체계의 전도(임종국), 욕구와 현실의 균형 붕괴(정귀영), 원순열의 선수열로의
   치환(송기숙), 내면에서 대상을 보는 것(김용운) 등 그 외에도 다양하다. 이승훈 편
   ≪이상문학전집 1-시≫의 주해 부분을 참고.

52) <詩第4號>는 이상이 『조선과건축』(1932.7)에 발표한 시 <診斷 0:1>과 동일한 작
   품으로 간주되어 왔지만, 두 작품 사이에는 큰 차이가 있다(이에 대해서는 김주현
   이 「텍스트부터 잘못되어 있다」, 『이상문학연구 60년』(문학사상사)에서 이미 지적
   한 바 있다). 우선 후자의 경우 "어느 환자(或る患者)의 용태에 관한 문제"로 되어
   있는 부분이 전자에 오면 "어느(或る)"가 빠져 있으며, 후자의 경우엔 숫자판이 정
   상적인 형태로 되어 있는 반면 전자에 오면 좌우가 뒤집혀 있어서 거울에 비친 모
   습이라는 점을 분명하게 밝히고 있다. 요컨대 <詩第4號>에서 환자는 '어느 환자'
   가 아니라 그냥 '환자', 즉 자기 자신이다. 또 정상적인 숫자판이 아니라 뒤집힌 숫

그렇다면 문제는 환자의 상태를 시각화해 놓은 부분이 의미하는 바가 무엇인지, 즉 환자의 병명이 무엇인지를 이해하는 일이다. 우선 주목해야 할 것은 거울에 비친 이상의 신체가 숫자로 현상되고 있다는 점이다. 이상은 "사람은 숫자를 버리라"(<선에 관한 각서1>)라고 쓴 적이 있다. 숫자가 수학을 상징하고 과학을 상징하고 더 나아가 근대를 상징한다고 한다면, 거울 속의 나는 '근대'라는 병을 앓고 있다고 할 수 있을 것이다. 점이 숫자판을 대각선으로 가로질러 가면서 숫자판을 나누고 있다는 것, 그래서 숫자판의 내부에 어떤 동공(洞空)을 만들고 있다는 시각적 효과에 주목한다면, 이 '환자'의 병명은 <권태>에서 이상이 집요하게 탐구한 바 있는 바로 그 주제, 즉 '근대인의 공허'라고 해도 될 것이다.[53] <거울>보다는 이 시 <詩第4號>가 더 근대인의 자기분열이라는 맥락에 합당할 것이라고 앞에서 지적했던 것은 이런 문맥에서이다.

그러나 이상의 자기 분열은 '근대성'과 같은 거대 담론을 끌어들이지 않더라도 충분히 이해할 수 있는 성질의 것이다. 앞에서도, 이상의 거울의 드라마는 생활인 김해경과 시인 이상의 분열에 그 기원을 두고 있다고 지적한 바 있는데, 위의 시 <詩第4號> 역시도 이런 문맥에서 읽힌다. 『조선중앙일보』(1934.7.28)에 발표되었을 당시 이 시는 세로쓰기로 표기되어 있었다. 즉, 독자는 시를 오른쪽 위에서 아래로부터 읽기 시작하여 왼쪽으로 읽어나가야 한다. 그렇게 읽을 경우 가장 오른쪽에 있는 숫자열(이를 편의상 1열이라고 지칭해보자)을 위에서 아래로 읽어야 하

자판으로 교체되면서, 그것이 '거울'에 비친 환자(자기 자신)의 용태라는 점이 명확하게 드러나 있다. <詩第4號>가 거울 관련 시편으로 분류될 수 있는 것은 이 때문이다.

53) 이에 대해서는 김상환, 「이상 문학의 존재론적 이해-존재사적 문맥화 작업과 타당성 검증」, 권영민 편, 『이상문학연구 60년』, 문학사상사, 1998. 참조

는데, 1열의 경우엔 모두 숫자가 다 1이다. 2열로 넘어가게 되면, 위에서 아래로 숫자 2가 9개 놓이고 점을 경계로 1이 놓인다. 3열의 경우엔 8개의 3과 2개의 2, 4열의 경우 7개의 4와 3개의 3……과 같은 식으로 읽힌다. 수식화하면, n과 $n-1$이 점을 경계로 배열되어 있는데, $n-1$의 개수가 점점 늘어나 마지막 11열에 이르면 $n-1$에 해당하는 숫자(0)가 전체를 차지하게 된다. 이 과정을 거치면서 맨 오른쪽의 1들은 맨 왼쪽에 이르면 모두 0으로 바뀌고 만다. 이상의 유고 수필 중에는 다음과 같은 글이 있다.

> 나의 생활은 나의 생활에서 1을 뺀 것이다.
> 나는 회중전등을 켠다.
> 나의 생활은 1을 뺀 나의 생활에서 다시 하나 1을 뺀다.
> 나는 회중전등을 끈다.
> (중략)
> 내게는 나의 생활이 보이지 않는다.
> 나의 생활의 국부를 나는 나의 회중전등으로 비추어 본다.
> 1이 빼어져 나가는 것을 목전에 똑똑히 보면서-나는 나에게도 생활이 있다는 것을 알았을까?
>
> —<무제(나)>(3:344) 부분

　　생활인으로서의 김해경은 늘 생활의 문제를 고민한다. "문을 암만 잡아다녀도 안 열리는 것은 안에 생활이 모자라는 까닭이다"(<가정>)라고 말하는 화자는 생활인 김해경으로서의 이상이다. 이상은 자신의 생활이 1이 빠진, 늘 1이 모자라는 생활이라고 자탄하는데, "그는 1이 빼어져 나가는 것을 목전에 똑똑히 보면서"도 무력할 따름이다. 정상적인 생활이 n이라면 김해경의 생활은 늘 1이 빠진 $n-1$의 생활이다.

위 구절에 기대어 읽을 때, 시 <詩第4號>의 '진단' 내용이 이해될
수 있다. 1열에서 11열로, 오른쪽에서 왼쪽으로 진행되는 동안 n과 n-1의
갈등이 시작되는 것이고, n-1의 수는 점점 늘어나 결국에는 전체를 다
차지하게 된다. 1은 모조리 0이 되어버리고 만다. 오른쪽에서 왼쪽으로
진행되는 과정은 바로 이상이 "1이 빼어져 나가는 것을 목전에 똑똑히
보면서"라고 한 그 과정이며 "나의 생활의 국부를 나는 나의 회중전등으
로 비추어 본다"라고 한 것은 책임의사 이상의 '진단'행위인 것이다. 진
단의 결과는 '0·1'[54]이다. 1이 유(有)라면 0은 무(無)이다. 물론 이때의
유무는 '생활'의 유무일 것이다. 생활을 해야 하는데, 생활이 없다는 것,
여기에서 생겨나는 갈등('0·1')이 '거울 속의 나' 김해경의 병의 원인이
다. 이 '환자' 김해경은 집요하게 이상을 추궁하고 쫓아온다. 이상은 이제
김해경에게 자살을 권유하기에 이른다.

3.3. '이상'의 파탄과 '테크노나르시즘'

1

나는거울업는室內에잇다. 거울속의나는역시外出中이다. 나는至
금거울속의나를무서워하며떨고잇다.   거울속의나는어디가서나를
어떠케하랴는陰謀를하는中일가.

2

罪를품고식은寢牀에서잣다.   確實한내꿈에나는缺席하얏고義足
을담은軍容長靴가내꿈의白紙를더럽혀노앗다.

---

54) 문학사상사판 전집에는 "0:1"로 되어 있으나, 조선중앙일보에 발표될 당시의 원문
    에는 "0·1"로 되어 있다.

3

　나는거울잇는室內로몰래들어간다. 나를거울에서解放하려고. 그
러나거울속의나는沈鬱한얼골로同時에꼭들어온다.　거울속의나는
내게未安한뜻을전한다.　내가그때문에囹圄되어잇듯키그도나때문
에囹圄되어떨고잇다.

4

　내가缺席한나의꿈. 내僞造가등장登場하지안는내거울. 無能이라
도조흔나의孤獨의渴望者다.　나는드듸어거울속의나에게自殺을勸
誘하기로決心하얏다. 나는그에게視野도업는들窓을가르치엇다. 그
들窓은自殺만을爲한들窓이다.　그러나내가自殺하지아니하면그가
自殺할수업슴을그는내게가르친다. 거울속의나는不死鳥에갓갑다.

5

　내왼편가슴心臟의위치位置를防彈金屬으로掩蔽하고나는거울속
의내왼편가슴을견우어拳銃을發射하얏다.　彈丸은그의왼편가슴을
貫通하얏스나그의心臟은바른편에잇다.

6

　模型心臟에서붉은잉크가업즐러섯다.　내가遲刻한내꿈에서나는
極刑을바닷다. 내꿈을支配하는者는내가아니다. 握手할수조차업는
두사람을封鎖한巨大한罪가잇다.

— <詩第十五號> 전문

　　구조적 완결성이라는 측면에서만 보자면 위의 시는 이상의 전체 시작
품 중에서 가장 완성도 높은 시에 속하는 것이며, 거울 관련 시들 중에서
도 결정판에 해당된다. 이에 앞서 씌어지고 발표된 시 <거울>과 <詩第

4號>등과 비교했을 때 이 시 <詩第15號>가 갖는 차이는, 거울 속의 나와 거울 밖의 나가 맺는 관계에 놓여 있다. <거울>에서 이상은 김해경을 근심하고 진찰하려 하지만 그럴 수 없기 때문에 섭섭하다는 뜻을 표한 바 있고, <詩第4號>에서 이상은 집요하게 따라오는 김해경의 모습을 이상의 시선으로 진찰하고 진단한 바 있다. 그러나, 김해경에 대해 이상이 갖고 있는 죄책감과 책임감은 점증해 온 것이어서, 이 시 <詩第15號>에 이르면 두 주체 사이의 관계는 극단적인 양상을 띤다. 이제 이상은 '근심'하거나 '진단'하지 않거니와, 그는 김해경에게 자살을 권유하는 지경에 이르고 있다. 이 시의 내용을 산문적으로 따라가 보도록 하자.

　이제 '거울 밖의 나'인 이상은 '거울 속의 나'인 김해경에게 두려움과 공포를 느낀다("나는 지금 거울 속의 나를 무서워하며 떨고 있다"). 이 두려움과 공포는, 이상이 김해경에게 느끼는 죄책감과 책임감이 전도된 형태로 되돌아오는 것에 불과하다. 그 죄책감과 책임감 때문에 이상은 "죄를 품고 식은 침상에서" 잔다. 고도의 의식적 조작으로 탄생하는 것이 이상이라면, 의식의 힘이 미약해지는 꿈 속에서 김해경의 모습이 등장하는 것은 자연스러운 일이다. 김해경이 등장하는 그 꿈은 다른 그 무엇도 아닌 '확실한 내 꿈'인데, 이상은 그 꿈을 혹은 김해경을 외면하려 한다 ("확실한 내 꿈에 나는 결석하였고"). 그러는 동안 김해경은 '의족을 담은 군용장화'에 의해 더럽혀지고 있다. 앞에서 이 이미지를 카프카적 권력과 오이디푸스적 권력의 복합체로 이해한 바 있다. 그것은 텍스트를 만들고 텍스트에 의해 만들어지는 이상의 영역 바깥, 즉 텍스트의 바깥에서, 텍스트 안으로 침범해 들어오는 어떤 강력한 현실의 힘이다. 이 현실의 '힘'이야말로 비슷한 구절과 모티프로 씌어진 <거울>과 <詩第15號> 두 시를 구분 짓는 가장 결정적인 변수이다. <거울>에서 거울 안이 "소리가 없소. 저렇게까지 조용한 세상은 참 없을 것이요"라고 묘사된 데 비해, <詩第15號>에서는 거울 안(꿈 안)에서 '군용장화'의 발자국 소리가 들리기 시작한다는 차이는 사사로운 것이 아니다.

그러나 현실의 강력한 힘에 의해 더럽혀지고 있는 김해경을 이상은 여전히 외면할 뿐이다. 그는 그가 떠안을 수밖에 없는 김해경으로서의 삶의 책무를 여전히 회피하려 하고 있는 것이다. 오히려 이상은 김해경과의 관계를(혹은 그 역할을) 완전히 폐기하려고 한다. 그는 그 자신을 "거울에서 해방하려고" "거울 있는 실내로 몰래 들어"가지만, 거울을 보는 순간 김해경은 '동시에 꼭' 어김없이 모습을 드러낸다. 김해경이 '동시에 꼭' 나타난다는 것은 그만큼 이상과 김해경의 완전한 분리가 쉽지 않다는 사실의 반증이며, '거울'이라는 상징이 이 시의 내용과 관련하여 어떤 필연적인 설득력을 갖는 이유이기도 하다. 저 '동시에 꼭'이라는 말은 '구속'의 느낌을 강하게 환기하는 부사구이다. 이상이 김해경을 외면하여 무력하게 내버려두고 있는 것과 같이, 무시로 출몰하는 김해경은 이상의 삶을 옥죄고 있다. "내가 그 때문에 영어(囹圄)되어 있듯이 그도 나 때문에 영어되어 떨고 있"는 것이다. '탈옥의 기사'가 '호외'에 실렸다고 말했던(<一九三三年>) 이상이 여전히 김해경이라는 '감옥'에서 완전히 '탈옥'하진 못했음을 이 구절은 보여주고 있다.

4절에서 이상은 "내 위조가 등장하지 않는 내 거울" 즉, 고도의 의식적 조작('위조')을 통해 탄생시킨 이상이 아니라 무능한 생활인으로서의 김해경이 적나라하게 드러나는 공간을 완전히 절멸시키려 한다. "나는 드디어 거울 속의 나에게 자살을 권유하기로 결심하였다." 물론 이 시적 진술은 '나는 드디어 생활인 김해경의 삶으로부터 완전히 떠나버리기로 결심하였다'는 일상적 진술의 시적 번안이다. 그러나 거울 속 나의 자살은 불가능하다. "내가 자살하지 아니하면 그가 자살할 수 없음을 그는 내게 가르친다." 물론 이 시적 결론은 '이상은 스스로에게 주어진 생활인 김해경으로서의 삶의 책임을 고스란히 떠맡아 가야 한다'는 삶의 법칙의 시적 번안이다.

5절에서 거울을 향하여 총을 발사하는 극적인 장면은 4절에 나타난 '자살 권유'의 변주에 해당한다. 이상은 자신의 심장이 있는 왼편 가슴을 "방탄금속으로 엄폐(掩蔽)"한 뒤에, 거울의 왼쪽 가슴을 향해 총탄을 발사한다. 이상은 살아야 하고 김해경은 죽어야 하기 때문이다. 그러나 모형심장에서 붉은 잉크가 엎질러질 뿐, 거울 속 나는 살해되지 않는다. 그 이유는 4절에서와 동일하다. 어떤 경우에도 관념(이상)과 삶(김해경)은 분리될 수 없다는 것이 그 이유다. 따라서 이 시를 "분열된 자아를 끝내 회복할 수 없는 상황에 대한 비탄을 다룬 작품"[55]이라고 읽기보다는 차라리 '분열된 자아가 그 분열을 완성시키지 못하고 다시 원래의 상태로 회복되어 버린다는 사실에 절망하는 작품'이라고 읽는 편이 한결 정확한 게 아닐까.

이상이라는 주체를 창안해 낸 것은 바로 이상의 현대성이었지만, 김해경으로서의 삶에서 자꾸만 도망치려 했다는 점이 이상의 한계였다. 도망치고 외면하려하면 할수록 더 강력한 형태로 귀환해 오는 것, 그것이 물질적·육체적 삶의 힘인 것이다. "내 꿈을 지배하는 것은 내가 아니"라, 강력한 현실적 힘('의족을 담은 군용장화') 속에서 부대끼게 되는 물질적·육체적 삶이며, 다름 아니라 김해경이다. 이상의 죄의식의 원천은 바로 김해경과 이상을 '봉쇄(封鎖)'하려 했다는 점에 있다. 이상도 이를 알기 때문에 그 잘못을 '거대한 죄'라고 명명하고 있다. 이상이 그 점에 민감했다는 사실은 그의 텍스트 여기저기서 나타난다.

---

55) 박현수, 앞의 글, 45면.

　　슬퍼? 응 - 슬플 밖에 - 20세기를 생활하는데 19세기의 도덕성
밖에는 없으니 나는 영원한 절름발이로다. (<失花>)
　　지성 - 흥, 지성의 힘으로 세계를 조롱할 수야 얼마든지 있지, 있지
만 그게 그 사람의 생활을 '리드'할 수 있는 근본에 힘이 되지 않는
걸 어떡허니? (<斷髮>)
　　암만 해도 나는 19세기와 20세기 틈사구니에 끼여 졸도하려 드는
무뢰한인 모양이오. 완전히 이십세기 사람이 되기에는 내 혈관에는
너무도 많은 19세기의 엄숙한 도덕성의 피가 위협하듯이 흐르고
있소그려. (<私信7>)

　　위 인용문들에서 이상과 김해경의 분열과 갈등의 드라마는 '20세기/19
세기', '지성/생활' 등의 어휘 쌍으로 변주되어 있다. 위 인용문들에 배어
있는 이상의 한탄, 자조, 회의의 태도는 그 자신 끝내 이상으로 김해경을
극복하는데 실패한 경험의 소산이다. 그는 이상을 '위조'하는 방향으로
멀리까지 나아갔으나, 그 에너지를 통해 김해경의 삶을 떠안고, 그 삶의
배치(arrangement)를 바꾸는 지점에까지 이르지 못하고 만 것이다. 이상
이라는 주체/텍스트는 물질적인 힘을 발산해 내지 못하고 '기교'에 머무
르고 말았다. 이를 '테크노나르시즘'[56]이라 부를 수 있을 것이다. "어느
시대에도 그 현대인은 절망한다. 절망이 기교를 낳고 기교 때문에 또
절망한다."(3:360)[57]는 유명한 에피그램이 놓여 있는 맥락은 정확하게
이 지점이다. 그러므로, "나는 오직 내 흔적일 따름이다."(<失花>)라는
명제를 탈근대적 주체론의 통찰을 선취하고 있는 명제로 읽는 것도 충분
히 가능하겠지만[58] 오히려 이 명제는 이상의 주체론이 야심만만하게 펼

---

56) 이 용어는 Gilles Deleuze · Félix Guattari, 앞의 책, 49면에서 가져왔다.
57) 『시와 소설』(1936.3.13)에 실려 있는 이상의 아포리즘.
58) 그런 예로 박현수, 앞의 글, 4장 3절 참조.

쳐질 때의 산물이 아니라, 이상의, '이상'이라는 기획이 좌초하는 지점에서 이상이 맛본 피로감이 짙게 배어있는 패배기의 명제인 것으로 보인다.

4. 결 론

지금까지 본고는 이상 시학의 핵심이 그가 대상을 바라보는 '시선'의 독창성에 있다는 가설로부터 출발하여 논의를 진행해 왔다. 이상의 시선은 건축물을 '투시'하는 시선이다. 외관을 설계도의 차원으로 되돌려 해체시키는 시선이다. 이 글에서는 그 시선을 '오감(烏瞰)하는 시선'으로, 그 해체의 전략을 '탈건축적 상상력'이라고 명명했다. 이상이 그의 시선을 고정시킨 대상은 식민지 도시 경성(카프카적 권력)과 봉건적 가족 제도(오이디푸스적 권력)에 기반한 식민지 구조라는 건축물이었다. 그의 시학은 건축과 권력을 투시하고, 해체하고, 조롱한다. 거기서 더 나아가 그는 '무기체 되기'의 전략을 채택한다. 무기체이기 때문에, 사회적 재생산(노동), 가족적 재생산(결혼하기와 아이 낳기)을 거부한다.

'무기체 되기'는 '텍스트 되기'의 전략으로 이어진다. 김해경으로부터 이상으로의 탈출, 이는 독창적이고 전무후무한 전략이었다. 그것은 '이상'이 되어 '이상'이라는 텍스트를 쓰고, '텍스트로서의 삶'을 창조해내는 전략이다. 이 글에서는 이를 가면/거울의 주체론이라고 명명했다. 그러나 '이상'이라는 가면은 김해경의 얼굴에서 자꾸만 미끄러진다. 이상의 투시하는 시선은 거울에 비친 자기의 모습에서 이상이 아니라 김해경을 본다. 그는 근심하고, 진찰하고, 마침내 저격한다. 거울이라는 소재가 그에게서 반복될 수밖에 없었던 이유는, '이상'의 내면에서 이루어진, '반복강박'적인 '김해경'의 귀환 때문이다.

이상의 거울 시편들은 그간의 지배적인 해석들과 달리, 분열된 주체를 끝내 하나로 통합할 수 없다는 사실에 대한 절망을 토로한 작품인 것이 아니라, 오히려 분열되어 나온 주체, 구성된 주체가 그 분열을 완성시키지 못하고 끝내 분열 이전의 하나로 통합되어 버린다는 사실에 절망하는 작품이다. 이상이라는 주체, 이상이라는 텍스트를 창안해 낸 이상의 주체론은 그 이상의 힘으로 김해경의 삶을 바꾸는 데에까지 이르지 못하고, 김해경으로서의 삶으로부터 끊임없이 도피함으로써 좌초되고 만다. 이상이라는 주체, 이상이라는 텍스트는 하나의 기교로서 존재할 뿐('테크노나르시즘') 삶의 배치를 바꾸는 실천 철학으로 이어지지 못했다.

"갔다와야 한다. 갔다 비록 못 돌아오는 한이 있더라도 가야 한다."(<동생 옥희 보아라 - 세상 오빠들도 보시오>)고 한 자신의 말 그대로, 이상은 동경행을 결행했다. 이상의 동경행은 그 자신의 전략의 한 정점이었지만, 그는 결국 파산하고 만다. '불령선인(不逞鮮人)'이라는 죄명으로 일경에 의해 체포되었던 것인데, 그 죄명의 근거 중 하나는 '김해경'이라는 본명을 두고 '이상'이라는 이상한 이름을 쓴다는 것이었다. 성을 버리면서까지 '군용장화'로부터의 탈주를 감행하였고, '이상이라는 텍스트'를 만드는 것으로 예정된 죽음과 맞섰던 이상은, 결국 그 자신의 기획으로 인해 카프카적 권력에 포획되고 마는 아이러니 속에서 죽어갔다. 동경행의 의미와 파산의 맥락에 대해서는 이 글에서 자세히 논의하지 못했지만, 그의 실패는 식민지 조선에서 이루어진 가장 철저하고 황홀한 실패였다. 물론, 우리는 실패로부터 가장 치열하게 배운다.

■ 참고문헌

▪ 기본자료

『朝鮮と建築』,『가톨릭청년』,『朝鮮中央日報』

이어령, 《이상 시 전작집 교주》, 문학사상사 자료연구실 편, 갑인출판사, 1977.
이승훈 편, 《이상문학전집 1 - 시》, 문학사상사, 1989.
김윤식 편, 《이상문학전집 2 -소설》, 문학사상사, 1991.
김윤식 편, 《이상문학전집 3 - 수필》, 문학사상사, 1993.

▪ 단행본

김승희, 『이상시 연구』, 보고사, 1998.
김윤식, 『이상 문학 텍스트 연구』, 서울대출판부, 1988.
이득재, 『가족주의는 야만이다』, 소나무, 2001.
이승훈, 『이상 시 연구』, 고려원, 1987.
장태동, 『서울 문학 기행』, 미래M&B, 2001.
Attali, Jacques., 『미로-지혜에 이르는 길』, 이인철 역, 영림카디널, 1997.
Bachelard, Gaston., 『물과 꿈』, 이가림 역, 문예출판사, 1980.
Deleuze, Gilles. & Guattari, Félix., *Anti-Oedipus*, University of Minnesota Press, 1983.
_______________________________ , *A Thousand Plateaus*, University of Minnesota Press, 1987.
Nehamas, Alexander., 『니체-문학으로서의 삶』, 김종갑 역, 책세상, 1994.

▪ 논문

김기림, 「현대시의 발전(1934)」,『김기림 문학 전집 3』, 심설당, 1988.
김상환, 「이상 문학의 존재론적 이해-존재사적 문맥화 작업과 타당성 검증」, 권영민 편,
　　　『이상문학연구 60년』, 문학사상사, 1998.
김주현, 「텍스트부터 잘못되어 있다」,『이상문학연구 60년』, 문학사상사, 1998.

박현수, 「이상시의 수사학적 연구」, 서울대 박사학위 논문, 2002.

서정주, 「이상과 그의 시」, ≪서정주 문학 전집 5≫, 일지사, 1972.

신범순, 「글쓰기의 최저낙원」, 『글쓰기의 최저낙원』, 문학과지성사, 1991.

신범순, 「1930년대 모더니즘에서 산책가의 꿈과 재현의 붕괴」, 『한국 현대시사의 매듭과 혼』, 민지사, 1992.

신범순, 「이상 문학에 있어서 분열증적 욕망과 우화」, 『국어국문학』, 103호, 163~186면.

임 화, 「세태소설론(1938.4)」, 『문학의 논리』, 서음출판사, 1989.

조영복, 「근대성의 폭풍과 도시의 산책자」, 『한국 현대시와 언어의 풍경』, 태학사, 1999.

조용만, 「이상 시대 - 젊은 예술가들의 초상」, 『문학사상』, 1987. 4.

조해옥, 「자의식 해명의 구체화-이상 연구사 및 최근 동향」, 『포에지』, 2002. 봄.

최재서, 「리얼리즘의 확대와 심화」, 『조선일보』, 1936.10.31~1.7.

황현산, 「오감도 주석」, 『포에지』, 2002. 봄.

Foucult, Michel., 「계몽이란 무엇인가」, 김성기 편, 『모더니티란 무엇인가』, 민음사, 1994.

Kundera, Milan., 「저 뒤쪽 어디에」, 권오룡 역, 『소설의 기술』, 책세상, 1990.

■영문초록───────────────────────────────

The Poetics of 'Eyes' and 'Mirror' in the Lee Sang's Poetry

Shin, Hyoung-cheol

This thesis begins with pointing out the fact that core of Lee Sang's poetics lies in originality of his 'eyes' toward objects. With his background of studying architecture, his eyes penetrate through architecture. It is his eyes that turn exterior of architecture into blueprint and finally de-construct it. In this writing, the eyes are named as 'crow's-eye-view', and the strategy of de-construction is named as 'imagination of de-construction'.

The object Lee Sang's eyes focus on is architecture called colonial system which is based on two substances - one is colonized city, Kyungseong[경성](Kafkaesque power) and the other is feudal family system(Oedipal power). His poetics penetrate, de-construct and ridicule architecture and power. However, it is still imperfect. His poetics would be completed only when he escapes from power of street and family.

Escape from Kim Hye-kyung toward Lee Sang is creative and unprecedented strategy. It is a strategy that he becomes 'Lee Sang', that he writes text 'Lee Sang' and that he creates life as text - this thesis names the strategy 'the theory of subjectivity of mask/mirror'. However the mask called 'Lee Sang' slips off Kim Hyekyung's face. From his reflection on mirror, Lee Sang's penetrative eyes see not 'Lee Sang', but Kim Hyekyung. He worries, examines and finally snipes. It is because of Kim Hyekyung's repetitive returns inside Lee Sang that mirror is repeated in his works .

Lee Sang's Mirror psalms are out of despair that subject originated from and organized by disruption cannot complete the disruption and that subject is finally unified into the one before disruption. Lee Sang who created the subject 'Lee Sang' and the text 'Lee Sang' is incapable of changing Kim Hyekyung's life and incessantly avoid it. 'Lee Sang' the subject and 'Lee Sang' the text are mere technics(techno-narcissism) and fail to change themselves into practical ethics which amends order of life.

■ **핵심어**　　시선/눈, 미로, 카프카에스크, 오이디푸스, 거울, 주체, 테크노나르시즘

■ **keyword**　　view/eyes, labyrinth, Kafkaesque, Oedipus, mirror, subject, techno-narcism

접수일자 : 2002. 10. 31
심사기간 : 2002. 11. 9～11. 27
게재결정 : 2002. 11. 28

1950년대 북한 문학에 나타난 전통과 모더니티*

채호석**

목차

1. 들어가는 말

이 글은 '한국 문학에서의 전통과 모더니티'라는 기획의 일환으로 준비된 논문이다. 이 기획은 한국 문학과 문학 사상에서 전통과 모더니티가 어떠한 방식으로 길항하고 혹은 습합되었는가를 살피고자 하는 기획이다. 이 논문에서는 1950년대 북한 문학에서 전통과 모더니티가 어떠한 양상을 드러내고 있는가를 주로 비평을 통해서 살펴보고자 한다.

전통과 모더니티 혹은 전통과 근대의 관계라는 주제는 대단히 낯익은

* 이 논문은 2000년도 한국학술진흥재단의 지원에 의하여 연구되었음(KRF-2000-A22002)

** 한국외국어대학교 한국어교육과 조교수

주제이다. 뿐만 아니라 매우 중요한 주제이기도 하다. 불과 100여 년 사이에 전근대 사회에서 근대 사회로 이행하였고, 그리고 이제 탈-근대의 기획까지 모색되고 있는 한국 사회에서 전통과 근대의 관계 양상의 해명은 우리 자신의 정체성을 확립하는 데 대단히 긴요한 작업이다. 왜냐하면 근대화가 대단히 압축적으로 진행되었기 때문이다.

그러나 실상 전통과 근대의 관련 양상에 대한 논의는 최근에 들어와서는 거의 없는 실정이다. '탈-근대'의 목전에서 '전통'을 말한다는 것이 매우 낡아 보이기 때문인지도 모르겠다. 그리고 현대를 살아가는 우리 자신에게 '전통'이라는 것이 과연 얼마만큼의 영향을 미치고 있는지에 대해 자각하고 있는 경우도 거의 없기 때문일 것이다. 그러나 그럼에도 불구하고 여전히 '과거'는 우리에게 영향을 미치고 있는 것이 사실이다. 그 과거를 나 자신을 짓누르는 것으로 받아들이든, 혹은 되돌아가야 할, 그러나 갈 수 없는 '고향'으로 인식하든 여하간 우리에게 영향을 미치고 있는 것은 사실이다. 그리고 이러한 영향이란 대체로는 무의식적인 것이기도 하다.

게다가 남북한의 통일을 생각할 때, 북한 문학에서의 전통과 모더니티와의 관계를 살피는 일은 남북한의 '동질성(혹은 이질성)'을 확인하는 한 과정이라는 점에서 큰 의미를 가진다. 이 남북한의 동질성이 긍정적인 것이든, 아니면 부정적인 것이든 말이다.

1950년대 남한과 북한은 각기 다른 체제를 갖추기는 했지만, 실제로 맞닥뜨렸던 과제는 동일하였던 것으로 보인다. 3년에 걸치는 한국 전쟁[1]

---

1) 이 전쟁에 대해서는 다양한 이름이 붙어 있지만, 여기서는 가장 일반적이고 가치 중립적인 명칭인 한국 전쟁(Korean War)이라는 용어를 사용한다. 한국 전쟁에 붙는 여러 명칭은 상당히 이데올로기적일 수밖에 없으며, 또한 그만큼 가치 평가적이기도 하다. 6·25라는 거의 학문적 의미를 갖고 있지 않는, 그리고 그렇기 때문에 전쟁의 배경에 대해서는 아무런 것도 알려주지 않으며, 때로는 감추고 있는 명칭으로부터 시작해서, '내전'이라는 이름, 그리고 대리전이라는 이름, 혹은 조국해방전쟁이

이 휴전으로 마감된 후, 남북한은 일차적으로 전후 복구에 총력을 기울이지 않을 수 없었고 그 이후에는 또한 각기 '경제 발전'을 하지 않을 수 없었다. 남한은 남한대로 자본주의 체제 속에서 살아남기 위한 최선의 방식으로 자본주의 세계 경제의 분업 구조 속으로 들어가 그 가운데서 자신의 자리를 찾지 않을 수 없었고, 그 과정은 우리가 잘 알고 있는 그대로이다. 북한도 마찬가지로 이 시기 전후 복구 그리고 경제개발계획의 실천으로 나아간다. 물론 남한과 북한에서 경제개발계획을 실천해 나가는 방식에는 차이가 있다. 현실이 어떻건 간에 남과 북은 서로 다른 사회적 관계에 바탕하고 있었기 때문이었다. 그러나 그럼에도 불구하고, 1950년대 중반 북한에서 실시되었던 경제개발 5개년 계획의 진행과 남한에서 1960년대 시작된 경제개발계획은 대단히 유사한 모습을 보이고 있다. 양 쪽 모두 시행 초기 대단히 빠른 성장률을 보였으며, 개발의 이름으로 강력한 지배 체제를 구축하였고, 그 체제를 유지하기 위해 여러 수단을 동원하였다. 뿐만 아니라 체제의 안정을 위해서 서로를 필요로 하였다. 남북한 양 정권에게 서로는 공식적으로는 적이었지만, 체제의 안정, 혹은 좋게 말해 한반도 평화의 안정을 위해서는, 다시 말하자면, 현재 체제를 유지해 나가기 위해서는 상대방은 자신의 존재조건이었던 셈이다.

이 논문은 이러한 유사성을 염두에 두고, 북한에서 진행된 경제 개발 과정과 체제 정립 과정에서 나타나는 전통과 모더니티의 관계에 대한

라는 이름이 붙는 것이다. 여기서는 이 전쟁의 실상, 그리고 이 전쟁이 갖는 의미에 대해서는 자세한 논의를 피하기로 한다. 본고의 주제와 관련이 없기 때문이다. 다만, 지적해 두어야 할 것은 이 전쟁이 어떠한 성격을 지녔고, 또 어떻게 발발하였는가와는 관계없이, 이 전쟁의 가운데서 남쪽과 북쪽 모두 '무력 통일'을 기도하였다는 사실이다. 그러므로 이 전쟁의 종식(형식적으로는 휴전이지만, 실제적으로는 종전과 다름이 없다)은 통일의 좌절과, 각기 나름대로의 발전을 꾀할 수밖에 없게 되었음을 의미한다.

인식을 탐사하고자 한다. 그러나 이 주제를 제대로 해명하기는 상당히 어렵다. 북한 문학에 대해 상당히 많은 연구가 이루어졌지만, 그럼에도 이 주제에 대한 연구는 거의 없다고 해도 과언이 아니기 때문이다. 뿐만 아니라 '전통'과 '모더니티'라는 개념 자체가 논쟁적인 개념이기도 하다. 그렇기 때문에 이 글은 체계적인 연구라기보다는 대체적인 밑그림을 그려보는 정도에 지나지 않을 것이다.

2. 모더니티와 전통, 개념의 문제

모더니티나 전통 모두 다의적인 개념이다. 모더니티의 개념이 불확정적이고, 그 개념 자체에 모순이 포함되어 있다는 사실은 이미 많은 연구자들이 지적한 바 있다. 모더니티란 한편으로는 물질적인 삶이며 다른 한편으로는 그러한 삶에 대한 인식과 이해이기 때문이다. 물질적인 삶의 방식으로서의 모더니티는 중세와는 다른 삶의 조건들에서 형성되었다. 이 점에서 물질적인 삶의 방식으로서의 모더니티는 자본주의의 발전과 함께 하는 것이라고 하겠다.[2] 이러한 의미에서의 모더니티의 특징은 자연의 순환 주기로부터의 이탈이 결정적이다. 과거 노동이란 자연적 순환과 함께 하는 것이었음에 비해 이제 노동이란 자연적 순환과는 별개의 것으로 작동된다. 그리고 또한 자연의 순환에 대한 일정한 지배를 내포한다.[3] 또한 이에 따라 사람들의 시간 조직이 변화한다. 이제 시간은 두

---

2) 삶의 방식으로서의 모더니티와 자본주의 발전은 사실 한 사태의 양면이라고 할 수 있다.

3) 자연의 순환에 대한 개입은 자연의 순환 질서에 대한 지배의 형태로 발전하는 경향을 갖는다. 자연에의 순응으로부터 자연 지배로의 이행은 물질적 삶의 가장 중요한 변화의 하나이다.

가지 의미를 갖게 된다. 하나는 분할될 수 있는 시간이다. 분할될 수 있는 시간이란 물론 근대 자연과학의 발전과 밀접한 관계가 있다. 시간이란 인간의 삶의 방식과는 달리 그 자체 객관성을 가지고 있는 존재이며, 따라서 분할의 대상이 될 수 있다. 이러한 시간의 분할은 다른 한 편으로 인간의 노동의 분할과도 밀접한 관계가 있다. 인간의 노동이란 분할될 수 있는 것이고, 그렇기 때문에 분할되어 조작될 수 있게 된다. 이러한 노동의 개념이 분업을 가능하게 한다. 일련의 공정 과정을 분할하고, 그에 따라 인간의 노동도 분할된다. 노동의 분할은 노동의 소외를 낳는다. 그러므로 소외된 노동, 그리고 그에 따른 인간의 소외는 근대적인 삶의 한 특징이 된다. 중요한 것은 이러한 소외된 노동, 인간의 소외라는 것이 물질적 삶의 방식에 관한 문제이지, 인간의식의 문제가 아니라는 사실이다.[4] 또한 근대는 새로운 시간·공간 경험이다. 근대의 한 핵심이 시공간 압축이라는 점은 이미 많이 지적되어 왔다. 이 시공간 압축 또한 의식의 문제가 아니라 물질성의 문제이다. 시공간 압축은 생활상의 변형을 가져왔다. 이러한 변형은 전혀 새로운 삶을 가능하게 한다. 시공간 압축이 어느 정도로 이루어졌는가는 그리 중요하지 않다. 어느 순간 시공간 압축이 굉장히 큰 경험으로 다가왔던 것이고, 모더니티의 핵심 가운데 하나는 이 경험인 것이다.[5] 시공간 압축의 가장 큰 효과 가운데 하나는 세계의

---

4) 이에 대해서는 고전적인 저작인 마르크스의 『자본』을 참조하였다. 마르크스의 물신화 논의는 소외의 물질성과 객관성을 강조하고 있다. 이러한 소외의 물질성과 객관성을 정신적인 형태로 환원시켰을 때, 관념화의 위험이 생긴다. 소외라는 관념이 아니라 관념으로서의 소외는 이러한 소외의 물질성(물질적 조건이 아니다)을 간과하고, 철저히 의식 내의 문제로 환원하는 것이며, 헤겔로, 아니 헤겔 이전으로 되돌리는 것이다.

5) 이 속도의 경험을 가장 잘 드러내주고 있는 것이 바로 '철도'이다. '鐵馬'라는 이름으로 불리웠던 철도는 우리 근대 초기의 모더니티의 상징이다. 물론 이 철도는 시

동시성이 시작되었다는 점이다.6) 이 동시성은 또한 폭력적인 방식으로 세계를 지배해나간다. 그리고 그 한가운데 식민성이 존재한다. 식민성이란 여러 방식으로 이해할 수 있겠지만, 식민성의 출발과 진행은 동일하지 않다. 다시 말하자면, 식민성의 출발은 강제적이고 폭력적이며, 그리고 물리력을 동원한 것이지만, 그러나 식민성의 진행과 유지에는 이러한 강제와 폭력, 그리고 억압 이외에 바로 동시성을 향한 욕망의 추동이 중요하게 작용하는 것이다. 식민지 개척은 식민지 내에 욕망을 불어넣는다. 그것은 문명에 대한 욕망이고, 동시성에 대한 욕망이다.

모더니티는 또한 새로운 사회적 관계에 바탕하고 있다. 이 새로운 사회적 관계의 핵심에 개인이 존재한다. 개인은 두 가지 의미를 갖는다. 하나는 외부에 대해 자체 독립성을 갖는다는 것이다. 개인은 다른 사람과는 다른 자기 혼자로서의 고립적인 정체성을 갖는다. 그리고 개인은 자신의 외부와는 우연적인 관계를 갖는다. 외부와 우연한 관계를 맺으면서, 그 스스로 자립적인 존재, '개인'은 모더니티의 핵심이다. 이에 대해 개인이란 단지 주관적인 경험에 지나지 않는다는 비판도 존재한다. 그러나 개인은 경험으로 환원되지 않는다. 그러나 그렇다고 해서 자립적인 개인이 그야말로 자립적으로 존재할 수 있는 것은 아니다. 그가 비록 세계와

공간 압축의 도구이며 상징이면서 또한 다른 한편으로는 물자와 아울러 문명을 이동시킨다.

6) 물론 이 동시성이란 일원적인 것은 아니다. 세계는 지금까지, 심지어 탈-근대의 현실을 말하고 있는 지금에도 동시성은 일원적이 아니며, 또한 전면적인 것도 아니다. 전지구적이고 전면적인 동시성의 실현은 근대 자본주의의 몫이 아니다. 자본주의가 자본의 운동이고, 운동의 동력이 이윤의 창출이라면, 그리고 자본의 이동이 초과 이윤에 의해 추동된다면, 전면적이고 전지구적인 동시성은 이러한 자본의 이동과 자본의 운동을 불가능하게 한다. 자본의 이윤 획득이 가능한 것은 동시성 내에 항존하는 비동시성, 그리고 이 비동시성을 동시성으로 만들어가고자 하는 욕망이 존재하기 때문이다.

우연한 관계를 맺는다고 하더라도 그는 그 관계 속에서만 존재할 수 있는 것이다. 이러한 모순에 처한 개인의 존재가 모더니티의 여러 양상들을 낳는 것이다. 그것은 개인에 대한 반대이면서 또한 절대적 개인의 주장이기도 하다. 개인의 두 번째 의미는 '분할할 수 없는 존재'라는 것이다. 개인의 서구어(실은 그 반대이기는 하지만)인 'individual'은 말 그대로 분할할 수 없는 존재라는 뜻이다. 그리고 그 점에서 개인은 'A-tom'과 같은 존재이기도 하다. 이처럼 개인이 지니고 있는 독자성, 분할 불가능성, 그리고 다른 존재와 맺는 관계의 평등성이 모더니티의 또 한 핵심이라고 하겠다. 이로부터 두 가지 추구가 나올 수 있다. 하나는 개인의 정체성을 위협하는 모든 조건에 대한 저항이다. 그리고 관계 속에서 개인의 동등함을 위협하는 모든 조건에 대한 투쟁이다. 이러한 투쟁, 곧 자유와 평등을 위한 싸움이 모더니티의 싸움이자 욕망이다.7)

이처럼 모더니티는 객관적 현실이다. 그러나 모더니티는 또한 객관적 현실에 의해 규정되는 인간의 자기이해, 혹은 자기의식이기도 하다. 이로써 모더니티는 객관적 현실, 사회적 관계가 아니라, 그에 대한 자기의식, 알뛰세의 표현대로 한다면 하나의 이데올로기가 된다. 이러한 이데올로기로서의 모더니티는 다시 알뛰세의 표현을 빈다면, "근대의 현실과 개인이 맺는 상상적 관계의 표현"이라고 할 수 있다. 중요한 것은 이 모더니티가 허위가 아니라는 사실이다. 그것은 개인에게는 철저하게 진실이며 참된 것으로 이해된다. 다만 허위일 수 있는 것, 혹은 허구일 수 있는 것은 개인이 현실과 맺는 '상상적' 관계이다. 개인은 사회 속에서 자유롭

---

7) 이러한 욕망을 허위의 욕망이라고 말할 수도 있다. 혹은 이루어질 수 없는 이상에 지나지 않는다고 말할 수도 있다. 왜냐하면 절대적 자유와 절대적 평등은 보장될 수 없는 것일 뿐만 아니라, 또한 불가능한 욕망이기 때문이며, 또한 '개인'이라는 사유 자체가 이미 허위에 지나지 않는 이데올로기일 뿐이기 때문이라는 것이다.

다고 느낄 수 있으며, 또한 자유롭지 않다고 느낄 수 있다. 세계는 자신의 활동의 장이고, 자신을 현실화시키는 장이며, 인간화된 장일 수도 있는 동시에 또한 개인의 개인성, 혹은 자기임을 부정하는 억압으로서 존재할 수도 있는 것이다. 그러나 이러한 자기이해로서 모더니티를 규정하는 방식 자체가 어쩌면 근본적으로는 근대적인 것일지도 모른다. 왜냐하면 상상적 관계란 올바른 관계를 전제하는 것이라고 할 때, 이 때 의식하는 존재로서의 인간, 혹은 인간 존재의 의식은 그러한 조건으로부터 벗어날 수 있는 유일한 가능성이기 때문이다. 헤겔이 말하는 바, 절대정신 혹은 절대지란 기실 이러한 인식의 욕망에 다름 아니지 않겠는가? 그러나 그럼에도 불구하고 삶에 대한 인식으로부터 출발할 수밖에 없는 것이 또한 불가역성으로서의 모더니티의 숙명이기도 할 것이다.

모더니티는 또한 일상적 삶이기도 하다. 일상적 삶의 방식으로서의 모더니티는 과거의 어느 역사적 시점에(가정할 수 있다면) 하나의 삶의 혁명으로서 존재하였겠지만, 그러나 그것은 곧바로 일상으로 화한다. 일상으로서의 모더니티란 가장 이해하기 어려운 것이기도 하다. 그것은 의식과 무의식의 차원에 모두 걸쳐 있기 때문이다. 그리고 이런 의미에서의 모더니티는 ‘당대성’으로 이해될 수 있을 것이다. 근대인의 당대 감각, 당대성이야말로 의식으로서의 모더니즘의 핵심이 아닐 수 없다. 당대성이란 지금 시대가 이전의 시대와는 철저하게 단절되었음을 뜻한다. 그런 점에서 이들은 신인류라고 할 것이다.

전통이 문제가 되는 첫 번째 지점이 바로 여기일 것이다. 전통 또한 일의적인 개념이 아니다. 어떠한 전통이든 그것은 이미 과거에 존재하였던 것을 뜻한다. 이를 전제로 했을 때에 최소한 전통은 두 가지 이상의 함의를 갖는다. 하나는 철저히 기술적인 개념이다. 이 때, 전통이란 과거에 존재하였던 것, 혹은 과거에 존재하였던 것이 지금까지 내려오는 것을 뜻하게 된다. 또 하나는 가치평가적인 개념이다. 가치평가적인 개념으로서의 전통은 지금 현재에 따른, 그리고 미래에 따른 기획으로서 규정된다. 그렇기에 이 때 전통은 지금 여기에서 우리가 미래를 바라볼 때, 되살려내어야 할 과거를 뜻하게 된다. 이러한 두 가지 의미에서 모더니티와 전통은 어떠한 연관을 맺게 될까. 일단 전통과 모더니티는 서로 대립하면서 또한 서로를 규정하고 있는 것으로 생각할 수 있다. 현금의 모더니티를 비판적으로 바라볼 때, 그 한 준거가 전통이 될 수 있다. 이 때 전통은 이미 사라졌지만, 혹은 사라지지는 않았다고 하더라도 현재의 조건 속에서 거의 힘을 가지고 있지 못하지만, 그럼에도 불구하고 되살려내어야 할 어떤 것으로서의 의미를 지닌다. 그러나 전통 또한 모더니티의 입장에서 비판될 수 있다. 전통이라고 일컬어지는 것은 모더니티라는 당대성에 의해 과거의 것, 혹은 폐기되어야 하는 것으로 규정될 수 있기 때문이다. 이 때, 전통은 과거의 것이지만 아직 현재까지 영향을 미치고 있는 것으로 이해된다. 결국 이에 따라 두 가지의 전통이 있을 수 있다. 하나는 과거에 존재하였던 것으로, 사라졌거나 힘이 없는 것, 그리고 또 하나는 지금 현재 존재하는 과거의 것이며, 또한 현재 힘을 가지고 있지만, 당대성을 상실한 것이다.

이렇게 본다면 가치평가적인 위치에서 본다면 당대성으로서의 모더니티이건, 당대 이전의 것으로서의 전통이건 그 모두 미래의 기획에서만 의미를 가질 수 있는 것이라고 하겠다. 그렇다면 결국 문제는 미래가 어떻게 기획되어야 할 것인가에 놓여 있다고 하겠다.[8]

---

8) 이러한 미래 기획, 현재를 변화시켜서 새로운 미래를 만들어낸다는 의식이야말로 근대적인 사유에 지나지 않는다는 비판도 있다. 왜냐하면 미래 기획이란 발전을 염두에 두는 것이고, 그리고 또한 변화 가능성을 열어놓는 것이기 때문이다. 미래 기획이란 열린 전망이지 않으면 안 된다. 그러나 이러한 열린 전망이라는 것은 이제

그러나 미래의 기획은 그리 간단하지 않다. 미래 기획은 그것이 기획인 한에서 지금 여기에 대한 인식을 전제로 하고 있고, 또 세계의 변화 가능성을 전제로 하고 있는 것이다. 근대가 역사의 끝이 아니라는 전제 하에서 비로소 미래 기획은 성립될 수 있는 것이다. 적어도 현실적인 기획으로서의 미래 기획은 그러하다. 그리고 그러한 한에서 미래 기획은 어쩔 수 없이 현재를 바탕으로, 그러니까 어떠한 의미에서이든지 모더니티를 바탕으로 하지 않을 수 없는 것이다. 그러므로 모더니티란 미래 기획에서는 참조되어야 할 또 다른 과거가 되지 않을 수 없으며, 그리고 제한적으로는 모더니티란 또 하나의 전통인 것이다. 모더니티를 하나의 전통으로 삼는 의식, 그러나 모더니티의 제한성에 눈을 돌리는 의식 그것마저 근대적인 것이라고 한다면, 탈-근대의 기획은 존재하지 않을 것이다. 그러한 의미에서의 탈-근대는 '기획'이 아니게 될 것이다.

이제 이 글의 입장을 명확하게 밝히지 않을 수 없을 것 같다. 여기서는 앞의 개괄적인 논의에 근거해 모더니티를 정리하고자 한다. 하나는 현실성으로서의 모더니티이다. 그것은 때로는 부정적이기도 하고, 또 때로는 긍정적이기도 하다. 근대의 지양은 이러한 모더니티 전체를 부정하는 것이 아니라, 그 부분만을 부정하는 것이다. 그리고 이런 의미에서의 모더니티를 규정하고 있는 것은 자본주의라고 규징한다. 모더니티의 긍정성, 부정성 모두 그러하다. 그러나 그 미래는 필연적이지 않다. 정확하게 말한다면, 그 필연성에 대한 믿음을 지금으로서는 가질 수 없는 것이다. 그러므로 이 글에서 전제하는 미래의 기획이란 현실 발전의 필연적 법칙에 의해 규정되는 그러한 미래의 기획, 혹은 미래의 앞당김과는 관계가 없다. 다가올 미래는 지금보다 더 나은 미래여야 하지만, 그러나 그 미래가 필연

____

와서는 하나의 믿음에 지나지 않을지도 모른다. 그럼에도 불구하고 미래 기획이 존재하지 않는 현재란 과연 어떠한 의미를 지닐 것인가.

적인 것인가에 대해서는 아직 확증할 수 없으며, 또한 그에 대한 믿음도 없는 것이다. 새로운 사회란 적어도 전적으로 새로운 사회가 아니라, 모더니티의 긍정성을 긍정하는 것이고, 그리고 부정성을 부정하는 것이다. 모더니티의 긍정성과 부정성이 비록 한 몸이라고 하더라도 말이다. 두 번째 모더니티는 모더니티의 의식이다. 그 핵심에 '주체'로서의 의식이 존재한다. 주체로서의 의식이란 세상의 변화에 하나의 작인으로서 존재하는 인간에 대한 의식이기도 하며, 또한 세계를 변화시킬 수 있다는 의식이기도 하다. 그리고 그 의식을 끝까지 밀고 나갔을 때, 헤겔이 말하는 절대정신에 도달하는 그러한 의식이다. 이 의식이 얼마만큼의 부정성을 갖고 있건, 혹은 얼마만큼의 긍정성을 가지고 있건 그것은 근대적인 의식이라고 할 수 있다. 마르크스가 말한 바, 세계에 의해 규정되면서 또한 세계를 변화시키는 존재, 모순적인 존재로서의 의식이 바로 근대적인 의식인 것이다. 그 한 끝에 세계의 주인으로서의 인간에 대한 믿음이 있다고 한다면, 다른 한 끝에는 철저하게 절망적인 존재 의식이 존재한다.

3. 북한 문학에서의 모더니티의 문제

3.1 현대성, 당대성, 그리고 모더니티

여기서는 먼저 북한 문학에서의 모더니티에 대해 생각해 보도록 하자. 북한 문학에서의 모더니티는 세 가지 정도의 층위로 나누어 생각해 볼 수 있다. 첫 번째 층위는 일상성에서의 모더니티이다. 이는 주로 소설 작품을 통해서 발견될 수 있을 것으로 생각된다. 두 번째 층위는 모더니티에 대한 의식이다. 모더니티에 대한 의식은 소설에서도 추출해 낼 수 있지만, 주로 비평이 중심이 될 것이다. 하지만 이 층위는 앞서 말한 것처럼 직접적인 형태로는 발견되지 않는다. 세 번째는 문학적 모더니티에 관한 것이다. 이는 소설과 비평 모두를 통해서 확인할 수 있을 것이다.

실상 이 세 차원이 명확하게 구분되지는 않지만, 여기서는 주로 두 번째 층위를 중심으로 살펴보기로 하겠다. 본고의 대상으로 하고 있는 북한 문학 자료[9]에서는 '근대' 혹은 '근대성'이라는 개념은 사용되고 있지 않다. 전통이라는 개념은 나타나지만 근대성 혹은 모더니티는 개념은 아예 등장하지 않는다. 반면에 현대, 현대성, 혹은 현대적이라는 말은 가끔 사용된다. 하지만, 이러한 용어는 모더니티 혹은 근대성을 뜻하지는 않는다. '현대'라는 개념은 두 가지로 사용되는 것으로 파악되는데, 가장 중요한 의미는 당대성이다. 소설에 대한 평이나, 일반적인 문예 이론에서 당대성은 당대 현실에 충실함을 요구하는 것이다. 이러한 예는 종종 발견된다. 예를 하나 들어보자.

> 인민 생활과의 연계를 강화하는 문제는 동시에 우리 문학의 현대성의 문제와도 직접 연결됩니다.
>
> 물론 현대성의 문제는 언제나 문학의 중심 과제로 되어 왔습니다. 그러나 오늘처럼 전 인류의 세기적 숙망과 이상이 멀지 않은 목전에 현실화될 수 있는 이 위대한 역사적 변혁의 시대에서 어찌 순간인들 눈을 뗄 수 있겠습니까. 오늘의 역사적 사변과 변혁에 대한 진실을 반영하는 것은 현대성의 문제 가운데서도 가장 기본적인 것으로 됩니다. 따라서 날마다 위대한 변혁과 기적들을 낳고 있는 우리 사회의 현실에서 그 주인공들인 사회주의 건설자들의 형상과 그 위업

---

9) 여기에서 사용한 비평 자료는 이선영·김병민·김재용 편, 『현대문학비평자료집』, 2-5권, 태학사, 1993이다. 이하 비평 자료는 모두 여기서 인용한 것이며, 명백히 오류로 판단되는 경우에는 임의로 수정하였음을 밝힌다.

에 대한 빠포스가 우리 문학에서 현대성에 관한 기본 문제로 논의되는 것은 당연한 일입니다.[10]

　현대적 감정 — 이것은 혁신되는 우리 시대의 첨단을 가는 공민적 감정을 가리켜 말하는 것이다.[11]

이처럼 문학에서의 현대성의 문제란 역사적 현실에서 눈을 떼지 않는 것, 역사적 현실을 정확하게 인식하는 것을 뜻한다. 이런 의미에서의 현대성이란 그 자체의 내용을 갖지 않으므로 이를 모더니티로 이해할 수는 없는 것이다.[12] 또 다른 지점에서는 현대성은 당대의 입장을 견지하는

---

10) 한설야, 「공산주의 교양과 우리 문학의 당면 과정」, 『공산주의 교양과 문학 창작』, 조선작가동맹 출판사, 1959. 이선영·김병민·김재용 편, 『현대 문학 비평 자료집 5』, 31~32면. 이하 이 책에서의 인용은 '5:31~32'로 표기한다.

11) 이효운, 「시인의 얼굴」, 『조선문학』, 1957.4.

12) 물론 모더니티와 관계없이 현대성의 문제는 대단히 중요한 문제이다. 특히 북한에서 공식적인 창작 방법이자 유일한 창작 방법으로 사회주의 사실주의(socialist realism)를 제시할 때, 사회주의 사실주의란 1950년대 북한에서는 인민민주주의 혁명 이후 사회주의로 발전해 나가는 과정에 대한 충실한 묘사를 의미할 것이다. 그리고 현대성이란 이런 당대에의 충실성을 의미하는 것이다. 예외적이지만 부정적인 사용례도 있다. 부정적으로 사용될 때, 현대성이란 우리에게 아직 존재하지 않았던 새로운 것으로 '우리의 전통'과는 다른 어떤 것이다. 예컨대, 현대적인 연애라는 말을 사용하고 있다. 현대적인 연애란, 지금까지의 전통과는 다른 연애 방식이다. 그리고 이러한 연애란, 결국 '연애'에 지나지 않는다. 북한 문학에서 연애란 비판의 대상이다. 연애는 사랑과 다르다. 그렇다면 북한에서 사랑이란 어떠한 의미에서 사용되는가? 그것은 물론 남녀 사이의 관계에 대한 인식이기는 하지만, 그러나 사랑이 연애와 구분될 때, 연애는 독특한 의미로 사용된다. 그리고 사랑의 방식이란 전통적인 어떤 형태를 뜻한다. 그러나 이 전통적인 어떤 형태의 내용은 기실 대단히 보수적일 뿐만 아니라 유교적이기도 하다. 대표적인 작품이 천세봉의 작품이다. 그렇다면 사랑과 구분되는 '현대적인' 연애란, 결국은 이러한 다소 보수적인 삶의 방식에서 벗어난 것이고, 그것은 조선 여인의 것이 아니기 때문에 부정되어야

것을 의미한다.

비평에서 '모더니티'라는 말 자체는 나오지 않는다. 그렇다고 시대적인 성격으로서의 모더니티나 혹은 의식으로서의 모더니티를 발견할 수 없는 것은 아니다. 앞에서 일반적으로 살펴 본 바 있는 '모더니티'를 염두에 둔다면 '모더니티'라고 말할 수 있는 몇 가지 특성을 발견할 수 있다. 물론 북한 사회가 혁명 후의 사회라는 점을 염두에 두지 않으면 안 된다.

1950년에서 60년에 걸치는 북한의 비평을 통해서 드러난 당대에 대한 비평가들 혹은 작가들의 인식은 이 기간이 혁명의 과정이라는 의식이다. 1953년 그들이 말하는 바 '조국 해방 전쟁', 곧 한국 전쟁이 그들의 승리(그들은 이렇게 표현하고 있다)로 끝나고 난 후 일차적인 목표는 전후 복구였다. 전쟁의 과정인 3년을 제외한다면, 해방 후 1960년대까지 이르는 과정은 혁명의 과정으로 인식된다. 1946년에 있었던 토지 혁명을 중심으로 한 인민민주주의 혁명이 완수되고, 그 이후 전후 복구 과정, 그리고 경제 발전 5개년 계획이 앞당겨 끝나게 된 1959년에 들어서면 사회주의적 개조가 완성되었다고 한다. 이후의 과정은 공산주의 사회 건설의 단계로 들어간다.[13]

이 과정에서 우리에게 문제가 되는 것은 두 가지이다. 하나는 이 시기가 인민민주주의 혁명에서 공산주의(혁명)로 니이기는 이행의 과정이라는 사실이다. 이 시기 끝에 사회주의 완성이 놓이고 있다. 여기서 특히 중요한 것은 이행의 과정이라는 인식이라고 보인다. 이행의 시기란 끊임없는 변화의 시기이다. 그리고 그 변화의 시기 동안 그 안에 존재하는 사람들에게 요구되는 것은 바로 변화하는 현실에 대한 엄밀한 인식이다.

할 어떤 것이며, 가벼운 삶의 방식이기도 하다.

13) 후에 다시 언급되겠지만, 공산주의 사회로의 이행 준비가 마쳐진 1959년부터 김일성의 항일 무장 혁명 투쟁이 가장 중요한 혁명 전통으로 제시된다.

이행의 시기와 이행의 시기에 대한 자기의식이 이 시기의 특징이라고 할 수 있는 것이다. 또 다른 하나는 이들이 말하는 사회주의 건설과 공산주의 사회로의 이행이라는 이 시기를 어떻게 바라보는가이다. 이는 사회주의 일반을 어떻게 이해할 것인가, 그리고 '현실적인' 사회주의를 어떻게 이해할 것인가의 문제라고 할 수 있다. 좀더 명확하게 말하자면, 사회주의 사회를 모더니티와 관련해서 어떻게 이해하는가의 문제인 것이다. 여기에는 현재 세 가지 대답이 제출되어 있다. 하나는 사회주의 사회란 자본주의의 극복 형태이고, 그리고 근대란 자본주의로 환원될 수 있는 것이므로, 사회주의란 근대-이후라고 해야 한다는 것, 다른 하나는 사회주의란 근대적 지향의 완성이라는 대답, 그리고 마지막으로 현실 사회주의란 결국에는 변형된 자본주의(국가독점자본주의)에 지나지 않는다는 것, 그러므로 사회주의는 결국 미완의 근대라고 하는 입장. 이런 세 가지 대답 가운데서 어떤 대답을 취하는가에 따라서 당대의 북한에 대한 이해, 그리고 모더니티에 대한 이해가 차이를 가질 수밖에 없는 것이다. 혹은 모더니티에 대한 이해의 차이가 각기 다른 대답을 낳는 것인지도 모른다.

이러한 제한성을 염두에 두고 북한 비평에서 모더니티 인식을 살펴보기로 하자. 앞서 말한 대로 모더니티가 새로운 삶의 경험 방식이고, 그 바탕에 자본주의가 존재한다면, 적어도 북한 문학 비평에서 이러한 삶의 경험 방식은 논의되지 않는다. 1950년대는 전후 복구 시기를 거쳐 사회주의적 생산 관계의 전일적 지배가 선언되어 공산주의 사회의 도래를 앞에 둔 시기이기 때문이다.

오늘 우리나라는 거대한 역사적 변혁기에 처하여 있으며 장엄하고 간고한 전인민적인 혁명 투쟁이 진행되고 있다. (중략) 북반부에서 혁명을 더욱 진전시켜 사회주의에로의 점차적 이행을 위한 역사적 투쟁의 길에서 전진하고 있다. 이러한 사회주의 기초 건설을 위한 투쟁에서 가장 기본적인 것은 인민 경제의 각 분야에서 사회주의적 성분이 차지하고 있는 지배적 지위를 확대하여 일체 인민이 경제의 명맥을 장악하도록 하며 사회주의의 물질적 토대를 구축하기 위한 높은 생산력 발전을 쟁취하는 문제다.

이 문제를 성과적으로 해결하는 길, 그것은 산업에 있어서 사회주의적 공업화를 실행하며 인민 경제 각 부분에 새로운 기술적 기초를 확립하는 것이며 그리고 그 중심 고리는 그의 물질적 토대인 중공업의 선차적 발전과 동시에 경공업과 농촌 경리를 균형적으로 발전시켜야 한다고 우리 당과 경애하는 수령 김일성 원수는 교시하고 있다.[14]

또한 우리나라에서는 이 기간(1957년에서 1958년)에 농촌 경리의 협동화와 개인 상공업의 사회주의적 개조가 완성되어 인민 경제의 모든 분야에 사회주의적 생산관계의 전일적 지배가 확립되었습니다.

(중략)

오늘 우리 근로자들은 우리의 민족적 숙망인 조국의 평화적 통일을 촉진시키며 공산주의 사회를 가까운 지평선 위에 바라볼 수 있는 사회주의의 높은 봉우리에 오르기 위하여 우리의 웅대한 전망 과업을 6~7년이 아니라 4~5년 내에 달성하며 그러기 위하여 제1차 5개년 계획을 금년 중으로 완수하려고 총궐기하고 있습니다.[15]

이 두 인용문에서 볼 수 있듯이 전후 약 10년, 해방으로부터 약 15년 간에 걸쳐 사회주의적 생산관계가 전일적인 지배를 이루었다고 판단하고 있다. 이러한 판단의 사실성은 지금으로서는 확인할 수 없다. 다만 여기서 문제가 되는 것은 사실 여부와는 관계없이 그러한 인식이다. 이러한 인식이 어떤 의미를 지닐 것인가. 이는 자본주의 경제체제 속에서의

---

14) 김명수, 「전후 문학의 위력한 주제」, 『조선문학』, 1956.1. 3 : 475.

15) 한설야, 앞의 글, 5:9. 괄호 안의 내용은 인용자.

삶의 방식의 완전한 변화를 말한다. 그 핵심에 사적 소유의 철폐가 있고, 그리고 이에 따라 생산의 사회적 성격과 소유의 사적 성격 사이의 모순에 따라 나타나는 것으로 되어 있는 개인의 소외나 계급간의 투쟁은 이제 존재하지 않는 것으로 파악된다. 뿐만 아니라 자본주의 아래에서 나타날 수밖에 없는 일과 여가의 대립, 개인과 사회의 대립 또한 사라진 것으로 파악된다. 개인은 더 이상 사회와 대립되는 존재가 아니라, 개인의 욕망이 곧 사회의 욕망이 되는 시기가 되는 것이다.

> 개인적 이익과 사회적 이익과의 사이에 존재하던 오래인 충돌을 초래한 사회제도는 무너졌다. 인민 민주주의 사회에 있어서는 사회적 이익과 개인적 이익 사이에 아무런 충돌도 있을 수 없다. 그것은 이 사회에서는 개인의 이익이 곧 이 사회 전체의 이익에 의존하고 있기 때문이다.[16]

> 그러나 우리 사회에 있어서 사람들의 사회적 생활과 개인적 생활 간에 영원한 장벽이 있을 수 없다. 그것은 노력까지를 포함한 우리 사회의 모든 인간 활동이 인민들의 개인생활을 희생하지 않을 뿐만 아니라, 반대로 더 유리하게 더 행복하게 향상시키는 데 돌려지고 있기 때문이다. 우리 사회의 모든 노력과 인간 활동은 결국 인간의 수요를 충족시키기 위한 것이며 따라서 우리 사회에서처럼 인간에 대한 배려가 두터운 시기는 그 어느 때에도 없었다. 이는 우리 제도의 본질에 유래한다. / 자본주의 사회에서는 인민들의 사회적 생활과 개인적 생활은 영원히 그리고 항상 충돌되었다. (중략) 그렇다고 하여 우리 사회에는 사회적 생활과 개인적 생활간의 모순이 없다고만 생각하여서도 잘못이다. 우리 사회에도 그러한 모순은 있다. 그러나 그것은 (중략) 해결의 길이 막힌 영원한 장벽이 아니라, 어디까

---

16) 한효, 「사회주의 리얼리즘과 조선 문학」, 『문학론』, 1952. 2 : 345.

지나 일시적이며 해결의 길이 열려진 그런 모순이다.[17)]

이렇게 원칙적으로 개인과 사회 사이의 모순이 존재하지 않게 될 때, 개인의 욕망에 대한 어떠한 제한도 존재하지 않는다. 근대적 경험 가운데 중요한 한 가지가 물화된 관계 속에서 개인이 느끼게 되는 절망이고, 또 그 속에서 자신의 존재를 증명하고자 하는 개인의 욕망이라고 한다면, 이제 이러한 욕망과 절망은 더 이상 존재할 수 없게 된다. 물론 엄호석도 인정하고 있듯이 현실적으로 개인과 사회 사이의 갈등이 존재하지 않는 것은 아니다. 그러나 그러한 갈등이란 영원한 것이 아니라 일시적인 것이 된다. 이러한 개인과 사회 사이의 갈등 혹은 사적 이익과 공적 이익 사이의 갈등이 사라짐에 따라 원칙적으로 개인의 자유는 최대한으로 발양되게 될 것이다.

현실적으로 이러한 갈등과 모순이 과연 완전히 사라질 것인가는 여기서의 주된 관심이 아니다. 중요한 것은 사라질 수도 있다는 의식이라고 해야 할 것이다. 그런데 구체적으로 이러한 갈등은 어떠한 방식으로 해결되는 것일까. 궁극적으로는 모순이 존재하지 않는다고 하더라도 현실적으로는 모순이 존재한다고 할 때, 비록 일시적이나마 그 모순은 어떻게 사라지게 되는 것일까.

이에 대한 공식적인 입장은 토대의 사회주의적 개혁에 따라 이러한 갈등의 물질적 토대가 사라지게 되었고, 토대가 사라진 다음에 남은 것은 결국 의식상의 문제, 곧 낡은 부르주아 사상의 잔재라는 것이다. 그러므로 모든 문학은 이러한 낡은 부르주아 사상의 잔재를 청산하는 데 있게 된다. 낡은 부르주아 사상이라는 것이 결국에는 행위 주체로서의 '개인'

---

17) 엄호석, 「사회주의 리얼리즘과 우리 문학」, 『조선문학』, 1955.3. 3 : 373.

을 상정하는 것이며, 그리고 형식적으로는 모든 개인의 자유와 평등을 보장하는 것이지만, 이는 실제로는 불평등을 억압하는 이데올로기라고 했을 때, 낡은 부르주아 사상의 잔재 청산이란 이러한 개인주의에 대한 부정으로 나타난다. 그러나 이러한 개인주의에 대한 부정은 실제로는 전체에 대한 요구, 혹은 당의 명령에의 충실성으로 나타난다. 개인의 이익이 전체의 이익과 모순되지 않고, 인민 전체의 이익을 집약한 것이 당이라면, 당성이란 결국 전체 인민을 대표하는 것이 된다. 하지만 소설 속에서 이러한 당성의 획득이란, 현실적인 요구에 의해 형성되는 것이라기보다는 당의 명령에 충실하게 따르는 것, 어떻게 했을 때 가장 당의 명령을 충실하게 이행할 수 있는가에 의해서 결정되는 것이다. 그것은 당이 인민의 대표임이 선언되었기 때문이다. 이렇게 선언된 이상, 당의 명령에 대한 불복종은 존재하지 않게 된다. 다시 말하자면 당은 무오류적인 존재인 것이다. 이러한 당의 무오류성에 대한 인식은 사실 아무 데도 존재하지 않는다. '인민의 이익'이라는 이름으로 강제되었을 때, 그것을 거부할 수 있는 권리나 그것을 의심할 수 있는 권리는 보장되지 않는다. 그리고 모든 논의는 당성 자체가 아니라, 당성의 구현 방식에 놓일 수밖에 없게 된다.[18] 자유로운 개인의 창발성은 최대한으로 허용되지만, 그러나 그것은 전체 인민의 이익, 곧 당의 노선 안에서이다.

---

18) 이는 비평의 경우에서도 마찬가지이다. 유일한 방법으로서의 사회주의적 사실주의가 선언된 이후, 사회주의적 사실주의 자체에 대한 부정은 존재하지 않는다. 그러나 그렇다고 사회주의 사실주의에 대한 논의가 없는 것은 아니다. 사회주의적 사실주의의 타당성에 대한 논의는 존재하지 않지만, 그러나 사회주의적 사실주의의 구체적 방법에 대한 논의에서는 틈을 보이게 된다. 이러한 틈이란 결국 사회주의적 사실주의의 방법 자체에 균열을 가져오고 해체될 위험마저 갖게 되는 것이다. 사회주의 사실주의에서의 전형에 대한 논의 혹은 혁명적 낭만성이나 혁명적 낙관성의 문제 등이 그러하다. 이에 대해서는 다른 관점에서 다시 서술하기로 한다.

계급의 원수들은 마치 우리의 문학이 당의 이러저러한 명령에 의하여 쓰여지는 문학이라고 비방합니다. 그러나 사태는 이와 다릅니다.

우리는 우리 문학을 자기 심장의 고동대로 쓰고 있습니다. 그런데 당의 커다란 심장은 언제나 우리의 심장과 같이 고동합니다.

당은 인민의 심장이며 정신적인 지향입니다.

물론 창작에 있어서 자유와 자주성은 신성한 권리입니다.

그러나 이 신성한 권리는 작가가 생활의 진실을 표현하지 않거나 인민의 이익에 복무하지 않을 때는 있을 수 없습니다.

피상적으로 창작의 자유와 자주성의 권리를 부르짖는 뒤에는 우리 문학을 파괴하려는 부르죠아 이색 사상의 무서운 적이 잠복하여 있다는 것을 우리는 자기들의 체험을 통하여 잘 알고 있습니다.[19]

이러한 입장 자체는 승인될 수 있다. 왜냐하면 문학은 이데올로기이고, 그리고 그러한 한에서 문학을 둘러싼 논쟁은 계급적 대립의 이데올로기적 형태이기 때문이다. 그러므로 이 싸움은 이데올로기 싸움인 한에서 최대한 자신의 영향력을 확보하는 싸움이지 않으면 안 된다. 그리고 그러한 한에서 이 논쟁은 정치적인 논쟁이고, 당의 영역 안에서 이루어지는 싸움이지 않으면 안 된다. 그러나 이 논쟁이 이데올로기적 싸움의 형태를 벗어나게 될 때, 다시 말하자면 종파주의 청산이라는 형식을 빌려 이데올로기적 싸움의 바깥에서 결정될 때, 내적인 모순이 생기지 않을 수 없다. 개인의 창발성을 최대한으로 보장하는 문학과 문학 논쟁은 "우리의 심장과 같이 고동"한다고 설정되어 있는 "당의 커다란 심장"에 의해 규정될 때, 개인의 창발성의 보장은 제한되는 것이다. 물론 사회주의 건설을 위해 노력을 경주하지 않을 수 없을 때, 필연적으로 발생할 수밖에 없는

---

19) 한설야, 「전후 조선 문학의 현 상태와 전망 : 제2차 조선 작가 대회에서 한 한설야 위원장의 보고」, 『제2차 조선 작가 대회 문헌집』, 조선작가동맹출판사, 4 : 38~39.

계급투쟁으로 이해 가능하기는 하지만, 실상 이러한 방식으로 진전되는 논의는 전체주의의 혐의를 벗기 어려운 것이다. 그리고 이러한 의미에서의 전체주의란 실상 개인의 최대한의 자유라는 근대적 이상의 어두운 그림자, 불행한 쌍생아인 것이다. 개인의 자유라는 모더니티의 이상을 최대한으로 밀고 나가 근대를 완성하는, 그리고 그럼으로써 근대를 넘어서는 기획으로서의 사회주의는 현실 사회주의에서 근대의 어두운 그림자 속으로 되말려 들어가는 것이다.[20]

3.2 방법으로서의 사회주의적 사실주의, 그 근대적 욕망

사실주의론과 모더니즘은 근대 문학의 쌍생아이다. 근대 이전에 사실주의론이 존재하지 않았음은 물론이다. 플라톤이 말하는 바의 모방이란 실상 사실주의론과는 아무런 관련이 없다고 하겠다. 사실주의론이 기본적으로 유물론적 관념에 서 있다고 한다면, 플라톤의 '모방'설은 기본적으로는 관념론이다. 그 관념론이 거꾸로 된 유물론일 수는 있겠지만, 그럼에도 불구하고 모방론은 기본적으로는 관념론에 지나지 않는 것이다. 여기에는 물론 하나의 전제가 따른다. 사실주의는 유물론에 기대어 있다는 것이다. 유물론적 원칙이 먼저 정립되었다고 말할 수는 없지만, 사실주의의 관점이란 유물론적인 관점이다. 이 점에서는 아리스토텔레스도 별반 다르지 않다. 아리스토텔레스가 말한 바 인간 행동의 '모방'으로서

---

20) 문학 비평에서 동일한 인물에 대한 평가의 급격한 변화는 이런 양상을 잘 드러내 준다. 정치적 판결이 문학적 평가에 직접적으로 영향을 미치는 것이다. 임화의 경우 특수한 예라 치더라도, 안막이나 한효의 경우는 논조의 변화가 대단히 급격함을 알 수 있다. 종파주의로 규정이 됨으로써, 그 규정에 따른 소급적 판단이 행해지고 있는 것처럼 보인다.

의 비극이란, 개체 속에 내재하는 제 2실체에 관한 이야기라고 할 수 있을 것이다. 그런 점에서 비극이란 제 2실체에 대한 인식을 통해 다시 제1의 실체로 나아가는 것이다.

사실주의적 관점이 유물론에 바탕을 두고 있을 뿐만 아니라, 사실주의는 또한 객관적 현실에 대한 인식, 아니 객관적 현실의 존재를 전제하고 있다. 그 아래서 비로소 그 객관적 현실에 대한 인식이 문제가 되는 것이다. 객관적 현실의 존재, 인식의 대상으로서의 객관적 현실, 그리고 인식하는 주체의 구분이라는 토픽이야말로 근대적인 것이 아니겠는가. 그렇기 때문에 인식하는 주체가 객관적 현실을 '올바르게' 인식할 수 있다는 것이고, 그리고 이 올바른 인식을 '반영'이라고 하는 것이 아니겠는가. 반영이란 기본적으로 거울상(mirror image)을 뜻하는 것이다. 거울이라는 존재야말로 사실주의의 기본 원칙이라고 했을 때, 그것은 완전 평면인 거울, 두께도 하나의 흠집도 없는, 그리고 무한히 큰 거울을 상정하는 것이다. 이러한 거울의 상정이 현실적으로 가능한가 하는 문제는 2차적인 것이다. 그것이 현실적으로 가능하건 가능하지 않건 문제가 되지 않는다. 문제는 그것이 존재할 수 있다는 것이다. 그리고 그 존재를 인정하지 않았을 때, 어떠한 사실주의도 불가능해진다. 레닌이 말하는 바, 객관적 진리의 존재, 그리고 그것의 궁극적인 인식 가능성이라는 명제는, 근대적 인식론의 출발이자 또한 욕망인 것이다. 그리고 이러한 욕망, 객관적 진리의 완전한 인식에 대한 욕망이란 근대인의 욕망이기도 한 것이다.

객관적 인식에 대한 욕망의 출발은 자신에게는 낯선 것에 대해 불안을 느끼고 그에 대해 맞서는 의식에서 출발한다. 낯선 것을 낯설지 않게 만드는 것이야말로 근대 인식론의 욕망이다. 그것을 어떠한 방식으로든지 자신의 질서 안으로 포괄하는 것, 그것을 인간적인 대상으로 만드는 것, 그렇게 함으로써 그것을 '정복'하는 것, 그것이야말로 근대인의 욕망이 아니었던가. 그러나 이 근대인의 욕망은 항상 좌절당한다. 이 욕망의 항상적인 좌절, 그럼에도 불구하고 포기할 수 없는 욕망, 이 욕망과 좌절의 드라마 속에 문학이 존재한다.

객관적 인식, 절대적 인식에 대한 욕망이라는 차원에서 본다면, 사회주의 리얼리즘은 이 좌절당한 욕망의 재배치이다.

> 사회주의 리얼리즘의 방법은 이와 같은 긍정적 현실과 긍정적 인물들을 묘사하기 위하여 또 그것을 가장 자유스럽게 충분히 묘사하기 위하여 소비에트 사회가 창조해 낸 문학상 새로운 방법이다. (중략)
>
> 작가들로 하여금 현실을 가장 충분하게 포착하게 하며, 예술적 묘사의 일면성을 극복하고 현실을 가장 충분하게 묘사하기 위해서는 무엇보다도 사회적 모순이 제거되어야 하며 문학의 충분한 개화발전이 보장되어야 한다. 그러한 조건들은 다만 계급을 근절함으로써 그 조건들을 만드는 역사적 힘의 출현 즉 사회주의 사회의 출현에 의해서만 갖추어질 수 있는 것이다. (중략)
>
> 사회주의 리얼리즘은 사회주의를 위한 투쟁과 사회주의적 현실에 의하여 발생되고 형성되어 온 문학상 새로운 방법이다.[21]

욕망은 이제 새로운 관계 속에 들어감으로써, 성취의 가능성을 갖는다. 자본주의 사회에서 절대적 인식에 대한 욕망, 특히 사회적 관계에 대한 인식의 욕망이 자본주의 사회 '구조' 자체에 의해 제한되고 있었다고 한다면, 이제 새로운 사회구조 속에서 그러한 제한, 마법의 주문은 풀린다. 사회구조의 변화는 투명성을 가능하게 한다는 것이다. 그리고 이러한 변화를 바탕으로 해서 사회주의 리얼리즘은 욕망의 성취 가능성을 말한다.

그러나 그 성취는 이루어지지 않는다. 사회주의 리얼리즘 비평은 그에

---

21) 한효, 「사회주의 리얼리즘과 조선 문학」, 『문학론』, 1952. 2 : 321~322.

대해 제한적인 성공만을 말할 뿐이다. 그리고 그에 대해서는 작가적 노력의 부족, 마르크스레닌주의의 학습의 부족을 말한다. 현실 속으로 들어가 알려고 노력한다면, 역사적 현실은 투명하게 발견된다는 것이다. 북한에서 사회주의 리얼리즘론이 자신의 토대를 가지고 있기 이전에 이미 존재하였기 때문인지도 모른다. 북한에서 사회주의 리얼리즘을 옹호하면서 '자연주의'에 대한 싸움을 전개했을 때, 그 초점은 그 바탕에 깔려 있는 이데올로기를 향하고 있다.

> 자연주의는 모든 다른 부르주아 사조와 마찬가지로 부르주아 계급의 이해 관계를 표현하며 그들의 경제적 및 정치적 지배를 신성화하며 고정화하기 위하여 발생한 그런 문학상 사조이다. 그것은 다만 어떤 '요소'로서만 존재하는 것이 아니라 항상 부르주아적 반동적 이데올로기로서 존재하였으며 또 존재하고 있다.[22]

서만일, 한효, 안막 등에 대한 비판에서도 마찬가지 모습이 나타난다.[23]

---

22) 한효, 「자연주의를 반대하는 투쟁에 있어서의 조선 문학」, 『문학예술』, 1953.1~4. 2 : 395.

23) 이들이 '분쇄'된 것이 언제인지는 불명확하다. 또 그 '분쇄'의 형식이 '숙청'이었는지 아닌지도 알 수 없다. 문제가 되고 있는 서만일의 「작가와 시대정신」이 나온 것이 1958년도 조선 작가 동맹출판사에서 1958년에 나온 『해방후 우리 문학』에 실려 있다는 점을 감안한다면, 그리고 한설야가 이들이 분쇄되었다고 말한 것이 1958년도 중반쯤이므로 1957년도 말에서 1958년 초인 것으로 추론된다. "역사적인 조선 노동당 제3차 대회의 결정을 받들고 1956년 10월에 소집되었던 제2차 조선작가대회가 있은 때로부터 2년 반 남짓한 시일이 경과하였습니다."(한설야, 「공산주의 교양과 우리 문학의 당면 과업」, 『공산주의 교양과 문학 창작』, 조선작가동맹출판사, 1959. 5 : 7) ; "이 기간에 최창익, 서휘 도당의 추종 분자들인 홍순철, 한효 등의 해독적 영향을 뿌리뽑고 그 뒤를 이어 안막, 서만일, 윤두헌 등의 부르주아적 문학의 독소들을 적발 분쇄하였습니다."(같은 글, 5 : 9)

> 우리는 이상에서 안막, 서만일, 박석정 등 이색분자들이 우리 시 문학 분야에 끼친 해독성을 보았다. 이자들이 우리 시문학 분야에 남겨 놓은 엄중성은 무엇보다도 우리 문학의 생명인 당성을 거세하고 부르주아적 이색적인 사상을 유포시키려고 한 데 있다.
>
> (중략)
>
> 우리는 시 문학 분야에서 부르주아적 사상 요소들을 철저히 제거함으로써만 오늘 위대한 변혁기에 처한 박찬 현실 속에서 우리의 시가들이 혁명적 무기로서의 역할을 원만히 수행하리라는 것을 다시 한번 깊이 명심하여야 할 것이다.
>
> 그러기 위하여서는 우리들은 우리 대열 내에 숨어 두었던 반동적 이색적 요소뿐만 아니라 우리 자신이 가지고 있는 온갖 낡은 사상 잔재의 표현들--형식주의 및 자연주의 요소들을 뿌리 채 없애는 문제가 또한 중요한 과업으로 제기된다.[24]

이러한 비판에서 볼 수 있듯이 싸움은 '이데올로기'로 향해진다. 자연주의와의 투쟁을 비롯한 문학 내에서의 대부분의 논쟁은 이데올로기적 투쟁의 양상을 띤다. 상대방의 잘못 속에 존재하는 부르주아 사상의 '잔재'를 적발해 내는 것이다. 여기서 눈여겨보아야 할 것은 논쟁이 어떻게 이루어지고 있는가, 그리고 그것이 타당한 것인가가 아니다. 그것이 '잔재'라는 것이다. 인민민주주의 혁명을 거쳐 사회주의적 개조로 나아가고 다시 공산주의 사회를 바라보게 되는 과정에서 부르주아적 사상이나 소소유자적(小所有者) 사상, 곧 소 부르주아의 사상이 생겨날 토대는 존재하지 않기 때문에, 그것은 사상의 문제가 되는 것이다. 다시 말하자면, 사회 구조상 아무런 문제가 발생할 여지가 없으므로 모든 위험성은 부르주아 사상의 잔재로부터 오는 것이고, 이에 대한 싸움은 이데올로기적인 싸움이며, 또한 사상 투쟁이다.

---

24) 박세영, 「시문학의 전투적 기치를 높이자」, 『문학신문』, 1959. 2. 1. 5 : 77.

현실이 증명하는 것을 보지 못하게 하는 낡은 사상의 잔재와의 싸움. 이런 낡은 사상의 장막을 걷어내었을 때, 현실을 바로 볼 수 있다는 것이고, 그리고 그럼으로써 현실을 투명하게 인식할 수 있다는 것이다.

리얼리즘의 출발은 '근대'이다. 그리고 그 본모습 또한 철저히 근대적인 것이다. 현실의 낯섦을 극복하기 위한 하나의 방식으로서의 리얼리즘, 그리고 믿음, 그리고 현실 속에서 낯섦이 완전히 극복되었다고 선언하는 사회주의 리얼리즘. 북한에서 사회주의 리얼리즘의 성취를 말했던 것은, 북한 사회가 인민민주주의 혁명을 성공시켰기 때문이다. 그리고 그 혁명을 사회주의 혁명으로 전화시키려 했기 때문이다. 이제 토대가 변화된 상태에서 인식을 불가능하게 했던 조건, 온갖 제약조건은 사라졌다. 남은 것은 가능성을 곧바로 현실화하는 것일 뿐이다. 그러나 인식의 제한이란 언제나 존재하는 것이다. 그 자신 신이 되지 않는 한, 현실에 대한 완전한 인식은 존재할 수 없다.

근대적 인식론의 특징이 무엇일까? 첫째는 인식의 가능성에 대한 믿음일 것이다. 그리고 그 바탕에는 인간 이성에 대한 절대적 신뢰가 있다. 물론 근대 초기에 이러한 인간 이성에 대한 신뢰에 의문이 던져진 적이 없었던 것은 아니다. 막스 베버가 말한 바, '철창'(iron cage)은 이러한 이성의 절대적 신뢰에 대한 믿음이 가져올 수 있는 어두운 미래에 대한 인식이었다고 할 수 있을 것이다. 그러니 그럼에도 불구하고, 인식의 절대성, 그리고 인식의 절대성을 통한 객관적 현실의 지배, 이용이라는 사고는 근대 인식론의 핵심이라고 할 것이다. 앎을 통해서 인간의 자유로움을 절대 자유에까지 이르게 하겠다는 욕망이야말로 근대적인 것이다. "앎이 그대를 자유롭게 하리라." 야말로 근대의 표어이다. 계몽주의가 바로 이러한 요구에 기초해 있는 것이 아니었던가? 현실에 대한 절대적 자유라는 것은 현실에 대한 온전한 이해를 통해서만 가능한 것이고, 현실에 대한 인식이 없을 때, 혹은 부족할 때, 혹은 잘못되었을 때, 인간의 자유란 단지 상상의 산물에 불과하다는 이러한 사고

가 요청하는 바는 세계의 투명성이다. 세계란 근본적으로 투명한 것이고, 그것을 불투명하게 만드는 것은 인간의 이성의 미발달이라는 것이 아니겠는가. 그러므로 인간 이성을 절대치까지 발전시킴으로써 세계를 투명하게 만들고, 그리고 그럼으로써 세계에 대한 인간의 절대적 지배를 천명하라는 것이 근대 인식론의 요구인 것이다.

근대적 인식론, 혹은 근대적 사유의 또 하나의 특징이라고 한다면, 그것은 바로 인식하는 주체와 인식하는 객체의 구분이다. 이 구분이 단지 방법적인 전제를 넘어서서 그 자체가 하나의 객관적인 현실로 받아들여지고 있는 것이 근대인 것이다. 이런 주-객의 구분이 지니는 한계에 대한 인식은 근대 초기부터 이미 나오고 있었다. 니체가 말한 아폴론적인 욕망이라는 것, 세계의 경계를 명확하게 하라는 것, 빛으로 비추어 그 경계를 투명하게 드러내라는 것이 바로 근대적인 욕망인 것이다. 이러한 주-객 구분이란 세계의 투명성에 대한 요구와 쌍을 이루고 있다. 이 두 가지 전제를 자기 속에 한 몸에 체현한 자가 바로 헤겔일 것이다. 역사의 끝에서 역사를 되돌아보면서 자신과 세계를 인식하는 절대정신, 세계와 자신이 투명하게 전체 모습을 드러내는 정신의 자기반성인 『정신현상학』은 인간 정신이 이제 절대적 존재에 이르렀음에 대한 선언이다. 이 선언이 타당한가 그렇지 않은가를 여기서 논하고자 하는 것은 아니다. 문제는 이러한 헤겔적 정신, 헤겔이 말하는 바 자유정신, 그리고 절대정신, 그리고 절대지야말로, 근대적 인식론의 한 핵심이면서 아울러 근대적 인식론의 한계를 드러내고 있다는 점이다.

헤겔의 관념론을 거꾸로 세우겠다는 마르크스의 변증법적 유물론이 과연 그렇게 했는가 또한 여기서의 문제는 아니다. 문제는 그 욕망인 것이다. 이 헤겔의 욕망이 역사 속에서 다른 방식으로 자신을 드러냈던 것이 바로 루카치의 『역사와 계급의식』이 아니던가. 절대 정신의 자리에 역사적 존재인 프롤레타리아트를 대입시킴으로써, 헤겔을 역사화 하기는 하였지만, 그러나 그 때, 프롤레타리아트란 현실적인 프롤레타리아트도 그렇다고 해서 프롤레타리아 당도 아니고, 단지 가능한 계급의식에 지나지 않는 것이었다. 이 때, 투명한 인식이란 단지 가능성으로서만 존재하는 것이다. 이 가능성을 현실성으로 강제로 전환시켰던 것이, 바로 우리가 현금에 보고 있는 정통 마르크시즘이라고 해야 할 것이다. 강제로 현실성으로 전환된 투명성은 결코 투명한 것이라고 할 수 없다. 그것은 단지 투명하다는 자기 선언 이상은 아닐 것이다.

북한 문학에서 제기되는 당성이야말로 바로 이러한 것이다. 당성이란 그것이 프롤레타리아트의 계급의식에 토대를 두고 있는 것이고, 그리고 프롤레타리아트야말로 해방자일 수 있는 존재이기 때문에 인민성을 가진다는 것, 그리고 그렇기 때문에 오류가 있을 수 없다는 것. 이것이 북한 문학에서의 당성의 요청인 것이다.

북한 문학에서 사회주의적 사실주의[25]란 결국 이러한 절대적 투명성의 요청, 아니 절대적 투명성의 확인 위에 바탕하고 있는 것이다. 이러한 절대적 투명성에 대한 요청이란 앞서 말한 대로 지극히 근대적인 것이다.[26] 그렇다고 한다면, 결국 사실주의에 대한 요구야말로 가장 근대적인 것이기도 하다. 다른 인식 형태와는 다른 방식이기는 하지만, 결국 문학이란 인식의 한 형식, 혹은 이데올로기의 한 형태일 것이고, 그리고 그렇다고 한다면, 문학이 최종

---

25) 초기에는 고상한 사실주의라고 언명되었지만, 150년대 중반에 들어가면서부터는 명확하게 사회주의적 사실주의라고 제시된다.

26) 절대적 투명성이란 존재하지 않는다는 것이 바로 포스트모더니즘의 문제 제기이다. 그렇기 때문에 절대적 투명성, 혹은 그 가능성을 전제로 하고 있는 사실주의, 리얼리즘은 포스트모더니즘에서는 비판받아 마땅한 권력이 되고 있다. 그것은 강제로 요구하는 것이기 때문이다. 이는 사실주의를 어떻게 이해하는가의 문제와도 연관되어 있다. 마술적 리얼리즘이란 이러한 사회주의적 사실주의의 요구와는 전혀 다른 자리에 서 있는 것이며, 이는 인식의 방법에 대한 문제이기도 하다.

적인 목표란 현실의 올바른 인식인 한에서 사실주의는 문학이라는 특수한 방식을 통한 인식의 투명성, 현실 전유의 투명성을 보장받고자 하는 것이다.

4. 북한 문학에서의 전통과 모더니티 : 현대성을 위한 새로운 전통의 확립

모더니티의 문제에 비한다면, 북한 문학에서 전통 논의는 훨씬 명확한 모습을 띤다. 북한의 전통 논의에서는 전통은 언제나 가치 평가적인 범주이다. 그렇기 때문에 '전통적인 방식'이라는 우리의 일상어에서 통용되는 기술적인 범주로서의 전통 논의는 존재하지 않는다. 그러므로 전통이란 남겨진 유산 가운데서 선택되는 것이며, 그렇기 때문에 전통에는 부정적 요소가 끼어 들 여지가 없다.

북한 문학에서의 전통은 일차적으로는 문학적 전통과 비문학적 전통으로 구분된다. 사실 이러한 구분은 엄밀한 구분이라기보다는 편의적인 구분이고, 또 북한에서 이렇게 구분한 것도 아니다. 그러나 그럼에도 불구하고 이렇게 구분하는 이유는, 문학적 전통과 비문학적 전통의 계승이 사실상으로는 구분되어 논의되고 있기 때문이다.

4.1 고전 문학 유산과 애국주의

우선 문학적 전통으로 받아들여지는 것은 문학 유산으로서의 고전이다. 이 때 고전 유산은 물론 식민지 시대 이전, 그러니까 자본주의 시대 이전의 문학을 뜻한다. 허균의 ≪양반전≫, ≪호질≫, 연암의 ≪열하일기≫, 심지어 김만중의 ≪구운몽≫까지도 문학적 유산이자 계승해야 할 전통으로서 제시된다. 그리고 1950년대부터 이미 고전 유산에 대한 정리, 한문 유산의 번역 작업 등이 이루어진다. 그러나 이러한 문학적 유산들이 실제 작품 창작에서 커다란 역할을 하였다고 판단되지는 않는다. 그러나 이러한 고전 문학의 유산을 전통으로 실질적으로 계승하고 창조적으로 발전시키는 일은 쉽지 않은 일이다. 김일성의 교시 「전체 작가 예술가들에게 주신 김일성 장군님의 격려의 말씀」에서 비판하고 있듯이, 고전 문학의 형식(특히 시가 형식)을 그대로 답습하는 경향마저 보인다.

> 그런데 일부 우리 예술가들은 과거의 민요 그대로를 존속함으로써만 이 민족 문화의 계승으로 생각하는 일이 있습니다. 이러한 경향은 우리 민족 문화 발전의 기본 노선을 망각하는 일입니다. 민요, 음악, 무용 등 각 부면에서 우리 민족이 고유하고 있는 우수한 특성들을 보면서 보전함과 아울러 새로운 생활이 요청하는 새로운 리듬, 새로운 선율, 새로운 율동을 창조하여야 하겠습니다.[27]

이처럼 고전 문학의 전통을 계승하는 일이란 '현대성' 곧 당대적 삶의 요구, 실질적으로는 당의 요구에 걸맞은 것이 아니어서는 안 된다. 그러나 이 작업이 쉬운 일이 아님은 작가나 비평가 모두 잘 알고 있었던 듯하다.

예컨대 엄호석 비평의 한 구절을 보자.

> 이 시들은 그 묘사된 자연이 무엇보다 향토적 풍물이며 따라서 향토적 정서가 흐르고 있는 것으로서 특징적이다. 향토적 정서, 그것은 수세기를 내려오며 조선 사람들의 생활 풍습과 자연 풍물에 대한 태도 속에

---

27) 이정구, 「최근 우리 시문학 상에 제기되는 몇 가지 문제」, 『조선문학』, 1954. 9. 3 : 275에서 재인용.

깃든 심리와 인상의 축적물이라고 말할 수 있다. 이러한 관습적인 향토적 정서가 현대시에서 실례로 김소월에게 있어서처럼 민요적 모찌브의 세계와 결합될 때 거기에서는 자연스러운 시적 조화와 높은 리리즘의 완성에로 쉽게 나아갈 수 있었다. 그러나 그것을 현대 생활의 모찌브와 결부시킨다는 것은 마치 칠현금으로 현대의 복잡한 교향곡을 탄주하는 것이 어려운 것처럼 어려운 문제가 아닐 수 없다.[28]

여기서 '전통'의 문제가 확실하게 제시되고 있는데, 전통은 두 가지이다. 하나는 향토적 풍물이라는 점, 다시 말하면 향토적 정서라고 할 수 있는 것이다. 그러나 향토적 정서라는 것이 무엇인가는 말하고 있지 않다. 다만 자연과 관계 있다는 것 정도일 뿐. 또 하나는 김소월을 뛰어난 성취로 보고 있다는 점. 그러나 김소월의 경우, 뛰어난 전통이기는 하지만, 그렇다고 해서 모범이 되고 있지는 않다. 모범이 되고 있지 않은 이유는 그것이 현대 생활과 맞닿아 있지 않기 때문이다. 그렇다면 현대적 정서와 향토적 정서 사이에 어떠한 연관이 존재하는지가 문제인 것이다. 그런데 도대체 현대적 생활이라는 것은 무엇인가? 이 문장으로서는 그 답을 알 수가 없다. 엄호석은 이 부분에 대한 더 이상의 탐구는 하지 않는다. 아마도 상반기 결산 평론이기 때문일 터인데, 문제는 이 부분이 더 이상 핵심적인 문제로 발전하고 있지 않다는 점이다. 현대 생활이란 무엇인가? 향토적 정서가 자연과의 관계 속에서 인간화된 자연을 발견하는 것이고, 그리고 그 인간화된 자연 속에서 자신의 내적인 정서를 토로하는 것일 터인데, 이러한 인간화된 자연은 현대 생활과는 어울리지 않는다고 한다면, 그 때의 현대 생활이란 도시적인 것일 터이다. 물론 여기서의 도시란 추상화된 것이며, 도시 생활이란 자연적 리듬과는 벗어난 새로운 리듬을 필요로 하는 것일 터이다. 김소월의 시가 일단 성공을

---

28) 엄호석, 「시대와 서정시인」, 『조선문학』, 1957. 7.

하였다면, 그것은 아마도 향토적 정서와 민요의 모티브가 결합되어서가 아니라, 김소월 시에서의 향토라는 것이 현대 생활에 맞서 있기 때문일 것이다. 그리고 그 때 현대 생활이란 작가에게 억압적인 것으로 다가오는 것이며, 부정되어야 할 어떤 것으로 작용하고 있기 때문일 것이다. 그렇다면 향토적 정서란, 수세기에 걸쳐 형성되어 온 습관이라고 한다면, 그것은 농경 사회 속에서 형성된 것이며, 또한 그 속에서 이해될 것이다. 그렇지 않은 향토성이란 결국에는 도시 생활이 뒤집혀진 상 이상의 것이 아니기 때문이다.

그렇다면 고전 문학 전통의 계승에서 제시되고 있는 현대성이란 어떠한 것일까. 전통의 기준은 몇 가지로 나누어 생각할 수 있다. 이 가운데 가장 중요한 기준은 당대의 작가들에게 요구되었던 '애국주의'이다.

> 남북 조선의 전체 인민들의 조국애는 (중략) 그들의 철저한 민주주의적 사상과 함께 모든 영웅적 투쟁의 원천으로 되고 있다. (중략) 고상한 리얼리즘은 평론과 창작을 막론하고 이같은 애국주의 사상을 기본적 테마로 하여야 하며(하략)[29]

애국주의는 우리나라에 있어서 인민들의 생활과 정신을 지배한 가장 뿌리 깊은 민족적 전통이다.[30]

영웅들이 체현한 심오한 애국수의는 당의 사상이며 영웅들이 지닌 고상한 성품들은 바로 당원들이 지닌 그것이며 따라서 영웅의 성격은 당원의 성격과 일치한다.[31]

---

29) 윤세평, 「8·15 해방 이후의 문학 평론」, 『문학의 전진』, 1950.7. 2 : 107. 이 글에서 주목해야 할 점은 주요 과제를 제기하면서 당성보다 애국주의가 먼저 제시된다는 점이다. 이는 두 가지 이유 때문으로 이해된다. 하나는 아직 인민민주주의 단계라는 점, 그리고 당면 과제가 조국 통일이라는 점.

30) 엄호석, 「조국 해방 전쟁 시기의 우리 문학」, 『인민』, 1952. 2 : 191.

> 김일성 원수는 우리 작가들이 조선 인민의 애국심을 표현할 데 대하
> 여 말씀하시면서 "실로 우리 조선 인민은 유구한 역사를 통하여 오늘날
> 우리들이 진행하고 있는 위대한 조국 해방 전쟁 시기에서처럼 숭고한
> 애국심을 발휘한 때는 없습니다. …… 다시 말하면 오늘의 우리 조선
> 인민은 예전 일제 시대의 조선 인민이 아닐 뿐만 아니라 전쟁 전의
> 조선 인민도 아니라는 것을 말하는 것입니다."(중략)라고 강조하시었
> 다.[32]

애국주의가 인민의 빛나는 전통이라고 했을 때, 그리고 이러한 애국주의
가 편협한 국수주의나 민족주의가 아닌 프롤레타리아 국제주의에 의해 "안
받침 되어" 있다고 했을 때, 도대체 애국주의란 무엇일까. 이러한 애국주의
란 실상 대단히 편의적인 것에 지나지 않는지도 모른다. 왜냐하면 '국가'의
문제를 제외하고서 애국주의를 논할 수는 없기 때문이다.

예컨대 임란 당시에 일본에 맞서 싸웠던 민족의 애국심이란 과연 어떠한
것이며, 거기서 국가의 문제는 어떻게 처리가 되는 것일까. 실상 국가에
대한 사랑이란, 그것이 자신의 국가가 아닌 한에서는 민중의 국가가 아닌
한에서는 무의미한 것일 뿐만 아니라, 때로는 억압과 동원의 이데올로기적
효과를 낳기 때문이다. 이는 민족의 문제와는 무관하다. 이는 사회주의 혁명
이후의 북한의 현실과는 차이가 있다고 하지 않을 수 없다. 왜냐하면 이론상,
북한은 민중의 국가이기 때문이다. 따라서 이 국가를 수호하는 일이란, 남쪽
미국 제국주의의 항시적인 침략 위협에 맞서, 그리고 남쪽 인민을 해방시키
기 위해서 긴요한 일이고, 그 때문에 애국주의가 의미를 가질 수 있는 것이
다. 그러나 임란 당시는 어떠한가. 그것은 국가와 국가의 싸움이고, 그리고
이때 국가란 민중의 국가가 아님은 물론이다. 임란이 침략 전쟁의 성격을

---

31) 엄호석, 같은 글, 2 : 195.

32) 김하명, 「풍자 문학의 발전을 위하여」, 『조선문학』, 1954. 4. 3 : 146~147.

가지고 있었던 것이고, 영토 확장의 욕망에 의한 것이었음은 말할 필요도 없다. 그러나 적어도 이에 대한 국제주의적 사유는 '전쟁', 인민을 구렁텅이에 빠뜨리는 전쟁에 대한 부정이 아니었을까.

마르크시즘에서 민족 국가란 언제나 근대적인 것이다. 그러나 이 민족 개념은 우리 역사에서는 다소 다른 의미를 지닐 수밖에 없다. 상대적으로 다른 나라와의 교류가 그리 많지 않았고, 또 상당히 오랜 기간 동안 안정된 국경을 지니고 있었던 우리로서는 민족은 단지 근대적인 것일 뿐만 아니라 그 이상의 무엇으로 작동하기 때문이다. 이러한 인식 혹은 의식을 두고 단지 이데올로기에 지나지 않는다고 말할 수도 있다. 혹은 민족이란 상상적 공동체(B. 앤더슨)라고 비판할 수도 있는 것이다. 그러나 문제는 그것이 이데올로기인가, 상상적 공동체인가 하는 점이 아니다. 문제는 그것이 어떠한 것이라고 하더라도 실제로 힘을 갖는다는 것이다. 민족은 그것이 실체로 존재하건 그렇지 않건 간에 의식상에서는 현실적인 모습을 지니고 나타나며, 그리고 또한 현실에서 하나의 거대한 힘으로 작동한다.

북한 문학에서의 애국주의의 문제 또한 이와 연관되어 있을 듯하다. 애국주의의 강조란 두 가지 점에서 의미를 갖는다고 하겠다. 첫 번째는 애국주의의 문제는 반제 투쟁에서 의미를 갖는다. 식민지 해방 투쟁에서 가장 큰 원동력이라고 할 수 있는 것은 억압받는 민족이라는 생각일 것이다. 조국해방전쟁이라고 일컬어지는 한국 전쟁의 경우 그것이 '조국' '해방' 전쟁인 이유는 미국의 존재 때문이다.

그러나 이러한 애국주의 전통의 강조는 실제로 어떠한 효과를 낳는 것일까.33) 애국주의에 대해 그것이 편협한 민족주의, 국수주의가 아니고, 국제주

---

33) 이와 관련하여 생각할 수 있는 것이 혁명 이후 소비에트에서 있었던 사회주의 조국 수호 투쟁일 것이다. 일국에서의 혁명이 일어난 후, 두 가지 요청이 존재했다. 하나는 아직 발달하지 못한 경제를 발전시키는 것이 가장 큰 임무였다. 두 번째는 주위

의에 안받침 된 애국주의라고 하더라도 문제는 크게 달라지지 않는다. 그러한 의미에서의 애국주의란 실상 '사회주의 조국'의 수호라는 의미를 갖기 때문이다.[34] 이처럼 애국주의란 '사회주의 수호'라는 의미를 갖는 것이었고, 그리고 혁명을 통해 이룩한 성과를 수호하는 것이기도 하였다. 그리고 다른 한편으로는 '전쟁'을 가능하게 하는 하나의 수단이기도 하였다.

　이 글의 초점이 되고 있는 전통과 모더니티라는 관점에서 본다면, '국가'란 기본적으로 근대적인 사유 방식이라는 사실이 지적되지 않으면 안 될 것이다. 월러스틴이 말하고 있는 것처럼, 국가란 근대의 산물이며, 국가간체제의 규정이기 때문이다.[35] 그리고 이는 명백하게 근대적인 사유라고 할 수 있다. 모더니티를 넘어서기 위해서는, 혹은 모더니티를 그 극한까지 밀고 나가기 위해서는 '국가'라는 경계를 넘지 않으면 안 되는 것이 아닐까. 국가가 존재하는 한, '국가 간 관계'라는 망에서 자유로울 수 없는 것이며, 국가는 '내재적'으로 규정되는 것이 아니라, 외부에 의해서 규정되는 것이기 때문이다. 그렇기 때문에 국가의 문제, 조국 방위의 문제, 그리고 남쪽 조국의 해방의 문제가 제기되는 한, 그리고 이를 통해, 인민민주주의 '국가', 혹은 사회주의 국가를 건설하겠다고 하는 한, 모더니티는 문제 영역으로 올라오지 않는 것이다.

　　를 포위하고 있는 자본주의 세력의 침투, 그리고 그에 따른 혹은 독자적으로 일어나는 반혁명의 시도를 차단하는 것이었다. 애국주의가 문제가 되는 것은 바로 이 지점에서라고 말할 수 있다.

34)　소비에트 연방이 혁명 이후, 주위 세력과 일정한 정도로 타협을 했다는 사실은 이미 잘 알려져 있다. 1930년대 중반 이후 독일과의 불가침 조약의 타결은 결정적인 것이었다. 독일이 제2차 세계대전을 일으킬 수 있었던 것은 한 편으로 바로 이 불가침 조약이 존재하고 있었기 때문이다. 이 타협이란 한편으로는 지극히 현실적인 것이 아닐 수 없다. 앞서 말한 대로 일단 혁명 조국을 지키지 않으면 안 되었기 때문이다. 그러나 그로써 결과되는 것은 무엇이었을까.

35)　임마누엘 월러스틴, 『사회과학으로부터의 탈피』, 창작과비평사 참조.

그렇기 때문에 '애국주의'는 당대의 가장 큰 요구일 수 있기는 하지만, 그리고 또 실제로 문학 비평에서, 그리고 계승되어야 할 고전 유산을 판단하는 데서 가장 큰 기준의 하나로 제시되고 있지만, 그러나 이러한 애국주의는 결국은 '국가'라는 문제를 넘어서지 못함으로써 근대 내부, 그것도 자본주의적 근대 내부로 되돌아오고 만 것이다.

애국주의와 깊이 연관되어 있는 논의로 민족적 전통 논의가 있다. 사실 애국주의는 전통 논의에서 제기되기 이전에 작품이 형상화해야 할 주제, 혹은 작가가 지녀야 할 사상으로서 제출된 것이고, 이 애국주의의 역사적 연원을 밝히는 데서 전통 논의와 연결되어 있다. 민족적 전통은 프롤레타리아 국제주의와 민족적 형식의 문제 가운데서 제출되는데, 논의가 그리 풍부하게 이루어지지는 않는 듯하다. 왜냐하면 민족적 전통 논의가 어떻게 부르주아 민족주의와 복고주의의 위험에서 벗어날 수 있는가가 관건이기 때문이다. 하지만, 논의에서는 이를 단지 다르다고만 말하고 있을 뿐 그 차별성에 대해서는 거의 말하지 않고 있다. 제시된 차별성은 앞서도 말한 '인민성'일 뿐이다. 뿐만 아니라 민족적 특성의 논의는 대체로 형식화된 양상을 드러낸다. 인간의 특성 가운데 민족적 특성이라고 말할 수 있는 것을 몇 가지 제시할 뿐이다.

> 그러나 우리가 제기할 수 있는 것은 주인공의 성격, 그리고 특히 공산주의자의 성격에 있어서의 민족적 특성은 조선말과 생활 풍습과 같은 외형적 표정만이 아니라 보다 많이 심리-정서적 표정이란 그 점이다. 실례로 조선 사람에게는 이웃사촌이란 훌륭한 특성이 있다. (예컨대 한설야의 <형제>--인용자) ... 조선 사람들에게는 또 동방예의지국이라고 할 만치 예의에 밝고 선열과 부모처자에 대한 충직성이 농후한 바로 이러한 특성을 통하여 선열의 유골이 묻혀져 있고 부모처자가 있는 향토와 조국 강산에 대한 애국주의 사상이 표현된다. 조선 사람에

게는 의와 절개의 아름다운 기질이 있어 그것이 조선 여성의 아름답고 강인한 품성과 조국에 대한 선열들의 충직성을 더욱 강화하는 특성으로 되어 왔다. 또 조선 사람에게는 근면하고 강한 인내성의 성질이 있다. 이 모든 훌륭한 특성이 오늘 공산주의자들의 성격에도 반영될 수 있다.

그러나 민족적 특성은 고정 불변한 것이 아니라 생활의 비전과 함께 변화하며 새로운 역사적 조건에서 새로운 특성이 발생한다.

그렇기 때문에 오늘의 공산주의자들의 민족적 특성을 과거로부터 내려오는 전통적인 특성으로만 국한시킨다면 오히려 그 성격을 왜곡할 수도 있을 것이다.[36]

이러한 엄호석의 논의는 그야말로 형식적인 것이다. 그가 제시하는 민족적 특성이란, 애국주의, 근면성, 인내성 등일 뿐이다. 이러한 민족성 논의는 '은근과 끈기'나 '얼'의 논의와 거의 차별이 없다. 이 때문에 그는 민족적 특성이 새로운 조건에서 새롭게 만들어질 수 있고, 과거의 전통적인 특성으로 한정해서는 안 된다고 하고 있지만, 그럼에도 불구하고 그가 말하는 민족적 특성이란 기실 '은근과 끈기'나 '얼'처럼 그가 비판하고 있는 것과 한 치도 다름이 없는 것이다. 게다가 '절개'를 논의하는 대목에서는 오히려 뒤로 후퇴하고 있는 듯한 모습도 볼 수 있다. 절개나 의가 문제가 아니라, 그것이 드러나는 문맥이 중요한 것이다. 또한 민족적 특성만을 논하는 자리가 아닌 탓이겠지만 민족적 특성의 형성에 대한 논의를 제외하고 있다. 그렇기 때문에 이러한 엄호석의 주장은 그의 부정에도 불구하고, 민족성을 '불변하는 인간적 특성'으로 변화시키고 있다고 하겠다.

이에 비해 김하명의 논의는 좀더 구체적이어서 눈길을 끈다.

---

36) 엄호석, 「중요한 문제는 무엇인가?」, 『문학신문』, 1959. 10. 16, 5 : 89.

　　근간에 문학의 민족적 특성 문제를 논의하면서 적지 않은 동지들은 '조선 문학의 민족적 특성은 무엇인가'라고 문제를 제기하고 그것을 찾기에 애쓰고 있다. 그러나 나는 이렇게 문제를 제기하여서는 문제의 본질을 찾기도 밝히기도 힘들 것이라고 생각한다. 혹자는 조선 민족의 특성을 애국주의, 인도주의라고 하고 또 다른 사람은 대담성, 용감성, 슬기로운 지혜라고 한다. 옳다. 조선 인민은 오랜 옛날부터 침략자를 반대하여 용감히 싸웠으며 호상 부조하면서 단합하여 찬란한 문화를 발전시켜 왔다.

　　그러나 그것은 어디까지나 상대적인 것이고 그 민족에만 고유한 것은 아니다. 어느 민족임을 불구하고 애국주의나 인도주의, 용감성, 대담성, 겸손성 등은 그 나라 근로 인민의 품성으로 되어 있다. (중략) 나는 문학의 민족적 특성 문제를 '그것은 무엇인가'의 형태로 제기할 것이 아니라 어떻게 구현되는가라고 제기해야 한다고 생각한다. 즉 조선 인민의 애국주의, 인도주의나 프롤레타리아 국제주의와 용감성 또는 사랑과 증오가 어떻게 구현되는가라고.[37]

　　김하명은 민족적 특성이 '품성의 문제'가 아니라고 말하고 있다. 근로 인민이라면 가지고 있는 품성이 어떻게 드러나는가가 문제라는 것이다. 이는 다음에 살펴볼 전통 문학 방법의 계승으로서의 '풍자'에 대한 논의에서 좀더 구체적으로 논의된다.

　　김하명의 풍자론은 전통 논의에서는 가장 뛰어난 것으로 보인다. 김하명은 「풍자 문학의 발전을 위하여」와 「부정적 인물의 형상화에 대하여」에서 현대성을 가진 문학적 전통으로 '풍자'라는 방법을 들고 있다. 풍자가 기본적으로 적에 대한 우회적 공격이라는 성격을 가지고 있을 때, 새것과 낡은 것 상이의 투쟁이라는 당면 과제, 그리고 낡은 사상 잔재와의 사상 투쟁이라는 과제에서 가장 강력한 무기가 될 수 있었던 것이다.

---

37) 김하명, 「생활적 진실의 탐구와 작가정신」, 『문학신문』, 1960. 2. 26. 5 : 100.

인간 정신의 기사로서의 작가는 마땅히 대담하게 생활에서의 모순과 갈등을 보여주며 우리나라 근로자들에게 맑스레닌주의의 혁명의식을 배양시키는 데 있어서 교양의 현실적 방법의 하나인 비판의 무기를 솜씨 있게 이용하여야 한다. 개인이나 사회생활의 부정적 측면을 날카롭게 드러내며 비판함에 있어서 풍자 문학은 중요한 역할을 할 수 있다. 풍자 문학은 온갖 부정적 현상들을 날카롭게 조소하며 멸망의 논고를 내린다. 동서양을 불문하고 인민들이 지배계급을 반대하여 적극적으로 진출하는 시기에 풍자 문학은 지배계급의 허위성과 부패상을 적발 폭로하는 강력하고도 예리한 무기로써 복무하였고, 고골리의 <죽은 넋>이나 <검찰관>, 연암 박지원의 <양반전>이나 <호질> 등은 모두 당시 지배계급의 부패한 이면 세계를 독자들 앞에 펼쳐 보여줌으로써 독자들로 하여금 그들에 대한 분노와 멸시의 감정을 일으키도록 교양하였다.38)

이러한 김하명의 주장은 사실 그리 특별하지는 않다. 그러나 현재적 관점에서 인민성을 가장 날카롭게 드러낼 수 있는 방법으로서의 풍자를 제시하고, 전통 속에서 <양반전>이나 <호질>, 그리고 <홍부전> 등을 구체적인 유산으로 제시함으로써, 민족적 특성에 대한 논의와 아울러 고전 문학 유산 계승의 구체적 방법론을 마련하고 있는 것이다. 그리고 이에 그치지 않고, 풍자의 방법론을 「부정적 인물의 형상화에 대하여」에서 계승함으로써 풍자라는 전통을 현재적 방법으로까지 끌어올리고 있다고 하겠다.

그러나 김하명을 제외한다면, 고전 문학의 전통 계승은 현저하게 '사상'의 측면에 국한되어 있다고 하겠다. 그리고 풍자의 방법이건, 아니면 긍정적 특성을 현대 속에서 발견하는 것이건 대상을 단순화하고 있다.

---

38) 김하명, 「풍자 문학의 발전을 위하여」, 『조선문학』, 1954. 4. 3 : 149.

이미 사회주의적 개조의 단계 속에서 낡은 '잔재'와의 투쟁이 당면의 임무로 제시되고 있기 때문이라고 할 수 있겠지만, 인간성의 문제로 환원시킴으로써 대상이 가지고 있는 특성에 대한 다면적 관찰이나, 아니면 그 성격적 특성의 해명으로는 나아가지 못하고 있는 것이다. 이러한 경향은 당의 정책의 절대성, 혹은 당의 인식의 '무오류성' 때문으로 보인다. 사회 구조가 완전히 변화했음을, 혹은 변화하고 있음을, 그것도 아주 급격하게 긍정적인 방향으로 나아가고 있음을 '전제'하고 있는 한에서는 그 속에서 나타나는 부정성들이란 결국 개인에게 돌아가는 것이 아니겠는가.

그러나 민족적 특성의 문학적 계승이 더욱 문제가 되는 것은 다른 지점이다. 사회주의 개조 과정에서 맡은 바 임무에 충실하고, 자신의 일터 속에서 노력하여야 한다는 요구가 전혀 다른 사유와 만나고 있는 지점이 발견되기 때문이다. 하나의 예에 지나지 않지만, 이러한 착종이 어떠한 양상을 드러내는지를 잘 보여주는 예가 있다.

> 인간은 누구나가 가정 밖에 있는 것이 아니다. 가정에서는 각기 자기 위치—아버지는 아버지, 딸은 딸로서 지켜야 할 의무도 강요도 아닌 본분이 있는 법이다. (중략) 작가는 어디에서든 혜숙을 아내의 자리로 돌려놓아야만 했을 것이라는 것을 거듭 말하게 되는 소이다.[39]

이 인용문은 <빛나는 전망>(『조선문학』, 1954.6)에 대한 김영근의 평이다. 아내와 남편이 각기 다른 곳에 일터를 가지게 되었을 때, 그리고 둘 모두 자신의 일, 노동에 충실하고자 할 때, 그러나 그럼에도 불구하고

---

39) 김영근, 「인간성의 옹호」, 『조선문학』, 1957. 5.

같이 살아야 할 때, 그 때 어떠한 해결책을 마련해야 하는가라는 문제에 대해 김영근은 이렇게 대답하고 있는 것이다. 이 대목은 많이 보던 대목이 아닌가. 바로 『논어』에 나오는 대목이다. 임금은 임금답고, 아비는 아비답고, 하는 대목 말이다. 김영근은 <빛나는 전망>에 대해서 혜숙을 아내의 자리로 돌려놓을 것을 말한다. 그리고 그를 위해, 누구에게나 자신의 본분이 있다고 말한다. 그 본분을 지키지 않을 때, 가정은 깨어지는 것이라고 말이다. 그렇다면 아내의 본분이란 무엇일까? 내조일까? 가장 현대적이어야 할 곳에서 가장 보수적으로 나아가는 것이다. 적어도 마르크스에 기반하고 있다면, 이러한 '아내의 본분'을 말할 수는 없을 것이다. 공산주의가 그렇지 않은가? 그것이 비록 꿈꾸는 것이라고 하더라도, 공산주의란 모든 인간이 자신이 하고 싶은 일을 하는 것, 개인의 직업이 없어지는 것, 그럼으로써, 개인의 발전을 막은 모든 제한이 철폐되는 것! 그렇다면 모든 노력은 이를 향해서 나아가지 않으면 안 된다. 어떻게 그러한 자유로움으로 나아갈 것인가를 논할 때, 그것은 어떤 것 뒤에 오는 것이어서는 안 된다.

4.2 카프와 혁명 전통

해방 후 명시적으로 북한 문학이 계승하고 있다고 말하고 있는 문학적 전통은 카프의 전통이다. 이에 대해서는 논란의 여지가 없다. 다만 카프가 성립되기 이전의 신경향파 문학을 어떻게 이해할 것인가에 대해서 약간의 논의가 있었다. 신경향파 문학에 대한 논란은 50년대 초에 신경향파를 어떻게 평가할 것인가, 그리고 그 제한성을 어떻게 바라볼 것인가를 중심으로 이루어졌다. 이 논의의 과정을 세세하게 살필 필요는 없을 것이다. 핵심적인 문제는 신경향파를 비판적 사실주의라고 규정할 때, 그 한계를 어떻게 이해할 것인가이다. 다소 도식적이기는 하지만, 신경향파에 앞선 진보적인 문학(여기에는 연암 박지원의 소설도 포함된다)으로부터 신경향파에 이르는 비판적 사실주의 시기, 그리고 카프의 사회주의 사실주의 발생시기, 마지막으로 해방 후 사회주의 사실주의의 개화시기로 이해하고 있는 듯하다. 사실 신경향파 문학과 카프의 소설이 북한 문학의 전통이 되는 것은 당연한 것일 터이다. 하지만 식민지 시대의 문학적 전통의 문제는 카프를 사회주의 사실주의로 보느냐, 혹은 신경향파의 한계를 어떻게 규정하는가 하는 문제와는 다른 지점에 있다. 그리고 여기에 핵심은 혁명 전통의 문학이다.

혁명 전통의 문학은 두 가지 의미, 곧 김일성을 중심으로 한 만주에서의 항일 혁명 투쟁과 국내에서의 민족해방투쟁이라는 의미를 갖고 있지만 대체적으로는 만주에서의 항일 혁명 투쟁을 말한다. 만주에서의 항일 혁명 투쟁이 전통의 문제와 연관되는 것은 1950년대 말에 들어서이다. 1950년대 말 항일 혁명 투쟁이 비로소 카프와 아울러 문학에서의 전통으로 제기된다.

> 공산주의 교양에서 가장 주되는 문제는 근로자들을 사회주의적-공산주의적 혁명 정신으로 교양하는 문제다. 이러한 혁명 정신의 집중적 발현을 우리는 항일 무장의 빛나는 혁명 전통에서 보게 된다. 따라서 공산주의 문학 건설, 근로자들에게 대한 공산주의 사상 교양에서 항일 무장 투쟁 과정에서 이룩된 혁명 전통의 심오한 형상화는 지극히 중요한 의의를 가지게 된다.[40]

---

40) 김재하, 「혁명 전통의 심오한 형상화를 위하여」, 『공산주의 교양과 창작 문제』, 1959. 5 : 39.

　　더욱이 오늘 사회주의 건설을 완성하며 공산주의에로의 이행을 준비하는 천리마의 현실에서 혁명 전통에 관한 주제는 인민 대중의 공산주의 사상 교양에서 강력한 무기로 된다.

　　"혁명 전통을 살리고 계승하는 것은 대단히 중요합니다. 왜 그런가, 그것은 혁명 전통을 살리고 계승함으로써 선열들이 과거 혁명 투쟁에서 승리한 것처럼 우리가 앞으로도 승리할 수 있다는 신심을 매개 사람들에게 굳게 하여 주며 그들에게 열렬한 애국심과 혁명적 투지를 북돋워 주기 때문입니다."(김일성 「사회주의 혁명의 성과적 수행을 위한 양강도 당 단체들의 기본 과업 37)[41]

이전에 혁명 전통에 관한 이야기가 없었던 것은 아니지만, 그럼에도 그것은 논의의 과정에서 제기되는 정도의 것이었다. 그러나 이 시기에 와서 명시적으로 제기하는 것은 공산주의로 이행하는 과정에서의 요청 때문인 듯하다. 당을 중심으로 단결하고, 당의 영향력을 전면화하기 위한 방법의 하나로, 김일성의 항일 무장 투쟁을 '전통'으로 만듦으로써, 정통성을 확보하고 있는 것이다. 물론 여기서 정통성의 확보란 정통성의 날조와는 무관하다. 그러나 그럼에도 이 부분이 눈에 띄는 이유는 1950년대 말, 공산주의를 목전에 바라본다고 판단하는 시점에, 그것도 명시적으로 제기되었기 때문이다. 실상 주체 시대로의 전환은 이 시기부터 시작되는 듯하다. 이 시기부터 시작해 1960년대에 주체 시대로의 전환이 이루어진다. 주체 시대로의 전환은 새로운 국면을 여는 것이다. 이 과정에서 소위 종파주의와의 투쟁이 있었고, 종파주의와의 투쟁이 끝난 이후 새로운 문학사 이해를 요구하였던 것이다. 그리고 이에 따라, 카프에 대한 이해가 변하게 된다.

---

41) 김재하, 같은 글, 5 : 40.

이 시기 카프 문학예술은 항일 무장 투쟁에 직접 고무되어 날로 앙양되는 국내 노동운동을 거대한 서사시적 화폭 속에 진실하게 반영함으로써 창작방법으로서의 사회주의 사실주의를 보다 원만하고 확고하게 구현하였다.

≪황혼≫,≪고향≫ 등으로 대표되는 국내 프롤레타리아 문학 예술은 바로 항일 무장 투쟁에 직접적으로 힘의 원천을 둠으로써 창조될 수 있었다. 30년대 문학예술이 쌓아 올린 이와 같은 빛나는 전통은 곧 레닌적 문예 사상의 구체화, 현실화로 된다.[42]

여기서 종래 국내 공산주의자 운동에 대한 평가의 변화와 아울러 카프에 대한 평가도 변하고 있음을 알 수 있다. 국내에서의 노동운동(물론 농민운동도 포함하여)이 '항일 무장 투쟁'에 의해 직접적으로 고무되었다는 진술이나, 국내의 프로 문학의 힘의 원천이 항일 무장 투쟁에 있었다는 판단은 이제까지는 보이지 않던 진술이다. 혁명 세력의 중심이 항일 무장 투쟁에 놓이고 있다는 것을 알 수 있다. 여기서 과연 그러한가 하는 질문을 던질 수 있다. 다시 말하자면 역사의 왜곡이 일어나고 있지 않은가 하는 질문 말이다. 적어도 국내 프로 문학의 경우는 그러하다. 그러나 이 자리에서 그 문제는 그리 중요하지 않다. 전통이란 언제나 새롭게 만들어지는 것일 수밖에 없는 것이기 때문이다. 그리고 더 나아가서 이제 항일 무장 투쟁의 과정에서 만들어진 문학예술 작품들이 전통의 한 가운데로 들어오게 된다. 이는 물론 1960년대 들어서의 일이다. 그리고 정책적인 것임에도 틀림이 없다. 확증할 수 있는 문제가 아니기 때문이다.[43]

---

42) 최탁호, 「해방 후 문학 예술에서의 레닌적 당성 원칙을 위한 당의 투쟁」, 『조선어문』 5집, 1960. 5 : 141.

43) 이와 관련하여 한설야의 해방 전 작품을 눈여겨 볼 필요가 있다. 다른 작가들에 비해 만주에서의 항일 무장 투쟁에 상당히 많은 관심을 기울였던 작가이기 때문이다. 예컨대, 장편 소설 ≪초향≫의 경우, 주인공은 조선에 있는 기생이지만, 실질적인

이제까지의 논의를 통해 알 수 있었던 것은 문학 전통이란 ‘구성’된다는 것, 그리고 문학 전통의 구성은 철저하게 당대적인 요구, 곧 당대성을 의미한다는 것이다. 이런 의미에서 전통이란 하나가 아니라 여러 개이다. 그러나 아직 이러한 여러 가지 전통이 체계적으로 정립되지는 않은 것처럼 보인다. 체계적으로 전통 논의를 정리할 시간적 여유가 그리 많지 않았다는 이유도 있겠지만, 그보다는 현실의 필요에 의해 전통이 구성된 데 더 큰 원인이 있지 않은가 한다.

5. 맺는 말

모더니티와 전통의 문제는 한편으로는 이론적인 문제이고 다른 한편으로는 삶의 감각에 대한 문제이다. 그리고 이는 북한의 문학 논의에서 항상 중요한 주제로 드러나는 바, ‘낡은 것과 새것 사이의 투쟁’에 관련된 문제이다. 그러나 모더니티와 전통의 상호 관계나 길항은 이 시기 문학에서 명확하게 발견되지는 않았다. 무엇보다도 이들 문학에서 명시적으로 ‘근대’를 논하지 않고 있기 때문이다. 사실 근대, 혹은 근대의 특성이나 사유방식, 그리고 삶의 방식과 감각으로서의 모더니티는 새로운 문제 설정이다. 이 문제 설정이 가능해진 것은 물론 포스트모더니즘과 해체주의의 영향에 따른 것이다. 이런 점에서 1950년대 북한 문학에서 근대라는 문제설정이 없었던 것은 당연한 일일 것이다. 오직 하나 있었다면, 마르크스주의의 시대 구분, 다시 말하자면 봉건제, 자본주의, 그리고 공산주

주인공은 만주에 있는 것으로 알려져 있는 그의 오빠로 되어 있다. 또한 ≪청춘기≫의 경우도 마찬가지라고 할 수 있다. 1930년대 문학에서 ‘만주’가 갖는 의미, 그리고 작품 내에서 직접적으로 형상화되어 있지는 않지만, ‘만주’가 작품 구성에 미치는 힘 등은 상당히 흥미로운 연구 주제라고 하겠다.

의만이 있었을 뿐이다. 그렇기 때문에 이 연구에서는 전통과 모더니티라는 새로운 문제 설정으로 북한 문학을 들여다보았던 것이고, 이 과정에서 많은 어려움을 겪었다. 그리고 기껏해야 대략적인 윤곽, 혹은 논의의 출발점만을 제시했을 뿐이다.

이제 마지막으로 두 가지 문제를 간략하게 짚고 넘어가기로 한다. 하나는 이 글의 서두에서 제기한 '이행의 시대'라는 시대 인식이다. 이러한 시대 인식은 사실 우리에게는 낯선 것이다. 새로운 물질적 토대를 건설하고, 그 토대가 아직까지 존재하지 않았던 새로운 관계의 실험이라고 했을 때, 그 시대를 살아가는 사람들이 자신을 철저하게 새로운 존재라고 보았을 것임은 물론이다. 새로운 인간형의 탄생, 혹은 '신인류'의 탄생일지도 모른다. 이는 실제의 문제가 아니라 감각의 문제이다. 신인간, 이제까지 존재하지 않았던 신인간의 탄생에 대한 문제, 그리고 그에 대한 감각의 문제는 대단히 흥미로운 주제이다. 근대에 들어서면서 사람들이 느꼈던 것이 바로 새로운 존재로서의 느낌이 아니었던가. 그 스스로 신인이라 규정하고, 그리고 끊임없이 자신의 정체성에 대한 물음을 던졌던 존재들이 바로 근대인들이었다. 이러한 '근대적인 감각' 혹은 모더니티와 1950년대 북한에서 말하는 새로운 인간형과 어떠한 관계가 있을까가 흥미로운 주제이다. 그러나 이 과제는 여기서는 파고 들어갈 수 없었다.

또 하나의 문제는 식민지 시대 문학에서, 아니 자본주의 문학에서 나타나는 두 가지 대립된 문학에 대한 요구. 하나는 철저하게 자율적인 문학에 대한 요구이고 다른 하나는 철저하게 도구적인 문학의 요구이다. 이 두 가지 요구가 결국에는 동일한 것일지도 모른다.

그렇다면 해방 이후 북한의 문학에서 이 두 가지 문학에 대한 요구는 어떠한 방식으로 해결되고 있을까. 북한문학에서 문학의 절대적 자율성에 대한 요구는 부정된다. 절대적 자율성을 지닌 문학이라는 사유야말로,

인민을 현실에서부터 눈을 돌리게 하는 것이 아닐 수 없기 때문이다. 그러나 그렇다고 해서 철저하게 도구적인 문학 또한 인정되지 않는다.

그렇다면 문제는 어디에 있는 것일까. 문제는 도구로서의 문학과 절대적으로 자율적인 존재로서의 문학이라는 것이 결국에는 동일한 인식론적 바탕 위에서 성립된 것이라는 사실이다. 이를 어떻게 논증할 수 있을까. 참고로 이러한 사유의 분화가 나타나는 것은 근대 초기의 문학에서이다. 1910년대 문학에서 1930년대 초반에 이르는 문학의 전개과정 속에서 이렇게 절대적인 두 개의 문학관이 존재하였고, 이는 사회주의 문학과 민족주의 문학이라는 대립, 혹은 리얼리즘과 모더니즘이라는 대립보다 어쩌면 더 근본적인 대립일 수도 있을 것이다. 절대적으로 양립할 수 없는 문학관이라는 점에서 그러하며, 다양한 문학적 이념들이란, 결국 이 두 가지 극점, 절대적으로 자율적인 존재로서의 문학관과 도구로서의 문학관이 이루고 있는 스펙트럼 가운데 어느 한 지점에 있는 것이기 때문이다. 이를 논증하기란 그리 어렵지 않다. 1910년대의 이광수 식의 문학과 1920년대 초의 동인지 문학을 비교해보면 명확한 것이다. 그런데 이 두 가지 문학관은 아직 계몽주의나 동인지 문학에서는 명확하게 구분되어 있지 않다. 스펙트럼의 극에 가 있는 것이라기보다는 아마도 그 중간 어디쯤 있는 것이었고, 그리고 극좌도 극우도 아닌 중도적인 것들이었다. 그러나 그 내부에는 이미 분화의 가능성을 지니고 있는 것이기도 하였다. 이 두 가지 문학관이 명확하게 자신의 모습을 드러내는 것은 1930년대에 들어서일 것이다. 카프의 볼셰비키화가 시작되면서부터이다. '당문학'의 선언, 그리고 '혁명의 무기로서의 문학'이라는 선언은 바로 그 점에서 충격적인 것이다. 왜냐하면 이 혁명의 무기로서의 문학이라는 선언은 다양한 방식으로 은폐되어 있던 혹은 은폐하고 싶었던 욕망을 적나라하게 날것으로 드러낸 것이기 때문이다. 이 날것의 욕망이란 무엇일까. 결국 그것은 문학이란 아무 것도 아니라는 것이다. 문학은 단지 궁극적인 목적에 비추어본다면 하나의 도구 이상의 것은 아니라는 것이다. 이 선언은 사실 대단히 인본주의적인 것이다. 가장 비인간적으로 보이는 이 선언이 가지고 있는 인간성이란 무엇인가. 그것은 인간을 제외한 모든 것, 인간의 행복을 제외한 모든 것이란 결국 부차적인 의미밖에는 가질 수 없다는 것이 아니겠는가. 그러므로 혁명의 무기로서의 문학이란 단지 직접적인 선전과 선동에 한정되지 않는다. 이렇게 본다면 결국에는 무기가 아닌 것이 있겠는가. 이데올로기란 결국 서로 대립되는 계급의 이해가 충돌하는 지점이고, 그리고 이데올로기에는 명확하게 계급 대립이 현시되고 있고, 그러므로 궁극적으로는 어떤 계급의 이데올로기일 수밖에 없는 것이며, 또한 대체로 그것은 지배 계급의 이데올로기일 경우가 많은 것이다. 이 이데올로기에 대항할 수 있는 것은 결코 이데올로기일 수가 없다. 이데올로기와 대항 이데올로기는 결국에는 동일한 운명을 지니는 것이기 때문이다. 이에 대립될 수 있는 것이라고는 단지 '과학'과 '신앙' 밖에는 없다고 해야 할 것이다. 철저하게 객관적인 과학이거나 아니면, 믿음인 것이다. 그 어느 것도 아닌 것으로서의 이데올로기. 알뛰세가 말한 대로 세계와 맺는 상상적 관계의 표현에 지나지 않을 것이다. 이 이원론의 문제가 철저하게 근대적인 문제설정이라고 할 때, 이 문제에 대한 해답을 찾는 일은 적어도 근대 이후를 염두에 둠으로써만 가능할 것이다. 이 또한 하나의 과제가 아닐 수 없다.

■참고문헌 ──────────────────────────────

권영민, 『북한의 문학』, 공보처, 1996.

───── , 『한국 현대 문학사』, 민음사, 1993.

김윤식, 『북한 문학사론』, 새미, 1996.

김재용, 『북한문학의 역사적 이해』, 문학과지성사, 1994.

김종회 편저, 『북한 문학의 이해』, 청동거울, 1999.

박태상, 『북한문학의 현상』, 깊은샘, 1999.

신형기·오성호, 『북한 문학사 : 항일혁명문학에서 주체문학까지』, 평민사, 2000.

이재인, 『북한 문학의 이해』, 열린길, 1995.

이재인, 이경교, 『북한문학강의』, 효진출판사, 1996.

최동호 편, 『남북한 현대 문학사』, 나남출판, 1994.

한국문학연구회 편, 『1950년대 남북한 문학』, 평민사, 1991.

■영문초록

A Study on 'Tradition' and 'Modernity' in the Literary Criticism of North-Korea in 1950~1960

Chae, Ho-seok

This study is on the relation between 'tradition' and 'modernity' in the literature of North Korea. The word 'modernity' is not seen in the criticism. The modernity has two meanings. The one is evaluative and the other descriptive. These two modernities are significant only in reference to the project of the future. In the literary criticism of North-Korea in 1950~ 1960, modernity is at the first 'contemporary'. But this contemporaneity is not the same as modernity. Modernity is historical, however, contemporaneity is not. The other modernity in the literary criticism can be seen in 'socialist realism'. 'Socialist realism' has a modern desire. It has the frustrated desire to make the unfamilial, familial. Socialist realism is the rearragement of that desire. The tradition is always an evaluative one. The first is 'patriotism'. It was significant during the struggle for independence. Patriotism is modern. For it is presupposing the 'nation-state'. Tradition is not one, but plural. I think that the link between modernity and tradition in the literary criticism of North-Korea is 'contemporaneity'. however, the relationship is not transparent.

■ **핵심어**   북한문학, 북한문학비평, 전통, 모더니티, 당대성

■ **keyword**   literature of North-Korea, literary criticism of North-Korea, tradition, modernity, contemporaneity

접수일자 : 2002. 10. 30

심사기간 : 2002. 11. 9~11. 27

게재결정 : 2002. 11. 28

한무숙 소설의 갈래와 항심

조남현*

목차

1. 〈역사는 흐른다〉와 한무숙 소설의 원형

한무숙(韓戊淑)은 1942년에 『신시대』 현상공모에 소설 <등불 드는 여인>이 당선된 적이 있고[1], 1943년에는 희곡 <마음>으로 또 1944년에는 희곡 <서리꽃>으로 조선연극회 현상모집에 당선된 바 있다. 그러나 한무숙의 소설가로서의 진정한 출발점은 한국어로 표기되었다는 점 한 가지만으로도 1948년 국제신보 장편소설 공모 당선작 <역사는 흐른다>

---

* 서울대학교 교수

1) 이호규, <연꽃이 아름다운 이유>, 『한무숙 문학세계』, 새미, 2000. 34~35면.
"2000년 1월 1일자로 이 <등불 드는 여인>은 60년 만에 다시 세상의 빛을 보게 되었다. 김진홍 선생이 당시의 원고를 찾아내어 영인본으로 제작해서 세상에 내놓았기 때문이었다. (중략) 필자도 그 영인본을 한 권 얻었는데, 펼쳐 보니 일어로 되어 있는 것이 아니겠는가."

에서 찾을 수밖에 없다. <역사는 흐른다>의 원제는 <삼대>였으나 당시 국제신보의 주간 송지영이 염상섭의 <삼대>와 제목이 겹친다는 이유로 개제권고한 것을 한무숙이 받아들여 <역사는 흐른다>로 바꾸었다는 것이다.[2] <삼대>라는 원제는 이 작품이 조동준, 조병구·용구·석구, 조남창·류미의 3대에 걸친 가족사를 기술해 보려 한 창작의도를 지닌 것임을 일러 준다. 조씨 집의 가족사에 구한말에서 8·15 해방까지의 한국근대사가 반영되고 있는 만큼 조씨 집안의 가족사는 한국근대사의 축도라는 주장도 나올 법하다. <삼대>라는 원제가 가족사소설 면에 비중을 둔 것이라면 <역사는 흐른다>라는 바뀐 제목은 역사소설 쪽에 무게를 둔 것이 된다. 작가의 입장에서는 한 국가와 민족의 역사보다는 가족사가 소설양식에 더욱 잘 어울리는 것임은 전대의 염상섭의 <삼대>, 채만식의 <태평천하>, 김남천의 <대하> 등이 입증해 준 바 있다. 지금까지의 우리 소설사가 잘 확인시켜 주고 있듯이 대체로 여성작가들은 남성작가들에 비해 역사 서술이라든가 역사적 통찰에 무관심한 편이다. 1934년도에 <인간문제>를 써내면서 비판적 리얼리즘의 모범이 될 수 있었던 강경애마저도 역사소설이나 역사적 통찰 쪽으로 나갈 기회를 갖지 못했다.

한무숙은 이미 제목에서부터 역사 기술이나 역사적 상상력으로 진입하려한 흔적을 분명하게 보여주었다. <역사는 흐른다>는 1890년대의 동학이나 1900년대의 항일의병을 다루고 있는 점에서는 역사소설로 볼 수 있지만, 창작연대(1948년)와 작중 시간적 배경의 하한선(1946년)이 거의 일치하고 있는 점에서는 당대소설(Gcgcnwartsroman)이 된다. 이처럼 역사소설유형과 당대소설유형을 포개 놓고 있는 것은 역사적 사건을 작중의 중심 사건이나 원인적 사건으로 설정하고 있다는 의미가 된다. 한마

---

2) 한무숙, 「나의 인생·나의 문학 (박정만과의 문학대담)」, 『한무숙 문학연구』, 을유문화사, 1996. 352면.

디로, 역사의 전경화를 꾀하고 있다는 것이다. 한무숙은 당대소설을 쓰면서도 끊임없이 역사의 전경화를 꾀함으로써 역사에 대한 무관심이라는 여성작가에 얽힌 통념을 깰 수 있게 되었다.

<역사는 흐른다>에는 동학군, 을사보호조약, 을미국모시해사건, 헤이그 밀사사건, 항일 의병, 3·1운동, 창씨개명, 독립군 활동, 일본군 지원병, 조선학병 탈영사건, 광복군, 해방, 소련군 만행, 월남민, 3·8선 등과 같은 역사적 사건이나 역사적 존재가 나타나고 있다. 이들 역사적 사건이나 존재들은 작중 인물들과 여러 가지 양상으로 관계를 맺고 있다. 작중에서는 주요 인물로 기능하고 있는 존재임에도 역사적 사건과 직접적인 관계를 맺지 않는 경우도 나타나고 있다.

이 작품에서 제 1세대인 조동준 장흥부사는 동학군의 무기고 탈취를 가로막다 죽는 것으로, 제 2세대인 친일파 조용구 함북지사는 해방 직후에 소련군에게 잡혀 행방불명이 되고 평북 산업과장이었던 사위는 3·8선을 넘어 오다가 총에 맞아 맹인이 되고 딸 류미는 야미 담배 장수로 전락하는 것으로 그려지고 있다. 목숨을 걸고 독립 운동하던 매제 이규직을 밀고하여 죽음으로 내몬 후 계속 친일 분자로 출세가도를 달려 함북지사까지 된 조용구를 생사불명자로 처리한 것은 인과응보 관념의 소산으로 볼 수 있다. 조동준 부사의 죽음을 충절로 평가한 것은 한무숙이 동학군을 긍정적 존재로 파악하고 있는 보편적인 역사인식과 거리를 둔 것임을 설명해 준다. 한무숙은 동학 운동의 취지와 전개 과정을 냉철하면서도 조심스럽게 서술한 끝에 조동준을 충절로 새기고 있다. 조동준은 동학군이 쳐들어와 무기고 열쇠를 달라는 것을 끝까지 거절하다가 동학군의 칼에 맞아 죽고 만다.

계급투쟁(階級鬪爭)을 목적으로 비장한 각오를 가지고 일어선 그

들이었으나 술렁거리는 인심은 흑백의 판별을 못하고 단순한 반란
과 노략질로만 알고 꺼려하고 무서워하였던 것이다.

  대오가 정정제제하고 군률이 엄정하여 결코 오합지졸의 노략군들
은 아니었으나 밀려 들어오는 해일(海溢)이 온동리 마을을 남김없이
휩쓸어가는 것과 같이 옥석(玉石)이 구분(俱焚)되는 감이 없지는 않
았다.

  그들이 계급타파의 봉화(烽火)를 들고 일어선지 수삭간 들불 붙듯
퍼져나가는 기세로 북으로 향하며 기탄없이 무찌른 사람들 중에는
성격이 둔탄하고 비루한 탐관오리들, 목숨을 위해서는 환부역조(換
父易祖)라도 할 겁나(怯懦)한 위인들이 태반이었으나 그 중에는 인
격이 고결하고 비록 미란부패(靡爛腐敗)의 극도에 이르렀다 할지라
도 이조 오백년의 종사를 위하여 고충(孤忠)을 지킨 자가 있으니
장흥부사 조동준이 바로 그 사람이다.[3]

  조동준은 죽은 지 닷새 후에 정부로부터 이조참판이라는 중직명을
받게 된다. 한무숙은 조동준의 순국 장면을 그리기에 앞서 의성군수 시절
의 30세의 조동준이 취중에 여종 부용을 건드린 사건을 설정해 놓았다.
작가와 거의 구별되지 않는 화자는 이런 개인적 비리는 조동준의 선정에
의 의지, 애국심, 비범한 면모에 묻혀 버릴 수 있는 것으로 그려 놓았다.[4]
여종을 건드려 임신시킨 것은 분명 잘못된 일이지만 이 일은 어디까지나
개인적인 일이며 사소한 것이라는 인식이 표출되어 있다. 항일 의병이란

---

3) 한무숙, ≪한국문학전집29≫, 민중서관, 1959. 456면.

4) 위의 책, 452면.
  "한 고을의 원이요, 잠영세족의 자손 동준, 기백높고 근엄하고 결곡한 그가 한 여자
  의 일생을 짓밟고도 양심에 아무런 가책을 아니 받았을까? 아니다. 양심과 책임도
  경우에 따라 느껴지는 것이요, 계급이 틀리는 이상, 무거운 짐에 지나지 않는 그것
  을 짊어질 필요는 없다. 하물며 잠시의 실수가 결과를 지었으리라고는 꿈에도 생각
  지 못한 동준이니 털끝만큼도 마음에 거리끼는 것은 없었다."

역사적 존재를 중심으로 볼 경우, 조동준의 두 아들 병구와 용구는 피해자가 되지만 자의로 가담한 조동원의 아들 조석구는 주체가 된다. 한무숙은 동학의 존재에게는 기본적으로 긍정적 시선을 주었던 것과는 달리 항일 의병에게는 처음부터 곱지 않은 시선을 보냈다. 여기서 의병은 거쳐 가는 마을마다 많은 옷과 식량을 준비하도록 강제하는 존재로 그려지고 있다. 매년 기미 3월 1일을 몰래 기념해 온 전창규 목사와 참석자 성재경, 조남창이 일본군에게 붙들려 간 것도 일제라는 역사적 존재의 피해자가 된 경우라고 할 수 있다.

　<역사는 흐른다>는 역사적 사건으로부터 피해자가 되기보다는 주체로 나선 주요 인물들이 더 많음을 보여준다. 을사보호조약 이후 척왜상소를 하다가 원사한 아버지 이형종 참판의 뜻을 이어 받아 항일 독립 운동에 몸을 던진 이규혁·이규직 두 아들, 사촌 매형 규직의 투쟁과 죽음을 보고 통분하고 자기 성찰한 끝에 독립군에 투신하는 조석구 등은 역사의 주체의 사례가 된다. 규혁은 도산 안창호와 함께 비밀 결사 신민회를 조직한 후, 황제의 밀지를 받고 헤이그 밀사로 가기 전날 일본 헌병에 체포되었고 형의 권고로 일본 유학을 다녀와 세계에 눈을 뜬 규직은 윌슨 목사와 가까이 하는 가운데 교사로 있으면서 노골적으로 일본을 비판하고 애국심을 고취하였다. 의뢰심, 사대주의, 당파분규를 망국의 원인이라고 인식하고 있는 규직은 애국계몽운동과 무력 투쟁을 병행한다. 이규직은 온갖 고문을 받고 4년 동안 옥살이한 후 중국으로 망명하여 상해 임시정부에서 활약하다가 잠시 귀국하였을 때 용구의 밀고로 체포되어 죽고 만다. 이규직은 진정한 역사 주체가 되기 위해 희생자가 되는 것을 무서워하지 않은 존재로 그려지고 있다. 이처럼 애국지사의 모습을 보여 주고 있는 이규직은 영웅적 존재에 해당된다. 이규직의 죽음은 밀고자인 조용구에게는 친일 분자로서의 출세의 길을, 신봉자인 조석구에게는 독립군

가담의 계기를 열어주었다. 조석구는 장난처럼 살아오고 금수같이 살아오던 자기의 삶을 청산하고 독립군에 가담함으로써 성장하는 인간의 모습을 보여준다. "성장"의 뜻을 바람직하지 못한 상태에서 바람직한 상태로 이행하는 것으로 좁혀 볼 경우 <역사는 흐른다>에서 성장하는 인물은 조석구 이외에는 찾기가 어렵다.

그런데 애국심과 투쟁심을 중심으로 한 힘의 상징으로 부각되고 있는 조석구 장군은 실제적인 언행으로써 존재하기보다는 소문과 관념화를 통해 존재하고 있는 편이다.

천구백 사십오년 팔월 십 사일 조석구장군은 서안서 중국 친구 왕초동씨 댁 오찬에 초대를 받아 호장한 왕씨 저택에서 식후 환담을 하고 있었다. 사촌매부 이규직의 순국에 감분하여 무뢰(無賴)한 생활에서 발을 빼고 애국투쟁에 몸을 바쳐 온 석구의 반생은 형용할 수 없는 간난과 험로의 계속이었다.

그러나 그는 굴치 않고 꾸준히 항일투쟁을 계속하여 혹은 서간도에서 혹은 북만주에서 혹은 중국 각처에서 일본군이 가는 데에서는 어디든지 중국군을 도와 글들 맞아 싸웠다. 육십이 되도록 결혼도 아니하고 침식을 잃고 조국 광복에만 일생을 바친 그는 호탕하면서도 인정깊은 무인이었다.

그의 불타는 애국지성과 고결한 인격과 청렴한 생활을 사모하여 부하들은 친어버이같이 그를 따르고 섬겼고 외국 군인들도 깊은 존경으로 그와 교제를 했다.[5]

이규직이 죽었을 때 접근해 온 서간도 대한독립군 제 삼 지대장 이동욱의 안내로 독립군이 된 후 그의 활동상은 구체적으로 묘사되지 않았다.

---

5) 위의 책, 597~598면.

조석구가 망나니처럼 살던 젊은 시절에서 독립군 장군으로 커지고 성장한 것으로 그려진 것은 <역사는 흐른다>에서는 오히려 예외적인 것이 되고 있다. 조석구는 조동준 군수, 이규혁 역관, 이규직 교사, 배선명 사업가, 전창규 목사, 성재경 작곡가, 조남창 대학생 등과는 달리 부정적인 모습에서 긍정적인 모습으로 옮겨 간 존재다. <역사는 흐른다>에서 긍정적인 인물들 대부분은 등장할 때 보여 주었던 비범한 능력이나 순일한 신념을 계속 유지시키거나 행사하는 것으로 그려지고 있다. 구체적인 생각이나 행동으로 존재하기보다는 추상적 관념이나 신념으로 존재하고 있는 것이다.

한무숙은 긍정적인 주요 인물을 형상화하는데 있어 기본적으로 선규정적(先規定的)인 방법이라든가 미화법을 취하고 있다.

(가)군수는 금년 삼십세의 장년 판서 조덕하의 큰 아들로 열여섯에 초시에 급제하고 스물둘에 장원급제하여 의성이 세 고을째다. 대대 잠영에 가세가 부유하고 나이 어려서부터 수재의 명이 높고 성격이 결곡하니 관직을 더럽힌 일이 없다. 강의불굴(剛毅不屈) 신념과 의지의 사람이다.(439면)

(나)규혁은 금년 이십 오세 경건한 신앙과 넓은 도량과 열렬한 애국심을 가진 총명한 청년이다. 엄부 슬하에서 한학을 수업하고 그 사후는 월손 목사에 사사하여 어학을 전공하니 연소하나 조선유수의 어학자이다. 명석한 두뇌와 끊임없는 노력, 봉건타파의 신 사상을 가진 소위 개화군이다.
(중략) 자그마한 몸집에 깨끗한 피부, 번개같은 재기가 빛나는 맑은 눈, 유창한 언변을 뜻대로 놀려, 때로는 긴장된 분위기를 늦추어 풀기도 하고 때로는 날카로운 혀 끝으로 조국을 못 호랑이 앞에 놓인 하룻 강아지 놀리듯하는 무례한 외인들을 누르기도하여 조선

에 인물 있다는 감을 깊이 주었다.(480면)

> (다)전목사는 금년 사십오세, 늘씬한 체구, 넓은 이마, 우뚝한 콧
> 날, 신선한 눈매, 코울맨 수염에 새침한 입매—목사라기보다도 배우
> 같은 풍채를 가진 중년 신사다. 미주 카리포니아대학 출신인 신학
> 철학박사다. 열정적인 성격과 신앙을 가진 도량이 넓고 인자한 목사
> 님으로 교인들의 절대적인 경애를 일신에 집중시키고 있었다.(546면)

(가)의 대상인 조동준은 국법을 고수하다가 죽은 관리였고, (나)의 대상은 양반 자손으로 항일 독립운동가였고, (다)의 대상은 미주 대한 독립단이라든가 상해 임시 정부와 계속 연락하는 가운데 교역자생활과 독립운동을 병행하는 목사다. 위와 같이 작중 인물을 거의 완벽한 존재로 그려놓는 방법은 독서 의욕을 반감시킨다. 한마디로 이들은 현대소설적인 인물이라기보다는 서사시적 인물에 가깝다.

<역사는 흐른다>는 8·15 직후 성재경, 이갑혜, 조남창, 배선명, 조석구, 박옥련 등이 참석한 가운데 시공관에서 성재경의 교향악「우국지사」연주회가 열리는 것으로 끝맺음하고 있다. 이들을 한 자리에 모으게 한 역사적 사건은 이들이 직간접적으로 주체가 된 8·15 광복이지만 이들을 일체감으로 묶어 놓은 존재는 바로 이규직인 것이다. 이 소설은 인물이나 사건에 대한 묘사량 배분, 전체적인 구성, 장면과 장면의 연결과정 등 서사시학에서 문제점을 보임으로써 진정한 프로타고니스트가 누구인가를 제대로 알지 못하게 했다. 그러던 것이 해방 직후 시공관에서 이규직의 혈육 이갑혜, 계승자 조석구, 수혜자 배선명 등이 모여 교향악「우국지사」를 듣는 장이 설정되면서 자연스럽게 이규직이 진정한 프로타고니스트가 된다.

이규직이 초점 인물이 되면서 <역사는 흐른다>에서의 역사는 독립

운동사로 압축된다. 독립 운동사적 관점이란 우리 근대사를 독립과 해방을 쟁취하기 위한 과정 즉 신성사(神聖史)의 관점으로 파악하고 재구성하는 것을 말한다. 한무숙은 구성미 부족, 부자연스런 장면 전환, 주요 인물 성격의 선규정, 작중 사건 진행 속도 조절의 잦은 실패, 문어체의 빈번한 사용 등과 같은 담론상의 문제점을 드러내면서도 신성사적 관점을 견지하고자 했다. 이러한 신성사적 관점은 역사는 비범하고 자기 희생적인 인물에 의해 이끌린다는 영웅사관과 연결된다. 해방직후의 혼란기에 구한말에서 해방까지의 역사를 영웅사관에 바탕을 두면서 신성사의 시각으로 엮어 낸 것은 우리소설사의 사건이요 여성소설사의 개가라고 하지 않을 수 없다.

2. 비범한 개인 혹은 개인의 비범성 탐구

<역사는 흐른다>에서 주요인물을 독립 운동사로 묶여지는 역사적 사건의 주체로 내세우는 태도는 1948년 이후의 단편소설들에서는 점점 찾아보기가 어렵게 된다. 1948년도 작 <부적>에서 1982년도 작 <송곳>에 이르기까지의 한무숙의 30편 내외의 단편소설들은 한국전쟁, 전후, 4·19, 유신시대, 광주민주화운동 등과 같은 역사적 사건들로 이어진 시간 속에 놓여 있지만 역사의 주체로 내세운 작품은 거의 찾을 수 없다. 한무숙은 한국전쟁기와 전후에 <정의사>, <대구로 가는 길>, <아버지>, <노인>, <월운>, <돌>, <감정이 있는 심연> 등 20편 가까운 소설을 발표하였지만 전쟁을 원인적 사건으로 명시하면서 인물을 역사의 주체나 치명적인 피해자로 그린 작품은 <모닥불>(『여원』, 1953. 5), <군복>(1953. 6 탈고), <허물어진 환상(幻像)>(『신천지』, 1953. 6), <돌>(『문학

예술』, 1955. 12), <환희>(1953. 1 탈고), <생인손>(『소설문학』, 1982. 1), <송곳>(『소설문학』, 1982. 6) 정도다. <역사는 흐른다> 이후로 1970년대까지 한무숙은 실제 삶 속에서나 소설 창작에서나 현재를 따라다니기 바빴고 현실을 좇느라 여유를 갖지 못하였다. <정의사>(『문예』, 1950. 6), <대구로 가는 길>(『희망』, 1951. 9), <떠나는 날>, <얼굴>, <월운>(『현대문학』, 1955. 8) 등은 전시나 휴전 직후에 씌어진 것임에도 역사적 사건의 원경화나 무화에 가까운 처리를 하고 있다.

<모닥불>은 6·25 때 폭격에 부모가 죽은 언니와 꼬마가 하루아침에 거지가 되어 고생하다가 언니가 가슴을 쥐어뜯는 병에 걸려 죽은 것을 중심사건으로 설정한 것이다. 이 작품은 언니에 이어 꼬마도 자꾸 엄마를 생각하면서 가슴을 쥐어뜯는 것으로 결말을 맺고 있다. 꼬마도 엄마와 언니의 뒤를 이어 곧 죽을 것처럼 암시되고 있다. 이 소설은 화자의 개입을 좀처럼 허용하지 않는 상황 묘사와 인물 묘사를 그것도 단문주의로 이끌어 가고 있는 점에서 황순원 소설을 떠올리게 한다. 아직 전시 중에 전쟁의 피해자를 이런 정도라도 그렸다는 것은 긍정적으로 볼 수 있다.

1953년 6월에 탈고한 것으로 되어 있는 <군복>은 문리대 학생으로 전쟁을 맞아 석 달 동안 숨어살다가 정훈국에 들어간 청년을 그려내고 있으면서도 전쟁으로 인한 가난이나 정신적 공황을 드러낼 것이라는 독자들의 기대지평을 배반하고 오래전부터 짝사랑해왔던 여주인공을 우연히 만나 사랑을 고백하는 데로 기울고 있다. 철수라는 청년은 자신이 소학교 교원을 그만두고 대학에 들어간 것도 여주인공 은희와의 기우를 바라는 마음에서 그런 것이라고 할 정도로 이 작품은 짝사랑에 초점을 맞추고 있다. 이쯤 되면 전쟁이라든가 군입대는 주인공에게 결정적 피해를 안겨주었다고 하기 어렵다. <돌>에서도 한국전쟁은 건축기사인 한 중년남자의 처자를 모두 폭격사로 내모는 원인적 사건으로 기능하고 있

다. 이 중년남자의 사랑의 대상이 된 영란이도 전쟁 때문에 친정아버지와 두 아우가 다 죽는 비극을 겪는다. 이 작품은 전쟁이 가져다 준 상처보다는 그 상처를 치유하는 과정에 더 큰 관심을 두고 있다. 작가는 두 남녀를 서서히 또 은근히 사랑의 감정으로 몰아가고 있다. 그리하여 <돌>은 회색빛 전후소설보다는 장자못 전설의 비유성과 불교적 분위기로부터 힘을 받고 있는 잔잔한 애정소설로 구체화되고 있다.

한무숙 단편소설에서는 예외라고 할 정도로 항일 민족운동가를 등장시키고 있는 <허물어진 환상>에서 주인공 혁구는 당당하게 역사의 주체로 출발했다가 해방 이후 대필업으로 연명해 가는 피해자요 낙오자로 낙착되고 있다. 한무숙 소설에서는 "투사의 그후"를 다룬 후일담소설은 찾기가 어렵다. 혁구는 "많지 않은 일정시의 한국인 고등관(일정의 은총을 입는다고 할 수 있는)의 독자이요, 부유한 명문의 자제"[6]라는 점에서는 <내일없는 사람들>의 성참봉과 <아버지>의 이석종 영감과 유사하지만 몰락의 원인은 다르게 내보이고 있다.

전시 중에 창작된 <幻慕>는 전쟁 때문에 어머니가 정신착란증을 일으켰다는 사건을 중심사건으로 삼고 있다. 친구들과 함께 입대하여 혼자만 돌아오지 못하는 아들 때문에 미쳐 버린 성인이 어머니는 아들이 평소 좋아했던 솜틀집 딸 순이와 결혼하는 꿈을 꾸고 주위사람들에게 색시 구경하러 오라는 환각증세를 보인다. 그리고는 사흘 있다가 시체로 발견된다. 역사적 사건을 원인적 사건으로 한 이러한 작품들 가운데서도 <군복>, <환희> 등은 수준이 떨어지는 것이라고 할 수 있다.

한무숙의 단편소설들 중에서는 참된 명의란 어떤 존재인가를 묻고 있는 <정의사>(『문예』, 1950. 6), 딸을 계속 못살게 굴었던 아버지의 마지

---

6) 『신천지』, 1953. 6. 289면.

막 어버이로서의 사랑을 그린 <아버지>(『문예』, 1952. 1), 새 생명이 태어나기 직전의 숭엄한 분위기를 그려냄으로써 전후 우리 사회의 몰락과 죽음의 분위기에 새로운 기운을 불어넣고자 한 <월운>(『현대문학』, 1955. 8), 대지주의 집안에 태어났으나 엄마가 부정한 여자이며 정신병자인 젊은 여성의 죄책감을 중심으로 한 무의식을 파헤친 <감정이 있는 심연>(『문학예술』, 1957. 2), 폐암 말기에 걸린 중년부인이 허위와 과시의 삶을 벗어 던지고 담담하게 운명을 받아들이기까지의 과정을 그린 <축제와 운명의 장소>(『현대문학』, 1962. 11), 사랑과 자긍심, 허무감과 회환 속에 살아가는 늙은 기생들의 세계를 그린 <유수암(流水庵)>(『현대문학』, 1963. 10), 오래 살겠다는 욕심으로 아들의 신장을 떼어 받는 것을 당연한 것으로 아는 노인들에게 자연에의 순응을 일깨워 주는 의사의 자세를 그린 <양심>(『현대문학』, 1976. 6), 한 누대종이 상전의 딸과 자기의 친딸을 바꿔치기 하였으나 결국 태어났을 때 어느 정도 예견된 운명대로 돌아가고 만다는 내용을 들려주고 있는 <생인손>(『소설문학』, 1982. 1) 등이 문제작으로 들어간다. 이 작품들 가운데서 <아버지>와 <생인손>정도가 동학이라든가 6·25와 대면하고 있을 뿐이다.

그는 6·25로부터 피해 받은 존재를 그리기 시작하면서 삶, 생명, 존재 등과 같은 개념에 눈을 뜨기 시작한다. 이러한 작가적 변모는 <월운>에서 간취되기 시작한다. 이 작품에서 주인공 홍여사는 20대에 과부가 되자 대학 공부를 계속하여 가사 선생이 된 후 20년 근속을 하고 있다. 사변통에 고아가 된 친정 조카 진표를 키울 뿐만 아니라 교회일도 열심히 보면서 고아사업에도 적극적이다. 홍여사는 뒷방색시가 아기를 낳는다고 집안에 있는 여자들이 온통 수선을 피우는 것을 못마땅해 하였으나 나중에는 새 생명이 도덕이니 질서니 하는 것보다 절실한 것임을 인정하게 된다. 막 태어날 어린 생명이 집안 전체에 가져다 주는 새로운 분위기에 눈을 뜨게 된 것이다. <월운>(『현대문학』, 1955. 8) 이후로 <돌>, <천사>, <감정이 있는 심연>, <대열 속에서>, <축제와 운명의 장소>, <배역>(『사상계』, 1962. 11) 등의 소설에 오면 주요인물의 내면 탐색 시도가 급증하면서 철학적이며 관념적인 서술, 거친 표현, 번역투의 문장, 실존주의의 영향을 받은 구절 등이 많아지게 된다.

(가) 축제일이나 구경거리가 생겼을 때 사람은 다투어 거리에 나와 군중 속에 섞인다. 「혼자」라는 것은 무서운 일일지도 모른다. 그러나 사람은 또 「혼자」이기 때문에 내성(內省)하고, 내성하기 때문에 「인간」을 유지할 수 있는 것이 아닐까? 의환의 외로움은 그의 자세의 하나로 보였다. 순수한 개성적인 진실을 쫓고 있는 모습이었다. 그러면서도 그 둘레에는 장정들이 기다리는 사람들이 우굴거리고, 형형색색이면서 시대라는 굴레에서 벗어나지 못하는 삶들이 있었다. 그리고 의환의 그 개성적인 진실만을 쫓으려는 삶에까지도 시대의 그림자가 짙게 뻗어 있는 것을 뼈아프게 느꼈다.7)

(나) 서울서 가장 더러운 동리가 곧 자기의 내부의 풍경이라고 한 진의는 모르나, 하여튼 이 섬에서 그는 무엇인가를 잃고 다른 무엇인가를 얻은 것임에 틀림이 없다. 그것은 흔히들 말하는 부조리(不條理)이었을지도 모른다.8)

(다) 명서의 발은 여전히 대열을 따라 갔다. 맨발이되 발바닥에서는 피가 번지고 있었다. 아픔은 느끼지 못했다. 다만 둘레의 공기가 희박해 오는 것이다. 현실이 뒷걸음질치고 있었다. 한때의 흥분이 지나면 언제나 돌아 가는 곳. 「자기」가 버티고 있었다. 거기 들어

---

7) 한무숙, 《축제와 운명의 장소》, 휘문출판사, 1963. 171~172면.

8)『현대문학』, 1962. 11. 50면.

앉음으로써 모든 절단(切斷)을 견디어 내야 했다. 자기에의 투신(投身)은 버릇이었다. 거기엔 어두운 격정조차도 필요치가 않았다. 그는 깊숙이 그 속으로 잠기어 갔다. 그러면서도 그의 발은 여전히 대열 속에 끼어 있었다.[9]

(가)는 <배역>의 한 부분으로 한집에 모여 살면서 각자 시도 쓰고, 번역일도 하고, 그림도 그리는 젊은이들의 자의식 세계를 그리는데 치중한 것이다. 전후의 젊은이들의 정신적 지적도가 잘 나타나 있다. (나)는 말기 암환자를 주인공으로 한 <축제와 운명의 장소>의 한 대목이며 (다)는 행동에 대한 관심과 의식에 대한 관심을 비슷한 비중으로 중첩시키고 있는 4·19소설 <대열 속에서>의 한 구절이다. 이 소설에서는 난해하고 거친 구절이 자주 나타나고 있다. (가), (나), (다)가 좋은 예가 되고 있는 것처럼 주요 인물의 의식 세계를 파헤치는데 힘쓴 한무숙 소설들은 내면 서술에는 약한 모습을 드러내고 만다.

그런데 바로 직후에 나온 <유수암>(『현대문학』, 1963.10)에 와서 한무숙은 불교적 분위기를 다시 취할 수 있게 되었고 그 특유의 미문을 구사해 내고 있다. 고문체라든가 한문투의 표현을 억제하고 있는 흔적이 엿보이기도 한다.

(가) 가물가물 들리는 독경소리는 누구의 집으로부터 흘러 나오는 것인지, 숭불(崇佛)의 경건함보다, 애애하고 곱기만하여 오히려 서글프다. 맑은 음성이 매끄러지듯, 구비치듯, 오르내리며 짓는 어양에는 기원보다 절원(切願)이 느껴졌다. 연련하고 애틋하여 색정조차 느끼게 하도록 음색에는 윤이 흐른다. (37면)

---

9) 한무숙, ≪감정이 있는 심연≫, 삼중당, 1976. 173면.

(나) 기도(妓道)와 색도(色道)란 꼬여져서 한오라기가 되는 실(系)
이다. 그리고 색이란 요요(妖妖)하건 연연(娟娟)하건 간에 어딘지
비밀스러운 데가 있다. 환락에 음습(陰濕)이 깃드는 것도 그 탓이리
라. 그 비밀 속에 함정이 감추어진다. 화류라는 이름이 붙는 병이
한 모퉁이에 도사려 앉아 흉흉한 손톱을 간다. (50면)

한무숙의 단편소설들은 여러 계열로 나누어 볼 수 있다. 전후소설의
범주에 들어가는 작품으로는 <아버지>, <군복>, <환희>, <모닥불>,
<노인>, <돌> 등이 있다. 불교의 가르침을 소개하거나 불교적인 분위
기를 짙게 깔아 놓은 소설로 <부적>, <돌>, <유수암>, <그늘>, <우
리 사이 모든 것이> 등을 들 수 있다. <부적>은 "조그만 수도에 만심하
여 혹 신선지도를 탐한다면 반듯이 사도(邪道)에 들 것이다"(78면)라고
경계하면서 관상술을 가르쳐 온 정국대사의 주의를 가볍게 알고 재동
정보국의 아들을 살리기 위해 부적을 만들어 술수를 일러 준 것에 자기
아들이 희생되고 만다는 이야기로 되어 있다. <돌>에서는 '나'의 작은
누님의 시누이뻘 되는 혜정 스님의 따뜻한 배려로 전쟁 때 망가진 '나'의
심신이 차츰 평화와 사랑을 되찾게 된다는 이야기를 들을 수 있다. <우
리 사이 모든 것이>는 미국에서 기회가 별로 없는 의사 시험을 보기
위해 고속도를 질주하다가 한순간의 졸음 운전으로 차가 전복하여 죽은
아들의 명복을 비는 화자가 '무명', '번뇌 즉 보리'와 같은 말을 자주
사용하면서 자기 마음을 다스리고자 하였다. 소재, 글쓰기의 동기, 형식
등 그 어느 면에서나 <우리 사이 모든 것이>는 소설이기보다는 수필에
가깝다. 한무숙은 죽은 아들의 명복을 비는 일이라면 어떤 종교이든지
가리지 않겠다는 태도를 드러내고 있다. 아들이 마지막으로 보낸 편지의
마지막 구절은 어머니나 아들이나 천주교에 의존하고 있음을 보여준다.

진경이라는 50대 퇴기의 화려했던 과거, 쓸쓸하고 춥기만 한 현재, 앞이
보이지 않는 미래를 서정소설의 톤으로 들려주고 있는 <유수암>은 요
리집 유수암 옆에 암자 청수암이 있듯이 유수암의 노래 가락과 청수암의
독경 소리가 오버랩되고 있듯이 불교가 한국인의 삶과 습속에 깊게 침윤
되어 있음을 보여 준다. 진경의 혈육이라고 해도 좋을 노기 홍화의 입에
서는 관음경이 나왔다가 창가가 나오기도 한다. 이 작품 속의 늙은 기생
들은 한결같이 가난하고, 외롭고, 앞날이 막막한 존재로 그려지고 있다.
주인공 진경은 사랑하는 남자인 거물급 정치인인 정진수의 옥바라지하
다가 빚을 지기 시작한 이래 계가 터지고, 유수암을 담보로 한 사채는
계속 늘어나기만 한 끝에 마침내 일억이 넘는 빚을 지게 된다. 진경은
유수암을 팔아 빚을 처분하고 새로운 사업을 계속하자는 주위사람들의
말을 들으려고 하지 않는다. 진경이 이 작품 말미에서 내뱉는 허무감은
금강경의 한 대목을 들려주는 듯하며 이 작품의 표제에 감추어진 속뜻을
일깨워 준다.

> 저것 보세요. 언니. 저 물가의 버들이 시들었지요? 물은 변함없이
> 흐르구 있는데. 허지만 예전 흐르던 그 물은 아니군요. 그러면서
> 언제나 여긴 물이군요. 언제나 언제나 같은 물이군요. 언제나 시시
> 로 새로우면서. 이 물같이 모두들 가 버리구, 도 모두들 있군요. 다만
> 저 버들만 시들구. 나만 시들구(75〜76면)

<유수암>은 한무숙의 소설에서 분명히 독립된 갈래를 이루고 있는
「노인소설」의 범주에 들어가기도 한다. 한무숙은 젊은 시절부터 <내일
없는 사람들>, <정의사>, <아버지>, <노인>, <생인손>, <송곳>
등과 같이 노인을 주인공으로 하거나 화자로 삼은 작품들을 꾸준히 써왔

다. 한무숙의 단편소설에 등장하는 노인들은 방탕했던 과거를 회한에 찬 시선으로 돌아보거나(<내일없는 사람들>), 그 동안의 삶이 겉으로는 초라하지만 속으로는 자족해하거나(<정의사>), 과거의 삶의 죄를 고해하거나(<생인손>), 마지막으로 부정을 발휘하여 그 동안의 잘못을 용서받으려 하거나(<아버지>) 한다. 이들 노인소설들의 주인공은 외양은 초라하지만 깨끗하게 마무리지으려는 공통점을 지니고 있다. <내일없는 사람들>에서 종로에서 구멍가게를 하는 성참봉은 원래 장안갑주 성판서의 아들로 태어났으나 "장안의 기생들은 모조리 내뜰의 꽃으로 알든 일대의 탕아"10)였으며 <아버지>에서의 주인공 이석종 영감은 "이조판서 이범직의 둘째 아들로 어려서부터 호탕하고 영리하고 재기가 비상하였으나" 아버지의 이유 없는 냉대로 "조롱적인 방종한 기질과 관대한 기질과 간헐적인 진지성이 교착되어 정신의 평형을 지닐 수가 없었고"11) 그 후 아버지는 알코올 중독자가 되어 술값을 구하기 위해 툭하면 딸의 직장으로 찾아가는 행태마저 보이게 된다. 그러나 한무숙은 이석종 영감을 폐인으로 내버려두지 않는다. 이 소설의 시간적 배경은 6·25와 1·4 후퇴 사이로 되어 있다. 이석종 영감은 피난행렬을 보면서 또 멀리서 들려 오는 포성을 들으면서 딸을 안전하게 대피시킬 대책을 세우게 된다. 이석종 영감은 조카의 첩의 아버지 즉 석종 영감의 삼촌댁 종이었던 명필성의 간병인 노릇을 하는 모욕적인 일의 대가로 딸의 안전한 피난을 보장받는 협상을 조카와 벌이게 된다. 딸을 피난 보내고 이영감은 눈길에 쓰러지고 만다.

한무숙의 단편소설들에서 또 하나 주목해야 할 것은 그가 <정의사>,

---

10) 『신천지』, 1949. 11. 116면.
11) 『문예』, 1952. 1. 116~117면.

<감정이 있는 심연>, <우리 사이 모든 것이>, <양심>, <송곳> 등과 같이 의사가 주인공이거나 잠깐 등장하는 소설을 써냈다는 점이다. 한마디로 한무숙은 의사의 존재를 긍정적이거나 비범한 존재로 그려내고 있다.

(가) 「왕진을 갔었다오. 그런데 환자는 때를 노쳐 그만 불행---」
그는 말끝을 못 맞췄다. 굵다란 눈물이 주루룩 뺨을 흘러내렸다. 그는 부끄러운 듯이 눈물을 씻고
「웃어주시오. 나는 삼십 년이나 의사생활을 하여 헤아릴 수 없도록 주검을 보았거만 아직도 사람의 주검에 냉연할 수가 없오」
하고 찌그러진 얼굴로 억지로 웃는 것이었다.[12]

(나) 용기는 당직실에서 늦게까지 공부를 했단다. 두시 가까이 되어 눈을 붙이려 하는데 응급환자가 들어 왔다. 환자는 이미 유산의 경험이 있는 열여섯 살의 미혼의 임부였다.---심한 경우 생명에도 위험이 있는 이 환자 때문에 용기는 최선을 다했다. 미혼의 소녀임부가 겨우 고비를 넘겼을 때는 이미 아침이었다. 용기는 밤을 꼬박 밝힌 것이다. 그는 잘 시간이 없었다. 입이 깔깔하여 식욕도 없었으리라. 시험시간은 다가오고 있었다. 그는 쉬지도 않고 먹지도 않고 길을 떠났다.[13]

(다) 신기하게 닮은 늙은 병든 얼굴과 젊고 아름답고 건강한 얼굴이 눈앞에서 엇갈렸다. <나는 양심과 위엄으로써 의술을 베풀겠노라> 그는 저도 모르게 고개를 가로젓고 때마침 위에서 내려와 멎는 승강기 속으로 들어갔다.[14]

---

12) 『문예』, 1950. 6. 82면.

13) 『현대문학』, 1971. 11. 33면.

14) 『현대문학』, 1976. 6. 45면.

(가)는 <정의사>의 한 대목으로 그 어떤 환자의 죽음이든지 냉정하게 넘기기가 어렵다는 의사의 따뜻한 마음을 읽을 수가 있으며 (나)는 <우리 사이 모든 것이>의 한 부분으로 오랫동안 준비해 온 스테이드 보드 시험을 보러 가기 전날 밤의 상황과 바로 그 날 아침의 상황을 간략하게 기술해 놓은 데서 알 수 있듯이 주인공 용기는 도덕적으로는 형편없는 그 환자를 위해 최선을 다하는 의사로서의 모범적인 모습을 보여주었다. 그러다가 최악의 컨디션을 이기지 못하고 비명횡사하고 만 것이다. (다)는 <양심>의 한 부분으로 이 작품의 주인공 윤박사는 노욕 때문에 젊은 이의 건강이 망가지는 것을 막는 것이 의사로서의 양심을 지키는 일의 하나라고 인식하고 있다. 이러한 의사소설은 <역사는 흐른다>에서의 독립운동가와 <만남>에서의 대학자라든가 순교자를 연결시켜 주는 "비범한 정신의 개인"을 잘 보여주고 있다.

3. 〈만남〉, 사상의 만남과 담론의 만남

<만남>(『한국문학』, 1984.12~1985.12)은 모두 10장으로 구성되어 있다. 각 장의 중심 사건은 다음과 같이 정리된다.

　　'무상계'---다산과 절친했던 혜장 스님의 입적, 혜장과 다산의 교유, 정하상의 방문, 다산 형제의 수난기, 정약종의 사상
　　'배은'---토사교문(討邪敎文) 반포, 비복 승낙종의 배신으로 천주교인 권진사 집안 난가
　　'이별의 아픔'---다산과 표녀, 다산의 학문세계와 집안
　　'무가의 딸'---무녀 만년이 난아를 취하는 과정, 무의 세계, 정하상 북경 사신단 참여

'천주실의'---권진사 맏딸 매아 마리아 천주교인 집에서 신앙생활
'복음의 씨'---정하상 무산지방의 조동섭에게서 천주교와 학문 배움
'회포'---만년의 씻김굿에서 수녀 무 나비(권진사의 차녀) 활약,
하상과 다산의 몇 차례 만남
'북경행'---정하상 북경 천주당 신부와 만남
'뜨거운 포옹'---권진사 구출 거부, 옥중 천주교 신자들의 참상,
다산 해배, 다산의 업적
'만남'---천주교 신자 사형 집행장에서 매아 마리아와 난아 세실
리아가 만나 함께 순교, 정하상 교회 지도자로 성장, 천주교 신부
앞에서의 다산의 고명, 기해년 대교난, 정하상 바오로 순교

<만남>은 일단 천주교를 배교한 것으로 되어 있는 정다산이 이끌어
가는 이야기와 아버지 정약종의 정신을 이어 받아 천주교 교회 지도자로
성장해 가는 정하상 중심의 이야기로 구성되어 있다. 정다산 중심의 이야
기와 정하상 중심의 이야기는 역사소설이라든가 가족사소설이라는 공분
모를 지닌다. 정다산 중심의 이야기가 위대한 학자의 시련과 고난에 찬
생애를 보여 준 전기소설이라든가 그 호한한 학문의 세계를 잘 설명해
준 사상소설을 이루어 낸 데 비해 정하상 중심의 이야기는 천주교 신자들
의 순교사를 중심으로 한 종교소설이나 이념소설을 빚어낸다. 한무숙은
천주교 신자이기는 하지만 정하상을 <만남>의 진정한 주인공으로 유도
한 것이라고 보기는 어렵다. 천주교 지도자이면서 끝내 순교한 정약종·
정하상 부자와 끝까지 일정한 거리를 두면서도 때로는 하상에게 가르침
을 주기도 하고 실제 도움을 수기도 한 정다산에게 정하상 못지 않은
비중을 두고 있기 때문이다.
　정다산은 '무상계', '이별의 아픔', '회포', '뜨거운 포옹', '만남' 등의
장을 이끌어 가고 있으며 정하상은 '무가의 딸', '복음의 씨', '회포', '북

경행', '만남' 등의 장을 이끌어 가고 있다. 비중의 차이는 있기는 하지만 거의 모든 장에서 다산과 하상은 같이 등장하기도 한다.

모두 10장으로 구성되어 있고 단행본 두 권의 분량으로 짜여져 있는 <만남>은 작가의 의도와 계획에도 불구하고 정다산과 정하상이라는 양 축으로 이야기를 집중시키는 데는 한계를 보이고 말았다. <만남>이 들려주는 이야기의 의미와 규모에 비한다면 이름을 부여받은 인물이 많이 등장하고 있는 편은 아니다. 그럼에도 <만남>은 장과 장이 잘 연결되어 있지 않고 작중 전체와 부분들 사이의 균형도 제대로 이루어지지 않았다. 굿하는 장면을 묘사한다든가 무의 세계를 소개한다든가 하는데 초점을 맞춘 '무가의 딸'과 '회포'는 독립된 장으로 나타나지 않았거나 대폭 줄였어야 했다. 또 '북경행'이라는 장은 북경 사신단 보고서라고 할 수 있을 정도로 그렇듯 자세하게 설명될 필요가 있었겠는가 하는 의문을 던져 준다. '무가의 딸'과 '회포'는 권진사의 둘째 딸 난아 세실리아가 연결고리가 되어 나타난 것이라고 할 수 있다. '북경행'은 정하상이 연결고리가 되어 나타난 것이다. 세실리아의 기구한 운명을 강조하다 보니 무속세계에 대한 재발견과 설명이 이어지게 되었을 것이라고 추측해 볼 수 있다. 또 정하상이 그야말로 천신만고와 초인적 집념 끝에 북경 천주교 교당과 접촉할 수 있었던 점을 강조하다 보니 북경 사신단에 대한 탐구심과 설명욕으로 확대되었을 것이다. 무속에 대한 장황한 설명과 북경 사신단에 대한 과도한 해설과 묘사는 구성미가 잘 갖추어진 소설을 가로막는 결과가 되기는 하였지만 이미 <역사는 흐른다>에서 내비쳤던 한국학적 탐구욕을 지속시킨 것으로 볼 수도 있다. 한무숙에게는 소설도, 천주교도, 정다산도 소중하지만 한국학도 중요한 것이었다. <역사는 흐른다>와 <만남>은 서사시적 주인공을 내세운 공통점을 보이기도 하지만 한국학적 탐구라는 동일지평을 지니기도 한다.

한무숙은 창작집 말미에 『한국천주교회사』(Charles Dallet 원저, 안응렬·최석우 역주), 유홍렬의 『한국천주교회사』, 『순교자와 증거자들』(한국교회사 연구소), 『한국순교사화』(김구정), 『열하일기』(박지원 저, 이가원 역), 『연행일기』(김창업 저, 권영대 외 역), 『한국무가집』(김태곤), 『무녀의 사랑이야기』(서정범), 『다산학의 이해』(이을호) 등의 연구서와 정약용의 논총, 시선, 편지, 자찬묘지명 등의 글을 참고문헌으로 제시하였다. 한무숙의 작가적 상상력은 이러한 참고문헌을 압도하지 못한 것으로 볼 수 있다. 이미 <역사는 흐른다>는 한국의 역사, 풍속, 예술양식, 신분사 등을 포괄하는 한국학에 대한 남다른 탐구욕을 감지하게 만든다. 한무숙은 한국학에 대한 폭넓은 관심과 다산에 대한 경외심과 천주교 순교자들에 대한 숭모심을 다 살리려고 하다가 결국 균형을 놓치고 만 것으로 추측할 수 있다. 1948년도 작인 <역사는 흐른다>가 한국근대사를 알게 해 준 것이라면 1984년도 작 <만남>은 실학, 무속, 서학, 조선조의 당파싸움 등을 알게 해 주었다. <역사는 흐른다>는 역사에 <만남>은 한국종교와 사상에 관심을 둔 것으로 차이를 보인다. 그러면서도 <역사는 흐른다>에서 보였던 영웅사관과 신성사적 관점은 36년 후에 나타난 <만남>에서 지속되고 있다. <역사는 흐른다>에서의 이규직, 조석구 등과 같은 영웅적 존재가 <만남>에서는 정약용과 정하상으로 이어지고 있다. 이규직, 조석구와 정약용, 정하상 사이에서 어버이로서의 사랑의 본능을 지키고자 한 노인들과 봉사정신과 양심을 지키고자 한 의사들이 연결고리의 역할을 한 것을 부인할 수 없다. 한무숙의 소설은 독립운동가→의사→대학자와 성직자의 연결 과정을 보여주고 있다.

<역사는 흐른다>에서 프로타고니스트에 해당하는 남성인물을 '잘 생긴 남자'로 제시하던 태도는 <만남>에 와서는 권진사의 딸들을 천하의 절색으로 제시하는 것으로 이어지고 있다. 한무숙은 진이나 성은 미와

일치되는 것이라고 본 것이다. 미는 진이나 성의 충분조건이 된다는 인식을 지니고 있다.

이 작품은 다음과 같이 끝나고 있다.

> 정하상 바오로가 로마 교황의 손으로 복자로 시복된 것은 1925년의 일이고 1984년 5월 6일에는 교황 요한 바오로 2세에 의해 성신으로 시성되었다. 박해자의 이름이 역사의 한 장을 때묻히고 있을 때 성인의 거룩한 이름은 많은 신자들의 기구 중에 전구자(轉求者)로 추앙과 존경과 함께 불려지고 있다. 그리고 오늘을 사는 우리 한국의 적지 않은 천주교 신자들은 성 하상 바로로를 전구자의 이름으로 부를 때 그의 숙부 다산, 요한 정약용을 떠올릴 때가 많다. 그는 수차에 걸쳐 천주를 배반한 사람이었으나 그의 고난과 통회와 값진 생애가 성자를 느끼게 하기 때문이다.[15]

작품의 결말에 오면 이 소설이 천주교에 축을 두고 있는 것으로 나타난다. 천주교가 정다산을 받아들이겠다는 식의 태도마저 엿보인다. 물론 이 소설의 중간 과정은 정다산의 전기소설이라고 할 정도로 다산에게 기울고 있다. 작가는 독자들이 눈치 채지 못할 정도로 조금씩 조금씩 다산을 정약종과 정하상 쪽으로 잡아당겼다. 한무숙은 다산을 세상을 떠나기 바로 직전 중국 신부 앞에서 고명하고 참회의 눈물을 흘림으로써 구원을 받을 수 있었던 것으로 그려 놓으면서 <만남>의 창작의도는 다 이루었노라고 자부했을지도 모른다.

<만남>에서의 만남의 모티프는 권진사의 딸들의 천주교 안에서의 만남으로 구체화되었지만 만남의 의미는 포괄적인 것으로 새겨야 할 필요가 있다. 실학자 정다산과 천주교 목회자인 정하상 사이의 실제적인

---

15) ≪만남-하권≫, 정음사, 1986. 229면.

만남과 상호작용으로 볼 수도 있다. 이들의 만남이 사상의 만남이요 이념의 만남인 것은 두말할 것도 없다. 천주교 신자인 작가 한무숙은 이러한 만남을 정약종·정하상 부자 중심의 천주교가 정다산을 받아들이는 것으로 풀이하였지만 천주교를 믿지 않는 일반독자들은 오히려 한국이 서양을 품에 안은 것으로 풀이하기 쉽다. 물론 한무숙은 천주교를 더 이상 서양종교나 외래종교로 보지 않으면서 '만남'에서 '동화'나 '일체화'를 가늠했을지도 모른다.

■ 참고문헌

▪ 기본자료

『신천지』.『현대문학』.『문예』.

한무숙, 《감정이 있는 심연》, 삼중당, 1976.
한무숙, 《만남》, 정음사, 1986.
한무숙, <역사는 흐른다>, 《한국문학전집29》, 민중서관, 1959.
한무숙, 《축제와 운명의 장소》, 휘문출판사, 1963.

▪ 단행본

이호규 외 공저,『한무숙 문학세계』, 새미, 2000.
한무숙재단 편,『한무숙 문학연구』, 을유문화사, 1996.

■ 영문초록─────────────────────────────

The Kinds and Steadyfast Mind of Han Moo-sook's Novels

Cho, Nam-hyun

Han Moo-sook's sacred view of history represented in History Goes which is her typical novel is related with the heroic view of history that history is led by men of rarity and self-sacrifice. The novel marks an era in the history of Korean novel and especially novel by woman writer in that it dealt with the period between the last years of Chosun dynasty and the Restoration of independence under the sacred and heroic view of history in chaos after the Restoration.

Han Moo-sook tends to have doctors appear as major or minor characters in her short- stories such as Doctor Chung, Emotional Abyss, All Between Us, Conscience, Drill.

Whereas History Goes is focused on history, Encounter is about Korean religion and ideology. She keeps her heroic and sacred view of history of the former in the latter published 36 years after the former. For example,

Chung Yak-yong and Chung Ha-sang in Encounter are descended from heroic characters of History Goes such as Lee Kyu-jik and Cho Suk-gu.

■ **핵심어**   신성사적 관점, 비범한 개인, 역사소설, 천주교, 운명론

■ **keyword**   sacred view of history, heroic character, historical novel, Roman Catholicism, fatalism

접수일자 : 2002. 10. 26

심사기간 : 2002. 11. 9〜11. 27

게재결정 : 2002. 11. 28

망각의 공동체와 기억의 소설적 의미
―황순원의 <나무들 비탈에 서다> 연구―

김종욱*

목차

1. 들어가는 말

황순원의 <나무들 비탈에 서다>는 1960년 1월부터 7월까지 『사상계』에 연재된 후, 같은 해 9월 단행본으로 출간된 장편소설이다.[1] 이 작품은

---

* 세종대학교 강사

1) <나무들 비탈에 서다>는 『사상계』연재본(1960.1~7)과 사상계사 단행본(1960) 사이에 일정한 차이가 있다. 두 판본 사이에는 문장의 수정으로 인한 변화 이외에도 작품의 내용에서도 커다란 변화가 나타나고 있다. 가장 큰 변화는 연재본에서 계향에 의한 현태의 타살이 단행본에서는 계향의 자살과 현태의 방조로 개작된 결말 부분일 것이다. 이와 함께 연재본에서는 뚜렷하게 부각되지 않던 현태의 방황 원인이 단행본에서는 전쟁 중의 경험으로 구체화됨으로써 제1부와 제2부 사이의 연관성이 보다 분명하게 나타난다. 작품의 개작은 황순원의 소설에서 일반적으로 나타나는 현상이기도 하지만, 작품의 구조를 고려했을 때 보다 높은 구조적 완결성을 획득하기 위한 작가의 노력이라고 보여진다. 작가 자신도 후에 자신의 개작을 존중해 줄

황순원의 작가적 여정 속에서 적지 않은 의미를 지니고 있는 것으로 알려져 있다. 주지하듯이 황순원은 1930년대 말 시인으로 출발하여 "긴밀한 구성, 산문 문체의 서정적 윤색 혹은 상징적 고양, 치밀한 묘사와 정확한 문장"을 특징으로 하는 규범적인 단편소설의 미학을 추구하는 작가로 성장하였다. 그리고 해방 공간을 거치면서 개인적 실존의 차원에 머물러 있던 작가 의식을 역사와 현실의 차원으로 확대하기 시작한다. 이 과정에서 황순원은 <별과 같이 살다>, <카인의 후예>, <인간접목> 등과 같은 장편소설을 잇달아 발표한 바 있다.

그런데, 이러한 장편소설, 특히 <인간접목>을 통해서 초기 작품세계를 지배하던 공동체적 질서가 전후라는 폐허적인 현실 속에서 더 이상 설득력을 획득할 수 없다는 점이 분명해진다. <나무들 비탈에 서다>는 그런 점에서 <인간접목> 이후 4년 여의 시간 동안 모색되었던 작가적 변화를 보여주어야만 하는 절박한 상황 속에서 발표된 작품이라고 할 수 있다. 실제로 이 작품은 1960년 1월 연재가 시작되던 시점에 "이미 작품 전체의 구상이 완료돼 있었"[2]을 만큼 작가의 심혈이 담겨 있기도 하다. 그리고, 1960년 연말에 있었던 백철과의 논쟁[3]도 이 작품에 대한

것을 요구한 바도 있기 때문에(황순원, 「말과 삶과 자유」, 『말과 삶과 자유』, 문학과 지성사, 1985, 29면) 본고에서는 사상계사 단행본에 근거한 《황순원 전집》제7권 (문학과지성사, 1981)을 주된 텍스트로 인용할 것이다. (이하 작품을 인용한 경우에는 인용 말미에 면수를 밝혀두었다)

2) 황순원, 「비평에 앞서 이해를-백철 씨의 '전환기의 작품자세'를 읽고」, 『한국일보』, 1960. 12. 15. (『황순원 연구』, 문학과지성사, 1985. 201면에서 재인용)

3) 이 논쟁은 백철이 「전환기의 작품 자세」(『동아일보』, 1960. 12. 9)를 통해 <나무들 비탈에 서다>가 생생하고 구체적인 묘사에도 불구하고 작품의 유기적인 구성에 이르지 못함으로써 트리비얼리즘에 떨어졌다는 점, 4·19라는 역사적 격동기를 통과한 작가적 의식이 작품 속에 구체적으로 드러나지 않고 있다는 점을 비판함으로써 촉발되었다. 이에 대해 황순원이 「비평에 앞서 이해를-백철 씨의 '전환기의 작

작가의 애정을 반증하는 것이라고 할 수 있다. 그뿐만 아니라 이 작품에서는 지금까지의 작품과는 달리 당대의 일상적인 삶을 구성하는 전쟁의 체험과 그 상처를 중심적인 테마로 부각시키기에 이른다. 전후의 상황 속에서 나타난 인간성 상실의 위험을 전쟁의 경험으로 소급함으로써 자신의 소설적 세계를 현실에 보다 밀착시키고 있는 것이다.

그동안 <나무들 비탈에 서다>에 행해진 언급들은 다양하고 풍부한 편이다. 특히 황순원에 대한 비평적 언술이나 문학사 기술, 그리고 작가론에서 이 작품은 반드시 언급되었다고 해도 지나친 말은 아니다. 그래서 이 작품에 대한 기존의 연구업적들을 모두 언급하는 것은 불가능에 가깝다. 따라서 본고에서는 <나무들 비탈에 서다>에 대한 작품론을 중심으로 기왕의 연구 성과들을 간단히 유형화해 보고자 한다. 이러한 유형화는 황순원에 대한 연구자들의 관심 방향과 대체로 일치하는 것이기도 하다.

첫째, 작가의 독특한 심리 묘사와 분위기 조성에 기여하는 발화적 특성에 대한 연구[4],

둘째, 작품의 주요 모티프로서의 '유리'의 의미에 대한 연구[5],

품자세'를 읽고」를 발표하고, 백철이 다시 「소설작법」(『한국일보』, 1960. 12. 18)을, 황순원이 「한 비평가의 정신 자세」(『한국일보』, 1960. 12. 21)을 발표함으로써 역사의 변화와 작가의 의식에 대한 논쟁으로 확대된다. 이 논쟁은 백철의 안이한 비평적 태도로 말미암아 심도 있게 진행되지 못한 채, 창작 이외의 글을 일체 발표하지 않았던 황순원이 직접 자신의 작품을 옹호했다는 점에서 세간의 이목을 집중시킨 하나의 해프닝으로 끝나고 만다.

4) 권영민, 「황순원의 문체 그 소설적 미학」, 『말과 삶과 자유』, 문학과지성사, 1985. 박선미, 「황순원의 문체 연구-'나무들 비탈에 서다'를 중심으로」, 이화여대 석사논문, 1987. 유현경, 「황순원 소설의 사회언어학적 분석-'카인의 후예', '나무들 비탈에 서다'를 중심으로」, 『경희대 비교문화연구』4, 2000. 12.

셋째, 등장인물의 내면과 상호 관계의 양상에 대한 연구[6],

넷째, 휴머니즘적 작가 의식의 1950년대적 의미에 대한 연구[7]

그런데, 기존의 연구들은 그 해석상의 다양함에도 불구하고 궁극적으로는 전쟁 체험에서 비롯되는 죄의식과 인간성 파탄의 위기, 그리고 이것을 극복하기 위한 작가의 휴머니즘적 지향 내지는 구원의식으로 요약된다. 이러한 접근은 작품의 표면적인 서사를 통해서 추출되는 의미론적 요소에 사로잡힌 결과라고 할 수 있다.

본고에서 주목하고자 하는 것은 이러한 표면적인 서사의 밑바탕에 놓여 있는 심층적인 구조, 특히 여성성의 문제이다. 이 작품은 2부로 구성되어 있다. 제1부는 1953년 휴전을 전후로 한 전장을 배경으로 하고 있으며, 제2부는 1956년의 전후 현실을 배경으로 하고 있다. 제1부가 자신의 선택과는 무관하게 전쟁 속에 끌려들어간 세 명의 젊은이들이 전쟁의 광포한 논리에 휩싸여 순수성을 잃어가는 모습을 그리고 있다면, 제2부는

---

5) 원형갑, 「'나무들 비탈에 서다'의 背地」, 『현대문학』, 1962. 1~3.

천이두, 「자의식과 현실」, 『종합에의 의지』, 일지사, 1974.

6) 조남현, 「황순원의 '나무들 비탈에 서다'」, 『한국현대소설의 해부』, 문예출판사, 1993.

이경호, 「'나무들 비탈에 서다'의 他着性」, 『한양어문연구』 13, 1995. 12.

7) 배선미, 「황순원 장편소설 연구-전쟁의 피해 양상 및 극복의지를 중심으로」, 숙명여대 대학원, 1990.

강상희, 「황순원의 '나무들 비탈에 서다'고」, 『단국대국문학논집』 14, 1994. 5.

구재진, 「황순원의 '나무들 비탈에 서다' 연구」, 『선청어문』 23, 1995. 4.

김교봉, 「전후소설의 현대소설적 성격-'나무들 비탈에 서다'의 경우」, 『영남대 국어국문학연구』, 1997. 12.

김병익, 「파탄의 시대와 구원의 가능성」, ≪나무들 비탈에 서다≫, 문학사상사, 1998.

전쟁의 상처를 간직한 인물들이 전후의 현실 속에 어떻게 좌절하고 방황하며 고통받는가를 전면에 부각시키고 있다. 제1부와 제2부 사이에는 3년 여의 시간적 단절이 개입되어 있지만, 동호의 죽음을 매개로 하여 긴밀하게 연관된다. 동호의 죽음과 함께 던져진 "대체 우린 피해잘까 가해잘까"라는 물음이 전후의 상황과 연계되면서 전쟁에 참가했던 젊은 이들의 정신적 후유증을 심도있게 그려내고 있는 것이다.

그런데, 제1부와 제2부에서 주인공의 역할을 담당하고 있는 동호와 현태에게 있어 가장 결정적인 사건은 항상 여성들을 둘러싸고 벌어지고 있다는 점에 주목할 필요가 있다. 즉 제1부에서 현태는 전장에서 민간인 여성을 겁탈하고 살해하며, 동호는 술집 작부 옥주와의 사련 끝에 자살에 이른다. 제2부에서 현태는 전장에서의 경험으로 말미암아 깊은 죄의식에 사로잡히게 되어 정신적으로 방황하던 중에 동호의 애인이었던 숙을 겁탈하고, 마침내 술집 기생이었던 계향의 자살 사건에 연루되기에 이른다. 이처럼 황순원은 전후의 일상적인 삶의 공간뿐만 아니라, 남성들의 영역이라고 할 수 있는 전쟁의 공간에도 여성들을 의미있게 배치하고 있다. 이에 따라 본고는 <나무들 비탈에 서다>가 여성이라는 감추어진 존재를 통해서 전쟁의 상처와 극복의 가능성을 모색하고 있다는 가정에서 출발하고자 한다.

2. 전쟁의 폭력성과 대상화된 여성

<나무들 비탈에 서다>는 전쟁 상황과 전후 현실 속에서 고통받고 방황하는 젊은 영혼들의 모습을 그리고 있다. 따라서 이 작품의 의미를 탐구하기 위해서는 먼저 원체험으로서의 한국전쟁에 대해서 살펴보지

않으면 안된다. 황순원이 바라본 전쟁은 표면적으로 인간성을 파괴하는 폭력적인 경험으로 요약된다. 자신의 생명을 유지하려는 원초적인 욕망은 상대방에 대한 맹목적인 적개심을 불러일으킨다. 나, 우리, 아군, 동료를 제외한 모든 타인은 생존을 위협하는 존재이어서 제거되어야 할 대상으로 규정된다. 생명 유지는 생명 박탈과 동의어인 것이다. 따라서 전쟁이란 강자만이 살아남는 냉혹한 동물적인 상황이다. 더욱이 한국전쟁은 동족간의 이념투쟁이라는 점에서 더욱 잔혹한 면모를 보인다. "이번 동란이 가져온 특이한 양상이 있다면 그것은 동족끼리 더 잔인하다는 점이었다. 응당 포로취급을 해야 할 것도 직결처분이란 명목 하에 총살을 해버리는 것이 상례"(284면)처럼 되어 있었던 것이다.

전장에서 경험하게 되는 이러한 적자생존의 야만적인 상황은 군인들 사이의 대립적인 관계로 한정되는 것은 아니다. 군인들은 자신들이 소속된 민족과 국가, 그리고 이념을 위해 싸운다는 점에서 명분을 가질 수 있었다. 그렇지만, 전쟁은 싸움에 직접 참여하지 않는 인물들 또한 여러 가지 방식으로 끌어들인다. 민간인들 중에서 특히 여성들과 어린이들은 군인들의 폭력에 쉽게 노출된다. 작품의 첫머리에서 제시되는 수색대의 경험은 전쟁이 안고 있는 인간성의 파괴와 윤리적인 파탄을 요약적으로 제시하고 있다.

현태와 동호, 그리고 윤구가 소속된 수색대는 미처 피난가지 못한 여인을 만난다. 그런데, 현태는 이 민간인 여성을 강제로 겁탈한 후 살해한다. "여인이 적의 첩보원이 아니라 하더라도 나중 이쪽의 행동이 알려질 우려가 있는 경우에는 중대본부까지 데리고 가야 하는 것이다. 그것이 귀찮으니까 숫제 없애버"(272면)린 것이다. 전쟁의 광기가 휩쓸고 지나간 산골마을에서 공포와 두려움에 떨고 있던 여인은 손을 내밀지만, 현태는 오히려 "무서우니 같이 있어 달라는 거야. 허지만 될 일이야? 해치워버렸지. 어제 일은 그뿐이야"(273면)라고 무미건조하게 말한다. <나무들 비탈에 서다>에서 전쟁의 야만성은 아군과 적군 사이의 대립뿐만 아니라 민간인에 대한 군인의 폭력, 특히 여성에 대한 남성들의 성적 폭력을 통해서 구체화되고 있는 것이다.

그런데, 작가는 이러한 여성에 대한 남성의 폭력을 전쟁이 빚어내는 필연적인 모습으로 그려낸다. 1953년 7월 휴전이 성립되기 직전에 있었던 구만리 전투의 와중에서 현태와 동호가 소속되어 있던 부대는 적군의 총공세를 견디지 못하고 퇴각하게 된다. 이 와중에서 윤구는 적의 포로가 되고, 부상당한 현태는 동호의 도움을 받아 간신히 후방으로 탈출한다. 이렇듯 절체절명의 상황 속에서 현태는 자신의 발기한 성기를 보고 "이 놈이 이렇게 건재해 있는 한 죽음이라는 건 생각할 필요가 없어"(280면)라고 말한다. 성욕은 죽음의 위협 앞에서 자신이 여전히 육체적으로 현존하고 있음을 확인시켜 주는 것이다. 휴전 성립 후 소토고미에서의 생활 중 현태가 술집 작부와의 관계를 탐닉했던 것도 이런 맥락에서 이해할 수 있다. 여성의 존재와 그것을 바라보는 욕망은 "살아있음에 대한 희열"(294면)을 확인하는 방법이었던 것이다. 죽음의 고비를 넘기고 살아남았다는 사실을 직접적으로, 그리고 감각적으로 확인받기 위해서 여성이라는 대상적 존재를 필요로 했던 것이다.

그런데, 군인들의 성적 욕망을 전쟁이라는 억압적인 상황 아래에서 삶의 에네르기를 표현하는 것으로 이해하는 것은 매우 소박한 것이라고 할 수 있다. 대부분의 경우 전장 중에 일어난 성적 폭력은 처벌을 받기보다는 전쟁 중에 일어날 수 있는 당연한 일 중의 하나로 받아들여진다. 더욱이 전시하의 강간은 점령지의 접수라는 상징을 동반하고 있어서 묵시적으로 허용되거나 은밀하게 조장되었던 것이다.[8] 이처럼 성적 폭력에 대한 관용적인 태도들은 군대 생활을 지배하는 시스템이 폭력을 유발하는 구조 속에 놓여 있다는 사실과 연관된다. 일반적인 의미에서 전쟁을 수행하고 있는 군대 조직은 폭력을 통해 몸을 훼손시킴으로써 몸을 경시하는 풍조를 확산시킨다. 여성의 육체 역시 강제적으로 점유되어야 할 대상으로 인식된다. 따라서, 전쟁이라는 특수 상황 속에서 일상적으로 나타나는 물리적인 폭력과 성적인 폭력이 육체라는 대상 속에서 서로 융합되고 중첩됨으로써 범죄성을 상실하기에 이른다. 결국, 생존을 위해 맹목적으로 살아가는 남성들은 여성들의 육체를 통해서 보상받는 것으로 인식되는 것이다. 그런 맥락에서 현태의 손에 죽어간 여인이나 소토고미에서 작부로 살아가는 여성들은 동일하게 전쟁이라는 남성적인 폭력의 결과물일 따름이다.

동호의 자살은 이러한 남성적인 전쟁의 문화가 빚어낸 필연적인 결과이기도 하다. 사실 동호는 현태와는 달리 여성에 대한 순수성을 간직하고자 했다. 동호가 해운대 호텔에서 숙과 하룻밤을 보내면서 보여주었던 순수성은 "시공을 초월한다는 달콤한 시적 낭만적 플라토니즘의 그것이었다. 그리고 그것은 현실과는 너무도 인연이 먼 상처받기 쉬운 순수성"[9]에 지나지 않았다. 그런데, 현태는 술집 작부인 옥주를 통해서 동호의 순결성을 훼손한다.

> 서늘한 바람에 얼굴을 불리우면서, 영락없이 자기는 여자에게 강
> 간을 당하고 나오는 길이라는 생각이 들었다. 그러나 이런 터무니
> 없고 맹랑한 생각에도 동호는 웃을 수가 없었다. 그저 자기 몸의
> 한 부분이 더러워졌다는 데 더 마음이 쓰였다. 서서 오줌을 누면서

---

8) 하세가와 히로꼬, 「의례로서의 성폭력-전쟁 시기 강간의 의미에 대해서」, 『국가주의를 넘어서』, 코모리 요우이치·타카하시 테츠야 편, 이규수 역, 도서출판 삼인, 1999.

9) 천이두, 앞의 글, 149면.

거기를 씻었다. 도리어 더러운 것이 더 넓게 번져가는 느낌이었다.
담배를 피워 물었다. 몇 모금 빨지 않아 갑자기 목구멍 깊숙이에서
구역질이 치밀어 올랐다. 길가에 쭈그리고 앉았다. 토해도 나오는
것은 별로 없고 헛구역질에 속만 온통 뒤집혔다.(340면)

　육체적 욕망을 부정하고 아가페적 사랑을 지향하던 동호는 이러한 성
적 교섭을 '강간'[10]으로 받아들인다. 옥주와 성관계에 의해 '유리'와도
같은 동호의 육체는 강제로 오염된다. "무엇이든 직접 여자의 피부에서
얻은 기억을 지녀야만 그 여자를 소유할 수 있다"(268면)라고 믿는 현태
는 자신의 대리인인 옥주를 통해 동호가 지금까지 간직해왔던 내밀한
정신적 가치들을 강제로 짓밟는 것이다. 그리고 "어른이 되기란 그렇게
힘든 법이야"(341면)라고 말한다. 동호는 이러한 현태 앞에 무력하게 설
수밖에 없다. 추파령과 금성강 전투에서 겁에 질려 허둥대는 동호를 구해
낸 현태의 모습에서 나타나듯이, 성숙한 어른으로서의 현태와 미성숙한
어린이로서의 동호의 형상이 투영되어 있기 때문이다.[11] 구토는 그런

---

10) 강간은 다른 폭력과는 다른 상처를 발생시킨다. 그 상처는 희생자에게는 접촉에 의
　해 더럽혀졌다는 생각과 수치심을 각인시키고 훼손당한 인격을 관통하는 모욕감이
　다른 사람들의 눈에 비친 자신의 모습을 완전히 바꾸어놓는 것이다. 강간의 희생자
　가 어쩔 수 없이 느끼는 수치심은 1) 내밀한 무엇인가가 짓밟혔다는 사실(도덕) 2)
　희생자가 더럽혀진 자신의 존재에 대해 갖는 이미지(신체) 3) 그 사실이 타인의 눈
　에 드러나지 않을가 하는 두려움(시선)이 얽혀 있는 것이다. (조르쥬 비가렐로, 『강
　간의 역사』, 이상해 역, 도서출판 당대, 2002. 41면)
11) 현태와 동호 사이에는 이처럼 보호하는 주체와 보호받는 대상으로서의 관계가 존
　재한다. 이러한 관계는 동호에게 남성으로서의 열패감을 불러 일으킨다. "종내 현
　태 편에서 달려와 겨드랑 밑을 끼고 구덩이로 끌고 갔다. 폭음에 귀가 먹먹한 채
　정신없이 끌려가는 동호의 머릿속에는 엉뚱한 의식만이 선명했다. 이렇게 되면 어
　떻게 되지? 현태 네 녀석은 대담무쌍한 용사가 되구, 난 더할 나위 없이 비겁한 졸
　자가 되구."(264면)

의미에서 무력하게 겁탈당한 자신에 대한 수치심과 모욕감, 그리고 성숙한, 그렇지만 오염되고 타락한 어른의 세계를 처음으로 경험한 자의 거부감의 표현이다.

동호는 결국 자신의 삶을 지배해오던 여성적인 내향성과 '소녀 취향'의 결벽성을 벗어던지고자 시도한다. 옥주와의 첫 번째 관계 이후 동호는 현태와 함께 다시 술집을 찾는다. 그리고 "전같으면 눈 앞의 색시들의 자존심을 조금도 생각해주지 않는 현태의 말소리가 잔혹하게만 들렸을 터인데, 이날 동호는 모든 처사에 있어 그렇듯 결단성을 가진 현태의 의지가 도리어 부러웠다"(345~346면) 이제 옥주와의 관계 직후 동호가 받았던 모욕감과 수치심이라는 희생자로서의 감수성은 여성의 육체를 소유함으로써 자신의 남성성을 확인받기 위한 '의지'로 자리바꿈한다.

> 그러나 날이 갈수록 동호는 자기가 괴로워하고 있는 것이 어쩐지 멋쩍고 어이없게 생각되었다. 남자라면 누구나가 할 수 있는 짓을 자기는 했을 뿐이 아닌가. 그는 소심하기 짝이 없는 자신에 대해 어떤 형용하기 힘든 노여움같은 것까지 느꼈다. 어째서 자기는 남들처럼 아무렇지도 않게 그 일을 치러버릴 수 없는가. 그리고 한갓 심상치 않은 일을 넘겨버리지 못하는 것일까. 현재도 자기는 아무런 티없는 마음으로 숙이를 예전과 같이 사랑하고 있지 않은가. 아니, 어느 때보다도 그녀를 그리워하고 있지 않은가. 결국은 자기의 하찮은 결벽성을 고수해 보려는 데서 쓸데없는 마음을 쓰고 있는 것이다. 현태의 말이 아니더라도 소녀 취미에 지나지 않는 그 따분한 결벽성이란 걸 이 참에 처치해버려야 하는 것이다.(343면)

옥주와의 성적 교섭은 "남자라면 누구나 할 수 있는 짓"이기 때문에 어떠한 죄책감을 가질 필요가 없다. 그러한 가책과 후회는 "하찮은 것"이고 "처치해 버려야 할"가치에 지나지 않는다. 이처럼 숙에 대한 순수한 사랑을 간직했던 동호의 의식은 시간이 흘러가면서 굴절되고 왜곡된다. 이제 여성은 숭고한 사랑의 대상이 아니라 욕망의 수단 내지는 점유되어야 할 대상으로 재규정된다. 이처럼 동호는 옥주와의 성관계라는 계기를 통해서 현실을 지배하는 폭력적인 논리에 흡수되어 간다. 폭력은 대담성, 용기 등 남성적인 가치들로 치환되어 정당화된다. 전쟁이라는 상황 속에서 하나의 온전한 남성적 주체로 인정받기 위해서 현실의 규범에 예속되지 않을 수 없었던 것이다. 그것이 <나무들 비탈에 서다> 제1부에서 나타나는 이니시에이션적 구조의 참된 의미라고 할 수 있을 것이다.

하지만, 옥주에게 '강간'당함으로써 육체적으로 오염된 동호는 타인의 시선을 의식하지 않을 수 없다. 자신의 더럽혀진 몸이 타인의 시선에 드러나지 않을까 하는 두려움은 동호로 하여금 숙의 편지를 읽어볼 수 없도록 만든다. "옥주와의 두 차례 관계 이후 동호는 어떻게든 혼자 생각하는 시간을 피하기에 힘썼다"(355면) 숙의 시선은 자신의 내면으로부터 울려나오는 양심의 소리이기도 하기 때문이다. 끊임없이 자신을 합리화하고 아무렇지도 않은 듯이 행동하려 하지만, 옥주와의 관계가 깊어갈수록 섬세한 내면의 목소리는 더욱 커져 갈 뿐이다. 결국 내면에 자리잡고 있던 순수함은 동호를 자살로 몰고 간다. 현태가 표상하는 남성적이고 폭력적인 문화는 전장에서 한 여인을 겁탈하고 살해하였듯이 동호 역시 육체적인 파멸 상태로 내몰았던 셈이다.

전장의 성폭력은 이처럼 전쟁의 폭력성과 깊이 연관된다. 전장에서 힘을 가진 자는 살아남을 수 있었고, 정의로서 자신의 폭력을 정당화할 수 있다. 희생자에게 행사하는 폭력은 남성이 여성에게 행사하는 폭력과 결코 구분될 수 없다. 전장의 논리, 달리 말해 약자/패자/죽은 자에 대한 강자/승자/살아난 자의 우월성이야말로 폭력에 대한 감수성을 둔화시키고, 모든 인간적이고 도덕적인 가치의 상실을 초래했던 것이다. 동호가

표상하고 있는 여성적인 가치들, 순수성과 염결성, 내향성들은 현태가
표상하는 남성적인 가치들에 의해 강제로 오염된다. 전쟁은 이처럼 여성
적인 것들을 부정함으로써 남성적인 문화와 사상을 강화하는 것이다.

3. 전쟁의 경험과 망각으로서의 삶

전쟁의 폭력성은 전쟁 시기를 살았던 모든 사람들에게 깊은 흔적을
남긴다. 그것은 "비가 오려거나 눈이 내리려면 언제나 전쟁터에서 받은
팔꿈치의 상처 자국이 먼저 근질거리고 저리곤 하는 것"(462면)처럼 육체
적 상처에만 국한되는 것은 아니다. 오히려 전쟁의 상처는 잊혀진 듯하다
가도 기억을 통해서 끊임없이 되살아난다. 따라서 전후를 살아가는 젊은
이들을 그리고 있는 <나무들 비탈에 서다>의 제2부에서 가장 문제적인
국면은 전쟁의 기억에 관한 것이라고 할 수 있을 것이다. 실제로 현태,
윤구, 선우중사 사이에는 기억을 둘러싼 미묘한 차이가 개입되어 있다.
그리고 이러한 차이를 통해서 우리는 전쟁의 후유증을 여러 각도에서
접근해볼 수 있을 것이다.

일반적인 통념과는 달리 기억과 망각은 서로 대립하는 항목은 아니다.
망각은 항상 기억을 전제로 하기 때문이다. 기억되고 있는 것이 존재할
때 비로소 망각도 가능하다. 기억이 없다면 망각할 대상도 없는 것이다.
그런데, 기억이 처음 이루어지는 순간을 살펴볼 때, 원초적인 기억은 기
억해야만 할 것과 기억하지 않아도 좋을 것 사이의 구분을 포함하고 있
다. 기억하지 않아도 좋을 것은 기억되기 이전에 이미 망각되고 있는
것이다. 하지만, 기억해서는 안될 것은 기억되지 않는 것이 아니라 망각
되도록 기억된다. 따라서 기억하지 않아도 좋을 것은 망각 자체가 망각되

고 있는 것, 곧 망각의 망각임에 비해 기억해서는 안될 것은 망각되도록 기억된다는 점에서 망각의 기억이라고 할 수 있을 것이다.[12] 이렇듯 기억하지 않아도 좋을 것과 기억해서는 안될 것 사이에는 다른 심리적 메카니즘이 존재한다.

그런데, 망각되었던 것, 억압되었던 과거의 경험들이 불현듯 의식의 표면으로 떠오르는 순간이 있다. H.베르그송이 '무의지적 기억'[13]이라고 불렀던 것과 유사하게 특정 계기를 통해서 자신이 잊고 지냈다는 사실, 달리 말해 자신이 과거의 경험을 망각하고 있었다는 것을 기억하는 순간이 존재하는 것이다.

무심코 밖을 내다보는 그의 눈에 횡단보도를 건너는 한 여인의 모습이 들어왔다. 허름한 옷을 입은 여인의 품에는 두어 살 가량 난 애가 안겨 있었다. 그 어린것이 병이라도 난 것일까. 노리께하니 파리한 얼굴에 눈은 감겨지고, 입은 반쯤 벌어져 있었다. 그런 어린것을 여인은 사뭇 소중하게 품에 안고 길을 건너고 있었다. 현태는

---

12) 망각의 기억과 망각의 망각 사이의 구별에 대해서는 우카이 사토시의 논의를 참조할 수 있다. 그는 「르낭의 망각 또는 '내셔널'과 '히스토리'의 관계」에서 다음과 같이 말하고 있다. "그러나 그전에 잊어서는 안될 것이 있다. 그것은 망각의 기억과 망각의 망각의 차이이다. 그도 그럴 것이 어느 개인 혹은 사회 역사에 있어서, 과거 특정 사건에 대한 망각이 그 자체가 망각될 경우와 망각이 일어난 것 자체는 기억되고 있는 경우가 있기 때문이다. 전자의 경우는 과거에 전반적인, 제삼자의 눈에는 종종 이상하게 보이는 무관심이 생기고, 후자의 경우에는 어떤 어색함과 불안이 독특한 행동양태로 그 개인 혹은 사회의 기분을 규정한다. 무엇을 잊었는지 불분명한 채 잊었다는 것만이 기억되고 있기 때문이다. 사회의 경우에서 생각하면, 대다수(majority)의 기억에는 전자의 경향이, 소수(minority)의 기억에는 후자의 경향이 지배적이라고 말할 수 있을지도 모른다."(우카이 사토시, 「르낭의 망각 또는 '내셔널'과 '히스토리'의 관계」, 『국가주의를 넘어서』, 도서출판 삼인, 1999. 298면)

13) H.베르그송, 『시간과 자유의지』, 정석해 역, 삼성출판사, 1982.

문득 전에 이들 모녀를 어디선가 본 듯싶었다. 어두컴컴한 방안에
말라배틀어진 팔을 포대기밖에 내놓은 채 누워있던 어린애와 그
어머니. 내가 다시 내려갔을 대 그 여잔 되레 낮처럼은 놀라지 않았
지. 그리고 벌로 항거하는 빛도 없었고. 그런데 일어나 나오려는
내 손을 와 잡았겠다? 그 손이 뭣을 말하는지 알았지. 허지만, 허지
만 난 해치워버리고 말았어. 현태는 자기 손을 내려다보았다. 거기
아직 그냥 스며져 있는 여인의 그 약간 떨리면서 땀기운이 돌던
손의 감촉. 그리고 메마른 피부에 온기를 띠고 있던 목의 감촉. 어린
것에만은 손을 대지 않았는데 그것마저 생생한 실감을 갖고 되살아
오는 것이었다. 말라 배틀어진 어린것의 가느다란 목을 누를 때에
받을 수 있는 촉감이. 그날 밤 그는 술을 마시고 또 마셨다. 다음
날도 다음 날도 마셨다.(404~405면)

이 장면은 군대 제대 후에 정상적인 삶을 살아가던 현태가 갑작스럽게
정신적인 위기에 봉착하게 되는 순간을 보여주고 있다. 사실, 현태는 제
대 후에 대학을 졸업하고 아버지의 사업을 도우면서 성공적으로 현실에
복귀한다. 이러한 현실적인 모습은 제1부에서 충분히 예견되었던 모습이
기도 하다. 수색 중에 발견된 모자(母子)를 본부까지 데리고 가는 것이
귀찮아 살해하고 난 후 "해치워버렸어"라고 말한다든지, 윤구를 통해서
전달된 김 하사의 흙을 "궁상맞으니 없애버려라"라고 말하는 대목에서
우리는 잔혹하리만큼 냉정하게 전쟁의 현실에 적응해가는 현태의 성격
을 엿볼 수 있었던 것이다. 그런데, 현태는 어느 날 택시를 타고 가다
보게 된 여인의 모습 속에서 자신이 살해한 모자의 환영을 본다. 이 사건
이후 현태의 삶은 급격한 혼란 속으로 빠져들고 심각한 정체성의 위기에
휩싸이게 된다.

현태는 전쟁의 기억으로부터 벗어나기 위해 전쟁을 망각해야만 했을
것이다. 전쟁이 끝나고 군대 생활을 마감하는 순간, 자신 앞에 새롭게

펼쳐진 일상적인 삶에 편입되기 위해서는 전쟁을 무의식의 영역으로 억압해야만 했던 것이다. 전쟁 중에 행했던 비인간적 행동들을 망각의 동굴 속으로 유폐시킴으로써 삶은 유지될 수 있는 것이다. 달리 말하면, 망각의 의지는 살아남은 자들이 가지고 있던 생존의 방편이었다고 할 수 있는 것이다. 선우 이등상사의 예에서 볼 수 있듯이 전쟁의 경험에 사로잡혀 있는 동안 정상적인 삶을 유지하기란 불가능한 까닭이다.

선우 이등상사는 자신의 과거 행위로 인한 죄의식 때문에 현실에 복귀하지 못하고 있는 인물이다. 그의 아버지는 평생 하나님과 교회를 위해 헌신한 독실한 기독교도였다. 그런데, 한국전쟁 중에 인민군이 들이닥쳐 산등성이에 구덩이를 파고 이십여 명의 동민을 몰아넣은 다음 따발총을 난사한다. 그 와중에 요행히 살아남은 아버지는 도망치다가 심한 갈증을 이기지 못하고 한 곳을 찾아간다. 그곳은 바로 보안서였다. 결국 보안서 원들은 총에 빗맞아 죽지 않은 사람이 있다는 것을 알고 구덩이에 다시 올라가 나뭇더미 속에 숨어있는 다른 두 사람마저 죽이고 만다. 이 사실을 안 선우 상사는 "부모의 피갚음"을 위해 부역자들을 사살하게 되고, 전투 때마다 선봉에 선다. 하지만, "어떤 피를 가지구두 우리 어머니 아버지의 피를 갚을 순 없었다"(313면) 이처럼 증오심에 불타 보복적인 살인을 저지른 선우 상사는 죄책감 때문에 군대 생활 내내 '술'을 통해 망각하고자 시도하지만 실패한다. 망각되지 않는 기억에서 비롯하는 죄책감은 편집증(혹은 결벽증)으로 나타난다. 버스를 타고 가다가 중학생의 뒷주머니가 떨어져 있는 것을 발견하고 잡아채거나, 예배 도중 어느 사람의 등 뒤에 붙은 조그만 실밥을 보고 그것을 떼어내지 못해 안절부절하는 모습 등등은 그의 섬세한 자의식에서 비롯하는 죄책감을 예각적으로 보여준다. 결국 선우 상사는 극단적인 정신분열을 일으켜 정신병원에 갇히게 된다.14)

이렇듯 전쟁이라는 비일상적인 공간 속에서 행해진 폭력적인 경험들을 망각하지 않는다면 전후의 일상적인 삶의 공간으로 편입하는 것은 불가능하다. 윤구가 전후의 현실 속에서 성공적으로 적응할 수 있었던 가장 근본적인 힘은 전쟁의 경험을 망각할 수 있는 능력에 있다. 윤구는 전쟁 전에도 과외교사를 하면서 고학을 할 정도로 생활 능력을 갖추고 있었다. 또한 전쟁 중에는 포로로 잡혔다가 탈출해 나올 정도로 상황에 잘 적응하며, 현태와의 술자리에도 아무런 거리낌없이 어울린다. 전쟁 후에는 재무부 국장으로 있는 미란의 아버지로부터 도움을 받아 출세의 터전으로 삼고자 한다. 이러한 그의 생활철학이 가장 잘 드러난 것이 미란과의 관계이다. 현태가 자신의 애인이었던 미란과 사귈 때라든가, 임신한 미란이 잘못된 낙태 수술로 말미암아 사망했을 때, 그리고 미란의 죽음으로 말미암아 자신의 사회적 지위가 한 순간에 무너져 내렸을 때에도 윤구는 결코 현태의 행위를 문제삼지 않는다. 그는 오히려 현태의 금전적인 도움을 받아 양계장을 차릴 따름이다. "죽은 미란은 미란이요 자기는 자기대로 앞으로 살아갈 방도를 강구해야 한다고, 그러기 위해서 어쨌든 궁지에 빠져 있는 자기를 그처럼 돌봐주는 현태에게 새삼스레 미란의 문제를 가지고 가타부타할 필요는 없다고"(420면) 생각한다. 이처럼 윤구의 삶은 항상 과거의 그림자를 지워나가고 미래를 향해 나아간다. 따라서 전쟁 체험 역시 그냥 스쳐지나간 과거일 따름이다. 그의 삶 속에서 과거는 망각되고, 현재는 오직 개인의 성공과 미래의 희망을 향해서만

---

14) 이러한 선우 이등상사의 모습에서 우리는 제1부의 동호의 모습을 발견할 수 있다. 그들은 "갸름하고 작은 손"(308면)을 가진 존재들로 총대를 잡는 것이 어울리지 않는, 달리 말하면 "남성적이지 못한 손"을 가졌다. 동호와 선우 이등상사는 자신들이 저지른 행위를 망각하지 못함으로써 끝내 파멸에 이르고 만 것은 이러한 여성적 성격과 밀접한 연관성이 있다.

정향되어 있을 뿐이다. 끊임없이 진행되는 시간의 흐름 속에서 과거의 경험을 망각할 수 있는 능력이야말로 윤구의 현실적응력을 담보하는 가장 중요한 요건이었던 것이다. 작품의 결말 부분에서 현태의 아이를 임신한 숙이 윤구를 찾아와 의탁을 요청하지만 거절하는 것도 이러한 윤구의 현실적인 태도와 밀접한 관련이 있다.

현태 역시 여인의 환영을 보기 전까지 이러한 망각의 과정을 통해서 정상적인 삶을 영위할 수 있었다. 그런데 망각되도록 기억되었던 것이 되살아나면서 과거의 경험은 새롭게 현재의 시간적 지평 위에 되살아난다.15) 전쟁은 지나가버린 사건이 아니라 현재의 삶 속에 여전히 살아있는 기억인 것이다. 여인의 환영을 통해서 전쟁의 기억이 되살아난 순간 삶의 안정성은 순식간에 붕괴된다. 현태는 이제 과거의 삶, 전장의 윤리로 퇴행한다. 토요회를 만들어 술과 여자가 주는 쾌락에 자신을 내맡기며, 친구의 애인인 숙을 겁탈하면서도 아무런 도덕적 회의도 지니지 않는다. 이러한 방탕한 삶은 "자유의 과잉상태"라는 이름 아래 합리화된다.

> 자유가 너무 많은 데서 오는 과잉상태가 아니구 자기에게 주어진 자율 처리하지 못하는 과잉상태 말야. …… 이런 상태에 빠지는 날엔 어떻게 되는지 알어? 수렁에 빠진 짝야. …… 첨엔 발만 조금 옮겨 짚으면 거길 헤어날 수 있을 것 같지. 그러나 안돼. 몸을 움직이면 움직일수록 점점 더 깊이 빠져들어가는 걸. (중략) 도대체 이런

---

15) 기억 또는 상기의 의미에 대해서는 포스트콜로니얼리즘에서 깊이 있게 탐구되어 왔다. (L.Gandhi, 『포스트식민주의란 무엇인가』, 이영욱 역, 현실문화연구, 2000. 13~37면) 호미 바바는 다음과 같이 말한다. "상기(remembering)란 내적 성찰이나 회고처럼 평온한 행위가 결코 아니다. 오히려 그것은 현재라는 시대에 아로새겨진 정신적 외상에 의미를 부여하기 위해서 조각난 과거를 다시 일깨워(re-membering) 구축한다고 하는 고통을 수반하는 작업이다"(Homi.K.Bhabha, *The Location of Culture*, Routledge, 1994. p.63)

상태에 빠지게 하는 것이 뭘까? …… 자기에게 주어진 자율 처리하
지 못할 만큼 무능력하게 만든 게 뭐냔 말야? …… 대체, 언제,
어디서, 누구 땜에 이런 무능력자가 되지 않으면 안됐느냐 말야,
응? (중략) 다시 한 번 전쟁터에 서보고 싶어. 그리구서 죽음과 맞선
순간순간에 잃어버린 나 자신을 도루 찾구 싶어. 그땐 정말 자신이
있었어(482∼483면)

하지만 이러한 현태의 논리는 기실 자신의 죄책감을 벗어나기 위한
변명에 지나지 않는다. "다시 한 번 전쟁터에 서보고 싶어. 그리구서 죽음
과 맞선 순간순간에 잃어버린 나 자신을 도루 찾구 싶어"라고 외치는
현태의 모습은 삶의 무의미성을 극복하려는 처절한 실존적 의지를 보여
주는 듯하지만, 다른 한편으로 전장에서의 생존의 논리를 정당화함으로
써 죄책감에서 벗어나고자 하는 듯이 보이는 것이다.

4. 가해자로서의 기억과 피해의식의 극복

<나무들 비탈에 서다>의 제2부에서 전쟁의 흔적은 기억을 통해서
탐구되고 있다. 그런데, 전쟁은 기억의 망각, 곧 시간의 흐름에 따라 자연
스럽게 잊혀져 가는 기억의 소멸 과정 속에서 나타나지 않는다. 오히려
전쟁은 망각을 통해서 드러난다. 일상적인 삶에 성공적으로 적응하고
있는 인물들은 전쟁의 기억들을 의식적·무의식적으로 망각한 인물들이
다. 이에 비해 망각되었던 기억을 다시 떠올리는 사람들, 곧 망각을 기억
해 낸 인물들은 죄의식 속에서 정체성의 위기와 분열을 경험한다. 전쟁을
경험했던 자들이 겪는 정신적 상처와 후유증은 바로 이처럼 '망각할 수
있는 능력'을 상실한 자들에 의해서만 탐구될 수 있을 뿐이다.

그럼에도 불구하고 현태를 비롯하여 전쟁을 체험했던 많은 젊은이들은 자신들이 전쟁으로 인한 피해자에 불과하다는 의식에 사로잡혀 있다. 이러한 피해의식은 전쟁이라는 공간에서는 어떠한 행위도 용납될 수 있고, 그러한 억압된 환경 아래에 속해 있던 병사들도 피해자일 수밖에 없다거나, 혹은 역사 혹은 운명 등등 개인의 영역을 넘어선 무언가에게 책임이 있다는 식의 체념적인 논리에 바탕을 두고 있다. 이에 따라 자신들이 저질렀던 폭력적이고 범죄적인 행위들은 피해 의식을 통해서 은폐된다. 이러한 의식적인 도착 속에서 가해자는 피해자로 둔갑하고, 누구도 전쟁 중의 이루어진 범죄적인 행위에 대해 책임지지 않는다. 가해자로서의 전쟁은 망각되고 피해자로서의 전쟁만이 기억될 따름이다.

<나무들 비탈에 서다>에서 전쟁이라는 폭력적 과정 속에서 자신이 가해자였다는 점을 깨닫고 있는 존재는 현태이다. 그는 전쟁과 전후의 현실 속에서 강간이라는 행위를 통해서 폭력적인 남성성의 논리를 실천한 인물이다. 그럼에도 불구하고 폭력을 행사하는 주체로서의 현태는 이러한 행위의 의미에 대해서 의식하지 못한 채 자신이 전쟁의 피해자라는 사실에 괴로워한다. 그런 현태가 전후의 수많은 방황과 혼란을 겪으면서 마침내 자신이 가해자일 수도 있다는 의식에 도달한다.

> 안전과 위험이 항상 공존해 있는 전쟁터. 그 예측할 길 없는 전쟁의 생리에 의해 죽고, 부상을 당하고, 그리고 생존했더라도 무언가 눈에 뵈지 않는 멍자국을 남겨 받아야만 했던 수많은 젊은이들. 현태는 새삼스럽게 지난날 동호가 자살하기 바로 직전에 한 말을 되씹어 보았다. 대체 우린 피해잘까 가해잘까? 내가 보기엔 이번 동란에 나왔든 젊은이들은 죄다 피해자밖에 될 수 없다는 생각이 들어. 그러나 현태는 동호의 말에 대답이나 하듯이,
>
> "정말 그럴까. 난 가해자두 될 수 있다구 보는데"(480면)

물론 이러한 가해자로서의 인식은 명료한 형태로 나타난 것은 아니었다. 하지만, "죄다 피해자밖에 될 수 없다"는 생각에서 "가해자두 될 수 있다"는 생각은 전쟁 중에 행했던 자신의 행위들을 새롭게 바라보도록 만든다. 피해자로서의 전쟁이 아니라 가해자로서의 전쟁을 기억해내야 하는 것이다. 숙을 겁탈하고 2주일이 지난 후 다시 만난 자리에서 현태는 수색대 활동 중에 자신이 했던 행위를 다시 떠올린다. 숙을 겁탈한 것과 여인을 살해한 것은 이제 하나의 의미로 중첩된다. 이 만남 이후 현태의 방황은 끝이 난다. 토요회가 해체되면서 술을 통한 망각은 불가능해지고 계향의 자살로 말미암아 무관심을 가장한 망각16) 역시 불가능해진다. 그는 이제 가해자로서의 전쟁의 기억을 받아들일 수밖에 없다. 현태가 계향이에게 단도를 내어주고 그녀가 죽기를 기다리면서 보게 되는 전정(剪定)의 환상도 이런 맥락에서 이해 가능할 것이다.

> 그는 크나큰 나무 밑에 서 있었다. 가지와 잎이 온통 하늘을 덮고 있었다. 난데없이 제트기 편대가 나타나 기총소사를 하기 시작했다. 그러나 그는 나무 뒤로 몸을 피하는 법 없이 그냥 비행기가 날아오는 방향과 마주 서 있었다. 콩 튀듯 총탄이 부어졌다. 나뭇가지와 잎이 맞아 떨어졌다. 비행기 편대가 햇빛에 은빛 날개를 반사시키며 선회를 하여 기수를 이리로 돌렸다. 그는 다시금 비행기와 정면으로

---

16) 현태와 계향의 관계는 이런 맥락에서 이해될 수 있다. "서로 어떤 상처를 주고 받지 않고서는 무릇 인간관계란 성립되지 않을 성 싶"다고 믿었던 그는 "자의식에까지 침투해올 부담이 없"(474면)는 계향과의 관계를 탐닉했던 것이다. 자기에게 어떤 강요나 부담을 두지 않는 듯한 계향의 무표정하고도 차가운 시선 앞에서 그는 오히려 어떤 휴식같은 것을 느끼는 것이다. 이러한 무관심은 불안과 죄책감에 의해 발생하는 정신적 고통을 망각할 수 있는 유일한 수단이었던 것이다. 그래서 계향이가 "죽고 싶어요"라고 처음으로 감정이 담긴 말을 할 때 현태는 "이미 이곳도 자기의 휴식처는 아니라는 생각"이 들면서 칼을 꺼내주는 것이다.

마주섰다. 콩 튀듯 총탄이 부어졌다. 또 나뭇가지와 잎이 맞아 떨어
졌다. 이렇게 비행기 편대가 지나갈 적마다 나뭇가지와 잎은 맞아
떨어지고, 그는 비행기와 마주 서 있었다. 가지와 잎이 다 떨어졌다.
그는 생각했다. 이제 이 나무는 전정을 한 과수나무처럼 열매를 많
이 맺을 거라고. 그러면서 표연히 정면으로 다가오는 비행기와 마주
서 있었다.(521〜522면)

여기에서 볼 수 있듯이 현태는 자신을 전정의 대상으로 설정한다. 앞서
현태 자신이 농담과도 같이 "토요회 회원들 자체가 정신적인 전정을 받
아야 할 층의 대표적인 존재"라고 말한 바 있지만, 이 부분에 이르러서
현태는 비로소 전쟁과 전후의 상황 속에서 자신이 저지를 죄를 인정하고
스스로 전정의 대상으로 절실하게 인식하는 것이라고 할 수 있다.[17]

　〈나무들 비탈에 서다〉에서 현태가 전쟁의 경험을 가해자의 입장에서
새롭게 재구성하는 과정에서 자기파괴적인 결과에 도달했다면, 숙은
피해자의 입장에서 전쟁을 재구성하면서 새로운 가능성을 모색한다. 숙
은 동호의 갑작스런 죽음에 충격을 받고 그 이유를 알기 위해 현태를
만난다. 하지만, 인천의 한 호텔에서 겁탈을 당하고 임신을 하게 된다.
그런 의미에서 숙은 피해자임에 분명하다. 그런데, 숙은 현태의 부도덕한
행동 역시 전쟁의 상처로 받아들인다. 그녀에게 있어 동호의 자살과 현태
의 방황은 전쟁의 상처에 다름아니다. 그래서 숙은 자신을 겁탈한 현태의
아이를 낳아 키우겠다고 결심한다.

---

17) 이와 같은 관점에서 볼 때, 전정의 상징적 의미를 "상처받는 주체와 상처를 강요하
　　는 인간관계 사이의 상호화해"(천이두, 173면)로 이해하거나 "현실에 대한 절망을
　　표현"(구재진, 411면)으로 바라보는 것은 재고의 여지가 있다고 보인다. 이 부분은
　　가해자로서의 현태가 내리는 자기 징벌을 상징적으로 보여주는 대목인 것이다.

"선생님이 받으신 피해가 어떤 종류의 것인지는 모르겠습니다. 그렇지만 큰 의미에서 이번 동란에 젊은 사람치구 어느 모로나 상처를 받지 않은 사람이 있을까요. 현태씨도 그 중의 한 사람이라구 봅니다. 그리구 저두 그 중의 한 사람인지 모르구요"

"네…… 그런 생각에서 그 친구의 애를 낳아 기르시겠다는 겁니까?"

그네는 윤구에게 주던 시선을 한 옆으로 비키면서,

"모르겠어요……어쨌든 제가 이 일을 마지막까지 감당해야 한다는 것 이외에는. …… 그럼 실례했습니다"(393~394면)

작가는 여기서 숙의 형상을 통해서 상처받은 영혼을 본인 스스로 수난과 희생을 통해서 포용하겠다는 모성적이고 기독교적인 사랑으로 감싸 안는다. 전쟁이 빚어낸 불임의 상태는 이 대목에서 새로운 가능성을 얻게 된다. 앞서 살펴본 바와 같이 전쟁은 폭력을 통해 몸을 훼손시킴으로써 몸을 경시하는 풍조를 확산시켰고, 특히 여성의 육체는 점유되어야 할 대상으로 인식된다. 이런 상황과 관련하여 제1부에 등장하는 옥주뿐만 아니라 제2부에 등장하는 미란, 계향 등이 '불임'의 상태에 놓여 있다는 점은 하나의 중요한 상징이라고 할 수 있다. 남성들의 폭력에 노출된 여성들이 불임의 상태에 놓여 있다는 점은 작가 황순원이 전쟁과 전후의 현실을 인간성 부재 내지는 불모성으로 파악했음을 암시한다. 갈등과 대립을 속성으로 하는 남성적인 문화 속에서 삶은 파괴되고 역사는 단절될 수밖에 없었던 것이다.

그런데, 전쟁에서 비롯되었던 나와 타자 사이의 원초적인 분리의 경험은 '잉태'를 통해서 새로운 발전의 가능성을 향해 나아갈 수 있게 된다. 제1부에서 현태의 대리인인 옥주에게 강간당한 동호는 심리적 파괴와 함께 육체적 자살에 이른다. 하지만, 제2부에서 숙은 현태에게 강간당해

원치 않는 아이를 임신하게 되지만 오히려 현태를 이해하고 아이를 낳기로 한다. 이러한 변화된 지점이야말로 전쟁의 상처를 넘어서기 위해 황순원이 제시하고 있는 대안이기도 하다. 모든 상처와 고통까지도 감싸안는 자기희생적인 성격을 지니고 있는 이러한 가능성은 작가 특유의 모성성과도 통한다.[18] 그것은 또한 모성성이 지니고 있는 포용력과 생명력을 바탕으로 피해의식에서 벗어나 책임의식으로의 성숙을 요구하는 것이기도 하다. 전쟁은 당대를 살았던 모든 이들에게 안겨진 원죄와도 같은 것이어서 그것으로부터 도피는 있을 수 없다는 것이다.[19]

5. 맺는 말

황순원의 소설은 한국전쟁이 가져온 정신적 상흔들을 묘사하면서 그 상처의 극복과정을 형상화하고 있다. 1950년대를 살아가는 모든 사람들은 어떤 방식으로든지 전쟁의 상처를 안고 살아갈 수밖에 없는데, 특히

---

18) 황순원의 문학에 나타난 모성적 치유와 포용의 힘에 대해서 박혜경의 연구를 참조할 수 있다. 박혜경, 『황순원 문학의 설화성과 근대성』, 소명출판, 2001. 52~55면.

19) 여성적인 것에 대한 성폭력으로 요약되는 전쟁의 폭력성은 전장이라는 특별한 시간과 공간 속에서만 나타나는 욕망의 표현은 아니다. 전쟁 시기의 성폭력은 평상시의 여성의 신체에 부여되어 온 의미 속에서 나타난 현상이기 때문이다. 즉 기존의 일상성 속에서 서서히 형성되어 온 성적 규범에 따라 전쟁 중의 성적 폭력이 발생하는 것이다. 따라서 전장에서의 성폭력은 결코 일과성의 사건이 아니다. <나무들 비탈에 서다>에서 전쟁 후의 일상에서도 여성은 남성들의 성적인 욕구를 해소하는 대상이거나 정신적 피폐상태를 표현하는 수단에 지나지 않는다. 따라서 황순원의 소설에서 나타나는 모성성과 여성성은 구별될 필요가 있다. 황순원이 제시하는 모성적 가능성은 전통적인 남성적 규범과 시선에서 크게 벗어나는 것은 아니다. 오히려 그것에 크게 빚지고 있다고 여겨진다.

전쟁에 직접 참여했던 젊은이들(그리고 남성)들에서는 그 상처가 더욱 심각한 것으로 나타난다. 황순원의 작가적 관점은 이러한 전쟁의 상처가 전쟁에 참여했던 사람들에게만 나타난다고 보는 관점, 곧 시대의 고민과 상처를 한국전쟁의 '경험'으로 소급하는 관점에서 벗어난다. 전쟁에 직접 참가한 사람들뿐만 아니라 전쟁에 참가하지 않고 후방에 남아있던 많은 여성들 역시 전쟁과 무관한 것이 아니라 전쟁의 한 당사자였으며, 또한 피해자였던 것이다. 따라서 1950년대를 살았던 모든 사람들은 전쟁의 피해자라고 할 수 있다.

그런데, 전후를 살아가고 있는 사람들이 모두 피해자라고 보는 관점은 전쟁의 파괴적 성격을 은폐하고 전쟁에서 이루어졌던 많은 범죄적 행위뿐만 아니라 전후의 도덕적 붕괴조차도 정당화하는 논리로 이용될 수 있다. 이렇듯 가해자와 피해자를 전도시키는 과정을 통해서 전후의 한국 사회는 전쟁의 기억에 대한 집단적인 망각 상태에 놓여 있었다고 해도 지나친 말은 아니다. 가해자로서의 전쟁은 망각된 채 피해자로서의 전쟁만이 기억되었던 것이다. 이러한 의식적인 도착 상태를 통해서 전후의 내셔널리즘은 '망각의 공동체'로 구성되기에 이른다.

<나무들 비탈에 서다>에서 인물들의 성격을 규정하는 가장 원초적인 조건은 한국전쟁이라고 할 수 있다. 이러한 폭력적인 전쟁의 생태를 압축적으로 보여주는 것은 강간의 문제이다. 작가는 이러한 강간 모티프를 기억의 문제와 함께 교차시킴으로써 전쟁과 전후의 현실을 새롭게 구성한다. 즉, 전쟁에 참여했던 남성들이 왜곡된 피해의식을 극복해가는 과정과 함께 강간의 피해자였던 여성들이 성숙한 책임의 윤리를 형성해가는 과정을 그려내고 있는 것이다. 현태와 숙이 보여주는 상반된 전쟁 극복 방식은 궁극적으로는 작가 특유의 구원의 논리 속에서 이해될 수 있을 것이다.

■참고문헌

▪기본자료

황순원, ≪인간접목 / 나무들 비탈에 서다-황순원 전집 7≫, 문학과지성사, 1987.

▪단행본

김종회 편, 『황순원』, 새미, 1998.

박혜경, 『황순원 문학의 설화성과 근대성』, 소명출판, 2001.

송현호, 『황순원:선비정신과 인간 구원의 길』, 건국대학교출판부, 2000.

오생근 편, 『황순원 연구』, 문학과지성사, 1985.

장현숙, 『황순원 문학 연구』, 시와시학사, 1994.

천이두, 『종합에의 의지』, 일지사, 1974.

도미야마 이치로, 『전장의 기억』, 임성모 역, 도서출판 이산, 2002.

코모리 요우이치·타카하시 테츠야 편, 『국가주의를 넘어서』, 이규수 역, 도서출판
        삼인, 1999.

코모리 요우이치, 『포스트 콜로니얼』, 도서출판 삼인, 2002.

Bhabha, Homi.K., 『문화의 위치』, 나병철 역, 소명출판, 2002.

Gandhi, L., 『포스트식민주의란 무엇인가』, 이영욱 역, 현실문화연구, 2000.

Vigarello, G., 『강간의 역사』, 이상해 역, 도서출판 당대, 2002.

▪논문

강상희, 「황순원의 '나무들 비탈에 서다'고」, 『단국대국문학논집』14, 1994.5. 453
        ~469면.

구재진, 「황순원의 '나무들 비탈에 서다' 연구」, 『선청어문』23, 1995.4. 403~425면.

권영민, 「황순원의 문체 그 소설적 미학」, 『말과 삶과 자유』, 문학과지성사, 1985.
148~159면.

김교봉, 「전후소설의 현대소설적 성격-'나무들 비탈에 서다'의 경우」, 『영남대 국어
국문학연구』, 1997.12. 525~539면.

박선미, 「황순원의 문체 연구-'나무들 비탈에 서다'를 중심으로」, 이화여대 석사논
문, 1987.

배선미, 「황순원 장편소설 연구-전쟁의 피해 양상 및 극복의지를 중심으로」, 숙명여
대 대학원, 1990.

유현경, 「황순원 소설의 사회언어학적 분석-'카인의 후예', '나무들 비탈에 서다'를
중심으로」, 『경희대 비교문화연구』 4, 2000.12. 127~138면.

이경호, 「'나무들 비탈에 서다'의 他者性」, 『한양어문연구』 13, 1995.12. 151~173
면.

조남현, 「황순원의 '나무들 비탈에 서다'」, 『한국현대소설의 해부』, 문예출판사,
1993. 79~105면.

■영문초록

The Meaning of Community of Amnesia
and Recollection

Kim, Jong-uck

Hwang Soon-won's novels describe in detail, the emotional scars that the war had left (on the people) and the process of healing such scars. The people living in the 1950s, in one way or the other, had to find a way to live on, coping with the wounds and scars that had been left by the war. Especially the scars of the young men who had actually fought in the war, seemed to run deep and its effect serious. Not only those who actually fought in the war but the women behind the battle lines were also its victims, nevertheless being deeply involved in the war.

However, viewing all people living in the post-war period as victims could be very dangerous in that such viewpoint may help to conceal criminal acts committed during the war and also justify the collapse of the moral code after the war as inevitable. Post-war Korean society could be said to have been under collective amnesia about the war, erasing all distinction between assaulter and victim. The war of the assaulter was quickly forgotten, and only the war of the victim was remembered. Through such conscious inversion of facts, post-war nationalism created a community of amnesia.

The most important condition that decides the character of a person in *The Tree Stand on a Slope*(<나무들 비탈에 서다>) is the war. The problem of rape shows in microcosm the nature and the violence of the war. The author recreates the reality of the war and its aftermath by weaving together the rape motif and the problem of recollection. In other words, Hwang Soon-won portrays the process of healing past wounds ; the men who fought in the war, recovering from the thought that they had been victimized and the women who were victims of rape, forming new and mature morals of responsibility.

■ **핵심어**   한국전쟁, 피해의식, 기억, 망각, 폭력

■ **Keyword**   Korean War, a delusion of persecution, recollection, amnesia, violence

접수일자 : 2002. 10. 31

심사기간 : 2002. 11. 9~11. 27

게재결정 : 2002. 11. 28

"'극적'인 것'의 생성 맥락에 대한 고찰

홍재범*

목차

1. 들어가는 말 : '극적'과 '연극적'의 변별성

'극적'이란 단어는 일상생활에서 '시적'이나 '소설적'에 비해 상당히 자주 사용된다. 그러나 정반대로 '극적'인 텍스트(희곡이나 시나리오, 방송 대본 등)는 앞의 두 장르의 텍스트에 비해 일반독자에게 거의 읽히지 않는다. 반면에 읽기가 아닌 보기라는 관점에서 생각한다면 역시 가장 광범위하게 '극적'인 텍스트가 향유되고 있다.

'극적' 자체에 대한 논의가 빈약한 것에 반해 문학성과 대립되는 것으로서의 연극성, 연극적인 것에 대한 논자들의 개념규정은 상대적으로 풍부한 편이다. 다음의 인용은 연극성, 극적, 연극적에 대한 논의의 지평을 보여주는 예이다.

---

* 서울대학교 강사

연극성은 공연이 진행되는 동안 관객의 흥미를 불러일으키는 극
중의 모든 요소, 혹은 발생물을 가리킨다. (중략) 문자화된 극문학
작품이 어느 정도까지는 작품에서 보인 행동의 양과 질에 비례하여
극적(dramatic)이듯이, 공연된 모든 극작품은 그 작품의 시청각적
인 반응의 다양함과 분량에 비례하여 **연극적**(theatrical)이다. 어떤
작품은 연극적이지 않으면서도 강렬하게 극적일 수 있으며, 그 반대
의 경우도 있을 수 있다. 그러나 우수한 극작품은 양쪽의 가치를
균형있게 지니고 있어야 한다. 연극성이란 무대화된 공연으로서 관
객을 즐겁게 해주고 재미를 줄 극적인 가능성을 가리킨다.[1](이하
강조 : 인용자)

요컨대 하나의 실체인 극 텍스트[2]를 대상으로 한편에서는 극적인 것을
희곡텍스트 차원의 행위를 통한 창작의 관점에서, 연극적인 것을 공연텍
스트 차원의 시청각적 수용에 중심을 두고 바라보고 있다.[3] 흔히 공연에
대한 평으로 특별히 연극적이었다는 말은 문맥에 따라 두 가지 의미를
갖는다. 하나는 다른 극예술, 영화나 텔레비전 드라마와 다른 공연예술로
서의 고유성을 지시하거나 아니면, 두 번째인 볼거리가 많았다는 것을
가리키기도 한다. 현대의 관객은 연극을 '들으러' 가던 엘리자베스 시대

---

1) Sam Smiley, *Playwriting : The Structure of Action*, 이재명·이기한 편역, 『희곡창작의 실
제』, 평민사, 1999. 85면.

2) 본고에서 사용하는 극텍스트는 문자텍스트인 희곡과 공연텍스트인 연극을 동시에
아우르는 용어로 사용되고, 구별이 필요한 맥락에서는 희곡텍스트와 공연텍스트를
사용한다.

3) 우리말에서는 희곡과 연극의 변별성이 명확하나 서양의 경우에는 양자 사이의 경
계가 불분명하다. 이러한 내용에 대해서는 이인성, 「연극학 서설」, 『연극의 이론』,
청하, 1988. 32~34면 ; 테오도르 섕크, 김문환 역, 『연극미학』, 서광사, 1986. 24~27
면 ; 베른하르트 아스무트, 송전 역, 『드라마 분석론』, 한남대 출판부, 1986. 11면.
참고. 인용문의 용어는 그대로 살려 사용하고 본고의 기술에서는 변별해서 사용한
다.

의 사람들과 다르게 연극을 '보러' 간다.4) 그리스비극도 보기 중심이 아니라 듣기 중심의 공연이었다. 아리스토텔레스는 비극의 여섯 가지 요소 중 시각적 차원의 '장경은 우리를 매혹시키기는 하나 예술성이 가장 적으며, 작시술과는 가장 인연이 먼 것이고, 비극의 효과는 공연이나 배우 없이도 산출될 수 있'다고 단언하였다.5)

일상의 언어생활 중 '연극적'(예컨대 "연극하고 있네")이란 말은 매우 부정적인 어감을 갖는다. 다시 말해 거짓된 말과 제스츄어를 의미하는 경우가 대부분이다. 반면에 '극적'이란 단어는 상대적으로 긍정적인 문맥에서 사용되며, 그 의미는 일차적으로 '긴장과 놀라움'의 성격을 내포하고 있다. 이때 긴장은 특정한 행위로 인한 결과가 발생하기 직전 혹은 발생까지의 짧은 순간 동안의 심적 상태를 의미한다. 놀라움이란 평범한 일상의 삶 속에서는 쉽게 만날 수 없는 상황이나 사건에 대한 감정의 반응이라 할 것이다. 보다 구체적으로는 특정한 행위와 그 결과가 '첫째, 기대 밖의, 예상을 뒤엎은 것(급전)—그래서 주의를 끌게 된다—, 둘째, 새롭고 홍미로운 국면을 유발한다는 것, 셋째, 그 국면은 어떤 전후 상황을 근거로 특별한 의미와 중요성을 가진다는 것'6)이다.

인간의 수많은 행위 중 "극적'인 것'으로 인식되는 것은 특별한 조건을 갖는다. 그것은 일상적 행위와 전혀 별개의 그 무엇이 아니라 일상적 행위 중에서 특별한 순간에 발휘된다. 특별한 순간이 어떤 순간인가를

---

4) Louis E. Catron, *The Elements of Playwriting*, Macmillan Inc., 1992, 홍창수 역, 『희곡쓰기의 즐거움』, 예문, 1999. 240면.

5) Aristoteles, *De Arte Poetica*, Oxford, 1958, 천병희 역, 『시학』, 문예출판사, 1994. 52~53면.

6) S. W. Dawson, *Drama and the Dramatic*, Methuen, 1970, 천승걸 역, 『극과 극적 요소』, 서울대 출판부, 1984. 21~22면.

해명한다면 그 본질에 다가서게 될 것이다. 연극이란 예술의 영역에 들어오게 되면 ''극적'인 것'은 압축, 조직되어 형상화된다. 그런데 학적인 차원에서 ''극적'인 것'에 대한 개념은 ''연극적'인 것'과 변별되는 것으로서 행위적 요소를 중심으로 한다는 것 이외에 보다 구체적이고 정밀한 해명은 몇몇의 경우를 제외하고는 찾기 어려운 실정이다. 많은 연구자들은 각자 나름대로의 ''극적'인 것'을 암암리에 자명한 것으로 전제하고 논의를 전개한다. 그것은 주로 '긴장'을 발생시키는 것—흔히 갈등의 암시가 긴장의 직접적인 계기로 간주된다—으로서의 ''극적'인 것'이다. 그러나 이것만으로는 ''극적'인 것'의 본질을 포괄하기에는 미흡하다고 판단된다. 본고는 ''극적'인 것'의 핵심적 자질은 '변화'에 있다고 생각한다. '긴장'과 '변화'는 동전의 양면처럼 맞물려 있는데 대부분의 논자들은 '변화'를 발생시키는 행위가 유발하는 '긴장'만을 주목하였다. 따라서 본고는 기왕의 논의에서 긴장의 관점에서 ''극적'인 것'을 파악한 논의의 스펙트럼을 조망한 뒤, 왜 ''극적'인 것'의 핵심적 자질로서 '변화'가 우선적으로 고려되어야 하는가를 구명하고자 한다. 본고의 논리적 타당성이 검증되기 위해서는 실제 텍스트에 대한 구체적인 적용과정을 통해 밝혀져야 하며, 이는 차후의 과제로 남겨둔다.

2. '긴장'으로서 ''극적'인 것'의 모호성

한 연극학 사전에서는 ''극적'인 것'을 다음과 같이 간단히 규정한다.

> 드라마적인 것은 드라마 텍스트(희곡:인용자)와 연극공연의 구성
> 원리로서, 이야기를 대단원(파국이나 희극적 결말)으로 이끄는 장면

과 에피소드들의 긴장을 다루며, 관객이 행위에 사로잡혔다고 암시
한다.[7]

 ''극적'인 것'은 문자텍스트인 희곡과 공연텍스트인 연극의 핵심적인
요소인 구성원리이면서 동시에 관객을 사로잡는 것이라고 말한다. 그런
데 구성원리란 흔히 말하는 플롯을 연상시킨다. 플롯은 사건의 결합을
의미하고, 그 사건은 평범한 사건이 아니라 '극적'인 사건을 결합을 뜻한
다고 하면, 이 규정은 ''극적'인 것' 자체에 대한 초점에서 벗어났다고
하겠다. 이러한 현상은 긴장을 ''극적'인 것'을 발생시키는 주요 자질로
간주하고 있는 양승국, 이홍우의 경우에도 유사하게 드러난다.[8] ''극적'
인 것'에 대한 분명한 문제의식을 보여주고 있는 양승국과 이홍우의 입론
은 주목할 가치가 있다. 먼저 전자의 논의를 따라가 보자.

> 겉으로 드러난 충격적인 면에 '극적'인 것이 놓여 있는 것이 아니
> 라, 사건 전개의 이면에 담겨 있는 내면적인 긴장의 요인이 더욱
> 중요한 극적 요건이라는 점이다. 따라서 우리가 한 편의 희곡에서
> '극적'인 특성을 찾아내는 일은, 그것이 공연되었을 때 관객이 어디
> 에서 얼마나 어떻게 긴장을 느낄 수 있느냐를 발견하는 것이기도
> 하다.(중략)
> 물론 독자[관객]가 긴장을 느끼는 것만으로 완전하게 '극적'인 것
> 이 되지 못한다. 당연히 그 긴장을 어떻게 무대 위에서 드러내고
> 해소시켜야 하는가 하는 점에 보다 중요한 '극적'인 특성이 있다.[9]

---

7) Patrice Pavis, *le Dictionnaire du Théâtre*, 신현숙·윤학로 옮김, 『연극학 사전』, 현대미학
   사, 1999. 104면.
8) 이 외에도 김용락, 『현대희곡론』, 한신문화사, 1983 ; 오학영, 『희곡론』, 고려원,
   1983 ; 황란규, 『연극 이야기 주머니』, 녹두, 1997 등도 ''극적'인 것'과 관련된 사항
   을 설명하고 있으나 상식적인 차원을 벗어나지 못한다.

여기서 '긴장을 어떻게 무대 위에서 드러내고 해소시키'는 '극적' 특성
은 '사건 전개'와 관련된 사항이다. 사건은 일차적으로 '극적 행동, 플롯,
시간과 공간'의 제약을 받는다. '극적'인 행동은 무대 위의 상황에서 연출
되는 모든 실제적인 움직임으로서, 발화와 동작뿐만 아니라 휴지까지도
포함한다. 그리고 여기에는 행위자의 의지가 전제되어 있다.(57면) 행위
자의 의지는 다른 행위자의 의지와 충돌할 수밖에 없고, 따라서 갈등은
극적인 행동을 수행하는 과정 중에 부딪치는 의지의 충돌을 의미한다.(59
면) 갈등을 지니고 있을 때 주체자의 행동은 극적 행동이 된다.(85면)

요컨대 <'극적'인 것은 '사건 전개의 이면에 담겨 있는 내면적인 긴장'
이다>라고 할 수 있다. 그 긴장은 무대 위 인물들이 의지를 지닌 행위자
로서 충돌, 갈등하는 사건의 전개(플롯) 속에서 발생한다. 그것은 무대
아래 객석의 관객에게까지 소통될 수 있는 것이어야 하지만, 일차적으로
는 무대 위에서 생성·성장·소멸해야 한다는 것이다.

그런데 양승국은 "'극적'인 것'의 핵심을 긴장으로 보았으나 이후의
구체적 개별 항목들에서는 더 이상 긴장과 관련하여 논리를 전개하지
않고 있다. 예컨대 '극적' 행동이 이루지는 맥락 속에서 어떻게 긴장이
형성되고 해소되는지에 대한 분명한 해명이 없는 것이다. 피터 퓌츠처럼
'드라마 속의 시간' 문제에 천착하여 극 텍스트에 극적 긴장이 조성되는
기법을 본격적으로 논구하지는 않더라도 "'극적'인 것'의 정의에서 사용
된 주요개념이 이후의 설명에서 유기적으로 결합하지 못한다는 것은 논
리의 일관성을 관철시키지 못한 것이다. 기실 극 텍스트에서 긴장의 중요
성은 일찍이 구스타프 프라이탁을 비롯해서 여러 사람에 의해 이래 널리
인정되어 왔다. 피터 퓌츠는 '부분의 자립성'이 긴장을 발생시킨다는 슈

---

9) 양승국, 『희곡의 이해』, 연극과 인간, 2001. 54면. 이하에서 인용표시는 본문에서 해
   당 부분 말미에 괄호 안에 표시함.

타이거[10]의 관점을 비판하고 '시간양식의 관계'에서 긴장의 발생원인을 찾았다.[11]

무엇인가 현 상황을 변화시키려고 하는 어떤 힘의 존재, 즉 변화의 조짐이 긴장을 유발하는 것이다. 둔감한 사람은 변화의 조짐을 느끼지 못할 수도 있다. 그렇다면 변화가 긴장보다 우선적인 것이고 변화를 징후를 인식하는 사고작용이 선행되어야 긴장이 발생할 수 있는 것이다. '드라마의 경우 각 부분의 연관성은 긴장의 연관성인 것이 그 특징이'[12]며, 극 텍스트에는 다양한 형태의 긴장의 방식이 존재한다. '가장 근원적인, 그리고 지속적인 긴장은 어떤 주어진 순간의 상황과 전체 행위 사이에 작용하는 긴장이다. 행위가 완결될 때까지 드라마는 불완전한 감정적 균형상태에 머무르게 된다. 이러한 긴장의 가장 단순하면서 두드러진 예가 서스펜스(suspense ; 불확실, 불안, 걱정)이다.'[13] 또 하나 극적 긴장을 일으키는 간단한 방법은 놀라움(surprise), 즉 이미 설정된 어떤 상황에 그것을 즉시 변형시킬 수 있는 어떤 새로운 요소를 갑자기 끼워 넣는 방법이다.[14]

이홍우는 양승국의 <'극적'이라는 것>에 있어서의 '긴장'의 강조를 비판하며 '긴장은 등장인물들의 작품 속의 행동에 따라 나타나는 것이며, 갈등이 일어나기 전의 상태'로 규정하고, ''극적'인 것'에 대한 자신의 견해를 밝힌다.

---

10) E. Steiger, *Grundbegriffe der Poetik*, 이유영·오현일 공역, 『시학의 근본개념』, 삼중당, 1978. 참고.

11) Peter Putz, *Die Zeit im Drama*, 조상용 옮김, 『드라마 속의 시간』, 들불, 1994. 14면. 극과 긴장의 관계에 대한 포괄적인 논의는 이 책의 13~25면 참조.

12) S. W. Dawson, 앞의 책, 43면.

13) 위의 책, 44면.

14) 위의 책, 46면.

> '극적'이라는 용어에는 어떤 사건이 일어난 결과를 나타내는 것이
> 아니라 그것이 일어나기 전까지의 행위, 또는 일어나는 과정을 가리
> 킨다. (중략)
> 왜 이것을 극적이라 하는가. 그것은 다름 아닌 자신의 심리상태가
> 외부의 행위나 상황으로부터 자극을 받아 그것으로부터 어떤 형식
> 으로든 반응하려는 의지를 드러내기 때문이다. 그러므로 일어난 결
> 과 또는 현실화된 것은 극적이 아니다.[15]
>
> 극적이란 등장인물과 등장인물이 긴장(갈등의 암시)의 상태에
> 놓여 있으면서 어떤 행위를 표출하는 순간이라고 할 수 있다.(57면)

이런 관점에서 논자는 '등장인물 중 주인공이 어떤 외부의 자극을 받아
행동으로 표출하려고 하는 것은 모두 극적이 될 수 있다'고 하며 '바로
이 행위 속에서 긴장과 그 해소가 나타난다'고 말한다. 그러나 주인공의
모든 행위를 극적이라고 할 수 없으며 극적일 수 있기 위해서는 세 가지
조건을 갖추어야 한다. 그것은 위 두 번째 인용에서 '어떤 행위'의 내용을
이루고 있는 것이라 할 수 있다. 그 첫 번째는 '주인공의 행위가 극적이
되기 위해서는 단 하나의 역할만이 부여되어야' 하며 '두 번째로는 주인
공의 행위에 다른 등장 인물들의 역할이나 기능이 집중되어야 한다. 바로
이것이 바탕이 되어서 등장 인물들 간의 '힘의 관계'가 형성'되기 때문이
다. '세 번째는 주인공의 행위유발이 가능하도록 하는 행위 또는 상황이
존재해야'(56면) 함을 제시한다. 그는 이 세 가지 조건을 전제함으로써
자신이 비판했던 사항을 반복한다. 즉, 논의의 초점을 ''극적'인 것' 자체
에 머무르지 못하고 역할, 힘의 관계, 상황 등을 매개로 ''극적'인 것'이

---

15) 이홍우, 『한국 희곡과 극적 상황』, 월인, 1999. 55면. 이하에서 인용표시는 본문에서
   해당 부분 말미에 괄호 안에 표시함.

발생하는 방식에 대한 관심으로 이동16)하기 때문이다.

이상과 같은 논구에도 불구하고 여전히 "극적'인 것' 자체에 대한 집중적인 탐구가 명확하지 못하다는 평가에 도달할 수밖에 없다. 물론 "극적'인 것'에 대한 고찰이 필연적으로 행동, 상황, 긴장, 플롯 등에 대한 언급이 이루어져야 하나 그 초점이 "극적'인 것'에 머물기보다는 행위나 상황, 긴장 등이 발생하는 '방식'에 대한 관심으로 변경되어 논의를 확장시키면서 동시에 희석시킨다는 것이다. 따라서 어디까지가 "극적'인 것'이고 어디서부터 극적 '행동'이고 극적 '상황'인지가 불분명하다는 점이 '긴장'으로서 "극적'인 것' 논의의 모호성이다. 이때 "극적'인 것'을 '변화'의 관점에서 바라보게 되면 보다 명확하게 그 핵심에 도달하게 된다.

3. '변화'로서 "극적'인 것'의 발생 : 행위의 길항적 양면성

서구에서 "극적'인 것'이 '변화'와 관련되어 있음을 명시적으로 드러내어, 그 본질에 근접한 정의를 내린 사람은 구스타프 프라이탁이다.

> 내면의 강한 움직임이 의지와 행동으로 변모되기 전까지 계속해서 견고해질 때 그리고 어떤 행동을 통해 내면의 움직임이 자극을 받을 때 극적이라고 한다. 따라서 어떤 사람이 번뜩이는 느낌을 자극 받은 다음에 격정적인 열망과 행위에 이를 때까지 내면에서 일어나는 사건뿐만 아니라 그 자신과 다른 사람의 내면 속에 어떤 행위

---

16) 이 때 '상황'은 등장인물들 사이의 움직임의 관계를 뜻한다. 그는 희곡의 '극적'인 면과 '상황'적인 면 양자 모두 대등한 관계로 설정하여 '극적 상황'이란 용어를 사용한다(54면)고 밝히고 있으나, 본고의 관점에서 볼 때 "극적'인 것'은 이미 '상황'을 포섭하고 있다.

를 일으키는 작용, 즉 강한 의지가 감성의 깊은 내면으로부터 외부
세계로 분출되어 나오는 것과 외부세계의 어떤 특정한 영향이 감성
의 내부로 밀고 들어가는 것, 다시 말해 어떠한 행위가 생성, 변화하
는 과정과 그것이 끼치는 결과는 모두 극적이다.[17]

　이 정의에서 결핍된 부분은 '어떠한'의 내포와 외연이다. 어떠한 행위
가 구체적으로 무엇인가를 밝히는 것이 관건이 된다. 주지하는 바와 같이
극 텍스트에서의 "'극적'인 것'은 인물/배우의 행위에 의해서 발생한다.
어원적으로도 'drama/극'가 동사 'dran/행위하다'에서 온 것이다. 아리스
토텔레스는 『시학』에서 행위[18]의 모방에 대해 여러 차례 언급함에도
불구하고 행위 자체에 대한 구체적인 개념규정은 하고 있지 않다. 다만
사건들 사이의 필연적 또는 개연적 인과관계를 뒷받침하는 행위의 통일
성, 즉 행위의 일치에 대해

　　다른 모방예술에 있어서도 하나의 모방은 한 가지 사물의 모방이
듯, 시에 있어서도 스토리는 행동의 모방이므로 하나의 전체적 행동
의 모방이어야 하며, 사건의 여러 부분은 그 중 한 부분을 다른 데로
옮겨 놓거나 빼버리게 되면 전체가 뒤죽박죽이 되게끔 구성되어야
한다. 왜냐하면 있으나마나 두드러지게 차이가 나지 않는 것은 전체
의 부분이 아니기 때문이다.(59면)

라고 말하고 있을 따름이다. 인간의 행위 중에서 "'극적'인 것'은 기실
그리 많지 않다. 대개의 경우는 반복되는 일상적 행동으로 인간의 삶이

---

17) G. Freytag, 임수택, 김광요 역, 『드라마의 기법』, 청록출판사, 1992. 25면.
18) 우리말에서 행위와 행동은 본질적인 의미의 차이가 없이 넘나들며 사용된다. 본고
　　는 행동에 분명한 의지, 목표가 포함되어 있다는 의미로 행위를 사용한다.

채워져 있다. 이러한 일상의 삶 속에서 "'극적'인 것'에 육박하는 변화의 순간은 매우 드물게 나타난다. 또한 그 변화의 시간이 극텍스트처럼 압축적으로 집약되는 것이 아니라 비교적 오랜 시간이 소요되는 것이라 변화의 당사자도 분명하게 자각, 인식하지 못하는 경우도 많다.

3.1 내적 변화 : 상황과 행위자의 존재론적 의미지평에 대한 '인식의 변화'

"'극적'인 것'이 무엇인가를 규정하는 핵심적인 요건은 목표를 성취하기 위해 행위하는 과정 속에서 주동인물과 그와 영향관계에 있는 인물들이 극의 시작에서는 없었던 새로운 무엇을 깨달은 상태에 도달되어야 한다는 것이다. "'극적'인 것'을 발생시키는 내적 변화에 있어서 가장 필수적인 계기는 발견—깨달음(anagnorisis)[19]이다. 새로운 무엇이란 인물 자신의 정체성에 대한 반성적 성찰, 기왕에 세계를 바라보던 관점의 붕괴, 삶 자체에 대한 인식지평의 심화, 확대 혹은 인간관계의 질적 전환 등 변화를 의미한다. 다시 말해 자신이 직면한 상황의 본질적 의미와 기왕의 자신의 존재론적 의미지평이 충돌을 일으키면서 과거의 관성적 행위로는 해결할 수 없는 심각한 국면이 인물에게 부과되는 것이다. 이를 돌파하는 힘, 더 높은 단계로 비약하는 힘, 인물이 평면적 성격에 머물지 않고 입체적 성격으로 발전하는 힘, 그것이 바로 발견-깨달음인 것이고, 이를 통해 "'극적'인 것'의 내적 조건이 형성된다.

---

19) Aristoteles, 앞의 책, 11장 참고. 그리스어 anagnorisis는 영어로 discovery와 recognition의 의미를 동시에 지니고 있다. 따라서 영어 번역이나 한국어 번역에서 anagnorisis를 발견, 인지, 깨달음, 인식 등 역자의 선택에 따라 사용된다. 그러나 한국어에서 발견과 인식, 깨달음의 의미영역은 상이하다. 따라서 본고는 '발견-깨달음'으로 병기한다.

이 과정에서 급전의 역할은 오늘날 상대적으로 미약하다. 그것은 현대적 의미에서, 급전이 더 이상 작품의 비극적 순간과 연관되어 있지 않다는 사실로 드러난다. 현대연극에서 급전은 극행동의 굴곡(많은 급전들의 만남), 혹은 극행동의 강렬한 순간 뒤에 오는 에피소드("남은 것은 단지 급전뿐이었다")를 가리킨다.[20] 이제 급전은 한 가지의 특별한 효과를 자아내는 명백한 아이러닉한 힘으로 기능할 따름이다. 따라서 만일 아리스토텔레스가 염두에 두고 있는 급전의 '돌연성'을 없애버린다면, '비(悲)'극이 아닌 '진지한 극'의 본질로서 접근할 수 있는 가장 가까운 것은 궁극적인 효과로서의 카타르시스나 원인으로서의 하마르티아가 아니라 발견-깨달음(anagnorisis)이라 할 것이다.[21] 본래 anagnorisis는 사물을 바로 본다는 것이며, 이것의 궁극적인 경험은 죽음의 순간에 우리들이 시간적 여유가 있다면 우리들이 가지는 그 무엇일 것이다.[22] 처음에 죽음의 확실성을 알게 되고 그리고 나서 그것을 깨닫는 순간이 오면 우리들은 갑자기 최후와 맞부딪치게 된다. 그것은 즉 우리들 모두에 대해서 (아마도 죽음을 모를 정도로 순간적인 죽음을 당하지 않는 한에 있어서는) 으뜸가는 발견-깨달음(anagnorisis)인 것이다. 궁극적으로 진지한 극이란 이 깨달음에 관한 것이다. 즉 생각할 수 없는 것을 깨닫는 것이다.[23] 따라서 가장 "극적'인 것'을 기점으로 이전과 이후의 삶의 모습과 방향성이 확연히 달라져 있어야 한다.

그러나 이것만으로는 현대 극예술에 있어서의 진정한 "극적'인 것'이라 할 수 없다. 이러한 발견-깨달음에 이르는 인식의 과정이 내적 변화를

---

20) Patrice Pavis, 앞의 책, 65면.

21) Clifford Leech, *Tragedy*, Methuen, 1970, 문상득 역, 『비극』, 서울대 출판부, 1985. 90~91면.

22) 위의 책, 92면.

23) 위의 책, 93면.

만들어내고 인물/배우의 언어적 행위, 말과 신체적 행위를 통해 양면적으로 발현되어 무대 위에서 외적인 형태를 갖추어야만 극예술로서의 "'극적'인 것'에 부합한다.[24] 예컨대 일상생활에서는 한 인간의 정신적, 심리적, 감정적 상태가 아무런 신체적 표현 없이 고요한 정지 상태에서도 내부적으로 소용돌이 칠 수 있다. 물론 무대의 행위도 걷고 움직이는 손, 발, 몸의 움직임에 있는 것이 아니라 내적인 마음의 움직임과 갈망이자 내적인 마음의 행위에서 비롯된다.[25] 평범한 사람이 가슴에 담아두기만 하는 내적 욕구를 배우는 외적으로 행위화해야 다음 상황으로 자연스럽게 이행하고, 관객들과 소통할 수 있다. 배우에게 행위를 위한 욕구상태와 행위 자체 사이에는 차이가 있다. 욕구는 내적인 충격이고 아직 실현되지 않은 희망인데 반해 행위 자체는 희망의 내적, 외적 실현이며 내적 욕구의 만족인 것이다. 욕구는 내적 행위(inner action)를 일으키고 내적 행위는 외적 행위를 일으킨다.[26]

---

24) 한편 에밀 슈타이거는 "무대상연에 실패하거나 무대 상연을 전혀 고려하지 않은 정상급의 극적인 문예작품이 존재하는 바, 노벨레들이 그 예이며 그리고 꼭 관람시키지 않아도 되는 사건을 지닌 하인리히 폰 클라이스트의 몇 편의 극들까지도 그 예가 될 수 있다"(『시학의 근본개념』, 삼중당, 1978. 206면)고 정반대의 주장을 하고 있다. 물론 이는 충분히 타당성이 있는 견해이다. 그러나 그것은 명백히 읽기 위한 희곡, 레제 드라마란 한계를 갖고 있는 것이다.

25) K. S. 스타니슬라브스키, 양혁철 역, 『역에 대한 자신의 작업』, 신아출판사, 2000. 67면.

26) 위의 책, 63면.
텍스트에 근거한 개연성있는 욕구에서 비롯된 외적 행위가 아닌 연기자가 주관적으로 설정한 동작(내적 행위에 따라 유발되지 않은 외적 행동)은 귀와 눈에서는 재미있을 수 있으나 마음에 스며들지 못하고 인간의 정신적 삶에는 아무런 의미가 없다.(67면)

3.2 외적 변화 : 행위자의 몸과 행위자가 처한 상황의 '템포와 리듬의 변화'

외적 변화는 무엇보다 배우의 몸을 매개로 한 극중인물의 언어적, 신체적 행위를 통해 알 수 있다. 극중인물은 배우 자신의 요소와 극작가에 의해 만들어진 성격이 합쳐져서 탄생하는 새로운 인간존재이다.[27] 행위는 목표의식 또는 의지가 실린 행동이다. 행동은 동작들로 이루어져 있다. 동작은 움직임의 일부이다. 움직임은 몸짓의 확장이다. 몸짓은 손짓, 발짓, 눈짓 등으로 구성된다. 행위의 변화는 가장 작은 신체적 차원에서부터 시작한다. 그러한 신체적 차원은 고유한 템포와 리듬[28]으로 구성된다. 모든 인간의 정열, 존재의 상태, 경험은 템포와 리듬을 소유하고 있다. 내적이거나 혹은 외적인 각각의 특징적인 이미지도 그것의 고유한 템포와 리듬을 소유하고 있다, 각각의 일과 사건 역시 피할 수 없이 그것에 적합한 템포와 리듬 속에서 진행된다. 요컨대 존재가 있으면 행동이 있고, 행동이 있으면 움직임이 있으며, 움직임이 있으면 템포가, 템포가 있으면 리듬이 있다.[29]

인간의 몸에서 시작되는 가장 작은 단위의 그 어떤 템포와 리듬의 변화가 점증적으로 확장되어 마침내는 행위의 단계에 도달하여 "'극적'인 것'의 외적 표현이 이루어지게 만든다. 그렇다면 아무런 내용이 없다라고

---

27) 김석만 편저, 『스타니슬라브스키 연극론』, 이론과 실천, 1997. 161면.

28) 여기서 "템포란 약속된 박사에서 같은 길이 동안 약속된 단위의 박동의 느림과 빠름을 말한다. 리듬은 움직임이나 소리의 단위와 주어진 박자나 템포에서 약속된 길이의 단위 사이에 존재하는 양적인 관계를 말한다. 박자란 같은 길이 동안 하나의 단위로 간주되는 박동의 집합을 말하며, 박동의 하나는 강조되고 그 집합은 일정한 주기로 반복된다."

Constantin Stanislavski, *La Construction du personnage*, 김균형 역, 『역할구성』, 소명출판, 1999. 222면.

29) Constantin Stanislavski, 김균형 역, 앞의 책, 238면.

몸의 변화 자체만으로도 "'극적'인 것'의 외형적인 구현이 가능해진다. 그러나 인간의 수많은 행위들을 모두 극적이라고 평가하지 않는다. 그것은 내용을 요구한다. 그 내용이 위에서 밝힌 '상황과 행위자의 존재론적 의미지평에 대한 인식의 변화'로서 내적 변화인 것이다. 이는 행위자의 고유한 내적 템포와 리듬의 변화를 통해 형성된다. 내적 템포와 리듬은 외적인 템포와 리듬의 육체적으로 나타날 때 소통하는 것이 훨씬 쉽다. 이때 외적인 템포와 리듬은 시각적으로 나타난다.[30] 특정한 행동에 연계된 음절, 단어, 화법, 움직임 등은 정확한 리듬에 의해서 자리잡은 확실한 박자에 근거할 때[31] 배우의 고유한 상상력을 자극시키고 그것은 어떤 분위기의 상황과 그것에 어울리는 감정을 만들어 낸다.[32] 주어진 상황과 리듬을 자극하고, 템포와 리듬은 주어진 상황에 대한 사고의 진행을 유발한다. 배우에게는 어떤 정신상태를 창조할 수 있는 주어진 상황에 연계된 템포, 리듬이 필요하다. 한마디로 템포와 리듬은 직접적으로 배우의 행동뿐 아니라, 배우의 내적인 삶, 즉 배우의 사고와 감정에도 영향을 미치는 능력을 가지고 있다.[33]

공연텍스트는 배우들의 구체적인 행위들로 구성된다. 관객들이 보게 되는 것은 배우들의 행위이다. 행위에는 '어떤 존재가 있고, 이 존재는 자신의 행위를 의식하고 있으며 주어진 문맥 안에서 어떠한 목적으로 어떠한 유형의 변화를 의도적으로 불러일으킨다.' 행위에는 여섯 가지 구성 요소가 확인되는데, '행위자'(agent), 행동의 '의도'(intention), 생산된 '행위'(act) 또는 '행위 유형'(act-type), 행동의 '양식'(modality), '배

---

30) 위의 책, 221~222면.

31) 위의 책, 230면.

32) 위의 책, 234면.

33) 위의 책, 236면.

경’(setting)(시간적, 장소적, 상황적), 그리고 ‘목적’(purpose)이 그것이다.[34] 이러한 체계로 구성되어 있는 행위는 의식적이지만 아주 사소하고 일상적으로 반복되는 기계적인 동작들에서부터 행위자의 ‘상황과 자신의 존재론적 의미지평에 대한 인식의 변화’로서의 내적 변화에까지 이르는 폭넓은 스펙트럼을 보여준다. 행동의 모든 종류와 결합에 있어서 가장 중요한 구성원칙들은 (그것들을 단순한 행하기와 구별시켜 주는) 행위자(들)의 의도와 목적과 관련되어 있다.[35]

배우의 몸을 매개로 드러나는 극중 인물의 가시적인 변화는 당연히 희곡텍스트만으로는 상상하기 쉽지 않다. 조명과 음향, 장치 등과 같은 제반 도구의 도움을 받는 무대 위의 배우의 몸을 매개로 해서 발현되는 외적인 움직임에 의해 "‘극적’인 것"의 그 변화가 표출되고, 관객은 그 과정을 보게 되는 것이다.[36] 희곡텍스트를 가상의 공연텍스트로 전환시킬 수 있는 무대적 상상력을 계발하는데는 오랜 시간과 교육과정이 필요하다. 그 과정도 단지 이론적인 차원의 텍스트를 이해하는 것으로는 소기의 목적이 획득되기 어렵다. 따라서 평범한 독자/관객들은 살아 있는 배우들의 연기를 직접 봄으로 해서 도움을 받을 수밖에 없다. 절대 다수의 일반 관객들은 희곡텍스트를 읽는 것이 아니라 공연텍스트를 봄으로써 극 텍스트와 만나게 된다.

---

34) Keir Elam, *The Semiotics of Theatre and Drama*, 이기한·이재명 옮김,『연극과 희곡의 기호학』, 평민사, 1998. 144면.

35) 위의 책, 145면.

36) 라디오 드라마에서 다양한 템포는 대사의 인상이 받아들여질 수 있는 속도 때문에 진정한 호소력을 가지게 된다. 목소리의 톤과 빛깔 차이는 또렷하고 절제된 연극 대사의 특별한 기교를 요구하며, 희극적인 분위기와 비통한 분위기 사이의 미묘하고도 급속한 음성변화가 가능하다.
J. L. Styan, *The Dramatic Experience*, 장혜전 역,『연극의 경험』, 소명출판, 2002. 161면.

4. 맺음말 : 무대에서 객석으로 "극적'인 것'의 전이

극 텍스트는 시작에서 극중인물이 하나의 목표를 성취하려는, 동기가 부여된 주요한 행위로 출발한다. 중간 동안에 그는 그 목표를 성취하려고 투쟁한다. 끝에서 인물은 목표에 도달하거나 좌절한다. 일상생활 하에서 인간은 항상 특정한 상황 속에 놓여 있다. 마찬가지로 극 텍스트 속의 인물들은 각자의 주어진 상황 속에 놓여 있다. 일상생활을 영위하는 인간이나 극 텍스트 속의 인물 역시 특정한 상황 속에서 나름대로 각자의 의미를 추구하고 있으며, 그 의미에 대한 해석, 판단에 따라 다음의 행위로 넘어가게 된다. 아무리 슬픈 일을 겪었다 하더라도 시간이 지나면서 일상의 삶의 방식으로 복귀하였다면 그것은 진정한 의미의 "극적'인 것'이라 할 수 없다. 역으로 사건의 최초 발생 시점에서는 행위자의 이성적 감정적 동요가 미미하여 그 변화의 정도가 미미했을지라도 시간이 흘러가면서 총체적인 변화가 증폭된다면 그것은 "극적'인 것'이라 할 것이다.

인간/인물은 자신이 처한 상황에 대한 스스로의 질문에 답한 것이며, 동시에 상황에 의미를 부여한다. 일상적인 평범한 상황 속에서는 암시적으로 또는 습관적으로 의미를 해석하여 행위로 나아가지만, 상황의 조건들이 심각한 경우라면 명시적으로 또는 목적 의식적으로 사고의 시간, 과정을 가지지 않을 수 없다. 극 텍스트가 다루는 상황은 바로 명시적, 목적 의식적으로 사유가 이루어지는 긴박한 시/공간이다. 그 과정에서 개별적인 "극적'인 것'이 전부 심오한 존재론적 인식론적 통찰을 담을 수 없음은 너무도 자명하다. 그러나 작은 의구심과 회의감, 반성적 사유들이 점증하여 절정 부분에서 한 텍스트의 주제의식을 드러내는 지점에 도달하게 된다. 이때 앞에서 축적된 여러 작은 극적 계기들이 커다란 반전을 이룰 수 있는 추동력으로 작용하게 된다. 이러한 여러 층위의

"'극적'인 것'들이 쌓여 결정적인 방향전회의 개연성과 필연성을 보장하게 되는 것이다.

"'극적'인 것'은 '사태의 진실에 대한 발견-깨달음(내적 변화)이 행위의 방향성을 변화시키는 것(외적 변화)'이다. 그 방향성이 발전적이든 퇴행적이든 중요한 것은 변화인 것이다. 그러나 모든 변화가 "'극적'인 것'은 아니다. 그 변화에는 두 가지 자질을 내포하고 있다. 외적으로는 인물의 몸을 통해 드러나는 템포와 리듬의 변화다. 그것은 인물의 의지가 담긴 행위로 발전하고 그로 인해 비롯되는 상황의 템포와 리듬의 변화로 나타난다. 내적으로는 인물의 내면에서 무엇인가 새로운 발견과 깨달음, 인식 지평의 확장과 심화, 삶과 존재에 대한 통찰이 이루어져야 하는 것이다. 이와 같은 내적, 외적 행위는 길항적으로 맞물려 진행되며 무대 위에서 역할의 삶을 살고 있는 연기자의 몸을 매개로 구현된다.

한편 "'극적'인 것'의 완성은 관객과의 소통에 의해서 이루어진다. 모든 예술은 항상 감상과 평가의 대상이며, 감상과 평가를 요구하지 않는 예술은 예술로서의 존재 가치를 상실한다.[37] 특히 극 텍스트는 공연으로 관객과 만남으로써 완결된다는 사실, '연극에서 유일한 판관은 관객'[38]임은 아무리 강조해도 지나치지 않다. 그렇지만 일반적인 희곡 텍스트의 분석은 연극/공연텍스트 밖의 세계에 속하는 것이며, 연극을 추상화하고 분열시키는 행위이다. 따라서 희곡 텍스트의 분석은 관객에게 무엇이 발생하고 있는가에 대해 아무런 해명도 못한다.[39] 다시 말해 관객들은 공연텍스트를 수용하는 과정에서 플롯, 갈등, 시공간, 대화의 방식 등과 같은 원론적인 개념을 통해서가 아니라 자신의 삶에 근거한 지평 속에서 극 전체를

---

37) 박이문, 『예술철학』, 문학과지성사, 1983. 18면.

38) 쟈크 브레네, 「공연비평에 관한 고찰」, 『연극의 이론』, 청하, 1988. 346면.

39) J. L. Styan, *Drama, Stage and Audience*, Cambridge Univ. Press, 1975. p.5.

즐기는 것이다.

　일반적인 극 텍스트 수용자 즉, 전문독자/연구자가 아닌 관객들은 공연/영화 텍스트를 매개로 하여 자신의 존재의미와 정체성, 삶의 중층성, 사회 및 세계에 대한 반성적 사유와 정서적 인식을 통해 정신의 고양이 이루어질 때 진정한 의미의 "'극적'인 것'을 주관적으로 체험하게 된다. 이때 관객의 내부에 형성되는 긴장은 관객이 체험하는 "'극적'인 것'을 강화한다. 그러나 관극을 통한 "'극적'인 것'의 수용 과정에서 관객에게 '긴장'감을 유발하는 것만으로는 진정한 의미의 '극적' 체험이라 할 수 없다. 긴장이 해소된 뒤에 관객들이 인물의 변화에 공감, 동참하지 못한다면 그것은 단순한 재미를 준 것에 불과할 수 있다. 물론 아무런 긴장을 유발하지 못하는 인물의 변화도 흥미롭지 못하다.

　아무런 긴장을 불러일으키지 못하는, 소위 난해하지만 훌륭한 극 텍스트 중 연극적 체험과 지식이 부족한 수용자에게는 아무런 재미와 '극적' 체험을 제공하지 못하는 텍스트도 존재한다. 그것은 수용자가 상황 자체에 대한 이해의 부족과 인물들의 미세한 '변화'를 전혀 좇아가지 못함에 일차적인 원인이 있다. 예컨대 최초의 관극경험이 중, 고교 시절 사무엘 베케트의 <고도를 기다리며>나 이오네스코의 <대머리 여가수>일 때, 절대 다수의 학생들로 하여금 연극을 외면하게 만드는 결정적인 계기가 되는 경우를 흔히 볼 수 있다. 이때 과연 얼마나 많은 극 텍스트가 관객의 의식에 충격을 가해 변화의 계기로 작용할 수 있는가 라고 반문한다면 그것은 진정한 의미의 예술의 존재가치에 대한 질문, 다시 말해 그 자체로 아무런 재화를 생산해낼 수 없는 예술이 무슨 쓸모가 있느냐고 반문하는 것과 마찬가지이다. 수용자의 인식지평과 경험지평에 따라 특정 극 텍스트에 대한 "'극적'인 것'의 체험 가능성은 전혀 달라지는 것이다.

■참고문헌

▪단행본

김석만 편저, 『스타니슬라브스키 연극론』, 이론과실천, 1997.

김용락, 『현대희곡론』, 한신문화사, 1983.

박이문, 『예술철학』, 문학과지성사, 1983.

양승국, 『희곡의 이해』, 연극과인간, 2001.

오학영, 『희곡론』, 고려원, 1983.

이경식, 『아리스토텔레스의 <시학>과 신고전주의』, 서울대출판부, 1997.

이상섭, 『아리스토텔레스의 <시학> 연구』, 문학과지성사, 2002.

이홍우, 『한국 희곡과 극적 상황』, 월인, 1999.

황란규, 『연극 이야기 주머니』, 녹두, 1997.

베른하르트 아스무트, 송전 역, 『드라마 분석론』, 한남대출판부, 1986.

스타니슬라브스키, 양혁철 역, 『역에 대한 자신의 작업』, 신아출판사, 2000.

테오도르 생크, 김문환 역, 『연극미학』, 서광사, 1986.

Aristoteles, *De Arte Poetica*, Oxford, 1958, 천병희 역, 『시학』, 문예출판사, 1994.

Catron, Louis E., *The Elements of Playwriting*, Macmillan Inc., 1992. 홍창수 역, 『희곡쓰기
　　　의 즐거움』, 예문, 1999.

Dawson, S. W., *Drama and the Dramatic*, Methuen, 1970., 천승걸 역, 『극과 극적 요소』,
　　　서울대출판부, 1984.

Elam, Keir, *The Semiotics of Theatre and Drama*, 이기한/이재명 옮김, 『연극과 희곡의
　　　기호학』, 평민사, 1998.

Freytag, G., 임수택 · 김광요 역, 『드라마의 기법』, 청록출판사, 1992.

Golden, Leon & Hardison, O. B. Jr., 최상규 역, 『아리스토텔레스의 시학』, 인의, 1989.

Leech, Clifford., *Tragedy*, Methuen, 1970., 문상득 역, 『비극』, 서울대출판부, 1985.

Pavis, Patrice., *le Dictionnaire du Théâtre*, 신현숙/윤학로 옮김, 『연극학 사전』, 현대미학
　　　사, 1999.

Putz, Peter., *Die Zeit im Drama*, 조상용 옮김, 『드라마 속의 시간』, 들불, 1994.

Smiley, Sam., Playwriting : *The Structure of Action*, 이재명·이기한 편역, 『희곡창작의 실제』, 평민사, 1999.

Staiger, E., *Grundbegriffe der Poetik*, 이유영, 오현일 공역, 『시학의 근본개념』, 삼중당, 1978.

Styan, J. L., *Drama, Stage and Audience*, Cambridge Univ. Press, 1975.

__________, *The Dramatic Experience*, 장혜전 역, 『연극의 경험』, 소명출판, 2002.

Stanislavski, Constantin., *La Construction du personnage*, 김균형 역, 『역할구성』, 소명출판, 1999.

Станиславский, К. С., *Собрание сочинений Т.2*, М. : Искусство, 1954.

• 논문

이인성, 「연극학 서설」, 『연극의 이론』, 청하, 1988. 13~59면.

쟈크 브레네, 「공연비평에 관한 고찰」, 『연극의 이론』, 청하, 1988. 341~369면.

■영문초록

A Study on Occurrence of 'the Dramatic'

Hong, Jae-beom

In the beginning of a play, when a character is given a motive to achieve an aim, he or she starts to act and struggle to accomplish his or her mission. At the denouement, the character succeeds or fails. In everyday life, a man always is in a particular circumstance. Likewise, a character in a play is in his or her own given circumstance. All of them are seeking their own meaning in a particular circumstance and taking a subsequent action by interpreting and judging of the meaning. Although a man outside stages experiences a distressing incident, if he returns to everyday life, it is hard to be called 'the dramatic'. On the contrary, even though a performer's slight confusion of reason and emotion does not change him, the gradually accumulating process of changes can be called 'the dramatic'.

'The dramatic' is a change. Even if the process of a play is either developmental or regressive, the point is change. But all the changes are not dramatic. The change of 'the dramatic' involves external and internal qualities. The former is a change of tempo and rhythm that are revealed by body of a character. This change develops to action and shows itself by a change of tempo and rhythm of circumstance originated by action. The latter involves a character's inner discovery and perception of something new, expansion and deepening of recognition, insight into human nature and existence. 'The dramatic' is completed by communication with audience.

■ **핵심어**　'극적'인 것, 발견-깨달음, 긴장, 행위, 변화

■ **keyword**　'the dramatic', discovery-recognition, tention, action, change

접수일자 : 2002. 10. 31

심사기간 : 2002. 11. 9～11. 27

게재결정 : 2002. 11. 28

한국 문학과 풍속1

인쇄일 초판 1쇄 2003년 05월 12일
          2쇄 2015년 04월 23일
발행일 초판 1쇄 2003년 05월 26일
          2쇄 2015년 04월 26일

지은이 한국현대문학회
발행인 정 찬 용
발행처 국학자료원
등록일 1987.12.21, 제17-270호

서울시 강동구 성내동 447-11 현영빌딩 2층
Tel : 442-4623~4 Fax : 442-4625
www. kookhak.co.kr
E- mail : kookhak2001@hanmail.net
ISBN 978-89-541-0049-6 *93810
가 격 27,000원